T. Coraghessan Boyle
Sind wir nicht Menschen

T. C. Boyle ist zurück mit einer fulminanten Sammlung von Stories – böser, witziger und unterhaltsamer denn je. Ob Boyle von durch Genmanipulation perfekten Kinder erzählt, die man aus dem Katalog aussuchen kann, oder von einer Relive Box, die es erlaubt, in die Vergangenheit zu reisen: Jede Story öffnet eine neue Tür zu einer eigenen Welt, wirft einen virtuosen Blick in eine Zukunft, die unserer Gegenwart zuweilen erschreckend nahe scheint.

T. Coraghessan Boyle, 1948 in Peekskill geboren, wurde u. a. mit dem PEN/Faulkner-Preis ausgezeichnet. Er unterrichte an der University of Southern California in Los Angeles. Zuletzt erschien sein Roman ›Sprich mit mir‹.

Anette Grube arbeitet seit 1988 als literarische Übersetzerin. Sie hat u. a. Werke von Arundhati Roy und Chimamanda Ngozi Adichie ins Deutsche übertragen.

Dirk van Gunsteren ist seit 1984 Übersetzer und freiberuflicher Redakteur. Er übersetzte u. a. John Irving, Philip Roth und Edward St Aubyn und wurde 2007 mit dem Heinrich Maria Ledig-Rowohlt Preis ausgezeichnet.

T. Coraghessan Boyle

Sind wir nicht Menschen

Stories

Aus dem amerikanischen Englisch
von Anette Grube und Dirk van Gunsteren

dtv

Die folgenden amerikanischen Originalerzählungen erschienen erstmals in diesen Magazinen: *Playboy:* »The Way You Look Tonight« (2011), »The Marlbane Manchester Musser Award« (2012); *The New Yorker:* »The Night of the Satellite« (2012), »Birnam Wood« (2012); *The Kenyon Review:* »Slate Mountain« (2011); *Harper's:* »Sic Transit« (2017); *McSweeney's:* »Burning Bright« (2012).
Alle Erzählungen von Seite 11 bis Seite 155 erschienen 2013 in ›Stories II. The Collected Stories of T. Coraghessan Boyle. Volume II‹ bei Viking in New York, alle Erzählungen von Seite 157 bis Seite 393 2017 in ›The Relive Box and Other Stories‹ bei Ecco in New York.
Die Erzählungen beginnend auf den Seiten 11, 27, 45, 66, 91, 115 und 135 wurden von Anette Grube übersetzt, die beginnend auf den Seiten 155, 177, 194, 215, 226, 251, 271, 292, 313, 330, 358 und 379 von Dirk van Gunsteren.
Die Motti auf Seite 7 stammen aus George Gordon Byrons 'Ritter Harold's Pilgerfahrt' und Philip Larkins »This Be The Verse«, Deutsch von Dirk van Gunsteren.
Bei dtv ist das gesamte Werk von T. Coraghessan Boyle lieferbar.

2021 dtv Verlagsgesellschaft mbH & Co. KG, München
Lizenzausgabe mit Genehmigung der Carl Hanser Verlag GmbH & Co. KG, München
© 2020 Carl Hanser Verlag GmbH & Co. KG, München
© 2013 by T. Coraghessan Boyle
© 2017 by T. Coraghessan Boyle
Umschlaggestaltung: Peter-Andreas Hassiepen, München
Satz: C.H.Beck.Media.Solutions, Nördlingen
Satz nach einer Vorlage von Satz für Satz, Wangen im Allgäu
Druck und Bindung: Druckerei C.H.Beck, Nördlingen
Printed in Germany · ISBN 978-3-423-14812-2

Für Christina Knecht und Annette Pohnert

Den Menschen lieb' ich, mehr noch die Natur.

George Gordon Byron, *Ritter Harold's Pilgerfahrt*

Vererbtes Elend, ungesund
Lagert sich's ab in Schichten.
Steig schleunigst aus, du solltest auch
Auf Nachkommen verzichten.

Philip Larkin, »This Be the Verse«

INHALT

THE WAY YOU LOOK TONIGHT

Um Viertel nach sieben saß er im Lehrerzimmer, nippte an dem Latte, den er sich auf dem Weg zur Arbeit geholt hatte, und las seine E-Mails, bevor der Unterricht anfing. Er klickte auf eine Mail seines Bruders Rob, und ein Porno erschien auf dem ganzen Bildschirm. Seine erste Reaktion war Ärger, der rasch in Verwirrung und dann Angst umschlug – in dem Augenblick, als er erkannte, um was es sich handelte (verschwommene Farben, grelles Licht, Bewegung), drückte er auf Escape und schaute sich schnell im Raum um, ob ihn jemand beobachtet hatte. Nein. Um diese Uhrzeit war das Lehrerzimmer fast leer, und die wenigen Anwesenden waren tief in sich selbst versunken, starrten auf ihren Laptop und sahen aus, als wäre ihnen über Nacht das Blut ausgesaugt worden. Es war Montag. Die Fenster wurden von dem Nieselregen verdunkelt, der kurz vor Tagesanbruch eingesetzt hatte. Das einzige Geräusch war das leise Klimpern von Schlüsseln.

Plötzlich war er wütend. Was hatte sich Rob dabei gedacht? Er könnte gefeuert werden. Würde gefeuert werden. In null Komma nichts. Das Schulgelände war drogenfrei, alkoholfrei, tabakfrei, und jeder Lehrer musste jedes Jahr einen zweistündigen Online-Kurs zum Thema sexuelle Belästigung machen, um den Bedingungen zu genügen. Einen Porno herunterladen? Am Arbeitsplatz? Das war so völlig inakzeptabel, dass es in dem Kurs nicht einmal erwähnt wurde. Seine Finger zitterten auf den Tasten, sein Herz schlug heftig. Er klickte auf die nächste Nachricht – ein blöder Witz, den sein Zimmergenosse aus dem College an jeden, den er kannte, geschickt hatte, ungefähr dreißig Adressen in der Empfängerzeile – und löschte sie, bevor er bei der Pointe angelangt war. Dann eine Erinnerung von seinem Zahnarzt, dass er heute nach der Schule um halb vier einen Termin bei ihm hatte, und eine lange Reihe des üblichen Mists an Nachrichten – Waisenkinder in Haiti, Viagra, Eine einzigartige Gelegenheit, die Sie sich nicht entgehen lassen dürfen –, die er zunehmend wütend eine nach der anderen löschte, so dass Eugenie McCaffrey, die Mathelehrerin, kurz aufblickte, um sich dann wieder ihrem eigenen Bildschirm zu widmen. Rob hatte nichts dazugeschrieben, nur das Video geschickt. Und in der Betreffzeile stand: *Ich dachte, das wird dich interessieren.*

Bis zum Mittagessen hatte er die Sache vergessen, doch als er sein Handy checkte, sah er, dass Rob ihm eine SMS geschickt hatte, die nur aus Fragezeichen bestand: *??????* Mit einem Sandwich in der Hand und dem mittäglichen Stimmengewirr des Lehrerzimmers um sich herum – Essen, Koffein, noch zwei Stunden Unterricht – rief er Rob an, doch der meldete sich nicht, und die Mailbox war voll. Natürlich. Er stellte sich das Gesicht seines Bruders vor, die Hipsterfrisur, das dümmliche Grinsen, der über einen Insiderwitz amüsierte Blick – wann würde er je erwachsen? –, dann rief er Laurie in der Arbeit an, weil ihm plötzlich eingefallen war, dass sie am Abend mit einer ihrer Kolleginnen und ihrem Mann, den er nicht kannte, zum Abendessen verabredet waren, und er sich fragte, inwiefern das mit dem Footballspiel im Fernsehen kollidieren würde oder nicht, aber auch sie meldete sich nicht.

Nach der Arbeit fuhr er zum Zahnarzt. Es nieselte nicht mehr, stattdessen trieben Dunstschwaden herum, die hin und wieder einen Streifen Sonnenlicht durchließen, und das letzte, was er zumindest heute von der Schule sah, waren hell erleuchtete weiße Mauern und orangefarbene Dachschindeln, die im Rückspiegel rasch schrumpften. Da nicht viel Verkehr war, kam er fünfzehn Minuten zu früh zum Zahnarzt, dessen Praxis sich im ersten Stock des Hauptgebäudes eines nicht überdachten Einkaufszentrums in Tudor-Stil befand – im Erdgeschoss eine Bank, links davon ein italienisches Restaurant mit ein paar Tischen im Freien, dann ein Immobilienmakler und ein Sandwich-Laden und immer so weiter den ganzen u-förmigen Bau entlang. Ein Rasenstreifen unterteilte den Parkplatz. Ein paar Büsche und zwei hohe Palmen wuchsen aus dem Gras, damit auch wirklich jeder merkte, dass er nicht in Kansas war – allem Anschein zum Trotz.

Er überlegte, ob er sich im Sandwich-Laden etwas zu essen holen sollte, tat es jedoch nicht, da ihm einfiel, dass der Zahnarzt ihn einmal mit seiner hohen Fistelstimme getadelt hatte, weil er sich nach dem Mittagessen die Zähne nicht geputzt hatte, was ihm sinnlos erschienen war, da er doch gekommen war, um sich die Zähne reinigen zu lassen. Auf diesen Gedanken hin drehte er den Rückspiegel zu sich und zog die Lippen zurück, um sein Zahnfleisch zu betrachten und dann einen Fingernagel zwischen die Vorderzähne zu schieben, danach trank er einen Schluck Wasser aus der Flasche, spülte sich damit den Mund, öffnete das Fenster und spuckte es hinaus. So war er eben – eine Person, die tat, was von ihm erwartet wurde, die wollte, dass alles glattlief, und den Weg des geringsten Widerstands einschlug. Im Gegensatz zu Rob.

Und da erinnerte er sich an das Video. Er schaute sich um, sein Herzschlag beschleunigte sich, aber niemand achtete auf ihn. Die Wagen zu beiden Seiten waren leer, nur an der Tür zur Bank bewegte sich etwas, alle paar Minuten ging jemand hinein oder kam heraus, und der Wachmann (plattes Gesicht, breite Hüften, älter – vierzig, fünfundvierzig, schwer zu sagen) nickte beiläufig. Er stellte den Laptop auf den Beifahrersitz und schirmte ihn mit seinem Oberkörper ab, dann öffnete er das Video – ein Porno, er schaute einen Porno auf dem Parkplatz seines Zahnarztes, wo alle ihn sehen konnten, und er dachte nicht an Schülerinnen und ihre Eltern oder den privaten Wachmann vor der Bank oder an die echte Polizei, denn plötzlich war die Welt reduziert auf die Dimensionen des Bildschirms auf dem Sitz neben ihm.

Er sah ein anonymes Zimmer, ein Bett, das Leuchten von übermäßig weißem Fleisch und das plötzliche Stoßen von aneinanderhaftenden Körpern, als das Bild scharf wurde. In der Mitte des Betts befand sich die Frau, auf allen vieren, der Mann stand hinter ihr und bearbeitete sie, die Augen geschlossen und das Gesicht verzerrt vor Konzentration. Die Frau ließ den Kopf hängen, ihr Gesicht von dem langen rotgoldenen Haar verborgen, das in der Mitte gescheitelt war und rhythmisch vor und zurück schwang, während sie gegen ihn stieß. Er sah, wie sich ihre Schultern anspannten und entspannten, ihre Finger gespreizt auf dem weißen Laken, die Handgelenke starr, und dann hob sie den Kopf, und er sah ihr Gesicht, und der Schock ließ etwas in ihm aufwallen und mit einem solchen plötzlichen Gedröhn widerhallen, als würde ein Hammer immer wieder auf ein stählernes Geländer niedersausen. Er sah zu, wie sie in die Kamera starrte, ihr Blick unter dem Gewicht des Augenblicks verschwamm – Lauries Augen, die Augen seiner Frau –, und dann klappte er den Laptop zu. *Ich dachte, das wird dich interessieren.*

Eine Weile saß er wie gelähmt da, unfähig sich zu rühren, unfähig zu denken, der Laptop wie eine entschärfte Bombe auf dem Sitz neben ihm. Er wollte das Video noch einmal ansehen, wollte sicher sein, wollte das Aufwallen des Schocks und der Angst und des Hasses noch einmal spüren, aber nicht jetzt, nicht hier. Er musste nach Hause, das war sein einziger Gedanke. Aber was war mit dem Zahnarzt? Er war hier auf dem Parkplatz und starrte hinauf zu der Fensterreihe, hinter der sich Dr. Sedgwick gerade über einen Patienten neigte, mit Pads und Amalgam und anderen Dingen hantierte, um bis zu seinem nächsten Termin um halb vier fertig zu werden. Doch er konnte dem Zahnarzt jetzt nicht gegenübertreten, er konnte jetzt niemandem gegenübertreten. Er wählte die Nummer des Zahnarztes, die Ausrede bereits auf den Lippen (Lebensmittelvergiftung, er stand hier auf dem Parkplatz, doch es war ihm auf einmal so schlecht geworden, dass er nicht glaubte, er könne oder solle … vielleicht sollten sie einen anderen Termin vereinbaren?), als er merkte, dass jemand neben dem Wagen stand. Eine junge Frau. In den Zwanzigern. Geschminkt und in einer hautengen blauen Hose aus einem glänzenden Material, das das Licht einfing und schimmerte, als sie sich zur Tür des Wagens neben ihm hinunterneigte, während ein anderes Mädchen auf der anderen Seite des Wagens auf den Schlüssel drückte und die Schlösser klickten. Sie sah ihn nicht an, nicht einmal kurz, doch sie neigte sich vor, um etwas vom Sitz zu nehmen, alles war zu sehen, jede Schwellung, Spalte, Falte – Zentimeter von seinem Gesicht entfernt –, und plötzlich war er so wütend, dass er, als die Sprechstundenhilfe des Zahnarztes sich mit ihrer neutralen professionellen Stimme meldete, nahezu ins Telefon schrie: »Ich schaffe es nicht. Mir ist schlecht.«

Nach einer Pause sagte die Sprechstundenhilfe: »Mit wem spreche ich bitte?«

Er sah sie vor sich, eine gedrungene Frau mit riesigen Brüsten, die manchmal als Zahnhygienikerin arbeitete und die Prophylaxe übernahm, wenn Dr. Sedgwick mit einem Notfall beschäftigt war. »Todd«, sagte er. »Todd Jameson?«

Noch eine Pause. »Aber Sie haben einen Termin um halb vier –«

»Ja, ich weiß, aber es ist etwas dazwischengekommen. Mir ist schlecht. Ganz plötzlich und ich –« Der Wagen neben ihm wurde angelassen, und die lange glänzende Karosserie glitt zurück und fort von ihm, und dann war da der Rasen und die Palmen, aber er sah nur Laurie, ihre gespreizten Finger auf dem Laken und ihre Augen, die direkt in die Kamera blickten und nichts sahen.

»Grundsätzlich müssen Sie vierundzwanzig Stunden vorher absagen, sonst haben wir keine andere Wahl, als Ihnen den Termin in Rechnung zu stellen.«

»Mir ist schlecht. Ich habe es Ihnen gesagt.«

»Tut mir leid.«

Der Augenblick brach über ihn herein wie eine dieser Monsterwellen am Strand, und beinahe hätte er eine Obszönität ins Telefon geschrien, aber er riss sich zusammen. »Mir tut es auch leid«, sagte er.

Zu Hause zitterte er so sehr, dass er kaum den Schlüssel ins Schloss stecken konnte, und obwohl er es nicht wollte, obwohl es noch nicht einmal vier Uhr war, ging er geradewegs in die Küche und goss sich etwas von dem Tequila ein, mit dem sie Margaritas machten, wenn sie Besuch hatten. Salz und Limone sparte er sich, er kippte ihn einfach so, und wenn das ein Klischee war – deine Frau hat Sex mit einem anderen Mann, und du greifst sofort zum Alkohol –, dann sei es drum. Der Tequila schmeckte wie Seife. Egal. Er goss sich noch einen ein, kippte ihn und zitterte immer noch. Dann setzte er sich an den Küchentisch, klappte den Laptop auf, klickte auf Robs E-Mail und sah das ganze Video.

Diesmal war der Schlag noch härter, ein rascher heißer Stich, der seine Augen verbrannte und ihn von den Fingerspitzen bis in die Lenden durchschoss. Der Film dauerte nicht einmal eine Minute, in medias res, und was dem Geschehen vorausgegangen war – Entkleiden, ein Kuss, Vorspiel – blieb verborgen. Der Akt selbst war schnörkellos, soweit er zu sehen war, keine Akrobatik, kein Oralsex, nur er hinter ihr und das rhythmische Stoßen, das ernsthaft und naturnotwendig war, wenn zwei Säugetiere es trieben. Hunde. Affen. Männer und Frauen. Auf dem Höhepunkt blickte sie über die Schulter zu dem Mann und drehte sich wie auf ein Signal hin um, und da waren seine Knie und sein Torso, und dann bedeckte er sie mit seinem Körper, und sie küssten sich, die zwei Köpfe hüpften kurz in den Vordergrund, bevor der Bildschirm dunkel wurde. Beim zweiten Ansehen bemerkte er Details. Die Umgebung zum Beispiel. Es war eindeutig ein Zimmer in einem Studentenheim – links vom Bett stand der übliche Schreibtisch, ein Bücherstapel, ein Drehstuhl, darauf geworfen die Kleider, Levi's Jeans, eine Gürtelschnalle, das seidene Schimmern ihrer Unterhose. Und Laurie. Das war Laurie, bevor sie sich die Haare hatte schneiden lassen, vor ihren Implantaten, bevor er sie gekannt hatte. Laurie im College. Beim Ficken.

Der Tequila brannte in seinem Magen. Es war kein Geräusch zu hören außer dem Brummen des Kühlschranks, der ansprang und sich wieder ausschaltete. Ganz langsam begann sich das Licht um ihn herum zu verdichten, während die Sonne den Dunst durchdrang und die Wände in Farbe tauchte – in ein fröhliches Narzissengelb, den Farbton, den sie ausgesucht hatte, als sie zwei Jahre zuvor an ihrem neunundzwanzigsten Geburtstag die Wohnung kauften. »Das ist das schönste Geburtstagsgeschenk, das ich je bekommen habe«, hatte sie gesagt, ihre Stimme sanft und fest, und sie hatte sich vorgeneigt, um ihn in dem leblosen Büro zu küssen, in dem die Notarin hinter ihrem sperrigen Schreibtisch saß und sie ein Formular nach dem anderen unterschreiben ließ, als wäre sie aus Stahl ohne bewegliche Teile gefertigt.

An jenem Abend feierten sie mit einer Flasche Champagner und einem Abendessen außer Haus und Sex in ihrer alten Wohnung in ihrem alten Bett, das sie im Trödel gekauft hatten zu einer Zeit, als keiner von ihnen einen festen Job hatte. Er schaute sich jetzt in der Küche um – das vertrauteste Zimmer der Welt, in dem sie gemeinsam frühstückten und meistens auch zu Abend aßen, gemeinsam kochten, eine Flasche Wein tranken und im Fernsehen die Nachrichten sahen –, und sie erschien ihm fremd, als wäre er aus seinem Leben gerissen und hier abgesetzt worden in diesem zu hellen widerhallenden Raum mit dem Blick auf Asphalt und Kabel und die unvermeidliche Palme mit den zerzausten Wedeln.

Als nächstes war es fünf Uhr, und er hörte, wie sich ihr Schlüssel im Schloss drehte, und das leise Ächzen der Tür, die hinter ihr wieder zufiel, und dann das Klappern ihrer Absätze auf den glasierten Fliesen in der Diele. »Todd?«, rief sie. »Todd? Bist du da?« Er biss die Zähne zusammen. Schwieg. Ihre Schritte kamen den Flur entlang, peng, peng. »Todd?«

Er mochte sie mit hohen Absätzen. Das heißt, er *hatte* sie mit hohen Absätzen gemocht. Sie war OP-Schwester und arbeitete für zwei plastische Chirurgen, die sich fünf Jahre zuvor zusammengetan und das San Roque Aesthetics Institute gegründet hatten, und wenn sie bei Operationen assistierte, trug sie flache Schuhe, doch High Heels, wenn sie potenzielle Patientinnen beriet, um mit ihren Beinen unter den kurzen Röcken und knappen Tops anzugeben. »Werbung« nannte sie es. Die Brustimplantate – die er hocherfreut gepriesen hatte – hatte sie mit Rabatt bekommen.

Er saß noch immer am Tisch, als sie die Küche betrat, die Flasche stand auf der Abstellfläche, das Glas neben ihm, der Laptop einen Spaltbreit geöffnet. »Was ist los?«, fragte sie, nahm die Flasche und schüttelte sie. »Du trinkst?« Sie ging durch den Raum, legte ihm die Hand auf die Schulter und fuhr damit seinen Nacken hinauf, dann neigte sie sich vor, hob das leere Glas an die Nase und roch theatralisch daran.

»Ja«, sagte er, ohne aufzublicken.

»Das sieht dir gar nicht ähnlich. Harter Tag?«

»Ja«, sagte er.

»Also, wenn du eine Party veranstaltest« – und ihre Stimme flötete über ihm, leichthin und spöttisch, als wäre die Welt noch im Lot und nichts hätte sich verändert – »dann hast du hoffentlich nichts dagegen, wenn ich mir ein Glas Wein einschenke. Haben wir noch Wein?« Sie nahm die Hand weg, und dort wo sie gewesen war, spürte er ein Frösteln im Nacken. Er hörte ihre Absätze klappern wie Schreibmaschinentasten, dann das Schmatzen der Gummiversiegelung der Kühlschranktür, die Angeln des Küchenschränkchens, das harte Klacken, als das Weinglas auf die Granitplatte traf, und schließlich das laute festliche Gluckern des Weins. Er schaute immer noch nicht auf. Ihr Verhalten – die gute Laune, die Selbstsicherheit, die Blindheit und Ahnungslosigkeit und der Alles-ist-wie-immer-Mist – brachte ihn auf die Palme. Wusste sie nicht, was kommen würde? Konnte sie es nicht spüren, so wie Tiere ein kurz bevorstehendes Erdbeben spüren?

»Dieser Typ, mit dem du im College zusammen warst«, sagte er, und die Worte blieben ihm fast im Hals stecken, »wie hieß er noch?«

Jetzt blickte er auf und sah sie an die Abstellfläche gelehnt dastehen, das Glas mit Wein – Sauvignon Blanc, bis zum Rand gefüllt – reflektierte das Licht. Sie lachte kurz auf. »Wie kommst du denn auf den?«

»Was für eine Haarfarbe hatte er? War es kurz oder lang oder was?«

»Jared«, sagte sie, und einen Augenblick schaute sie in die Ferne. »Jared Reed. Aus New *Joisey*.« Sie hob das Glas an die Lippen, trank einen Schluck, die Goldkette um ihren Hals blitzte im Licht. Sie trug eine blaue Seidenbluse, die obersten drei Knöpfe geöffnet. Sie legte die Hand auf ihr Schlüsselbein. Trank noch einen Schluck. »Ich weiß nicht«, sagte sie. »Braun. Schwarz vielleicht? Er trug es kurz so wie Justin Timberlake. Aber warum? Sag bloß nicht, dass du eifersüchtig bist« – wieder der spöttische Tonfall, und er wäre am liebsten vom Tisch aufgesprungen und hätte den Spott aus ihr herausgeprügelt – »nach so vielen Jahren? Ist es das? Ich meine, das kann dir doch egal sein.«

»Rob hat mir heute ein Video geschickt.«

»Rob?«

»Mein Bruder. Erinnerst du dich an meinen Bruder? *Rob*?« Seine Stimme verselbständigte sich. Er hatte nicht schreien, hatte ihr keine Vorwürfe machen, nicht mit ihr streiten wollen – er wollte nur Antworten, das war alles.

Sie sagte nichts. Ihre Miene war kalt, ihr Blick war noch kälter.

»Vielleicht« – er klappte den Laptop ganz auf – »vielleicht solltest du dir das mal anschauen und mir dann sagen, was das soll.« Er war aufgestanden, der Tequila trieb ihn an, und ihr Ausdruck war ihm gleichgültig oder die Art und Weise, wie sie das Weinglas hielt und ihm die Hände entgegenstreckte, und er fasste sie nicht an – wollte sie nicht anfassen, nie mehr. Die Küchentür war eine Platte aus nichts, aber sie krachte hinter ihm ins Schloss, dass das ganze Haus unter dem Knall erbebte.

Später, als Gesichter um ihn schwärmten und der Flachbildschirm hinter der Theke flimmerte und Bilder von dem Spiel zeigte, das ihm jetzt völlig gleichgültig war, hatte er die Muße, seine Gedanken schweifen zu lassen. Die Schule existierte nicht mehr – Stundenpläne, Arbeiten, die er benoten musste, nichts davon. Laurie existierte auch nicht mehr. Und Jared Reed war nur noch ein Gespenst. Und ob er braunes Haar hatte oder schwarzes oder Muskeln über Muskeln oder sein Schwanz einen halben Meter lang war, hatte keinerlei Bedeutung, weil er nur ein Gespenst auf dem Bildschirm war. Nichts. Er war nichts. Weniger als nichts.

Aber hier war der Barkeeper (in den Dreißigern, mit einer Frisur wie Rob und in einem Cowboyhemd mit Stickerei um die Taschen, die aussah wie die Glasur auf einem Kuchen) und hielt die Jameson-Flasche hoch. »Ja«, sagte er, und er hätte noch hinzugefügt *Noch einen*, wenn es nicht zu sehr nach Film geklungen hätte, nach einem schlechten Film, einem schlechten, traurigen, pathetischen Film. Er war kein Trinker, nicht wirklich, und den Tequila hatte er eigentlich nicht gewollt, aber er war nun mal da gewesen, denn außer Tequila und ein paar Flaschen Wein, die sie im Sonderangebot kauften, hatten sie nichts zu Hause, doch wenn sie ausgingen, bestellte er immer Jameson. Er trank nur Jameson, abgesehen vielleicht von einem Bier und einem Schnaps, und das würde er heute Abend definitiv nicht trinken. Auch Rob trank Jameson. Und ihr Vater, als er noch lebte. Es war eine Familientradition, und als sie Kinder waren, hatten sie oft abends am Tisch gesessen und ihr Vater hatte gesagt, *Wartet nur, bis der alte Jameson den Löffel abgibt, dann werden wir reich*, und sie fragten, *Wer ist Jameson?*, und er sagte, *Wer ist Jameson? Der Whiskey-König natürlich*. Und ihre Mutter sagte, *Rechnet nicht damit*.

Und dann stand der Drink vor ihm, und er nippte daran und dachte an den letzten Anhang, den Rob ihm geschickt hatte, wann war das gewesen? Vor einer Woche? Zwei? Es war ein Artikel, den er von einer obskuren Webseite heruntergeladen und weitergeleitet hatte mit dem Betreff: *Schau nur, was unser glorreicher Vorfahre getan hat.* Der fragliche Vorfahre – natürlich nur, falls er ihr Vorfahre war, das war der Witz – war James Jameson, Erbe des Whiskey-Vermögens. 1888 war Jameson einunddreißig Jahre alt, so alt wie Todd jetzt, und er war ein Nichtsnutz und Abenteurer, und weil er vor Langeweile fast umkam und in den Wohnzimmern und Clubs von Irland, England und auf dem Kontinent so viel Schaden angerichtet hatte, wie ihm nur möglich gewesen war, meldete er sich für die Afrikaexpedition von Henry Morton Stanley, berühmt dank Livingstone. Sie waren im Kongo, im tiefsten Herzen der Finsternis, saßen an einem Fluss fest, dessen Namen Todd vergessen hatte, obwohl er den Artikel mit einer krankhaften Faszination mehrmals gelesen hatte – sie saßen fest und kamen nicht weiter. Eines Morgens, als Stanley nicht im Lager war, kam Jameson auf die Idee, einem Kannibalenstamm einen Besuch abzustatten, um zu sehen, wie sie vorgingen, und es in seinem Skizzenheft festzuhalten. Von Beginn der Expedition an hatte er detaillierte Skizzen von Menschen, Jagdwild, Pflanzen und primitiven Dörfern an den Ufern der Flüsse angefertigt, und jetzt wollte er Kannibalen zeichnen. Bei der Arbeit. Für sechs Taschentücher – nicht für ein oder zwei Dutzend, für sechs Stück – kaufte er ein zehn Jahre altes Sklavenmädchen und brachte es den Kannibalen als Geschenk, dann setzte er sich auf einen Baumstumpf oder vielleicht auch einen Stuhl, legte ein Bein auf dem anderen ab und konzentrierte sich. Er zeichnete das Mädchen, als es ausgezogen und an einen Baum gebunden wurde, er zeichnete es, als ihr das Messer unterhalb des Brustbeins in den Leib gestoßen und dann nach unten gezogen wurde. Sie wehrte sich nicht, flehte nicht, schrie nicht, sondern stand da und ertrug es, bis ihre Beine nachgaben, und auch das zeichnete er, seine Hand flog über das Papier, der Bleistift wurde stumpfer, während die Moskitos summten und der Rauch des Feuers schmierig in das Laub aufstieg.

Gab es da ein wiederkehrendes Motiv? Entging ihm etwas? Laurie war *Ich bin nicht dein persönlicher Besitz!* schreiend aus der Tür gerannt, als er den Wagen rückwärts aus der Einfahrt setzte, die Fenster geschlossen und der Motor auf Hochtouren. Rob hatte ihm das Video geschickt. Und auch den Artikel. In diesem Augenblick drang ein lautes Stöhnen aus der Nische in der Ecke hinter ihm, und er blickte kurz auf den Fernseher, bevor er sein Handy herausholte und Rob anrief. Der Schiedsrichter auf dem Bildschirm fuchtelte mit den Armen herum, Musik hämmerte, die Flaschen hinter der Bar funkelten in allen Schattierungen. Er hörte eine Ansage. Die Mailbox war voll.

Das Seltsamste, das Schlimmste waren die ersten paar Minuten gewesen, als er sich zusammenreißen musste, um nicht wieder in die Küche zu stürmen, weil er ihren Ausdruck, ihre Scham, ihre Tränen sehen wollte. Er hatte die Tür so fest zugeknallt, dass die billigen Fenster in ihren billigen Rahmen vibrierten und eins von Lauries Bildern – die Silhouette eines Paars an einem mondbeschienenen Strand, das er immer gehasst hatte – auf den Boden krachte und das Glas auf den Fliesen zersprang. Er sammelte die Scherben nicht auf. Rührte sich nicht, bewegte nicht einmal einen Fuß. Er stand stocksteif auf der anderen Seite der Tür und stellte sich vor, wie sie sich über den Bildschirm neigte, ihre Miene betroffen, der Wein sauer in ihrem Mund. Doch dann schoss ihm der Gedanke durch den Kopf, dass es ihr womöglich gefiel, dass es sie vielleicht anmachte, dass sie womöglich stolz darauf war, und daraufhin wurde ihm eiskalt.

Als sie endlich durch die Tür kam – und sie hatte genug Zeit gehabt, um das Video drei-, viermal anzuschauen –, sah sie weder zerknirscht noch erregt aus, wie er es erwartet hatte, sondern wütend. »Jared ist so ein Arschloch«, zischte sie und starrte ihn böse an. »Und dein Bruder auch, Rob auch. Was hat er sich dabei gedacht?«

»Was *er* sich dabei gedacht hat? Was hast du dir dabei gedacht? Du bist in dem Sexvideo zu sehen.«

»Ja? Na und? Hast du geglaubt, ich bin Jungfrau, als wir geheiratet haben?«

»Sag's mir – mit wie vielen Männern hast du geschlafen? Fünfzig? Hundert?«

»Mit wie vielen Frauen hast du geschlafen?«

»Ich bin nicht derjenige, der Sexvideos ins Netz stellt.«

Sie wich nicht zurück, stand auf ihren hohen Absätzen da, ihr Gesicht gerötet, die Arme defensiv verschränkt. »Willst du was wissen – du bist auch ein Arschloch.«

Falls er sie schlagen wollte, dann in diesem Augenblick. Er trat einen Schritt auf sie zu. Sie zuckte nicht einmal zusammen.

»Hör mal, Todd, ich schwöre, ich wusste nicht, dass dieser Idiot ein Video gemacht hat – er muss irgendwo eine versteckte Kamera aufgestellt haben. Ich weiß es nicht. Ich war im College. Er war mein Freund.«

»Was ist mit dem Licht?«

Sie zuckte die Achseln. Ein misslungenes Lächeln umspielte ihre Lippen. »Er wollte immer, dass das Licht dabei an ist. Er fand es sexier. Er war Künstler, das habe ich dir erzählt, sehr visuell –«

Jeder hatte ehemalige Liebhaber, natürlich, aber sie waren praktischerweise zu Schatten reduziert, zu Erinnerungen, einem Foto oder zwei, doch nicht das, diese schmerzende Wiederauferstehung in Fleisch und Blut, die Vergangenheit, die in bewegten Farben nach Hause kam. *Ein Künstler.* Er wusste nur, dass er sie in diesem Moment hasste.

»Woher hätte ich das wissen sollen? Wirklich, es tut mir leid. Es online zu stellen – wo ist es überhaupt her? –, das ist wirklich widerlich und dumm. Er ist ein Scheißkerl, ein richtiger Scheißkerl.«

»Du bist Scheiße«, sagte er. »*Du* bist widerlich.«

»Ich kann es nicht glauben. Ich meine – was hat das mit dir zu tun?«

»Du bist meine Frau.«

»Es ist mein Körper.«

»Ja? Du kannst ihn behalten. Ich verschwinde.«

Und dann lief sie ihm auf der Einfahrt nach und zog für die Nachbarn eine Show ab, ihre Stimme ein Kreischen wie aus dem Schalltrichter eines Instruments, einer Klarinette, einer Oboe, Missbrauch von Rohrblättern, Klappen: *Ich bin nicht dein persönlicher Besitz!*

Es war spät. Das Spiel war längst vorbei, und er saß in einer Art Delirium da und wartete, dass sein Handy klingelte, wartete auf Rob – oder auf sie, vielleicht würde sie anrufen, ihm das Herz ausschütten, und es wäre wieder alles so wie früher –, als ihm das Paar am Ende der Bar auffiel. Sie küssten sich, lange und langsam, klammerten sich aneinander, als würde ein Sturm wüten, als versuchten alle Kräfte des Universums sie auseinanderzureißen, zwei unberührte Drinks standen vor ihnen Wache auf der Theke, und der Barkeeper in seinem Cowboyhemd bediente und wischte und polierte um sie herum. Die Arme des Mädchens waren nackt, ihre Jacke – blaues Wildleder mit einem Kragen aus Kunstpelz – hing über der Stuhllehne. Er konnte ihr Gesicht nicht sehen, nur ihren Hinterkopf, ihre Schultern, ihre Arme, schöne Arme, umwerfende Arme, jeder Muskel und jede Sehne leicht angespannt, um ihren Geliebten festzuhalten, und Todd schaute hin, bis er wegsehen musste.

Dann bemerkte er die Musik, ein schwülstiges Liebeslied, das aus den Lautsprechern triefte, und was war es? Rod Stewart. Rod Stewart von seiner schlechtesten Seite, hyperüberhöhte Liebe im Flüsterton, so synthetisch wie ein Paar Schuhe oder eine Schachtel Doughnuts, und das Paar saugte sich gegenseitig die Luft aus, und was tat er hier, was dachte er? Er war betrunken, so war es. Und er hatte nichts gegessen, oder? Essen war wichtig. Lebenswichtig. Er musste etwas essen, etwas in den Magen kriegen, um den Alkohol zu absorbieren – wie sonst sollte er noch Auto fahren? Zu allem anderen auch noch Trunkenheit am Steuer. Er stellte es sich vor: die Handschellen, die Zelle, sein Platz im Lehrerzimmer verlassen, und Ed Jacobson, der Direktor, wunderte sich, wo er war – kein Anruf? Konnte er nicht einmal anrufen?

Der Gedanke ließ ihn abrupt aufstehen, trieb ihn die Bar entlang, an den bestürzten Sportfans, dem küssenden Paar und dem Barkeeper mit dem Haarschnitt wie Rob vorbei, *Eine gute Nacht wünsche ich*, und hinaus auf die Straße. Vor der Tür blieb er kurz stehen, tastete seine Taschen ab, Brieftasche, Schlüssel, Handy, alles da. Die Luft war gesättigt mit Feuchtigkeit, in den Straßen zog Nebel auf, als wären die Straßen Flüsse und der Nebel etwas, worauf man treiben könnte. Er roch den Ozean, ein vulgärer Geruch. Er wollte ins nächste Restaurant, einen Burger und Kaffee, schwarzen Kaffee, bestellen – so machte man das doch? Ein Klischee nach dem anderen. So war es im College gewesen, nachdem er mit seinen Kommilitonen durch die Bars gezogen war, einsam, sehnsüchtig, verklemmt, er hatte die Mädchen angegafft, als sie die Tanzfläche übernahmen, und nie hatte er gewusst, was er tun sollte. Ein Burger. Schwarzer Kaffee.

Er ging die Straße entlang, alles vor ihm verschwommen, überlegte, wo um diese Uhrzeit noch geöffnet war. Im fahlen Licht glitzerten die Dinge, der Gehweg war nass, neben dem Bordstein lag Abfall. Ein Wagen fuhr die Straße entlang, die Scheinwerfer gedämpft, die Rücklichter bluteten in die Nacht. Neon wurde dichter und verschwamm. In der Hauptstraße wandte er sich nach links, steuerte auf eine Kneipe zu, von der er vermutete, dass sie noch offen war, und in die er und Laurie manchmal nach einem späten Kinobesuch gingen. Er war jetzt konzentriert, so konzentriert, wie er angesichts des Whiskeys und des Hammers, der in seinem Kopf schlug und widerhallte, nur sein konnte, als die Stimme einer Frau die Nacht durchschnitt. Sie fluchte, ihre Aussprache war hart, guttural, als würden ihr die Worte entrissen, und dann das nasse Klatschen von Fleisch auf Fleisch und die Stimme eines Mannes, der ebenfalls fluchte – Gestalten vor ihm, die im Dunkeln stritten.

Er wollte ihnen etwas zurufen, wollte sie herausfordern, sie anbrüllen, sie trennen, zornig, wütend werden – da waren sie, vor ihm, die Frau taumelte gegen den Mann, die Arme des Mannes in schneller Bewegung, ihre Flüche trieben sie, die Schuhe scharrten über den Asphalt in einem bösartigen Tanz –, aber er tat es nicht. Es folgte ein stiller Augenblick, als sie seine Anwesenheit spürten und innehielten, verbündet gegen ihn, und dann war er an ihnen vorbei, seine Schritte hallten wider, die Flüche begannen in seinem Rücken erneut in einem leisen gärenden Murren der Abneigung.

Wie er nach Hause gekommen war, wusste er nicht, doch er erinnerte sich, dass er vor der Tür seines Wagens gestanden und mit dem Schlüssel herumgefummelt hatte in einer so dunklen Straße, dass sie auch unter der Erde hätte sein können, und dass er gespürt hatte, wie das Handy in seiner Tasche vibrierte. Das glaubte er jedenfalls. Er hatte es immer stumm geschaltet wegen der Schule, wegen des Unterrichts – der Peinlichkeitsfaktor –, aber die Hälfte der Zeit spürte er es nicht und versäumte die Anrufe. Weswegen er ständig seine Mailbox abhören musste … doch es vibrierte, und er hatte es in der Hand und klappte es auf, es war das einzige Licht auf der Straße und noch dazu ein mattes Licht. Rob. Rob rief an.

»Hallo?«

»He, Todd, he – alles okay? Ich versuche dich jetzt schon seit ungefähr drei Stunden anzurufen, weil ich weiß, es ist hart, aber es ist nicht das Ende der Welt oder so –«

»Rob«, sagte er, seine Stimme so gepresst, dass er sie selbst kaum wiedererkannte. »Rob, hörst du mich?«

»Ja, ja, ich höre dich.«

»Gut. Weil leck mich. Das ist alles, was ich dir sagen will: Leck mich.« Und dann klappte er das Handy zu und schob es tief in die Tasche.

Als er durch die Tür kam, war es still im Haus. In der Diele brannte eine Lampe, und auch das Nachtlicht in der Küche war eingeschaltet, aber alle anderen Lichter hatte Laurie auf ihre ordentliche Art ausgeknipst und war ins Bett gegangen. So schien es jedenfalls. Er ging langsam, schwerfällig, atmete heftig, und seine Füße bewegten sich, als wären sie von ihm unabhängig, weit weg dort unten im Schatten, wo die Sockelleiste den Flur entlang verlief bis zum Rahmen der Schlafzimmertür. Wenn dort drin Licht brannte – wenn sie wach war und auf ihn wartete, darauf, was als nächstes passieren würde –, hätte er es in dem Spalt unter der Tür gesehen, dort, wo die Fliese uneben, sogar tückisch war, schlampige Arbeit wie alles andere im Haus. Ganz langsam drehte er den Knauf und schob die Tür auf, zuckte zusammen, als die Angeln mit einem metallischen Geräusch protestierten, sie mussten geölt werden, unbedingt, und dann stand er im Zimmer und schaute hinunter auf ihren Schatten im Bett, sie lag auf der Seite, den Rücken ihm zugewandt. Er brauchte einen Augenblick, bis er sie sah, bis sich seine Augen an die Dunkelheit und die blassen zitternden Lichtstreifen gewöhnt hatten, die die Straßenlampe draußen durch die Jalousie zwang, doch ganz allmählich nahm sie Gestalt an. Laurie. Seine Frau.

Er sah, wie sie die eine Schulter unter sich gezogen hatte und die andere aufragte, er sah, wie ihr Oberkörper zur Taille abfiel und dann den steilen Anstieg ihrer Hüfte. Er liebte ihre Hüfte. Und ihre Beine. Die Vertiefungen in ihren Knien. So wie sie ging, als würde sie einen ganz besonderen Preis zu jemandem tragen, den sie noch nicht entdeckt hatte. Er erinnerte sich an das erste Mal, dass er sie gesehen hatte, an einem heißen Sommertag, als die Sonne hoch am Himmel stand und sie mit einem Kerl aus der Schule, mit dem er am Wochenende gern etwas unternahm, auf ihn zukam, und er wusste überhaupt nichts über sie, er wusste ihren Namen nicht oder woher sie kam, oder dass sie die gleichen Bücher und Bands und Filme mochten, oder dass sie sich ihm völlig öffnen würde und er sich ihr, als hätten sie den gleichen Schlüssel, der haargenau passte. Er sah die Sonne hinter ihr und ihre Gestalt als Silhouette, Form und Eleganz, und das Licht war wie Gold. Er sah den Schwung ihrer Hüften vor der blendenden Helligkeit der Sonne und die Schatten ihrer Beine in dem langen durchscheinenden Kleid, ihre Beine, die anmutig und fest und zielgerichtet auf ihn zugingen.

Daran erinnerte er sich. Er hielt dieses Bild fest. Und dann zog er so leise wie möglich die Decke zurück und legte sich neben sie ins Bett.

DIE NACHT DES SATELLITEN

Worüber wir uns in dieser Nacht stritten – und es war spät, sehr spät, zehn nach drei auf meiner Uhr –, hatte sich fast zwölf Stunden zuvor ereignet. Eine kleine Sache, wirklich, aber jetzt sprengte sie alle Grenzen und vergiftete jedes Wort, das wir sagten, als hätten wir nicht schon genug Probleme. Sie gab nicht nach. Und ich rechtfertigte mich und war etwas mehr als nur ein bisschen paranoid. Wir waren beide betrunken. Oder wenn schon nicht betrunken, dann zumindest enthemmt von dem, was wir nach dem Vorfall bei Chris Wright und dann zum Abendessen und anschließend in der Bar getrunken hatten. Ich roch den nächtlichen Gestank des Flusses. Ich schaute auf und sah, wie sich der Himmel ausdehnte und dann schrumpfte, so dass er auf meinen Kopf passte wie ein Sturzhelm. Auf der Bundesstraße fuhr dröhnend ein Lkw vorbei, und dann war es still abgesehen von den Moskitos, die ihren Blutgesang summten, während der Rest der Insektenwelt entweder ihren Widerspruch oder ihre Zustimmung kreischte, ich wusste nicht was, es surrte und surrte, bis ich das Gefühl hatte, die Nacht würde aufbrechen und uns zerschmettert im Gras liegen lassen. »Du Arschloch«, knurrte sie.

»Du bist das Arschloch«, sagte ich.

»Ich hasse dich.«

»Dito«, sagte ich. »Dito und halt die Klappe.«

Der Tag hatte durchaus friedlich begonnen, es war Samstag, wir lagen beide im Bett und schliefen lang, die Jalousien waren heruntergelassen, und die Klimaanlage machte ihre Arbeit. Wenn der Hund nicht gewesen wäre, hätten wir vermutlich bis in den Nachmittag geschlafen, weil wir in der Nacht zuvor lang in einem Club namens Gabe's gewesen waren, wo wir mit Unterstützung von billigem Rum und zwei kleinen weißen Pillen, die von Mallorys Freundin Mona stammten, getanzt hatten, bis unsere

Kleider durchgeschwitzt waren und sich die Muskeln unserer Waden – meiner Waden jedenfalls – anfühlten, als wären sie chirurgisch entfernt, flachgehämmert und wieder eingesetzt worden. Doch der Hund (Nome, ein Husky mit einem blauen und einem braunen Auge) legte immer wieder den Keil seines Kopfes auf meine Seite des Betts und stieß eine Serie kurzer Geigenlaute aus, weil seine Blase kurz vorm Platzen und es höchste Zeit für seinen morgendlichen Auslauf war.

Ich schlug die Augen auf, und trotz der Bedürfnisse des Hundes und den ersten Anzeichen von Kopfweh stand ich mit dem Gefühl auf, dass die Welt ein gastfreundlicher Ort war. Nachdem ich auf der Toilette war und mir Wasser ins Gesicht gespritzt hatte, fand ich meine Shorts auf dem Boden, wo ich sie hingeworfen hatte, nahm die Leine und ging mit dem Hund hinaus in die Welt. Die Sonne stand hoch. Der Hund schnüffelte und entleerte sich. Ich schlenderte mit ihm zum Laden an der Ecke, kaufte eine Zeitung und zwei Kaffee im Plastikbecher, ging die stille sonnengetüpfelte Straße zurück, stieg die Treppe zur Wohnung hinauf und legte mich wieder ins Bett. Mallory saß aufrecht da und wartete auf mich, sie trug noch ihr Nachthemd, hatte jedoch ihre Brille aufgesetzt – eine eckige, schwarzgefasste kleine Brille, die der Prototyp der Lesebrille hätte sein können, wie man sie in jeder Drogerie findet, wären die Gläser nicht nach den Vorgaben des Optikers geschliffen und hätte sie sie nicht als kämpferisches Modestatement getragen. Sie streckte sich und lächelte, als ich durch die Tür kam, und murmelte etwas, was »Guten Morgen« hätte sein können, allerdings war der Morgen so gut wie vorbei. Ich reichte ihr den Kaffee und die Wochenendbeilage der Zeitung. Die Zeit verlangsamte sich. Während der nächsten Stunde war nichts zu hören außer dem Rascheln der Zeitung und den leisen Geräuschen, die beim Trinken von heißer Flüssigkeit durch eine kleine Öffnung im Plastik entstehen. Vielleicht dösten wir zwischendurch. Es spielte keine Rolle. Es war Sommer. Und wir hatten Urlaub.

Der Plan sah vor, dass wir zu dem Haus hinausfahren würden, das unsere Freunde Chris und Anneliese Wright von einem Farmer gemietet hatten, faulenzen und Wein trinken und vielleicht Krocket spielen oder den

Bach entlangwandern würden, der sich wie ein gewundenes Band durch die Maisfelder schlängelte, die sich ansonsten erstreckten, so weit das Auge reichte. Danach würden wir spontan entscheiden. Es wäre zu mühsam, am Abend zu kochen – und zu heiß, über dreißig Grad, und so feucht, dass sich die Luft anfühlte wie eine Splitterschutzweste –, und wenn Chris und Anneliese nichts anderes vorhatten, wollte ich sie überreden, mit uns in das vegetarische Restaurant zu gehen und eine Falafelplatte mit kleingeschnittenen Karotten, Hummus, Tabouleh und so weiter zu essen, dann vielleicht ins Kino oder wieder zu Gabe's, bis die Nacht dahinschmolz. Gut. Perfekt. Genau das, was man an einem Tag mitten im Sommer im Mittleren Westen tun wollte in der Woche nach dem Ende des Sommersemesters, nachdem man seine Bücher weggeräumt hatte für die drei Wochen Ferien, bevor das nächste Semester begann.

Wir hatten keine Stellen, nicht im eigentlichen Sinn – Stellen waren ein Mythos, ein Gerücht –, wir blieben an der Universität, Semester für Semester, weil wir nichts Besseres zu tun hatten. Wir bekamen natürlich finanzielle Unterstützung und verschuldeten uns mit Studienkrediten. Unser Wagen, übernommen von Mallorys Mutter, brauchte neue Reifen und wahrscheinlich noch viel mehr. Wir schrieben Arbeiten und benoteten Arbeiten, bekamen Einsen und Zweien in den Seminaren, die wir belegten, und vergaben Einsen und Zweien in den Seminaren, die wir gaben. Manchmal hatten wir das Gefühl, dass wir tatsächlich vorankamen, aber die Wahrheit war, dass wir wie die meisten anderen auf der Stelle traten.

Wie auch immer, wir machten ein paar Sandwiches, verfrachteten den Hund in den Wagen und fuhren durch die baumbestandenen Straßen der Stadt, bis sich das Land um uns öffnete, zwei Flaschen herabgesetzten australischen Zinfandel in einer Tasche auf dem Boden vor dem Rücksitz. Das Radio war an (Bluegrass, eine Vorliebe, die wir erworben hatten, nachdem wir hierher in die Mitte des Landes gezogen waren), die Fenster waren offen wegen des Fahrtwinds, während der Wagen durch die Maisfelder und über eine Reihe sanfter Hügel rollte, und wir hatten das Gefühl zu schweben. Nome saß auf dem Rücksitz, streckte den Kopf aus dem Fenster und bekleckerte den Kotflügel mit fliegendem Sabber. Alles war gut. Doch dann bogen wir auf die nicht gekennzeichnete asphaltierte Straße, die zu Chris und Anneliese führte, und sahen den Wagen, einen silbernen Toyota, der mit laufendem Motor auf unserer Spur stand und in die falsche Richtung zeigte.

Als wir näher kamen, sahen wir die Frau – das Mädchen – mitten auf der Straße auf uns zulaufen, das Gesicht gerötet und die Augen feucht vielleicht aufgrund überbordender Emotionen oder aufgrund von Heuschnupfen, der hier endemisch ist, und wir sahen den Mann – den Jungen –, der auf der Motorhaube saß und ihr Schmähungen nachschrie. Der Ausdruck »Beziehungsstreit« ging mir durch den Sinn, kaum dass das Mädchen den Kopf hob und Mallory »Halt an!« rief.

»Das ist ein Beziehungsstreit«, sagte ich und drückte ganz unmerklich aufs Gas.

»Halt an!«, wiederholte Mallory, diesmal nachdrücklicher. Der Junge beobachtete uns, ein zorniges Grinsen im Gesicht. Das Mädchen – sie war keine dreißig Meter mehr von uns entfernt – hob die Hand, als wollte sie uns anhalten, und ich nahm den Fuß vom Gas, vielleicht hatten sie wirklich eine Panne, stimmte etwas mit dem Wagen nicht, der Motor zu heiß, der Benzintank leer. Es war heiß. Heuschrecken prasselten gegen die Windschutzscheibe wie gelber Hagel. Es roch nach Teer.

Der Wagen blieb stehen, und das Mädchen neigte sich auf der Fahrerseite zum Fenster herunter, so dass ihr Gesicht einen Moment lang vor der grünen Maisflut schwebte. »Brauchst du Hilfe?«, fragte ich, und ihre Augen schwammen tatsächlich in Tränen, absolut, Tränen, die gegen ihre Lider drückten und in durchscheinenden Streifen auf ihren Wangen trockneten.

»Er ist so ein Idiot«, sagte sie und holte tief Luft. »Er ist, er ist« – noch ein Atemholen – »ich hasse ihn.«

Mallory neigte sich über mich, so dass das Mädchen sie sehen konnte. »Ist er dein –«

»Er ist ein Idiot«, wiederholte das Mädchen. Sie war jünger als wir, knapp unter oder über zwanzig. Ihr blondes Haar war zu Zöpfen geflochten, sie trug ein schwarzes Tanktop, abgeschnittene Jeans und rosa Crocs.

Sie blickte kurz zurück zu dem Jungen, der noch immer auf der Motorhaube saß, keine zwanzig Meter entfernt. Dann wischte sie sich mit dem Handrücken die Nase und fing wieder an zu weinen.

»Gut so«, schrie er. »Heul nur. Nur zu. Und dann lauf zu Mama und Papa zurück wie die Zurückgebliebene, die du bist!« Er war auch blond, eher rotblond, und in seinen Koteletten waren die Ansätze eines rötlichen Barts zu erkennen. Er trug ein Banksy-T-Shirt – die Ratte mit Sonnenbrille –, das an ihm klebte, als wäre es aufgemalt. Er verbrachte viel Zeit im Fitnessstudio. Sehr viel Zeit.

»Steig ein«, sagte Mallory. »Du kannst mit uns kommen – es wird schon wieder werden.«

Ich wandte mich an Mallory, blockierte ihr die Sicht auf das Mädchen. »Das ist eine Sache zwischen den beiden«, sagte ich und drückte gleichzeitig, ich weiß nicht warum, auf die Kindersicherung, so dass die Türen verriegelt waren. »Es geht uns nichts an.«

»Es geht uns nichts an?«, fuhr sie mich an. »Sie könnte in Schwierigkeiten stecken, vielleicht wurde sie misshandelt oder, ich weiß nicht, *entführt*, hast du schon mal daran gedacht?« Sie mühte sich, an mir vorbeizusehen zu dem Mädchen, das auf der Straße stand, als wäre sie dort festgeschraubt. »Hat er dich geschlagen, ist es das?«

Ein weiterer Schluchzer, so rasch wieder eingesogen wie ausgestoßen. »Nein, er ist nur ein Idiot, das ist alles.«

»Ja«, rief er und glitt von der Motorhaube, »erzähl's ihnen nur, weil du bist ja perfekt, stimmt's? Wollt ihr was sehen? Ihr da im Wagen, ich rede mit euch.« Er hob einen Arm, so dass die langen roten Kratzspuren zu sehen waren, Beweise für das, was zwischen ihnen passiert war. »Wollt ihr sie? Ihr könnt sie haben.«

»Steig ein«, sagte Mallory.

Nome begann zu jaulen. Das Haus war nur noch einen knappen Kilometer entfernt, und vielleicht roch er Chris' und Annelieses Hund, ein Malamute namens Boxer, und die Schafe, die der Farmer in einem eingezäunten Pferch neben der Scheune hielt. Das Mädchen schüttelte den Kopf.

»Nur zu, Schlampe«, rief der Junge. Er lehnte sich gegen die Motorhaube seines Wagens und verschränkte die Arme vor der Brust, als machte er das schon eine Weile mit und wäre bereit, ewig so weiterzumachen.

»Du musst dir das nicht gefallen lassen«, sagte Mallory, und ihre Stimme klang scharf und hart, es war der Tonfall, den sie mir gegenüber anschlug, wenn ich zu viel redete oder noch nicht dazugekommen war, das Geschirr zu spülen, obwohl ich an der Reihe war. »Los, steig ein.«

»Nein«, sagte das Mädchen und trat einen Schritt vom Wagen zurück, so dass wir sie ganz in Augenschein nehmen konnten. Ihre Arme waren schweißnass. Auf ihrer Oberlippe standen kleine Schweißperlen. Sie war hübsch, sehr hübsch.

Ich nahm den Fuß von der Bremse, der Wagen fuhr langsam an, und Mallory sagte, »Bleib stehen, Paul, was machst du da?«, und ich sagte lahm, »Sie will nicht einsteigen. Es ist ein Beziehungsstreit, siehst du das nicht?« Dann fuhren wir durch den Kanal, den die Straße durch die grünsten Felder der Welt schnitt, an dem angepissten Jungen mit den zerkratzten Unterarmen und einem harten hämischen Blick in den Augen vorbei, hinunter in eine Senke und die nächste Anhöhe hinauf. Mallory war wütend, sie schlug gegen die versperrte Tür, als wäre es eine Trommel, reckte den Hals, um zu dem Mädchen zurückzublicken, das erstarrt auf der Straße stand, bis die Szene aus dem Rückspiegel verschwand.

Als wir bei Chris und Anneliese ankamen, war Mallory voll im Krisenmodus. Kaum bogen wir auf die Einfahrt, entriegelte ich die Kindersicherung, doch sie bedachte mich mit einem vernichtenden Blick, knallte die Wagentür zu, schritt die Stufen zur Veranda hinauf und rief: »Anneliese, Chris, wo seid ihr?« Ich war mittlerweile ausgestiegen, Nome war über den Vordersitz gesprungen und an mir vorbeigeschossen, als Boxer um die Ecke des Hauses stürmte, einen gelben Labradorwelpen im Schlepptau, den ich noch nie zuvor gesehen hatte. Die Hunde bellten rhapsodisch, dann schwang die Fliegengittertür auf, und da waren Chris und Anneliese, beide eine Weinschorle in der Hand. Chris war barfuß und trug kein Hemd, Anneliese war fast genauso angezogen wie das Mädchen auf der

Straße, nur dass ihr Top blau war, passend zu ihrer Augenfarbe, und sie trug Sandalen, um mit ihren Füßen anzugeben. Vor dem Studium war sie Strumpfmodel für Lord & Taylor in Chicago gewesen, und sie ließ keine Gelegenheit aus, es dich wissen zu lassen. Der Rest von ihr war vermutlich auch ziemlich attraktiv, stromlinienförmige Gliedmaßen, lockiges kupferfarbenes Haar und die weißesten Zähne, die ich je gesehen habe oder mir vorstellen konnte. Meine eigenen Zähne neigen zum Gelblichen, aber meine Eltern waren im Gegensatz zu ihren auch keine Zahnärzte.

Mallory sagte nicht hallo oder wie geht's euch oder danke für die Einladung, sondern drehte sich nur verärgert um und deutete die Straße entlang. »Ich brauche ein Fahrrad«, sagte sie. »Könnt ihr mir ein Fahrrad leihen?«

Anneliese entblößte ihre Zähne in einem unsicheren Lächeln. »Wovon redest du? Du bist doch gerade erst angekommen.«

Die Erklärung war kurz und lebhaft und schonungslos, was meinen Mangel an Anteilnahme und Mitgefühl anbelangte. Alle drei schauten mich einen Augenblick an, dann sagte Anneliese: »Was, wenn er gefährlich ist?«

»Er ist nicht gefährlich«, sagte ich reflexartig.

»Ich komme mit«, sagte Anneliese, und dann schob sie zwei gleiche Fahrräder mit Zehn-Gang-Schaltung durch die Tür, ihrs und das von Chris.

Chris winkte mit seinem Glas. »Meinst du, dass vielleicht Paul und ich fahren sollten? Nur für den Fall?«

Mallory stieg bereits auf ein Fahrrad. »Vergiss es«, sagte sie mit einer Bitterkeit, die weit über das notwendige Maß hinausreichte, so sie überhaupt notwendig war. Ich hatte getan, was jeder getan hätte. Glauben Sie mir, man mischt sich nicht ein, wenn ein Paar streitet. Insbesondere ein fremdes Paar. Und insbesondere nicht an einem glühend heißen Nachmittag auf einer verlassenen Landstraße. Sie wollen sich einmischen? Rufen Sie die Polizei. Das jedenfalls ist meine Meinung, aber andererseits war alles so schnell gegangen, dass ich nicht genug Zeit gehabt hatte, um alle Konsequenzen zu bedenken. Ich hatte instinktiv gehandelt, das war alles. Das Problem war, dass auch Mallory das getan hatte.

Sie warf mir einen verächtlichen Blick zu. »Wahrscheinlich würdest du ihm nur auf die Schulter klopfen.« Sie hielt kurz inne, fixierte Chris. »Ihr beide.«

Und dann brach ein großes Chaos aus, denn bevor ich antworten konnte – bevor ich auch nur nachdenken konnte –, radelten beide Frauen im Sonnenschein die Straße entlang, als befänden wir uns alle im zweiten Akt eines Theaterstücks, und die Hunde, angespornt von dem Labradorwelpen, nutzten diesen Augenblick, um unter der untersten Latte des verblichenen Holzzauns durchzukriechen und die Schafe zu jagen. Die Schafe waren da, hier im Hof, liefen herum und sonderten einen schweißigen Gestank ab, und die zwei älteren Hunde – meiner und der von Chris – wussten, dass sie etwas strikt und absolut Verbotenes taten und dass ihnen schwerwiegende Konsequenzen drohten, sollten sie sich nicht daran halten und ihren Instinkten freien Lauf lassen. Aber genau das taten sie. Der Welpe, der, wie sich herausstellte, ein Geburtstagsgeschenk von Chris für Anneliese war, begriff die Regeln noch nicht – es waren Schafe, und er war ein Hund –, und deswegen jagte er sie herum, und die Schafe reagierten, und die Reaktion, Raubtier und Beute, trieb die älteren Hunde zur Raserei.

In diesem Augenblick vergaßen wir die Frauen, vergaßen das Paar auf der Straße, vergaßen die Weinschorle und das Krocket und die Vorstellung, an einem sengenden Nachmittag zu chillen, weil die Hunde die Schafe in Panik versetzten und die Schafe nicht entkommen konnten, und es war an uns – wir waren Doktoranden, keine Farmer, keine Schäfer –, uns einzumischen und sie zu trennen. »Oh, Scheiße«, sagte Chris, und dann sprangen wir beide über den Zaun und waren mittendrin. Ich rannte hinter Nome her, schrie wütend nach ihm, aber er war zu einem primitiven Geschöpf geworden, riss Wolle und Haut von einem blökenden Schaf nach dem anderen. Ich bekam ihn zweimal zu fassen, stürzte mich auf ihn wie ein Linebacker, doch er entwand sich mir, und ich lag im Dreck, im Staub, in einem Zyklon aus Staub, die Schafe trampelten mit ihren steinharten schwarzen Hufen über meine nackten Arme und ausgestreckten Hände. Überall lag Scheiße. Blut. Als wir die Hunde endlich niedergerungen und hinausgeschafft hatten, wies ein halbes Dutzend

Schafe unübersehbare Wunden im Gesicht und an den Beinen auf, eine Situation, die den Farmer – Chris' Vermieter – beunruhigt hätte, wäre er ihrer ansichtig geworden, und wir selbst mussten dringend dekontaminiert werden. Ich blutete. Chris blutete. Die Schafe bluteten. Und die Hunde, die Hunde wurden heruntergeputzt und gezwickt und geschlagen und über den Hof gezerrt und angekettet, so dass sie den Nachmittag über hechelnd daliegen und über ihre Sünden nachdenken konnten. So war die Lage, damit waren wir beschäftigt, und wenn die Frauen auf ihren Fahrrädern mittlerweile von Insekten überdeckt waren oder sich in einen fremden Streit einmischten, so wussten wir es nicht.

Dann fuhr ein Wagen vorbei, ein silberner Toyota, doch ich sah ihn nur einen Moment lang und konnte nicht sagen, ob zwei Personen darin saßen oder nur eine.

Wir spielten nicht Krocket – Mallory war zu aufgeregt, und außerdem tropfte bei jeder Bewegung der Schweiß –, aber wir saßen auf der Veranda und tranken Zinfandel und Wasser mit Eis, während die Hunde winselten und in der Erde scharrten und sich schließlich niederließen, zufrieden dösten und unter den Fliegen zuckten. Mallory verlor kein Wort über das Paar im Toyota, außer dass das Mädchen, als sie und Anneliese ankamen, bereits im Wagen saß, der dann wendete und an ihnen vorbeischoss, und ich dachte – dummerweise –, dass die Sache damit erledigt wäre. Um sechs Uhr gingen wir in eine Pizzeria, weil ich überstimmt wurde, drei zu eins, und danach sahen wir einen Film, über den Anneliese Gutes gehört hatte, der sich jedoch als Flop herausstellte. Es war ein französischer Film über drei unspezifisch unglückliche Paare, die wechselnde Affären miteinander und einer ganzen Truppe dritter und vierter Personen hatten, und das vor einem verregneten Pariser Hintergrund, der aussah, als wäre er durch einen durchsichtigen Wasserball gefilmt. Am Ende gab es eine Nahaufnahme von jedem Protagonisten, die getrennt und übellaunig durch den Regen verschiedenen Orten zustrebten. Den drei stark geschminkten Schauspielerinnen lief die Wimperntusche übers Gesicht. Die Musik steigerte sich.

Anschließend gingen wir zu Gabe's, wo die dröhnende, klimatisierte Ausgelassenheit einer Live-Band und unbegrenzter Cocktails herrschte. Chris und Anneliese waren großartige Tänzer, denen alle, anderen Tänzer wie Mauerblümchen, voller Neid zuschauten, und sie verschwendeten keine Zeit, um einen Tisch zu suchen, sondern stürzten sich sofort auf die Tanzfläche, ihre Arme blitzten weiß auf, und Annelieses kupferfarbenes Haar saugte alle Farbe aus dem Raum. Auch Mallory und ich waren gute Tänzer, dank langer Bekanntschaft auf die Bewegungen des anderen eingestimmt, und wenn wir auch nicht so auffielen wie Chris und Anneliese, so konnten wir uns doch behaupten. Ich wollte ihre Hand nehmen, aber Mallory entzog sie mir und setzte sich mit einem gereizten Achselzucken an einen Tisch. Ich blieb einen Augenblick stumm bittend stehen, aber sie sah mich nicht an, und da begann mir zu dämmern, dass es eine lange Nacht werden würde. Was wollte ich? Ich wollte tanzen, wollte mich freuen und erleichtert fühlen – Sommerferien! –, doch stattdessen ging ich zur Bar, um eine Schorle für Mallory und ein Coke mit Rum für mich zu holen.

An der Bar drängten sich die Leute, mehr Leute als gewöhnlich, obwohl die meisten Studenten nach Hause oder nach Europa oder Costa Rica oder wohin auch immer gefahren waren, solange jemand anders dafür bezahlte. Es gab zwei Barkeeper, zwei Frauen, die mit ihren Aktivposten angaben, und ich brauchte fünf Minuten, um mich an die Theke durchzukämpfen, und weitere fünf Minuten, um die Aufmerksamkeit der nächsten Barkeeperin auf mich zu lenken. Ich schrie die Bestellung gegen den ohrenbetäubenden Krach der Band an. Bekam die Getränke, zahlte, nahm ein Glas in jede Hand und begann, mir einen Weg durch die Menge zum Tisch zurückzubahnen. Und da schubste mich jemand von hinten – heftig –, und die Hälfte der Weinschorle ergoss sich über mein Hemd und die Hälfte des Coke mit Rum über den Rücken des Mädchens vor mir. Das Mädchen drehte sich ärgerlich zu mir um, und ich drehte mich um zu wem immer, der mich geschubst – gestoßen – hatte, und starrte in das Gesicht des Jungen von der Straße, der Junge mit der aufgelösten Freundin und dem silbernen Toyota. Ich brauchte einen Augenblick, bis ich ihn erkannte, einen Augenblick, der erfüllt war von dem quengelnden nasalen Gejammer des Mädchens mit der cokefleckigen Bluse – »Herrgott, willst du dich nicht mal entschuldigen?« –, und dann breitete er wortlos die Hände aus, als würde er einen Zaubertrick vollführen, und stieß mich vorsätzlich, so dass ich gegen das Mädchen taumelte und beide Gläser zu Boden fielen und geräuschlos zerbrachen und die Eiswürfel über den Boden schlitterten. Das Mädchen rief wieder den Herrgott an, diesmal lauter, der Junge drehte sich um und verschwand in der Menge.

Die Leute bildeten einen Kreis um mich. Die Barkeeperin sah mich angewidert an. »Entschuldige«, sagte ich zu dem Mädchen, »aber du hast es gesehen, oder? Er hat mich gestoßen.« Und dann, obwohl es keinerlei Bedeutung mehr hatte und er bereits am Türsteher vorbeiging, die Tür aufstieß und in der Nacht verschwand, fügte ich in ebenfalls jammerndem Tonfall hinzu: »Ich kenne ihn überhaupt nicht.«

Als ich ohne Getränke an den Tisch zurückkehrte, sah mich Mallory lange aus zusammengekniffenen Augen durch ihre Brille an und sagte – oder schrie vielmehr über den Lärm der Band: »Warum hast du so lange gebraucht?« Und dann: »Wo sind die Getränke?«

Das war der entscheidende Augenblick. Mein Hemd war nass. Ich war gedemütigt worden, Adrenalin schoss durch meine Adern, und mein Herz trommelte, und ich dachte: *Wer ist schuld daran? Wer hat die Nase in was reingesteckt, wo sie nicht erwünscht war?* Und dann fingen wir an. An Ort und Stelle. Und es war mir egal, wer uns zusah. Und als die Band eine Pause machte, sich Chris und Anneliese zu uns setzten und wir endlich etwas zu trinken hatten, war die Stimmung angespannt, um es milde auszudrücken. Sobald die Band wieder zu spielen begann, forderte ich Anneliese zum Tanzen auf, und Chris bat aus Sympathie oder Höflichkeit oder Langeweile Mallory auf die Tanzfläche, und eine Weile tanzten wir alle vier, Chris kehrte irgendwann zu Anneliese zurück, und Mallory tanzte mit einer willkürlichen Reihe von Typen, nur um mir eins auszuwischen, was ihr gelang, mit Bravour und Zinseszins in jeder Minute.

Und deswegen saßen wir auf der dunklen Wiese in der Nacht des Satelliten und spien sie aus, zornige Worte, verletzende Worte, Worte, nach denen ich sie den Moskitos überlassen, fortgehen, ein Zimmer auf der anderen Seite der Stadt mieten und nie wieder mit ihr sprechen wollte. Sie hatte mir gerade zum ungefähr hundertsten Mal erklärt, dass sie mich hasste – und wir waren beide betrunken, wie gesagt, die Begegnung auf der Straße war der Wendepunkt gewesen, und es gab kein Zurück –, als sich alles änderte. Ich wollte etwas erwidern, wollte etwas Schneidendes wie »Ja, ich dich auch« sagen, als ein Lichtstreifen über den Himmel schoss und mich einen Moment später etwas an der Schulter traf. Es war ein Schlag, ein spürbarer Treffer, und mein erster Gedanke war, dass uns der Typ mit dem Toyota gefolgt und jetzt hier war, um hinterhältig Rache zu nehmen für etwas, das nie passiert war, das weniger als nichts war – das Mädchen war schließlich nicht in unseren Wagen gestiegen, oder? –, doch dann spürte ich, dass etwas mit einem hörbaren Aufprall ins feuchte hohe Gras fiel. »Was war das?«, fragte Mallory.

»Weiß ich nicht.«

»Da«, sagte sie, holte ihr Handy heraus und beleuchtete damit den Boden.

Das Objekt lag vor uns, vor unseren Füßen, in einer graugrünen Schüssel aus abgeknickten Grashalmen. Es war aus Metall, eindeutig aus Metall, eine Art Stahl- oder Titangeflecht, knapp zwanzig Zentimeter lang und vielleicht zehn breit, wie eine Socke, so groß wie eine Socke. Und es war nicht heiß, wie man erwartet hätte, überhaupt nicht, denn es war in siebenunddreißig Kilometer Höhe heiß geworden, und als es hier gelandet war, auf der Erde, vor mir, war es so lauwarm wie ein Karton Milch, den man vergessen hat, in den Kühlschrank zu stellen.

Es war ein Zeichen, aber wofür wusste ich nicht genau. Am nächsten Morgen recherchierte ich im Internet und fand einen Artikel, der bestätigte, dass der Lichtstreifen am Himmel vom Wiedereintritt eines ausgemusterten, zwanzig Jahre alten NASA-Wettersatelliten verursacht worden war, dessen Absturz Wissenschaftler verfolgt hatten. Der Satellit war so groß gewesen wie ein Schulbus und hatte sechseinhalb Tonnen gewogen, und allein diese Tatsache hatte Anlass zu beträchtlichen Befürchtungen gegeben, da zunehmend klar geworden war, dass ihn seine Flugbahn über dicht besiedelte Gebiete in Kanada und den USA führen würde. Auf einem körnigen Schwarzweißbild war die am wenigsten aerodynamische Struktur zu sehen, die man sich vorstellen kann, überall scharfe Ecken und funktionale Flächen, das Ganze überschattet von einem Sonnenkollektor, der so riesig war wie die Leinwand in einem Autokino. Im Artikel wurde behauptet, dass alle größeren Überreste höchstwahrscheinlich in der obersten Schicht der Atmosphäre verbrannt waren und die Wahrscheinlichkeit, von einem Fragment innerhalb seiner Reichweite getroffen zu werden, bei 1 zu 3200 gelegen hatte. Nun gut. Aber *ich* war getroffen worden, und entweder sollten sie neue Berechnungen anstellen oder Mallory und ich sollten auf der Stelle nach Vegas fahren. Ich trug meinen Laptop in die Küche, wo sie am Tisch in der Nische saß und mit einem gezackten Messer eine Grapefruit filetierte.

»Was habe ich gesagt?«, sagte ich.

Sie überflog den Artikel und blickte dann zu mir auf. »Hier steht, dass er in der obersten Schicht der Atmosphäre verbrannt ist.«

»*Höchstwahrscheinlich* steht da. Und das stimmt offensichtlich nicht. Du warst dabei. Du hast es gesehen.« Ich deutete durch die Tür zum Wohnzimmer, wo das Geflecht – starr, verdreht, vom Wiedereintritt geschwärzt – im Bücherregal bei den amerikanischen Autoren zwischen Salinger und Salter stand, wo sich zuvor eine Vase befunden hatte. »Sag mir, dass das Ding nicht echt ist.«

In der Nacht, draußen auf der Wiese, hatte sie mich davor gewarnt, es anzufassen – »Es ist schmutzig, es ist nichts, ein Stück Abfall« –, aber ich wusste es besser, ich wusste es sofort. Ich nahm es vorsichtig zwischen Daumen und Zeigefinger, erwartete Hitze, erwartete rasiermesserscharfen Stahl auf ungeschütztem Fleisch und dachte an den *Krieg der Welten* in seiner letzten Kinofassung, doch nachdem wir es kurz im fahlen Schein des Handys untersucht und gesehen hatten, wie vollkommen harmlos es war, reichte ich es ihr so ehrfürchtig, als wäre es eine religiöse Reliquie. Sie hielt es in der Hand, fuhr mit dem Daumen über einen Zopf des Geflechts und gab es mir dann zurück. »Es ist warm«, sagte sie.

»Genau, ja, das habe ich gemeint.«

»Du glaubst doch nicht wirklich, dass das von dem Meteor stammt oder was immer es war?«, fragte sie und wandte das Gesicht dem Himmel zu, so dass sich ihre Züge in der Dunkelheit auflösten.

»Satellit«, sagte ich. »Es war in den Nachrichten, aber sie haben gesagt, dass er irgendwo in Kanada runterkommen würde.«

»Aber sie haben sich getäuscht, willst du sagen.«

Ich sah ihr Gesicht nicht, doch ich hörte die Verachtung in ihrer Stimme. Wir hatten den ganzen Tag gestritten, wir hatten bis zur Erschöpfung gestritten, und es machte mich wütend, dass sie mir nicht einmal das zugestehen wollte. »Sie haben sich schon früher getäuscht«, sagte ich. Dann klemmte ich mir das Ding unter den Arm und ging über die Wiese davon, ohne mich darum zu kümmern, ob sie mir folgte oder nicht.

Jetzt sagte sie: »Du bist verrückt. Es ist ein Teil von einem Auto oder einem Traktor oder irgendwas, einem Rasenmäher – ich wette, es ist von einem Rasenmäher abgefallen.«

»Ein Rasenmäher am Himmel? Es hat mich getroffen. Hier an der Schulter.« Ich zog zum Beweis den Ausschnitt meines T-Shirts über die linke Schulter.

»Ich sehe nichts.«

»Da ist ein roter Fleck, glaub mir – ich habe ihn heute Morgen im Spiegel gesehen.«

Sie starrte mich nur an.

Eine Woche verging. Die Hitze ließ nicht nach, nicht einmal nachdem mehrere Gewitter unter einem Himmel grollten, der aussah wie blaue Flecken – der Regen schaffte es nur, die Feuchtigkeit in die Höhe zu treiben. Wir sollten eigentlich Spaß haben, wir sollten eigentlich Urlaub machen, aber wir unternahmen nichts. Wir saßen herum und schwitzten und vermieden soweit wie möglich jeglichen Kontakt. Das Abendessen war entweder Salat oder Takeout, wir aßen am Küchentisch unter dem Ventilator, jeder ein Buch in der Hand. Für den Hund war es schlimm, sein Fell war eigentlich für ein völlig anderes Klima bestimmt, und ich ging immer länger mit ihm raus, nur um aus dem Haus zu kommen. Zweimal spazierte ich mit ihm in den Park, auf den der Satellit seine Haut abgeworfen hatte, und ich durchkämmte das Gras dort auf der Suche nach Beweisen – Metall, mehr Metall, eine Schraube, einen Bolzen –, ich sagte zu niemandem ein Wort davon, am allerwenigsten Mallory. Was fand ich? Eine ganze Welt menschlichen Abfalls – Kronenkorken, Feuerzeuge, einen ausgefransten Schnürsenkel, Plastik in seiner unendlichen Vielfalt – und das Ungeziefer, das selbstvergessen dazwischen und darin lebte. Als ich von der zweiten dieser Exkursionen zurückkam, lag Mallory noch immer auf der Couch, auf der sie schon bei meinem Weggang gelegen hatte, ihre Füße nackt, ihre Beine schweißglänzend, Zeitschrift in einer Hand, Diet Coke in der anderen. Sie blickte nicht einmal auf, aber ich sah sofort, dass sich etwas verändert hatte, ihre Haltung, als wüsste sie etwas, das ich nicht wusste.

»Ich war mit dem Hund im Park«, sagte ich und hängte seine Leine an den Haken neben der Tür. »Ich glaube, dort ist es noch heißer als hier.«

Sie erwiderte nichts.

»Willst du zu Gabe's gehen und was trinken? Wie wär's mit einem Gin Tonic?«

»Ich weiß nicht«, sagte sie und schaute mich zum ersten Mal an. »Von mir aus. Mir egal.«

Und da fiel mein Blick auf das Bücherregal, auf die Lücke dort, wo das alte Taschenbuch *Neun Erzählungen* umgefallen war. »Wo ist das Ding?«, fragte ich.

»Welches Ding?«

»Das Geflecht. *Mein Geflecht.*«

Sie zuckte die Achseln. »Ich habe es weggeworfen.«

»Weggeworfen? Wohin? Was soll das heißen?«

Im nächsten Moment war ich in der Küche, riss den Deckel des Abfalleimers auf, der allerdings leer war. »Du meinst draußen?«, rief ich. »In die Mülltonne?«

Als ich in das Zimmer zurückstürzte, hatte sie sich immer noch nicht gerührt. »Herrgott, was hast du dir dabei gedacht? Es hat mir gehört. Ich wollte es. Ich wollte es behalten.«

Ihre Lippen bewegten sich kaum. »Es war schmutzig.«

Ich muss eine halbe Stunde dort draußen verbracht und alle nebeneinander stehenden Mülltonnen unseres Gebäudes und die auf der anderen Straßenseite durchsucht haben. Es war mir peinlich, das sage ich Ihnen, Leute schlenderten vorbei und sahen mich an, als wäre ich einer der Obdachlosen, ein Dosen- oder Flaschensammler, und ich war auch wütend und wurde immer wütender. Sie hatte kein Recht, sagte ich mir – sie hatte es nur getan, um mich zu ärgern, das wusste ich, und das Schlimmste, das Traurigste war, dass ich jetzt nie erfahren würde, ob dieses Stück Geflecht echt war oder nicht. Ich hätte es der NASA schicken können, dem JPL, jemandem, der ja oder nein hätte sagen können. Aber jetzt nicht. Nicht mehr.

Nachdem ich die Treppe wieder hinaufgegangen war, schwitzend und eingehüllt in den Gestank nach faulendem Gemüse, nach abgenagten Knochen und dem ganzen Rest, der mich umgab wie ein Miasma, stürzte ich mich auf sie. Ich packte sie am Arm, schlug die Zeitschrift weg und riss sie auf die Beine. Sie schaute ängstlich drein, und das machte mich noch wütender. Vielleicht habe ich sie geschubst. Vielleicht hat sie mich auch geschubst. Dann war ich aus der Tür, draußen auf der Straße, schäumend, die Sonne brannte herunter, alles sah so gewöhnlich aus wie Spülwasser. Weiter die Straße entlang war eine Bar. Klimaanlage, Musik, Lärm, Leute, ein Stimmungswechsel, der so einfach zu bewerkstelligen war wie das Wechseln eins Kanals im Fernseher –, und ich war schon unterwegs dorthin, meine Schultern hart wie Draht, als ich wieder stehen blieb.

Unser Wagen stand auf dem Parkplatz hinter dem Haus. Ich machte einen Umweg um das ganze Gebäude, hielt mich nah an die Mauer für den Fall, dass Mallory aus dem Fenster auf die Straße hinausschaute, um zu sehen, wo ich war. Der Tank war zu einem knappen Viertel gefüllt, in meiner Brieftasche waren drei Fünf- und drei Ein-Dollar-Scheine, zusammen mit dem Kleingeld besaß ich die Riesensumme von neunzehn Dollar und fünfundneunzig Cent. Egal. Ich würde auf dem Weg aus der Stadt an einem Bankomaten anhalten, und wenn die Lage ganz verzweifelt würde, hätte ich immer noch die Kreditkarte, die wir nur in Notfällen benutzten, weil wir uns wirklich bemühten, jeden Monat so wenig Geld wie möglich auszugeben. Handelte es sich um einen Notfall? Mallory hätte es verneint. Auch die Genies bei der NASA hätten es vermutlich verneint – oder der Bauer, dessen Schafe verschorfte Wunden an den Beinen, am Hals und in ihren traurigen weißen Gesichtern hatten. Doch als ich den Wagen aus dem Parkplatz lenkte, dachte ich unwillkürlich, dass es der größte Notfall meines Lebens war.

Ich wusste nicht, wohin ich fuhr. Ich hatte keinen Plan abgesehen von der vagen Idee, ein paar Kilometer hinter mich zu bringen Richtung Norden, vielleicht bis der Mais in Wald überging, in duftende Kiefern, und nachts kühlte die Luft ab und zog durch das offene Fenster herein, so dass man eine Decke über sich ziehen musste, wenn man schlief. Der Wagen – der verrostete Volvo-Kombi, mit dem Mallorys Mutter in Connecticut zur Arbeit gefahren war – bebte und stieß einen knirschenden mechanischen Klagelaut aus, als ich vor der Bank anhielt. Ich stieg aus und die drei Stufen zu dem betonierten Gehweg hinauf, wo sich der Bankomat befand, und wartete die geforderten zwei Meter von der Frau mittleren Alters in der riesigen Khakishorts entfernt, die gerade ihre Karte hineinsteckte. Die Hitze war schwindelerregend. Mein Hemd war so nass wie ein Spüllappen, mein Haar hing schlaff herab. Ich dachte nicht, ich handelte.

In diesem Moment blickte ich auf und sah den silberfarbenen Toyota auf dem Parkplatz vor der Eisdiele nebenan stehen. Eine Frau und zwei Kinder kamen heraus, leckten an ihren Waffeln und gingen die Straße entlang, dann schwang die Tür wieder auf, und da war das blonde Mädchen, die eine Waffel – blassgrünes Pistazieneis – hochhielt, ihr Gesicht zu einer Grimasse verzerrt, als sie über die Schulter etwas zu dem Mann hinter ihr sagte. Er trug dasselbe T-Shirt, das er damals auf der Straße zu Chris und Anneliese getragen hatte, und er selbst hatte kein Eis, und als er durch die Tür trat, verzog auch er das Gesicht und packte das Mädchen am Arm. Sie stieß einen Schrei aus, und dann fiel das Eis – zwei Kugeln –, das bereits in grünen Streifen über ihren Handrücken lief, aus der Waffel und traf platschend vor ihren Füßen auf dem Boden auf, wie alles andere dem Gesetz der Schwerkraft unterworfen.

»Du Widerling«, sagte sie. »Schau nur, was du getan hast.« Und er erwiderte etwas. Und dann sagte sie abermals etwas. Ich sah ihnen nicht länger zu, weil sie, soweit es mich betraf, auf jeder denkbaren Umlaufbahn um die Welt schlittern konnten, solange sie sich nie wieder mit meiner kreuzte. Weltraumschrott kollidiert auf zwei breiten Schneisen im niedrigen Erdorbit, in tausend und tausendfünfhundert Kilometer Höhe, wird dabei kleiner und kleiner, so große Objekte wie Satelliten und Startraketen und so kleine wie der Handschuh, den Ed White beim ersten amerikanischen Weltraumspaziergang verlor. Irgendwann kommt alles runter, und ob es verglüht oder auf ein Haus fällt oder jemanden auf einer dunklen Wiese in einer dunklen Nacht an der Schulter trifft, ist völlig offen.

Die Frau am Bankomat schien Schwierigkeiten mit ihrer Karte zu haben – es waren noch keine Scheine herausgekommen, und sie drückte immer wieder auf die Tasten und steckte die Karte mehrmals hinein, als ob schiere Wiederholung die Maschine mürbe machen würde. Ich hatte Zeit. Ich war die Ruhe selbst. Ich holte mein Handy heraus und rief Mallory an. Sie meldete sich nach dem ersten Klingeln. »Ja?«, fuhr sie mich noch immer wütend an. »Was willst du?«

Ich sagte nichts, kein Wort. Ich drückte mit dem Daumen auf die rote Taste und beendete die Verbindung. Doch was ich hatte sagen wollen war, dass ich den Wagen genommen hatte und zurückkommen würde. Ich war ziemlich sicher, dass ich zurückkommen würde, und dass sie den Hund füttern und die Miete zahlen sollte, die am Ersten des Monats fällig war, und sollte sie abends ausgehen – sollte sie überhaupt ausgehen –, dann sollte sie daran denken, nach oben zu schauen, ganz nach oben, wo die Sterne glitzern und der Weltraumschrott herumfliegt, denn man weiß nie, was als nächstes herunterfallen wird.

SLATE MOUNTAIN

Die Sonne war ein kleines Geschenk der Götter, blass wie eine Nektarine hing sie über den Bäumen an einem Morgen, an dem die Wettervorhersage im örtlichen NPR-Sender ihm versichert hatte, dass ein kalter trüber Nieselregen in richtigen Regen übergehen würde. Die Wettervorhersage – es war eine Frau, eine Wetterfrau mit einer leisen wispernden Stimme, die einen an eine ganze Reihe von Aktivitäten denken ließ, die überhaupt nichts mit dem Wetter zu tun hatten – hatte sich früher schon geirrt. Öfter, als er zählen konnte. Satelliten, Ozeansensoren, Hygrometer, Anemometer, Barometer – auf ihre Weise hatten sie alle recht und versorgten Menschen in Großstädten mit Informationen, wann sie Gummistiefel und Regenschirme herausholen sollten, aber meistens reichte es, wenn er durch die Hintertür trat und an der Luft roch, und dann konnte er in fünfundneunzig Prozent der Fälle sagen, was der Tag bringen würde. Natürlich konnte er das. Und er tat es jetzt, auf einer Welle von Endorphinen treibend, nahm er die Kaffeetasse in die linke Hand, um mit der Rechten die Tür zu öffnen, ging auf die Veranda mit ihrer uneingeschränkten Sicht auf die buckligen gelben Wiesen, die freistehenden Eichen und die blauschwarzen Berge dahinter und holte tief Luft. Es war feucht, kein Zweifel, doch der Himmel war klar oder fast klar, und auch wenn es ein bisschen regnen sollte – selbst wenn es in größerer Höhe schneien sollte –, er würde die Wanderung um nichts in der Welt absagen.

Es war ein Samstag Ende Oktober, auf den niederen Hängen verfärbte sich das Laub bronzefarben, die Jagdsaison war vorbei, und die Mücken hatten sich zumindest bis zum nächsten Frühjahr in die Mückenhölle verzogen, und siebzehn Leute hatten sich angemeldet, darunter Mal Warner, der Vorstandsmitglied des Los-Padres-Ortsverbands war, seit Brice sich erinnern konnte. »Es werden also zwei Vorstände bei diesem kleinen Spaziergang dabei sein«, hatte Syl beim Abendessen am Tag zuvor gesagt. Auf

diese Weise hatte er es nicht gesehen – er und Mal kannten sich seit fünfundvierzig Jahren, seit Brower und dem Kampf um den Grand Canyon,
allerdings hatten sie sich in den letzten Jahren auseinandergelebt –, doch
er schaute von seiner vegetarischen Lasagne und dem Pflücksalat mit No-
pal auf, um ihr zuzunicken. »Ja«, sagte er und gab ihr recht – er war schließlich im Vorstand des Kern-Kaweah-Ortsverbands, ganz zu schweigen davon, dass er jedes Jahr ein Dutzend oder mehr Gruppenwanderungen an-
führte –, »so ist es.«

Er hatte die Gabel abgelegt und durch das Zimmer geschaut, an Syl und
dem Kalender an der Wand vorbei und aus dem Fenster, wo die Abend-
sonne die oberste Stange des Zauns polierte, bis sie schimmerte, als wäre
sie gewachst, und sich wieder einmal gefragt, warum Mal beschlossen
hatte, den weiten Weg auf sich zu nehmen – nicht etwa zu einem Abendessen oder einem Drink oder einem erinnerungsseligen Abend auf der
Veranda, sondern für eine Routinewanderung einen Berg hinauf, der für
sie beide keinerlei Herausforderung darstellte. Zudem hatte Mal beschlossen, nicht etwa anzurufen, sondern zu mailen, als wollte er sich die Atem-
luft sparen, obwohl die Mail durchaus freundlich war: *Habe gesehen, dass
Du nächste Woche eine Wanderung für über Sechzigjährige den Slate Mountain hinauf anführen wirst, und habe gedacht, dass ich mitkomme. Du musst
zugeben, dass ich qualifiziert bin. Mehr als das. Freue mich. Gruß, Mal. P.S.
Grüße auch an Syl.*

Jetzt, als der Wind die Richtung änderte und eine hohe Vorhut Cirro-
stratus-Wolken sich wie schmutzige Wäsche um die Sonne scharte, trank
er einen Schluck Kaffee und dachte an die Schönheiten der Wanderung.
Er war seit über einem Monat nicht mehr in den Bergen gewesen wegen
der Jagdsaison – Sondersteuer nannte er es –, Jagd- und Fischereibehörde
nahmen eine schöne Stange Geld ein, und alle anderen gingen in Deckung. Man musste schon ein Selbstmörder sein, um die asphaltierten
Straßen zu verlassen, wenn die Jäger frei herumliefen, gleichgültig, ob man
Straßenkehrer-Orange trug oder eine Luftschutzsirene auf den Rücken
geschnallt hatte oder nicht – Himmel, wenn es nach ihm ginge, würde er
ein absolutes Jagdverbot einführen, sogar für Nagetiere, und zwar dauer-

haft. Seit über einem Monat. Er freute sich darauf, sich die Beine zu vertreten.

Gerade als er hineingehen und Syl zur Eile drängen wollte – es dauerte fast eine Stunde, die Serpentinen bis auf zweitausend Meter Höhe zum Ausgangspunkt der Wanderung hinaufzufahren, wo sich die Gruppe versammeln würde, und er als ihr Führer müsste als erster da sein, um sie zu beschwichtigen, wenn sie in einem Durcheinander aus Kühltaschen, Rucksäcken, Ferngläsern und dergleichen ausstiegen, Hunde waren nicht zugelassen, nein, danke, und von alkoholischen Getränken wurde abgeraten –, lenkte ihn ein aufblitzendes Licht ab und er sah einen kastenartigen silberfarbenen Wagen von der Straße auf seine Einfahrt biegen. Er brauchte einen Augenblick – die Brille mit Metallgestell, der übergroße Kopf, das Schimmern des perfekten Altmännergebisses, das einen Kaugummi kaute –, bis ihm klar war, dass Mal am Steuer saß, und er brauchte noch einen Augenblick, bis er sich an ihre letzte Begegnung mit dem unglücklichen Ausgang erinnerte, als sie sich fast geschlagen hätten wegen der belanglosesten Kleinigkeit, so belanglos, dass es ihm peinlich war, sich daran zu erinnern: der Rechnung für ein Abendessen.

Wie lange war das her? Fünf oder sechs Jahre. Sie hatten eine Gruppe Engel – Leute, die mehr als 100 000 Dollar gespendet hatten – nach einem Ritt in die Goldforellen-Wildnis zu einem Festmahl in die örtliche Lodge eingeladen und keine Kosten gescheut. Alle waren gerötet von der Kameraderie des Ausflugs, als die Rechnung kam. Sie war ziemlich hoch, aber das war zu erwarten gewesen, die überhitzten Gesichter am Tisch zeugten von der Übersättigung mit Filet Mignon und Hummerschwänzen, Cocktails, Wein, Desserts und Drinks, die dem Essen vorausgegangen waren und es abgeschlossen hatten, und er und Mal waren zuvor übereingekommen, die Rechnung auf die beiden Ortsverbände aufzuteilen. Die Kellnerin hatte ihm die Rechnung gegeben, und während er an seiner Lesebrille herumfummelte und die Stirn über den Zahlen runzelte, die im Kerzenschein zu schrumpfen und größer zu werden schienen, war Mal aufgestanden und flott um den Tisch gegangen, um sich zu ihm zu neigen und ihm ins gute Ohr zu flüstern: »Du musst zahlen – ich muss meine Brieftasche in meiner anderen Hose vergessen haben.« Und das war wortwörtlich genau das, was er auch beim letzten Mal gesagt hatte. Und das Mal davor. Der Gipfel war eine Diskussion auf dem Parkplatz, bei der längst vergessene Ressentiments ausgegraben wurden, die unter anderem Syl betrafen, sie war Mals schlanke, langbeinige Wanderfreundin mit den goldenen Zöpfen gewesen, bevor Brice sie kennengelernt hatte, bei einer Wanderung mit Mal ungefähr vierzig Jahre zuvor. Er hatte ein paar harsche Dinge gesagt. Mal auch.

Und jetzt war er da, stieg aus dem Wagen aus und schwang sich den Rucksack in einer einzigen fließenden Bewegung über die Schultern, sah kein bisschen älter aus als damals auf dem Parkplatz, und er musste wie alt sein? Achtundsechzig? Nein, neunundsechzig. Neunundsechzig und marschierte, ohne eine Sekunde zu zögern, den Weg herauf, keinerlei Probleme beim Gehen, keine Ticks oder Lähmungserscheinungen oder spastische Neuanpassung der Muskeln im unteren Rücken nach der langen Fahrt, nur der Schwung nach vorn. Als er vor der Treppe stand, stieg Brice die Stufen zu ihm hinunter, und sie schüttelten sich ernst die Hand. »Brice«, sagte Mal.

»Mal.«

»Hoffentlich hast du nichts dagegen, wenn ich den Wagen hierlasse, statt dich oben zu treffen. Ich dachte, es wäre nett, mit euch raufzufahren. Und« – er grinste, als wollte er zugeben, was ihr Zerwürfnis ausgelöst hatte – »ich spare Benzin.«

Bevor er antworten konnte, stürmte Syl aus der Tür. »Mal!«, rief sie, lief in ihren Wanderstiefeln, der nüchternen Jeans und der Daunenweste über die Veranda und ließ sich von ihm in die Arme schließen in einer geschwisterlichen Umarmung, die etwas zu lange dauerte. »Ich freue mich so, dich wiederzusehen.«

»Ja«, sagte Mal mit kauenden Kiefern und glänzenden Augen, »ich auch.«

Wandern war kein Wettbewerb, so lautete zumindest die Parteilinie, aber natürlich war es das. Es ging um Ausdauer, Wissen, Erfahrung, die Kunst des Überlebens in der Natur, und es war so testosterongesteuert wie jede andere Sportart, weswegen er gern Gruppen mit über Sechzigjährigen führte – es waren keine jungen Kerle in wadenlangen Shorts und mit herablassender Gesinnung dabei, die ihn ständig überholen wollten. Darüber konnte er sich wirklich aufregen, wenn er es zuließ, denn die oberste Regel einer Gruppenwanderung, auf die alle vor dem Aufbruch eingeschworen wurden, lautete, nie den Führer zu überholen (oder für die am anderen Ende, die aufgeschwemmten Ex-Athleten und Schreibtischhengste und ihre Frauen mit der großen Oberweite, nicht hinter den letzten Mann zurückzufallen). Als sie jetzt am Treffpunkt standen, ging er die Regeln mit den zwölf Leuten durch, die gekommen waren: vier Paare zwischen Anfang und Ende sechzig, ein alleinstehender Mann, der kniehohe Schnürstiefel trug und aussah wie Mitte siebzig, und drei untersetzte Frauen in ähnlichen pastellfarbenen Kapuzenshirts, die er für verwitwet oder geschieden hielt. »Und denken Sie daran«, sagte er, »verlieren Sie die Person vor Ihnen nie aus den Augen für den Fall, dass sich der Weg gabelt und Sie nicht wissen, welche Abzweigung Sie nehmen müssen. Noch Fragen?«

»Was ist mit Bären?«, fragte eine der untersetzten Frauen.

Er zuckte die Achseln und lächelte sie an. »Ach, ich weiß nicht – was haben Sie zum Mittagessen dabei?«

»Thunfisch. Auf Roggenbrot.«

»Hm, das ist zufälligerweise ihr Lieblingsessen. Wahrscheinlich strecken sie gerade die Schnauze in die Luft und schnüffeln.« Er wartete auf das Gelächter, aber es kam nicht. »Im Ernst, sie sollten kein Problem sein. Man sieht nur selten Bären hier oben, vor allem in dieser Jahreszeit, nachdem die Jäger ihr Unwesen getrieben haben. Falls Ihnen ein Bär über den Weg laufen sollte, wissen Sie ja, was Sie tun müssen: aufrichten, mit den Armen fuchteln und laut schreien. Und wenn das nicht wirkt, lassen Sie Ihren Rucksack liegen. Und Ihr Mittagessen. Es ist besser, Hunger zu haben, als dass sich ein hundertachtzig Kilo schwerer Schwarzbär auf sie legt und Ihnen das Gesicht leckt, glauben Sie nicht auch?«

Das brachte sie zum Kichern, zumindest ein paar von ihnen. Er unterzog die Gruppe einer schnellen Musterung, suchte nach Schwachstellen oder Unsicherheiten und dachte dabei an die Frau, die letztes Frühjahr auf der Freeman-Creek-Wanderung so etwas wie einen Nervenzusammenbruch erlitten und immer wieder ein Wort – »Zeppelin« – in einer Vielzahl von Tonfällen wiederholt und schließlich den Baumwipfeln zugeschrien hatte. Oder der knochendürre Typ in Motorradfahrerkluft, der einen Anfall hatte und dem man einen Stock zwischen die Zähne stecken musste, während die Raben ihre Kreise zogen und unzeitgemäßer Schnee fiel, bis sein Gesicht weiß war und sich auf den Enden des Stockes Miniaturpyramiden gebildet hatten, bevor Hilfe eintraf. Das war ein Albtraum gewesen. Und wenn nicht eine Frau in der Gruppe Zahnhygienikerin gewesen wäre und sich mit Notfällen ausgekannt hätte, wäre der Mann wahrscheinlich gestorben. Aber das war eine Ausnahme, das Risiko musste man eingehen, ob man nun auf einem Gipfel der Sierras stand oder einen Einkaufswagen durch Walmart schob.

Heute gäbe es keine Probleme, das sah er sofort. Eine Ansammlung sanftmütiger Gesichter umgab ihn wie blasse Früchte, alte Gesichter – ältere Gesichter –, die neben allem anderen auch miterlebt hatten, wie ihr Sinn für Humor schrumpfte. Sie wirkten fügsam, respektvoll, beflissen. Alle, auch der Mann Mitte siebzig und die untersetzten Frauen, schienen fit genug für das, was als moderate bis anstrengende Wanderung von sechs Stunden und über einen Höhenunterschied von sechshundert Metern angepriesen worden war, Mittagessen auf dem Gipfel, zurück vor Einbruch der Dunkelheit. Kein Problem. Überhaupt kein Problem.

Er sammelte die Versicherungsscheine ein, blickte auf die Uhr, um zu überprüfen, ob die obligatorische Viertelstunde vorbei war, die sie auf die beiden Fehlenden gewartet hatten, und verkündete dann: »Wir sind startbereit. Folgen Sie mir, und ich werde Sie unterwegs auf alles Wissenswerte hinweisen.« Und er hatte schon die ersten Schritte gemacht, die Gruppe schloss sich ihm bereits an, als er sich noch einmal umdrehte, auf Mal deutete und hinzufügte: »Der letzte Mann heute ist Mal Warner im karierten Hemd dort.«

Bevor er es laut ausgesprochen hatte, hatte er nicht gewusst, dass er Mal auswählen würde, aber nachdem er fast eine Stunde mit ihm im Auto festgesessen und ihm zugehört hatte, wie er über alles laberte, von seinen Aktienverlusten bis hin zu der Wanderkleidung, die er mit Hilfe eines größeren Investoren lancieren wollte, seiner Begeisterung für Pilates, Krafttraining und den modifizierten Schmetterlingsstil, den er entwickelt hatte, um Druck von seinen Hüften zu nehmen, hielt Brice es für das Beste, Distanz zwischen sich und Mal zu bringen. Mal wäre sowieso die logische Wahl gewesen, da Brice nichts über die anderen wusste und Syl sich auch auf dem Weg zum Supermarkt verlaufen konnte. Sie hätten später noch genug Zeit, um sich zu unterhalten – zumindest sagte er sich das. Er sah sogar ein Versöhnungsessen voraus, und er würde darauf bestehen, die Rechnung zu übernehmen.

»Bitte, achten Sie darauf, nicht hinter ihn zurückzufallen«, fuhr er in offiziellem Tonfall fort. »Und wenn Sie ein Problem haben, einen Stein im Schuh oder eine Blase, oder wenn Sie sich kurz ausruhen müssen, stoßen Sie einfach einen Schrei aus. Wir möchten, dass der Tag für alle ein unvergessliches Erlebnis wird, okay?« Die Leute nickten. Scharrten mit den Füßen. »Also, los geht's, und genießen Sie, was das Zeug hält, einverstanden?«

Der erste Misston kam nach nicht einmal einem Kilometer auf. Jemand – er tippte auf Jäger – hatte Abfall auf dem Weg verstreut, vom Feuer geschwärzte Dosen, Plastiktüten, abgenagte Maiskolben, Hackfleisch und Chilibohnen in einer Soße, die aussah wie geronnenes Blut, die üblichen halb zerdrückten Bierdosen und leeren Schnapsflaschen. Heute waren es Bourbon und Wodka, billige Marken, die Hauptstütze des Jägers mittleren Alters. Wären sie jünger gewesen, hätten sie Jägermeister getrunken, und worin der Reiz dieses zuckersüßen medizinischen Gesöffs bestand, hatte er noch nie verstanden. Zu seiner Zeit war es Schlehenschnaps gewesen, den man schluckte, ohne Luft zu holen, man redete sich ein, dass einem das Zeug schmeckte, bis es einem hinten im Hals wieder aufstieß. Egal – er hatte stets eine biologisch abbaubare Mülltüte dabei, wohin immer er ging, auch auf den abgelegenen Straßen unten im Tal, und jetzt beugte er sich geduldig hinunter und begann, den Abfall in die Tüte zu stopfen.

»Die Leute haben keinen Respekt«, sagte jemand.

»Das kann man laut sagen«, warf die Frau ein, die sich wegen der Bären gesorgt hatte, und im nächsten Augenblick kniete sie neben ihm, sammelte Abfall ein mit Händen wie aufgegangener Hefeteig und in zwei Farben lackierten Nägeln, Magenta und Rosa. »Das sind Tiere.« Und dann senkte sie die Stimme und sprach ihn an, so dass er ihr das Gesicht zuwenden musste und sah, dass sie Wimpertusche und Rouge – für eine Wanderung – aufgetragen hatte. »Ich bin übrigens Beverly. Beverly Slezak? Ich dachte, dass Sie vielleicht meinen Mann gekannt haben, Hal, aus Visalia? Er ist unheimlich gern gewandert – bevor er Krebs hatte. Lungenkrebs«, fügte sie hinzu. Ihre Schulter streifte seine, als sie sich vorneigte, um eine Handvoll Dosen in die Tüte zu werfen.

»Nein«, sagte er und trat einen Schritt vor, als andere ihm Müllgaben brachten, »ich glaube nicht, dass ich ihn kenne. Oder gekannt habe.«

Irgendwo hinter ihm ertönte Mals Stimme: »Die Leute sind wirklich Tiere. Affen. Die dritte Art Schimpansen neben dem Bonobo und dem gemeinen Schimpansen.«

»Genau«, sagte Syl. »Und deswegen sind wir hier im Wald und räumen den Abfall weg. Typisch Affen.«

Jemand lachte. Und dann tat der alte Mann (*alt*: Er war höchstens zehn Jahre älter als Brice) tonlos seine Ansicht kund, dass es wahrscheinlich Mexikaner gewesen waren, weil sie die ganze Welt für eine Müllhalde ansahen, und einer der anderen Männer – groß, spitzes Gesicht, ein langer weißer Zopf, der ihm auf den Rücken hing – widersprach. »He, das höre ich gar nicht gern. Ich bin Mexikaner und lade nicht überall Müll ab –«

»Okay«, hörte sich Brice sagen, richtete sich auf und machte oben einen Knoten in die Mülltüte, »das ist nichts, weswegen man sich aufregen müsste, so traurig es auch ist – aber in dieser Hinsicht wollen wir die Leute ja erziehen. Und was werden wir jetzt tun? Wir lassen die Tüte hier neben dem Weg stehen und nehmen sie auf dem Rückweg mit, denn wir wollen uns den Tag doch nicht von Dummköpfen vermiesen lassen, einverstanden?«

Danach gingen sie an mehreren Wiesen entlang, und er wies sie auf die vom Frost verwelkten Überreste diverser Pflanzen hin, die im Juli blühten – Kalifornischer Germer, Bertramsgarbe, Akelei, Waldhyazinthe, Geranien –, und versprach, eine Wanderung im Sommer zu veranstalten, falls Interesse daran bestand, die blühenden Wiesen zu sehen. »Genau«, sagte Beverly, die die Position direkt hinter ihm eingenommen zu haben schien, »und lassen uns bei lebendigem Leib von den Moskitos fressen. Und den Mücken. Und diesen Dingern, die beißen, wie heißen sie noch gleich? Sie sehen aus wie Fliegen, aber sie bringen dich um den Verstand.«

Er schaute sich kurz zu ihr um, ohne aus dem Schritt zu geraten – und wo war Syl? Ganz hinten, angeregt mit Mal plaudernd. Sie ging im gleichen Rhythmus wie er, ihre Hände jonglierten mit Ideen, das Schild ihrer Baseballkappe war in die Stirn gezogen, so dass die obere Hälfte ihres Gesichts nicht zu sehen war, nur ihr vorgeschobenes Kinn und das Schimmern ihrer Lippen. »Hirschläuse«, sagte er.

»Nicht die gelben, die schwarzen.«

Eine Brise fuhr durch die Wipfel der Kiefern. Er roch die Feuchtigkeit in der Luft. Die Sonne war verschwunden. »Ich weiß nicht«, sagte er. »Vielleicht eine Bremsenart. Aber heute müssen Sie sich deswegen keine Sorgen machen, nicht wahr?«

»Nein«, sagte sie. Sie nahm die Steigung mit kurzen kräftigen Schritten, und er sah jetzt, dass sie nicht so sehr übergewichtig als vielmehr muskulös war, ihre Waden drückten gegen die wollenen Strümpfe, und ihre Oberschenkel steckten in einer engen blauen Kniehose. »Nein, vermutlich nicht.«

»Das ist das Schöne an einer Herbstwanderung«, sagte er, drehte sich um und breitete die Arme aus, als hätte er alles erschaffen, die Wiesen, die Aussicht, die hohen Kiefern und die großen Granitfelsen, die wie riesige Totenschädel neben dem Weg aufragten. Bald wäre alles mit Schnee bedeckt, und man bräuchte Skier, um hier heraufzukommen.

Der alte Mann – er war der zweite hinter Beverly – ergriff die Gelegenheit, um eine passende Frage zur Geologie des Berges zu stellen, warf dabei mit Ausdrücken wie »vorkreidezeitlich« und »metamorph« um sich, und das Beste, was Brice dazu einfiel, war, dass er es, ehrlich gesagt, nicht wisse, aber in zweitausendsiebenhundert Meter Höhe gebe es alle möglichen seltenen Pflanzen wie zum Beispiel *Oreonana purpurascens*, das erst 1976 entdeckt, beziehungsweise identifiziert worden war.

»Jetzt vermutlich tot«, sagte der alte Mann.

Brice nickte und blickte rasch hinter sich, um sich zu vergewissern, dass noch alle da waren, die Gruppe marschierte jetzt im Gänsemarsch, weil der Weg steiler wurde und die Spitzkehren sich in der dünner werdenden Luft an den Abhang klammerten. »Genau wie die Insekten.«

Drei Kilometer weiter war ein Sattel, auf dem umgestürzte Bäume lagen. Hier legte er gern eine Pause ein, damit sich die Gruppe wieder sammeln, Wasser trinken, Powerriegel essen und die Sicht auf die Granittürme genießen konnte, die als »Nadeln« bekannt waren und wie ausgestreckte Finger aus dem Berg gegenüber herausragten. Die Leute machten es sich bequem, manche breiteten Unterlagen auf dem Boden aus, andere setzten sich in die Kiefernnadeln, und öffneten ihre Rucksäcke. Alle schienen zu diesem Zeitpunkt ausgesprochen umgänglich, die Verspannungen und Ängste ihres Alltags aus dem Blut gewaschen, das durch ihre Herzen und Lungen in die locker arbeitenden Muskeln ihrer Beine gepumpt wurde. Wie angepriesen. Und was hatte John Muir gesagt? *Ich habe noch nie einen unzufriedenen Baum gesehen*. Genau.

Er packte das Sandwich mit Avocado und Bohnensprossen aus, das er vor Tagesanbruch in der Küche gemacht hatte, als Syl, der Schirm ihrer Kappe verwegen schräg, sich neben ihn setzte und in ihrem Rucksack kramte. Sie war auf Diät – einer immerwährenden Diät, obwohl sich ihre Figur seiner Ansicht nach im Lauf der Jahre kaum verändert hatte, ihre Beine waren fest, ihr Bauch war flach, und ihre kleinen, vollkommen proportionierten Brüste hingen dort, wo sie hängen sollten, ob sie nun einen BH trug oder nicht, und es war halb so wild, dass die Falten über der

Oberlippe oder am Hals ihr Alter verrieten –, weswegen sie sein Angebot, auch für sie ein Sandwich zu machen, abgelehnt hatte und sich lieber auf ihren Vorrat an kalorienarmen Ballaststoffriegeln verließ. Sie aß jetzt einen und grinste ihn an.

Er grinste ebenfalls. Er fühlte sich gut, besser als gut – er hätte über den Slate und auf der anderen Seite hinunter in das hügelige Vorland und am Fluss entlang nach Hause marschieren können. Auto? Was für ein Auto? Wer brauchte ein Auto? »Worüber habt ihr beiden dahinten geredet?«, fragte er. »Für mich hat es ausgesehen, als hättet ihr kaum Zeit, Luft zu holen.«

»Was? Mal und ich? Er ist ein Schwätzer, so viel steht fest. Er ist noch immer verärgert wegen seiner letzten Frau – Gloria, die wir nie kennengelernt haben? Sie waren zwei Jahre zusammen, wenn überhaupt. Und dann wiederholt er sich, er fängt mit einer Geschichte an, dann geht er plötzlich zu einer anderen über und noch einer anderen, bis er nicht mehr weiß, was er eigentlich erzählen wollte, und man muss ihn darauf zurückbringen.«

»Wenn man die Geduld dazu hat.« Er biss von seinem Sandwich ab und blickte über das Meer der Baumwipfel unterhalb von ihnen zur Schlucht, die der Kern River gegraben hatte, und den Bergen jenseits davon, hinter denen weitere Gebirgszüge aufragten und immer so weiter, bis sie im Osten in die Wüste abfielen.

»Ich weiß nicht, was mit euch los ist – nach den vielen Jahren. Er ist Mal, was soll ich sagen? Er kann noch immer charmant sein.«

Diese Vorstellung irritierte ihn. »Ich habe ihn für einen echten Langweiler gehalten.«

»Nur weil er nervös war.«

»Nervös? Weswegen?«

»Wegen dir. Der Situation. Wegen des Wiedersehens nach der langen Zeit. Weißt du, was er gesagt hat? Er hat gesagt, dass ich noch so schön bin wie an dem Tag, an dem wir uns kennengelernt haben.«

Dazu hatte er nichts beizutragen. Er betrachtete sie einen Augenblick lang, die vor ihr ausgestreckten Beine, die geschürzten Lippen, die von einer intimen Erinnerung verschleierten Augen. Sie biss von ihrem Riegel ab, ein Stückchen Schokolade blieb in ihrem Mundwinkel kleben, dann schraubte sie ihre Wasserflasche auf und trank ausgiebig.

»Und was ist mit dir?«, fragte sie schließlich. »Du scheinst dich ja gut zu verstehen mit deinem Groupie, wie heißt sie gleich – die mit den Fingernägeln und dem gelifteten Gesicht und den rot wie eine Ziegelmauer gefärbten Haaren? Was ist sie, Kosmetikerin?«

Er lächelte nur. »Keine Ahnung.«

»Aber sie ist wild auf etwas, stimmt's?«

»Ja«, sagte er und lächelte breiter. »Sind sie das nicht alle?«

Es hatte angefangen zu regnen, ein leichtes Prasseln auf der Erde, und die Leute standen auf und verstauten ihre Sachen wieder in den Rucksäcken. Mal trug bereits sein Regencape und kam auf sie zu, deswegen stand er auf und klatschte in die Hände, um die Aufmerksamkeit auf sich zu ziehen. »Also, Leute«, sagte er und hob die Stimme, um das Kratzen und Scharren der Aktivitäten zu übertönen, »hört kurz zu. Ich glaube nicht, dass es lange regnen wird –«

»Vereinzelte Schauer«, unterbrach ihn der alte Mann. »So hieß es zumindest im Fernsehen.«

»Richtig, also, wir können umkehren oder weiter auf den Gipfel gehen – was meint ihr, bitte die Hand heben.«

Die Mehrheit, darunter Mal und Syl, hob die Hand, während der Rest danebenstand und ihnen zusah. »Gut«, sagte er. »Mir wäre es gar nicht recht, wenn uns das bisschen Regen den Spaß verderben würde. Wir gehen also weiter wie geplant und schauen mal, wie es oben aussieht – wenn jemand ein Problem hat, bitte, nicht zögern. Sagt Bescheid, und wir kehren sofort um. Aber ich bin einer Meinung mit« – er deutete auf den alten Mann – »wie heißen Sie?«

»Louis.«

»Mit Louis. Was die Wettervorhersage anbelangt. Ein bisschen Regen tut nicht weh, habe ich recht?«

Sie waren auf zweieinhalbtausend Metern und kamen locker voran, die Wolken hatten den Regen wieder aufgesaugt, der Weg war nicht rutschig, und das schwarze abgebrochene Gesicht des Slate Mountain ragte über den Bäumen auf, als wäre er gerade aus dem Himmel gefallen, und dann durchbrach das Krächzen eines ganzen Schwarms Raben die Stille. Die Bäume standen fest. Das Scharren von Wanderstiefeln. Plötzlich tauchten von unten zwei Vögel auf, kämpften um Höhe, ihre Flügel schlugen, um Halt auf der Luft zu finden, und alle blieben stehen und sahen ihnen nach. »Was glauben Sie, was ist da los?«, fragte Beverly, und da war sie, direkt hinter ihm, einen schlappen rosa Hut auf den Kopf gedrückt als Zugeständnis an die Feuchtigkeit. »Liegt dort oben was Totes?«

»Ein Reh wahrscheinlich«, sagte er, »oder was davon übrig ist. Was die Jäger zurückgelassen haben.«

»Für eine Rabenparty.«

»Ja, vermutlich«, sagte er und ging weiter, sprach über die Schulter, während er die sich schlängelnde Reihe im Blick hatte. Er dachte daran, wie hier oben ein Kadaver verschwindet, Käfer kommen aus dem Boden, Fliegen legen Eier, Geier und Raben tun sich daran gütlich, Fäulnis, Bakterien, Kojoten, im Schutz der Dunkelheit wagen sich sogar die Mäuse heraus und nagen Kalzium aus den Knochen. Er wollte sagen, *Alles stirbt und verhilft anderem zu Leben*, aber er wollte nicht schwülstig klingen – oder morbide, vor allem nicht bei einer Gruppe wie dieser, die sie doch alle hier waren, um diese Behauptung zu widerlegen oder sie zumindest für die Zeit zu vergessen, die sie brauchten, um auf einen Berg hinauf- und wieder hinunterzusteigen – und beließ es dabei.

Er schaute wieder nach vorn und marschierte weiter, Beverly gab ihr Bestes, um ihm zu beweisen, dass sie fit war, eine fitte Witwe, falls sie das war, als wäre er zu haben und diese Wanderung wäre eine Art Test. Was sie vermutlich auch war. Warum sollte es Beschränkungen geben? Wenn man gut drauf war, was bedeutete da das Alter? Es war nur eine Zahl. Er fühlte sich auch nicht anders als mit fünfzig – oder sogar vierzig. Sein Blutdruck war akzeptabel, er und Syl hatten einmal in der Woche Sex, er schlief nachts durch und erwachte morgens mit dem Gefühl, dass dort draußen in der Welt etwas Neues war, was ihm und nur ihm vorbehalten war, wenn er nur die Kraft hätte, es zu suchen und zu finden. Seine Füße gruben sich in den Weg. Er atmete nicht einmal schwer.

Als sie näher kamen, sah er, dass die Raben sich um etwas stritten, was neben dem Weg lag. Sie saßen auf den Bäumen wie Schmuckstücke, kämpften auf dem Boden mit flatternden schwarzen Flügeln, ihre Schreie harsch und gepresst. Er verließ den Weg, wich hüfthohem Gebüsch aus, bis er dort war und sich die Raben stumm erhoben und er sah, worum sie gestritten hatten: einen Bären. Den Kadaver eines Bären, die Tatzen waren abgetrennt, der Bauch war aufgeschlitzt, ansonsten war er intakt. Bevor er Zeit zum Nachdenken hatte (Regel Nr. 2: Verlassen Sie nie den Weg), stand Beverly neben ihm, und er hörte, wie die anderen ihnen folgten, ihre Stimmen waren gedämpft, Beine durchbrachen das Gestrüpp. Das hatte er nicht gewollt: Diese Leute waren alt, sie konnten einen falschen Schritt machen, sich ein Bein brechen, sich alles brechen. »Was ist das«, sagte Beverly atemlos, »ein Bär? Ist das ein Bär?«

Zorn wallte in ihm auf – Wilderer, sie hatten sich die Gallenblase und die Tatzen geholt, um sie auf dem Schwarzmarkt zu verkaufen, und den Rest liegen und verwesen lassen. Was stimmte nicht mit der Welt? Herr im Himmel, man konnte nicht einmal mehr eine Wanderung machen ohne so was, so was Obszönes, so eine *Scheiße*. Plötzlich schrie er: »Gehen Sie zurück, alle! Zurück auf den Weg!« Aber es war zu spät. Die Hälfte der Leute stand schon um ihn herum, starrte auf das aufgedunsene tote Ding vor ihnen, die Augen waren weg, die Zunge verfärbt, die Stümpfe der Beine so steif wie Stöcke, und die andere Hälfte war unterwegs zu ihm. Beverly hatte ihr Handy herausgeholt und machte Fotos. Und da kamen Syl und Mal und dann der alte Mann, der im Storchengang durch die Büsche stolzierte, als würden sie gleich lebendig werden und ihn niederringen.

»Das sollten wir melden«, sagte Beverly. »Welche Nummer sollen wir anrufen? Wissen Sie die Nummer?«

Er wollte sagen, dass es sinnlos war, weil niemand mehr etwas tun konnte, etwas, was das Tier wieder heil machen und ihm Leben einhauchen oder den Aberglauben und die Dummheit ausrotten würde, die den

Markt für Tierteile, für Entwürdigung, für Zerstörung beherrschten, doch stattdessen sagte er: »Hier oben gibt es kein Netz.«

In diesem Augenblick begannen sich die Bäume zu regen, Wind kam auf, ein Geräusch wie ein ferner Güterzug. Als es anfing zu regnen, regnete es heftig, ein schweres Prasseln, und alles war bereits rutschig, als sie sich noch zum Weg zurückkämpften und mit ihren Regencapes herumfummelten, und dann war es Graupel und dann Schnee.

Diesmal gab es keine Diskussion, kein Händeheben, keine weiteren Vorwände: Wenn sie auf den Gipfel wollten, dann an einem anderen Tag, denn er hatte hier das Sagen – er war der Kapitän des Schiffs –, und sie kehrten um. »Das war's«, sagte er, und er wollte einen Witz anhängen, eine scherzhafte Bemerkung über das Wetter oder vielleicht die Frau im Radio und dass sie schließlich doch recht behalten hatte, aber alle Leichtigkeit war aus ihm entwichen. Der Abstieg war immer härter als der Aufstieg – das schien den Leuten nie klar zu sein –, und in dem nassen Schnee Halt zu finden wäre beschwerlich. Er müsste ein Auge auf den alten Mann – Louis – haben und auf Beverly, die schon zweimal ausgerutscht war, die Rückseite ihrer Hose wies einen langen dunklen Fleck auf, der über ihr rechtes Bein nach unten verlief, als wäre sie gerade einem Mineralbad entstiegen. Sie waren noch keine hundert Meter gegangen, als er selbst beinahe stürzte, weil er über die Schulter sah, um alle im Blick zu haben, statt auf seine eigenen Füße zu schauen, doch er fing sich im letzten Moment. Das wäre was gewesen, der Gruppenführer, der sich in den Schlamm setzte, und ob er sich dabei verletzt hätte oder nicht, er konnte sich den mehrdeutigen Witz vorstellen, den Mal gemacht hätte – und er rutschte *nicht* aus. Nicht Mal. Er war so gewandt wie ein Surfer, die Arme ausgestreckt und die Lippen in Bewegung.

Niemand sagte viel, nicht einmal Beverly, die direkt hinter ihm war (und Louis hinter ihr, als hätten sie Lose gezogen). Hin und wieder, wenn er um die Biegung einer Spitzkehre ging, hörte er Mals Stimme mitten in einem Satz, doch die anderen waren still, konzentriert auf ihre eigenen Gedanken und vielleicht auch auf ihre Enttäuschung, denn wenn man es nicht auf den Gipfel schaffte, gleichgültig wie großartig die Landschaft war oder wie beruhigend die körperliche Bewegung, war die Wanderung gescheitert. Er seinerseits war auch enttäuscht – der Bär hatte ein Leichentuch über alles geworfen und dazu noch das schlechte Wetter, und wenn er darüber nachdachte, dann war da auch noch Mal, Mal war eine Nervensäge, und warum er mit seiner Teilnahme einverstanden gewesen war, würde er nie herausfinden. Eine falsch verstandene Vorstellung davon, cool zu sein oder demokratisch oder nostalgisch oder was immer. Sein Nacken schmerzte, weil er ständig zurückblickte, sein linkes Knie schmerzte, weil er es zu stark belastet hatte, um nicht zu stürzen. Er dachte daran, das Abendessen abzusagen, Mal mit jemand anderem zurückfahren zu lassen – *Nächstes Mal*, würde er sagen, wir essen *nächstes Mal* gemeinsam –, und dann waren sie auf zweitausend Metern, und aus dem Schnee wurde Graupel und dann ein leichter Regen, und als sie beim Parkplatz ankamen, hatte es ganz aufgehört.

Er stand geduldig da und machte einen Haken neben jedem Namen auf der Anmeldeliste, während die Leute an ihm vorbeigingen. Die meisten nickten oder bedankten sich leise, wollten nur noch zu ihren Autos und Fernsehsesseln und Sofas und Großbildschirmen, nur der alte Mann blieb eine Weile stehen, um zu plaudern – *Ich hätte es auf den Gipfel geschafft, kein Problem, aber ich respektiere Ihre Entscheidung, wegen der Frauen, das nächste Mal machen wir vielleicht eine Wanderung nur mit Männern und legen mal einen Zahn zu, hm, was meinen Sie?* –, und auch Beverly blieb neben ihm stehen, als wollte sie Leistungsnachweise verteilen.

Fünf Minuten vergingen. Zehn. Er schaute zu dem langen flachen Auslauf des Wegs und rechnete jeden Augenblick damit, dass Syl und Mal um die Kurve marschierten, aber sie kamen nicht. Der alte Mann stieg in sein Auto. Der Parkplatz leerte sich. Beverly klappte ihre Puderdose auf und zog den Lippenstift nach, machte Kusslaute, die unnatürlich laut klangen in der Stille, die sich herabgesenkt hatte, nachdem sich die letzten Wagen auf dem holprigen Zubringer zur Autobahn entfernt hatten. »Wo bleiben sie nur?«, sagte sie leise, als würde sie für ihn denken. »Sie waren doch direkt hinter uns, oder?«

Er blickte zu seinem Wagen, der neben einem mächtigen schwarzen SUV – Beverlys – stand, kniff die Augen zusammen, um in das dunkle Innere zu sehen, als hätten Syl und Mal ihn unbemerkt überholt und warteten dort auf ihn, unterhielten sich leise, machten Witze, warum er bei dieser eckigen Witwe stand, während sich der Himmel verdunkelte und alle fröstelten und hungriger wurden.

Nach einer Viertelstunde hob er die Hände an den Mund. »Syl!«, rief er, »Syl!«, bis er blökte. Nach zwanzig Minuten ging er wieder los, Beverly folgte ihm wie ein Hund, obwohl er sie abzuhalten versuchte. »Sie müssen sich nicht verantwortlich fühlen«, sagte er. »Es ist nichts. Ich bin sicher, dass nichts passiert ist.«

»Ich möchte helfen. Ich kann Sie nicht einfach allein hier draußen lassen.«

Dazu hatte er nichts zu sagen. Er spürte die Steigung in den langen Muskeln seiner Beine. Sein Atem dampfte vor ihm. »Ich kann mir nicht vorstellen, was passiert ist«, sagte er und schritt schneller aus, doch er war nicht panisch, noch nicht. »Sie sind beide erfahren, sie sind beide – Syl vor allem – gut in Form.«

»Vielleicht hat sie sich den Knöchel verstaucht. Vielleicht –« Beverly beendete den Satz nicht. Sie war verbissen, hielt mit ihm Schritt, ihre Arme schwangen vor und zurück.

Er wollte nicht an Herzinfarkt, Schlaganfall oder auch nur gebrochene Knochen denken. Er rief, bis er heiser war und die Schatten dunkler wurden und der Weg nicht mehr zu sehen war und sie umkehren mussten. Es war dunkel, als er vor seinem Wagen stand. Er stieg ein, schaltete die Heizung an, Beverly setzte sich zitternd neben ihn, und drückte regelmäßig auf die Hupe, Signale in der Nacht. Eine Stunde verging. Das Warnlicht für die Batterie leuchtete in Abständen auf, und er musste den Motor immer wieder anlassen, um zu heizen, und erneut ausschalten. Worüber sie sprachen, er und Beverly – diese Fremde, die in der Dunkelheit neben ihm saß, während seine Gedanken rasten und miteinander kollidierten –, hätte er später nicht sagen können. Um acht, als noch immer nichts von Syl zu sehen war, fuhr er die fünf Kilometer zur Lodge, wo sie ein Telefon

hatten, ein Festnetztelefon, mit dem er alle anrufen konnte, den Bezirks-
sheriff, die Sanitäter, den Suchtrupp, und was würde er sagen? Nur das:
Ich habe zwei Personen verloren.

Er saß in einem hell erleuchteten Raum, laute Stimmen um ihn herum,
aus den Lautsprechern zu beiden Seiten des Lokals drangen muntere Gi-
tarrenklänge und ein Country-Bariton. Der Mann vom örtlichen Such-
und Rettungsteam – Mitte vierzig, gedrungen, eine große Rolle Fleisch
um die Taille, als wäre es der Nachweis seiner Autorität – hatte ihm erklärt, dass sie sich so schnell wie möglich des Falls annehmen würden,
Freiwillige und die Leute aus dem Büro des Sheriffs fuhren schon den
Berg hinauf, doch vor Tagesanbruch war nicht damit zu rechnen, dass sie
viel tun konnten. In der Nacht sollte die Temperatur auf bis zu minus
zehn Grad sinken – das hatte er jedenfalls im Radio gehört –, doch es
sollte nicht weiter schneien, das zumindest. Waren die beiden dem Wetter
entsprechend angezogen? Hatten sie Rettungsdecken dabei? Ein Zelt? Die
Mittel, um ein Feuer zu machen?

Brice hatte nur den Kopf geschüttelt. In seinem Rucksack befand sich
alles, was man für einen Notfall brauchte, aber wer wusste schon, was Syl
dabeihatte? Oder Mal. Mal hätte es eigentlich wissen müssen, er hätte vorbereitet sein sollen, andererseits war er ein Freigeist – man liefere ihm das
Stichwort, und er war nicht mehr zu bremsen –, und ob er über zwei Sandwiches und eine Flasche Wasser für eine Allerweltswanderung hinausge-
dacht hatte, konnte er nicht sagen. Und dann stellte er sie sich dort oben
auf dem Berg vor, in der pechschwarzen Nacht, verirrt, frierend, hungrig
drängten sie sich aneinander, um sich zu wärmen, vielleicht waren sie verletzt – vielleicht war es das, vielleicht hatte sich Mal ein Bein gebrochen
oder war bewusstlos geworden, als er den Schmetterlingsschlag vorführte
und mit dem Gesicht voraus gegen einen Baum knallte –, und dann starrte
er auf seinen Teller auf der Theke vor ihm, ein Sandwich, das er nicht an-
gerührt hatte, und daneben der Drink, Bourbon und Wasser, kein Eis.
»Ich verstehe Sie«, sagte Beverly, »wenn ich an Ihrer Stelle wäre, könnte
ich auch nicht ans Essen denken, aber Sie müssen bei Kräften bleiben.«

Sie saß auf dem Hocker neben ihm, die Überreste eines Steaks mit Salat auf dem Teller neben ihrem Ellbogen, einen Drink in der Hand. Sie war auf der Toilette gewesen und hatte ihre Hose gesäubert, der Schmutzfleck war verschwunden, ihr Make-up war aufgefrischt, sie hatte die Beine übergeschlagen. Er sah wieder Syl vor sich, dort oben in der Dunkelheit. An Mal geschmiegt. Und dann sah er sich und diese Frau im Bett vor sich, Beverly, die ihm atemlos gestanden hatte, dass sie sich unter falschen Voraussetzungen zu der Wanderung angemeldet hatte: »Ich bin erst dreiundfünfzig, wirklich. Aber Sie wollten ja keinen Ausweis sehen.«

Er sagte sich immer wieder, dass alles gut ausgehen würde, dass Mal und Syl die Abzweigung übersehen und den Weg genommen hatten, der in die entgegengesetzte Richtung führte, dreizehn Kilometer hinunter nach Coy Flat, und als es dunkel wurde, hätten sie eingesehen, dass es zu spät war, um noch umzukehren – und dem Mann vom Suchtrupp hatte er das gleiche gesagt. *Sie müssen die Weggabelung übersehen haben*, doch der Mann erwiderte: *Was haben Sie gesagt, wie alt sind sie?*

Was, wenn sie starb? Wenn Syl dort oben starb?

Er versuchte, den Gedanken zu verscheuchen und sich zu konzentrieren: Hier war der Notfall, auf den vorbereitet zu sein er immer geglaubt hatte, doch jetzt stellte sich heraus, dass er auf nichts vorbereitet war. Wie hätte er es auch sein können? Wie konnte es irgendjemand sein? Die ganze Welt war nur Zufall und ein falscher Schritt, mehr nicht. Ein Bär verlief sich und wurde getötet und ausgeweidet, man nahm den falschen Weg und erfror auf der Flanke eines Berges unter einem dünnen schwarzen Himmel, der nicht wärmte. Die Wahrheit war, dass er Syl Mal nicht weggenommen hatte. Mal hatte sie nicht gewollt. Er war nach Südamerika, in die Anden und nach Feuerland gegangen, um auf Berge zu steigen und durch die große weite Welt zu reisen, aber er wollte damit nicht warten, bis Syl das College beendet hatte, und ließ sie zurück. Und Brice war für sie da gewesen. Gleichgültig, wie das Wetter war oder wie sehr ihn der Scheißjob erschöpfte, den er neben dem College angenommen hatte, nur um die Rechnungen bezahlen zu können, er fuhr jeden Freitag die dreihundertzwanzig Kilometer das San Joaquin Valley hinauf, um sie zum

Essen auszuführen oder mit ihr ins Kino zu gehen oder durch die Studentenkneipen zu ziehen und anschließend im Aufenthaltsraum ihres Studentenheims zu sitzen, an ihrer Zunge zu saugen und ihre Brüste zu betatschen, bis zur Sperrstunde das Licht ausgeschaltet wurde. Dann waren sie zusammen. Dann waren sie verheiratet. Sie blieben vorsätzlich kinderlos, weil Kinder eine Extravaganz waren in einer bereits bis an die Grenzen gestressten Welt, und widmeten sich dem rechten Leben und der Ökologie, der Erziehung und dem Umweltschutz. Sie wurden zusammen alt. Älter.

Beverly neigte sich zu ihm, die Spitze ihres Wanderstiefels berührte sein Bein. Er sah, dass sie ihre Kniestrümpfe ausgezogen hatte, ihre Beine waren nackt, es waren feste, glatte Beine hinunter bis zu ihren schlanken Knöcheln. »Was wollen Sie tun?«, fragte sie, und sie hätten verabredet sein können an einem anonymen Ort, keine Sorgen auf der Welt, die nicht dringlicher erotischer Natur gewesen wären. »Sie können nicht die ganze Nacht im Auto sitzen, das haben Sie doch nicht vor, oder?«

Doch. Das war das Mindeste, was er tun konnte. Im Kofferraum lag ein Schlafsack, in den würde er sich wickeln.

»Weil Sie müssen mich zu meinem Wagen zurückfahren, und ich bin willens, bei Ihnen zu sitzen, so lange Sie es wünschen, und wir können immer mal wieder auf die Hupe drücken, aber Sie sollten wissen, dass ich hier für die Nacht ein Zimmer genommen habe, sehr vernünftige Preise übrigens, und wenn Sie ein bisschen schlafen wollen – keinerlei Verpflichtungen …«

Auf gewisse Weise war Syl selbst schuld, weil sie Mal einfach so vertraut, mit ihm geplaudert– geflirtet – hatte, bis beide überhaupt nicht mehr auf den Weg geachtet hatten, wohin er führte oder wo der Rest der Gruppe war, bestimmt hinter der nächsten Biegung, weswegen sich also Sorgen machen? Mal wäre nicht beunruhigt gewesen. Syl auch nicht. Ein Bett – oder was immer Beverly ihm sonst noch anbot – wäre jetzt nicht schlecht, doch er wusste genau, was er tun würde.

Er würde sie zu ihrem Wagen fahren, der in der undurchdringlichen Dunkelheit unter den Bäumen stand, und er würde nein zu ihr sagen, aber schonend, und es käme zu einem Kuss und vielleicht ein bisschen mehr – er war noch nicht tot –, doch dann würde sie in ihr Auto steigen, und die Bremslichter würden aufleuchten, und sie würde zurückfahren zur Lodge und den Lichtern und der Musik. Und er säße in den Schlafsack gewickelt da, steif und unglücklich, bis es hell war und der Suchtrupp losging, den Weg hinauf – er wäre zu erschöpft, um mitzukommen –, und innerhalb einer Stunde wären sie zurück mit Mal auf einer Bahre, weil Mal zu desorientiert, unterkühlt und schwach wäre, um noch auf eigenen Beinen zu stehen. Ein paar Minuten – fünf, zehn? – würden vergehen, jede einzelne bräche donnernd wie eine Explosion auf ihn herab. Er würde aussteigen und zum Weg gehen, und da wäre sie, dehydriert vielleicht, angeschlagen von der Kälte, doch groß und aufrecht, den Kopf erhoben, der Schritt fest, Syl, die alte Dame, mit der er verheiratet war.

SIC TRANSIT

Aus dem Haus drang ein ekliger Geruch – wie sich herausstellte, der Geruch verwesenden Fleisches –, aber niemand unternahm deswegen etwas, zumindest nicht sofort. Ich war damals nicht da, machte eine Geschäftsreise an die Ostküste letztlich wegen einer Reihe ergebnisloser Sitzungen mit einem Konsortium ungeeigneter und unseriöser Leute, deren Namen ich vergessen hatte, kaum saß ich in der Erste-Klasse-Kabine, um nach Hause zurückzufliegen, und ich erfuhr davon von der Walking-Partnerin meiner Frau, Mary Ellen Stovall, die ihr Geld mit Immobilien verdient. Wir wunderten uns schon seit langem über das Haus, das ein Schandfleck im Viertel war – oder ein Schandfleck gewesen wäre, wenn man es von der Straße aus gesehen hätte. Wir kamen nahezu jeden Tag daran vorbei, meine Frau Chrissie und ich, wenn wir etwas erledigen mussten oder zum Strandclub oder in eins der Geschäfte oder Restaurants in der Hauptstraße gingen. Die Häuser hier – geschmackvoll, gut in Schuss und sehr, sehr kostspielig – waren genau das, was man von einer Gemeinde an der kalifornischen Küste erwartet, reichten stilistisch von Craftsman über Spanish Mission bis zu modern, die meisten waren älteren Datums und teuer umgebaut, in einzelnen Fällen waren sie völlig entkernt worden, manchmal sogar bis auf die Grundmauern. Doch wie dieses Haus aussah, wusste niemand, weil die Bäume und Büsche so verwildert waren, dass sie einen grünen Vorhang bildeten und den Blick nur auf ein Stück Kieseinfahrt freigaben, auf der ein uralter, rostfleckiger Buick stand – oder vielmehr kränkte –, der so groß war wie unsere beiden Prius zusammen.

Der Mann, der dort lebte – gelebt *hatte* –, war ein Einsiedler Anfang sechzig, und niemand, nicht einmal seine direkten Nachbarn, erinnerten sich, ihn je gesehen zu haben. Die Grundstücke zu beiden Seiten neben ihm waren mit zweieinhalb Meter hohen Mauern begrenzt, bewachsen mit Bougainvilleas, die sich im dichten Gewirr aus Blättern, Dornen und flammenden Blüten der Sonne entgegenstreckten, und wie gesagt, sein Grundstück war der Natur überlassen, und soweit man hinein- oder hinaussah, hätten die viertausend Quadratmeter auf einer Klippe mit Blick auf den Ozean aus dem Amazonas-Regenwald geschnitten sein können. Isoliert, so lebte er. So absolut isoliert, dass der Gestank und nach seinem Tod noch acht volle Tage nötig waren, bis die Polizei und die Feuerwehr, die gleichzeitig auf die Beschwerden der Nachbarn hin eintrafen, die Tür aufbrachen und ihn in seinem Bett fanden, mit aufgerissenem Mund und die Matratze so verschmutzt von seinen Körperflüssigkeiten, dass sie verbrannt werden musste, nachdem der Gerichtsmediziner und die Forensiker mit der Arbeit fertig waren.

Warum erzähle ich das alles? Aufgrund dessen, was als nächstes geschah, was ich allein und mit Hilfe von Mary Ellen Stovall herausfand, und weil ich mich in einer Phase meines Lebens befinde – ich bin gerade fünfzig geworden –, in der ich weniger über den tagtäglichen Kampf und mehr über das nachdenke, was uns alle am Ende erwartet. Hier war ein anonymer Todesfall, niemand war dabei gewesen, niemand trauerte, und der Gedanke, wie dieser Mann, wer immer er war, seinen letzten Atemzug getan hatte in einem heruntergekommenen Haus auf einem überaus wertvollen Grundstück keine zwei Blocks entfernt von der Stelle, an der Chrissie und ich uns auf dem absoluten Höhepunkt des Booms zum Höchstpreis eingekauft hatten, beschäftigte mich auf eine intensive Weise, die ich nicht beschreiben konnte. Hatte er gelitten? Hatte er Tage, Wochen, einen Monat lang dagelegen, zu krank oder verwahrlost, um noch um Hilfe rufen zu können? War er langsam verhungert? Mary Ellen – die das Haus verkaufen sollte, nachdem ihr der einzige noch lebende Verwandte, ein ebenso wortkarger Bruder an einem gottverlassenen Ort wie Nebraska oder Oklahoma, sein Einverständnis gegeben hatte – behauptete, dass der Leichnam praktisch in einem Meer aus Abfall aufgefunden worden war, zwischen Getränkedosen, halbvollen Behältern mit Mikrowellen-Nudelgerichten und (das traf mich am meisten) den schwarz verfaulten Schalen von Avocados vom Baum hinter dem Haus.

Gemäß der Zehn-Zeilen-Meldung, die am Tag nach meiner Rückkehr

in der Lokalzeitung veröffentlicht wurde, war der Tote als Carey Fortunoff identifiziert worden, ehemals Mitglied einer obskuren Rockband
namens Metalavox, danach war er aus der Öffentlichkeit verschwunden,
schrieb jedoch noch gelegentlich Songs für andere Bands und Sänger, von
denen ein paar in dem Artikel erwähnt wurden, doch sie mussten ebenso
obskur sein, da weder Chrissie noch ich je von ihnen gehört hatten. Aus
Neugier googelte ich die Band und fand eine einzige Seite, die mehr
oder weniger ein Duplikat der Zeitungsmeldung war. Darunter war ein
Schwarzweißfoto der fünf Bandmitglieder in der typischen Pose der Zeit,
späte siebziger oder frühe achtziger Jahre, der Haartracht und sonstigen
Aufmachung nach zu urteilen. Sie waren auf einem Friedhof, lümmelten
an Grabsteinen, trugen verspiegelte Sonnenbrillen und stark taillierte Ja-
cken, das Haar sorgfältig zerzaust. Wer Carey Fortunoff – der tote Mann –
war, wusste ich nicht, doch während der zwei oder drei Minuten, die ich
das Foto anstarrte, stellte ich mir vor, dass er der war, der etwas links von
den anderen vier stand – lümmelte – und nicht in die Kamera schaute, als
hätte er Besseres zu tun, als für ein geschmackloses Werbefoto zu posieren.
Und das war's. Ich klickte auf einen anderen Link, der jedoch in die Irre
führte, und bevor ich es merkte, war eine halbe Stunde meines Lebens
vergangen. Dann ging ich hinunter, um zu sehen, was Chrissie für das
Abendessen geplant hatte.

Der nächste Tag war ein Sonntag, und ich erwachte früh, eingestellt auf
Ostküstenzeit. Es war noch dunkel, und eine lange Weile lag ich auf der
Seite und sah zu, wie sich die Ziffern auf der uralten Digitaluhr änderten, die Chrissies Mutter hinterlassen hatte, als sie im Jahr zuvor gestorben war. Ich hatte die Uhr nicht gewollt – ich versuchte immer, die Nacht
durchzuschlafen, und wollte nicht wissen, wie viel Uhr es war, wenn ich
erwachte und auf die Toilette musste, was zunehmend häufiger vorkam,
weil ich in dem Alter war, in dem die Prostata dazu programmiert scheint,
sich zu vergrößern –, aber ich hatte aus Rücksicht auf Chrissie und ihren
Verlust natürlich nachgegeben. »Sie erinnert mich an sie«, hatte Chrissie
an dem Tag behauptet, als sie Platz auf der Kommode schuf und nieder-

kniete, um die Uhr anzuschließen. »Ich weiß, dass es verrückt ist«, fügte sie hinzu und bedachte mich mit einem wehleidigen Blick, »aber es ist, als wäre sie da und würde auf mich aufpassen.« Erneut aus Rücksicht wies ich meine Frau nicht darauf hin, dass sie sowieso nichts sehen konnte, da sie im Bett eine Schlafmaske trug (neben einer mittelalterlich aussehenden Zahnspange, die sie am Schnarchen hindern sollte, was sie gelegentlich auch tat). Jedenfalls sah ich zu, wie sich die Ziffern immer wieder neu arrangierten, bis das Fenster gräulich zu schimmern begann, was mich an das Testbild des Fernsehers in meiner Kindheit erinnerte, dann stand ich auf, zog eine Shorts, ein T-Shirt und Sandalen an und schlich hinaus mit der Absicht, ins Dorf zu gehen und ein Croissant und Kaffee zu frühstücken.

Es war vollkommen still, das neue Licht fiel auf erfreuliche, zuverlässige Weise auf die Baumwipfel. Es war nichts zu hören außer dem fernen Rauschen der Bundesstraße, eine Art weißes Rauschen, an das wir so gewöhnt sind, dass wir es kaum mehr bemerken. Irgendwo krächzte eine Krähe, dann fielen andere Vögel ein, zwitscherten und pfiffen, waren jedoch nicht zu sehen. Ich dachte nicht an Carey Fortunoff oder irgendetwas anderes außer vielleicht an den Duft von frischem Kaffee und Croissants, heiß aus dem Ofen, der einem entgegenschlug, wenn man die Bäckerei betrat, doch dann ging ich an seinem Haus – oder vielmehr Dschungel – vorbei und blieb unwillkürlich auf der Straße stehen und wunderte mich wieder einmal über eine Person, die ihren Besitz so hatte auf den Hund kommen lassen.

Der Wagen stand oder krängte noch immer in einer schattigen Nische in der Vegetation. Die Büsche waren so fest miteinander verwoben wie ein Strohdach, die Bäume – Eukalyptus, Schwarzholz-Akazien, Eichen und Catalina-Kirsche – rangen weiter oben miteinander. Bei näherem Hinschauen sah ich die hellen Kugeln von Orangen – und was war das, Meyer-Zitronen? – erstickt in der Düsternis, und dort neben dem Wagen wucherten rosa Begonien. Ich blickte über die Schulter. Fühlte ich mich schuldbewusst? Morbid? Ja. Doch einen Augenblick später betrat ich unbefugt das Grundstück eines toten Mannes.

Ich duckte mich und ging den Tunnel der Einfahrt entlang, bis zu einem primitiven Pfad, der sich durch das Unterholz in Richtung dessen schlängelte, was das Haus sein musste. Die Schatten wurden tiefer. Mich schauderte. Die Leute beschreiben den Geruch von etwas Totem immer als süßlich, doch hier roch es eher nach Erde, nach Kompost oder den Überresten am Boden einer Mülltonne an einem Sommermorgen. Ich war ungefähr dreißig Meter weit gekommen, als ich vor mir weiter oben ein Fenster sah, das Licht sammelte sich dort, gebündelt und grau, und dann tauchte aus dem Dickicht die Fassade des Hauses auf wie eine Theaterkulisse, einstöckig, Flachdach, Verputz so dunkelbraun, dass er nahezu schwarz war. Kaffeesatz, daran erinnerte er mich, ein Haus in der Farbe von Kaffeesatz, und warum nicht beige oder weiß oder von mir aus auch limonengrün? Jetzt wurde der Pfad breiter, Äste waren abgebrochen, Büsche zertrampelt, und ich begriff, dass hier die Polizei reingekommen sein musste, um die Leiche in eine Plastikplane zu wickeln oder in einen Leichensack zu stecken, irgendetwas, was keine Flüssigkeiten durchließ.

Ich hätte hier umkehren können. Ich hätte es vermutlich sollen. Aber ich war neugierig – und ich war schon so weit gegangen, Chrissie schlief noch, die Croissants lagen auf dem Wärmeblech in der Auslage der Bäckerei, und der Kaffee lief durch die Maschine, und wie gesagt, ich fühlte mich von innen heraus getrieben, niemand ist eine Insel und so weiter – und ging, ohne nachzudenken, die Stufen vor dem Haus hinauf und versuchte, die Tür zu öffnen. Sie war wie erwartet verschlossen, obwohl die Kriminalitätsrate in unserem Viertel ungewöhnlich niedrig ist und die Leute es mit der Sicherheit ziemlich locker nehmen. Die Hälfte der Zeit – und hier mache ich einen Fehler, ich weiß, denn man muss auf das Unerwartete vorbereitet sein – vergessen Chrissie und ich die Alarmanlage einzuschalten, wenn wir abends ins Bett gehen. Wie auch immer, ich stand vor Carey Fortunoffs Haus, und die Tür war verschlossen – und ob er sie selbst verschlossen hatte, bevor er sich zum letzten Mal ins Bett legte, oder ob die Feuerwehrleute sie gesichert hatten, nachdem sie eingebrochen waren, darüber wollte ich nicht nachdenken. Als nächstes kämpfte ich mich dicht am Haus entlang durch wahnsinnig wuchernden Jasmin und Oleander, und versuchte es mit einem Fenster nach dem anderen, bis ich auf der Rückseite des Hauses ankam und dort eine Tür fand, eine fensterlose Kiefernholzplatte von der gleichen Farbe wie das Haus, nur zwei Schattierungen heller. Ich probierte es mit dem Knauf. Er drehte sich in meiner Hand, und die Tür schwang auf.

Im Inneren war der Geruch wie erwartet intensiver, aber nicht überwältigend – er hatte eine chemische Komponente, etwas Ätzendes, die Feuerwehrleute mussten etwas gesprüht haben, um den Geruch einzudämmen. Es war duster, die Fenster waren zugewachsen, die Jalousien heruntergelassen, überall Schatten. Allmählich – und es war vollkommen still in dem Zimmer, das sich als Küche herausstellte – passten sich meine Augen an, und ich war überrascht, als ich sah, dass durchaus Ordnung herrschte, keine überquellenden Mülltüten, keine schwarzen Pfannen in einer fettverschmierten Spüle, keine Avocadoschalen auf dem Boden. Es herrschte Ordnung – und Normalität. Er hatte die gleichen Dinge wie wir besessen, Geschirrspülmaschine, Herd, Kaffeemaschine, Kühlschrank.

Ich stand eine Zeitlang da und ignorierte die Stimme in meinem Kopf, die mir riet, wieder zu gehen, die mich anschrie, abzuhauen, solange ich konnte, denn wenn ich hier erwischt würde, wäre der Demütigungsfaktor unverhältnismäßig groß, *Nachbar plündert Haus des toten Rockmusikers*, doch dann, fast als würde ich einem Drehbuch folgen, ging ich zum Kühlschrank und öffnete die Tür. Das Licht darin schaltete sich ein, und ich sah die üblichen Sachen – Ketchup, Mayonnaise, Dijon-Senf, Meerrettich, ein Stück Erdnussbutter, Essiggurken, ein Sechserpack Hires' Rootbeer. In dem eingebauten Behältnis in der Tür lagen sechs Eier. Im Butterfach lag Butter, und in dem Fach in der Tür stand ein Karton abgelaufener fettarmer Milch. Habe ich tatsächlich den Deckel des Glases mit Essiggurken aufgeschraubt, mit Daumen und Zeigefinger eine Gurke herausgenommen und ihr kaltes Knirschen zwischen den Zähnen ausgekostet? Ich bin nicht sicher. Vielleicht. Vielleicht habe ich das getan.

Wieder war etwas in mir am Werk, worauf ich nicht stolz bin – das ich nicht unter Kontrolle hatte –, und ich erzähle es schlichtweg nur, um es festzuhalten, um es auf die Reihe zu kriegen, aber im Ernst, richtete ich etwa Unheil an? Ich war neugierig, in Ordnung? Ist Neugier ein Verbrechen? Und mitfühlend, das darf man nicht vergessen. Mir schoss ein Gedanke durch den Kopf – wenn die Ostküstenleute mich jetzt sehen könnten, hätten sie gegen die Vereinbarung gestimmt, nicht ich –, doch der Gedanke fiel in sich zusammen wie Klarsichtfolie, und im nächsten Augenblick ging ich den Flur entlang ins Wohnzimmer oder den Salon, wie ihn die Makler gern nennen. Es war ein großer Raum mit hoher Decke, der ein Drittel der gesamten Fläche des Hauses einnahm und einst einen Blick aufs Meer gehabt haben musste, wo das Wasser und der Himmel in einem schimmernden durchscheinenden Band aufeinandertreffen, das breiter und schmaler wird und die Farbe ändert je nach Tageszeit, den gleichen Blick, den Chrissie und ich haben, wenn auch aus größerer Entfernung aus unserem Schlafzimmer im ersten Stock. Hier waren die Jalousien nicht heruntergelassen, aber es war nichts zu sehen außer Laub und den nackten Ästen der Büsche, die gegen das Glas drückten.

In einer Ecke stand ein Flügel (ein weißer Steinway) und in der Ecke gegenüber eine elektrische Version, über ein Nest von Kabeln mit einem Paar Lautsprechern verbunden, die sich zu beiden Seiten davon befanden. Ich verspürte den Impuls, den Deckel des Steinways zu öffnen und ein bisschen zu spielen – und wer auf dieser Welt hätte schon ein Zimmer mit einem Klavier darin betreten und nicht irgendwas darauf geklimpert, und sei es »Chopsticks« oder die ersten paar Takte von Tschaikowskis »Slawischen Marsch«? –, doch ich kämpfte ihn nieder. Die Nachbarn mochten hinter einer zwei Meter hohen Mauer wohnen, aber wie könnten sie es überhören, wenn ein toter Mann um halb sieben an einem Sonntagmorgen Klavier spielt? Nein. Kein Klimpern auf dem Klavier. Ich musste gehen. Auf der Stelle – aber was war das an den Wänden, die viereckigen Gebilde, die das suppige Licht reflektierten? Fotos. Gerahmte Fotos.

Ich sah auf den ersten Blick, dass ich mich getäuscht hatte, als ich Carey Fortunoff als den Nachdenklichen auf dem Gruppenfoto identifiziert hatte. Hier war sein Gesicht in einem halben Dutzend unterschiedlicher Szenarios abgebildet, mit und ohne seine Bandkollegen; mit zwei Rockmusikern, die sogar ich wiedererkannte, berühmte Männer; mit einer hübschen Frau mit toupiertem blonden Haar, die ein kleines Mädchen hielt, ebenfalls mit toupiertem Haar – und ich stellte durch Ausschluss fest, dass er auf dem ursprünglichen Foto derjenige war, der teilweise von einem Grabstein verdeckt war und direkt in die Kamera schaute. Er war vielleicht nicht so dynamisch und auch nicht so gutaussehend wie der, mit dem ich ihn verwechselt hatte, aber er wirkte auf seine eigene Weise gediegen. Ich stellte ihn mir als Komponisten, als Arrangeur, als das verrückte Genie der Band vor, denn brauchte nicht jede Band ein verrücktes Genie, um wirklich erfolgreich zu sein?

Ich wusste es nicht. Doch plötzlich spürte ich etwas, eine Präsenz, eine Aura, und ich kam wieder zu mir. Ich musste aufhören, hier herumzuschnüffeln. Ich musste gehen. Ich brauchte Croissants, Kaffee, meine Frau. Und nein, ich hatte kein Interesse daran, das Schlafzimmer am Ende des Flurs zu betreten oder wo immer es war. Ich wandte mich ab, ging durch das Zimmer und war fast an der Tür, als mein Blick auf das Bücherregal fiel, und wenn es einen Impuls gibt, der so stark ist, wie den Deckel eines Klaviers aufzuklappen und ein paar Töne zu spielen, dann ist es der, ein Bücherregal zu inspizieren, sei es das eines Freundes oder eines Fremden, nur um ein Gefühl dafür zu kriegen, was jemand anders, nicht du oder deine Frau, wählen und lesen würde. Ich möchte nicht übermäßig dramatisch klingen, aber das war der Moment, als die Schicksalsgöttinnen einschritten, denn meine Aufmerksamkeit wurde angezogen von gleich aussehenden, ledergebundenen Bänden, die handschriftlich nummeriert und mit einer Jahreszahl beschriftet waren. Tagebücher. Die Tagebücher eines drittklassigen Musikers, der einsam unter extremen Umständen gestorben war, die ich mir nur ausmalen konnte – Carey Fortunoffs Tagebücher. Das, welches ich zufällig herauszog, war von 1982, und ich schlug es nicht auf oder blätterte es durch, denn in mir war ein weiterer Impuls am Werk, der noch stärker war als die, denen ich schon nachgegeben hatte.

Ich zögerte keine Sekunde. Ich ignorierte die warnenden Stimmen, die in meinem Kopf brüllten, klemmte den Band unter den Arm und ging den gleichen Weg hinaus, den ich hereingekommen war.

Auf der Straße versuchte ich, mich so unauffällig wie möglich zu verhalten, wie ein normaler Mann – ein Bürger, ein Nachbar, ein Unbescholtener –, der am frühen Morgen mit einem Lieblingsbuch unter dem Arm zur Bäckerei ging, aber es war sowieso niemand unterwegs, der an mir zweifelte oder Fragen stellte. Die Mauern ragten hoch und stumm auf. In den Baumwipfeln raschelte eine Brise. Auf der Hauptstraße, die sich elegant durch den tiefer gelegenen Ortsteil windet, hielten zwei Wagen, von der frühen Sonne rosa gefärbt, an der Kreuzung an und fuhren dann weiter. Ich kaufte eine Zeitung aus einem der Automaten, die wie glotzende Augen vor der Bäckerei aufgereiht waren, steckte das Buch hinein, stieg die Stufen hinauf und betrat den Laden, in dem es süß und tröstlich duftete.

Mit Kaffee und Croissant setzte ich mich an einen Tisch ganz hinten, studierte demonstrativ die Schlagzeilen, bevor ich das Buch zwischen den Immobilien- und Modeseiten herauszog. Ich will nicht behaupten, dass mein Herz hämmerte – das tat es nicht –, aber ich spürte den beschleunigten Puls heimlicher Aufregung. Ich schaute auf. Abgesehen von dem Mädchen hinter der Ladentheke waren noch drei andere Personen da: zwei Frauen und ein Mann, die alle an einem eigenen Tisch saßen, jeder absorbiert von einem Laptop oder einem Smartphone. Ich kannte sie nicht – und wenn ich sie nicht kannte, kannten sie mich auch nicht. Ich schlug das Tagebuch auf und legte es flach auf den Tisch.

Auf der ersten Seite stand in fetten schwarzen Ziffern, die mindestens zehn Zentimeter groß waren, die Jahreszahl. Darunter befand sich die lüsterne Karikatur von etwas, was ich zuerst für den Teufel hielt – Hörner, Ziegenbart, Pferdefuß –, und mir war der Spaß verdorben. Es war das altbekannte pubertäre Motiv: Teufel und grinsende Totenschädel, phallische Schlangen, Hexen und Gräber, die Art feuchter Todestraum, den man damals in der einen oder anderen Form auf jedem Poster jeder Band gesehen hatte. Doch dann bemerkte ich meinen Fehler – die Gestalt sollte tatsächlich einen Satyr darstellen gemäß der Definition von Satyriasis, die in Großbuchstaben unten auf der Seite stand: übermäßiger und abnormer Geschlechtstrieb beim Mann. Das war interessanter. Ich blätterte um.

Beginnend mit dem ersten Eintrag am 1. Januar, nachdem die Band bei einer Silvesterparty an einem Ort namens The Whisky gespielt hatte, waren abwechselnd Beschreibungen von zufälligen sexuellen Begegnungen (Groupies), Drogenkonsum (Kokain, Percodan) und Aufnahmesessions für das erste Album der Gruppe, das offenbar im Mai von Warner Brothers, damals eine der großen Plattenfirmen, veröffentlicht werden sollte. Es war das Übliche, das Rock-and-Roll-Klischee, ausgeschmückt mit detaillierten Schilderungen unterschiedlicher Sexualakte und herablassender Betrachtungen über die beteiligten Frauen, Vorstöße in neue pharmazeutische Erfahrungen, Besuche bei Ärzten wegen Verbrennungen, Prellungen und sexuell übertragenen Krankheiten, Songlisten, Namen von Städten, Restaurants, Auftrittsorten. Ich muss zugeben, dass ich Seiten überschlug. Wonach suchte ich? Introspektion. Zusammenhängen. Einsichten in ein Leben, dieses Leben, ein Leben, das gleichzeitig mit meinem gelebt worden war. Und nach Schmerz natürlich – die Art Schmerz und Kränkung und Trauma, die jedes Leben auf dieser Erde bestimmen und beschränken.

Ich wurde nicht enttäuscht. Im Mai, als die Band auf Tournee ging, schrumpften die Einträge auf praktisch nichts, eine einzige Zeile zusammen, der Name einer Stadt (*Cincinnati, Zugabe »Hammerhead« & »Corti-Zone«, auf Schuhe gekotzt, wessen?*), und im Juni blieben die Seiten völlig leer. Carey Fortunoff – das enthüllte der erste lange Eintrag im Juli, der längste bislang im Tagebuch –, verrücktes Genie von Metalavox oder nicht, war nach einem Streit mit dem Schlagzeuger über die Namensnennung bei einem Song, an dem er (der Schlagzeuger), wie er behauptete, mitgeschrieben hatte, während der Tournee aus der Band ausgestiegen und hatte die Windschutzscheibe des Transporters eingetreten, mit dem sie unterwegs waren.

Carey war kompromisslos. Choleriker. Und gleichgültig, wie sehr seine Kollegen ihn anflehten oder der Schlagzeuger (Topper Hogg, noch ein Namen zum Nachschlagen) ihn bekniete, Carey ging einfach. Er überquerte die Straße, streckte den Daumen raus und verbrachte zwei jämmerliche und elende Wochen damit, nach Westen zu trampen, er schlief im Freien, durchsuchte Mülltonnen hinter Fast-Food-Restaurants und hörte sich jede Art von Country-Musik und Pop-Grausamkeit an, die die Fahrer ihm zumuteten, bis er schließlich wieder in L.A. war. Und bei seiner Frau. Seiner Frau, Pamela, die er jetzt zum ersten Mal erwähnte, als hätte sie ihm eine Casting-Firma zur Verfügung gestellt, als hätte sie nicht mehr Gewicht in seinem Leben als die Cindys und Susies und Chantals, die er nach jedem Gig aufriss, wie er es nannte. (*Als ich wieder bei Pamela war, hatte ich zehn Kilo verloren, mein Kopf ist aufgebrochen wie eine große reife Melone. Warum hast du mich nicht angerufen?, hat sie gefragt. Und was habe ich getan? Nur die Achseln gezuckt, denn wie kann ich auch nur anfangen, es in Worte zu fassen?*)

Stellen Sie sich meine Überraschung vor. Aber andererseits hatte ich keinen Zugang zu den früheren Bänden, in denen vielleicht ein verlegenes erstes Treffen beschrieben wurde, ein zärtliches Werben und eine Ehe, die so innig, engagiert und betörend stark war wie die, die Chrissie und mich verbindet. Das musste man ihm zutrauen. Wenn hier jemand falschlag, dann ich, weil ich an einem willkürlichen Punkt in die Geschichte eingestiegen war, weil ich mich wie ein Geier darauf gestürzt hatte, weil ich ein Dieb, ein Enteigner war – dennoch, wenn ich jetzt zurückblicke, geschah alles, was ich tat, auch wenn es fragwürdig, wenn es letztlich vergeblich war, aus einem guten Grund. Zum Besseren. Aber darüber sollen Sie urteilen.

Die nächste Überraschung war seine Tochter. Zwei Zeilen, nachdem er seine Frau erwähnt hat, tauchte die Tochter auf. Drei Jahre alt. Terri. Und ob sie ein Wunderkind oder autistisch war, groß oder klein, dick oder dünn, dunkel oder blond (und da klickte etwas: das kleine Kind mit dem aufgetürmten Haar auf dem Foto?), wusste ich nicht, noch nicht, ohne weiterzulesen. Ich schaute auf. Meine Kaffeetasse war leer, und auf dem Teller vor mir lagen nur noch Krümel. Ich schlug das Buch zu, steckte es wieder in die Zeitung und ging nach Hause zu meiner Frau.

An diesem Abend führte ich Chrissie ins La Maison aus, das neue Restaurant im Dorf, das so beliebt war, dass man nur einen Tisch bekam, wenn man Beziehungen hatte, aber ich hatte natürlich immer Beziehungen. Um Carey Fortunoffs Straße zu vermeiden, machte ich einen Umweg und tat so, als ob ich am Bankomat vorbeimusste, um Geld zu holen, obwohl ich mehr als genug dabeihatte, ganz zu schweigen von dem halben Dutzend Kreditkarten, die alle voll gedeckt waren. Der Oberkellner, der mit seinem falschen französischen Akzent niemanden hinters Licht führte, ging praktisch auf die Knie, als wir auftauchten, und bald saßen wir an unserem Lieblingstisch auf der Terrasse, von wo wir sahen, wie das Abendlicht über dem Dorf eine zarte Färbung annahm und sich an die Berge jenseits davon klammerte, bis alles im Schatten lag außer den höchsten Gipfeln. Unsere Tochter Patricia hatte für den Sommer ein Stipendium in Florenz, sie wollte Restauratorin werden, und obwohl wir sie vermissten, war es schön, kommen und gehen zu können, wie es uns passte, fast als ob wir wieder frisch verliebt wären. Als uns der Kellner das erste Glas Wein einschenkte, nahm ich Chrissies Hand und prostete ihr zu.

Wir waren beim zweiten Glas, Chrissie so überschwänglich wie immer, ihre Stimme hob und senkte sich wie Vogelgezwitscher, während sie Klatschgeschichten über unsere Nachbarn erzählte und mich mit Einzelheiten über Mary Ellen Stovalls Eheprobleme versorgte, als sie plötzlich aufblickte und sagte: »Ach, erinnerst du dich an das Haus? Das in der Runyon?«

»Welches Haus?«, fragte ich, obwohl ich genau wusste, wovon sie sprach.

»In dem der Mann gestorben ist? Der Musiker?«

Das wäre meine Gelegenheit gewesen, reinen Tisch zu machen, ihr von dem ledergebundenen Band zu erzählen, den ich in der Garage hinter einem Regal mit alten Ausgaben von *National Geographic* versteckt hatte, aber ich tat es nicht, und ich weiß bis heute nicht, warum. Ich wandte den Blick von ihr ab. Brach ein Stück Brot ab, tunkte es in Tapenade und ließ es über meinen Gaumen gleiten.

»Mary Ellen sagt, dass es unmöglich ist, den Geruch aus dem Haus zu kriegen – es ist wie bei dem Boot im Hafen, weißt du noch, auf das die

Robbe geklettert ist, und dann ist sie durch das Oberlicht in die Kombüse gefallen und kam nicht mehr heraus.« Sie gestikulierte mit dem Weinglas. »Und ist darin verwest. Wie lange, Wochen, oder? Oder Monate. Vielleicht waren es Monate.«

»Was werden sie also tun?«

Sie zuckte die Achseln, ihre Armreifen klimperten leise, als sie die Gabel anmutig in das abblätternde weiße Fleisch des Heilbutts Provençal steckte, es war ihr Lieblingsgericht auf der Speisekarte. Meins auch, da wir beide kaum mehr Fleisch aßen. »Ich weiß nicht – man wird es abreißen müssen, glaubst du nicht?«

Carey Fortunoffs Ehe war nahezu von Anfang an schwierig gewesen. Pamela war eine Mitläuferin, eins der ersten Groupies, als sich die Band formierte und in der Garage der Mutter eines Bandmitglieds probte. Sie war neunzehn, funkelnd wie eine Rakete, die über den Himmel schießt (Careys Worte, nicht meine), und sie hegte selbst musikalische Ambitionen. Sie spielte Gitarre. Schrieb eigene Lieder. Sie war seit ihrem vierzehnten Lebensjahr in einem örtlichen Café aufgetreten (in Torrance, soweit ich es herausfinden konnte, der Stadt, in der Carey bei seiner alleinerziehenden Mutter aufgewachsen war, die ein Alkoholproblem hatte), und eine Weile hatte sie an den Proben der Band teilgenommen, und sie spielten sogar ein oder zwei ihrer Songs. Doch dann wurde sie schwanger. Und Topper Hogg stieß zur Band, und sie waren sich einig, dass sie eine andere Richtung einschlagen sollten. Sie blieb zu Hause. Und Carey, ein geständiger Sexsüchtiger, ging auf Achse.

Das alles stand in den Einträgen für Juli, das und mehr – dass sie sich geweigert hatte abzutreiben, dass sie geschworen hatte, zu ihm zu stehen, bis das Meer kochte und das Fleisch von ihren Knochen fiel, gleichgültig, was er ihr an den Kopf warf, ob er sie mit einem Tripper ansteckte (zweimal) oder mit Chlamydien (einmal), ob er sie liebte oder nicht. Das kam heraus, weil er wieder bei ihr war, in einer Zwei-Zimmer-Wohnung in Redondo Beach, wo er versuchte, das Unbehagen – die Angst – abzuschütteln, das davon herrührte, dass er die Brücken zu Metalavox abgebrochen hatte, und Musik für ein Solo-Album zu komponieren. Er ging in sich. Oder war verwirrt. Oder beides. Wie auch immer, an diesem Punkt wurde das Tagebuch mehr als eine Anhäufung von Trivia, es wurde tiefgründiger und zu etwas anderem – einem Leben. Ich war süchtig. Nachdem Chrissie am Abend ins Bett gegangen, schlich ich in die Garage und las es bis zum Ende.

Während der ersten Wochen gingen sie fast jeden Tag an den Strand – um »abzuschalten«, wie er es nannte. Da waren die Sonne und der Sand, da waren die Surfbretter, auf denen er und Pamela auf den Ozean hinauspaddelten, während jemand – wen immer sie zu fassen kriegten – auf das kleine Mädchen aufpasste, damit sie nicht ertrank, die Tage waren träge und lang und unvergesslich wegen des starken Dufts des Sonnenöls und des Zischens von kaltem Bier in der Dose. Doch Carey war kein großer Surfer, und die Wellen waren sowieso schon besetzt (von einer Clique von Ortsansässigen, die sich gegenseitig nicht mochten und Außenseiter schon gar nicht), und im August fuhren er und seine Familie nach Norden zum Russian River, wo sie für den Rest des Sommers bei einem anderen Paar wohnten, Freunden aus der Highschool, soweit ich es begriff. Jim und Francie. Jim war Schriftsteller, Francie unterrichtete an einer Schule. Sie hatten eine »abgefahrene« Blockhütte in den Redwoods gemietet, nur drei Blocks vom Fluss und einem Ort namens Ginger's Rancho entfernt, wo an sechs Abenden die Woche örtliche Bands spielten und am Montag Gedichte vorgetragen wurden.

Es war eine immerwährende Party, gemeinsame Essen, eine Überdosis Bier und Wein und Drogen, sie schwammen im Fluss, tanzten abends im Club, doch was Pamela nicht wusste – und Jim auch nicht – war, dass Carey bei jeder nur möglichen Gelegenheit Sex mit Francie hatte. Sie erfanden Ausreden, gingen zum Markt, während Jim schrieb und Pamela sich mit dem Kind beschäftigte, machten lange Spaziergänge, schwammen, fuhren mit einem Kanu, pflückten Beeren, ihre Blicke schuldbewusst, aber niemand merkte etwas. Dann kam ein schwüler Nachmittag Mitte August, als sie zu viert in Shorts und Badesachen in Ginger's waren, an einem Tisch in der Ecke saßen, wo das Fenster offen stand und sie auf den Fluss hinausschauen konnten, der rasch zum Meer floss. Francie trug ihren Bikini – mit Leopardenmuster, goldfarben und schwarz wie der von der Sonne getüpfelte Dschungelboden –, und Carey, in einer abgeschnittenen Jeans, neigte sich über den Tisch, um das Muster der Leberflecken zwischen ihren Brüsten zu bewundern. (Gürtel des Orion nannte er es – nur wenn sie allein waren, versteht sich –, und er schrieb an einem Song, der betitelt war nach einem der drei Sterne der Konstellation, Alnilam, wie er etwas finden wollte, was sich darauf reimte, war mir ein Rätsel.) Pamela hatte einen Badeanzug und ein weites T-Shirt darüber an und tat ihr Bestes, um das kleine Mädchen – Terri – bei Laune zu halten. Jim war Jim, das Haar hing ihm in die Augen, er war ein Kettentrinker und Kettenraucher, der zufrieden war, wenn die Welt an ihm vorbeizog.

Eine Stunde verging. Sie spendierten abwechselnd Runden für den Tisch. Aus der Jukebox drang Musik, und die Zeit verlangsamte sich, wie sie es tut, wenn nur das Atemholen wichtig ist. Sogar Terri schien zufrieden, sie lag auf dem Boden und spielte mit ihren Barbie-Puppen. Dann, wie auf ein Signal hin, stand Carey auf, um auf die Toilette zu gehen, und einen Moment später erhob sich auch Francie und vergewisserte sich, dass die Luft rein war, bevor sie ihn mit sich in die Kabine zog und die Tür verschloss. Es war riskant, es war verrückt, aber das machte es nur noch erotischer, ein hastiges, bodenloses Gestoße gegen das Waschbecken, während die Jukebox durch die Mauer hämmerte und die Schreie der Kinder, die im seichten Wasser spielten, in dem Raum auf unheimliche Weise widerhallten. Francie kam als erste an den Tisch zurück, nachdem sie sich rasch das Gesicht mit feuchten Papierhandtüchern abgetupft hatte, und wenn auf ihrem glatten gebräunten Bauch schimmernde Spuren waren, bemerkte es niemand. Einen Augenblick später spazierte Carey durch den Raum, vier frische Gin Tonic an die Brust gedrückt. »Wo warst du so lange?«, wollte Pamela wissen. Er stellte einen nach dem anderen die Drinks ab und zuckte die Achseln. »Du kannst dir nicht vorstellen, wie lange die Schlange war.«

Und wo war Terri? Sie saß am Nebentisch und ließ sich von einer alten Frau mit einem verblichenen Strohhut unterhalten, die eine pensionierte

Grundschullehrerin oder eine Großmutter oder dergleichen sein musste, denn sie beschäftigte sich mit ihr, als hätte sie ihr Leben lang auf sie gewartet. Terri saß auf dem Schoß der Frau, sie machten Wortspiele, sie spielten Backe-backe-Kuchen. Pamela fand es süß. Sie tranken weiter. Das Gespräch sprang hin und her und sprühte Funken, uralte Freunde erzählten Witze und alte Geschichten über alle, die sie gemeinsam kannten und die zufälligerweise nicht am Tisch saßen. Und irgendwann schaute Pamela auf und sah, dass die alte Frau mit dem Strohhut nicht mehr da war. Und Terri auch nicht. Das kleine Mädchen. Ihre Tochter.

Carey brauchte einen Augenblick, bis er die Situation begriff – und als er es tat, nachdem er benommen von seinem Stuhl aufgestanden war und sich erste Unruhe in ihm ausbreitete, ging er den Raum methodisch durch, riss Stühle unter Tischen hervor, um darunterzuschauen, auf Händen und Knien, erschreckte die Gäste, Pamela hinter ihm und Jim und Francie hinter ihr. Als nächstes die Toiletten, die Küche, dann zur Tür hinaus und zum Ufer des kalten, reißenden Flusses. Er sah ein Durcheinander nackter Gliedmaßen, die Leute lagen auf Matten und Decken, drängten sich auf den dunklen schattigen Flecken unter Sonnenschirmen, Radios spielten, Kinder schrien, nasse Hunde schüttelten sich. Aber Terri sah er nicht. Und jetzt begannen sie sich in ihm aufzubauen, der Schock, die Angst, der Hass – Hass auf die alte Frau, auf alle diese Menschen, diese blinden *Menschen*, und auch auf Pamela, weil sie ihm das angetan, ihm diese Tochter geschenkt hatte, die er in diesem Moment mehr als alles andere auf der Welt liebte. Er rief den Namen seiner Tochter, seine Stimme hoch und angespannt, als stünde er auf der Bühne und heulte auf dem Höhepunkt eines Konzerts ins Mikrofon, und da waren Pamela und Jim und Francie, ihre Gesichter zogen sich von ihm zurück wie in einen Brunnen geworfene Steine. »Terri!«, schrie er. »Terri!«

Aber war das nicht die alte Frau? War sie es nicht? Sie lag da wie eine Leiche, ihre schwabbeligen Beine zu einem V ausgestreckt und den Strohhut über das Gesicht gezogen. Im nächsten Moment war er bei ihr, riss ihr den Hut weg. »Wo ist sie?«, fragte er. »Meine Tochter. Was haben Sie mit ihr gemacht?«

Die alte Frau blinzelte im grellen Sonnenschein. Es war heiß. Mitten am Nachmittag. Sie war schweißgebadet. »Wer?«

»Meine Tochter. Terri. Das kleine Mädchen, das auf Ihrem Schoß gesessen hat. *Terri!*«

Ein Ausdruck des Wiedererkennens huschte über ihr Gesicht, ein winziger Funke, und ihm wurde klar, dass sie betrunken war, keine Großmutter, keine Grundschullehrerin, sondern nur eine fette alte Schlampe, die er hier am Strand hätte erwürgen können, und niemand hätte es ihm verübelt. Und was bekam er aus ihr heraus? Blinzelnd schirmte sie die Augen mit der Hand ab, das Fleisch ihrer Arme glänzend wie Fett, stützte sie sich auf den Ellbogen, verzog das Gesicht und sagte mit gebrochener Stimme: »Ich dachte, sie wäre bei Ihnen.«

Er machte sich selbst Versprechungen, während er am Strand hin und her lief, ins Wasser watete und immer wieder den Namen seiner Tochter rief – er hatte falsch gehandelt, er hatte gesündigt, er war egoistisch gewesen, dumm, dumm, dumm, und wenn sie sie fänden, wenn sie wohlauf wäre, gerettet, unversehrt, heil, würde er sich ändern, er schwor es sich. Wenn nur –

Da stieß Pamela am anderen Ende des Strandes, wo sich der Weg durch das Gebüsch und niedere Bäume wand, einen Schrei aus, und er rannte in diese Richtung, die Leute drehten die Köpfe, Jim war direkt hinter ihm und Francie auch, der Sand brannte unter seinen Füßen, die Sonne stach von oben. Im nächsten Moment trat Pamela aus den Schatten wie aus einem alten Foto, und er sah die kleine Gestalt neben ihr, Terri, in ihrem rosa Spielanzug und das Gesicht wie das eines Clowns vom Saft der Heidelbeeren verschmiert, die sie ganz allein gepflückt hatte.

Was geschah als nächstes? Ich wusste es nicht. Kurioserweise gab es danach keine Einträge mehr, das Jahr endete mit einer Folge leerer weißer Seiten. Ich musste geschäftlich wieder nach Osten (nicht zu der ersten Gruppe von Leuten – ich hatte keine Geduld mit ihnen –, sondern wegen einer anderen Investitionsmöglichkeit, die Chrissie und mir letztlich einen hübschen kleinen Profit einbrachte), und als ich zurückkam, fuhr ich mit Chrissie in ein Resort in Cabo, in das wir uns gern zurückziehen. Die Zeit verging. Ich vergaß das Tagebuch, vergaß Carey Fortunoff und sein unruhiges Leben. Und dann kam eines Tages Mary Ellen vorbei, um Chrissie zu ihrem gemeinsamen nachmittäglichen Walking abzuholen, gerade als ich durch die Tür trat, und alles fiel mir wieder ein.

»Was gibt's Neues?«, fragte ich. »Irgendwas Interessantes?«

»Na so was«, sagte sie. »Liest du keine Zeitung? Die Preise explodieren – meine letzten zwei Angebote habe ich an dem Tag verkauft, an dem sie auf den Markt kamen. Für mehr als den geforderten Preis.« Sie trug ein gelbes Sonnenvisier und ein weißes Tenniskleid aus Baumwolle. Ihre Augen sahen mich an, als würden sie ihr gleich aus dem Kopf springen. Sie war nicht aggressiv, zumindest nicht übermäßig aggressiv, doch sie schien nie weit davon entfernt zu sein.

»Was ist mit dem Grundstück in der Runyon?«, fragte ich. »Schon verkauft?«

»Warum? Bist du interessiert?« Sie sah mich neckisch an, zog mit einer Hand am Saum ihres Rocks, als wollte sie meine Aufmerksamkeit dorthin lenken. Sie hatte tolle Beine, ihr bester Aktivposten, gebräunt und gestählt durch zahllose Stunden Tennis und Powerwalking. Mir ging auf, dass ich sie nie in einer Hose gesehen hatte, aber warum auch? Ihre Standardbekleidung waren ein Rock und High Heels und eine Bluse mit einem Ausschnitt, der die Männer bei Laune hielt, während die Frauen durch das Wohnzimmer gingen, um zu entscheiden, wo sie das Büffet aufstellen wollten.

Sie blickte mich einen Moment zu lange an. »Denn Chrissie hat nichts davon gesagt. Es ist ein Eins-A-Grundstück, zwei Blocks näher am Strand als euer Haus und mit einer besseren Aussicht – zumindest potenziell. Dort würde ich mein Traumhaus bauen, wenn ich das nötige Kleingeld hätte. Oder die innere Ruhe.« Das bezog sich auf die Tatsache, dass ihr Leben jetzt unstet war, nachdem sie sich von ihrem Mann getrennt hatte und in eine Eigentumswohnung ohne jegliche Aussicht gezogen war.

Ich zuckte die Achseln. »Ich bin nur neugierig.«

»Wenn du willst, zeige ich es dir.« Oben fiel eine Tür ins Schloss, und

Chrissie kam in ihrer Shorts die Treppe herunter, ihre Beine lang und nackt und glänzend wie sich verjüngende Kerzen im Licht der offenen Tür. Mary Ellen warf mir einen Blick zu. »Morgen? Um vier?«

Diesmal ließ ich mich von Mary Ellen Stovall durch die Vordertür ins Haus führen. Das erste Zimmer, das wir betraten, war ein holzvertäfelter Raum, alle vier Wände waren vom Boden bis zur Decke von Bücherregalen bedeckt, nicht gefüllt mit Büchern, sondern mit CDs, Tausenden CDs, in den unteren zwei Regalfächern standen Schallplatten – altmodische Vinylplatten in ihren Originalhüllen. Mary Ellen schaltete das Deckenlicht ein, und die Rücken sprangen mich an, schwindelerregende Striche in allen nur erdenklichen Farbschattierungen. Da waren Lautsprecher, ein Verstärker, ein Platten- und ein CD-Spieler und ein einziger ergonomischer Stuhl, der mit schwarzem Samt bezogen war. Das war sein Allerheiligstes, der Ort, an den er gekommen war, um Musik zu *hören*.

»Er hatte eine ganz schöne Sammlung«, sagte Mary Ellen, klackte mit ihren hohen Absätzen über das Parkett und zog irgendeine CD heraus. »›Throbbing Gristle‹«, sagte sie und drehte sie in der Hand um, so dass die Hülle aufblitzte wie ein Leuchtfeuer. »Von ihnen gehört?«

»Nein«, sagte ich.

»Nicht deine Sorte Musik, oder?«

»Nicht wirklich, nein.«

»Aber hör mal, wenn du was siehst, was du haben möchtest, dann nimm es, denn abgesehen vom Klavier, das ich von jemandem abholen lasse – und die Sachen, die zum Wertstoffhof müssen –, kommt alles auf den Müll. Der Bruder will nichts, und da es keine anderen Erben gibt ...« Sie fuchtelte mit der CD herum, um den Gedanken zu vollenden, und schob sie dann wieder an ihren Platz im Regal.

»Ich dachte, er hat eine Tochter?«

»Nicht, dass ich wüsste. Aber willst du nicht den Rest des Hauses sehen? Aus reiner Neugier?« Sie hielt inne, überkreuzte die Beine an den Knöcheln und tippte mit dem Absatz auf den Boden, so dass sich das Geräusch, obwohl es leise war, in die Stille zu ätzen schien. »Das Haus muss selbstverständlich abgerissen werden – unnötig zu erwähnen. Aber es ist ein Schnäppchen, ein echtes Schnäppchen für den Preis. Und die Lage ist nicht zu toppen.«

»Ja, das stimmt«, sagte ich. »Aber lass mich einen Moment schauen – geh du schon voraus.«

Ich dachte erleichtert, dass ich Carey Fortunoffs Tagebuch von 1982 nicht zurückbringen musste und jeden anderen Band, den ich wollte, mitnehmen konnte. Oder noch besser, dass ich jetzt, da ich einen legitimen Grund für meine Anwesenheit hatte, kommen und alle Bände lesen konnte, wann immer ich die Muße dazu hatte. Aber warum sollte ich das wollen? Er bedeutete mir nichts. Ja – und an diesem Punkt neigte ich mich vor, um die Platten zu sichten – ich hatte nie seine Musik gehört, keinen einzigen Song. Die Platten waren alphabetisiert, und ich schaute mir die Ms gründlich an (Metallica, Montrose, Motörhead und so weiter) mit der Absicht, Metalavox interessehalber auf den Plattenspieler zu legen, aber ich fand sie nicht. Was ich jedoch in einem höheren Fach fand, war ein kompletter Satz CDs, mit Magic Marker mit Jahreszahlen versehen, jede Hülle enthielt mehrere CDs, ordentlich mit den Titeln der Kompositionen beschriftet, Carey Fortunoffs Musik auf die gleiche Weise geordnet wie die Ereignisse seines Lebens in den Tagebüchern. Ich fand sogar ein Stück mit dem Titel »Alnilam«.

Mary Ellen klapperte den Flur entlang und steckte den Kopf zur Tür herein. »Komm, ich will dir den Salon zeigen, denn von dort wird man den Blick haben, wenn das Unterholz erst einmal weg ist – oder das Oberholz oder wie immer man es nennen will –, und ist es nicht eine Riesenschande, dass er das Haus so hat herunterkommen lassen?« Sie seufzte und fuhr sich mit der Hand durchs Haar. »Aber jeder nach seiner Fasson.«

Ich folgte ihr den Flur entlang, ihre Hüften schwangen über ihren Absätzen, bis sie vor einer geschlossenen Tür stehen blieb. »Du solltest dir vielleicht die Nase zuhalten«, flüsterte sie, als läge Carey Fortunoff noch in dem Zimmer und tat, was immer er getan hatte, bevor er das Leben aushauchte. »Das große Schlafzimmer«, flüsterte sie. »Ich habe noch nie die Tür aufgemacht. Wirklich, ich glaube, ich habe Angst.«

Und dann waren wir im Salon, das Licht dämmrig und grün. Mary Ellen ging zum Fenster, als könnte sie über den Kanal zu den Inseln hinausschauen, der Eine-Million-Dollar-Blick (oder in diesem Fall wahrscheinlich drei oder vier Millionen), der ihr ihre Provision einbringen würde.
Ich stand auf der Schwelle und sah zum Bücherregal, in dem die Lücke für
1982 auffiel wie ein fehlender Zahn. Ich versuchte, so beiläufig wie möglich zum Regal zu schlendern, als hätte ich es nie zuvor gesehen, als wäre
ich ein potenzieller Käufer, der über einen Umzug an einen besseren Ort
nachdachte, als wäre ich nicht eine Hyäne, die im Tod eines Nachbarn
herumschnüffelte, den ich nicht gekannt hatte, doch dann schien sich die
Zeit zu komprimieren, und es geschahen zwei Dinge, die mir bis heute zu
denken geben.

Das erste war, dass ich in der Lücke, wo er aus dem von mir entwen-
deten Band gefallen sein musste, einen vom Alter vergilbten Zeitungs-
ausschnitt vom 16. August 1982 fand. Die Überschrift lautete KLEINES
KIND IM RUSSIAN RIVER ERTRUNKEN, und darunter: »Die Leiche
von Teresa Fortunoff, 3 Jahre alt, wurde gestern am späten Nachmittag
vom Suchtrupp des Sheriffs gefunden. Offenbar hat die Strömung das
Mädchen fast zwei Kilometer flussabwärts getragen von der Stelle, wo sie
als vermisst gemeldet wurde. Als Todesursache wurde Ertrinken ange-
geben. Sie hinterlässt ihre Eltern, Carey Fortunoff, früheres Mitglied der
Rockgruppe Metalavox, und Pamela Perry Fortunoff, beide wohnhaft in
Los Angeles.«

Bevor ich diesen Schock verarbeiten konnte – Carey hatte mich ange-
logen, sich selbst, die Nachwelt –, veranlasste mich das zielgerichtete Klacken von Mary Ellens Absätzen, mich umzuwenden, und ich erlebte einen
zweiten Schock (Überraschung trifft eher zu). Sie hatte Bluse und Rock
ausgezogen und einfach auf den Boden fallen lassen. Sie trug elaborierte
Unterwäsche aus schwarzer Spitze mit einem dazu passenden Straps, ein
mit Vorbedacht ausgewähltes Arrangement. »Ich bin so einsam, seit Todd
mich verlassen hat«, flüsterte sie und schlang die Arme um mich. Ich
spürte ihre Hitze, roch das Parfüm, das von ihr aufstieg und waberte und
jeden anderen Geruch übertönte. »Halt mich fest«, wisperte sie. Und

dann, weil ich mich nicht rührte – oder noch nicht –, fügte sie hinzu: »Ich werde kein Wort sagen.«

Carey Fortunoffs letztes Jahr war überhaupt nicht so verlaufen, wie ich es mir vorgestellt hatte. Er war bei guter Gesundheit (abgesehen von einer Knieverletzung, die er sich zwanzig Jahre zuvor bei einem Motorradunfall zugezogen hatte und derentwegen er leicht hinkte), er komponierte die Musik für einen Film, der in Bulgarien gedreht wurde, und eine Plattenfirma war daran interessiert, eine CD mit seinen besten Songs herauszubringen, die er sowohl für sich selbst als auch für andere geschrieben hatte, darunter »Alnilam«, mit dem eine Band namens Mucilage offenbar unter die ersten zwanzig der Hitparade gekommen war. Er war zweiundsechzig. Pamela war längst aus seinem Leben verschwunden. Francie auch. Aber er hatte eine neue Freundin, die er übers Internet kennengelernt hatte, und er schrieb leidenschaftlich über sie, er war das erste Mal seit Jahren verliebt – es war echte Liebe, die über die Dröhnung von schnellem Sex hinausging, so zumindest verstand ich es. (*Mit ihr zusammen zu sein ist alles an Himmel, was ich brauche, eine Platte aufzulegen, ein alter Film, nur dazusitzen und Händchen zu halten. Beste Sahne.*) Wenn er ein Problem hatte, dann mit Leuten, mit der Gesellschaft, mit der Hast und der Bilderflut, den fremden Gesichtern, dem alltäglichen Gequassel. Er zog sich zunehmend in sich selbst und seine Musik zurück, schlief tagsüber und ging nur nachts hinaus, um das Notwendige zu erledigen, Lebensmittel zu kaufen und dergleichen. Essiggurken. Fettarme Milch. Rootbeer. Er trug ein Sweatshirt mit Kapuze und eine dunkle Brille, um sein Gesicht zu verbergen. Er ließ die Büsche und Bäume wild wuchern.

Ich kann wirklich nicht sagen, ob es der Tod seiner Tochter war, der ihn gebrochen hat, doch er markierte den Jahrestag ihres Todes in jedem folgenden Band und komponierte, was seiner Beschreibung nach, eine Symphonie mit dem Titel »Die Terri-Variationen« war, die jedoch, soweit ich weiß, nie jemand gehört hat. Dreißig Jahre vergingen, bevor er die Wahrheit dessen eingestand, was an jenem Tag am Russian River passiert war – im Band von 2012, ohne zu wissen, dass es sein letztes Jahr sein würde. Oder vielleicht wusste er es doch. Vielleicht hatte er eine Ahnung, was kommen würde, von der gewöhnlichen Erkältung, mit der ihn seine Freundin bei einem ihrer Besuche ansteckte, der Erkältung, die er ignorierte, bis sie zu einer Lungenentzündung wurde, die ihm in einem dunklen vernachlässigten Haus das Leben kostete.

Es war kein Bademeister am Strand. Es war noch nicht einmal ein richtiger Strand, nur ein unregelmäßiger Streifen Sand, den der Fluss während der Regenfälle im Winter ablagerte, seine Form veränderte sich jedes Jahr, so dass er in einem Sommer hundert Meter breit war und im nächsten nur fünfzig. Tagsüber kletterten die Temperaturen auf dreißig Grad und manchmal höher, aber der Fluss blieb kalt, strömte schnell und dunkel von seiner Fracht an Sedimenten. Carey fand die alte Frau, und die alte Frau war betrunken. Sie wusste nicht, wovon er sprach. Ein kleines Mädchen? Sie hatte kein kleines Mädchen gesehen. Sie beschimpfte ihn, und er beschimpfte sie. Dann rannten er und Jim – der Hahnrei – am Ufer auf und ab und riefen Terris Namen, bis sie völlig außer Atem waren, während die Frauen, Pamela und Francie, auf dem Parkplatz und der Straße suchten, wo die Geschwindigkeitsbegrenzung bei fünfundfünfzig Stundenkilometern lag, aber die meisten achtzig oder schneller fuhren. Zwanzig Minuten, nachdem Pamela aufgeschaut und gesehen hatte, dass ihre Tochter nicht mehr da war, riefen sie die Polizei.

Was hofften sie? Dass Terri einem guten Samariter über den Weg gelaufen und von ihm mitgenommen worden war, einer wirklichen Lehrerin, einer echten Großmutter, jemandem, der Anteil nahm, jemandem, der sich kümmerte, jemandem, der sie den Behörden übergeben würde – der sie in diesem Augenblick zum Polizeirevier fuhr. Sie wollten nicht an Entführung denken oder an den Fluss. Aber sie mussten. Und deswegen lief Carey durchs bauchhohe Wasser, duckte sich unter Hindernissen hindurch, tastete mit den Füßen im Schlamm, der in dunklen Wolken an die Oberfläche stieg und mit der Strömung rasch davongeschwemmt wurde. Er war patschnass. Durchgefroren. Erschöpft. Auch als Polizei und Feuerwehr kamen, den Fluss mit Booten abfuhren, Schleppnetze auswarfen und mit Haken unter Hindernissen stocherten, machte er weiter, die vielen Stunden des Horrors und der Vergeblichkeit, als die Hoffnung schwand. Und als sie sie fanden, in ihrem rosa Spielanzug und mit Gliedmaßen so weiß und blutlos, als wären sie bis auf die Knochen gebleicht, drückte er sie an sich, obwohl sie so kalt war wie der Fluss an seiner tiefsten und dunkelsten Stelle.

Mary Ellen Stovall hatte recht, was das Haus betraf. Wir boten natürlich nicht dafür, Chrissie und ich, weil es nur eine Eingebung des Augenblicks gewesen war und wir dort, wo wir sind, zufrieden sind. Ich habe Chrissie nie etwas von dem Nachmittag, als ich dort war, und von dem, was zwischen ihrer Walking-Partnerin und mir passiert ist, erzählt. Ich bin nicht stolz darauf, glauben Sie mir, und wenn Mary Ellen dieser Tage vorbeischaut, bin ich irgendwie immer mit anderem beschäftigt. Ich sehe Chrissie an, sehe ihr Haar im Licht glänzen, sehe sie lächeln, wenn ich zur Tür hereinkomme, und ich weiß, dass ich sie und nur sie liebe.

Zwei Bulldozer kamen und machten alles auf dem Grundstück dem Erdboden gleich, der Wagen wurde zum Schrottplatz gebracht, die Bäume splitterten, die Mauern des Hauses stürzten ein, als wären sie aus Pappe, und alles, was Carey Fortunoffs Lebens gewesen war – seine Tagebücher, seine Musik, die Dinge in den Regalen, und das Zimmer, in dem sie ihn gefunden hatten –, wurde auf rasselnde Lastwagen verladen und zur Mülldeponie gefahren, so dass nur die nackte kahlrasierte Erde übrig blieb. Und natürlich der Blick.

Warum ich den Band seiner Tagebücher behielt, den ich an einem stillen Sonntagmorgen vor fast einem Jahr aus dem Regal gezogen habe, und warum er immer noch hinter einer Barrikade aus *National Geographic*-Ausgaben steht, die niemand mehr je durchblättern wird, kann ich nicht sagen. Nennen Sie es ein Memento, nennen Sie es Zeugnis. Wer war er schließlich, könnten Sie fragen, dieser Carey Fortunoff, und warum sollte irgendjemandem an ihm liegen? Die Antwort ist einfach: Er war Sie, er war ich, er war wir alle, und sein Leben war wichtig, überaus wichtig, das einzige Leben, das wir alle je gelebt haben, und als sich seine Augen zum letzten Mal schlossen, der letzte halb aufgegessene Karton mit Nudeln aus seiner Hand fiel, verschwanden wir alle, ausnahmslos alle, und jedes lebende Geschöpf und die Erde und das Licht der Sonne und unser gesamtes kollektives Dasein. Das war Carey Fortunoff. Das war er.

HELL LODERND

TARA

Sie wurde 1978 in Gefangenschaft in einem englischen Zoo geboren, ein Junges aus einem Wurf von drei bengalischen Tigern. Kaum war sie entwöhnt, wurde sie ruhiggestellt, in einen Käfig verfrachtet und über Europa, den Nahen Osten und den Indischen Ozean nach Delhi geflogen, auf einen Transporter gehievt und nach Norden in den Dudhwa-Nationalpark in Uttar Pradesh, unweit der Grenze zu Nepal, gefahren. Dort wurde sie der Obhut von Billy Arjan Singh anvertraut, einem ehemaligen Jäger und jetzigen Naturschützer, der erfolgreich Leoparden ausgewildert hatte und nun sein Glück mit Tigern versuchen wollte – nicht aus Eitelkeit wie Maharadschas und Neureiche, die zu ihrem Vergnügen Tiger züchteten, sondern als praktische Maßnahme, um den Genpool neu zu beleben und die Spezies vor dem Aussterben zu bewahren. Die traurige Wahrheit war, dass es mehr Tiger in Gefangenschaft gab als in der Wildnis.

Er ließ Tara frei im Haus und im Garten herumlaufen, der von der dichten Vegetation des Parks umschlossen war, und er machte mit ihr Spaziergänge im Dschungel, um sie zu akklimatisieren. Als der Parkdirektor sie zum ersten Mal neben Billy laufen sah, rief er: »Aber sie ja wie ein Hund.« Und Billy grinste und fuhr mit der Hand durch das weiche Fell an ihrem Hals. »Ja«, rief er, »sie ist ein großes Kätzchen, stimmt's, Süße?« Dann neigte er sich zu ihr hinunter und ließ sich das Gesicht von ihrer heißen, nassen rauen Zunge lecken. Anfangs fütterte er sie mit Fleischstücken, die er von gespendeten Kadavern abhackte, dann ging er zu lebenden Tieren über – Ratten, Gänse, Frankoline, Zibetkatzen – und arbeitete sich die Nahrungskette hinauf, bis sie Sumpfhirsche und Indische Pferdehirsche jagte, die ihre natürliche Beute waren. Als sie geschlechtsreif – und brünstig – wurde, verließ sie ihn, um sich mit einem der Männchen zu paaren, die er nachts husten und brüllen gehört hatte, doch sie gestattete ihm, ihr in ihren Bau unter dem Stamm eines umgestürzten Salbaumes zu folgen und ihren ersten Wurf zu inspizieren, vier Junge, alle offenbar gesund.

Was die Tigerin empfand, darüber kann man nur spekulieren, aber es musste auf eine tiefe atavistische Weise befriedigend gewesen sein, von einem kalten fremden Ort in die Wildnis entlassen zu werden, wo ihre Vorfahren Jahrtausende frei herumliefen, bevor Straßen, Zoos oder auch nur Menschen existierten. Billys Gefühle sind leichter vorzustellen. Er war stolz und fühlte sich bestätigt, und allen Schwarzmalern, die behaupteten, dass in Gefangenschaft gezüchtete Tiere nicht ausgewildert werden konnten, bewiesen Tara und ihre Jungen das Gegenteil. Bedauerlicherweise kam es zu zwei Problemen, die Billy nicht vorausgesehen hatte. Das erste war, dass der Zoo in England die Zuchtunterlagen fehlerhaft – das heißt schlampig – geführt hatte, und die genetische Untersuchung ihrer Geschwister ergab letztlich, dass Tara kein reinrassiger Bengale war, sondern ein Hybrid, ihr Vater entstammte einer völlig anderen Subspezies – er war ein sibirischer Tiger. Billys Kritiker erhoben sich in einhelliger Verdammnis: Er hatte den Genpool verschmutzt, ob vorsätzlich oder versehentlich, und es gab keinen Weg zurück, weil die Tiere frei herumliefen und der Schaden angerichtet war.

Aber das war nichts verglichen mit dem zweiten Problem. Ein halbes Jahr nach Taras Freilassung wurde in der Gegend eine Dorfbewohnerin – eine junge Mutter von vier Kindern – getötet und teilweise aufgefressen von einem Tiger, der bei helllichtem Tag mitten auf der Hauptstraße entlanggegangen war, als hätte er überhaupt keine Angst vor Menschen.

SIOBHAN

Ihre Mutter wollte sie an der kurzen Leine halten – das hatte sie gesagt, die ganze Woche über sagte sie es immer wieder, während das Haus von Verwandten überlaufen wurde und die Fongs, Dylans Familie, kamen und gingen, und sich die Geschenke anhäuften und Vasen mit Blumen im Wohnzimmer und im Esszimmer und sogar auf der Terrasse standen. Siobhan ging in die sechste Klasse und brauchte keine Leine, weder eine lange noch eine kurze, weil sie pflichtbewusst und brav war und tat, was man ihr sagte, meistens jedenfalls. Es war ihre Mutter. Ihre Mutter war über die Maßen aufgeregt, schrie über ihr Handy die Essenslieferanten an, den Floristen, sogar den unitaristischen Pfarrer, den sie für die Trauung auserwählt hatte, und wenn jemand eine Leine brauchte, dann sie.

Siobhan versuchte, sich nicht darüber zu ärgern. Worauf sie sich konzentrierte, womit sie sich aufhielt, was sie sich vor Augen führte wie eine geheime Phantasie von Glamour und Aufregung, in die nur sie sich träumen konnte, war die Tatsache, dass sie in weniger als einer Stunde bei der Hochzeit ihrer Schwester die Brautjungfern den Gang entlangführen würde, gekleidet in ein minzgrünes Taftkleid, das sie selbst ausgesucht hatte. Außerdem war Silvester, am Pier gäbe es ein Feuerwerk, und ihre Mutter hatte ihr versprochen, dass sie bis Mitternacht aufbleiben durfte. Noch besser war – und das war während des letzten Monats das Thema einer Flut von atemlosen SMS an ihre Freundinnen aus Mrs Lindelofs Klasse gewesen – der Ort, an dem die Hochzeit stattfinden sollte. Nicht in einer Kirche oder einer geschmacklosen Empfangshalle oder dem Garten hinter irgendeinem Haus, sondern im Freiluftpavillon des Zoos von San Francisco, wo man die Tiere gurren, trompeten und brüllen hören konnte, als wäre man im Urwald. Es war das Coolste, was sie je erlebt hatte.

Die Limousine kam, sie war weiß und länger als zwei Autos zusammen, und sie, ihre Mutter, ihr Vater und Tante Katie hatten sie ganz für sich allein. Es war eine Bar darin mit Coke und 7Up und Schnaps und kleinen Tüten mit Salzstangen, M&Ms und Macadamianüssen. »Nein«, sagte ihre Mutter und hielt ihre Hand fest, als sie nach den M&Ms langte.

»Das letzte, was ich gebrauchen kann, sind Schokoladeflecken auf deinem Kleid.«

Das letzte. Alles war das letzte, alles, was sie tat. Aber ihre Mutter war zerstreut, unterhielt sich mit drei Personen gleichzeitig, mit Tante Katie und ihrem Vater auf der einen Seite und mit Megan über das Handy, weil Megan mit ihren Brautjungfern in der anderen Limousine saß, und bevor sie noch drei Blocks gefahren waren, war es Siobhan gelungen, drei knisternde Tütchen M&Ms in ihre Handtasche zu stopfen. Ganz vorsichtig, als der rechte Moment gekommen war, schob sie sich eine Handvoll Kugeln in den Mund, und weil sie sich nicht traute zu kauen, breitete sich der dunkle satte Geschmack der schmelzenden Schokolade langsam auf ihrer Zunge aus. Die Augen ihrer Mutter waren wie bei einer Schauspielerin mit Eyeliner umrandet und groß, doppelt so groß wie normal, und ihr flackernder Blick schweifte hierhin und dorthin, aus dem Fenster, zurück zum Kopf des Fahrers, zu Tante Katie, zu ihrem Vater, aber nicht zu ihr, nicht, solange die Schokolade heimlich auf ihrer Zunge lag und sie immer aufgeregter wurde, als würde eine Trommel in ihr schlagen.

»Das solltest du besser«, sagte ihre Mutter ins Telefon und beendete das Gespräch. »Ich weiß nicht, Tom«, sagte sie, und die Worte kamen ruckweise heraus, als wären sie an einer Schnur befestigt, die tief in ihren Hals hing. »Ich weiß nicht. Wirklich nicht.«

Tante Katie – jung, blond, hübsch, mit einem Gesicht wie Siobhans Mutter, nur ohne Falten – sagte: »Ist schon in Ordnung. Alles ist gut. Entspann dich, Janie, entspann dich.«

Ihr Vater stieß einen Fluch aus. »Herrgott, was ist denn los?«

»Ich kann mich einfach nicht daran gewöhnen.«

»An was? Oh, Scheiße, sag bloß nicht –«

»Dylans Vater mit seinen Zähnen. Und die Mutter – sie ist wirklich nett, das ist es nicht, aber sie ist so aufdringlich, und wir müssen rumsitzen und, ich weiß nicht, Seegurken und Tintenfisch essen bei der Hochzeit unserer eigenen Tochter –«

»Sprich's doch aus – sie sind Chinesen, stimmt's? Ich habe Neuigkeiten für dich – sie waren schon Chinesen, als unsere Kinder anfingen, zusammen auszugehen. Kannst du nicht damit aufhören? Oder willst du weitermachen und allen das Fest verderben?«

»Ich weiß, ich weiß, du hast ja recht. Aber sie ist so dunkel. Und klein. Sogar mit hohen Absätzen. Ich meine, hast du sie mal *angesehen*?«

»Wovon redest du? Wen?«

Doch ihre Mutter – ihre Augen traten hervor wie die weißen Kugelaugen, die die Jungen am letzten Schultag immer in den Unterricht mitbrachten – drehte nur abrupt den Kopf zur Seite und starrte aus dem Fenster, sie trommelte mit beiden Füßen, die in elfenbeinfarbenen High Heels aus Lackleder steckten, so wild auf den Boden, dass es klang, als würde die Limousine auseinanderbrechen.

VIJAY

Vor einer Woche, an Heiligabend, war er ausgelaugt und mit Kopfschmerzen erwacht, kurz davor, aufzustehen und sich auf der Toilette zu übergeben. Am Abend zuvor war er mit seinem älteren Bruder Vikram, der einundzwanzig war und bereits sein Vordiplom in Pharmazie hatte, und Manny, seinem Klassenkameraden aus der Lincoln High und bestem Freund, auf mehreren Partys gewesen. Sie hatten Gras geraucht und jede Menge Hochprozentiges getrunken, Tequila und Wodka vor allem. Und Bier natürlich – Bier trank er jetzt wie Wasser. Er konnte mit den Besten mithalten – er trank seit der zehnten Klasse – und wurde weder albern noch weinerlich wie manche Vollidioten in seiner Klasse, und er ließ nicht zu, dass seine Noten darunter litten. Er hatte sich in Berkeley, Davis und an der San Diego State beworben und zur Sicherheit an sechs weiteren Universitäten, er wollte unbedingt an eine der drei Topuniversitäten und außerdem ein Stipendium gewinnen. Doch im Augenblick war alles etwas verschwommen, und der Essensgeruch aus der Küche, der unter der Tür hereinzog, machte es nicht besser.

Curry. Immer nur Curry. Aber warum sollte seine Mutter auch etwas Besonderes kochen an diesem Tag, der ihnen schließlich nichts bedeutete.

Wenn Jesus vor zweitausend Jahren in etwa an diesem Tag geboren worden war und sich dann hatte ans Kreuz nagel lassen, geopfert wie ein Lamm oder eine Hazuri-Ziege, was spielte das für eine Rolle? Seine Eltern waren Sikhs, beide im Punjab geboren, und er und Vikram waren Amerikaner, schlicht und einfach, und der ganze Hokuspokus mit Pfarrern, Weihrauch, Niederknien und Singen, auf den Mannys Familie abfuhr, als wäre es das Tollste auf der Welt, war jenseits von unwichtig. Er wusste es, aus erster Hand. Weil er mit vierzehn in die große zugige Kirche in der Ashton Avenue zu Mannys Konfirmation gegangen war, und auch wenn die Sache aus anthropologischer Perspektive interessant gewesen war – Manny im Anzug, Manny, der dem Pfarrer murmelnd antwortete, Spanisch, Latein und Englisch gingen ineinander über, die Leute tauchten die Finger in eine Schale mit Wasser, das auch nicht anders war als das Wasser aus dem Hahn, nur dass der Pfarrer es gesegnet hatte –, was ihn wirklich begeisterte war die Party danach. Es gab eine Piñata. Tamales. Und weil es eine Initiation war und sie jetzt erwachsen waren, erlaubte ihnen Mannys Vater ein Glas mit leichtem Rotwein zu trinken, der schmeckte wie das Wachs der weißen Kerzen, die über dem Schrein in ihrem Wohnzimmer brannten.

Die Laken fühlten sich steif an. Und da war ein Geruch, ein vager namenloser Mief, der jedes Mal aufstieg, wenn er die Position änderte. Hatten die Laken Flecken? War er gestern Abend nach Hause gekommen und hatte masturbiert? Er konnte sich nicht erinnern. Er blieb noch einen Augenblick liegen, dann stand er auf, ging ins Bad auf der anderen Seite des Flurs und trank zwei Gläser Wasser. Vikrams Tür war geschlossen. Wie viel Uhr war es? Es kam ihm spät vor, jedenfalls später als die normale Frühstückszeit. Er kehrte in sein Zimmer zurück, zog sein Handy aus der Jeanstasche und schaute nach, wie spät es war: halb eins. Dann dachte er an seine Mutter, die unten kochte, und an seinen Vater, der an diesem universalen Feiertag frei hatte und vor dem Fernseher saß, auf dem spanischsprachigen Kanal Fußball schaute, obwohl er kein Wort verstand – *Was macht das schon, Vijay? Ich sehe den Ball, ich sehe den Schiedsrichter, ich sehe, wie der Ball ins Tor geht* –, und dann drückte er spontan auf Mannys Nummer.

»Hallo«, sagte er, als Manny sich meldete.

»Hallo.«

»Wie geht's?«

»Weiß nicht. Verkatert. Und dir?«

Er zuckte die Achseln, keine große Sache, obwohl Manny es nicht sehen konnte. »Ein bisschen vielleicht. Aber ich muss heute hier raus, mein Vater schaut Fußball, und meine Mutter kocht und macht das Kreuzworträtsel, was weiß ich. Ich habe gedacht – wie sieht's bei dir aus, hast du genug von deiner Familie?«

»Weiß nicht, klar. Was willst du machen?«

»Heute ist bestimmt kein Schwein im Zoo, deswegen habe ich gedacht, ich hole Vikram aus seinen feuchten Träumen und wir gehen vielleicht in den Zoo und treiben uns dort rum, verstehst du?«

Keine Reaktion. Doch er hörte Manny atmen.

»Wir können unterwegs Burger kaufen. Und Vik hat noch den Stoli von gestern Abend – macht also nichts, wenn die Läden geschlossen sind … Und Gras – Gras natürlich. Was meinst du?«

TATIANA

Sie war eine sibirische Tigerin, viereinhalb Jahre alt, mit dem breiten Kopf, der schweren Statur und dem blassen Fell, die ihre Unterart von *Panthera tigris* auszeichnen. Wie Tara war sie in Gefangenschaft geboren – im Zoo von Denver – und zwei Jahre zuvor zu Zuchtzwecken nach San Francisco transportiert worden. An jenem ersten Tag, als sie wieder zu sich kam, lag sie in dem Käfig, in den sie vor Tagesanbruch in der dünnen trockenen Luft der Rocky Mountains zwangsweise getrieben worden war, der einzigen Luft, die sie je gekannt hatte, aber jetzt war etwas anders an dem Käfig, und sie brauchte einen Augenblick, um zu begreifen: Die Klappe war offen. Dann musste sie ihn gerochen haben, feuchtkalt und kräftig, den Geruch des Ozeans, der keine fünfhundert Meter entfernt war, und dann alle anderen Gerüche, die sie wiedererkannte von diesem Morgen und dem Morgen davor und allen Morgen ihres Lebens, Tiergerüche, der Geruch nach Urin und Kot und die fesselnde anale Absonderung, mit der große Katzen ihr Revier markieren.

Sie verließ den Käfig nicht sofort, nicht an diesem ersten Tag. Sie schien den Käfig vorzuziehen, mit seiner undurchlässigen Decke und den schwächer werdenden Gerüchen ihres Zuhauses, darin war sie sicher vor allem, was sie bedrohte, jenseits der hohen Betonmauern des Freigeheges, in dem der Käfig stand. Geräusche drangen zu ihr: das harte gebrochene Geschrei von Papageien und Aras, der Lärm des Verkehrs draußen auf der Straße und der Motoren von Flugzeugen, die wie Insekten über den Himmel flogen, das Trompeten eines Elefanten, ein Knurren, ein Brüllen und über allem das Kreischen von Affen, Affen und Menschenaffen.

VIJAY

Er hatte es niemandem erzählt, nicht einmal seinem Bruder, weil er kein Saftsack war und auch nicht dafür gehalten werden wollte wie alle anderen Inder und Chinesen, mit denen er im Kindergarten und in der Schule in einen Topf geworfen wurde, doch seine geheime Liebe, seine wahre Liebe galt nicht dem Ingenieurstudium, zu dem ihn seine Eltern drängten, sondern Tieren. Er wollte Zoologe werden – oder noch besser ein Feldbiologe, der die Tiere in der Natur studierte wie in den Sendungen im Fernsehen. Vik und Manny sagten Sachen wie: *Warum immer in den Zoo, Mann, was ist so toll dort? Bist du in ein Gorillaweibchen verliebt, oder was?* Und er zuckte die Achseln und sagte: *Ich weiß nicht, habt ihr einen besseren Vorschlag?* Hatten sie nicht. Und der Zoo war nur fünf Blocks von ihrem Haus entfernt, und er und Vik gingen seit ihrer Kindheit dorthin, nur um den kritischen Blicken ihrer Mutter zu entfliehen, die es nicht zugelassen hätte, dass sie auf der Straße herumlungerten wie Hooligans (*Hooligans und ich weiß nicht*, Gangbanger, *so werden sie doch genannt, oder?*), den Zoo jedoch vage lehrreich fand. Dort würden sie nicht in Schwierigkeiten geraten – so zumindest sah sie es.

Als sie dem Zoo gegenüber in dem Burgerladen auf dem Sloat Boulevard saßen, war es schon drei Uhr nachmittags, und es schien nur natürlich, ihre Cokes mit einem Schuss aus der Flasche aufzupeppen, vor allem weil Feiertag war, und außerdem sollte es gegen den Kater helfen, obwohl Manny sagte, dass es widerlich sei, guten Wodka so zu verschwenden, deswegen bestellte er sich einen Orangensaft. Es war ein grauer Tag, vom Ozean rollte dichter Nebel herein. Der Burgerladen war leer, die Straßen waren leer. Weihnachten. Sie starrten kauend aus dem Fenster auf nichts.

»Wann musst du zu Hause sein?«, fragte er Manny. »Ihr kriegt ein besonderes Abendessen heute, oder? Mit Tanten und Onkeln und so?«

Manny zog den Kopf ein, trank einen Schluck Orangensaft mit Wodka. Er trug seine weiten Shorts und ein schwarzes Kapuzenshirt und eine brandneue Warriors-Kappe, ein Weihnachtsgeschenk seiner Schwester. »Weiß nicht«, sagte er. »Sechs, halb sieben. Und ja, ich muss dabei sein.«

Vik hatte bislang noch nicht viel gesagt, seine Augen waren wund und rot, seine Backen gebläht, als würde ihm der Burger immer wieder bis in den Mund aufstoßen. »He, wenn wir gehen wollen«, sagte er, »sollten wir gleich gehen, weil wir hier nicht rauchen dürfen, und ich habe genug vom Dasitzen und Hinausschauen auf nichts – wenn jemand vorbeigeht und uns sieht, denkt er, wir wären Loser, oder? Eins-A-Loser.«

Sie standen auf und schlurften hinaus, Vijay freute sich insgeheim, weil sein Bruder sie angespornt hatte und nicht er selbst, er wollte keinesfalls übereifrig erscheinen, aber Tatsache war, dass der Zoo schloss, sobald es dunkel wurde, und sie nicht mehr allzu viel Zeit hatten. Auf dem Gehweg zündete Vik einen Joint an, und sie reichten ihn herum, als sie die Straße überquerten zum Eingang des Zoos. »Also Weihnachten«, sagte Vik zu Manny. »Habt ihr einen Baum?«

Manny hielt den Kopf gesenkt, als müsste er kontrollieren, wohin seine Füße gingen. Er schien bereits niedergeschlagen. »Jaa«, murmelte er.

»Is’ das cool?«

»Ja. Wir machen Lichter drauf, schmücken ihn, bunte Kugeln.«

»Silberpapier? Dieses Silberzeug meine ich.«

»Lametta, ja.«

Sie waren jetzt fast am Kartenhäuschen, Vijay kramte in seiner Brieftasche nach dem Familienpass, den seine Mutter jedes Jahr erneuerte. Er musste ihn nur vors Fenster halten, wer immer dahintersaß, normalerweise ein knochiges rothaariges Mädchen ohne Busen und mit einem Onyxstecker unter der Lippe, der aussah wie ein Leberfleck, und sie wurden durchgewinkt – Manny mit seiner dunklen Haut und seinem schwarzen Igelschnitt ging als weiterer Bruder der Familie Singh durch.

Vik sagte: »Das is was Deutsches.«

»Was, Lametta?«

»Der Baum. ›O Tannenbaum‹. Habt ihr das nicht in der Grundschule singen müssen?« Dann lachte er, es war ein Aufwärmlachen, das mehr versprach, aber noch nicht wirklich außer Kontrolle war. »Ich meine, es ist nicht mexikanisch oder auch nur amerikanisch, sondern *deutsch*. Könnt ihr euch das vorstellen, wie die Nazis so kleine dürre Bäume verteilen, um die Juden – wo – in Auschwitz aufzuheitern?«

Jetzt waren sie da, vor dem Fenster, und Vijay hielt den Familienpass hoch, und obwohl nicht das Mädchen dahintersaß – *Weihnachten* –, sondern ein dicker alter Mann, gab es keine Probleme. Er blickte kaum von seinem iPhone auf, der alte Mann – dick, dick wie ein Fettsack von einem Truthahn, der mit Würsten und Kastanien und Cranberrys oder was auch immer gefüllt war – sah sie eine halbe Sekunde lang aus seinen runden braunen Hundeaugen an, dann winkte er sie durch.

SIOBHAN

Natürlich begann die Trauung nicht sofort (und der Bräutigam durfte die Braut vorher nicht sehen, weil das Unglück brachte), deswegen musste sie mit ihrer Schwester und deren Freundinnen in das kleine Hinterzimmer, das aussah wie ein Büro, alle schminkten sich und schickten wie verrückt SMS und ließen einen silbernen Flachmann mit Sambuca herumgehen. Niemand bot ihr etwas davon an, sie hätte sowieso nicht angenommen, nicht einmal aus Neugier, denn Alkohol war für Erwachsene, und sie war nicht erwachsen und hatte es auch nicht eilig, erwachsen zu werden. Sie trank allerdings eine Dose Red Bull, und danach fühlte sie sich, als würde sie in der letzten Runde eines Schulrennens laufen und alle anderen kilometerweit hinter sich lassen.

Dann kam ihre Mutter sie holen, und sie standen in der feuchten Luft, der Nebel waberte um sie herum, und der Geruch nach Tieren stieg ihr stechend in die Nase. Aus der Ferne drang Gebrüll zu ihnen, es war ein Affe mit einer Stimme wie ein Feuermelder. Er brüllte unablässig, dieser Affe, und wenn man glaubte, dass er aufhörte, wenn die Schreie leiser und seltener wurden, sammelte er nur Atem für die nächste Welle. Das war das Tolle an einer Hochzeit im Zoo – es war unheimlich, aber auf eine gute Weise, weil man nie wusste, was als nächstes passieren würde. Im Gegensatz zu einer Hochzeit in der Kirche. Hier war dieses Tier aus dem Urwald, dem Hochzeiten und Essenslieferanten völlig gleichgültig waren und auch die Lautstärke des Streichquartetts, das ihre Mutter engagiert hatte, um den Hochzeitsmarsch zu spielen, als sie unter dem Dach des Freiluftpavillons den Gang entlanggingen.

Sie achtete auf ihre Füße, bemüht, nicht zu stolpern oder zu straucheln oder etwas falsch zu machen, denn jetzt standen alle Erwachsenen und blickten über die Schulter, um die Braut zu sehen, während das Streichquartett sich anstrengte, um den Affen zu übertönen. Alle Männer trugen Smoking. Manche Frauen hatten einen Hut auf. Überall waren Blumen. Und dann, als sie fast schon beim Pfarrer und Dylan und seinem Trauzeugen waren, sah sie Dylans kleinen Bruder Jason, der dreizehn war und heimlich Nelkenzigaretten rauchte, Jason im Anzug und mit Krawatte, der sie mit seinem hungrigen Zombie-Blick bedachte, um sie zum Lachen zu bringen. Aber sie lachte nicht, obwohl das Red Bull in ihr pulsierte. Sie rauschte den Gang entlang, so wie sie es geprobt hatte, lächelte allen zu, als wäre sie es, die heiratete.

Später, als die Leute sich für das Essen und die Getränke anstellten und der DJ seine Anlage aufbaute, kam Jason mit einem Teller frittierter Jiaozi zu ihr und hielt ihn ihr hin. »Hast du den Affen gehört?«, fragte er. »Ich hab gedacht, dass er sich totlacht.«

Bis zu diesem Moment war ihr nicht aufgefallen, dass das Geschrei längst verstummt und nur noch das Murmeln der Leute zu hören war, die sich über ihre Teller und Weingläser neigten. »Es war *so* komisch«, sagte sie und nahm mit den Fingern eine Teigtasche vom Rand des Tellers.

»Ist ein Affe unter den Anwesenden, der gegen diese Verbindung etwas vorzubringen hat, so möge er jetzt sprechen oder für immer schweigen.«

Sie lachte genau in dem Augenblick, als sie in die Teigtasche biss, woraufhin Fett auf das Oberteil ihres Kleides tropfte. Sie schaute sich schuldbewusst um, ob ihre Mutter es gesehen hatte, aber sie stand mit Tante Katie auf der anderen Seite des Pavillons und schwenkte ein Glas mit gelblichem Wein, als wäre es ein Taktstock.

»He«, sagte Jason, und sein Lächeln wurde schmaler, bis es erloschen war, »soll ich dir was zeigen?«

»Was?«

Er ließ rasch den Blick über die Erwachsenen mit ihren Kanapees und Drinks schweifen und schaute dann wieder sie an. Er hob das Kinn und meinte damit die Treppe zum Pavillon und den Weg, der sich in die Tiefen des Zoos wand. »Da draußen.«

Sie wusste nicht, was sie sagen sollte. Der Zoo war geschlossen, gelbes Absperrband der Polizei – *Zutritt verboten* – zog sich quer über den Weg, und ihre Mutter hatte ihr strikt verboten, auch nur eine Sekunde daran zu denken, den Pavillon zu verlassen. Und ihre Mutter meinte es ernst. Die ganze letzte Woche hatte sie ständig und wütend mit ihrem Anwalt, den Leuten vom Zoo und dem Büro des Bürgermeisters und jedem anderen, den sie schikanieren konnte, telefoniert, weil man damit gedroht hatte, die Genehmigung für die Hochzeit zu widerrufen. Wegen der Sache, die an Weihnachten passiert war. Wegen des Unfalls. Des Angriffs. Es war in den Nachrichten, auf Facebook, Twitter, überall – die Polizei ermittelte, und der Zoo war bis auf weiteres geschlossen. Aber ihre Mutter hatte sich durchgesetzt. Ihre Mutter hatte Beziehungen. Ihre Mutter bekam immer, was sie wollte – und sie hatten den Pavillon ein ganzes Jahr im Voraus gebucht, weil sich Megan und Dylan im Zoo kennengelernt hatten als Praktikanten während der Sommerferien des College, und es war der einzige Ort auf der Welt, den sie in Betracht zogen, um sich ewige Liebe zu schwören. Sie hatten das Essen bestellt, den DJ, Einladungen verschickt. Es gab nur eine Antwort, die ihre Mutter akzeptieren würde. Megan und Dylan bekamen den Pavillon, doch der Rest des Zoos war tabu. Für alle. Punkt.

Sie sah ihn nur an. Er kannte die Situation so gut wie sie.

»Ich habe was entdeckt«, sagte er. »Draußen auf dem Weg. Nur ungefähr fünfzig Meter weit weg.«

»Was?«, fragte sie.

»Blut.«

TARA

Normalerweise gab es im Reservat jedes Jahr ein oder zwei Angriffe von Tigern, in der Regel während des Monsuns, wenn die Leute in den Park gingen, um Futter für ihre Tiere zu holen. Im Lauf der Jahre bis ins letzte Jahrhundert zurück, lange bevor der Park existierte – und auch schon lange davor, so lange, wie Menschen und wilde Tiere gemeinsam auf dem gleichen schrumpfenden Flickenteppich aus Busch und landwirtschaftlich genutzter Fläche lebten –, hatte die Region immer wieder menschenfressende Tiger erlebt, aber sie waren gejagt und getötet worden. Jetzt allerdings, nachdem das zweite und dritte Opfer in einem Durcheinander abgebissener Gliedmaßen auf einem Weg gefunden worden waren, der nur eineinhalb Kilometer von der Stelle des ersten Angriffs entfernt war, wurde Billy Arjan Singh doch etwas nachdenklich. Öffentlich tat er nach wie vor kund, dass jeder Tiger im Park der Angreifer sein könnte, insbesondere jene, die verletzt oder zu alt und schwach waren, um ihre übliche Beute zu jagen – und Tara war nachweisbar jung und kräftig –, doch insgeheim begann er sich die Möglichkeit einzugestehen, dass sein Experiment auf schreckliche Weise gescheitert war.

Es folgte eine Atempause. Mehrere Monate vergingen, ohne dass neue Opfer gemeldet wurden, obwohl ein Mann – ein Holzfäller – auf Nimmerwiedersehen verschwand. Billy tat es als Gerücht ab. Ständig verschwanden Leute – sie liefen davon, änderten ihren Namen, trampten nach Delhi, flogen nach Amerika, starben an Schmerzen im Brustkasten und lagen bäuchlings an irgendeinem Ort, bis die Schakale, die Aasgeier und Würmer mit ihnen fertig waren. Alles war ruhig. Er fing an, die Genehmigungen einzuholen, um ein weiteres Tier ins Land zu holen, diesmal aus dem Zoo von Frankfurt.

Doch dann brach die Hölle los. Eine Frau – eine Großmutter, kaum einen Meter fünfzig groß – wurde geschnappt, als sie Wäsche zum Trocknen aufhängte, und das halbe Dorf sah zu – und noch in derselben Woche wurde ein Fahrradfahrer angegriffen. In rascher Folge wurden im Umkreis des Parks sechs weitere Personen getötet, immer am helllichten Tag und immer von einem Tiger, der aus dem Nirgendwo aufzutauchen schien. Der Volkszorn wuchs. Die Zeitungen ereiferten sich. Schließlich gab Billy dem Druck nach und organisierte eine Jagd, um die Angriffe zu beenden – und hoffentlich zu beweisen, dass ein anderes Tier und nicht Tara dafür verantwortlich war.

Bevor der Tiger – *ein* Tiger – erschossen wurde, verloren vierundzwanzig Menschen das Leben. Billy und zwei Parkaufseher waren im entscheidenden Augenblick dabei, doch als sich der Tiger den Köder holte – eine Ziege, die an einen Pflock gebunden ihr Unbehagen herausmeckerte –, zitterte seine Hand am Abzug. Sie folgten der Blutspur zu einer Baumgruppe und blieben in sicherer Entfernung stehen, bis das gequälte Röcheln des Tigers verstummte, dann näherte sich Billy allein, um ihm den Gnadenschuss zu geben. Das Tier war jung – und weiblich –, aber es hatte keine besonderen Kennzeichen, und Billy beharrte bis zum Schluss darauf, dass es nicht Tara war. Ob sie es war oder nicht, wird man nie erfahren, denn er entschied, den Kadaver tief im Urwald zu vergraben, wo das wilde Wuchern der Vegetation die Stelle in einer Woche bedeckt hätte. Wie auch immer, die Angriffe hörten auf, und das Leben in den Dörfern kehrte zur Normalität zurück.

VIJAY

Er wollte immer ganz bestimmte Dinge sehen – die afrikanische Savanne, wo Zebras, Kudus, Strauße und Giraffen umherschlenderten, als gäbe es keine Mauern oder Zäune, und man konnte ihnen beim Grasen zuschauen, beim Schiffen und Scheißen und manchmal beim Herumtollen, und die Koalas, er liebte die Koalas, und die Bären und Schimpansen, die kleinen Dinge an ihnen, die bei jedem Besuch anders waren –, aber Vik und Manny war das alles gleichgültig. Der Zoo war für sie nur ein Ort, an dem sie Mädchen beobachten, Gras rauchen und abschalten konnten, ohne dass jemand sie zusammenstauchte. Es machte ihm nichts aus. Manchmal war ihm auch genau danach – heute zum Beispiel. Vor allem heute. Es war Weihnachten. Sie mussten nicht in die Schule. Er hatte hart gearbeitet, und jetzt war es Zeit, sich zu entspannen.

Sie würdigten die Savanne kaum eines Blicks, sondern gingen schnurstracks zum Primatenhaus, als hätten sie sich zuvor darauf geeinigt. Es war kaum jemand da. Die Schimpansen sahen zerrupft aus, die Gorillas schliefen. Vik rümpfte die Nase. »Mann, hier drin *stinkt* es. Baden diese Viecher nie?«

»Oder benutzen ein Deodorant?«, mischte Manny sich ein. »Sie könnten zumindest ein Deodorant benutzen, oder? Uns zuliebe?« Und dann hob er die Stimme, bis er schrie: »He, ihr Affen – ja, ich rede mit euch! Ihr nehmt überhaupt keine Rücksicht, ist euch das klar?«

Und das war lustig, einfach komisch, denn sie spürten alle die Wirkung des Grases, und mit Gras wurde alles saukomisch. Er lachte, bis er keine Luft mehr bekam, Viks Gesicht war rot und Mannys ebenfalls.

»Erinnert ihr euch noch«, sagte er und rang nach Atem, »vor ungefähr zwei Jahren oder so, als wir hier waren, und diese Typen den Käfig gestrichen haben?«

»Oh, ja, ja«, keuchte Manny, und wieder lachten sie alle bei dem Gedanken an den Tag, als sie ins Affenhaus gegangen waren und zwei Arbeiter in einem leeren Käfig die Rückwand strichen, und sie hatten sich ans Gitter gedrängt und Witze über diese neue Affenart gemacht und wie schlau sie war – *Schaut nur, das ist Bigfoot, und schaut, schaut nur, er kann einen Pinsel eintauchen, coooool* –, bis sich ein Arbeiter umgedreht und ihnen geraten hatte, sich zu verpissen.

War es wirklich so komisch? Ja. Ja, das war es. Weil es jetzt schon Routine war und sie das Erlebnis, wann immer sie wollten, heraufbeschwören konnten, die drei vereint und der Rest der Welt ausgeschlossen.

Sie lachten und schlenderten von einer Anlage zur nächsten, ohne wirklich auf die Tiere zu achten, und wenn überhaupt Mädchen da waren, dann nur ganz wenige. Weil Feiertag war. Weil Weihnachten war. Irgendwann standen sie vor der Snackbar – dem Leaping Lemur Café, schon wieder ein Witz –, und Manny sagte, dass er frischen Orangensaft wolle, um den Wodka zu trinken, und vielleicht Nachos. »Will jemand Nachos?«

Vijay bestellte ein Coke, weil er eine trockene Kehle hatte, und sah dem Jungen hinter der Theke zu, wie er neonorangefarbenen Käse auf Mannys Nachos verteilte, während die anderen Gäste – eine Mutter mit einem Baby in einem Kinderwagen und ein älteres Paar, das Hotdogs verdrückte – dreinblickten, als wäre die Welt stehengeblieben. Der Junge hinter der Theke hatte sich den Namen einer erbärmlichen Heavy Metal Band – *Slayer* – auf die Fingerknöchel tätowieren lassen, doch da es sechs Buchstaben und nur fünf Fingerknöchel waren, war das *er* auf den letzten und somit kleinsten Knöchel gedrängt, und was besagte das über Planung und Weitsicht? Ganz zu schweigen von einem minimalen IQ? Danach spazierten sie zu den Wildkatzen in der Hoffnung, dass sie wach waren, wenn auch nur, um die Langeweile zu lindern, doch die Löwen – ein Männchen und zwei Weibchen – lagen bewusstlos herum. »Scheiße, schau sie dir bloß an«, sagte Vik. »Könnten genauso gut Bettvorleger sein.«

»Weggetreten«, sagte Manny. Und dann stieg er auf das Eisengeländer, was verboten war, und begann mit den Armen zu fuchteln und zu rufen: »He, Löwen, he! He, ich *rede* mit euch!«

Vik tat es ihm nach, und auch das war komisch, wie die beiden herumblödelten, die Löwen platt, als wären sie tot, der Himmel tiefhängend und alles so düster und grau und deprimierend, wie nur ein Winternachmittag in San Francisco sein konnte. Dann fingen sie an zu brüllen, zu brüllen wie Löwen, und er machte mit, wenn auch nur wegen des verrückten rauschhaften Vibrierens in der Kehle, doch die Löwen rührten sich noch immer nicht, nicht einmal ihre Schwänze zuckten. Sie brüllten alle drei, bis sie nahezu außer Atem waren, und dann brachen sie vor Lachen zusammen, bis sie es wirklich waren.

Schließlich richtete Vik sich auf und sagte: »Ich weiß nicht – es ist langweilig. Von mir aus können wir gehen, was meint ihr?«

Manny zuckte die Achseln.

Und dann sagte er und überraschte sich selbst damit, weil es wirklich egal war und sie schließlich irgendwann sowieso nach Hause gehen mussten, das wussten sie, doch er sagte: »Was ist mit dem Tiger?«

SIOBHAN

Ihre Mutter achtete nicht auf sie, ihre Mutter war damit beschäftigt, Luftküsse zu verteilen und ihr Weinglas zu heben, und kaum hatte die Musik eingesetzt, tanzten die Leute und bildeten einen natürlichen Schutzschild. Sie schlich zwischen schwingenden Kleidern und Schultern im Smoking davon und traf Jason in den Büschen neben dem Weg, wo niemand sie sehen konnte. »Komm«, flüsterte er und nahm sie bei der Hand, »hier lang.«

Sie spürte ihr Herz klopfen. Ihre Mutter würde sie umbringen, wenn sie es herausfände. Absolut umbringen. Außerdem war es Jason, ein zwei Jahre älterer Junge, und er hielt ihre Hand. Er führte sie zwischen niederen Palmen hindurch auf den Weg zurück, wo er vom Pavillon aus nicht mehr einzusehen war. Es dämmerte jetzt, und die Büsche schienen dichter nebeneinander zu stehen, wirkten plötzlich gefährlich, als wäre irgendetwas ausgebrochen und hätte sich dort versteckt und wartete darauf, sie anzuspringen. Die Vögel zwitscherten, die Vögel in den Bäumen und die Vögel in den Käfigen irgendwo vor ihnen. Jählings ließ er ihre Hand los und lief den Weg entlang, seine Schuhe klapperten auf dem Pflaster. Sie hastete weiter, nahezu außer sich vor Aufregung, die Gerüche drangen jetzt auf sie ein, die Geräusche verstohlener Bewegungen, das leise Husten und Schnauben, das gedämpfte Brüllen. Aber da war er, knapp vor ihr, auf den Knien und gestikulierte, die Sohlen seiner Schuhe glühten blass, und seine Anzugjacke bauschte sich an den Schultern. »Hier«, sagte er möglichst leise. »Beeil dich!«

Als sie bei ihm war, sah sie, dass er sich über einen dunklen unregelmäßigen Fleck auf dem Asphalt beugte. »Siehst du?«, flüsterte er.

Sie schaute hinunter, neigte sich vor, richtete sich dann wieder auf und stemmte die Hände in die Hüften. »Das ist nur ein nasser Fleck.«

»Ja?«, sagte er. »Und warum glaubst du, dass er nass ist? Und das ist nicht bloß Wasser, glaub mir« – und er drückte die Handfläche auf den Fleck und hielt sie ihr dann hin. »Siehst du das? Siehst du es? Das ist Blut.«

Sie sah nichts. Nur seine fünf Finger, mit denen er gerade noch ihre Hand gehalten hatte, und seine Handfläche, die vielleicht etwas dunkler war als zuvor – oder feuchter. »Das ist kein Blut«, sagte sie.

»Doch.« Er sah sie angestrengt an, seine Züge verschwammen im Schatten. Plötzlich war die Musik im Pavillon deutlich zu hören, übertönte die Vögel und was immer noch hier draußen war. Er blickte ihr direkt in die Augen und wischte sich die Hände an der Hose ab. »Mit Wasser vermischtes Blut jedenfalls.«

VIJAY

Wenn die Löwen zu diesem Zeitpunkt komatös waren, dann gab der Tiger ihnen, was sie wollten. Kaum waren sie am Rand seines Geheges aufgetaucht – eine offene Grube mit einem trockenen Graben unterhalb der Mauer, ein paar künstlichen Felsen und einem zerkratzten Baumstamm weiter hinten –, schaute er auf und begann, hin und her zu tigern. Es war mehr als tigern – er schlich, floss wie Wasser von einer Stelle zu anderen, seine Pfoten nahezu verschwommen, die Schultermuskeln angespannt. Sie standen eine Weile nur da und sahen ihm zu. Er spürte, wie das Gras die Dinge verwischte und der Wodka sich mühte, dagegenzuhalten, und in ihm brannte. Er kam sich vor, als würde er schaukeln, ihm schwindelte ein wenig, als schwebte alles ein paar Zentimeter über dem Boden. Vik sagte: »Genau das sollen sie tun – uns ein bisschen was vorführen. Dafür zahlen wir schließlich, oder? Mom zumindest zahlt.«

Und dann sprang Vik ohne Vorwarnung auf die Einfassungsmauer und begann den Tiger anzubrüllen. Mit sofortiger Wirkung: Der Tiger erstarrte und schaute ihn verwirrt an. Vik brüllte und fuchtelte mit den Armen herum. Der Tiger schien zusammenzuzucken, dann stellte sich sein Nackenfell auf, und mit einem Mal floss er schneller, zog Kreise und sprang hinunter in den Graben, wieder hinauf und schlich eine weitere Runde. Als nächstes stieg Manny auf die Mauer, und sie brüllten beide, und Manny warf Nachos in den Wind, einen nach dem anderen, der Tiger schreckte davor zurück, als würden sie brennen. »Ka-bum!«, schrie Manny. »Ka-bum!«

Sie lachten. Sie waren aufgeregt. Und obwohl Vijay wusste, dass es falsch war, obwohl er wusste, dass sie Ärger kriegen könnten und dass die Tiere nicht gestört und schon gar nicht schikaniert werden sollten und dass alle Schilder davor warnten, suchte er nach etwas, was er werfen könnte – einen Tannenzapfen, da lag ein Tannenzapfen auf dem Boden, und er hob ihn auf, lief zurück und zielte. Warum? Er wusste es nicht, weder in diesem Augenblick noch später. Es war etwas Archaisches, das war es. Da unten lief dieses Tier, diese große Urwaldkatze, die so viel Angst hatte wie der aufgeplusterte kleine Zwergspitz in der Nachbarwohnung, und als der erste Tannenzapfen noch über den Betonboden der Anlage schlitterte, lief er wieder los, um noch einen zu suchen, einen Stock, irgendwas.

Dann hörte er den Laut, den Manny ausstieß – es war kein Schrei, sondern etwas Heisereres, Tieferes, Schlimmeres –, und er drehte sich um und sah den Kopf des Tigers über dem Rand der Mauer auftauchen, die Krallen, die sich festklammerten, die großen Pfoten und die angespannten Vorderbeine, die, so unwahrscheinlich es war, für den Bruchteil eines Moments am Beton hingen, bevor die gestreiften Flanken ins Bild sprangen, und dann war er da wie ein computergenerierter Avatar, packte Manny und warf ihn auf den Asphalt mit ein paar schnellen Prankenhieben und einem Geräusch, das klang wie ein Generator, der immer wieder angelassen wurde. Viks Gesicht. Manny am Boden. Das Geräusch. Und dann stürzte sich die Katze auf Vik, und Vik schrie, und bevor er noch nachdenken konnte, war das Ding auf ihm, zerrte an seinem Nacken, warf ihn zu Boden, als wäre ein Vorschlaghammer auf ihn herabgefahren. Er versuchte, sich einzurollen und seinen Kopf zu schützen, der Geruch nach Blut und Fäulnis und schaumiger Speichel heiß in seinem Gesicht, er dachte nichts, er dachte Tod, seine Schultern und Arme zerkratzt und gebissen und seine Füße tausend Kilometer weit weg, als der Tiger plötzlich von ihm abließ.

TATIANA

In der Wildnis hat ein sibirischer Tiger im Alter von Tatiana ein großes Territorium von ungefähr einhundertfünfzig Quadratkilometern, aber sie hatte nie in der Wildnis gelebt, nie einen anderen Ort gekannt als diesen Zoo und den von Denver, und ihr Revier wurde in Quadratmetern gemessen, nicht Quadratkilometern. Die Standards hinsichtlich der Minimalgröße von Gehegen für Wildkatzen variieren, doch die einfassenden Mauern müssen fünf Meter hoch sein, eine Höhe, die kein Tiger je zu überwinden hoffen konnte, gleichgültig, wie sehr man ihn auch provozierte oder nötigte. Nach dem Vorfall im Zoo von San Francisco stellte sich bedauerlicherweise heraus, dass die Mauer nicht den Anforderungen entsprach und vom Boden des Grabens bis zu ihrem höchsten Punkt nur drei Meter achtzig maß.

SIOBHAN

Sie schaffte es zurück, ohne dass ihre Mutter sie erwischte – und was ihre Mutter nicht wusste, machte sie nicht heiß, oder? Das meinte jedenfalls Jason, und sie stimmte ihm kichernd zu, als er sie durch den dichten schwankenden Wald der tanzenden Erwachsenen, die die Arme bewegten und im Rhythmus der Musik mit den Köpfen nickten, zur Bar führte. Der DJ spielte Beyoncé, Fergie, Adele, Megans Lieblingsmusik. Megan tanzte mit Dylan, und die Brautjungfern tanzten mit ihren Freunden. Der Bass war so stark, dass es sich wie ein Erdbeben anfühlte, und sie spürte das Pochen bis in die Sohlen ihrer Schuhe. Die Leute an der Bar machten ihnen Platz, als wären sie Berühmtheiten – und das waren sie auch, sie zumindest, das *Blumenmädchen*, die Schwester der Braut –, und sie bat um ein Diet Coke ohne Eis, und Jason bekam ein Club Soda und Cranberrysaft mit zwei Kirschen und einem Schuss Grenadine, dann stellten sie sich am Tisch mit den Dim Sum und den Spareribs an, und ihre Mutter suchte noch immer nicht nach ihr.

Jason häufte sich den Teller voll und stellte ihn dann wieder auf den Tisch. »Ach, Scheiße«, sagte er. »Ich muss mir die Hände waschen. Passt du auf meinen Teller auf?«

»*Jason*, es war kein Blut.«

Er sah sie ungläubig an. Er war groß für sein Alter, und sein Kopf schwebte über seinem Hals wie bei E.T., und sie überlegte, ob sie ihm insgeheim einen Spitznamen – nur die zwei Buchstaben – verpassen konnte, wenn sie Tiffany und Margaret simste, dass sie bei der Hochzeit mit einem Jungen abhing. Sie mochte, wie sich sein Haar in zwei perfekten Bögen um seine Ohren schmiegte. Sie mochte, wie er sie jetzt angrinste. »Ich möchte mich nicht mit Aids anstecken«, sagte er und hielt ihr die Handflächen hin, als wollte er es dementieren.

Und dann war er weg, und sie begann an einem Tisch in der Ecke des Pavillons allein zu essen, und als er zurückkam und sich übertrieben auffällig die Hände an den Hosenbeinen abwischte, nahm er seinen Teller und ging zu ihr. Sie sprachen eine Zeitlang nicht, aßen schweigend und schauten zu den Erwachsenen, als müssten sie später an einem Quiz über die Party teilnehmen. Sie hörte das hohe wiehernde Lachen ihrer Mutter, und im nächsten Augenblick führte ihr Vater ihre Mutter auf die Tanz-fläche, und sie begannen einen komischen kreisenden Tanz, den sie in den siebziger Jahren im College gelernt haben mussten. »Weißt du was?«, sagte sie. »Ich glaube nicht, dass ich meine Eltern schon mal tanzen ge-sehen habe.«

»Meine Eltern würden nie und nimmer tanzen«, sagte Jason. Sie folgte seinem Blick zu der Stelle, wo sie steif auf zwei Stühlen saßen, Jasons Großmutter rechts von ihnen und ebenso steif. »Auch wenn jemand eine AK-47 auf sie hält und sagt: ›Tanzt oder ich schieße!‹«

»Und du?«, fragte sie und spürte, wie sie rot wurde. »Ich meine, tanzt du?«

»Ich?« Er blickte sie einen Moment lang ernst an, dann grinste er. »Ich bin der beste Tänzer der Welt«, sagte er und ließ den Blick über die Tanz-fläche schweifen, bevor er sie wieder ansah. »Jetzt, wo Michael Jackson tot ist.«

VIJAY

Was er tat, und das war nicht, was irgendjemand in den Filmen getan hatte, die er gesehen hatte, war davonlaufen. Sobald der Tiger von ihm ab-ließ – um sich wieder auf Manny zu stürzen und zwar so rasant wie eine Rakete, die über den Asphalt schoss –, kämpfte er sich auf die Beine und rannte, so schnell er konnte, durch die Düsternis, in der der Tag um ihn herum versank, er schaute sich verzweifelt nach einem Ausweg um, einem Baum, auf den er klettern könnte, irgendetwas, bevor ihm klar wurde, dass er auf die Snackbar zusteuerte, wo Leute waren, wo er einen Not-ruf machen konnte, die Polizei anrufen, einen Krankenwagen. Er dachte nicht an Vik, bis Vik hinter ihm herrannte, Blut überall, seine Kleider zer-fetzt und die Augen im Kopf versunken. Sie sprachen kein Wort, sondern rannten nur. Es waren vielleicht noch dreihundert Meter zur Snackbar, drei Footballfelder, aber es schien eine Ewigkeit zu dauern, als würden sie in einem Albtraum auf der Stelle laufen – und es war ein Albtraum, genau das war es.

Doch als sie atemlos dort ankamen, waren die Türen verschlossen, und sie sahen den Jungen darin, den Heavy-Metal-Fan, den Idioten, und er kam nicht auf sie zu – *er wich vor ihnen zurück!* Vik schlug gegen das Glas, sie beide schlugen dagegen, schrien um Hilfe, schrien, dass er öffnen solle, dass ein Tier frei herumlaufe, ein Tiger, mach auf, mach auf!

Der Junge öffnete nicht. Er drückte sich in eine Ecke und versuchte, sie in Grund und Boden zu starren, aber er hatte sein Handy in der Hand und wählte eine Nummer (wie sich später herausstellte, rief er tatsächlich die Polizei, nicht weil er ihnen glaubte, sondern weil er dachte, dass sie auf Drogen waren und die Snackbar ausrauben wollten). Sie schlugen immer wieder gegen das Glas, und sie hätten es zerbrochen, wenn sie gekonnt hätten, sie schlugen mit den Handflächen und schrien um Hilfe, bis sie bemerkten, wie der Junge das Kinn sinken ließ, und sich umdrehten und den Tiger auf sich zukommen sahen, mit weit ausholenden Beinen und gesenktem Kopf – er folgte dem Blut, er folgte der Spur. Vijay spürte einen heißen Wind, als er an ihm vorbeiflog und sich Vik schnappte, seine Pfoten rissen Fleisch auf und schlugen zu, und er drückte sich flach gegen das Glas und rief »Vik! Vik!« und konnte nichts tun, außer auf den Tod warten, während die blitzenden Zähne und die rabiaten Krallen seinen Bruder bearbeiteten.

TATIANA

Diese Welt. Diese Welt der Affen, diese kreischende Welt. Sie war draußen, zu Tode erschrocken, wütend, tat das einzige, was sie tun konnte, einer erledigt und tot und ein anderer unter ihr, die ganze Kraft aller Generationen in ihr angelegt und hell lodernd. Sie brüllte. Sie fletschte die Reißzähne. Und sie hätte sich auch noch auf den nächsten gestürzt, der stocksteif an der schimmernden Wand lehnte, wenn sie nicht dieses massive rollende Ding mit dem blinkenden Licht und der kreischenden Sirene abgelenkt hätte, und dann kam der heiße plötzliche Schock der Überraschung, mit dem ihr Leben endete.

SIOBHAN

Sie tanzte, bis sie durchgeschwitzt war – und Jason hatte recht, er war der beste Tänzer der Welt. Die Musik sickerte durch ihre Haut und in ihr Blut. Ihr Vater tanzte mit ihr, dann tanzte sie mit ihrer Schwester, und alle machten Fotos mit ihren Handys. Und dann kam ein langsames Lied, und Jason schlang den Arm um ihre Taille, und sie schaute, was alle anderen taten, die Erwachsenen, und legte den Kopf an seine Schulter, an seine Brust, genau dorthin, wo sie sein Herz flattern spürte. Sie hörte die Tiere nicht mehr, hätte sie auch nicht hören können, wenn sie gebrüllt hätten, denn die Musik übertönte alles. Es war Nacht geworden. Jason wiegte sich mit ihr. Und wenn sie überhaupt wusste, wo sie war, dann wegen des Geruchs, des unterschwelligen lauernden Geruchs all der in ihre Käfige gesperrten Tiere.

DER MARLBANE MANCHESTER MUSSER PREIS

Wenn Sie an jenem Nachmittag Riley zufälligerweise im Zug gesehen hätten, wenn Sie kurz von Ihrem BlackBerry, iPod oder einem anderen in der Hand gehaltenen Gerät aufgeblickt hätten, dann hätten Sie nicht lange über ihn nachgedacht. Er war damals in den Fünfzigern, größer als der Durchschnitt, schlanker als der Durchschnitt, neigte dazu, zusammenzusacken in dem oft getragenen schwarzen Ledermantel (knielang, seit dreißig Jahren nicht mehr in Mode, mit einst glänzenden Schnallen, Reißverschlüssen und Nieten in Form winziger Strahlenkränze), und Haar, das grau oder sogar weiß gewesen wäre ohne die Weitsicht des Haarkosmetikers Clairol Corporation. Er hatte am Morgen in der Dusche eine Mischung namens »Châtain Moyen« angewandt und das auf dem Etikett versprochene Mittelbraun erwartet, stattdessen war etwas zwischen der Farbe einer neuen Pennymünze und der eines Glases Marinara-Soße herausgekommen. Wie auch immer, er war völlig vertieft. Studierte mit gesenktem Kopf das fleckige Manuskript seiner universellen Dankesrede, notierte auf dem linken Seitenrand ein Kürzel für den Namen des Preises, den entgegenzunehmen er unterwegs war, obwohl er ihn bereits auswendig wusste: der Marlbane Manchester Musser Preis für die Darstellung regionaler Eigenheiten, vergeben von der Handelskammer und den angeschlossenen Bibliotheken von Großstuyvesant. Er wollte nur einen Ausrutscher vermeiden, das war alles. Vor allem wenn Alkohol mit im Spiel war. Und Alkohol war immer mit im Spiel.

Er war um sieben Uhr vierzig morgens in Buffalo abgefahren und sollte um zwei Uhr in Albany ankommen – zumindest versprach das der Amtrak-Fahrplan, ob Amtrak sich daran hielt oder nicht, unterlag nicht seiner Kontrolle. In Albany sollte ihn Donna Trumpeter vom Frauenwohltätigkeitsclub von Großstuyvesant abholen und anschließend in ihrem eigenen blauschwarzen SUV die restlichen achtundsiebzig Kilometer in die Stadt fahren. Dort sollte ein Abendessen für ihn veranstaltet werden entweder im Rathaus oder in einer Schulcafeteria, die man mit Krepppapier und einem Banner aufgemotzt hätte, er würde seine Rede halten und eine Passage aus seinem letzten Roman, *Maggie auf der Farm*, vorlesen, eine Plakette und einen Scheck über 250 Dollar entgegennehmen und so viel Scotch wie menschenmöglich trinken, bevor man ihn im örtlichen Holiday Inn ablieferte, wo er lauwarm duschen und versuchen würde zu schlafen, um morgens sauren Kaffee und gummiartige Waffeln zu frühstücken, anschließend von Donna Trumpeter oder einer ihrer Kolleginnen zurück zum Bahnhof gefahren zu werden und die Reise, auf der er sich jetzt befand, in entgegengesetzter Richtung zu machen.

»Warum tust du dir das überhaupt an?«, hatte ihn seine dritte Frau, Caroline, am Morgen angeschnauzt, als er den Mantel anzog, um zum Bahnhof zu fahren. »Du hast schon eine ganze Ladung Preise – die du nie auch nur anschaust, soweit ich weiß.«

Seine Hand lag auf dem Türknauf, die Tür aufgerissen, draußen das fahle Licht eines bitteren Morgens, der von Graupel geschändet wurde, ein paar Zentimeter bedeckten bereits den Boden, und es war mehr zu erwarten. »Wegen der Publicity.«

»Publicity? Was für eine Publicity wird dir Großstuyvesant verschaffen? Niemand in New York hat je davon gehört. Wahrscheinlich haben sie noch nicht einmal in Albany davon gehört. Oder auch nur in Troy. Oder *Utica*.«

»Es summiert sich.«

»Summiert sich zu was?«

Er seufzte. Ließ die Schultern in die höhlenartige Leere des Mantels sinken. »Dann eben wegen dem Geld.«

»Dem Geld? Zweihundertfünfzig Dollar? Spinnst du? Damit kannst du kaum ein Abendessen bei Eladio zahlen.«

»Ja«, sagte er, der Luftzug kalt auf seiner linken Gesichtshälfte.

»Ja *was*?«

»Ja, ich spinne.«

Sie hätte vielleicht noch mehr dazu zu sagen gehabt, aber wirklich, was kümmerte es sie, was er tat – sie hatte ein Auto und eine Kreditkarte, eine

Nacht allein hatte noch niemanden umgebracht –, doch sie schob das Kinn vor und kniff die Augen zusammen, als wollte sie sein Gesicht besser sehen. Der Graupel flüsterte auf der Straße. Die Luft schmeckte nach Eisen. »Mein Gott«, sagte sie. »Was hast du mit deinen Haaren gemacht?«

Er saß im Speisewagen, verbrannte sich den Gaumen mit siedend heißem Kaffee aus einem Pappbecher und kaute ein uraltes Sandwich, das als Hähnchensalat auf Weizenbrot geführt wurde, jedoch nach rein gar nichts schmeckte, als ein mächtig gebauter Mann mittleren Alters, der einen Jungen vor sich herschob, durch den Gang heranschwankte. Riley blickte auf, obwohl er von Natur aus nicht neugierig war – trotz seines Berufs. Was er über Menschen wusste, wusste er aus seinen frühen wilden Jahren – und aus Zeitungen und aus dem Kino oder *Cinema*, wie er sich ausdrückte –, und das war genug gewesen, um vierzehn Romane zu schreiben, und er war noch nicht am Ende. Er glaubte daran, den Leuten Raum zu lassen, und wenn er mit dem Rest der Menschheit nicht viel anfangen konnte, so war das in Ordnung – er lebte dieser Tage in ziemlich hermetischer Abgeschiedenheit mit seinen Büchern, den Katzen (sechs Stück) und Caroline, Caroline natürlich. Er sagte gern und zwar nur halb im Scherz, dass er Fremde nicht mochte, weil sie ihn störten, doch dass er willens war, sie zu tolerieren – und an dieser Stelle zuckte er die Achseln und grinste –, denn schließlich könnten sie seine Bücher kaufen.

Wie auch immer, die beiden hatten etwas, was seine Aufmerksamkeit erregte, und das hatte vielleicht mit der Tatsache zu tun, dass sie die einzigen anderen Personen im Speisewagen waren, abgesehen von dem unauffälligen Mann unbestimmten Alters und unbestimmter Herkunft hinter dem Tresen, der aussah, als hätte er mehr Kilometer auf dem Buckel als alle Lkw-Fahrer im westlichen Staat New York zusammen. Dennoch, sie waren ein komisches Paar. Der Mann war weiß, hatte ein fleischiges Gesicht und Augen, die Riley packten und ebenso schnell wieder losließen, und der Junge – acht oder neun – war dunkelhäutig, Latino vielleicht. Oder Inder. All das ging Riley in einem Augenblick durch den Kopf, dann wandte er sich wieder seinem Sandwich und der Zeitung zu, die er auf dem Plastiktisch ausgebreitet hatte, während sich der große Mann und der Junge an den Tisch hinter ihm setzten.

Nach einer Weile spürte er, wie sich die Sitzbank etwas hob, als der Mann aufstand und zum Tresen ging, um einen Kaffee für sich und eine heiße Schokolade und eine Zimtschnecke für den Jungen zu bestellen. Der Zugbegleiter brauchte nicht länger als ein, zwei Minuten, um die Getränke in der Mikrowelle zu bestrahlen und die in Zellophan verpackte schmierige Schnecke zu überreichen, doch die ganze Zeit über fixierte der große Mann Riley mit einem so unverwandten und unerbittlichen Blick, dass dieser sich zu fragen begann, ob er ihn vielleicht kannte. Ein kurzer Schuss Paranoia durchfuhr ihn – konnte es der wahnsinnige Rüpel sein, der ihn eines Morgens früh angerufen und erklärt hatte, wie sehr ihn *Maggie auf der Farm* anekelte, weil Maggie so eine Schlampe war, und sich dann mit einem ausufernden Erguss von Obszönitäten fragte, warum das so sein musste, warum jede Frau in jedem Buch, jedem Film und jeder Fernsehsendung so eine *Scheißschlampe* sein musste –, doch dann merkte er, dass der Mann ihn überhaupt nicht ansah. Er schaute an ihm vorbei zu dem Jungen, als wäre der Junge ein Gepäckstück, das sich jemand im Vorbeigehen unter den Nagel reißen könnte.

Dann schwankte der Mann wieder den Gang entlang, diesmal vorsichtiger – und gewagter –, weil er in jeder Hand einen Pappbecher hielt und die in Folie eingeschweißte Schnecke von zwei Fingern baumelte. Wieder bewegte sich die Bank. Als die Becher mit dem Tisch in Kontakt kamen, war ein ganz leises Kratzen zu hören. Die Gleise ratterten. Landschaft raste am Fenster vorbei. Der Mann sagte etwas (Spanisch, sprach er Spanisch?), darauf folgte das Geräusch von zerreißendem Zellophan, als der Leckerbissen ausgepackt wurde – ob von dem Mann oder dem Jungen, wusste Riley nicht.

Plötzlich ärgerte er sich über sich selbst – was interessierte es ihn? Seitdem die beiden in den Speisewagen gekommen waren, las er denselben Absatz immer wieder, als hätten die Worte keine Bedeutung. Genervt schaute er aus dem Fenster. Ein Holzhaus rauschte vorbei, dann mehrere gefurchte braune Felder, dann wieder ein Haus und wieder Felder, ebenfalls braun und gefurcht. Er hatte gerade den Blick erneut auf die Zeitung gerichtet, als er die Stimme des Mannes in seinem Rücken hörte.

»Hallo, Lon?« Eine Pause. »Ja, ich sitze im Zug. Wir kommen gerade an Syracuse vorbei. Hast du die Wette für mich setzen können? Zweihundert auf mehr/weniger für die Buffalo Bills, ja?« Er sprach abgehackt und mit belegter Stimme, die Vokale in die Länge gezogen und die Aussprache zu präzise, als würde er die Worte übersetzen, und sie brannten sich in Rileys Gedächtnis ein. Angewidert faltete er die Zeitung zusammen und stand auf, den leeren Becher und das Sandwichpapier ließ er auf dem Tisch liegen, sollte der Zugbegleiter sich darum kümmern. Er blickte sich nicht um, obwohl er den Kerl am liebsten in Grund und Boden gestarrt hätte – Mobiltelefone, o Gott, er hasste Mobiltelefone. Stattdessen wischte er inexistente Krümel von seinem Mantel und ging den Gang entlang.

»Was ich noch sagen wollte«, verfolgte ihn die Stimme des Mannes und flatterte gegen die Blechdecke des Waggons wie ein asthmatischer Vogel, »du brauchst mich nicht am Bahnhof von Albany abholen – ich habe meinen Plan geändert. Ich nehme eine andere Route.« Er sprach es »Rutte« aus, aber was konnte man schon erwarten? »Ja, genau: Ich muss noch etwas loswerden. Ein Paket, ja. Genau, ein Paket.«

Anent Riley: Er war ein leidenschaftlicher Technikfeind, ständig an den Rand des Nervenzusammenbruchs gedrängt von den Maschinen, die sein Leben kontrollierten, vom Bankomat bis zu Parkscheinautomaten und dem Radiowecker, der ihn mit seinen ewig blinkenden Ziffern die halbe Nacht wach hielt. Kartenschlüssel verwirrten und frustrierten ihn – er hatte stets größte Mühe, einen Aufzug in Bewegung zu setzen oder die Tür zu einem Hotelzimmer zu öffnen, und wenn es ihm doch gelang, ein Zimmer zu betreten, dann brachte ihn regelmäßig die Fernbedienung des Fernsehers mit ihren unermesslichen Optionen zur Strecke. Er misstraute Computern und schrieb lieber mit der Hand, wie er es immer getan hatte. Und der schlüssellose Wagen, den Caroline ihm eingeredet hatte, brachte ihn jedes Mal, wenn er sich hinter das Lenkrad setzte, zur Weißglut –

er schien willkürlich die Route zu wechseln, konfrontierte ihn mit allen möglichen piepsenden und pfeifenden Warntönen, ganz zu schweigen von der aalglatten Frauenstimme mit Oxbridge-Akzent, die aus dem Nirgendwo erklang und nie etwas Gutes zu vermelden hatte, wenn er eigentlich nur den Schlüssel umdrehen, den Gang einlegen und losfahren wollte. Fahren. Irgendwo ankommen – an seinem Fahrtziel –, ohne sich einem mechanischen Geschicklichkeitstest unterziehen zu müssen. War das zu viel verlangt? Waren Autos nicht genau dazu da?

Am schlimmsten waren Handys. Er lehnte es ab, sich eins zuzulegen – *Wenn du die Wahrheit hören willst, ich will mit niemandem reden* –, und es irritierte ihn, wenn er diese Dinger seitlich an den Köpfen der Leute kleben sah, als wäre ein ununterbrochener Strom geistlosen Geplappers ebenso lebensnotwendig wie atmen oder essen oder scheißen. Er schätzte Einfachheit, Stift auf Papier, das Telefon auf seiner Basisstation im Flur, wohin es gehörte, sternenübersäte Nächte, gehacktes Holz aufgehäuft neben dem Kamin in dem hundert Jahre alten Farmhaus, das Caroline und er sechs Jahre zuvor gekauft hatten (obwohl es die Farm zugegebenermaßen seit langem nicht mehr gab, jetzt standen dort Reihenhäuser, ein weiteres Ärgernis). Einfachheit. Unmittelbare Erfahrung. Maggie auf ihrer Farm, die den Hühnern Futter zuwarf oder am Euter einer Kuh zog, ohne elektronisches Gestammel. Dennoch, als er sich nach der ärgerlichen Begegnung im Speisewagen wieder auf seinen Platz setzte, klopfte er unwillkürlich auf seine Tasche, um das fremde Gewicht dort zu spüren – Carolines iPhone. Sie hatte darauf bestanden, dass er es mitnahm – für einen Notfall. Was, wenn Donna Trumpeter ihn nicht abholte? Was, wenn der Zug entgleiste? Was, wenn Terroristen eine Bombe im Bahnhof von Albany zündeten? *Dann sterbe ich einfach*, hatte er gesagt. *Gern. Weil ich dann dieses, dieses* –, doch sie hatte es ihm aufgedrängt, und damit war die Sache erledigt.

Er hatte die Zeitung weggelegt und gerade den neuen Roman eines seiner früheren Kommilitonen in Iowa aufgeschlagen – Tim McNeil, dessen unerwarteter Erfolg ihm vor Neid Magenkrämpfe verursachte –, als sich die pneumatischen Türen am Ende des Abteils zischend öffneten und der kräftige Mann hereinkam und mit einer übergroßen Hand den Jungen vor sich herschob, während er mit der anderen Hand einen kleinen Koffer trug. Riley registrierte zum ersten Mal die Kleidung des Mannes – ein schlecht sitzendes kariertes Sportsakko, gebügelte Hose, so schwarze und glänzende Schuhe, dass er sie dreimal am Tag polieren musste –, und was war er? Ein Ausländer, das war offensichtlich, sogar für jemanden, der so gleichgültig war wie Riley. Das Wort »Pole« schoss ihm durch den Kopf, auf das sofort »Kroate« folgte, doch er wusste nicht warum, da er weder in Polen noch in Kroatien gewesen war und niemanden aus diesen Ländern kannte. *Russe*, dachte er als nächstes, und dabei blieb er. Aber, o Gott, der Kerl wollte sich doch nicht etwa ihm gegenüber setzen? Wenn doch, würde er einfach aufstehen und –

Aber nein – der Mann entschied sich für einen Platz zwei Reihen entfernt, wenn auch ihm gegenüber. Andere Leute saßen in dem Abteil, ein Trio Nonnen, über ihre Handys geneigt, eine junge Mutter mit zwei schlafenden Babys, ein paar Typen, die wie Vertreter aussahen, und eine Collegestudentin mit einem aufgeschlagenen Buch im Schoß, die jedoch mit ihrem Handy beschäftigt war und Weisheiten in die Welt hinausschickte, und keiner von ihnen blickte auch nur flüchtig auf. Der Mann hievte den kleinen Koffer umständlich auf die Gepäckablage, dann steckte er die Fahrkarten in den dafür vorgesehenen Metallschlitz auf der Rückseite des Sitzes, schob den Jungen auf den Fensterplatz und setzte sich selbst schwerfällig neben ihn. Er musterte Riley, so dass er wieder das Mittelohrpochen des Unbehagens verspürte. Es reicht, sagte er sich und senkte den Blick – er würde sich nicht aufregen. Nichts würde ihn aufregen. Er war unterwegs, um einen Preis entgegenzunehmen, und würde das Beste daraus machen, denn darum ging es schließlich, eine Unterbrechung der Routine, eine kleine *Feier* für gut gemachte Arbeit, ein Preis, eine Belohnung, etwas, was Caroline nicht einmal ansatzweise verstand, denn sie war so künstlerisch veranlagt wie ein Baumstumpf. Und es summierte sich wirklich, gleichgültig, was sie glaubte. Er war noch im Spiel, und jedes seiner Bücher konnte so groß herauskommen wie McNeils. Wer wusste es schon? Vielleicht würde eins seiner Bücher verfilmt, vielleicht war Spielberg interessiert, vielleicht betrieb man Mundpropaganda in diesem Augenblick für ihn …

Er schaute auf das Buch – eine Fortsetzung von *Blutsbande*, dem *New York Times*-Bestseller, und er fragte sich sofort, ob er nicht eine Fortsetzung von *Maggie* schreiben sollte – und folgte dem Marsch der Absätze die Seiten hinunter und hinauf, solange es ihm möglich war, knappe fünf Minuten, denn dann war er eingeschlafen und sein Kinn aufs Brustbein gesunken.

Riley war nicht jemand, der träumte – der Schlaf übermannte ihn wie ein rasender Lkw –, und als er die Hand auf der Schulter spürte, ihren sanften, aber nachhaltigen Druck, kehrte er nur langsam in die Welt zurück. Er blinzelte in das Gesicht des ehemaligen Russen, des großen Mannes mit der sorgfältigen Sprechweise, der zu ihm sagte: »Sir. Sir, sind Sie wach?«

Er blinzelte noch einmal, der Satz *Jetzt bin ich es* ging ihm durch den Kopf, doch er murmelte nur: »Hm?«

Das Gesicht des Mannes hing über ihm, Poren bildeten Krater wie auf der Oberfläche des Mondes, zerzauste schwarze Augenbrauen, die Augen zu Schlitzen zusammengekniffen – *Kosakenaugen* –, und dann sagte der Mann: »Weil ich müsste die Toilette benutzen, und ich wollte Sie bitten, so lange für mich auf den Jungen aufzupassen.« Und da stand der Junge direkt neben ihm, so groß wie der Sitz. Riley sah jetzt, dass er jünger als gedacht war, nicht älter als fünf oder sechs. »Ich will Ihnen danken«, fuhr der Mann fort und tat so, als wollte er den Jungen auf den Sitz neben Riley schieben, doch er zögerte, wartete auf Zustimmung, Erlaubnis. Riley war überrumpelt und hörte sich sagen: »Klar. Ja.« Und dann, bevor er noch nachdenken konnte, saß der Junge zusammengesunken neben ihm, und der große Mann neigte sich vertraulich zu ihm. »Ich bin dankbar. Leider gibt es überall schlechte Menschen, und man möchte kein Risiko eingehen.« In einer anderen Sprache sagte er etwas zu dem Jungen, sein Tonfall scharf und mahnend – Spanisch, es war eindeutig Spanisch, aber warum sollte ein Russe Spanisch sprechen, falls er Russe war –, dann drückte er kurz Rileys Schulter. »Sehr schlechte Menschen.«

Riley reckte den Hals und sah den breiten Schultern des Mannes nach, der das Abteil entlangging, die Tür zur Toilette öffnete, so dass seine Sicht blockiert war, und darin verschwand. Er wandte sich dem Jungen zu, verblüfft und irritiert, und simulierte ein Lächeln. Mit Kindern war er noch nie gut ausgekommen – sie waren fremde Wesen für ihn, laut, aufgedreht, ständig in Bewegung, sie schrien und stellten unverständliche Forderungen, und er dankte Gott, dass er keine eigenen hatte, obwohl seine zweite Frau, Crystal, ehemals Teilnehmerin eines der Workshops, die er im Lauf der Jahre veranstaltet hatte, zweimal schwanger gewesen war und tatsächlich daran gedacht hatte, ein Kind zur Welt zu bringen, bevor es ihm gelang, ihr die Sache auszureden. Aber jetzt war da dieser Junge, versunken in einem Anorak aus Nylon, der ihm zwei Nummern zu groß war, den Blick auf den Boden gerichtet und ein billiges angelaufenes Kreuz an einer Kette um den Hals. Riley schaute wieder auf sein Buch, aber er konnte sich nicht konzentrieren. Eine Minute verging. Noch eine. Landschaft flog vorbei. Und dann hörte er über dem Rattern der Räder und dem kreischenden metallischen Aufjaulen der Bremsen – fuhren sie bereits in den Bahnhof von Schenectady ein, eine Station vor seiner? – die Stimme des Jungen, ein Flüstern nicht lauter oder kräftiger als der Atem, der aus seiner Lunge kam, und er wandte sich ihm zu.

Die Augen des Jungen blickten ihn an. »Socorro«, flüsterte er, dann schaute er über die Schulter, bevor er den Blick wieder senkte. Ganz leise – die kreischenden Bremsen, das Rütteln des Zuges, die Dachsparren des Bahnhofs im Fenster – wiederholte der Junge: »Socorro.«

Er brauchte einen Moment – Französisch war seine Sprache gewesen sowohl in der Highschool als auch auf dem College, obwohl er sich an kaum etwas erinnerte, Spanisch konnte er überhaupt nicht, falls der Junge tatsächlich Spanisch sprach –, dann sagte er: »Heißt du so? Socorro?«

Der Junge schien vor ihm zurückzuweichen, in den Tiefen seines Anoraks und des abgewetzten Kunstledersitzes zu versinken, der über ihm aufragte, als wollte er ihn verschlingen. Er sagte nicht ja, sagte nicht nein, nickte nicht einmal – er wiederholte nur das Wort oder den Ausdruck oder was immer es war mit einer so leisen Stimme, dass sie kaum zu hören war. Dann erfolgte ein Pfiff, ein Ruf, der Zug setzte sich in Bewegung, die Räder begannen sich wieder zu drehen. Riley war nicht langsam von Begriff oder nicht besonders langsam – er war nur einfach nicht an andere Menschen gewöhnt, an *Komplikationen* –, doch eine Folge von Gedanken begann sich jetzt in seinem Kopf abzuspulen. Er schaute zur Gepäckablage über dem Sitz, den der große Mann eingenommen hatte, und sah, dass der kleine Koffer nicht mehr da war, dann wandte er das Gesicht blitzschnell dem Fenster zu, ließ den Blick über den Bahnsteig und die kleiner werdende Menschenmenge dort schweifen – Männer, Frauen, Kinderwagen, Rucksäcke, Koffer, die Nonnen, ein Blindenhund und eine Frau mit dunkler Brille, all diese Farbe und Bewegung, es war zu viel, viel zu viel, und er war nicht sicher, ob es wirklich das karierte Sportsakko war, das plötzlich in sein Sichtfeld geriet und ebenso schnell wieder daraus verschwand.

Was dachte er in diesen ersten panischen Momenten, als er den Kopf vom Fenster abwandte? Dass er sich getäuscht hatte, dass der große Mann noch immer auf der Toilette war und den Jungen jede Sekunde wieder abholen würde, der sein Neffe oder sein Adoptivsohn oder sogar sein leibliches Kind von einer hispanischen Frau, einer Latina war, einer Immigrantin mit einer Green Card oder sogar mit der amerikanischen Staatsbürgerschaft. Machten es die Russen nicht so? Heirate eine Amerikanerin, und du kriegst einen Pass. Er schaute sich im Abteil um, niemand war eingestiegen und der Schaffner war nirgendwo zu sehen. Der Junge saß zusammengesunken da in seinem Anorak, völlig reglos, den Blick zu Boden gerichtet. Riley bemerkte jetzt, dass er unter dem Anorak nichts anhatte, als hätte er sich rasch angezogen – oder wäre rasch angezogen worden. Und seine Schuhe – er trug nur einen Schuh, einen abgestoßenen und schmutzverschmierten Turnschuh. Seine Socken waren nass, dreckig. Er sah – und jetzt traf Riley die schreckliche Wahrheit wie ein ballistisches Geschoss – *missbraucht* aus.

Er stand so abrupt auf, dass er sich den Kopf an der Gepäckablage anschlug, und einen Augenblick lang tanzten Sterne vor seinen Augen.

»Bleib da, ich bin gleich wieder zurück«, sagte er atemlos, und dann eilte er den Gang entlang zur Toilette, die Schöße seines Mantels flatterten hinter ihm wie große breite Flügel. Er griff nach der Klinke, riss die Tür auf. Niemand war darin.

Ein kurzer Blick in den nächsten Wagen – nichts, niemand –, und dann setzte er sich wieder neben den Jungen, und der Junge schrumpfte, wurde zunehmend kleiner. Arme und Beine des Jungen waren Stöcke, seine Augen zwei aus einer nassen Straße gemeißelte Pfützen. Riley neigte den Kopf zu ihm und bemühte sich, seine Stimme zu kontrollieren. »Wo ist dein Vater?«, fragte er. »Wo ist er hingegangen? *Votre père?* Papa? Wo ist dein Papa? Oder Onkel? Ist er dein Onkel?«

Der Junge sagte nichts. Er starrte auf den Boden, als würde Riley eine Fremdsprache sprechen. Was er ja auch tat.

»Wohin fährst du? In welche Stadt? Wo lebst du – weißt du, wo du wohnst?«

Mehr nichts. Erweitertes nichts. Nichts, das sich von nichts nährte.

Was er tun musste, und zwar *auf der Stelle*, war, den Schaffner suchen, den Zugführer, irgendjemanden – die Nonnen, wo waren die Nonnen, wenn man sie brauchte? –, der ihn daraus, aus dieser *Lage* befreite. Er war schon wieder halb aufgestanden, als ihm klar wurde, wie dürftig sein Plan war – er konnte das Kind wohl kaum allein lassen. Was, wenn der große Mann zurückkäme? Was, wenn jemand anders –? Was, wenn man *ihn* für den Schuldigen hielt? Er blickte sich hastig im Abteil um. Etwas stieg in seiner Kehle auf. Und in diesem Moment fiel ihm das Telefon ein, Carolines Handy, dieses Wunderwerk sofortiger Kommunikation, das in seiner Tasche steckte *für einen Notfall wie diesen.*

Er neigte sich zur Seite, um es aus der Tasche zu holen, ein hartes, stummes, monolithisches Ding, das sich in seiner Hand kalt anfühlte, das Display mit den Fingerabdrücken seiner Frau verschmiert. Er würde Amtrak anrufen, dachte er – die Notfallnummer. Es musste eine Notfallnummer geben, oder? Oder die Polizei. Er würde die Polizei anrufen, die ihn im Bahnhof von Albany abholen sollte. Genau. Aber wie schaltete man das Ding ein? Er hatte hundert Mal gesehen, wie Caroline es benutzte, ihre

Finger fuhren leicht über den Schirm, und ein beständiger Strom von bunten Symbolen rollte pflichtschuldig an seinen Platz. Er drückte auf das Display und rechnete damit, dass das Ding zum Leben erwachte, aber nichts geschah. Er drückte noch einmal. Der Junge beobachtete ihn jetzt aus den geröteten Höhlen seiner Augen – hatte er geweint? »Ist schon okay«, hörte er sich sagen. »Alles in Ordnung. Es dauert nur – nur einen Moment.«

Der Wagen schaukelte. Kahle tote Bäume zogen am Fenster vorbei. Der Himmel war aus Stein. Schließlich – und er fühlte eine so mächtige Zufriedenheit in sich aufwallen, dass er am liebsten seinen Triumph hinausgesungen hätte – fand er den Ein/Aus-Schalter, seitlich im Gehäuse versteckt und ununterscheidbar davon, als hätte der Hersteller, eindeutig ein Sadist, alle Ressourcen der Firma darauf verwendet, seine Funktion so obskur wie möglich zu gestalten. Egal. Das Display leuchtete, eine Parade von Symbolen, die ihn bei der kleinsten Berührung seines Fingers ansprangen. Aber wo waren die Ziffern? Wie telefonierte man? Warum waren –?

Und jetzt wurde der Zug langsamer, und aus den Lautsprechern verkündete eine mechanische Stimme *Nächster Halt Albany/Rensselaer*. Er steckte das Handy wieder in die Tasche, sprang auf, riss seine Tasche von der Gepäckablage, und in seinem Gehirn bildete sich ein Entschluss, weil es der einzige Entschluss war, den er treffen konnte – jeder in seiner Lage hätte das gleiche getan, und man musste nicht Albert Schweitzer sein, um sein moralisches Gewicht abzuwägen. Er nahm die Hand des Jungen, zog ihn von seinem Sitz und den Gang entlang zur Tür, die sich in diesem Augenblick laut klappernd zum Bahnsteig hin öffnete, auf dem überall Leute herumliefen, und wo war ein Polizist? Er brauchte einen Polizisten.

Eine schmutzig weiße Taube flatterte auf. Jemand sagte, »Laura Jean, du siehst umwerfend aus, ich hätte dich beinahe nicht wiedererkannt«, und aus der Menge tauchten zwei Polizisten auf, kamen auf ihn zu, und da war auch eine zu dünne, unbestimmt blonde Frau, die mit ausgestreckten Händen auf ihn zulief, das Licht der Erlösung glühte in ihren blauen Augen, und sie wollte »Mr Riley?« sagen, und er wollte »Mrs Trumpeter?« sagen, aber so weit kam es nicht, denn die Polizisten warfen ihn zu Boden, und er spürte den kalten metallischen Biss der Handschellen an seinem Fleisch nagen.

Irgendwann später – er wusste nicht, wie viel später, weil sie ihm seine Uhr abgenommen hatten – befand er sich an einem Ort der Verzweiflung, einem Ort, auf den ihn nicht einmal die wildesten Erlebnisse seiner wilden Jahre hätten vorbereiten können. Es roch seltsam, beunruhigende Geräusche waren zu hören, das rhythmische Klopfen von Absätzen auf Linoleum. Kalter Stahl. Korridore im Inneren von Korridoren. Und er war mittendrin, seine Hände zitterten, als hätte er hundert Tassen Kaffee getrunken, und er konnte nicht aufhören, auf dem schmutzigen Betonboden der Einzelzelle auf und ab zu gehen, in die sie ihn gesteckt hatten, der Wärter oder stellvertretende Sheriff oder was immer er war, hatte ihn rüde gestoßen und in aufgeregtem Tonfall verkündet, dass es zu seinem eigenen Schutz sei. »Die Leute hier drin mögen keine Perversen wie dich. Und willst du was wissen? Ich auch nicht.« Und dann fügte er als eine Art mündliches Postskriptum an: »Drecksack.«

Donna Trumpeter hatte völlig aus dem Häuschen vor Rechtschaffenheit versucht zu erklären, dass sie einen Fehler gemacht hätten, dass er – Riley, der Mann in Handschellen mit einer Herzfrequenz wie der Krakatao – ein allseits bekannter Schriftsteller, eine Berühmtheit, ein *preisgekrönter* Mann war, aber die Polizisten hörten nicht auf sie. Sie brachten eine Decke für den Jungen, als fröre er, als wäre das sein Problem, und eine Polizistin mit einem Gesicht wie eine funkelnde Pistole wickelte den Jungen darin ein und führte ihn fort. Riley redete sich heiser. Er protestierte in einem hohen summenden Jammerton, als sie ihn in Handschellen durch den großen Bahnhof führten, und alle, sogar die Cracksüchtigen und Landstreicher, starrten ihn an; er wetterte, als sie ihn auf den Rücksitz des Streifenwagens stießen und ihn die kalte trostlose Straße entlangfuhren; er wütete, drohte und flehte abwechselnd, als sie ihm seine Rechte vorlasen, seine Fingerabdrücke nahmen, fotografierten – ein Fahndungsfoto! – und einsperrten. War ihm ein Anruf gestattet? Ja. Mit einem richtigen Telefon, das verschmiert war vom Dreck von zehntausend bußfertigen Händen, einem an der Wand befestigten Telefon mit einer richtigen Schnur, die darin verschwand und sich dann mit einem riesigen siedenden Netzwerk von Kabeln verband, das bis nach Buffalo und darüber hinaus reichte. Es klingelte viermal, bevor Caroline abnahm, jedes Klingeln eine Ewigkeit, und wie hieß noch mal der Anwalt, den sie angeheuert hatten, als der Holzkopf von Nachbarsjungen den Zaun anzündete?

»Hallo?« Sie klang zurückhaltend, sie kannte die verdächtige Nummer auf dem Display nicht. Absurderweise wollte er die Stimme verstellen und so tun, als wäre er ein Telefonverkäufer, sie zum Lachen bringen, sie reizen, aber seine Lage war zu verzweifelt dafür.

»Ich bin's«, sagte er. »Ich stecke in Schwierigkeiten.« Er kam sich vor, als wäre er tief unter Wasser in einem U-Boot, aus dem alle Luft entwichen war. Die Mauern bedrängten ihn. Er bekam keine Luft. »Ich bin im Gefängnis. Ich bin verhaftet worden.«

»Hör mal, ich habe mich gerade zu einem Salat und einem Glas Wein hingesetzt, und ich habe wirklich keine Zeit für was immer das sein soll – Humor, oder was? Findest du dich witzig? Ich nicht.«

Er holte etwas aus seiner Stimme, etwas Wirkliches, das sie aufmerken ließ. »Caroline«, sagte er, und jetzt schluchzte er – oder fast, er war kurz davor – »ich bin im Gefängnis. Ehrlich. Es ist verrückt, ich weiß, aber ich brauche … du musst mir helfen. Dieser Anwalt, erinnerst du dich an den Anwalt, wie hieß er?«

»Anwalt? Wovon sprichst du?«

Er wiederholte es zum dritten Mal, wütend jetzt, die Demütigung brannte in ihm, und was, wenn die Presse davon erfuhr? »Ich bin im Gefängnis.«

Ihre Stimme wurde hart. »Weswegen?«

»Ich weiß es nicht, es ist ein Irrtum.«

Noch härter: »Weswegen?«

Der stellvertretende Sheriff stand neben ihm, tippte nachdrücklich auf seine Uhr. Im Korridor roch es nach Putzmittel, Kotze, stinkenden Schuhen, stinkenden Füßen, stinkendem Atem.

Er brauchte seine ganze Kraft, um es auszusprechen. »Sie nennen es« –
und an dieser Stelle stieß er ein krampfhaftes wieherndes Lachen aus –
»Kindsmissbrauch.«

»Herrgott noch mal«, fuhr sie ihn an. »Werd doch endlich erwachsen!
Ich habe dir gesagt, dass ich was essen will – *in Ruhe*, verstanden? Versuch
die Masche doch bei einem deiner Groupies, einer deiner literarischen
Damen von wo bist du? Großstuyvesant. Denen wird es bestimmt gefallen.« Und dann, weil Riley in einem anderen Leben, in einer anderen Zeit
eine Sünde begangen haben musste, von der er nichts wusste, etwas wahr-
haft Verabscheuungswürdiges und für immer Unverzeihliches, legte sie
auf.

Vier Stunden später – halb neun gemäß der Armbanduhr, die sie ihm
zusammen mit seiner Brieftasche, seinem Gürtel und der flachen, leblosen Scheibe von Carolines iPhone zurückgegeben hatten – saß er in einer
Nische der Bar/Restaurant des Stuyvesant Marriott Donna Trumpeter
gegenüber und versuchte, seinen Puls mit besonnenen Dosen Johnny
Walker Black zu normalisieren. Er hatte ein Steak bestellt, blutig, aber es
war ihm noch nicht gebracht worden. Donna Trumpeter strich sich das
Haar aus dem Gesicht. Sie hatte beide Ellbogen auf den Tisch und das
Kinn auf die Hände gestützt und ihm gerade zum zehnten Mal beteuert,
wie sehr sie alles Vorgefallene bedaure und dass die Damen vom Wohl-
tätigkeitsclub und ihr Buchclub und der Bürgermeister und alle Leute aus
dem Gebiet Großstuyvesant, die wer weiß wie viele Kilometer gefahren
waren, um ihn reden zu hören, die Umstände selbstverständlich als un-
abwendbar begriffen. Sie hatten die Zeremonie offenbar trotzdem abge-
halten, die Frau des Bürgermeisters hatte mit der dröhnenden Stimme,
mit der sie ein Vierteljahrhundert zuvor als Highschool-Schauspielerin
aufgetreten war, laut aus *Maggie auf der Farm* vorgelesen, und alle waren –
so lauteten zumindest die letzten Meldungen – mit dem Abend zufrieden
gewesen, dessen Höhepunkt das Truthahnschnitzel mit Kartoffelbrei mit
Knoblauch, brauner Soße und Erbsen gewesen war, bereitgestellt vom
Personal der Highschool-Cafeteria, das Überstunden schob. »Aber« – und

sie atmete bebend tief ein – »natürlich wollten alle Sie sehen und hören.«
Sie schloss flatternd die Augen, in denen der perlmuttartige Schein der
Deckenlampen schimmerte, und schlug sie wieder auf. »Es gibt keinen
Ersatz für ein Genie.«

Nach der letzten Bemerkung kombiniert mit der beruhigenden Wirkung des Scotch fühlte er sich marginal besser. »Ich glaube, das wird mir
eine Lehre sein«, sagte er so trübsinnig und gekränkt wie möglich.

»Oh, nein«, sagte sie. »nein. Sie haben das Richtige getan. Das *einzig*
Richtige.«

»Wenn ich es wieder tun müsste«, sagte er und sprach nicht weiter.
Er schaute sich nach der Kellnerin um, damit sie sein Glas nachfüllte,
und da war sie – eine große Frau, eine Titanin, so langsam auf den Beinen wie Schimmel, der über eine Petrischale kriecht –, kam rückwärts
aus der doppelten Schwingtür zur Küche, sein Steak auf einem Arm,
Donna Trumpeters Cobb Salat auf dem anderen. Die Polizei hatte ihren
Fehler eingesehen, nachdem ein Dolmetscher den Jungen auf Spanisch
befragt hatte, und dann hatten sie ihn eilig entlassen, ihre Entschuldigungen hatten im Revier widergehallt wie ein trockener Husten. Es war
ihnen gleichgültig. Er bedeutete ihnen nichts. Sie hatten ihn als Perversen gebrandmarkt, und ein Perverser würde er bleiben, ein weiterer Täter, ein weiterer Drecksack, unschuldig oder nicht. Er könnte sie anzeigen. Sie machten nur ihre Arbeit, und keine Jury würde ihm auch nur
fünf Cent zusprechen. Wenn überhaupt, dann war er im Unrecht – weil
er sich eingemischt hatte, weil er den wahren Täter hatte entkommen
lassen, während sie im Bahnhof schon auf ihn warteten, um ihn festzu-
nehmen.

Die Kellnerin, die schwer atmete – ja, schnaufte, als wollte sie eine ima-
ginäre Feder am Schweben halten –, stellte die Teller auf dem Tisch ab,
und als ihm der Geruch des Steaks in die Nase stieg, merkte er, wie hungrig er war. »Noch einen Scotch«, sagte er, und weil er sich allmählich beruhigte, weil der Boden unter seinen Füßen wieder so fest war, wie er es
immer gewesen war und immer sein würde, fügte er »bitte« hinzu und
dann auch noch, »wenn es Ihnen nicht zu viel Mühe bereitet«. Er schnitt

Fleisch, hob es an den Mund, nippte Scotch. Donna Trumpeter plapperte leise, was für eine Ehre es sei, mit ihm zu essen – sie könne es nicht glauben; es sei wie ein Traum –, und wie tief sie jedes seiner Bücher gerührt habe, vor allem aber *Maggie auf der Farm*. »Ehrlich«, sagte sie, »wie Sie das Alltagsleben darstellen – und Ihr Verständnis für Frauen, mein Gott! –, ist nahezu wie bei Tolstoi. Oder nein, besser. Weil es real ist. Im Hier und Jetzt.«

Er erinnerte sie behutsam daran, dass die Handlung des Buches in den dreißiger Jahren spielte.

»Natürlich. Ich meine, es ist nicht das *neunzehnte Jahrhundert*, nicht *Russland*.«

»Nein«, pflichtete er ihr bei, »das ist es nicht.« Ungefähr zu diesem Zeitpunkt fiel ihm auf, dass sie keinen Ehering trug. Und dass ihre Augen trotz des wirren Knäuels Theorien, der Stickerei, der vegetarischen Küche, der Katzen und Gedichte, die er darin lauern sah, tatsächlich schön waren. Umwerfend sogar. Und ihr Mund. Sie hatte einen sinnlichen Mund, volle Lippen, so wie er sie sich bei Maggie vorgestellt hatte. Und obwohl sie dünn war, zu dünn für seinen Geschmack, hatte sie einen Busen. Da waren ihre Brüste, fest im Griff ihres engen rosa Angorapullovers, und was dachte er? Dass dünne Frauen, dünne literarische Frauen mit vollen Lippen und dem Leuchten syntaktischer Bewunderung in den Augen auch auf völlig anderem Gebiet auf großzügige Weise empfänglich sein konnten. Und weiter: dass er Schreckliches erlebt hatte, sehr Schreckliches, und ein bisschen Trost brauchte.

Er wollte gerade seine Hand auf ihre legen, als sie sich plötzlich zurücklehnte und pantomimisch einen Schlag auf die Stirn versetzte. »O mein Gott, fast hätte ich es vergessen«, sagte sie, und dann studierte er ihren Kopf, ihren Scheitel, als sie sich zu ihrer Tasche hinunterbeugte, die sie unter den Tisch gestellt hatte, als sie sich gesetzt hatten. Im nächsten Augenblick richtete sie sich wieder auf, etwas gerötet von der Anstrengung, und lächelte so entschlossen, dass ihre Zähne aufblitzten. »Hier«, sagte sie und reichte ihm über den Tisch hinweg etwas, was er zuerst für ein Schneidbrett hielt – die Plakette, die Plakette, natürlich –, und dazu einen

Umschlag, auf den das Logo der Handelskammer von Großstuyvesant geprägt war. »O Gott, wenn ich das vergessen hätte …«

Er musste überrascht dreingeblickt haben – er war durch eine emotionale Hölle gegangen, die allerdings nicht annähernd, das durfte er nicht vergessen, an die Grausamkeiten heranreichte, die der arme missbrauchte Junge über sich hatte ergehen lassen müssen, und es war ihm scheißegal, was die Leute dachten, ob es der schiere Zufall gewesen war, dass er in diese Lage geraten war, er *war* ein Held, wirklich, er war es, und er hatte dafür gelitten –, denn sie sagte: »Ich weiß, es ist nicht viel. Vor allem in Anbetracht der Umstände.«

»Es ist eine Menge«, sagte er. Hatte er feuchte Augen? »Und ich möchte Ihnen danken, Ihnen allen, aber besonders Ihnen, Donna, aus tiefstem …« Er hob den Kopf, warf dem Schatten der Kellnerin, die am Rand seines Sichtfelds vorbeiging, einen wässrigen Blick zu. »Doch was ich wirklich möchte, was ich *brauche*, ich meine, nach allem, was wir gemeinsam durchgestanden haben – ach, verdammt, lassen Sie es mich klar und deutlich sagen. Wollen Sie mit mir in mein Zimmer hinaufkommen?«

Er sah zu, wie ihr Lächeln erlosch, ihre Lippen hart wie Draht wurden. »Ich habe einen Freund«, sagte sie.

Er war verzweifelt. Er war im Gefängnis gewesen. Er hatte nicht einmal seine Rede halten können. »Er muss es nicht erfahren.«

»Es tut mir leid«, sagte sie bestimmt, und dann stand sie auf. »Ich kümmere mich um die Rechnung«, fügte sie mit sanfterer Stimme hinzu und berührte im Gehen seine Hand. Ihr Lächeln flackerte kurz wieder auf. »Schlafen Sie gut.«

Er schwankte die Treppe zu seinem Zimmer im ersten Stock hinauf wie ein Achtzigjähriger, so erschöpft wie nie zuvor im Leben. Eine lange Weile fummelte er mit dem Kartenschlüssel herum, probierte ihn linksherum, rechtsherum, auf dem Kopf, bis dankenswerterweise irgendwann das grüne Lämpchen aufleuchtete und er das Zimmer betreten konnte. Es war wie jedes andere. Gipsverputzte Wände, beige Lampenschirme, Nachtkästchen aus Plastik mit einer falschen Holzmaserung in der Oberfläche.

Teppichboden. Laken und Decke auf dem Bett so fest gezurrt wie eine Trommelbespannung, von Immigrantinnen, die schon zu Hause zu viel gesehen hatten und jetzt auch noch die täglichen Rückstände der Schicht von Menschen beseitigen mussten, die es sich leisten konnten, sich hier zu paaren, sich mit Alkohol vollzuschütten und Drogen zu nehmen oder ihre Fingernägel über dem Waschbecken zu schneiden. Er wollte nicht über die Kinder dieser Frauen nachdenken und die Hoffnungen, die sie für sie hatten, über den Jungen und den großen Mann und ein Zimmer wie dieses in Chicago oder Detroit oder wo immer die schlechten Menschen, die sehr schlechten Menschen, taten, was sie taten.

Er ging zum Fenster und schaute hinaus auf den großen Parkplatz, ein breiter dunkler Krater beleuchtet vom tristen gelben Licht der Bogenlampen, die im Dunst aufragten. Er brauchte einen Moment, sein Spiegelbild im Fenster, sein Jackett wie ein totes Ding, in das er gewickelt war, bis er merkte, dass es schneite. Oder nein, es war Graupel, eindeutig Graupel, das Unwetter, das Buffalo heimgesucht hatte, hatte ihn endlich eingeholt.

Am Morgen fuhr er mit dem Zug zurück, und falls er den Kopf von der Zeitung hob, wenn jemand den Gang entlangging, dann war es reiner Reflex. Die Schienen ratterten unter ihm mit einer ermüdenden Regelmäßigkeit, die so tief in ihn zu dringen schien, dass er sich vorkam, als würde er mit jeder Drehung der Räder ausgeweidet. Sein Atem beschlug das Fenster. Er versuchte es erneut mit Tim McNeils Roman, und wieder schlief er ein. Caroline schien die ganze Sache erheiternd zu finden, und er brachte nicht die Kraft auf, sie auf die hässliche Wahrheit zu stoßen. Dennoch erwärmte sie sich für ihn, als sie ins Eladio gingen und die zweihundertfünfzig Dollar für Abalone aus Kalifornien, Kobe-Rindfleisch und eine perfekt gekühlte Flasche Veuve Cliquot Demi-Sec auf den Kopf hauten. Zwei Tage später las er in der Zeitung, dass der Junge Efraín Silva hieß und seine Mutter im Baumarkt von Amherst aus den Augen verloren hatte, doch jetzt wieder bei ihr war. Allerdings gab es Fragen bezüglich ihrer Aufenthaltserlaubnis, die sich nur stellten, weil sie zur Polizei gegangen war. Der Kidnapper, der große Mann mit der gebügelten Hose und dem karierten Sakko, war noch immer auf freiem Fuß, und ob er Russe oder Kroate oder Fidschianer war, wusste niemand. Auch seinen Namen kannte keiner. Man wusste nur, was er dem Jungen angetan hatte und wo er es getan hatte, und man wusste auch, dass er es einem anderen Jungen an einem anderen Ort wieder antun würde.

Wenn Riley während der nächsten Tage ein leichtes Unbehagen verspürte, dann schob er es auf die Erkältung, die er sich irgendwo unterwegs zugezogen hatte. Und als die nächste Einladung kam – vom Kipper College of the Dunes in Kipper, Oregon, das ihn davon in Kenntnis setzte, dass er mit seinem Roman *Schnattergans auf der Farm* einer der drei Finalisten um den Evergreen Preis für Kreative Literatur war –, zeigte er sie weder Caroline noch sonst jemandem. Er ging damit zum Kamin, legte Holz hinein und benutzte das cremefarbene weiche Velinpapier dazu, die Flamme des Zündholzes mitten ins Herz des Feuers zu führen.

BIRNAM WOOD

Es regnete den ganzen September, ein grimmiger, kalter, farbloser Regen, der die Löcher im Dach fand und die Ecken mit einem kriechenden schwarzen Schimmel ausmalte, der sich schmierig anfühlte. Hitze hätte ihn getrocknet oder zumindest an der Ausbreitung gehindert, aber es gab keine Hitze – und auch keine Isolierung –, denn es war ein Sommerhaus, die Miete für die Saison festgelegt, Anfang Mai bis Anfang September, und die Saison war vorbei. Längst vorbei. Im Mai, als Nora im Westen auf dem College war und ich ihr beständig schmeichelnde Briefe schrieb und sie bat, zu mir zurückzukommen, hatte ich das Objekt als Häuschen geschildert. Aber es war kein Häuschen. Es war eine Bretterbude, ein vor langer Zeit umgebauter Hühnerstall, der Besitzer kassierte im Sommer Miete, ließ im Herbst das Wasser aus den Leitungen und machte über den Winter zu, und es wurde so kalt, dass der Schimmel abstarb und sich die desillusionierten Mäuse eine wärmere Unterkunft suchten.

Im Sommer waren wir meistens draußen gewesen, lasen oder faulenzten in der Hängematte, bis es dunkel wurde, danach hörten wir entweder Schallplatten oder gingen in einen Club oder zu Freunden. Wir hatten viele Freunde – es waren meine Freunde, Leute mit denen ich aufgewachsen war –, und wir konnten jederzeit vor der Tür stehen, Tag und Nacht, und dann machten wir Party. An den Wochenenden faltete ich die geologischen Karten des Fahnestock oder Harriman Parks auseinander, und wir suchten uns einen See mitten im Nirgendwo und wanderten dorthin, um ihn uns in der schimmernden bewegten Welt der Farben anzusehen. Meist waren wir die einzigen, und wir schwammen, lagen in der Sonne, rauchten einen Joint, tranken süßen Rotwein aus einer Feldflasche und liebten uns unter freiem Himmel, während die Bäume in der Brise rauschten und nichts außer Vogelgezwitscher zu hören war. Nora hatte den ganzen Sommer über keine Bräunungsstreifen. Ich auch nicht.

Aber dann war es September, und es regnete, und ich musste wieder arbeiten. Damals war ich Aushilfslehrer, es war ein zermürbender, chaotischer, undankbarer Job, doch ich hatte keine andere Wahl – wir brauchten Geld, um zu überleben, genau wie alle anderen. Nora hätte arbeiten können – sie hatte jetzt ihren Abschluss, sie hätte als Aushilfslehrerin arbeiten, hätte alles Mögliche andere machen können –, aber die Vorstellung gefiel ihr nicht, und während ich an drei oder vier Tagen in der Woche an die eine oder andere Schule beordert wurde, war sie zu Hause, horchte, wie der Regen von den Giebeln plätscherte und in die Töpfe tropfte, die wir unter die schlimmsten Löcher gestellt hatten. Ich spendierte einen billigen Fernseher, damit sie Gesellschaft hatte, und dann einen elektrischen Heizlüfter, der nur so groß war wie ein Sechserpack Bier, den Stromzähler jedoch rotieren ließ wie eine fünfundvierziger Schallplatte. Aber wir zahlten ja nicht – der Hausbesitzer zahlte. Ich hatte ihm Ende Mai die gesamte Miete gegeben – für die Saison –, und jetzt revanchierten wir uns. Eines Morgens, als ich in der Arbeit war, ließ er sich mit seinem eigenen Schlüssel ins Haus und fand Nora im Bett, die Decken bei laufendem Fernseher bis zum Hals gezogen, und trat verlegen und wortlos den Rückzug an. Am nächsten Tag drohte er uns mit Zwangsräumung. Am Tag danach stellte er den Strom ab.

Ein paar Abende später kochte ich (Chef Boyardee Käseravioli aus der Dose und als Beilage Eisbergsalat, in Keile geschnitten) bei Kerzenlicht auf dem Gasherd, als Nora sich neben mich stellte. Wir hatten Burgunder aus der Vier-Liter-Flasche, die unter der Spüle stand, getrunken, um uns vom Offensichtlichen abzulenken. Das Haus knackte um uns herum. Es regnete nicht, zumindest nicht in diesem Augenblick, doch es *tropfte* ununterbrochen irgendwo, das Tropfen war in Abwesenheit von Musik zum definierenden Soundtrack unseres Lebens geworden, und ich konnte mich an keine Zeit erinnern, nicht eine einzige Minute seit dem Tag, an dem wir uns kennengelernt hatten, in der keine Schallplatte oder zumindest das Radio lief.

Ihr Haar schimmerte fettig im Kerzenschein. Sie hatte es aus Gründen der Bequemlichkeit zu Zöpfen geflochten, denn der Boiler, der mit Strom und nicht mit Gas funktionierte, war stillgelegt, eindeutig tot, und wir konnten nicht duschen, außer wir fuhren zu Freunden – und das bedeutete, dass wir die Mühsal auf uns nehmen, uns ins Auto setzen und irgendwohin fahren mussten, wo es doch so viel einfacher war, immer mehr Decken auf das Bett zu häufen, stoned zu werden und dabei zuzusehen, wie die Schatten über die Balken krochen, die auf bewundernswerte Weise das schräge Dach trugen. Nora schaute in den Topf auf dem Herd. »Ich kann so nicht leben«, sagte sie.

»Nein«, sagte ich und war absolut einer Meinung mit ihr, »ich auch nicht.«

Das erste Haus, das wir uns anschauten, wurde ebenfalls saisonweise vermietet, nur dass die Saison der Winter war. Es war ein weiteres zerfallendes Nebengebäude in derselben Sommerhauskolonie, aber es war aufgerüstet worden mit Heizung und Wärmedämmung, weil die Besitzerin – achtzig, vielleicht neunzig, mit Augen wie zerbrochenes Glas und so fest zurückgezurrtem Haar, dass man die lila gefleckte Ruine ihres Schädels sah – die Vorteile erkannt hatte, die es mit sich brachte, wenn man im Winter und Frühjahr an die Übriggebliebenen vermietete, nachdem die Sommergäste in die Stadt zurückgekehrt waren. Das nahm ich ihr nicht übel. Ich nahm ihr überhaupt nichts übel. Ich kannte sie nicht einmal. Nora hatte die Anzeige im *Pennysaver* umrandet, die Nummer gewählt, und da stand sie, die alte Dame, wartete auf uns auf der überdachten Veranda, im Trockenen, und kaum waren wir auf die Einfahrt gebogen, winkte sie uns ungeduldig zu, damit wir aus dem Wagen sprangen, die Stufen hinaufhasteten und die Sache hinter uns brachten.

Es gab zwei Probleme mit dem Haus, das erste war uns allen drei klar, das zweite nur Nora und mir. Das zweite Problem, das schon über uns schwebte, bevor wir noch durch die Tür traten, war, dass wir auf der Suche nach einem Schnäppchen waren, weil wir nicht genug Geld hatten, um eine Kaution oder die gesamte Miete auf einmal zu zahlen, sondern gerade genug für eine Monatsmiete – genug, so hofften wir, um aus dem umgebauten Hühnerstall aus- und in ein Haus mit Heizung und Strom einziehen zu können, bis wir wussten, was wir als nächstes tun würden. Die alte Dame – Mrs Fried – sah nicht aus, als würde sie die Dinge schleifen lassen. Ganz im Gegenteil. Sie schaute uns aus ihren zerbrochenen Augen mit nur einer Erwartung an: Geld.

Doch dann war da noch das erste Problem, das es überflüssig machte, über das zweite nachzudenken. Das Haus war zu klein, kleiner noch als die Bude, in der wir wohnten, und das war uns klar, kaum waren wir eingetreten. Es gab zwei Zimmer, Schlafzimmer und Wohnküche, und rechts von der Tür eine kleine Nische, ein Bad von der Größe des Schwitzkastens in *Die Brücke am Kwai*. Aber bis dahin kamen wir nicht. Wir standen da, alle drei, und schauten in das Schlafzimmer, das von einem schmalen Flur abging. Es war so eng, dass außer einem Einzelbett nichts hineinpasste. Ein zweites Einzelbett stand an der Wand im Flur, darauf eine Armeedecke und Bettwäsche, die vom vielen Gebrauch grau war, daneben waren noch dreißig Zentimeter Platz, um in das zweite Zimmer zu gelangen. Die alte Frau las es in unseren Gesichtern, sie las unsere Gedanken – oder glaubte zumindest, dass sie es tat –, deutete auf das Bett im Flur und dann auf das Bett im Schlafzimmer. »Venn Sie vollen«, sagte sie achselzuckend, das zerbrechliche Keuchen ihrer Stimme klammerte sich an die harten Konsonanten ihrer Jugend, »Sie kommen.«

Nora fand es komisch und lachte so heftig, dass sie kaum mehr Luft bekam, als wir ins Auto stiegen, ich nicht. Ich war in einer unangenehmen Position, ich war der Ernährer, und was war sie? Es war eine Frage, die man nicht stellte, denn sie gab Anlass zu Ärger, und Ärger hatte zu unserer ersten Trennung geführt. Ich legte den Gang ein und fuhr den dunklen, von Bäumen bedrängten Tunnel der Straße entlang, bog zweimal rechts ab und hielt auf der schlammigen Einfahrt an, an deren Ende die Bretterbude auf uns wartete. Im Inneren roch es wie in einem Grab. Ich sah meinen Atem auch noch, nachdem ich alle vier Flammen des Gasherds angezündet hatte. Es verging keine Minute, bis Nora etwas sagte, was mich aufbrachte, und ich zahlte es ihr heim – »Wir wären nicht in dieser Scheißsituation, wenn du deinen Arsch bewegen und dir einen Job suchen würdest« –, und wenn wir früh ins Bett gingen, dann um Kerzen zu sparen und uns zu wärmen und sonst nichts.

Am nächsten Morgen erfolgte kein Anruf, und ich hatte gemischte Gefühle deswegen. Ich fürchtete diese Anrufe, aber sie bedeuteten Geld – und Geld war der Anfang und das Ende von allem, zumindest damals. Als das Telefon endlich klingelte, war es halb eins, und es explodierte wie eine Leuchtbombe in meinem Traum, ein Traum, in dem ich um so viel glücklicher war als in dem Leben, zu dem ich erwachte, dass ich wünschte, er würde ewig weitergehen. Ich schlug die Augen auf und sah das schräge Dach, und mein erster Gedanke war, dass sogar die Hühner es gehasst haben mussten, dort hinaufzustarren, jeden Tag das gleiche, bis man den Kopf und die Federn verlor und in eine Bratpfanne geworfen wurde. Nora stützte sich neben mir auf den Ellbogen und las. Regen prasselte beharrlich auf das Dach. »Na«, sagte sie. »Willst du nicht rangehen?«

Die Kälte stach mich überall wie Akupunkturnadeln, ich schlüpfte in meine Jeans und ein Sweatshirt und hoppelte durch das Zimmer zum Telefon. Es war mein bester Freund Artie, den ich seit der Grundschule kannte. Er verzichtete auf eine Begrüßung. »Habt ihr schon was gefunden?«

»Hm, nein.«

»Also, vielleicht habe ich was für euch –«

Ich schaute zu Nora. Sie hatte das Buch weggelegt und beobachtete mich, ihre Augen in größter Konzentration zu Schlitzen zusammengekniffen. *Wer ist es?*, formte sie lautlos mit den Lippen, aber ich ignorierte sie.

»Ich höre«, sagte ich.

»Ich weiß nicht, ob ihr überhaupt interessiert seid, weil es nicht wirklich was zu mieten ist – es geht eher darum, ein Haus zu hüten –, und es ist nur vorübergehend, von nächster Woche bis Ende April. Das Haus gehört einem Freund meines Vaters. Einem alten Mann und seiner Frau. Sie verbringen den Winter in Florida und wollen, dass jemand im Haus ist – oder in der Wohnung, im Keller ist eine Wohnung, Souterrain mit Fenstern und so –, damit niemand einbricht. Ich war mal als Kind dort. Es ist nett. An einem privaten See. Ein Ort namens Birnam Wood. Hast du mal davon gehört?«

»Nein«, sagte ich.

»Seid ihr interessiert?«

»Hast du eine Telefonnummer?«

Ich sagte zu Nora, dass sie sich nicht zu sehr freuen solle, weil es wahrscheinlich nicht klappen würde. Entweder würden wir die Wohnung nicht wollen – irgendetwas konnte damit nicht stimmen, oder? –, oder sie, das alte Paar, würden uns nicht wollen, sobald sie uns gesehen hatten. Dennoch rief ich sofort an, und der alte Mann meldete sich nach dem ersten Klingeln. Ich stellte mich vor, sprach schnell, zu schnell vielleicht, denn erst als ich den Namen von Arties Vater erwähnte, erwachte die Stimme am anderen Ende der Leitung zum Leben. »Ja, wir haben Ihren Anruf erwartet«, sagte der alte Mann, und auch er hatte einen Akzent, zögerte beim W von »wir«, als hätte er Angst, das Wort würde ihm auf den Lippen gefrieren, und in einem plötzlichen Anfall von Paranoia fragte ich mich, ob er und Mrs Fried vielleicht Komplizen waren – oder schlimmer noch, ob er Mrs Fried war, die die Stimme verstellte, um mich zu überrumpeln. Doch nein, der Ort war weit entfernt, irgendwo tief im Wald hinter Croton, jenseits der Reichweite der alten Dame. Er nannte mir die Adresse, beschrieb mir den Weg, der so kompliziert war, dass ich mittendrin nicht mehr zuhörte und stattdessen daran dachte, was Artie gesagt hatte: Das Haus stand an einem See. Einem privaten See. Ich würde es problemlos finden. Wie viele private Seen gab es schon? Ich sagte zu dem alten Mann, dass wir gern kommen und es uns anschauen würden – sobald er Zeit für uns hätte.

»Wann« – wieder hatte er gezögert – »möchten Sie denn kommen?«

»Ich weiß nicht – jetzt? Wäre Ihnen das recht?«

Es folgte eine lange Pause, und Nora fuchtelte mit beiden Händen herum, als wollte sie sagen, *Mach doch nicht solchen Druck*, doch dann sagte der alte Mann auf seine bedächtige gewählte Weise: »Ja, das würde uns passen.«

Wir kamen zu spät, viel zu spät, weil eine kurvenreiche asphaltierte Straße aussah wie die andere, der Regen herunterprasselte und Nora an mir herumnörgelte nach dem Motto *Du bist wirklich ein Idiot, weißt du das?* und *Warum um alles in der Welt hast du nicht aufgeschrieben, wie wir hinkommen?* Eine Weile sah es aus, als wäre es aussichtslos, Bäume säumten die Straßen, nichts und niemand war zu sehen außer hin und wieder ein Briefkasten und ein verwässertes Aufblitzen eines Panoramafensters in der Vegetation, doch nachdem wir ein halbes Dutzend Mal auf Einfahrten gebogen waren und wieder zurückgesetzt hatten, kamen wir schließlich zu einer langen, niedrigen Steinmauer mit einem Tor, das von zwei Säulen flankiert war. Das Tor – so schwarz und glatt emailliertes Gusseisen, dass es glänzte – war geöffnet. Auf einer Messingplakette an der rechten Säule stand BIRNAM WOOD. Ich wollte mich nicht streiten, doch ich kam nicht umhin, sie darauf hinzuweisen, dass wir hier schon mindestens dreimal vorbeigefahren waren und Nora die Augen hätte offenhalten müssen, denn ich fuhr und sie meckerte nur, aber sie ignorierte mich, weil der Kies der privaten Straße unter unseren Reifen knirschte und wir zu beiden Seiten Rasenflächen und Tennisplätze sahen. Dann tauchte zwischen den Bäumen zu unserer Linken das erste Haus auf, ein riesiges, hoch aufragendes Gebäude aus Stein und Glas mit einem glänzenden Dach aus schwarzem Schiefer und zu vielen Giebeln, um sie noch zählen zu können, und auf der anderen Seite der Straße schimmerte der See im Dunst.

»Wow, glaubst du, das ist es?« Noras Stimme war so leise, dass sie mit sich selbst hätte sprechen können. »Artie hat gesagt, dass es ein richtiges Anwesen ist, oder?« Ich spürte ihren Blick auf mir. »Das hat er doch gesagt, oder?«

Ich antwortete nicht. Vor einem Moment noch war ich wütend gewesen, hatte sie gehasst, den alten Wagen mit den Reifen ohne Profil und den verrosteten Kotflügeln, die einzige Karre, die wir uns leisten konnten, ich hatte den Regen und die Bäume gehasst, die Natur und die reichen Leute und private Seen, die man nicht fand, außer man war selber reich, außer man hatte einen Hubschrauber, eine ganze Hubschrauberflotte, doch jetzt regte sich eine andere Mischung von Gefühlen in mir – Überraschung, ja, sogar Ehrfurcht, aber auch eine Art Verzweiflung. Als rechter Hand das nächste Haus in Sicht kam – efeubewachsene Ziegel, drei Flügel, ein halbes Dutzend Schornsteine und eine riesige Rasenfläche, die sich zum See hinunterschwang, zwei rote Ruderboote, auf eine vollkommen geformte kleine Mondsichel von Strand gezogen –, wusste ich, dass ich hier wohnen oder sterben wollte und dass ich alles dafür tun würde, auch die Schuhe des alten Mannes lecken, um es möglich zu machen.

»Was hat es für eine Nummer?«, fragte ich. »Siehst du eine Nummer an dem Haus?«

Tat sie nicht. Sie hatte ihre Brille verlegt – sie verlegte ständig ihre Brille –, und in unserem hastigen Aufbruch hatte sie auch auf ihre Kontaktlinsen verzichtet. Egal. Die Straße führte uns über eine Steinbrücke und direkt auf die Einfahrt vor dem Haus, das wir suchten – Nummer 14. Wir stiegen aus, der Regen ließ nach, und starrten das Haus an, ein großes, hohes Haus im Tudorstil mit braunem Fachwerk, das direkt am See stand. Um die Ecke sah ich einen Pavillon und einen kleinen Steg, an dem ein grün gestrichenes Ruderboot befestigt war. Und Schwäne. Schwäne auf dem See.

Alles schien plötzlich heller zu werden, als wollte die Sonne durch die Wolken brechen. »Na gut«, sagte ich, »dann mal los«, und nahm Nora bei der Hand und führte sie die steinerne Treppe hinauf.

Ich stellte Nora als meine Frau vor, obwohl es natürlich gelogen war. Aber es war das, was alte Leute hören wollten. Wenn man verheiratet war, war man reif, zuverlässig, genau wie sie, denn zu ihrer Zeit lebten Männer und Frauen nicht einfach so zusammen – sie schworen einen Eid, hatten Kinder, machten Kreuzfahrten, bauten sich große Häuser an einem See und füllten sie mit dem kostspieligen Nippes und den Kunstgegenständen, die sie unterwegs sammelten. Mr und Mrs Kuenzli – Anton und Eva – waren so. Sie empfingen uns an der Tür, zwei zwergenhafte alte Leute, die nahezu identisch aussahen, nur dass sie ein Kleid trug und sich die Haare gefärbt hatte und er nicht. Sie boten uns Tee in dem großen Zimmer an, das auf den See hinausging, und führten uns dann durchs Haus, um mit ihren diversen Sammlungen anzugeben – mexikanische Töpferei, kleine Jadefiguren, Seestücke, gemalt von einem einarmigen Mann, den sie in Manila kennengelernt hatten. Jedes Objekt hatte seine eigene Geschichte. Sie erzählten abwechselnd die Einzelheiten, hatten es überhaupt nicht eilig. Ich wusste, was sie taten: Sie überprüften uns, versuchten, klug aus uns zu werden. Ich nahm es gelassen. Wenn sie unser Anblick beunruhigte (es war zu einer Zeit, als Leute unseres Alters Holzperlen, bunte Ponchos und Cowboystiefel trugen und sich das Haar lang wachsen ließen mit dem ausdrücklichen Ziel, bei der Bourgeoisie anzuecken), ließen sie es sich nicht anmerken. Nach einer guten Stunde gingen wir hinunter ins Souterrain, wo wir schließlich wohnen sollten. Das hieß, wenn es klappte.

Es klappte. Ich sorgte dafür. Kaum waren wir unten, hatte ich angebissen – und ich sah, dass das auch für Nora galt. Es war ein riesiger Raum – mit niedriger Decke, aber so groß wie ein Basketballfeld –, links davon eine Küche und daneben ein Schlafzimmer mit Vorhängen, gerahmten Bildern an den Wänden, zwei von identischen Nachtkästchen getrennten Betten, Aschenbechern, Leselampen, so wie in jedem Zimmer, in dem im Fernsehen ein Paar schlief, keusch und getrennt, um die amerikanische Familie nicht mit der beunruhigenden Vorstellung zu konfrontieren, dass Menschen doch tatsächlich Sex miteinander hatten. Nora warf mir einen verstohlenen Blick zu. »Venn Sie vollen, Sie kommen«, flüsterte sie, und wir brachen beide zusammen.

Dann kehrten wir in den großen Hauptraum zurück und sahen den wahren Clou, der den Deal besiegelte, das sine qua non – einen allen Vorschriften genügenden Billardtisch mit Schieferplatte. Ein Billardtisch! Das alles – lederne Sessel, Perserteppiche, glänzendes Linoleum, Heizung, zwei Betten, der See, das Ruderboot, Schwäne – und auch noch ein Billardtisch? Es war zu viel. Was immer der alte Mann an Miete verlangte – denn hier handelte es sich strenggenommen nicht um Haushüten, und wir waren willens, eine symbolische monatliche Miete zu zahlen –, ich war bereit, es zu verdoppeln. Zu verdreifachen. Alles, was er wollte. Ich drückte Noras Hand. Sie strahlte mich an, während das alte Paar uns ansah, lächelte, gerührt von unserem Anblick in den Tiefen dieses Hauses, in dem zweifellos irgendwann Kinder gewohnt hatten, sogar Enkelkinder.

Ich spürte, wie sich eine unermessliche Ruhe auf mich herabsenkte. »Wir nehmen es«, sagte ich.

Am Ende der ersten Woche, nachdem sie sechs-, siebenmal am Tag nach uns gesehen hatten (oder uns ausspioniert, wie Nora es hartnäckig nannte, Mrs Kuenzli erkundigte sich, wie wir zurechtkamen – *Gut, danke* –, eines Abends stieg sie sogar die knarzende Treppe herunter mit einem Topf selbstgemachter Hühnersuppe mit Spätzle), setzte sich das alte Paar in eine Limousine, fuhr zum Flughafen und überließ uns das Haus. Das Haupthaus war natürlich abgeschlossen, aber das war mir gleichgültig. Nicht gleichgültig war mir, aus der Bretterbude rauszukommen. Nicht gleichgültig war mir Nora. Ich wollte sie glücklich machen. Mich selbst glücklich machen – und auch alle anderen. Ein paar Tage nach der Abreise der Kuenzlis begannen meine Freunde, unangemeldet vorbeizuschauen, um Billard zu spielen und die Lautstärke der Anlage von Bang & Olufsen aufzudrehen, die die Kuenzlis irgendwann zufälligerweise installiert hatten, sich dann vielleicht zu besaufen und mit dem Boot über den glitzernden See zu rudern, während die Bäume in Flammen standen und die Schwäne hinter uns her schwammen. Sogar das Wetter spielte mit. War der September ein Totalausfall gewesen, einer der kältesten und regenreichsten überhaupt, überraschte der Oktober mit ungetrübtem Sonnenschein und Temperaturen über zwanzig Grad.

An einem Samstagnachmittag spielte ich Billard mit Artie und noch einem Freund, Richard, wir waren high von Speed und tranken ein billiges Bier nach dem anderen, als Nora, leicht gerötet, durch die Tür kam. Sie hatte Neuigkeiten. Während wir die Zeit verplemperten – so drückte sie sich aus, »verplempern«, doch sie lächelte, konnte kaum mehr an sich halten –, war sie allein zu einem Vorstellungsgespräch gegangen.

In diesem Moment liebte ich sie, ich liebte, wie ihr Gesicht Farbe annahm, weil sie sich an uns drei wandte, nicht nur an mich, deswegen war sie verlegen, ungeachtet der Neuigkeit, die gut war, sehr gut, das sah ich sofort. »Also«, sagte ich, »hast du ihn?«

Das Lächeln gefror, kehrte zurück. Sie nickte. »Es ist nicht viel«, sagte sie und wandte sich bereits wieder ab. Sie schaute von mir zu Artie und Richard. »Mindestlohn – aber sechs Abende die Woche.«

Ich stellte mein Queue ab und ging durch den Raum zu ihr, diesen großen Raum mit dem abgeschliffenen Boden und den Teppichen, die dick genug für alles waren, als mir auffiel, dass sie schick angezogen war, nicht geschäftsmäßig, sondern mit den Stiefeln mit Fransen und der durchsichtigen Bluse, die sie trug, wenn wir in Bars gingen. »Was ist es«, sagte ich, »dieser Empfangsdamenjob?«

Sie nickte.

»Bei Brennan's?«

Jetzt lächelte sie nicht mehr. Ihr Blick – sie trug falsche Wimpern und hellblauen Lidschatten – versenkte sich in meinen. Ich hatte ihr von dem Job erzählt, von dem Richard vom Barkeeper dort gehört hatte. *Du musst nur lächeln*, hatte ich zu ihr gesagt. *Du musst nur »Ein Tisch für vier?« sagen und sie zum Tisch führen. Das kannst du doch, oder?* Ich hatte nicht herablassend sein wollen. Oder vielleicht doch. Sie war willensstark, aber ich wollte ihren Willen brechen, sie abhängig von mir machen, sie besitzen, doch gleichzeitig wollte ich, dass sie ihren Teil beitrug, weil wir ein Paar waren, und weil Paare das taten. Sie arbeiteten. Beide.

Ich nahm ihre Hand, versuchte, sie auf die Wange zu küssen, doch sie wich zurück.

»Das heißt, dass ich abends nicht zu Hause bin.«

Ich zuckte die Achseln. Ich spürte, dass Artie und Richard mich ansahen. Auf dem Plattenteller lag eine Schallplatte – daran erinnere ich mich genau –, etwas Basslastiges mit einem aufwühlenden, ständig wechselnden Rhythmus, der unter meinen Worten zu schwären schien. »Es ist zumindest besser als nichts«, sagte ich.

Artie zielte und machte einen Stoß. Die Kugeln klackten. Keine fiel ins Loch. »Ha, das ist eine tolle Nachricht«, sagte er und richtete sich auf. »Glückwunsch.«

Nora sah ihn an. »Es ist nur vorübergehend«, sagte sie.

Wir entwickelten einen Tagesablauf. Das Telefon klingelte im Dunkeln, ich stand auf, meldete mich und erfuhr, in welche Schule ich musste, weil jemand, der nicht noch einen Tag ertrug, sich krankgemeldet – oder erhängt – hatte, und war gegen halb vier, vier wieder zu Hause. Zu dieser Uhrzeit trank sie Kaffee und machte Rühreier und Toast. Dann fuhr ich sie zur Arbeit und setzte mich entweder für ein paar Stunden an die Bar (je nachdem, wie ich unsere finanzielle Situation einschätzte) oder kehrte nach Hause zurück und spielte allein Billard, Spieler A gegen Spieler B, und versuchte, mich nicht auf die Seite des Besseren zu schlagen, bis ich sie um zehn wieder abholte. Manchmal tranken wir noch etwas an der Bar, aber meistens – unter der Woche jedenfalls – fuhren wir nach Hause, weil ich den Schlaf brauchte. Wir legten uns in unsere getrennten Betten, sie waren behaglich, warm, trocken und wir kamen uns verwöhnt vor – oder wenn nicht verwöhnt, dann zumindest geborgen –, und wenn ich meine Leselampe ausschaltete und mich zur Wand drehte, war das letzte Bild, das ich sah, der helle Schein von Noras Lampe und ihr Gesicht über dem Buch.

Das Wetter hielt den ganzen Monat, das Laub fiel noch nicht, und der See kräuselte sich in seinen Farben. Wann immer möglich ruderten wir mit dem Boot hinaus, und obwohl wir nie darüber sprachen, dachten wir vermutlich das gleiche – dass wir jeden sonnigen Tag ausnutzen sollten, weil es der letzte sein könnte. Ich ruderte, und Nora lehnte sich mit geschlossenen Augen und ausgestreckten Beinen an den Sitz im Heck. Wie fühlte ich mich? Gelöst. So gelöst wie nie zuvor im Leben und nie wieder danach. Und es war noch etwas anderes. Ich fühlte mich mächtig, ich hatte die Kontrolle, die Muskeln in meinen Armen spannten sich an und entspannten sich, während Nora zu meinen Füßen döste und der Rest der Welt so still war wie angehaltener Atem.

Es war ein Gefühl, das nicht von Dauer sein konnte. Und das war es auch nicht. Schon in der ersten Novemberwoche musste ich den Frost von der Windschutzscheibe kratzen, als ich zur Schule fuhr, und die Sonne war verschwunden, stattdessen hing eine niedere Wolkendecke über uns, und der Wind wehte aus Norden. Schließlich zog ich widerwillig das Boot aus dem Wasser und drehte es für den Winter um. Zwei Tage später war der See am Rand gefroren, und die Temperatur fiel nachts auf minus zehn Grad. Aber wie gesagt, das Haus war warm und gut isoliert, und der Heizkessel hätte für sechs Häuser gereicht, und wenn wir abends ins Bett gingen, machten wir Witze über die Bretterbude, wie wir leiden würden, wenn wir noch dort wohnten. »Mein Füße«, sagte Nora, »würden am Boden anfrieren so wie die Zungenspitze, wenn man sie an den Eiswürfelbehälter hält.« »Ja«, sagte ich, »ja, aber du würdest es gar nicht mehr merken, weil wir schon erfroren und vertrocknet wären wie diese Mumien, die sie in den Anden gefunden haben.« Und sie lachte, wir lachten beide und horchten auf das Flüstern der Heizung, die ansprang und warme Luft ins Schlafzimmer und den Hauptraum blies, wo der Billardtisch in der Dunkelheit stand.

Und dann kam der Abend, an dem ich sie zu Brennan's fuhr und etwas trank und dann noch etwas, weil ich nicht nach Hause wollte. Es war, als stünde in mir ein Pegel auf hoch, ganz oben, am höchsten Punkt der Messlatte. Damals fühlte ich mich oft so, vielleicht war es einfach nur ein hoher Testosteronspiegel, vielleicht war es nicht mehr als das, jedenfalls saß ich an diesem Abend an der Bar und trank. Ich kannte die Stammgäste, ältere Leute, die zu Abend aßen und allmählich Leuten unserer Generation Platz machten, statt leisem Jazz wurde jetzt der Rock and Roll aufgelegt, den wir hören wollten, während die letzten Gäste ihre Mäntel und Handschuhe und Doggie Bags nahmen und in die Nacht hinausgingen. Ich hatte lange über nichts mit einem Kerl in einem Sportsakko geredet, der in den Dreißigern gewesen sein musste, ein Martini-Trinker, und als er aufstand und sich verabschiedete, setzte sich ein Typ meines Alters auf den Hocker neben mir. Er begrüßte mich im selben Moment, wie ich ihn grüßte, dann bestellte er einen Drink – Tequila und Tonic, sehr Westküste, das heißt *hip* –, und wir fingen an, uns zu unterhalten. Er hieß Steve, hatte lockiges rostrotes Haar, das ihm bis zu den Schultern reichte, und trug ein schmales Stirnband aus geflochtenem Leder.

Worüber sprachen wir? Das Übliche, Bands, Drogen, bei welchen Konzerten wir gewesen waren, doch dann redeten wir über Bücher, was mich freute und überraschte, denn die meisten Leute, die ich damals und dort kannte, erweiterten ihren Horizont nicht über den Comic in der Sonntagszeitung hinaus. Wir diskutierten über ein Detail von *Schlachthof 5*, testeten die Vertrauenswürdigkeit des jeweils anderen – er konnte ganze Passagen auswendig zitieren, ein Talent, das ich nie hatte –, als Nora sich zwischen uns lehnte, mich flüchtig küsste, sich wieder aufrichtete und mit einer knappen Kopfbewegung ihr Haar schüttelte. »Meine Fersen bringen mich um«, sagte sie. »Und das Oberteil – Herrgott, ich friere.« Sie sah sich kurz verstohlen um, lächelte Steve ausdruckslos an, nahm mein Glas und leerte es auf einen Zug. Dann war sie wieder weg, zurück an ihrem Posten an der Tür.

Steve stieß einen leisen Pfiff aus. »Wow«, sagte er. »Ist das deine Frau?«

Ich zuckte nonchalant die Achseln, in diesem Augenblick fühlte ich mich über alle anderen hier erhaben. Ich hätte es nicht zugegeben, aber etwas regte sich in mir, wann immer ich den Kopf hob und bemerkte, wie die Männer ihr nachsahen, wenn sie auf ihren hohen Absätzen Männer und Frauen und manchmal auch Kinder zu ihren Tischen führte, doch es war nichts Gutes oder Bewundernswertes.

»Mann, ich würde gern –«, setzte er an, und dann hielt er sich zurück. »Hast du ein Glück, Kumpel.«

Ein weiteres Achselzucken. Meine Gefühle waren von der komplizierten Art. Ich hatte getrunken. Und was ich als nächstes sagte, war unentschuldbar, ich weiß, und ich meinte es nicht, nicht im wörtlichen Sinn, nicht in der wirklichen Welt der zwei Betten und Perserteppiche und all dem Rest, ich versuchte nur zu vermitteln, dass ich nicht fest gebunden war – *meine Frau* –, dass ich nicht verheiratet war, noch nicht jedenfalls, und dass mir alle Optionen offenstanden. »Ich weiß nicht«, sagte ich, »manchmal kann sie wirklich eine Nervensäge sein.« Ich trank einen

Schluck und stieß einen langen vernichtenden Seufzer aus. »Manchmal denke ich, dass sie mehr Ärger macht, als sie wert ist, verstehst du, was ich meine?«

Das war alles, was ich sagte, oder eine Variante davon, und dann kam der nächste Drink, und wir vertieften das Gespräch, und vermutlich hatte Steve irgendwie den Eindruck, dass wir nicht wirklich so festgelegt waren, dass unser Zusammenleben ein gescheitertes Experiment war, dass wir beide – sie und ich – auf dem Absprung waren. Wir tauschten unsere Telefonnummern und Adressen aus (*Birnam Wood? Cool, als Kind bin ich oft in dem See geschwommen*), und dann ging er und die Leute an der Bar wurden weniger. Kaum war er verschwunden, hatte ich ihn vergessen. Als nächstes stand Nora neben mir in ihrem langen Mantel, mit Strickhut und Handschuhen, hoch aufragend auf ihren Absätzen.

»Du hast getrunken«, sagte sie.

»Ja«, gab ich zu.

Sie lächelte mich müde an. »Hast du dich amüsiert?«

»Ja.« Ich lächelte auch.

»Weißt du, dass es draußen schneit?«

»Wirklich?«

»Wirklich.« Kurze Pause. »Willst du, dass ich fahre?«

Es war ein langer Heimweg, zwanzig, fünfundzwanzig Minuten unter den besten Umständen, doch mit dem Schnee und den abgefahrenen Reifen und weil Nora nachts nicht so gut sah, mussten wir doppelt so lang gebraucht haben. Wir waren die einzigen auf der Straße. Der Schnee fegte durch das Scheinwerferlicht und löschte alles vor uns aus. Ich bemühte mich, sie nicht zu kritisieren, doch jedes Mal, wenn wir um eine Kurve fuhren, geriet der Wagen unkontrollierbar ins Schlittern, und vermutlich habe ich deswegen was gesagt, denn irgendwann blieb sie am Straßenrand stehen, die Lippen zusammengekniffen und ihr Blick zornig im kränklich gelben Glühen des Armaturenbretts. »Willst du fahren?«, sagte sie. »Nur zu, tu dir keinen Zwang an.«

Als wir (endlich, wie durch ein Wunder) zu Hause ankamen, klingelte das Telefon. Ich konnte schon vor der Tür sein Drängen hören. Ich brauchte einen Moment, klemmte einen Handschuh unter den Arm, mühte mich, den Schlüssel ins Schloss zu stecken, während der Schnee fiel und Nora ungeduldig aufstampfte. »Beeil dich, ich muss pinkeln«, sagte sie mit zusammengebissenen Zähnen. Dann waren wir im Haus, das Telefon klingelte noch immer – es musste das sechste oder siebte Mal gewesen sein –, und ich schaltete das Licht ein, Nora stürzte ins Bad, und ich ging durch das Zimmer und nahm ab.

»Hallo?«, keuchte ich atemlos und dachte, es wäre Artie, denn wer sonst würde um diese Uhrzeit noch anrufen?

»Hallo, wie geht's?«, sagte die Stimme am anderen Ende der Leitung. »Bist du Keith?«

»Ja«, sagte ich. »Mit wem spreche ich?«

»Steve.«

»Steve?«

»Aus der Bar, du weißt schon. Heute Abend? Bei Brennan's?« Ich hörte, wie Nora die Toilettenspülung betätigte. Der Billardtisch war nicht abgedeckt, weil ich auf dem Höhepunkt einer Partie zwischen Spieler A und Spieler B unterbrochen hatte, alle Kugeln lagen noch an ihrem Platz. Das Wasser rauschte durch die Leitung. Und dann Steves Stimme, leise, vertraulich. »He, nur 'ne Frage. Ist Nora da?«

Die Badezimmertür wurde entriegelt. In meinem Kopf summte es. Nichts stimmte. »Nein«, sagte ich und schüttelte nachdrücklich den Kopf, obwohl es niemand sehen konnte, »sie ist nicht da.«

»Wann kommt sie?«

Ich schwieg. Ich sah zu, wie sie die Badezimmertür öffnete, sah ihr Gesicht, die frischen Handtücher im Regal und die kupfer- und goldfarbene Tapete, die Mrs Kuenzli in einem besonderen Laden ausgesucht haben musste, denn sie wollte immer das Beste, nur das Beste. Die Stimme am anderen Ende der Leitung sagte wieder etwas, insinuierte, flüsterte in mein Ohr wie eine Krankheit, und ich beugte mich hinunter zur Buchse in der Wand, in der die Telefonleitung steckte, und zog sie heraus.

»Wer war das?«, fragte Nora.

»Niemand«, sagte ich. »Jemand hat sich verwählt.«

Sie sah mich zweifelnd an. »Dafür hast du aber lang gesprochen.«

Ich wollte zur Abwechslung etwas richtig machen, wollte sie in die Arme nehmen und an mich drücken, mich bekennen, ihr sagen, dass ich sie liebte, aber ich tat es nicht. Ich sagte nur: »Hast du Lust auf eine Partie Billard? Ich gebe dir zwei Punkte Vorsprung –«

»Spiel allein«, sagte sie. »Ich bin erschossen. Ich glaube, ich gehe ins Bett und lese noch ein bisschen.« Vor der Schlafzimmertür blieb sie stehen und lächelte mich müde und lieb an. »Und du musst zugeben, dass selbst Spieler B viel besser ist als ich.«

Ich konnte nicht widersprechen. Ich schaltete das Licht über dem Tisch ein, legte eine Platte auf und nahm das Spiel wieder auf, wo ich es unterbrochen hatte. Ich war mitten in der dritten Partie, Spieler A hatte eine Glückssträhne, versenkte die Kugeln, als bräuchte ich nicht einmal das Queue, als würde ich sie allein mit meinem Willen in die Löcher zwingen, als plötzlich an die Tür geklopft wurde. Zweimal. Pause. Und dann noch zweimal.

Ich legte das Queue weg, und dabei gingen mir allerhand Szenarios durch den Kopf – es war ein gestrandeter Autofahrer, der Mann, der den Schneepflug fuhr und sich beschweren wollte, weil das Heck des Wagens auf die Straße ragte, Artie, der den Elementen widerstand und einen Schlaftrunk haben wollte –, als Nora aus dem Schlafzimmer kam und verwirrt dreinblickte. Sie hatte ihren Schlafanzug an, die Art, wie sie Kinder tragen, mit einem Band um die Taille und einem heruntergeklappten Kragen. Rosa. Mit einer Schar Hüttensänger, die ihre Beine und Arme hinauf- und hinunterflogen und ihr über die Brust flatterten. Ihre Füße waren nackt. »Wer ist das?«, fragte sie. »Artie?«

Ich wusste nicht, was kommen sollte, konnte es mir beim besten Willen nicht vorstellen. Ich befand mich in meinem eigenen Haus, spielte Billard und hörte Musik, während draußen Schnee fiel und die Heizung brummte und meine Freundin im Schlafanzug dastand. »Muss Artie sein«, sagte ich, und es klopfte erneut, und eine von der Tür gedämpfte Stimme rief: »Keith? Nora? Klopf-klopf. Seid ihr da?«

Ich öffnete Steve die Tür, sein Haar jetzt angeklatscht und nass vom

Schnee. Er hatte eine Flasche Tequila in der Hand und hielt sie einladend hoch, als er durch die Tür stapfte. »He«, sagte er und reichte mir die Flasche, »cooles Haus.« Er zog seine Jacke aus und ließ sie auf den Boden fallen. »Lust auf ein bisschen Action? Nora, was ist mit dir? Ein kleiner Schluck? Willst du was trinken?«

Sie sah ihn verdattert an – oder vielleicht musste sie auch blinzeln, um ihn zu sehen, weil sie ihre Brille nicht aufhatte. Ich stand da, die Flasche in meiner Hand wie ein Ziegelstein – oder nein, wie ein Zementblock, ein Gewicht, Avoirdupois, das mich hinunterzog.

Steve zögerte keine Sekunde. Er ging durch das Zimmer zu ihr, kramte in seiner Tasche nach etwas, grinste mit gläsernem Blick. »Da«, sagte er und hielt ihr einen Umschlag hin. »Nachdem ich dich heute Abend gesehen habe? Du bist so schön. Ich weiß nicht mal, ob du weißt, wie schön – und sexy. Du bist wirklich sexy.« Er gab ihr den Umschlag, doch sie schaute nicht darauf, sie schaute zu mir. »Ich habe dir ein Gedicht geschrieben«, sagte er. »Na los. Lies es.«

»Steve«, sagte ich, »hör mal, Steve, ich glaube –« Aber ich konnte nicht weitersprechen, weil Nora mich anstarrte, die Lippen geöffnet und ihr Blick jetzt hellwach.

»Lies es«, wiederholte er. »Ich habe es für dich geschrieben, nur für dich –«

»Hör mal«, sagte ich, »es ist spät«, und ich ging zu ihm und griff nach seinem Arm in dem Versuch, ihn fort und zur Tür zu ziehen, in den Schnee und aus unserem Leben hinaus. »Nora ist müde«, sagte ich.

Er würdigte mich keines Blicks, tat so, als wäre ich nicht da. »*Sie* soll es sagen. Du bist doch nicht müde, oder?«

Zum ersten Mal schaute sie ihn an. »Nein«, sagte sie schließlich. »Nein, ich bin überhaupt nicht müde.«

Bevor ich wusste, was ich tat, stellte ich die Flasche auf den Tisch und zog meinen Mantel an, und dann stürmte ich wütend zur Tür hinaus und war draußen in der Nacht, der Schnee wirbelte um mich herum, und ich hörte noch Steves Stimme – »Du möchtest also doch einen Schluck Tequila?« –, sein Tonfall leise und hoffnungsvoll ansteigend.

Der Schnee machte ein Geräusch, er zischte, als wäre die Nacht lebendig geworden. Ich marschierte zweimal ums Haus und verfluchte mich – aber ich würde nicht wieder hineingehen, auf keinen Fall, nicht bis passiert war, was immer passieren sollte, und er gegangen war – und dann setzte ich mich in den Pavillon. Ich schlug den Kragen hoch und zog die Handschuhe an. Es wehte jetzt ein Wind, und die Luft roch nach den kalten Wäldern des Nordens. Ich ging auf den Steg hinaus und stand dort, ich weiß nicht wie lange, der See wie eine vom Eis verschlossene Gruft unter mir. Dann bemerkte ich das Licht in dem Haus gegenüber unserem, das Haus mit den vielen Schornsteinen und den zwei roten Ruderbooten, die jetzt umgedreht dalagen, gewölbt wie zwei Buckel im Schnee. Es war das einzige Licht weit und breit, eine einzelne Lampe hinter einem Fenster im Erdgeschoss des Flügels, der dem See am nächsten war. Ich weiß nicht, was mich überkam – ich meine, was für ein Impuls es war –, aber ich ließ mich vom Steg hinunter und begann, über den See zu gehen. Der Wind blies mir ins Gesicht. Sterne waren nicht zu sehen. Und es war glatt, Pulverschnee auf Eis, das so klar war, als käme es aus einer Maschine. Ich stürzte zweimal, hart, doch ich stand wieder auf und schlitterte weiter.

Als ich zu dem mondsichelförmigen Ufer kam, an den beiden Ruderbooten vorbeiging und die Anhöhe des weißen Rasens hinauf, sah ich, dass die Vorhänge nicht zugezogen waren, was die Leuchtkraft des Lichts erklärte. Die Leute im Zimmer – und ich kannte sie nicht, überhaupt nicht, nicht einmal vom Sehen – mussten sie absichtlich offen gelassen haben wegen des Schnees, der Romantik des ersten Schnees. Mir wurde klar, dass ich das Grundstück unbefugt betreten hatte. Dass ich heimlich spähte. Dass jeder meine Fußspuren sehen konnte. Doch kaum war mir der Gedanke gekommen, verwarf ich ihn wieder, denn es war mir alles egal – ich war nicht mehr ich selbst, war auf das Licht fixiert. Dennoch hielt ich mich im Schatten. Vielleicht duckte ich mich sogar ins Gebüsch, ich weiß es nicht.

Ich sah einen gewöhnlichen Raum, ein Schlafzimmer, beleuchtet wie eine Bühne. Ich sah ein Bett, einen Kleiderschrank, Bilder an den Wänden. Ein Schatten huschte durchs Zimmer, dann noch einer, doch die meiste Zeit bewegte sich nichts. Und dann sah ich den Mann, der hin und her ging, sich auszog, sich bettfertig machte. Wie alt war er? Ich konnte es nicht wirklich sagen. Älter als ich, aber nicht alt. Er setzte sich aufs Bett – ein Doppelbett, eins sechzig breit vielleicht –, schaltete die Lampe daneben an, nahm eine Zeitschrift und begann zu lesen. Irgendwann legte er sie weg und schien etwas zu der anderen Person im Zimmer zu sagen – seine Frau vermutlich –, aber ich hörte natürlich nur ein Murmeln. Und dann, als wäre es ihr Stichwort gewesen, betrat sie im Nachthemd die Bühne, machte sich an ihrer Seite des Betts zu schaffen, bevor sie sich hineinlegte und ihre Lampe anschaltete.

Ich hatte ein schlechtes Gewissen. Mir war übel. Und ich sah nichts Aufschlussreiches – das heißt Sexuelles –, kein Kuscheln oder Streicheln, nicht einmal einen Kuss. Diese Leute waren Nachteulen. Das Licht brannte eine lange Zeit. Ich weiß es. Denn ich blieb, bis sie es ausschalteten.

WIEDERERLEBEN

Katie wollte Katie mit neun wiedererleben, bevor ihre Mutter gegangen war, und das konnte ich verstehen, aber damals hatten wir nur eine einzige Konsole, und ich wollte das Thema nicht weiter erörtern. Es war ein finsterer, kalter Abend kurz vor Weihnachten, halb zehn, mitten in der Woche, was bedeutete, dass sie am nächsten Morgen um sechs aufstehen und im Dunkeln zur Bushaltestelle würde gehen müssen. Sie hatte schon zu viel Unterricht versäumt, war unter allen möglichen Vorwänden zu Hause geblieben und hatte, während ich in der Arbeit war, wiedererlebt, was das Zeug hielt. Von Grenzen konnte also keine Rede sein, und wer war hier ein schlechter Vater? Ein alleinerziehender Vater, der nicht imstande war, seine fünfzehnjährige Tochter zu erziehen, geschweige denn ihr so etwas wie ein Arbeitsethos zu vermitteln? Ich. Ich war ein schlechter Vater. Und hatte ein schlechtes Gewissen. Ich wollte ein Machtwort sprechen und ihr zugleich ein Zugeständnis machen, ein Angebot. Aber noch mehr wollte ich die Box für mich selbst, und zwar so sehr, dass man es mir bestimmt ansah, und sie musste zur Schule gehen, sie musste jetzt schlafen, sie musste aufhören wiederzuerleben und anfangen, sich Gedanken über Gegenwart und Zukunft zu machen. »Warte doch lieber bis zum Wochenende«, sagte ich.

Sie trug diese engen, wie aufgemalten Hosen, die jetzt alle Mädchen haben, und stand in der Wohnzimmertür, auf einem Bein, wie damals, wenn sie ihre Ballettschritte geübt hatte. Ihr Gesicht war das ihrer Mutter Christine, meiner Ex, die seit mittlerweile sechs Jahren nicht mehr für sie da war und es auch weiterhin nicht sein würde. »Ich will aber jetzt«, sagte sie leise, mit der klagenden, stockenden, bebenden Stimme, die mein Herz erweichen sollte, bis ich ihr gab, was sie wollte, aber diesmal würde es nicht funktionieren, auf gar keinen Fall. Sie würde jetzt zu Bett gehen, und ich würde zu einem verregneten Februarabend 1982 zurückkehren, zu einem ausverkauften Konzert im Roxy mit einer Band, auf die ich damals gestanden hatte, und einer Frau, nach der ich verrückt gewesen war, bevor sie mir das Herz gebrochen hatte, und Christine gekommen war, um es mir noch einmal zu brechen.

»Warum gehst du nicht rauf und simst noch ein bisschen mit deinen Freundinnen oder so?«

»Ich will aber nicht mit meinen Freundinnen simsen. Ich will mit meiner Mom zusammen sein.«

Auch das war eine Klage, und dieser Stich ging tiefer. Ihr wurde etwas vorenthalten, darum ging es hier, und das Ganze grenzte, wie jeder unvoreingenommene Beobachter erkennen würde, an Kindesmisshandlung. »Ich weiß, Schatz, ich weiß. Aber es ist nicht gesund. Du verbringst zu viel Zeit damit.«

»Du bist bloß egoistisch«, sagte sie, und jetzt klang ihre Stimme anders, widerborstig und feindselig, und der neue Subtext war, dass ich immer nur an mich selbst dachte. »Du willst bestimmt zurück in die Zeit, als du so alt warst wie ich oder so, stimmt's? Lass mich raten: Du willst wiedererleben, wie du deine Hausaufgaben gemacht hast, oder? Als leuchtendes Beispiel für deine Tochter.«

Das Zimmer war ein Chaos. Die Putzfrau würde erst am nächsten Tag kommen, und so stand ich inmitten des Mülls einer ganzen Woche – Sportsocken, leere Energy-Drink-Dosen, diverse zerknüllte Folienbeutel, in denen einst Kekse, Popcorn oder Salamisticks gewesen waren –, zu einem guten Teil erzeugt von dem Kind, das vor mir stand. »Dein Sarkasmus nervt«, sagte ich.

Ihr Gesicht war verkniffen, ihr Mund zu einem winzig kleinen O des Abscheus gespitzt. »Ach ja? Und was nervt nicht?«

»Ein sauberes, aufgeräumtes Haus. Etwas Ruhe und Frieden. Ein bisschen Privatsphäre, Herrgott – ist das vielleicht zu viel verlangt?«

»Ich will mit meiner Mom zusammen sein.«

»Geh auf dein Zimmer und sims deinen Freundinnen.«

»Ich hab keine Freundinnen.«

»Dann finde welche.«

Und dann, im Abgehen über die Schulter geworfen, bevor sie die Treppe hinaufstampfte und ihre Zimmertür zuknallte: »Du bist ein Schwein!«

Seit ich die fünftausend Dollar für eine Halcom X1520 Relive Box der zweiten Generation mit lebensechter Retina-Projektion hatte springen lassen und die Dynamik zwischen mir und meinem einzigen Kind für immer verändert hatte, war meine Antwort immer dieselbe: »Ich weiß.«

Die meisten, die sich eine Relive Box kauften, hatten erst mal nichts als Sex im Sinn, das ist ja ganz natürlich. Tatsächlich war das in der Werbung ein starkes Verkaufsargument: Man sah strahlende junge Menschen, die Hand in Hand an einem paradiesischen Strand entlangspazierten oder sich beim Bowling über die Rückgabe beugten und einander zärtlich küssten. Wer würde nicht dorthin zurückgehen wollen? Wer würde nicht Unschuld wiedererleben wollen, die ersten Regungen von Liebe und Verlangen, das erste Mal, dass man einander aus den Kleidern schälte? Und was war mit den Freundinnen (oder Freunden), den Frauen und Ex-frauen, den One-Night-Stands und den flüchtigen Begegnungen mit jemandem, der einen nicht ganz zum Zug hatte kommen lassen und auf den Schwingen eines unerfüllten Versprechens wieder verschwunden war? Bei mir war es nicht anders. In den ersten Monaten war ich wie besessen von der sexuellen Dimension dieser Sache. Morgens schleppte ich mich zur Arbeit und fühlte mich ausgepumpt (nicht nur im übertragenen Sinn). Ich wusste, dass es ein Problem war, dass es meine Arbeitsleistung beeinträchtigte und mich, wenn ich es nicht in den Griff bekam, meinen Job kosten konnte. Doch es war eine zu große Versuchung, das erste Mal mit Christine wiederzuerleben, bei Kerzenlicht, wir beide im Bett, wo sie sich an mich klammerte und im Rausch der Leidenschaft immer wieder meinen Namen flüsterte. Oder sie auch bloß in dem marokkanischen Restaurant zu sehen, in das ich sie bei unserem ersten Date eingeladen hatte, wie sie sich über den Tisch beugte und jedes meiner Worte und Witzchen aufsaugte. Oder noch weiter zurückzugehen, in die Zeit, als meine spätere Frau noch nicht aufgetaucht war, zu Rennie Porter, dem Mädchen, mit dem ich zum Abschlussball gegangen war und danach zwei unvergleichliche Stunden lang auf dem Rücksitz des Buick Regal meines Vaters gefummelt hatte, zwei Stunden, die ich mittlerweile Sekunde für Sekunde sechs- bis siebenmal wiedererlebt hatte. Und zu Lisa, Lisa Denardo, der Frau, die ich bei jenem Konzert im Roxy kennengelernt und bei der ich mir Chancen ausgerechnet hatte.

Ich kam zu spät zur Arbeit, bedachte alle, auch meinen Boss, mit einem Zombieblick und bekam eine Abmahnung. Dann noch eine. Und mein Boss – Kevin Moos, ein sehr anständiger Typ, der fünf Jahre jünger war als ich und keine X1520 hatte oder es nicht zugab – ließ mich in sein Büro kommen und sagte mir in aller Deutlichkeit, dass es keine dritte geben würde.

Aber es war eine elende Nacht und ich war deprimiert. Und gelangweilt. So gelangweilt, dass man mir Löcher in den Hinterkopf bohren und Gehirnproben hätte entnehmen können, ohne dass ich es gemerkt hätte. Ich hatte es meiner Tochter, die jetzt mit der Wucht von zehn Töchtern über mir herumstampfte, bereits verwehrt, und der kommende Tag würde ein Freitag sein, Gott-sei-Dank-Freitag, der kürzeste Arbeitstag der Woche, an dem praktisch jeder nur daran dachte, wie er sich möglichst früh davonschleichen könnte. Ich glaubte, wenn ich es bei den zwei Stunden Wiedererleben beließ, auf die ich mich von jetzt an strikt beschränken wollte, würde ich es, auch wenn ich viel zu wenig Schlaf bekam, schon irgendwie schaffen, bis Mittag durchzuhalten und die restliche Zeit ohne großen Einsatz herumzubringen. Also ging ich in die Küche und schenkte mir einen Gin Tonic ein, denn den hatte ich auch damals im Roxy getrunken. Ich nahm das Glas und ging in das Zimmer am Ende des Flurs. Es war früher ein Schlafzimmer gewesen, doch jetzt war es (Katies Witz, nicht meiner) unser Wiedererlebenszimmer.

Die Box stand auf dem niedrigen Tisch, dem einzigen Möbelstück im Raum, abgesehen natürlich von dem Sessel, den ich an dem Tag, an dem ich das Gerät gekauft hatte, davor aufgestellt hatte. Das Ding war kaum größer als die Spielkonsolen, mit denen ich mich früher hatte behelfen müssen, ein schlichter schwarzer Metallwürfel mit einem verglasten Schlitz über die ganze Breite der Front. Sobald ich mich setzte, schaltete sich die

X1520 ein. »Hallo, Wes«, sagte sie mit der von mir gewählten Stimme: männlich und mit einem ganz leichten Akzent, damit sie weniger künstlich klang. »Willkommen zurück.«

Ich hob das Glas an den Mund, um mich zu sammeln – stellen Sie sich einen Dirigenten vor, der den Taktstock hebt –, und räusperte mich. Dann sagte ich: »28. Februar 1982, 21 Uhr 45. Play.«

Die Box zeigte Datum und Uhrzeit an, und dann war ich plötzlich dort: Mit einem Blitz wie von einem aufschlagenden Meteoriten erschien der Club, und das Jetzt wurde ausgelöscht von Lichtern, Geräuschen und Bewegungen. Das Haus, meine Tochter, die ganze Welt mit ihren Sorgen und Pflichten, mit ihrer Arbeit und ihren Bossen war mit einem Schlag verschwunden. Ich stand an der Bar, neben mir Zach Ronalds, mein bester Freund, der den Hemdkragen hochgeschlagen hatte und wie ich eine Joe-Strummer-Frisur trug, nur dass sein Haar schwarz und meins chorknabenblond war (noch in derselben Woche färbte ich es dunkel). Ich versuchte, den Barmann auf mich aufmerksam zu machen, damit ich uns mit meinem gefälschten Ausweis Gin Tonics bestellen konnte. Die Band – eher New Wave als Punk – spielte noch nicht, die Vorgruppe packte ihre Sachen zusammen, und vor der Bühne wogte eine Flut hellwacher junger Frauen mit Vampir-Make-up und zerrissenen Netzstrümpfen im Rhythmus der aus den Lautsprechern donnernden Musik. Es war das reine Glück. Ich war selig, weil ich jetzt wusste, dass dieser Abend nach all den öden, belanglosen Abenden, die ihm vorausgegangen waren, besonders sein würde, dass dies der Abend war, an dem ich Lisa kennenlernen und abschleppen würde. Zum Haus meiner Eltern in Pasadena, wo ich ein Zimmer über der angebauten Garage hatte und kommen und gehen konnte, wann immer ich wollte. Mein Zimmer. Wo ich mir Gel ins Haar schmierte, in den Spiegel starrte und darauf wartete, dass etwas passierte, etwas wie das, was in siebeneinhalb Minuten Realzeit passieren würde.

Zach sagte etwas, das wie »Sieh dir die Tussi da an« klang, aber da er den Kopf abgewendet hatte und die Lautstärke der Musik es (dank der parametrischen Audiobeamtechnologie der X1520, die unendlich viel raffinierter ist als die der ersten Generation) mit der eines Raketenstarts aufnehmen konnte, war ich mir nicht ganz sicher, auch wenn ich ihn damals, als meine Ohren jünger und von Szenen wie dieser noch nicht so in Mitleidenschaft gezogen waren, bestimmt verstanden hatte, denn ich packte ihn am Arm und sagte: »Welche denn? Die da?«

Was ich jetzt sagte, war: »Zehn Sekunden zurück«, und sogleich erstarrte alles, verschwand und formierte sich aufs Neue: Wieder versuchte ich, den Blick des Barmanns auf mich zu ziehen, aber diesmal hörte ich genau hin, als Zach sich, beide Ellbogen aufgestützt, lässig an die Theke lehnte und den Mund aufmachte, um etwas zu sagen. »Sieh dir die Tussi da an«, sagte er unverkennbar, und dieser Satz tauchte alles in ein ganz besonderes Licht, denn er meinte Lisa mit ihren knochigen Schultern, dem Kabuki-Make-up und den schwarz glänzenden Lippen, und ich sagte: »Welche denn? Die da?«, und war bereits fasziniert, denn in meinen Augen war sie keineswegs eine Tussi, oder wenn doch, dann war sie eine Tussi aus einer völlig anderen Sphäre, und ich konnte an nichts anderes mehr denken als daran, wie ich es schaffen könnte, mit ihr ins Gespräch zu kommen.

Das Frustrierende an der Wiedererlebenstechnologie ist, dass man nicht aktiv ins Geschehen eingreifen kann, sondern Beobachter bleiben muss – ganz wie Ebenezer Scrooge in Dickens' *Weihnachtsgeschichte*, dem der Geist der vergangenen Weihnachtsfeste seine früheren Untaten noch einmal vor Augen führt –, und so erlebt man all die schrecklichen Dinge, die ein jugendlicheres Ich gesagt oder getan hat, noch einmal, plastisch und ohne Korrekturmöglichkeit. Man kann natürlich weiterspringen, und ich nehme an, die meisten tun das auch – wozu lange herumreden, gleich zum Sex –, aber nachdem ich das die ersten fünf oder sechs Male getan hatte, ging ich bei solchen Szenen lieber wieder zurück und hörte mir an, was ich gesagt und sie darauf geantwortet hatte, wie banal es heute auch klingen mochte. In jener Nacht – und ich hatte diesen Augenblick in der vergangenen Woche bereits zweimal wiedererlebt – bekam ich endlich den Barmann zu fassen, bestellte, obwohl ich bloß so was wie achtzehn Dollar in der Tasche hatte, nicht zwei, sondern drei Gin Tonic, ließ einen für Zach auf der Theke stehen und ging mit den anderen beiden zu ihr, die direkt vor der Bühne stand, genau da, wo in einer halben Stunde das größte Gedränge herrschen würde. Sie sah mich, sah die Gläser – zwei Gläser – und wandte den Blick ab, um sich keine Blöße zu geben, denn sie war sicher, dass das zweite Glas für jemand anderen war, für eine Freundin oder einen Freund in den Schatten, die das Scheinwerferlicht an die schmutzigen Wände warf.

Ich tippte ihr auf die Schulter. Sie drehte sich zu mir um.

»Pause«, sagte ich.

Alles stoppte. Ich befand mich jetzt, ebenso wie sie, in einem 3D-Bild und studierte lange, sehr lange ihr Gesicht. Sie war achtzehn, sie hatte Style, und unter der Schicht aus Make-up, Gel, Lidstrich und dem ganzen Rest war sie so schön, dass mir sogar jetzt noch ganz schwummrig wurde. Ihre Augen waren *frisch*, ihr Blick war nicht skeptisch, sondern wach, freimütig, erwartungsvoll. Ich roch an meinem Glas, atmete, um die Erinnerung zu beflügeln, das Wacholderaroma ein und sagte: »Play.«

»Du siehst durstig aus«, sagte ich.

Die Musik wummerte. Hinter mir, an der Theke, stand Zach und warf mir einen ungläubigen Blick à la »Was soll *das* denn jetzt?« zu, denn ich war im Begriff, gegen unsere Clubregel zu verstoßen: Wir sprachen keine Frauen an, erst recht keine Tussis, denn wir waren wegen der Musik da – das redeten wir uns jedenfalls ein. (Beim zweiten Mal hatte ich an dieser Stelle angehalten, nur um seinen Gesichtsausdruck zu sehen: Zach, der arme Zach, der, soviel ich weiß, nie eine Freundin gefunden hat und jetzt wahrscheinlich jeden Club, in dem er je war, und jedes Date, das er je gehabt hat, wiedererlebt und in Selbstmitleid versinkt.)

Sie sah mich an, checkte mich kurz ab und nahm mir das kalte Glas aus der Hand. »Woher weißt du?«, sagte sie.

Was dann folgte, war der übliche Austausch über Bands, Bücher, Wohnorte, High School und College. Ich prahlte mit den Konzerten, auf denen ich in letzter Zeit gewesen war, und sie konterte mit den Musikern, die sie persönlich kannte – zum Beispiel John Doe und den Drummer der Germs –, und die Art, wie sie mich dabei ansah, ließ durchblicken, wie vertraut sie mit ihnen war, was mich wiederum nur noch mehr entflammte, bis ich sie nur noch in eine Ecke drängen und ihr die schwarze Farbe von den Lippen küssen wollte. Und dann, ohne zu merken, dass meine sorgfältig modellierte Tolle in sich zusammenfiel und meine Frisur große Ähnlichkeit mit einem Topfschnitt bekam (oder schlimmer noch, der *Fluch*: mit einer Beatlesfrisur), sagte ich: »Willst du tanzen?«

Sie musterte mich. Sah zur Bühne und wieder zu mir, ließ den Blick durch den Raum wandern. Ein paar Leute tanzten zu der Konservenmusik, die meisten davon zuckten und zappelten allein vor sich hin, und von der Band war noch nichts zu sehen. »Zu dem Zeug da?«

»Ja«, sagte ich und sah dabei so – ja, wie? – *bedürftig* aus, obwohl ich damals bestimmt dachte, ich sei durch und durch cool. »Komm«, sagte ich und streckte die Hand aus.

Ich sah den festen Entschluss in ihren Augen, tief in diesem Moment, aus dem alles Weitere folgte, auch der Teil, zu dem ich würde springen müssen, denn am nächsten Morgen musste ich früh aufstehen. Und zur Arbeit gehen. Keine Entschuldigungen. *Aber sieh doch, sieh, was jetzt kommt ...*

Sie nahm meine Hand – die Erinnerung an ihre leichte Berührung war noch immer irgendwo in meinem zellularen Gedächtnis gespeichert – und führte mich zur Tanzfläche.

Sie führte mich. Und ich folgte ihr.

Ist es überraschend, dass ich meine selbst auferlegte Beschränkung auf zwei Stunden bald aufgab? Dass ich nach dem Sex zu unserem ersten richtigen Date sprang, das eigentlich bloß eine lose Verabredung bei Tower Records war (2. März 1982, 15 Uhr 30) und bei dem wir schließlich in Barney's Beanery landeten, wo wir Cheeseburger aßen, Bier und Pfefferminzschnaps(!) tranken und sie bezahlte, weil ihr Vater ein hohes Tier bei Warner Brothers war? Oder dass ich mich danach so gut fühlte, dass ich nicht widerstehen konnte, drei Monate weiterzuspringen, in die Zeit, als sie zu mir und meinem Leben gehörte wie das Black-Flag-T-Shirt, das ich nur zum Duschen auszog? Lisa. Lisa Denardo. Mit ihrer Katzenzunge, ihrem schlanken, geschmeidigen Körper, der ebenso der eines Mädchens wie der einer Frau war, und ihren vollkommen regelmäßigen, weiß schimmernden Zähnen (regelmäßig bis auf den Schneidezahn, den sie sich, getragen vom Geist der Punk-Bewegung, von einem Zahnarzt in Tijuana hatte ziehen lassen). Ich landete in einer Szene im darauffolgenden Frühsommer, in den Sommerferien meines zweiten Studienjahrs, als ich meine Bude über der Garage meiner Eltern aufgab und mit Lisa in eine Wohnung in der Vermont Street zog, wo wir beschlossen, die Wände so schwarz wie die Mitternacht in einer Tropfsteinhöhle zu streichen. 6. Juni 1982, 14 Uhr 44. Nass glänzende schwarze Farbe, die gleißende Sonne schien herein, und Lisa sagte: »Was meinst du – sollen wir die Fenster auch streichen?« Ich hatte nur Augen für sie und mich – wie ich aussah, wie sie aussah, für den Farbstreifen an ihrem Unterarm und einen anderen, sichelförmigen über der Augenbraue –, als plötzlich alles verschwand und ich wieder im Wiedererlebenszimmer saß und in das wütende Gesicht meiner Tochter sah.

An dieser Stelle will ich allen, die noch nicht damit vertraut sind, kurz die Technologie erklären. Es gibt keinen Bildschirm, kein Hologramm oder sonst etwas, das jeder sehen kann – nein, die Bilder werden vielmehr mittels zweier Laserstrahlen auf die Netzhaut der Augen projiziert. Jeder, der in den Raum tritt (Tochter, Frau, Chef), sieht bloß einen Sessel und einen Menschen mit feurig glühenden Augen. Wenn man sich zwischen das Gerät und den Betrachter stellt – wie meine Tochter es jetzt tat –, verschwindet das Bild.

»Stopp«, sagte ich, wenn auch nicht zu ihr.

Aber da stand sie, fertig für die Schule, mit gebürstetem Haar und zusammengebissenen Zähnen, und starrte mich hasserfüllt an. »Ich kann's nicht fassen«, sagte sie. »Hast du eine Ahnung, wie spät es ist?«

Triefäugig, erschöpft und schuldbewusst – sehr, sehr schuldbewusst, denn ich war auf frischer Tat ertappt, der Narzisst, der sich für nichts und niemanden außer seinem wiedererlebten Ich interessierte – sah ich sie an. Das Licht, das sie beim Eintreten angeschaltet hatte, nagelte mich an den Sessel. Ich schüttelte den Kopf.

»Viertel vor sieben. Morgens. *Morgens*, Dad.«

Ich wollte etwas erwidern, aber in mir purzelten die Worte durcheinander, denn Lisa sagte oder hatte gerade gesagt: »Du willst doch wohl nicht, dass ich hierbleibe und zusehe, wie die Farbe trocknet, oder? Ich finde, wir sollten an den Strand oder so fahren, um uns ein bisschen abzukühlen«, und ich sagte oder wollte gerade sagen: »Im Tank ist aber bloß noch ungefähr ein halber Liter Benzin.«

»Was?«, wollte Katie wissen. »Bist du etwa wieder bei Mom gewesen, ja? Du darfst mit ihr zusammen sein, aber ich nicht, stimmt's?«

»Nein«, widersprach ich, »nein, ganz anders, es war nicht deine Mom.«

Sie schüttelte sich. »Ja, genau. Jemand anders. Wer denn? Irgendeine Tussi, in die du auf dem College verknallt warst? Oder auf der High School? *Junior* High School?«

»Ich muss eingeschlafen sein«, sagte ich. »Ehrlich. Ich war einfach weggetreten.«

Sie wusste, dass ich log. Sie hatte mich gesucht, mein pflichtbewusstes, mutterloses Kind. Ich war nicht aufgestanden, ich hatte mich nicht in der Küche zu schaffen gemacht, ihr ein Frühstück vorgesetzt und dafür gesorgt, dass sie pünktlich in der Schule war, wie ich es früher getan hatte, sondern saß wie ein Museumsexponat in meinem Sessel und war blind für alles außer der Vergangenheit – meiner Vergangenheit, nicht der meiner Tochter oder ihrer Mutter, nicht der des Landes oder der Welt, sondern einzig und allein meiner.

Die Zimmertür wurde zugeschlagen. Ich hörte Katies wütende Schritte im Flur und das gedämpfte Knallen der Haustür, und dann war es still. Ich sah auf den Schlitz in der Box. »Play«, sagte ich.

Ich erschien eineinhalb Stunden zu spät zur Arbeit, aber – Wunder über Wunder – an diesem Tag kam Kevin noch später, und als er schließlich da war, saß ich an meiner Workstation und klapperte auf der Tastatur herum. Er sagte nichts, ging vorbei und verkroch sich in seinem Büro, aber sein Blick war genauso abwesend und in die Vergangenheit gerichtet wie meiner, und es brauchte nicht viel Intuition, um den Grund zu erraten. Seit das neue Modell auf den Markt gekommen war, hatte ich diesen lüsternen, verträumten Ausdruck auf den Gesichtern von einem halben Dutzend Kollegen und Kolleginnen entdeckt, unter anderem auf dem von Linda Blanco, unserer Rezeptionistin, die seit neuestem die drei obersten Knöpfe ihrer Bluse offen ließ und täglich kürzere Röcke trug. Anstatt »Moos und Partner, wie kann ich Ihnen helfen?« in den Hörer zu hauchen, sagte sie jetzt nur: »Zum Anfang.«

Steuerten wir auf eine Katastrophe zu? Stand unsere Gesellschaft kurz vor dem Zusammenbruch? Würde die NSA in Aktion treten? Würde man Gesetze verabschieden? Die Box verbieten? Ich wusste es nicht. Es war mir egal. Ich musste mich um meine Tochter kümmern. Die Sache war nur: Ich konnte an nichts anderes denken als daran, so schnell wie möglich nach Hause zu fahren und mich vor die Box zu setzen, und wenn mir das Bild einer Milchtüte oder eines Laibs Brot durch den Kopf schwebte, so wischte ich es beiseite. Lieferservice. Wir konnten uns was liefern lassen. Ich war mit Lisa in einer entscheidenden Phase und steuerte unaufhaltsam auf die übleren Szenen zu, die Meinungsverschiedenheiten – erst die kleinen, dann die großen, unüberbrückbaren, wie an dem Tag, als ich von meinem Mathe-Seminar kam und sie mit einem Typen am Küchentisch saß, dessen Namen ich nicht verstand und auch gar nicht wissen wollte, weder damals noch heute – und ich musste da durch, ich musste es analysieren, ganz gleich, wie groß der Schmerz war, denn es war da und ich musste es wiedererleben. Ich konnte nichts dagegen tun. Ich musste unentwegt daran herumkratzen wie an einer verschorften Wunde.

Letztlich ging es natürlich um Christine, um die Zeit, als ich begonnen hatte zu versagen, anstatt voranzukommen, zu verlieren, anstatt zu gewinnen. Ich brauchte Lisa, um mich an die Zeit davor zu erinnern, um meine Fehltritte zu verfolgen und Schuld zuzuweisen, denn so berauschend es auch war, diese verliebten Momente mit Christine wiederzuerleben, gab es doch in jeder Szene etwas, das mich irritierte, ein winziges Zucken in ihrem Gesicht oder einen hingeworfenen Kommentar, etwas, bei dem damals meine Alarmglocke hätte klingeln sollen. Doch sie hatte nicht geklingelt. Na gut. Okay. Ich würde mich damit befassen, ja, das würde ich. Ich würde unsere ganze Beziehung wiedererleben, nicht nur die Ekstasen, sondern auch die Qualen, nicht nur die Momente unbekümmerter Zufriedenheit, sondern auch das Anschwellen der Antipathie, die uns schließlich auseinandergetrieben hatte, aber ich musste systematisch vorgehen, und während ich mich an diesem Nachmittag auf dem Freeway nach Hause durchschlug, konnte ich an nichts anderes denken als an Lisa.

Früher, in der Zeit vor der Box, hatten meine Tochter und ich ein Freitagnachmittagsritual: Ich hielt auf dem Heimweg bei dem italienischen Restaurant gleich um die Ecke von unserem Haus, trank etwas, plauderte ein bisschen mit denen, die ich kannte, und rief dann Katie an und lud sie zu unserem Vater-Tochter-Abendessen ein, um ein wenig Zeit nur mit ihr zu verbringen, in ihr zu lesen, an den Gedanken und Gefühlen einer jungen heranwachsenden Frau teilzuhaben. Aber das taten wir nicht mehr. Dafür war keine Zeit. Das Beste, was ich – besonders in letzter Zeit – anbieten konnte, war Essen von irgendeinem Lieferservice oder Pizza aus der Mikrowelle mit einem matschigen Salat, hinuntergeschlungen in der kalten, funktionalen Atmosphäre der Küche, während wir, jeder für sich, kalkulierten, wie lange wir dieses Theater noch würden spielen müssen, bevor wir uns davonschleichen und wiedererleben konnten.

Das Haus war dunkel, als ich in die Einfahrt einbog, und das war seltsam, denn Katie musste längst aus der Schule zurück sein, und sie hatte weder geschrieben noch angerufen, um zu sagen, sie werde später kommen. Ich stieg aus und merkte, wie steif ich war – ich brauchte dringend mehr Bewegung, das wusste ich und nahm mir vor, mehr Sport zu treiben, sobald ich dieses Tal hinter mir hatte –, und als ich auf die Haustür zuging, sah ich den traurigen, mit künstlichem Schnee bestäubten Plastik-Adventskranz dort hängen. Katie musste ihn aus dem Karton in der Garage gekramt haben, um für ein bisschen weihnachtliche Atmosphäre zu sorgen, und das ließ mich innehalten und machte mich betroffen: dass meine Tochter das ganz allein hatte tun müssen. Der Gedanke bedrückte mich. Wirklich. Als ich den Schlüssel ins Schloss steckte und die Tür öffnete, wusste ich, dass alles anders werden musste. Abendessen. Wir würden zum Abendessen ausgehen, und ich würde Lisa vergessen. Fürs erste jedenfalls.

»Katie?«, rief ich. »Bist du da?«

Keine Antwort. Ich zog die Jacke aus und ging in die Küche, um mir einen Drink zu machen. Sie war hier gewesen: Ich sah den Rucksack auf dem Boden, die offene Doritotüte auf der Theke und die halbleere Flasche Diät-Sprite auf dem Brotbrett. Ich rief noch einmal, stand ganz still mitten im Raum und lauschte, während meine Stimme durch das Haus hallte, auf das leiseste Geräusch. Ich wollte schon mein Handy nehmen und sie anrufen, als mir das Wiedererlebenszimmer einfiel, und auch das war ein Gedanke, der mich bedrückte, allerdings nicht aus egoistischen Gründen, denn was verriet die Tatsache, dass sie dort war – und sie war dort, das wusste ich –, über ihr soziales Leben? Gingen Mädchen im Teenageralter nicht mehr aus? Saßen sie nicht mehr in Grüppchen in Einkaufszentren herum, gingen sie nicht mehr ins Kino, posteten sie nicht mehr irgendwas auf Facebook, hatten sie denn, bitte schön, keine Verabredungen mit Jungen mehr? Womöglich ebenfalls grüppchenweise? Wie sonst sollten sie denn die ersten zarten Anfänge dessen erleben, was das Hauptverkaufsargument für die Box war?

Vorsichtig trat ich in das Zimmer. Es brannte kein Licht, nur Katies Augen leuchteten, und während meine Augen sich an die Dunkelheit gewöhnten, stand ich da und sah sie an. Sie saß reglos im Sessel, ihr Körper war anwesend, aber ihr Geist war ganz woanders, und ich schämte mich zwar – für sie, aber auch für mich selbst, ihren Vater, der in ihre Privatsphäre eindrang, wenn sie am verletzlichsten war –, doch die Scham wich sehr bald einem Kummer, der so maßlos war, dass ich glaubte, darin zu ertrinken. Ich musterte sie. Ich sah, wie sie lächelte, wie ihr Gesicht sich verzog und wieder erstarrte und sie abermals lächelte. Was konnte sie wiedererleben, wo sie doch erst so wenig erlebt hatte? Familienurlaube? Vergangene Weihnachtsfeste? Die halbjährlichen Reisen nach Hongkong zu ihrer Mutter und ihrem Stiefvater? Ich konnte es nicht ergründen. Es war nicht gut. Es musste aufhören. Ich schaltete das Licht an und trat zwischen sie und den Projektor.

Sie blinzelte und erkannte mich nicht, überhaupt nicht, denn ich war in der Gegenwart und sie in der Vergangenheit. »Katie«, sagte ich, »das reicht jetzt. Komm.« Ich streckte die Arme aus. Etwas wie Verständnis trat in ihren Blick. Sie machte eine unbestimmte, genervte, abwehrende Geste.

»Komm, Katie«, sagte ich, »lass uns irgendwo zu Abend essen. Nur wir beide. Wie früher.«

»Ich hab keinen Hunger«, sagte sie. »Und außerdem ist das nicht gerecht. Du kannst wiedererleben, so viel du willst, Tag und Nacht, aber wenn ich mal –« Sie stockte. Tränen schimmerten in ihren Augen.

»Ach komm«, sagte ich. »Das wird schön.«

Der Blick, mit dem sie mich bedachte, war gnadenlos. Ich wollte ihn abwehren und irgendwas sagen, als sie so unvermittelt aufsprang, dass ich zusammenzuckte. Ich versuchte, sie festzuhalten und in meine Arme zu ziehen, ob sie es nun wollte oder nicht, aber sie war zu schnell. Bevor ich reagieren konnte, war sie schon an der Tür und hielt nur kurz inne, um mir einen weiteren vernichtenden Blick zuzuwerfen. »Das glaube ich nicht«, warf sie mir hin, bevor sie durch den Flur entschwand.

Ich hätte ihr nachgehen sollen, ich hätte versuchen sollen, alles wieder gut – oder jedenfalls besser – zu machen, aber ich tat es nicht. Da stand die Box. Das Gerät hatte sich abgeschaltet, als Katie aufgesprungen war, und was immer sie wiedererlebt hatte, war dort drinnen geborgen, unzugänglich für alle außer ihr selbst, auch wenn man sicher sein kann, dass in diesem Augenblick zahllose Hacker daran arbeiten, den Algorithmus der Iris-Erkennung zu knacken. Ich stand lange da, starrte auf die offene Tür und rang mit mir. Dann ging ich hin und schloss sie leise. Ich merkte, dass auch ich weder einen Drink noch etwas zu essen brauchte. Ich setzte mich in den Sessel. »Hallo, Wes«, sagte die Box. »Willkommen zurück.«

In diesem Jahr hatten wir keinen Weihnachtsbaum, aber ich glaube, das war uns beiden ziemlich egal – wenn wir einen geschmückten Baum sehen wollten, konnten wir vergangene, glücklichere Weihnachten wiedererleben. In meinem Fall hieß das, dass ich wiedererleben konnte, wie mein Vater sich einen Whiskey einschenkte und das langmütige Gesicht meiner Mutter erblühte angesichts der gierigen Freude ihres einzigen Kindes, ihres Goldjungen, der das Weihnachtspapier von den Geschenken riss, während eine matte, ausgebleichte kalifornische Sonne durchs Fenster schien und der Truthahn im Ofen brutzelte. Katie fuhr (widerwillig, wie mir schien) zu einem Ski-Urlaub nach Mammoth, und zwar mit der Familie ihrer besten Freundin Allison, die sie kaum noch sah, jedenfalls nicht in der Gegenwart und außerhalb der Schule, und ich kehrte zu Lisa zurück, denn wenn ich mich ernsthaft mit Christine befassen wollte – das heißt über Sex und Urlaubspostkarten und harmonische, glückliche Augenblicke hinaus –, brauchte ich Lisa als Vorbereitung.

Sobald ich Katie abgesetzt und ein bisschen vorgefertigtes Geplauder mit Allisons grinsenden Eltern und grinsenden Zwillingsbrüdern hinter mich gebracht hatte, fuhr ich zu einem Supermarkt, kaufte einen Kasten Wasser und die größte Packung Müsliriegel, die ich finden konnte, brauste auf dem kürzesten Weg nach Hause und ging sofort ins Wiedererlebenszimmer. In der Nacht zuvor war ich der entscheidenden Szene mit Lisa ganz nahe gekommen. Sie hatte sich mir eingebrannt wie die Trennung von Christine ein Vierteljahrhundert später, doch es war mir nicht gelungen, den exakten Zeitpunkt zu bestimmen. Ich hatte – *schon wieder* – die ganze Nacht damit verbracht, vor- und zurückzuspringen, hatte wechselnde Orte und Gesichtsausdrücke gesehen, Lisas erstes Piercing und die Evolution meiner Frisur –, aber die entscheidende Situation hatte ich nicht gefunden. Noch nicht. Ich stellte das Wasser links und den Karton mit den Müsliriegeln rechts neben den Sessel. »9. Mai 1983«, sagte ich, »4 Uhr.«

Ziffern leuchteten auf, und dann wurde es dunkel, stockfinster. Ich war verwirrt und wusste nicht, wo ich war, bis ich im spärlichen Licht der Digitalanzeige eines Radioweckers sah, dass ich im hinteren Zimmer der Wohnung – dem mit den schwarzen Wänden, dem schwarzen Boden und der schwarzen Decke – im Bett lag. Neben mir lag Lisa, ein unregelmäßig geformter Schatten in der Dunkelheit. Sie schnarchte rau und stockend. Sie war bekifft. Und betrunken. Eine halbe Stunde zuvor war sie im Bad gewesen und hatte sich, über die Kloschüssel gebeugt, ausgekotzt. Ich merkte, dass ich den Moment verfehlt hatte, und sagte: »Neunzig Minuten zurück.«

Plötzlich war es hell, blendend hell nach der Dunkelheit, und ich saß allein im Wohnzimmer und lernte oder versuchte es jedenfalls. Mein Haar hing schlaff herab, meine Muskeln waren kaum vorhanden, aber ich war jung und sah, auch wenn ich in dieser Frage vielleicht nicht ganz neutral war, einigermaßen gut aus. Mein Black-Flag-T-Shirt war von zu viel Sonne und zu vielen Waschgängen zu Grau verbleicht, und das Buch auf meinem Schoß erschien mir so vertraut wie etwas, das nach einem früheren Leben als Grabbeigabe gedient haben mochte – aber dies war ja auch mein früheres Leben. Ich blätterte um, wandte den Kopf zur Tür, stand auf, um die Platte mit der Hintergrundmusik für diese Szene umzudrehen. »Zehn Minuten vor«, sagte ich, und da war mit einem Mal, was ich gesucht hatte: Die Tür flog krachend auf, und Lisa und der Typ, dessen Namen ich gar nicht wissen wollte, kamen hereingetaumelt, als wateten sie in Sirup, stark verlangsamt durch die kumulative Wirkung von Downern und Alkohol, und obwohl die Box kein Geruchsmodul besaß, hätte ich schwören können, dass ich ihren Tequila-Dunst roch. Sie waren durch die Clubs gezogen, mitten in der Woche. Ich konnte mir das nicht leisten, denn ich musste fürs Examen lernen, doch Lisa konnte, denn sie hatte kein Examen, ebenso wenig wie einen Job. Ich sprang auf, so dass das Buch auf den Boden fiel, und schrie etwas, das ich nicht verstand, und so sagte ich: »Fünf Sekunden zurück.«

»Du Arschgesicht!«, hörte ich mich brüllen, und ich brüllte es noch einmal und schlug dem Typen etwas aus der Hand – eine Bierflasche –, und im nächsten Augenblick hatte ich ihn im Schwitzkasten, und Lisa schlug mit ihren kleinen Vogelfäusten auf meinen Rücken ein, während ich den Kerl hinauszerrte und mit meinen Flüchen die Musik übertönte (»Should I Stay or Should I Go« – eine dieser banalen Ironien, bei denen man fast glauben könnte, das Leben sei von A bis Z programmiert). Ich sah jetzt, dass er größer und wahrscheinlich auch stärker als ich war, aber die Pillen schwächten seinen Kampfgeist, und im nächsten Moment war er draußen, die Tür knallte zu, und alle drei Riegel wurden vorgeschoben. Von mir. Der sich jetzt wutentbrannt Lisa zuwandte.

»Pause«, sagte ich. Lisa erstarrte, herausfordernd und schuldbewusst zugleich. Und schön, atemberaubend schön, trotz des schlaffen Mundes und der glasigen Augen. Ich hätte es dabei belassen sollen, ich hätte die Szene vergessen und mich den ersten glückserfüllten Wochen, Monaten, ja Jahren mit Christine zuwenden sollen, aber ich konnte nicht anders.

»Play«, sagte ich, und Lisa wollte mich schlagen, schwankte aber und traf stattdessen die Lampe.

»Hast du mit ihm gevögelt?«, schrie ich sie an.

Eine lange Pause, so lang, dass ich schon beinahe ein Stück weiterspringen wollte, doch dann sagte sie: »Ja. Ja, ich hab mit ihm gevögelt. Und ich sag dir was« – ihre Worte klangen dick und wie geronnen, sie klebten ihr am Gaumen – »du bist überhaupt kein Punk. Er schon. Er ist ein echter Punk. Aber du, du bist –«

Ich hätte stoppen sollen.

»– *spießig*.«

»Spießig?« Ich konnte es nicht glauben, weder damals noch jetzt.

Sie machte eine ausladende, bekiffte Geste. Sie schwankte. »Analfixiert. ›Wer hat das Geschirr in der Spüle stehen lassen?‹ und ›Wer hat den Müll nicht rausgebracht?‹ und ›Was sollen wir gegen die Kakerlaken machen?‹ und –«

»Stopp«, sagte ich. »19. Juni 1994, 23 Uhr 02.«

Ich war in einem anderen Schlafzimmer, einem mit cremeweißen Wänden, und in einem anderen Bett, diesmal mit Christine, und diese Erinnerung konnte ich auf die Minute genau ansteuern: postkoital, noch ganz durchglüht, und Christine sagte flüsternd, nein hauchend: »Ich liebe dich, Wes, das weißt du, oder?«

»Fünf Sekunden zurück«, sagte ich.

Sie sagte es noch einmal. Und ich sprang noch einmal zurück. Und sie sagte es noch einmal. Und noch einmal.

Wenn man wiedererlebt, ist Zeit bedeutungslos. Ich weiß nicht, wie lange ich dort saß, wie lange ich durch diese Augenblicke mit Christine surfte – nicht die erotischen, sondern die liebevollen, die Augenblicke der Zweisamkeit, die ganz normalen, alltäglichen Augenblicke, in denen man ihren

Augen ansah, dass sie mich mehr liebte als irgendjemand sonst und nie, niemals aufhören würde, mich zu lieben. Abendessen am Küchentisch, irgendein Essen, irgendein Abend. Einfach nur da zu sein. Meine Frau. Meine Tochter. Die Art, wie das Licht durch die Fenster unseres ersten kleinen Hauses in Canoga Park fiel und sich goldgelb über den Hartholzboden ergoss. Katies erster Geburtstag. Ihr erstes Wort (»Keks!«). Christines Gesicht, wenn sie mit Katie zusammengekuschelt im Bett lag und ihr *Wo die wilden Kerle wohnen* vorlas. Wenn sie Max mit extra rauer Stimme sagen ließ: »Ich fresse euch auf!«

Genug Analyse. Genug Schmerz. Ich war kein Masochist.

Irgendwann musste ich meinen Sessel im Hier und Jetzt verlassen und eine lebendige Blase entleeren. Das Haus war still, gespenstisch, unwirklich. Hier lebte ich nicht. Ich lebte nicht im Jetzt, wo es einen stumpfsinnigen Ganztagsjob gab, den ich beim nächsten Anlass verlieren würde, eine Tochter, bei deren Erziehung ich versagte, eine Frau, die mich – und ihre Tochter – verlassen hatte und jetzt in Hongkong mit Winston Chow lebte, einem Choreografen für Kung-Fu-Filme, der liebevoll und freundlich und witzig war, kein Kontrollfreak wie ich (*Spießig! Analfixiert!*). Meine Schritte hallten, das Haus kam mir vor wie eine Kulisse. Ich ging in die Küche, kramte unter der Spüle die größte Schüssel hervor, die ich finden konnte, trug sie ins Wiedererlebenszimmer und stellte sie zwischen meinen Beinen auf den Boden, um mir den nächsten Gang zum Klo zu ersparen.

Die Zeit verging, wiedererlebte Zeit ebenso wie echte. Das Zimmer hatte zwei Fenster, deren Rollos heruntergezogen waren, damit das Tageslicht die gerade laufende Szene nicht störte, und manchmal war an ihren Rändern ein zarter Schimmer zu sehen, was mir aber nur auffiel, wenn ich eine bestimmte Stelle suchte und nicht gleich fand. Manchmal war der Schimmer verschwunden, manchmal nicht. Und dann – ob nach zwei oder drei oder fünf Tagen, konnte ich nicht sagen – trat eine gewisse Übersättigung ein. Ich hatte ausschließlich beglückende, freudige, unbekümmerte Momente wiedererlebt, die besten Szenen mit Christine und Lisa und die entscheidenden Augenblicke mit all den Frauen dazwischen und danach, ich war zu meiner Algebra-II-Klausur zurückgekehrt, wo ich, wie ich wusste, mit perfekten hundert Prozent abschnitt, oder zu dem Augenblick, als mein Little-League-Baseballteam (die Condors, gelbe Hemden, weiße Schrift) im letzten Durchgang drei Punkte zurücklag und ich den Ball übers Right Field schlug und zusah, wie er majestätisch über den gereckten Handschuh des gegnerischen rothaarigen, heuschnupfenverrotzten Volltrottels hinwegsegelte und bis zur Mauer rollte. Ein Triumph nach dem anderen, Glück im Überfluss – bis es mir zum Hals raushing.

»2. Januar 2009, 16 Uhr 30«, sagte ich.

Ich war in der Küche unseres zweiten Hauses, dieses Hauses, in das wir gezogen waren, weil es außerhalb der Stadtgrenze von Los Angeles lag und es hier Schulen gab, in die wir Katie schicken konnten, ohne Bauchschmerzen zu bekommen. Die Schulen waren entscheidend. Christine und ich hatten darauf bestanden, und wenn diese Entscheidung unseren Weg zur Arbeit verlängerte, dann war es eben so. Dieses Haus. Das Haus, in dem ich gerade wiedererlebte. Alles blitzte und blinkte, die Oberflächen waren geputzt, das Glas der Vitrinenschränke war so transparent wie Luft, denn damals spielten solche Kleinigkeiten noch eine Rolle, und alles war an seinem Platz, ob Christine nun da war oder nicht – besonders, wenn sie nicht da war, und wo war sie eigentlich? Oder wo war sie gewesen? In China. Mit ihrem Chef. Der im Filmgeschäft war. Seit ihrer Ankunft vor einer Dreiviertelstunde standen ihre Koffer hinter der Haustür. Ich hatte sie vom Flughafen abgeholt, und während der Fahrt hatten wir unser Gespräch gehabt, das Gespräch, das ich im Anschluss an das hier wiedererleben würde, denn jetzt ging es nicht mehr um Glück, sondern um Schmerz, um die Realität, und diese Szene war der Höhepunkt, der Gnadenstoß. Du willst Wunden? Du willst die Rasierklinge an der Innenseite deines Oberschenkels ansetzen, um zu sehen, ob du noch etwas spürst? Na dann …

Auftritt Christine – sie war bei Katie gewesen und kam die Treppe herunter, mit nassen oder jedenfalls feuchten Augen, aber gefasst. Ich stand vom Küchentisch auf, die kahle Stelle auf meinem Hinterkopf schimmerte im grellen Licht der Deckenleuchte. Ich brach das Schweigen. »Hast du es ihr gesagt?«

Christine trug Bürokleidung: mittelhohe Absätze, schwarze Strümpfe, knielanger Rock, tailliertes Jackett. Sie wirkte erschöpft, nicht nur von ihrem Fünfzehn-Stunden-Flug, sondern auch von dem, was sie mir zu sagen gehabt hatte. Und unserer Tochter. (Wie gern hätte ich *das* wiedererlebt, wie gern hätte ich gehört, wie sie die Sache dargestellt und ihren Egoismus, ihren Verrat mit der angeblichen Sorge um Katies Wohlergehen verschleiert hatte: Wir wollen keine Unruhe in dein Leben bringen, und hier, bei deinem Vater und deiner Schule und deinen Freundinnen, wird es dir viel besser gehen, und du wirst sehen, es ist kein Ende, sondern der Anfang von etwas Neuem, Kopf hoch.)

Christine sprach so leise, dass ich sie kaum verstehen konnte. »Mir gefällt das genau so wenig wie dir.«

»Warum tust du's dann?«

Eine lange Pause. Zu lang. »Stopp«, sagte ich.

Ich konnte es nicht. Mein Herz klopfte wie verrückt. Meine Augen fühlten sich an, als wären sie in einen Schraubstock gespannt. Das Schlucken fiel mir schwer. Ich nahm eine Flasche Wasser und einen Müsliriegel, öffnete den Schraubverschluss, riss die Folie auf, trank und kaute. Sie würde sagen: »Es funktioniert nicht«, und dann würde ich sagen: »*Funktioniert?* Wovon redest du eigentlich? Was hat das mit Funktionieren zu tun? Ich dachte, es geht um Liebe. Ich dachte, es geht um Verantwortung.« Ich wusste, dass ich nicht tätlich werden würde, obwohl ich es hätte werden sollen: Ich hätte sie hinausjagen sollen bis zu dem Taxi, das vor dem Haus wartete, ich hätte selbst in den Wagen springen und nach Hongkong fliegen sollen, um Winston Chow zur Rede zu stellen, den Kung-Fu-Meister, der mich mit bloßen Füßen zum lebenslangen Krüppel hätte machen können.

»August 1975«, sagte ich, »beliebiger Tag, beliebige Uhrzeit.«

Die Box summte. »Unvollständige Eingabe – bitte geben Sie Tag und Uhrzeit an.«

1975 war ich zwölf, es war das Jahr, in dem wir in den Sommerferien nach Vermont gefahren waren, zu einem See, von dessen Oberfläche Nebel aufgestiegen war wie Traumschwaden, und einem Haus, wo unter dem Kühlschrank Hirschmäuse gewohnt hatten. Ich dachte an keinen bestimmten Tag – ich wollte nur weg von Christine, sonst nichts, und so sagte ich das Erstbeste, das mir einfiel.

»19. August, 11 Uhr 30.«

Eine Landstraße. Die Sonne wie eine Atomexplosion. Ein rennender Junge. Ich erkannte mich – ich war schon oft zu diesem Sommer zurückgekehrt, den ich als idyllisch in Erinnerung hatte: Ich hatte geangelt, war geschwommen, mit Booten herumgefahren und mit Billy Scharf, einem Jungen aus der Gegend, im Wald herumgewandert, alles prima, alles gut, ein Leben im Augenblick. Aber warum rannte ich jetzt? Und warum machte ich ein Gesicht, in dem sich Entschlossenheit und Hilflosigkeit mischten? Ich rannte die Einfahrt entlang, die Treppe zum Haus hinauf und rief meine Eltern. »Mom! Dad!«

Mir wurde mulmig.

Mein Vater stand von dem Korbsofa auf der Veranda auf, mein junger, tatkräftiger Vater, der Jeans und ein T-Shirt trug und in dessen Haar kein bisschen Grau war, mein Vater, der immer alles in Ordnung bringen konnte. Nur diesmal nicht. »Was ist?«, sagte er. »Was ist denn los?«

Meine Mutter trat durch die Fliegentür auf die Veranda. Sie hatte ein Badetuch in der Hand, und ihr Haar war noch nass vom Schwimmen. Ich rang mit den Tränen, meine Arme und Beine waren wie Stöcke und steckten in einem gestreiften Polohemd und ausgebleichten Shorts. »Es ist –«, stieß ich hervor, »es ist –«

»Stopp«, sagte ich. Es war Queenie, mein Hund, das war es, und er war am Morgen auf der Landstraße überfahren worden, und wer hatte das Tor aufgelassen, so dass Queenie hatte ausbüchsen können? Obwohl man ihm hundertmal gesagt hatte, er solle es immer schließen?

Ich saß in einem verdunkelten Zimmer. Zwischen meinen Füßen stand eine Schüssel und verbreitete einen ekelhaften Geruch. Ich musste weg, ich musste tiefer tauchen. Ich rief irgendwelche Tage und Uhrzeiten auf und sah mich zur Arbeit fahren wie zehntausend andere Idioten, die sich nur wünschen konnten, in der Zeit vorausspringen zu können, ich sah mich in meinen Dreißigern, nach der Zeit mit Lisa und vor der mit Christine, als ich mich für »Halo« begeisterte, ich verfolgte, wie ich mich zahllose Stunden in dieses Spiel vertiefte und ich meine Spielfigur steuerte – bis mir schließlich Gott einfiel oder vielmehr das, was in meinem Leben als göttliche Kraft durchgeht: das Mysterium jenseits aller Worte, jenseits aller Laser und Computerchips. Ich nannte das Datum, das neun Monate vor meiner Geburt lag: »30. Dezember 1962, 6 Uhr.« Was war ich zu diesem Zeitpunkt gewesen – eine befruchtete Eizelle? Die Box gab mir nichts, weder visuell noch akustisch. Und das war falsch, ganz falsch. Ich hätte wenigstens einen Herzschlag hören müssen, den Herzschlag meiner Mutter, das erste, was wir hören – oder fühlen, noch bevor wir Ohren haben.

»Stopp«, sagte ich, und freudige Erregung überkam mich, als ich die Worte aussprach: »3. September 1963, 2 Uhr 35.« Ich hörte ein Pochen – *ba-bumm, ba-bumm* –, sah aber nichts, noch nichts. Die Minuten vergingen – *ba-bumm, ba-bumm* –, und dann erblickte ich das Licht dieser Welt, meine Mutter in ihrem blutverschmierten Krankenhausnachthemd und den Mann mit den zusammengewachsenen Augenbrauen und blitzenden Brillengläsern, den Fremden, den Arzt, der ihr gleich erleichtert gratulieren würde. Ein Junge. Es ist ein Junge.

Dann wurde alles schwarz. Jemand stand vor mir, eine Gestalt, die ich nicht erkannte, anfangs jedenfalls nicht – wie denn auch? »Dad«, sagte sie. »Dad, bist du da?«

Ich blinzelte und versuchte, genauer hinzusehen.

»Nein«, sagte ich schließlich und schüttelte langsam und nachdrücklich den Kopf, und dieses Wort, diese Verneinung, lag schwer wie ein Stein in meinem Mund. »Ich bin nicht da. Ich bin nicht da. Ich bin nicht da.«

BOMBIG

Alles ok?
     QQ
Echt? Du heulst?
     Würd mich am liebsten umbringen
Sag so was nicht
     Tu ich aber

Wenn wir einen Hubschrauber hätten oder besser noch eine Drohne, könnten wir über Hailey Pheglers Schulter schweben und ihr beim Schreiben zusehen, aber wir haben weder einen Hubschrauber noch eine Drohne, also tun wir das nicht. Stattdessen – und weil die Fiktion es uns gestattet – begeben wir uns direkt in ihren Kopf und versuchen, die niederschmetternde Grässlichkeit dieses Augenblicks zu ermessen, in dem sie in Talar und Doktorhut unter den 332 Absolventen des Hibernia College of Arts and Sciences in Hibernia, New York, steht, wo die Bäume nach der langen, bitteren Kälte des Winters ihr erstes zartes Grün entfalten. Sie ist mehr als gestresst – sie ist in Panik. Sie keucht, und ihre Daumen über dem Tastenfeld zittern.

Als sie entnervt von ihrem Handy aufblickt, ist die erste Person, in deren Augen sie sieht, Stephanie Joiner, mit der sie im vergangenen Frühjahr in Lyrik I war und die null Style und ein Gehirn von der Größe eines Schokoriegels hat, nichtsdestoweniger aber vor ihr steht, in Talar und Doktorhut, das Haar sorgfältig frisiert und mit Schellack fixiert, im Begriff, ihren akademischen Grad zu empfangen.

»Hallo«, sagt Stephanie und kommt auf sie zu, so dass Hailey den Screen ihres Handys verdecken muss, was für einen peinlichen Moment sorgt. Irgendjemand ist schon angesäuselt und ruft: »Endlich frei!«, worauf eine kleine Welle kichernder Heiterkeit durch die Menge läuft. »O mein Gott«, zwitschert Stephanie, und will sie tatsächlich nach Haileys Hand greifen oder sie gar umarmen? »Ich meine, es kommt einem vor wie eine Ewigkeit, findest du nicht?« Ihre Kontaktlinsen haben eine eigenartige Tönung, viel zu blau, aber ihre Augen wirken wie Laser. »Ich wusste gar nicht, dass du doch noch –«, sagt sie, will das aber nicht vertiefen und hält inne. Sie strahlt selbstzufrieden, die Laser durchleuchten Hailey, und dann sagt sie: »Gratuliere!« Und mit einem kurzen Trappeln der weißen Plateauschuhe, die nur hervorheben, wie dick ihre Knöchel sind, fügt sie den üblichen Refrain hinzu: »Wir haben's geschafft! Ist das zu fassen?«

Jedes Wort ist ein Nagel, und diese Tussi, dieser Niemand mit dem aufgemalten Lächeln, ist eine Nagelpistole, und dieser Ort, der First Niagara Bank Collegehof mit dem hoch aufragenden, von unterbezahlten illegalen Einwanderern errichteten weißen Zelt, ist der grässlichste Ort, an dem Hailey je gewesen ist. Am liebsten würde sie zuschlagen, ihre Tasche schwingen wie einen ... wie hießen die Dinger noch? ... wie einen Morgenstern und dieses idiotische Lächeln von Stephanie Joiners Gesicht wischen, aber dafür hat sie jetzt keine Zeit, und so schwenkt sie bloß entschuldigend ihr Handy, wendet sich ab und schickt die nächste Nachricht an ihre beste Freundin Janelle Esposito, die am Bard College in Annandale-on-Hudson ist und ihre Urkunde erst am kommenden Wochenende kriegen wird.

Hol mich hier raus!
    Würd ich gern.
Ich bin verzweifelt
    Bleib ruhig. Wird schon
Neinnein. Meine mutter ist da
    Ich denke die kommt nicht??
Ich muss was tun
    Was denn? Es ihr sagen?
Lieber sterb ich
    Tu so als wär nix. Wer merkt das schon?
Sie hat gesehn dass ich nicht auf der liste bin

Na und? Passiert eben

Ich glaub ich bring mich um

    Hör auf mit dem scheiss

Echt. Hätte nie gedacht dass ich mir mal n massaker wünschen würde

    ???

Echt

Solange sie zurückdenken konnte, hatte ihre Mutter immer auf ihr herumgehackt. Ihr Lieblingsthema: »Du schiebst alles auf die lange Bank.« In der Grundschule, in der High School und jetzt auf dem College. *Du schiebst alles auf die lange Bank.* Na gut, schuldig im Sinne der Anklage – aber wer tat das denn nicht? Das eigentliche Problem war nicht sie, sondern Nathaniel Hawthorne. Damals, im September, als sie das Pflichtseminar Amerikanische Literatur nicht mehr hatte aufschieben können, hatte sie sich bei Professor Dugan eingeschrieben, und die erste Lektüre war *Der scharlachrote Buchstabe* gewesen, ein Buch, aus dem sie so wenig schlau wurde, als wäre es auf Chinesisch geschrieben. *Aber es gibt eine geheimnisvolle Macht, einen so unwiderstehlichen, schicksalhaften inneren Zwang, wodurch fast jeder Mensch gezwungen wird, an dem Ort zu verweilen und wie ein Gespenst dort umzugehen, wo ein großes und ergreifendes Ereignis seinem Leben sein Siegel aufgedrückt hat, umso unwiderstehlicher, je dunkler dieses war.*

Das war kein Witz, sondern schlicht sterbenslangweilig, und so hatte sie die Lektüre immer weiter aufgeschoben und schließlich nicht mal mehr den Versuch unternommen, ihre Hausarbeit mit Hilfe von Write My Paper Here und Best Term-Paper Service zu schreiben, und so war eins zum anderen gekommen, und der Schamfaktor hatte dazu geführt, dass sie überhaupt nicht mehr in Professor Dugans Seminar gegangen war, worauf sie alle anderen Veranstaltungen, sogar den Poetry Workshop, ebenfalls hatte streichen können, denn die fanden allesamt in Fenster Hall statt, und sie hatte nicht riskieren können, Professor Dugan über den Weg zu laufen, der sie durch seine flaschenbodendicken Brillengläser angestarrt und gefragt hätte, wann er mit ihrer Hausarbeit rechnen könne, oder besser: ob überhaupt. Außerdem hatte sie ungefähr zu dieser Zeit Connor Hayes kennengelernt und sich bis über die Ohren in ihn verknallt und immer nur mit ihm zusammen sein wollen: Sie hatte sich mit ihm durch die warmen, endlos langen Spätsommerabende treiben lassen, als die Bäume ihre Schatten in tausend bebenden Variationen auf den grünen Rasen des Collegehofs geworfen und die beiden beliebtesten Studentenbars – Elsie's und The Study Hall – ihre Happy Hour auf den ganzen Tag ausgedehnt hatten. Und dann die anderen Bars in der Umgebung, zu denen Connor sie auf dem Sozius seiner türkisgrünen Triumph gefahren hatte, damit sie sich über die Schaumkronen auf ihren Biergläsern freuen und Erdnüsse aus der Schale pellen und schmusen und lachen und das Gefühl haben konnten, das Leben sei etwas Großes, Weites, keine Schuhschachtel, in die man mit Nathaniel Hawthorne und Jonathan Edwards gesperrt war. Herrgott. Das Studium war schon schlimm genug, aber Professor Dugans Seminar hatte ihr den Rest gegeben, sie regelrecht fertiggemacht – dieses ganze Zeug war so sinnlos, so *idiotisch* –, und dann war Connor gekommen, und das war's dann gewesen.

Was hatte sie ihrer Mutter erzählt? Nichts. Das Studium lief prima, alles war prima, und wenn sie ein bisschen niedergeschlagen klang, dann nur, weil sie so viel lernen musste. »Das geht vorbei, Schatz«, hatte ihre Mutter gesagt. »Setz dich nicht zu sehr unter Druck. Du weißt ja: Ganz gleich, wie dunkel es ist – am Ende des Tunnels ist ein Licht. Der Mai kommt schneller, als du denkst.«

»Hallo, Hail.« Sie steht inmitten der Studenten und sieht stirnrunzelnd auf ihr Handy, als jemand anders sich neben sie schiebt und ihren Namen sagt, ein großer Typ, und sie blickt in das Gesicht von Toll Hauser, der früher Connors bester Freund war, bevor Connor mit ihr Schluss gemacht und Toll aufgehört hat, Connors bester Freund zu sein, damit er ohne größere Komplikationen mit ihr ausgehen kann, und das ist schon okay, weil sie ihn mag, auch wenn sie ihn nicht besonders attraktiv findet, aber seit einem Monat ist sie in zunehmender Dauerpanik, kommt kaum noch aus dem Bett, isst nichts als Instantnudeln mit Krabbengeschmack und schläft vierzehn Stunden am Tag, und so hat sie ihn auf Abstand gehalten. Er ist über eins neunzig groß und dünn, sein Talar hängt an ihm wie ein Leichentuch, wie etwas, das Hawthorne getragen hätte, und er hat seinen Doktorhut schräg in die Stirn gezogen, was irgendwie komisch aussieht und sie unter anderen Umständen vielleicht aufgemuntert hätte, sie jetzt aber sprachlos macht. »Cool, dass du's auch geschafft hast«, sagt er und wedelt mit den weiten Ärmeln, als wollte er abheben und eine Runde durchs Zelt drehen. »Du musst ja schwer geschuftet haben, um all diese ausstehenden Hausarbeiten –«

»Ja«, sagt sie, und dieses Wort, diese eine Silbe ist wie der Kern einer sauren Frucht, die sie unzerkaut geschluckt hat.

»Alles in Ordnung?« Er beugt sich zu ihr hinunter, sein Gesicht ist beinahe auf derselben Höhe wie ihres, die Arme baumeln, und seine Schultern sehen aus wie Zeltpfosten. »Ich meine, du siehst etwas … Hast du schon ein bisschen vorgefeiert?«

»Alles okay«, sagt sie, und jedes Wort ist eine Hand, die ihr die Kehle zudrückt. »Es ist bloß … Meine Mutter, du weißt schon.«

»Erzähl.« Er lächelt. Sein Lächeln ist das Beste an ihm, aber er ist nicht Connor und wird es nie sein, er hält sie nur auf, und das macht sie noch angespannter, als sie sowieso schon ist, denn sie muss sofort handeln, und sie sieht einfach keinen anderen Ausweg. Er redet und redet: Seine beiden Eltern sind auch da und drei seiner Großeltern und seine kleine Schwester und Tante und Onkel und ein halbes Dutzend Cousinen und Cousins, und er will sich ja nicht beklagen, aber am liebsten würde er jetzt mit den anderen zu Elsie's gehen und feiern und sich besaufen. Er quatscht noch mehr, viel mehr, aber sie hört gar nicht zu, sie ist viel zu nervös. Sie bringt die Worte nicht heraus, die Worte, die sie noch in dieser Minute in ihr Handy sagen wird – sie schrillen in ihrem Kopf wie Alarmglocken. Überall ringsum sind Menschen, und irgendein Dekan oder so versucht, sich Gehör zu verschaffen, und sagt, dass alle ihre Plätze einnehmen sollen, damit man das Publikum hereinbitten kann, und ihr wird bewusst, dass Toll sie noch immer anstarrt, und sie kann nicht anders, sie muss das jetzt hinter sich bringen. »*Was?*«, fährt sie ihn an, und er weicht tatsächlich einen Schritt zurück.

»Ich hab gesagt: Sehen wir uns nachher da? Bei Elsie's? Oder hast du deine Familie an der Backe?«

Sie gibt ihm keine Antwort, denn sie ist gar nicht mehr da, sie hat sich in Bewegung gesetzt, ihr Talar flattert und bauscht sich, als sie durch die Menge von Menschen eilt, die sie größtenteils kennt, und auf den Ausgang zusteuert, wo man ein paar Toilettenkabinen aufgestellt hat, damit sie ein bisschen ungestört sein kann, und die Worte, die sie nicht herausbringt, gehen ihr wie ein Mühlrad im Kopf herum, als hätte ihr Gehirn einen Kurzschluss. *In dem Zelt auf dem First Niagara Bank Collegehof ist eine Bombe. Habt ihr gehört? Eine Bombe.*

Ich habs getan
    Was getan?
Bombenalarm
    ???
Bist du noch da?
    Du machst witze
OMG, ich hab einen puls von 10 000
    Was soll das heißen?
Ich habs getan
    Echt? Ich bin sprachlos
Ganz echt
    Ganz echt? Hail, was machst du bloß?
Ich sag doch ich bin verzweifelt

Und jetzt kommt wirklich Bewegung in die Sache, denn der Dekan oder wer immer er ist, der Präsident vielleicht, geht zum Mikrofon und klopft mit seinem dicken Finger darauf. Es rumpelt dumpf, alle wenden sich zur Bühne, und dann sagt er: »Achtung, Absolventen!« Die Menge verstummt, und im selben Augenblick, als hätte das Summen der Gespräche ihn bisher unterdrückt, steigt Parfümdunst auf wie ein Nebel, der ihr die

Luft nimmt – Vera Wang, Dolce & Gabbana, Juicy Couture –, und ihr Magen krampft sich so schnell und heftig zusammen, dass sie glaubt, sich gleich auf diesen von illegalen Einwanderern über Nacht verlegten Holzboden übergeben zu müssen. »Wir haben soeben erfahren, dass eine außergewöhnliche Situation eingetreten ist«, zischt der Dekan aus den Lautsprechern. Sein Gesicht ist ein faltiger weißer Sack, den die Fliege an seinem Hals verschließt. »Wir werden dieser Sache auf den Grund gehen, das kann ich Ihnen versichern, und ich finde das gar nicht komisch, Leute, ganz und gar nicht.«

Was empfindet sie? Eine vollkommene Umkehrung, eine Wende um hundertachtzig Grad. Sie ist mit einem Mal so high wie noch nie zuvor, Endorphine fließen durch ihren Körper und lassen ihn vibrieren, und sie sieht es schon vor sich, das Abendessen mit ihrer Mom und Tante Ceecie, die den ganzen weiten Weg von North Carolina hierhergekommen ist, um dabei zu sein. Wie gemein, dass uns einer den Tag versaut hat, wird sie bei der ersten Margarita (on the Rocks und ohne Salz) sagen, irgendein Scherzkeks, irgendein Idiot, aber dann krieg ich die Urkunde eben per Post, die Hauptsache ist doch, dass wir hier zusammensitzen, stimmt's? Stimmt's, Mom? Stimmt's?

»Tatsache ist«, sagt der Dekan, »dass wir eine Bombendrohung erhalten haben.« Ein Augenblick der Entgeisterung, und dann bricht ein Tumult aus: Man keucht, man schreit und flucht, als wäre der ganze Hof mit Bilgewasser gefüllt und als würden sie allesamt darin ertrinken. Die Gesichter ringsum sind mehr als hässlich, eigentlich eher jämmerlich: Die Leute schnappen nach Luft, fuchteln mit den Armen, holen ihre Handys raus, um vollkommen gedankenlos zu filmen, was gerade passiert oder passieren könnte. »Wir müssen also«, fährt der Dekan fort, »und es tut mir leid, aber es bleibt uns nichts anderes übrig –«

– die Veranstaltung absagen, schreit sie im Hallraum ihres Schädels, *wir müssen sie leider absagen, und ihr geht jetzt nach Hause zu euren Eltern und Familien oder wem auch immer –*

»– wir müssen die Veranstaltung in die Threlkeld Arena verlegen.« Trotz des Mikrofons muss der Dekan die Stimme erheben, um den allge-

meinen Lärm zu übertönen, und er gibt sich große Mühe, Ruhe und Ge-
lassenheit zu verbreiten. »Das bedeutet, dass wir uns dort in genau« – ungläubig sieht sie, wie er den weiten Ärmel des Talars hochstreift und einen
Blick auf die Uhr wirft – »einer Stunde und fünfzehn Minuten einfinden
werden. Die Zeremonie wird also um« – Stöhnen, Rufe, Unruhe – »Punkt
sieben Uhr beginnen. Haben das alle verstanden?«

Soll das ein Witz sein?
    Eher nicht
Und jetzt?
    Weiß nicht. Meine mom tobt
Willst dus ihr sagen?
    Bist du verrückt? Dass ich gelogen hab und dann die
    bombendrohung?
Nicht die bombe. Wenn du das einem sagst gehst du in knast
    Scheiße sag das nicht scheiße scheiße scheiße!!!
Irgendwann musst dus deiner mom sagen. Besser gleich
    Auf keinen fall
Auf jeden
    Sorry. Muss los

Draußen warten an die fünftausend Menschen darauf, sich ins Zelt zu
begeben, etwa fünfzehn Verwandte und Freunde für jeden Absolventen,
und die sind absolut nicht begeistert, quer über den Campus zur Threlkeld Arena gehen zu müssen, der Sporthalle, die das College – was sie
natürlich nicht wusste – stets als Ausweichquartier für den Fall eines Tor-
nados, eines schweren Gewitters oder irgendeines anderen unvorherge-
sehenen Ereignisses bereithält. Für den Fall einer Bombendrohung. Oder
eines Atomangriffs. Was in ihren Augen besser wäre als das hier. Alles wäre
besser als das hier.
    Sie ist mitten unter den Absolventen, die zum Hinterausgang drän-
gen. Der Dekan und ein Dutzend andere Verantwortliche, zum Beispiel
Ms Krentz, die Sportlehrerin, die die Fußballerinnen trainiert und ein

Gesicht wie ein zu stark aufgepumpter Fußball hat, treiben sie vor sich her und achten darauf, dass sie zusammenbleiben, sicherheitshalber, nur für den Fall, dass die Drohung sich als wahr erweist, was sie in neunundneunzig Prozent der Fälle nicht tut, aber das College kann kein Risiko eingehen. Natürlich nicht. Also ist Hailey eingezwängt und schwitzt – es muss über dreißig Grad warm sein –, und ihr Puls geht so schnell, dass sie fürchtet, gleich einen Herzanfall zu kriegen, und dann sind sie draußen, im Sonnenschein, überall Bäume, und die Luft ist kühl und frisch, und aus dem Nichts taucht wie eine Cruise Missile ausgerechnet Stephanie Joiner auf, reckt das Gesicht in ihr Blickfeld und kräht: »Ist das zu fassen? Ich meine« – sie stapft in ihren riesigen Schuhen, die wie weiße Ruderboote auf dem grünen Fluss des Rasens sind, neben Hailey her – »wie tief kann man eigentlich sinken?«

»Du denkst, es gibt gar keine Bombe?«

Stephanie sieht fast beleidigt aus. »Soll das ein Witz sein? Das war bloß ein Arschloch von irgendeiner Verbindung, der sich für unheimlich witzig hält.«

»Und was ist mit Terroristen?«

»Terroristen? In Hibernia? Hier gibt's im Umkreis von fünfhundert Kilometern keinen einzigen Moslem.«

»Na ja, es sind ja nicht *alle* Moslems«, sagt sie und hält mit Stephanie Schritt, während sie doch eigentlich irgendwohin will, wo sie ungestört ist, denn sie weiß jetzt, was sie zu tun hat, natürlich weiß sie das: Sie muss noch mal anrufen, denn hier sind überall Bomben versteckt, ist denen das nicht klar? Natürlich auch in der Threlkeld Arena. »Ich meine, was ist mit Columbine? Oder wie diese Schule hieß – du weißt schon, in Connecticut.«

Stephanie – und wieso hat die sich eigentlich an sie gehängt? Hat sie keine Freundinnen? – sieht sie nur an, ohne ihre Schritte zu verlangsamen. Stapf, stapf, stapf. »Da brauchen wir gar nicht lange zu diskutieren. Das ist irgendein bescheuerter Streich. Jede Wette.«

»Terroristen«, beharrt Hailey oder versucht es jedenfalls, klingt aber nicht besonders überzeugend, denn immerhin hat Stephanie ja recht, ob sie es nun weiß oder nicht. Was schreien sie immer, diese Terroristen? *Allahu akbar!* Warum rennt nicht irgendein bärtiger Kerl über den Campus und schreit *Allahu akbar*, damit sie es nicht tun muss? Stapf, stapf, stapf. Es wäre beinahe komisch, wenn sie nicht gleich einen Herzanfall kriegen würde. Allgemeines Murmeln und Murren, die ganze schwarzgewandete Menge bewegt sich wie eine Viehherde über den Rasen, getrieben und zusammengehalten von Ms Krentz und einem Dutzend anderer Profs, denn die Collegeleitung hat jetzt Angst, und sie müssen zusammenbleiben; Sonne, Bäume und Eltern sind irgendwo hinter ihnen, und mit einem Mal bricht Hailey aus der Menge aus und geht auf das nächstgelegene Gebäude zu. Morey Hall, wo die Ingenieurswissenschaften untergebracht sind. Sie ist vielleicht einmal in ihrem Leben dort gewesen, und plötzlich ist sie scheißwütend: Warum hören die nicht auf sie?

Sie muss allein sein. Sie hat einen Herzanfall. Sie hält ihr Handy in der Hand. Aber da kommt Ms Krentz über den grünen Rasen getrabt und schneidet ihr den Weg ab. »Nein, nein, ihr müsst zusammenbleiben«, ruft sie, als sie noch zwanzig Meter entfernt ist. Und dann, etwas weniger energisch: »Bis alles geklärt ist. Anordnung des Dekans.«

Für einen Augenblick hängt alles in der Schwebe. Dann ist Ms Krentz da und steht vor ihr. »Komm«, sagt sie, und bestimmt erkennt sie Hailey nicht – oder doch? Haileys letzter Sportunterricht ist drei Jahre her, und damals war sie keine Leuchte und hat nie rausgefunden, wie man vom Barren springt, ohne auf dem Hintern zu landen. »Komm«, sagt Ms Krentz, »ich weiß, es ist schwer, aber wir müssen –«

»Ich muss aufs Klo«, sagt Hailey.

Ms Krentz – im Gegensatz zu allen anderen Sportlehrerinnen auf diesem Planeten trägt sie ihr Haar lang, und wenn ihr Gesicht nicht so aufgedunsen wäre, könnte sie beinahe attraktiv sein, und vielleicht hat sie ja früher mal besser ausgesehen – kann es nicht glauben. »Wir sind gleich in der Arena.«

»Ein Notfall.«

Die Absolventen marschieren vorbei und mustern sie neugierig, als gäbe es heute nicht schon genug Ungewöhnliches. Ms Krentz lässt sie gehen. »Aber pass auf, ja?«, sagt sie, dreht sich um und trabt zu den anderen.

Im Toilettenraum am Ende eines kühlen, nach Bohnerwachs riechenden Korridors mit gewölbter Decke und gerahmten Fotos von bebrillten Männern in Laborkitteln schließt Hailey die Tür ab, geht in die letzte Kabine, deren Tür sie ebenfalls verschließt, hält zitternd das Handy und tippt die Nummer ein. Schon nach dem ersten Läuten meldet sich jemand – ein Mann, derselbe Mann, mit dem sie vor einer halben Stunde gesprochen hat. Seine Stimme ist tief und angespannt. »Hallo?«

»Ich hab's euch gesagt«, sagt sie. »Ich hab euch gewarnt. Es sind überall Bomben, auch in der Arena. Wenn ihr die Feier nicht absagt« – und hier zögert sie, all die miesen Drohungen aus all den miesen Filmen, die sie gesehen hat, purzeln in ihrem Kopf herum – »wird es hässlich«, sagt sie schließlich und legt auf.

Die freien Tage an Thanksgiving waren die schlimmsten. Sie fuhr nach Hause, um so zu tun, als wäre alles in Ordnung, und sich ihre Mutter anzuhören, die ihr ständig sagte, wie stolz sie auf sie sei, die erste in der Familie mit Universitätsabschluss, und ob sie sich vorstellen könne, was das für sie bedeute? Hailey nahm sogar einen Haufen Bücher mit und zog sich mit dem Laptop in ihr Zimmer zurück, um den Schein aufrechtzuerhalten, wenn sie sich nicht mit irgendwelchen Freundinnen – und Freunden – aus ihrer High-School-Zeit traf, die inzwischen ebenfalls auf irgendwelchen Colleges waren, aber auch denen sagte sie nichts. Ihre Mutter fragte immer wieder, ob sie auch genug Geld für Bücher, Tutorien und die Miete habe, und sie antwortete, ja, sie komme ganz gut über die Runden, da sie sich mit zwei anderen Studentinnen eine Wohnung außerhalb des Campus teile, aber die regelmäßigen Schecks seien eine große Hilfe, und das Geld reiche wirklich aus. Fand sie es gut, ihre Mutter anzulügen? Nein. Sie bemühte sich auch ehrlich, ihren Rückstand aufzuholen, anfangs jedenfalls, aber dann, nach den Weihnachtsferien, machte Connor einfach Schluss und fing was mit Chrissie Fortgang an, einer hochnäsigen blonden Schnepfe, deren Vater die Hälfte der Baumärkte in New York und

Vermont gehörten, und sie versank in einer Depression, tiefer und immer tiefer, bis sie sich selbst hasste und gar nicht mehr aus dem Bett kam und sich für eine Weile (im Februar, das war der Tiefpunkt) nicht mal mehr bei Elsie's oder in der Study Hall zeigte. Es war, als wäre sie in einem Gefängnis eingesperrt, und wenn sie tatsächlich mal ausging, machte es ihr keinen Spaß, denn sie wusste, dass sie früher oder später Connor sehen würde, mit oder ohne Chrissie Fortgang, und fürchtete, dass sie damit nicht zurechtkommen würde. Der Frühling, der ihr immer das Gefühl gegeben hatte, als würde ihr Leben neuen Schwung bekommen und als stünde ihr die ganze Welt offen, kam ihr vor wie ein Sargdeckel, und weil sie es nicht über sich brachte, ihrer Mutter unter die Augen zu treten, fuhr sie in den Frühjahrsferien nicht nach Hause und auch sonst nirgendwohin. Während ihre beiden Mitbewohnerinnen auf Saint Thomas Sonne tankten, blieb sie in ihrem Zimmer und hasste sich selbst.

In dieser Woche war sie so fertig, dass sie es sogar noch einmal mit Hawthorne probierte – als könnte das helfen, als könnte es ihr gelingen, den großen Stein, den Professor Dugans Seminar darstellte, von ihrer Brust zu wälzen und dann vielleicht auch den Rest aufzuholen, aber dazu kam es nicht, denn Hawthorne war so unzugänglich – und *langweilig!* – wie eh und je, und es war ihr ein Rätsel, warum er als großer amerikanischer Schriftsteller galt, selbst wenn das Leben zu seiner Zeit langsamer und ländlicher gewesen war und die Leute nicht so viel Auswahl gehabt hatten.

Hätte ich auch einen Freund – und wäre es auch mein schlimmster Feind –, zu dem ich, des Lobes aller anderen müde, mich täglich flüchten könnte, um von ihm als schlimmster aller Sünder erkannt zu werden, ich glaube, meine Seele könnte sich dabei lebendig erhalten. Gerade so viel Wahrheit würde mich erretten! Aber so ist alles Falschheit, alles Leere, alles Tod!

Na gut, dann stirb doch endlich!

Bist du da?

    Ja aber ich trau mich gar nicht zu fragen: Alles okay?

Nein

    Hast du wirklich noch mal angerufen?

Was sollte ich denn machen?

    Du bist verrückt

Die reagieren aber nicht es passiert gar nichts und meine mom
ist auch da

    Keine panik

Weißt du was? Ich wollte ich hätte wirklich eine bombe

Dies ist der schlimmste Augenblick, den sie oder irgendjemand sonst je
erlebt hat. Zwar gibt es am dunklen Rand ihrer Phantasie jede Menge Bilder von Flüchtlingen und Völkermordopfern, von Krankheit und Hunger, die sie in dieser hoch aufragenden Basketballarena und der Sicherheit
und Privilegiertheit, die sie verkörpert, umwirbeln, aber man muss das im
Verhältnis betrachten. Das alles zählt jetzt nicht – nicht die Kätzchen, die
im Tierheim auf den Tod warten und für die sie als Schülerin Unterschrif-
ten gesammelt hat, und auch nicht die auf Sozialhilfe angewiesenen Mütter von Zika-Babys oder sonst irgendwas. Sie würde sie allesamt opfern,
sofort, hier und jetzt, wenn diese Idioten sie nur ernst nehmen würden.
Nur heute, mehr will sie ja gar nicht, nur dieses eine Mal. Die sind doch
schließlich für die Sicherheit verantwortlich, oder? Sind sie etwa taub? Ist
es ihnen egal? Was, wenn irgendein Verrückter tatsächlich eine Bombe gelegt hätte? Was dann?

    Sie sitzt jetzt als eine von 332 Absolventen auf einem der glänzenden
weißen Klappstühle, deren Lehnen sich, so weit ihr Auge reicht, vor den
schwarzen Talaren wie Muscheln ausnehmen, und im Moment geschieht
gar nichts. Es riecht nach Ausdünstungen, Eau de Cologne und dieser
Parfümmischung. Und nach Kaugummi. Alle kauen Kaugummi, denn
die Atmosphäre ist angespannt. Die Unterhaltungen der Zuschauer auf
den Tribünen sind ein leises Summen, es erinnert sie an die Wespen, die
an heißen, stillen Sommertagen über die Wiese hinter dem Haus flogen,
und die Studenten rechts und links wirken ernst und in sich gekehrt,
denn die ausgelassene Feierstimmung hat sich längst verflüchtigt. Sie will
schreiben. Sie muss schreiben. Es ist so unerlässlich wie Atmen. Janelle ist
der einzige Mensch auf der Welt, der weiß, wie es ihr jetzt geht, und sie

braucht sie mehr als alles andere, aber sie kann ihr jetzt nicht schreiben, sie wird ihr nicht schreiben, denn dies ist der alles entscheidende Augenblick, jetzt muss es passieren, und warum sagen sie die Sache nicht ab, warum sagt der Dekan nicht –

Aber da ist er. Zusammen mit einem ganzen Trupp von Würdenträgern – alten Leuten mit weißen Haaren und roten Ohren, mit Ketten und Schärpen – erhebt er sich von seinem Platz in der ersten Reihe, und die Frau da muss diese Politikerin sein, die angeblich die Rede halten wird, obwohl noch niemand je von ihr gehört hat, und –

Aber schon wieder. Immer diese Unterbrechungen.

Anfangs hat sie die beiden Männer in Uniform gar nicht bemerkt. Sie sind nicht vom Sicherheitsdienst, sondern von der Polizei, echte Polizisten, die nicht wie die Würdenträger zur Bühne, sondern an den Sitzreihen entlanggehen. Erhöhte Sicherheitsvorkehrungen, denkt sie und kapiert es noch immer nicht. Noch nicht. Erst als die beiden immer näher kommen, nebeneinander, hoch aufgerichtet, mit wachsamem Blick, als würden sie etwas suchen, erst als sie an der Reihe stehen bleiben, in der sie sitzt, auf dem sechsten Platz von links.

In der Zeit mit Connor, besonders in den ersten Tagen und Wochen, fühlte sie sich freier als je zuvor, denn sie war verliebt, ja, aber nicht nur in ihn, sondern auch in das, was er verkörperte. Soweit sie zurückdenken konnte, waren Schule und Unterricht die eine große Konstante in ihrem Leben gewesen: Kindergarten, Vorschule, Grundschule, High School, College, immer weiter und weiter, bis sie in Dugans Seminar an ihre Grenzen gestoßen war, und Connor, der in der elften Klasse abgegangen war, um durch den Panamakanal nach Puerto Vallarta und wieder zurück zu fahren, und seither keine Schule von innen gesehen hatte, war das genaue Gegenteil. Mit ihm verbrachte sie diese wie Sirup dahinkriechenden Tage, mit ihm erlebte sie den Wind im Gesicht und den Duft von Gras und Blumen und das wilde Gefühl, das man hatte, wenn man den Tag mit einem Bier und einem Schnaps begann, und natürlich war er ein Scheißkerl und schon immer ein Scheißkerl gewesen, und natürlich hasste sie ihn. Aber damals? Damals hatte sie gern schwarze Jeans, knöchelhohe Wildlederstiefel und ein enges T-Shirt mit der Aufschrift HOMEMADE über dem Busen getragen, und er hatte dann gesagt: »Mann, Hail, du siehst einfach bombig aus, weißt du das?«

Wenn darin eine gewisse Ironie liegt, so ist sie an Hailey verloren. Ironie ist nichts für eine, deren eigene Mutter sie ansieht, als würde sie sie am liebsten in kleine Stücke schneiden und an die Haie verfüttern, die sich einen Anwalt nehmen und vor Gericht erscheinen musste und deren Erinnerung an den Abend der Abschlussfeier, als man ihre Anrufe zurückverfolgt, sie aufgespürt und in Handschellen abgeführt hat, in jeder Minute eines jeden Tages wie langsam tropfende Säure ist.

Und die gute Nachricht? Sie ist nicht im Gefängnis – dort war sie nur eine Nacht, bis ihre Tante Ceecie die Kaution gestellt hat. Ihre Mutter hat sich geweigert. Im Augenblick arbeitet sie als Verkäuferin bei Nordstrom Rack in Poughquasic Falls, um die zehntausend Dollar abzustottern, die der Richter ihr aufgebrummt hat, zusätzlich zu den drei Jahren Bewährung, von denen noch zweieinhalb Jahre ausstehen, und den Sozialstunden, die sie zu leisten hat. Am Hibernia College wird niemand mehr auch nur ein einziges Wort mit ihr reden – nicht dass das besonders schlimm wäre. Und Poughquasic Falls liegt fünfundzwanzig Kilometer südlich von Hibernia, gerade weit genug, um denen nicht ständig über den Weg zu laufen. Sie ist natürlich ganz auf sich allein gestellt und so tief unten, dass sie manchmal denkt, sie wird es nicht schaffen, jemals wieder nach oben zu kommen, aber sie bemüht sich, und jeder dahinkriechende Tag entfernt sie ein Stückchen weiter von der Arena und den Albträumen, aus denen sie im ersten Monat jede Nacht hochgeschreckt ist. Sie hat ein spottbilliges Apartment über einem Secondhandladen, und um die Ecke gibt es eine beinahe erträgliche Bar, wo sie einen Typen kennengelernt hat, der am Wochenende dort Pool spielt (er fährt einen Ford Saturn, und wenn er je von Triumph-Motorrädern gehört hat, dann nur, weil inzwischen jeder mal davon gehört hat).

Und eines Tages – ungefähr zwei Wochen vor Weihnachten, im Laden geht es zu wie im Irrenhaus – sieht sie von der Kasse auf, und wer steht hinter der Kundin, die gerade an der Reihe ist? Stephanie Joiner. Stephanie hat sie noch nicht gesehen, weil sie den Kopf gesenkt und im Kopf die Preise auf den Etiketten addiert hat, und so kann Hailey sich zusammennehmen und die Übelkeit, die ihr in die Kehle steigt, hinunterschlucken. Stephanie sieht – sofern das möglich ist – noch schlimmer aus als auf dem College: Ihr Haar ist ganz kurz, als wäre *sie* die Sünderin, nicht Hailey, und sie trägt einen weißen Parka, in dem sie aussieht wie Ice Cube in *Boyz n the Hood*. Das hilft. Aber trotzdem: Die Kundin vor ihr ist mittelalt, hat so viele Schuppen, dass sie aussieht, als wäre sie in einen Graupelschauer gekommen, und braucht eine Ewigkeit, um Kreditkarte und Führerschein hervorzukramen, und als sie endlich ihre Einkaufstüten nimmt und beiseite tritt, steht Stephanie vor Hailey und starrt sie an, als wäre sie in *Saw II* oder so.

»Jingle Bell Rock« klimpert aus den verborgenen Lautsprechern. Überall riecht es nach dem weihnachtlichen Lufterfrischer mit Zimtaroma, den der Abteilungsleiter im Viertelstundentakt versprüht, und das Licht der Deckenbeleuchtung ist grell, macht alle Augen matt und verwandelt Gesichter in Totenmasken. Für einen Augenblick steht Stephanie bloß da, im Arm lauter hässliche Röcke und noch hässlichere Pullover, dann macht sie kehrt und stellt sich an der nächsten Kasse an. Und schon steht eine andere Kundin da und danach die nächste.

Stell dir vor wen ich vor 10 min im geschäft gesehn hab
    Wen denn?
Stephanie joiner
    Wer ist das?
Als hätte ich ein A auf dem pullover
    Wovon redest du?
Oder ein B, wohl eher ein B
    ??? Wer ist stephanie?
Weiß nicht. Irgendeine tussi
    Im ernst, wer ist sie?
Wirklich?

Ja
Sie ist niemand
     Warum redest du dann von ihr?
Weiß nicht. Vielleicht weil ich auch niemand bin
      Sag so was nicht
Tu ich aber

SIND WIR NICHT MENSCHEN?

Der Hund war kirschrot, und was er im Maul hatte, konnte ich erst erkennen, als er unter den Hortensien stehen blieb und das Ding schüttelte. Die kleine Episode hätte sich abgespielt, ohne dass ich sie bemerkt hätte, aber ich war zum Herd gegangen, um Teewasser aufzusetzen, und sah zufällig in den Vorgarten. Das tiefe, satte Blaugrün des Rasens, das es schaffte, sowohl an das dunkle Türkis des Ozeans als auch an das Viridiangrün der Wiesen von Kentucky zu erinnern, war mein Stolz, und es ärgerte mich, wenn sich irgendwelche Hunde, ganz gleich welcher Farbe, darauf vergnügten. Er hatte eine Menge Geld gekostet – eine Mischung aus Rotschwingel, Bahiagras und Manilagras, versehen mit einem bestimmten Algen-Gen, so dass er abends, im Licht der Verandabeleuchtung, phosphoreszierte –, und er war zwar unempfindlich gegen Trockenheit und Krankheiten, nahm es aber übel, wenn irgendwelche Menschen – oder Tiere – auf ihm herumspazierten.

Ich ging auf die Veranda und klatschte in die Hände, um den Hund zu verscheuchen, doch er rührte sich nicht. Oder vielmehr: Er rührte sich, aber nur, um die Schultern anzuspannen und seine Beute fester zu packen. Wie ich jetzt sah, handelte es sich dabei um das Mikroschwein meiner Nachbarin Allison. Es hatte die Augen eines Rehes, war nicht größer als ein Pekinese und hatte aufgehört zu zappeln. Als ich von der Veranda trat und mich nach etwas umsah, mit dem ich dem Hund drohen könnte, klopfte mein Herz wie verrückt. Allison gehörte zu den Leuten, die ihre Haustiere vermenschlichten, und dieses Schweinchen war der Mittelpunkt ihres freund- und ehemannlosen Lebens, und wer würde ihr die traurige Nachricht überbringen müssen? Wut stieg in mir auf. Woher war dieser blöde Köter gekommen und wem gehörte er überhaupt? Ich besaß keinen Rechen, auf dem Rasen lag nichts herum (die Straßenbäume waren genetisch modifiziert und ließen zu keiner Jahreszeit irgendetwas fallen, weder Samen noch Zweige oder Blätter), und so stürmte ich mit leeren Händen auf das Tier zu und rief das Erstbeste, das mir in den Sinn kam: »Böser Hund! Böser böser Hund!«

Ich dachte nicht nach. Und das Ergebnis entsprach nicht dem, was ich mir erhofft hätte, wenn ich nachgedacht hätte: Zwar ließ der Hund das Schweinchen, bei dem sich etwaige Wiederbelebungsmaßnahmen mittlerweile erledigt hatten, sogleich fallen, sprang aber im selben Moment hoch und packte meinen linken Unterarm, wobei er ununterbrochen knurrte, als wäre mein Arm ein Stock, den er bei einem spielerischen Gerangel zwischen uns beiden erobert hatte. Eigenartigerweise floss weder Blut noch spürte ich einen Schmerz, nur einen festen, unnachgiebigen Druck und heißen, nassen Speichel, während ich in die eine Richtung zog und der Hund, der mich aus stumpfen rosaroten Augen anstarrte, in die andere zerrte. »Lass los!«, rief ich, doch der Hund dachte nicht daran. »Böser Hund!«, rief ich und zog. Der Hund zerrte.

Auf der Straße war niemand zu sehen. Weder im Nachbargarten noch im Haus hinter mir war jemand, der mir hätte helfen können. Ich war vor zehn Minuten aufgestanden und hatte T-Shirt, Shorts und Slipper angezogen, und nun war ich, um acht Uhr morgens an einem sonst ganz normalen Tag, in diesen idiotischen interspeziären Pas de deux verwickelt und bereits erschöpft. Der Hund, dieses kirschrote haarlose Monstrum mit den kräftigen Kiefern und schwellenden Muskeln eines Pitbulls, ließ nicht locker: Er hatte meinen Arm und wollte ihn behalten. Nach einer Weile ließ ich mich auf ein Knie nieder, damit ich nicht die ganze Zeit gebeugt stehen musste, aber das schien den Hund nur noch entschlossener zu machen: Er versuchte, mich zu sich hinunterzuziehen, und stemmte seine Pfoten tief in den Rasen. Ohne zu wissen, was ich tat, ballte ich die freie Hand zur Faust und schlug ihm in rascher Folge dreimal auf den Kopf.

Das zeitigte sofort Wirkung: Der Hund heulte auf, ließ meinen Arm los und wich zum Rand der Rasenfläche zurück, von wo er mich misstrauisch beäugte, als hätte ich eigenmächtig die Spielregeln geändert. Im nächsten Augenblick, gerade als ich merkte, dass ich doch blutete, rief hinter mir jemand: »Das habe ich gesehen!«

Ein Mädchen kam über den Rasen auf mich zu, ein unnatürlich großes Mädchen, das ich zuerst für einen Teenager hielt, bis ich merkte, dass es ein Kind von elf oder zwölf Jahren war. Der Hund lief sofort zu ihr, und mir wurde alles klar. Sie baute sich vor mir auf, sah mich streng an und sagte: »Sie haben meinen Hund gehauen.«

Das fand ich nicht witzig. »Ich blute«, sagte ich und zeigte ihr meinen Arm. »Siehst du? Dein Hund hat mich gebissen. Du solltest ihn an die Kette legen.«

»Das kann nicht sein – Ruby würde nie jemanden beißen. Sie hat bloß ... gespielt, das ist alles.«

Ich hatte nicht vor zu diskutieren. Es handelte sich um mein Grundstück und meinen Arm, und das tote Tier, das auf meinen Rasen blutete, war Allisons Mikroschwein. Ich zeigte darauf.

»Oh«, sagte sie und senkte die Stimme. »Das tut mir leid. Ich wusste nicht ... Ist es Ihrs?«

»Es gehört meiner Nachbarin.« Ich wies auf das Haus hinter der Hecke. »Sie wird am Boden zerstört sein. Dieses Schwein« – ich wollte seinen Namen nennen, um auf meine persönliche Beziehung zu diesem Tier hinzuweisen, doch er fiel mir einfach nicht ein – »ist ihr Ein und Alles. Und direkt billig war es auch nicht.« Ich warf einen Blick auf den knallroten Hund mit den rosaroten Augen. »Wie du dir sicher vorstellen kannst.«

Sie war gut zehn Zentimeter größer als ich, und ihre Augen, die von einem beinahe leuchtenden Violett waren, das es in der Natur gar nicht gibt – jedenfalls bis vor kurzem nicht –, musterten mich unverwandt. »Sie braucht es ja nicht zu erfahren.«

»Was soll das heißen: ›Sie braucht es ja nicht zu erfahren‹? Das Tier ist tot – siehst du das nicht?«

»Es könnte ja überfahren worden sein.«

»Ich kann es nicht fassen: Ich soll meine Nachbarin anlügen?«

Das Mädchen zuckte die Schultern. Der Hund ließ sich hechelnd nieder. »Ich hab doch gesagt, es tut mir leid. Ruby ist durchs Gartentor weggelaufen, als meine Mutter zur Arbeit gegangen ist, und ich bin gleich hinterhergerannt, das haben Sie doch gesehen.«

»Und das?« Ich hob den Arm, der nicht zerbissen, sondern eher abgeschürft war, denn die meisten neuen Rassen haben genetisch modifizierte Zähne, um in Situationen wie diesen ernsthafte Verletzungen zu vermeiden. »Der Hund ist hoffentlich geimpft.«

»Sie ist ein Kirschpit«, sagte sie mit einem verächtlichen Blick. »Die können gar keine Krankheiten übertragen. Ich meine, das weiß doch *jeder.*«

Es war Dienstag, und ich arbeitete zu Hause, wie jeden Dienstag und Donnerstag. Ich war, wie praktisch alle auf dem Planeten, in der IT-Branche tätig und hatte festgestellt, dass ich zu Hause mehr erledigen konnte als im Büro. Meine Kollegen mit ihren Launen, Ansichten, Ticks und so weiter waren eine Prüfung – nicht dass ich sie nicht mochte, aber wenn es hoch herging, waren sie irgendwie immer im Weg. Oder vielleicht stimmte es ja, vielleicht mochte ich sie einfach nicht. Jedenfalls ging ich nach dieser kleinen Begegnung mit diesem Mädchen und seinem Hund ins Haus, strich eine antibiotische Salbe auf meinen Arm, nahm den Tee und ein paar Proteinkekse mit an den Schreibtisch und schaltete den Computer an. Wenn ich überhaupt an das tote Schweinchen dachte, dann nur im Zusammenhang mit Allison, die das Tier natürlich würde sehen wollen, was die Frage aufwarf, was ich bis dahin damit machen sollte: es einfach liegen lassen oder es in eine Mülltüte stecken und in der Kühltruhe aufbewahren, bis Allison vom Büro nach Hause kam? Ich dachte daran, meine Frau anzurufen – Connie war Regionaldirektorin der Bank USA, eine Virtuosin auf dem Gebiet der zwischenmenschlichen Beziehungen, und würde wissen, was zu tun war –, aber ich wollte sie wegen einer solchen Lappalie nicht bei der Arbeit stören. Ich hätte das Schweinchen natürlich auch beerdigen oder es auf den Müll werfen und mich dumm stellen können, aber letztlich tat ich gar nichts.

Es war nach drei, als ich beschloss, Mittagspause zu machen, und weil es ein so schöner Tag war, ging ich mit meinem Sandwich und einem Glas Eistee hinaus auf die Veranda. Inzwischen hatte ich das Schweinchen, den Hund und den Kummer, der Allison bevorstand, vollkommen vergessen, doch sobald ich hinaustrat, wurde ich daran erinnert: Die Bäume waren voller kreischender, krächzender, plappernder Papageienkrähen, die sich aus einem ganz bestimmten Grund eingefunden hatten. (Ich weiß nicht, ob es diese Vögel in Ihrer Gegend auch schon gibt – falls nicht, wird es nicht mehr lange dauern, glauben Sie mir. Sie waren der Einfall eines Molekularembryologen an der hiesigen Universität, der glaubte, die Kombination von Genen der Aaskrähe mit denen der invasiven Papageien werde den Überfällen der letzteren auf die örtlichen Obstplantagen und Weingärten ein Ende machen, denn die daraus resultierenden Vögel würden Abfälle und Aas bevorzugen und obendrein die heimischen Krähen verdrängen, denen fast sämtliche Singvogelbruten in unseren Gärten zum Opfer gefallen waren. Das einzige Problem war der Geräuschfaktor: Irgendetwas schien nicht nur die Lautstärke, sondern auch die Komplexität der Vogelrufe verdoppelt zu haben, so dass man mittlerweile bei praktisch allen Aktivitäten unter freiem Himmel Ohrstöpsel brauchte.)

Ich hätte jedenfalls gern welche gehabt. Die Vögel waren überall, fluchten routiniert (*Scheißvogel! Scheiße-Scheiße-Scheiße!*) und schlugen sich die glänzenden Flügel um die Köpfe. Beunruhigt rannte ich zum zweiten Mal an diesem Tag die Verandatreppe hinunter und über den Rasen zum Blumenbeet, wo sich ein Schwarm Vögel auf den Überresten von Allisons Haustier niedergelassen hatte. Ich fuchtelte mit den Armen, und sie flogen widerwillig davon und kreischten dabei *Kackvogel!* oder den zerhackten Schrei, der mich praktisch jeden Morgen weckte: *Krach-Arsch!* Was das Schweinchen betraf (das ich, wie mir jetzt klar wurde, in die Garage hätte legen sollen), so waren seine Augen verschwunden, und die bläuliche Haut war mit roten Wunden übersät. Soll ich ehrlich sein? Ich wollte dieses Ding nicht anfassen – es war eklig. Die Vögel waren eklig. Wer konnte wissen, welche Zoonose-Erreger sie mit sich herumtrugen? Und so stand ich vor einem Dilemma, als Allisons Wagen nebenan funkelnd in die Einfahrt fuhr.

Allison war Anfang dreißig und hatte eine topplastige Statur und rotblondes, unbezähmbar krauses Haar, das sie unter diversen Tüchern verbarg, was ihr etwas Exotisches verlieh – als wäre sie hier, in diesem Vorort, gestrandet. Sie hatte ein gutes Herz und ein trauriges Gesicht, und hinter ihr lag eine katastrophale Beziehung nach der anderen. Unwillkürlich wollte ich sie beschützen: eine Frau, ganz allein in dem großen Haus, das ihre Mutter ihr hinterlassen hatte. Daher hatte ich, als sie mit bereits tränennassen Augen über den Rasen auf mich zukam, das Gefühl, nicht genug getan zu haben, zog, ohne lange nachzudenken, mein Hemd aus und breitete es über das tote Schweinchen.

»Ist sie das?«, fragte Allison und sah auf das hastig bedeckte Ding zu meinen Füßen. »Nein, sagen Sie's mir nicht.« Und dann blickte sie mich an und wiederholte immer wieder meinen Namen: »Roy, Roy, Roy«, als würde sie an etwas ersticken. *Scheiße, Scheiße!*, schrien die Papageienkrähen in den Bäumen. *Kack, kack, kack!* Im nächsten Augenblick warf sie sich in meine Arme und klammerte sich so fest an mich, dass ich kaum noch Luft bekam.

»Ich will sie gar nicht sehen«, sagte sie leise, und jede Silbe war ein warmer Lufthauch auf meiner nackten Brust. Ich roch ihr Haar, ihr Shampoo und den Schweiß in ihren Achselhöhlen. »Die Arme«, schluchzte sie und hob den Kopf, so dass ich die Tränen in ihren Augen sehen konnte. »Ich habe sie so geliebt, Roy, ich habe sie so *geliebt*.«

Ich dachte an ein Abendessen bei ihr: Connie und ich, ein anderes Paar, Allison und ihr letzter Freund, ein Grobian mit einem Quadratschädel, der im Tierheim arbeitete und streunende oder transgene Tiere einschläferte. Allison behielt ihr Schweinchen während des ganzen Essens auf dem Schoß und fütterte es von ihrem Teller, und danach, als alle im Wohnzimmer saßen und Brandy mit Benedictine tranken, stellte sie das Tier auf den Hocker am Klavier, wo es mit seinen modifizierten Hufen »Twinkle, Twinkle, Little Star« spielte.

»Nein«, gab ich ihr recht, »das wollen Sie nicht sehen.«

»Es war ein Hund, nicht? Das hat« – und hier musste sie kurz innehalten, um sich zu fassen – »das hat jedenfalls Terry Wolfson gesagt, als sie mich in der Arbeit angerufen hat.«

Ich wollte gerade etwas Tröstliches sagen, irgendeine Plattitüde wie: Das arme Tierchen habe nicht leiden müssen – obwohl ich doch genau wusste, dass dieser Köter so gnadenlos darauf herumgekaut hatte wie auf meinem Arm –, als von der Straße her jemand »Hallo?« rief und wir auseinanderfuhren. Das hochgewachsene Mädchen stakste in Plateauschuhen auf uns zu. Der Hund war auch wieder dabei, diesmal an der Leine. Ich spürte Ärger in mir aufwallen – hatte sie denn nicht schon genug angerichtet? –, Ärger und Verlegenheit. Ich zeigte mich nur ungern halbnackt in der Öffentlichkeit – und ließ mich auch nur ungern bei einer innigen Umarmung mit meiner unverheirateten Nachbarin ertappen.

Falls sie meine Gedanken erriet, so war ihr nichts anzumerken. Sie ging weiter, bis sie vor uns stand, und der Hund trottete brav neben ihr her. Der Blick ihrer violetten Augen ging von mir zu dem Etwas unter dem blutigen T-Shirt und schließlich zu Allison. »*Je suis désolée, madame*«, sagte sie. »*Pardonne-moi. Mon chien ne savait pas ce qu'il faisait – il est un bon chien, vraiment.*«

Dieses Mädchen, dieses Kind überragte uns beide, seine Mimik war lebhaft. Es hatte Lidstrich, Lippenstift und Blusher aufgetragen, als wäre es zehn Jahre älter und unterwegs zu einem Nachtclub, und sein Haar – blonde Naturlocken – bedeckte wie ein Zelt die Schultern und fiel lang über den Rücken. »Was redest du da?«, sagte ich. »Und warum sprichst du Französisch?«

»Weil ich es kann. *Puedo hablar en español también,* und Chinesisch kann ich auch. Ich habe einen IQ von 162 und laufe hundert Meter in 9,58 Sekunden.«

»Toll«, sagte ich und wechselte einen Blick mit Allison. »Bewundernswert. Wirklich. Aber was machst du hier? Was willst du?«

Deine Mutter!, kreischten die Vögel. *Leck mich!*

Sie trat von einem Fuß auf den anderen und wirkte verlegen wie das Kind, das sie ja war. »Ich wollte Ihnen sagen, dass Sie es bitte, *bitte* nicht melden sollen, denn mein Vater sagt, dann muss sie eingeschläfert werden. Sie ist ein guter Hund, wirklich, und sie hat so was noch nie gemacht, und wir lassen sie nie, niemals frei herumlaufen. Es war bloß –«

»Ein unglücklicher Zufall?«, sagte ich.

»Ja«, sagte sie. »Eine Anomalie. Ein Unfall.«

Allisons Wangenmuskeln spannten sich. Aus rosaroten Augen sah der Hund gelassen zu uns auf, als ginge ihn das alles nichts an. Eine garantiert insektenlose Brise strich raschelnd durch die Bäume an der Straße. »Und was soll ich jetzt dazu sagen?«, fragte Allison. »Weißt du, wie ich mich fühle? Ich soll dir verzeihen? Tut mir leid – das kann ich nicht. Nicht jetzt.« Sie sah das Mädchen wütend an. »Du liebst deinen Hund, hm?«

Das Mädchen nickte.

»Und ich liebe Shushawna – ich *habe* sie geliebt.« Ihre Stimme brach. »Mehr als alles andere auf der Welt.«

Wir betrachteten das blutige T-Shirt zu unseren Füßen. Dann hob das Mädchen den Blick und sagte: »Mein Vater will für alle Schäden aufkommen. Hier.« Sie zog zwei Visitenkarten aus der Handtasche und reichte sie Allison und mir. »Er wird sämtliche Kosten für etwaige ärztliche Behandlungen übernehmen«, versicherte sie mir, warf einen zweifelnden Blick auf meinen Arm und wandte sich dann zu Allison. »Und er wird Ihnen Ihr Haustier ersetzen, wenn Sie das wollen, *madame*. Es war ein Mikroschwein, oder? Von Recombicorp? Oder wenn Sie wollen – das hat mein Vater ausdrücklich gesagt –, könnten wir Ihnen einen Kirschpit wie Ruby besorgen oder auch eine Hundekatze, wenn Ihnen das lieber wäre …«

Es war ein schmerzlicher Moment. Ich konnte alle beide verstehen, sowohl Allison als auch das Mädchen, obgleich Connie und ich kein Haustier hatten, auch nicht von einer dieser neuen hypoallergenen Rassen, ebenso wenig wie Kinder, obwohl wir oft darüber gesprochen hatten. Hier ging es um eine größere Trauer, ausgelöst durch tiefe Verbundenheit und Verlust und die Tatsache, dass die Welt sich ändert, ganz gleich, ob wir dafür bereit sind oder nicht. Wir hätten den Moment überstanden, glaube ich, wir wären zu einer Art Übereinkunft gelangt – Allison war nicht nachtragend, und ich würde ebenfalls kein Theater veranstalten –, doch in diesem Augenblick strich die Brise durch den Vorgarten, schlug das T-Shirt zurück und enthüllte den augenlosen Kopf des Schweinchens, und das war's dann. Allison stieß einen erstickten Schrei aus, und der knallrote Köter riss sich los und stürzte sich darauf.

Ich war in der Küche und mixte mir einen Drink, als Connie nach Hause kam. Die Haustür fiel dröhnend ins Schloss. (Connie war immer in Eile und verschwendete keine Bewegung. Ich hatte sie ungefähr hundertmal gebeten, die Tür nicht zuzuschlagen, aber sie war einfach außerstande, die zwei Sekunden zu erübrigen, die es dauerte, eine Tür geräuschlos zu schließen.) Im nächsten Augenblick donnerte ihr Aktenkoffer auf das Tischchen in der Eingangshalle, die Absätze hämmerten – *tack-tack-tack-tack* – auf das Parkett, und dann war sie in der Küche und sagte: »Mach mir auch einen, Schatz, ja? Oder nein, lieber Wein. Haben wir noch Wein?«

Ich fragte sie nicht, wie ihr Tag gewesen war – ihre Tage waren immer gleich: Vollgas, nichts als *Situationen,* mit denen sie sich befasste wie ein Fünf-Sterne-General, der den Feind ins Meer zurückwirft. Ich umarmte sie nicht und gab ihr auch keinen Kuss. Wir gehörten nicht zu den Leuten, die so was taten – in ihren Augen (und, um ehrlich zu sein, auch in meinen) war das einfach überflüssig. Wortlos öffnete ich den Küchenschrank, nahm ein Glas heraus, schenkte ihr den Sancerre ein, den sie so mochte, und reichte ihn ihr. Das Fenster stand offen, um die leise Brise hereinzulassen, doch von den Vögeln war nichts zu hören. Sie waren wohl davongeflogen, um einen anderen Garten heimzusuchen.

»Allisons Schweinchen ist heute getötet worden«, sagte ich, »in unserem Vorgarten. Von einem dieser transgenen Pitbulls – du weißt schon, diese knallroten, für die sie so viel Reklame machen.«

Sie zog die Augenbrauen hoch, ließ den Wein im Glas kreisen und nippte daran.

»Und mich hat er auch gebissen«, fügte ich hinzu und hob den Arm, um den sich wie eine Manschette kurz unterhalb des Ellbogens eine bläulich-violette Verfärbung gelegt hatte.

Ihre Antwort hatte überhaupt nichts mit dem zu tun, was ich gesagt hatte, aber unsere Unterhaltungen waren oft zusammenhangslos: In ihrem Kopf lief ein ganz bestimmtes Frage-und-Antwort-Spiel ab und in meinem ein anderes, und so passten unsere Antworten nie ganz zusammen. Sie ging gar nicht auf meine Verletzung, den Hund, Allison oder die emotionalen Folgen dieses Ereignisses ein, sondern stellte das Glas auf die Theke, tupfte sich die Lippen ab und sagte: »Ich will ein Kind.«

Hier sollte ich wohl kurz innehalten und erläutern, was es mit diesem Satz auf sich hatte. Wir waren seit zwölf Jahren verheiratet und uns einig, dass wir irgendwann ein Kind haben wollten, hatten es aber immer wieder aufgeschoben, aus den verschiedensten Gründen: Es gab berufliche oder finanzielle Erwägungen, es gab Befürchtungen, wie sich ein Kind auf unseren Lebensstil auswirken würde – das übliche eben. Aber da war noch etwas anderes. Was für ein Kind – das war die Frage. Frühere Generationen konnten nur darüber spekulieren, ob die werdende Mutter einen Jungen oder ein Mädchen gebären würde und ob das Kind Tante Bethanys Nase oder Onkel Juris Monobraue erben würde, aber diese Zeiten waren vorbei, seit die CRISPR-Gentechnologie vor zwanzig Jahren einen Senkrechtstart hingelegt hatte. Jetzt konnte man sich nicht nur das Geschlecht des Kindes aussuchen, sondern auch alle möglichen anderen Eigenschaften. Es war, als wäre man beim Autohändler, um sich einen neuen Wagen zu kaufen, und ginge die Liste der Sonderausstattungen durch. Sex war heutzutage nur noch ein Freizeitvergnügen; Kinder zeugte man im Labor. So war es eben, und so würde es bleiben, bis wir uns als Spezies zu etwas ganz Anderem entwickelten. Das Ergebnis *dieser* Entwicklung jedenfalls war ein Land – eine Welt – voller Kinder wie das hoch aufgeschossene Mädchen mit dem roten Hund.

In meinen Augen stellte das einen unzulässigen, unnatürlichen Eingriff dar, aber davon wollte Connie nichts hören. »Bist du verrückt?«, sagte sie. »Willst du wirklich, dass das Kind – *unser* Kind – der Klassendepp ist? Oder Berufsberater wird? Kosmetologin? *Automechaniker?*«

Jetzt hob sie das Glas, stürzte den Wein in einem einzigen streitlustigen Zug hinunter und verkündete: »Ich bin achtunddreißig, und es ist höchste Zeit. Ich habe am Donnerstag um zehn einen Termin bei GenLab – dafür opfere ich einen ganzen Arbeitstag. Und du kommst entweder mit« – sie funkelte mich an – »oder ich schwöre, ich besorge mir einen Samenspender.«

Niemand wird gern vor ein Ultimatum gestellt. Besonders wenn es um eine einschneidende, das ganze Leben verändernde Entscheidung geht, um etwas, das die beiden Menschen, die es betrifft, in absoluter Harmonie beschließen sollten. Es ging nicht gut. Sie glaubte, sie könne mich herumkommandieren wie einen ihrer Handlanger in der Bank; ich dagegen sah das anders. Sie dachte, sie habe in dieser Angelegenheit das letzte Wort; ich dagegen war anderer Ansicht. Ich sagte ein paar Sachen, die ich später bereute, nahm mein Glas, knallte die Küchentür zu und marschierte hinaus in den Garten, wo zur Abwechslung mal keine pöbelnden Vögel auf den Bäumen saßen und selbst die Bienen ihren Geschäften lautlos nachgingen. Nur diese Stille ermöglichte, was dann geschah, denn sonst hätte ich das leise, herzzerreißende Schluchzen, mit dem Allison sich durch ihre Trauer kämpfte, nicht gehört. Das Geräusch kam unterbrochen und gedämpft: ein bekümmertes Seufzen, gefolgt von einem feucht gurgelnden Zischen wie dem, mit dem der Rasensprenger in Aktion trat, und ich brauchte einen Moment, bis ich begriff, was es war und dass es aus dem Nachbargarten kam. Sogleich vergaß ich, was sich eben in der Küche abgespielt hatte, dachte an Allison und war berührt von der Intensität ihrer Gefühle.

Es war uns gelungen, den Hund von Allisons Schweinchen wegzuziehen. Wir hatten zu dritt auf ihn eingeschrien, das Mädchen hatte an der Leine gezerrt, und ich hatte ihm zwei, drei heftige Tritte in den Hintern verpasst, aber das tote Mikroschwein sah danach noch malträtierter aus als zuvor. Das Mädchen trottete durch den Vorgarten und die Straße entlang davon, mit rotem Kopf und schamerfüllt, trotz seines IQ und der anderen Fähigkeiten, die es besitzen mochte, und der Hund trabte munter neben ihm her. Wir sahen ihnen nach, bis sie verschwunden waren, und dann tat ich das einzig Vernünftige und bot Allison an, das Tier zu beerdigen. Ich hob hinter ihrem Gartenschuppen ein Grab aus, und dann las Allison etwas vor, an das ich mich aus Schulzeiten dunkel erinnerte (»Hinweg mit den Sternen, die droben noch blinken; / Den Mond packt ein, und die Sonne soll sinken«). Zum zweiten Mal an diesem Tag nahm ich sie in die Arme, und dann füllte ich das Grab wieder mit Erde und ging nach Hause, um mir einen Drink zu mixen und zu hören, wie die Haustür ins Schloss donnerte und Connie mir ihren Beschluss bekanntgab.

Jetzt ging ich, wie von unsichtbaren Fäden gezogen, zu der niedrigen Hecke, die unsere Grundstücke trennte, und stieg hinüber. Ich sah Allison, die zusammengesunken am Tisch auf ihrer Terrasse saß. Sie trug noch immer den schwarzen Rock und die braungraue Bluse, die sie zur Arbeit getragen hatte, und ihre Wange lag auf dem zusammengeknüllten Schal. Als ich näher trat, sah ich, dass sie weinte. Das berührte mich auf unerklärliche Weise, und bevor ich wusste, was ich tat, fiel ich durch einen langen dunklen Tunnel und tröstete sie auf eine Art, die mir – wie soll ich sagen? – in diesem Augenblick so überaus *natürlich* erschien.

Es war dunkel, als ich wieder ins Haus trat. Connie saß auf dem Sofa, der Fernseher war eingeschaltet, lief aber ohne Ton. »Hallo«, sagte ich verlegen und schuldbewusst (ich war noch nie fremdgegangen und wusste nicht, warum ich es jetzt getan hatte, nur dass ich so wütend auf meine Frau und so eigenartig berührt von Allisons Trauer gewesen war – sofern das eine Entschuldigung ist, und ich weiß, dass es das nicht ist), versuchte aber, wie alle Amateure, so zu tun, als wäre alles ganz normal. Connie sah auf. Ich konnte ihr Gesicht nicht genau erkennen, aber im flackernden Licht des Fernsehers kam es mir weicher vor, geradezu zerknirscht, als hätte sie ihren Standpunkt oder jedenfalls die Art, wie sie ihn vertreten hatte, überdacht. Sie fragte nicht, wo ich gewesen sei. Stattdessen sagte sie: »Wo ist das Glas?«

»Was für ein Glas?«

»Mit deinem Cocktail. Den du dir gemixt hast, bevor du rausgerannt bist.«

»Ich weiß nicht – draußen wahrscheinlich.« Ich zuckte die Schultern, aber vermutlich hatte ich es bei Allison stehen lassen – das Indiz, das mich verraten und unsere Ehe zerstören würde. »Es tut mir leid«, sagte ich. »Ich habe mich so geärgert und einen Spaziergang gemacht, um meine Gedanken zu ordnen.«

Sie sagte nichts.

»Hast du schon was gegessen?«, fragte ich, um das Thema zu wechseln. Sie schüttelte den Kopf.

»Ich auch nicht«, sagte ich und hatte das Gefühl, als würde eine Last von mir genommen, als könnte ein Ritual uns durch diese schwierige Situation bringen. »Sollen wir in ein Restaurant gehen?«

»Nein, ich will nicht in ein Restaurant gehen«, sagte sie. »Ich will ein Kind.«

Und was sagte ich, aus dem Grab meiner Schuld, das nicht tiefer war als das, in dem ich die jämmerlichen, geschundenen Überreste von Allisons Schweinchen verscharrt hatte? Ich sagte: »Okay, lass uns darüber reden.«

»Darüber reden? Der Termin ist am Donnerstag um zehn, und ich werde ihn nicht verschieben.«

Sie hatte recht – es war wirklich an der Zeit für ein Kind –, und was Kosmetologie und Automechanik betraf, hatte sie ebenfalls recht. Welcher verantwortungsbewusste Vater würde nicht das Beste für sein Kind wollen, ganz gleich, ob es um stabile Familienverhältnisse, erstklassige Ernährung und die beste Privatschule ging, die für Geld zu haben war – oder um eine Chromosomenmodifikation in irgendeinem Labor? Sie müssen mich verstehen: Ich stand unter Druck. Ich hatte noch Allisons Geruch an mir. Ich roch meine Angst. Ich wollte meine Frau nicht verlieren – ich liebte sie. Ich war an sie gewöhnt. Seit mehr als zwölf Jahren war ich mit keiner anderen Frau zusammen gewesen – sie war eine bekannte Größe, sie war mir *vertraut*. Und da saß sie auf der Sofakante und beobachtete mich. Ihr Wille war wie ein Dunst, der durch Tür- und Fensterritzen in den Raum kroch, bis er ihn ganz ausfüllte. Es war wie der Augenblick in einem Ringkampf, wenn das Signal ertönt und beide den Griff lockern, ohne dass einer auf die Matte gedrückt worden wäre. »Okay«, sagte ich.

Was nicht heißen soll, dass ich mich kampflos ergab. Am nächsten Tag – Mittwoch – musste ich im Büro arbeiten und die üblichen Banalitäten meiner Kollegen ertragen, bis ich am liebsten auf die Wände meiner Arbeitsnische eingedroschen hätte, aber auf dem Heimweg hielt ich an einem

Tiergeschäft und kaufte eine acht Wochen alte Hundekatze. (Übrigens weiß man selbst heute, fünfzehn Jahre nach ihrer Erschaffung, noch nicht, wie man die Jungtiere dieser Art nennen soll. Sie sind weder Kätzchen noch Welpen, sondern, wie der Name schon sagt, irgendwas dazwischen. Kätzchenwelpen? Welpenkätzchen?) Auf dem Schild im Schaufenster stand einfach: SONDERANGEBOT – JUNGE HUNDEKATZEN, und so suchte ich mir ein kleines Pelztier mit Hundegesicht und gestromtem Fell aus und nahm es mit, um Connie zu überraschen, in der Hoffnung, es würde sie lange genug ablenken, um die Entscheidung, die sie für uns beide getroffen hatte, noch einmal zu überdenken.

Auf dem Heimweg schob ich das kleine Ding unter mein Hemd, denn kaum hatte die Verkäuferin es in die Transportschachtel gesetzt, da hatte es abwechselnd gemaunzt und herzzerreißend gewinselt. An meinem Bauch jedoch kuschelte es sich warm und zufrieden zusammen. Ich parkte und ging die Stufen hinauf ins Haus. Connie war bereits da und machte sich in der Küche zu schaffen. Auf dem Tisch standen Blumen, daneben ein Weinkühler, aus dem der Hals einer Flasche Veuve Clicquot ragte, und es roch nach meinem Lieblingsessen – baskische Piperade mit pochierten Eiern –, für das sie, wie mir bewusst wurde, auf dem Heimweg beim Maison Claude gehalten haben musste. Offensichtlich würden wir heute Abend feiern. Und morgen würden wir uns fortpflanzen – oder jedenfalls den ersten Schritt zu diesem Ziel machen, was in meinem Fall bedeutete, dass ich Sperma würde abgeben müssen (und zwar, wie ich unwillkürlich dachte, unter gänzlich anderen Umständen als bei Allison).

Wir umarmten uns nicht. Wir küssten uns nicht. Ich sagte nur »Hallo«, und sie sagte ebenfalls »Hallo«. Ich versuchte, ihren Gesichtsausdruck zu ergründen. »Das riecht gut«, sagte ich.

»Perfektes Timing«, sagte sie und strich die bereits makellos gefaltete Serviette neben ihrem Teller glatt. »Als ich kam, haben sie sie gerade aus dem Ofen geholt. Claude hat sie mir persönlich gebracht, zusammen mit einem Laib von dem knusprigen Sauerteigbrot, das du so magst. Von heute Morgen.«

Ich grinste. »Wunderbar«, sagte ich. »Ganz wunderbar.«

In die Stille, die darauf folgte – keiner von uns wollte das Thema zur Sprache bringen, das spürbar im Raum hing –, sagte ich: »Ich habe eine Überraschung für dich.«

»Wie nett. Was denn?«

Mit der großen Gebärde eines Zauberers zog ich unser neues Haustier unter meinem Hemd hervor und hielt es ihr triumphierend hin. Leider war es offenbar überrascht von dieser heftigen Bewegung, grub die spitzen Krallen in mein Handgelenk, kläffte anhaltend und ließ eine glänzende Wurst auf den Küchenboden fallen. »Für dich«, sagte ich.

Ihr Gesicht fiel in sich zusammen. »Soll das ein Witz sein? Glaubst du wirklich, du kannst mich so leicht davon abbringen – oder ablenken?« Sie machte keine Anstalten, mir das Ding abzunehmen – im Gegenteil: Sie versteckte die Hände hinter dem Rücken. »Bring es wieder zurück.«

Das Welpenkätzchen beruhigte sich, zog die Krallen ein und kuschelte sich in meine Armbeuge, als würde es mich erkennen, als hätte ich ihm dadurch, dass ich es ausgesucht und unter meinem Hemd geborgen hatte, etwas Lebenswichtiges – genauer gesagt: Liebe – gegeben, so dass es nun bereit war, auf dieser neuen Grundlage in einer neuen Welt zu existieren. »Es schnurrt«, sagte ich.

»Und was soll ich jetzt dazu sagen – Halleluja? Dieses Ding ist eine Monstrosität, das sagst du selbst jedes Mal, wenn du eine von diesen idiotischen Reklamen siehst.«

Plötzlich hörte ich in meinem Kopf die Melodie – die letzten süßlichen Takte von Pachelbels Kanon – und dazu die einschmeichelnde Stimme des Sprechers: *Mögen Sie lieber Hunde oder Katzen? Jetzt müssen Sie sich nicht mehr entscheiden.* »Auch nicht monströser als das Mädchen mit dem Hund«, sagte ich.

»Was für ein Mädchen? Wovon redest du eigentlich?«

»Von dem Mädchen mit dem Hund, der mich gebissen hat. Sie ist an die zwei Meter groß und hat einen IQ von 162. Und trotzdem hat sie den Hund rausgelassen, und trotzdem hat er mich gebissen.«

»Was redest du da? Du hast doch nicht etwa vor, einen Rückzieher zu machen, oder? Wir haben eine *Abmachung*, Roy, und du weißt, was ich von

Leuten halte, die eine Vereinbarung treffen und dann nachverhandeln wollen.«

»Okay, okay, beruhige dich. Ich sage ja nur, wir sollten vielleicht erst mal ein bisschen üben oder so, bevor wir … Ich meine, wir haben ja nie auch nur ein *Haustier* gehabt.«

»Ein Haustier ist kein Kind, Roy.«

»Nein«, sagte ich, »das habe ich nicht gemeint. Ich wollte nur …« In diesem Augenblick begannen die Papageienkrähen ihr heiseres Abendpalaver und schrien so schrill und durchdringend – *Big Mac, Big Mac und Fritten* –, dass ich es trotz der geschlossenen Fenster hören konnte und den Faden verlor.

»Wollen wir jetzt essen?«, fragte Connie mit leise bebender Stimme. Wir sahen zur Mikrowelle und dann auf die Welpenkätzchenscheiße auf dem Küchenboden. »Ich hab mir solche Mühe gegeben«, sagte sie und brach in Tränen aus, »weil ich wollte, dass heute ein besonderer Abend ist, verstehst du?«

Und jetzt umarmten wir uns, obwohl das Welpenkätzchen ein bisschen im Weg war, und ich – Feigling, der ich bin – sagte ihr, alles werde gut werden. Später, als sie zu Bett gegangen war, nahm ich das Welpenkätzchen, ging nach nebenan und läutete an der Tür. Allison war im Nachthemd, und ein Lächeln ging über ihr Gesicht. »Hier«, sagte ich und überreichte ihr das Tier, »hab ich dir mitgebracht.«

Springen wir siebeneinhalb Monate weiter. Ich lebe mit einer Schwangeren in einem Haus, das neben einem Haus mit einer weiteren Schwangeren steht. Connie scheint das amüsant zu finden und ahnt nichts von der Wahrheit. Wir sitzen auf der Veranda und sehen Allison schwerfällig aus ihrem Wagen steigen und mit einer Tüte voll Lebensmittel zum Haus gehen, und dann sagt Connie: »Sie ist wirklich nicht zu beneiden« und »Hoffentlich muss sie nicht wie ich alle fünf Minuten pinkeln« und »Sie sagt nicht, wer der Vater ist – ich hoffe bloß, es ist nicht dieses Arschloch vom Tierheim, wie hieß der noch?«.

Das Ganze ist auf mehreren Ebenen problematisch. Ich stelle mich unwissend – was bleibt mir auch anderes übrig? »Vielleicht war sie bei GenLab«, sage ich.

»Allison? Du machst Witze. Ich meine, sieh dir doch die Idioten an, mit denen sie sich einlässt. Wenn du's wissen willst, Roy: Sie hat einen Hang zur Unterschicht – tut mir leid.«

»Soviel ich weiß, hat sie gar keinen Freund.«

»Du weißt schon, was ich meine.«

Ich hüte mich, ihr zu widersprechen. Tatsache ist: Ich habe alles versucht, es Allison auszureden, ja, zu meiner Schande muss ich gestehen, dass ich schließlich sogar dasselbe Übermensch-Untermensch-Argument vorgebracht habe, das Connie mir gegenüber ins Feld geführt hat: Berufsschule, Kosmetologie, Selbstentwertung, Klassendepp – das ganze Programm. Doch Allison bedachte mich nur mit einem bitteren Lächeln und sagte: »Ich vertraue auf deine Gene, Roy. Und es braucht dich gar nicht zu kümmern. Ich will das Kind kriegen, das ist alles. Für mich. Und für die Natur. Du glaubst doch an die Natur, oder?«

Es braucht dich gar nicht zu kümmern. Aber es kümmert mich eben doch, auch wenn wir nur das eine Mal miteinander geschlafen haben (oder vielmehr zweimal, das zweite Mal an dem Abend, als ich ihr das Welpenkätzchen brachte), und wenn sie einen Jungen bekommt und er mir ähnlich sieht und, weil er gleich nebenan wohnt, mit meiner Tochter spielt, dann kümmert es mich erst recht.

Irgendwann in diesem achten Monat kommt ein Tag, ein Dienstag, an dem ich zu Hause arbeite und Connie im Büro ist. Ich bin von einem bestimmten Problem so in Anspruch genommen, dass ich den morgendlichen Gang zur Toilette bis zum späten Vormittag aufschiebe. Es ist, wie es immer ist, wenn ich mich in etwas vertiefe: Geist und Körper trennen sich gewissermaßen voneinander, doch schließlich verschafft sich der Körper Gehör, und ich stehe auf und gehe ins Badezimmer. Ich stehe da und lasse es laufen, als ich im Vorgarten einen Hund bellen höre. Ich verlagere das Gewicht ein wenig und spähe durch das Fenster, um zu sehen, was da los ist: Es ist der Kirschpit, der Köter, der alles in Gang gesetzt hat, und er rennt auf meinem Hybridrasen herum und jagt etwas. Meine erste

Reaktion ist Wut – Wut auf das hochgewachsene Mädchen und seinen Vater mit der dicken Brieftasche und all die anderen Idioten auf der Welt –, doch sie verfliegt, als ich hinuntergehe und durch die Haustür ins Sonnenlicht trete, denn ich sehe, dass der Hund nicht wieder mal drauf und dran ist, etwas zu töten, sondern bloß spielen will. Und dass das Tier, dem er nachjagt (Allisons Hundekatze, die jetzt im Halbstarkenalter, aber trotzdem viel kleiner als der Hund ist), sich gern jagen lässt.

Ich muss sagen: In diesem Augenblick, in dem das Licht die Bäume entlang der Straße wie die Säulen einer Kathedrale erscheinen lässt und die ganze Gegend umfangen ist vom trägen, warmen Herbstnachmittag, erscheint mir die Ausgelassenheit der beiden, besonders die der Hundekatze, trotz aller Sorge um meinen Rasen wie etwas wunderbar Befreiendes. Es ist ein Hundekater, und wegen seiner Zeichnung – dunkle Dschungelstreifen auf zwergspitzbraunem Grund – hat Allison ihn Tiger getauft. Diesem Namen wird er voll und ganz gerecht, denn er ist absolut furchtlos und besitzt eine Kraft und Geschmeidigkeit, die das Beste der beiden Spezies, aus denen er gemacht ist, in sich vereint. Er rennt im Kreis um den Kirschpit herum, täuscht hier an, weicht dort aus, klettert blitzschnell auf einen Baum, springt gewandt zum nächsten und von dort in einem gewaltigen Satz wieder herunter, um wie ein Hund durch den Garten zu stürmen. »Los, Tiger!«, rufe ich. »Gut so! Zeig's ihm!«

Erst jetzt bemerke ich Allison, die in Umstandsshorts und einer weiten Bluse aus ihrem Garten in unseren kommt. Sie hat stark zugenommen (wenn auch nicht so sehr wie Connie, denn wir haben uns für ein großes Baby im Zehn-Pfund-Bereich entschieden, damit es – sie – von Anfang an einen kleinen Vorsprung hat). Nachdem klar war, dass das, was wir füreinander empfunden haben – oder, um es unverblümter zu sagen: das, was wir miteinander getan haben –, vorbei ist, habe ich in den vergangenen Monaten kaum mit ihr gesprochen, aber natürlich habe ich noch immer Gefühle für sie, und damit meine ich nicht nur Groll. Also winke ich, und sie winkt zurück und kommt barfuß über den leuchtenden Rasen auf mich zu, während die Sonne durch die Bäume scheint und die beiden Tiere herumtollen.

Ich trete von der Veranda und muss bei ihrem Anblick lächeln. Sie bewegt sich mit einer Art schwerfälliger Grazie, wenn Sie sich darunter etwas vorstellen können, und ich würde sie gern umarmen. Aber das kann ich natürlich nicht, nicht unter diesen Umständen, und so nehme ich ihre Hände und gebe ihr einen gutnachbarschaftlichen Kuss auf die Wange. Für eine Weile sagt keiner von uns etwas, und dann beschattet sie mit der Hand die Augen, um die spielenden Tiere besser sehen zu können, und sagt: »Süß, oder?«

Ich nicke.

»Ist dir aufgefallen, wie groß Tiger geworden ist?«

»Ja, natürlich, ich beobachte ihn schon die ganze Zeit … Ist er jetzt ausgewachsen?«

Ein Sonnenstrahl fällt auf ihre Augen, die von einem ganz normalen Braun sind. »Weiß man nicht so genau, aber der Tierarzt sagt, viel größer wird er nicht. Vielleicht noch ein, zwei Pfund.«

»Und du?«, frage ich vorsichtig. »Wie geht's dir?«

»Es ging mir nie besser. Du wirst mich jetzt öfters zu sehen kriegen. Mach nicht so ein erschrockenes Gesicht – ich nehme meinen Mutterschaftsurlaub, auch wenn es bis zum Termin noch sechs Wochen sind.« Ihre Hände – schöne, wohlgeformte Hände – liegen auf der Wölbung unter der riesigen Bluse. »Im Büro sind alle wirklich sehr nett zu mir.«

Connie wird erst aufhören zu arbeiten, wenn ihre Fruchtwasserblase platzt, denn so ist sie eben, und das will ich Allison gerade erzählen, um den Gegensatz hervorzuheben und überhaupt irgendwas zu sagen, aber ich merke, dass sie über meine Schulter sieht, und als ich mich umdrehe, eilt die hochgewachsene Nachbarstochter, eine Hundeleine in der Hand, auf uns zu. »Entschuldigung«, ruft sie, »sie ist schon wieder abgehauen. Tut mir leid, tut mir leid.«

Ich weiß nicht, warum, aber meine Reaktion ist herzlich, großmütig. »Kein Problem«, sage ich. »Sie will bloß ein bisschen spielen.«

In diesem Augenblick fährt Connies Wagen in die Einfahrt, viel zu schnell, und mein einziger Gedanke ist, dass sie eins der Tiere überfahren wird, doch sie bremst gerade noch rechtzeitig, und die beiden fließen wie

Wasser um die Räder und jagen einander wieder über den Rasen. Connies Miene ist schwer zu deuten. Sie öffnet die Wagentür, stemmt sich mühsam aus dem Sitz, stellt erst einen und dann den anderen Fuß auf den Boden (ich sollte wirklich hingehen und ihr helfen, aber es ist, als wäre ich festgewachsen) und geht dann zur Haustür, als hätte sie uns nicht gesehen. Als sie die Stufen erreicht hat, dreht sie sich zu uns um. Ich sehe, dass sie überlegt, ob es der Mühe wert ist, zu uns zu gehen und unsere Nachbarin zu begrüßen und sich diese Bohnenstange, die wie eine Erscheinung hinter uns steht, genauer anzusehen, sich aber dagegen entscheidet. Sie hält nur einen Augenblick inne und starrt uns an, und obwohl sie zehn Meter entfernt ist, sehe ich auf ihrem Gesicht eine Art Erkenntnis dämmern, und die hat etwas damit zu tun, dass Allison und ich dastehen wie auf einer Illustration in einem Buch über Familienplanung: Mann und Frau, XY-Chromosom und XX-Chromosom. Es ist nur ein Moment, und ich bin mir nicht ganz sicher, aber ihr Gesicht erstarrt, sie steigt die Stufen hinauf und knallt die Tür zu.

Als die CRISPR-Technologie aufkam, versicherten Regierungen und Wissenschaftler, man werde sie selbstverständlich nur selektiv einsetzen, um Krankheiten zu bekämpfen und erblich bedingte Fehlbildungen zu korrigieren, etwa um das mutierte BRCA1-Gen, das für Brustkrebs verantwortlich ist, zu eliminieren oder die Anophelesmücke daran zu hindern, den Malaria übertragenden Parasiten aufzunehmen. Wer hätte dagegen Einwände haben können? Man verkaufte Baukästen (»Ran an die Gene!«), mit denen Hobby-Genetiker in ihrer Küche eigene modifizierte Hefepilze und Bakterien züchten konnten. Es war revolutionär – und mehr noch: Es machte Spaß. Man konnte basteln. Man konnte erzeugen. Die Haus- und Nutztierindustrie schenkte uns Aquarienfische in allen Regenbogenfarben, Seepferdchen, deren Zellen Goldstaub enthalten, Kaninchen, die unter UV-Licht grün leuchten, das fleischige Superrind, das Mikroschwein, die Hundekatze und den ganzen Rest. Die Chinesen waren die ersten, die auf sämtliche Regulierungen verzichteten und das menschliche Genom optimierten, und sie wurden, als wären sie nicht schon intelligent genug, noch viel intelligenter, nachdem die ersten verbesserten

Kinder das Licht der Welt erblickt hatten, und da mussten wir uns natürlich anstrengen, um nicht abgehängt zu werden …

Bei GenLab legte man Connie und mir eine lange Liste von Eigenschaften vor, die sich durch die Verbindung unserer Chromosomen erzeugen ließen. Wir entschieden uns für eine Tochter. Sie sollte grüne Augen haben – nicht unnatürlich schillernd oder leuchtend, aber eindeutig grün, damit sie später Minz-, Oliv- und Irischgrün tragen und ihre Augen sprechen lassen konnte. Wie praktisch jeder legten wir ihre Größe fest. Wir wählten Musikalität, denn wir beide liebten Musik. Und natürlich einen starken Intellekt. Und feine Gesichtszüge, mit einem Grübchen am Kinn. Einen optimal geformten Busen – nicht zu groß, aber auch nicht so klein wie Connies. Es war eine wirklich lange Liste von Extras, und wir erwogen und bestellten.

Das große Mädchen steht neben uns und lächelt wie die Heldin einer nordischen Sage. Ihre Augen tasten uns ab wie Suchscheinwerfer. Sie sieht Allison an und mustert ihren dicken Bauch. »Junge oder Mädchen?«, fragt sie.

Ein ganz kleines Lächeln spielt um Allisons Lippen. Sie zieht den Kopf ein und zuckt die Schultern.

Das Mädchen – dieses kleine Genie – sieht verwirrt aus. »Aber … aber …«, stammelt sie, »wie kann das sein? Haben Sie etwa –«

Doch bevor Allison antworten kann, stößt eine Papageienkrähe aus einem nahen Baum auf uns herab, streicht tief über den Boden dahin und schreit uns ins Gesicht: *Leck mich!*, und im nächsten Augenblick werden wir Zeugen eines kleinen Wunders: Tiger, der sich in seiner Haut so wohl fühlt wie nur irgendein Wesen, das es gibt oder je gab, springt in einem Wirbel aus Fell in die Luft und packt den Vogel mit dem Maul. Und so schnell, wie der Angriff erfolgte, ist er auch schon wieder vorbei, und nur ein paar Federn, die hübschesten Federn, die man sich vorstellen kann, tanzen noch in der Luft und werden von der Brise davongeweht.

DER FÜNF-PFUND-BURRITO

Bratfett war sein Leben, und ganz gleich, wie oft er sich wusch, und das tat er täglich und gründlich – er duschte nicht, sondern ließ sich ein Bad ein –, roch er doch immer nach *Carnitas, Machaca*, den gehackten Zwiebeln und dem seifigen Koriandergrün, die er jeden Morgen in sein *Pico de gallo* rührte. Das Fett saß unter seinen Fingernägeln und in den Hautfalten, die jetzt, da er nicht mehr jung war, tiefer und zahlreicher waren. Es bestimmte sein Leben, er verdiente Geld damit, und wenn das seine Nachteile hatte – er war zweiundsechzig und hatte nie geheiratet, denn welche Frau würde einen Mann wollen, der aus allen Poren nach gebratenem Schweinefleisch roch? –, so hatte es doch auch gewisse Vorzüge. Zum einen war er sein eigener Herr. Andere, schickere Cafés waren gekommen und wieder verschwunden, aber das kleine Lokal, das er in den Sechzigern aufgemacht hatte, warf noch immer genug ab. Zum anderen war er zufrieden: Seine Welt bestand aus vertrauten Dingen – Spüle und Spülmaschine, Grill und Grillrost –, und er betrachtete die Leute, die zu ihm kamen, die Stammkunden wie die Laufkunden, als eine Herde, die gefüttert werden musste wie die Hühnerschar seiner Mutter, als er ein Junge gewesen war. Und was tat er, wenn sie gefüttert war? Er schrubbte den Grillrost, brachte Schürzen, Hemden und Unterwäsche in die chinesische Wäscherei, die es beinahe schon ebenso lange gab wie seinen Laden, ging nach Hause, setzte sich vor den Fernseher und legte die Beine hoch.

Seine einzige Angestellte war eine missmutige Frau namens Sepideh, eine iranische (oder, wie sie selbst sagte, persische) Einwanderin, die nach dem Regimewechsel aus ihrem Heimatland geflohen und, je nach Tageszeit, zwischen fünfundvierzig und sechzig war. Morgens war sie unwiderruflich alt, doch je näher der Feierabend rückte, desto verjüngter schien sie, auch wenn sie schlurfte und die Schultern hängen ließ und ihr Make-up immer dramatischer aussah. Sie war dunkelhäutig und dunkeläugig und färbte sich ihr einst schwarzes Haar pechschwarz. Die Leute hielten sie für eine Mexikanerin. Ihm war es vollkommen egal, ob seine Kellnerin aus Chapultepec oder Hokkaido stammte, solange sie ihren Job machte und ihm Arbeit abnahm, wenn es hoch herging. Und das tat sie. Seit ungefähr zwanzig Jahren.

An diesem Tag, einem tristen Tag mitten in der Woche, die Skyline der Innenstadt war in Nebel oder Smog oder wie immer man es nennen wollte verborgen, kam Sepideh zu spät, weil der Bus von dem Viertel, das man Klein-Persien nannte und wo sie mit ihrer Mutter und ihrem gleicherma-ßen mürrischen Bruder wohnte, mit dem er nur ein-, zweimal gesprochen hatte, liegengeblieben war. Und wie das Schicksal es wollte, stand schon eine Schlange vor dem Lokal, als er um Punkt elf zur Tür ging und das Schild von *Geschlossen* auf *Geöffnet* drehte. Die Kunden strömten herein, die meisten waren vertraute Gesichter, und als sie sich an die Theke setz-ten und an den sechs Tischen, die entlang der hinteren Wand unter dem gerahmten Schwarzweißfoto eines toten Präsidenten aufgereiht waren, ihre Zeitungen entfalteten, Laptops aufklappten und Tablets aufstellten, nahm er die Bestellungen auf.

Der erste war Scott, Student an der Uni, der an fünf Tagen die Woche immer dasselbe nahm: schwarzen Kaffee und einen Burrito mit Chorizo und Rührei, den er großzügig mit Jalapeños bestreute – *um wach zu wer-den*, wie er es an den Morgen ausdrückte, an denen er imstande war zu sprechen. Neben ihm saßen Humberto und Balthasar, zwei alte Männer mit ausgebeulten Hosen, die irgendwo in der Nachbarschaft wohnten und in den nächsten drei Stunden schwer gezuckerten Kaffee schlürfen und versuchen würden, ihm ein Ohr abzuquatschen, während er vom Herd zum Grill, zum Kühlschrank und wieder zurück ging, und da waren noch zwei neue Gesichter, ebenfalls Studenten, aber groß, mit Stiernacken, brei-ten Schultern und festen Bäuchen, zweifellos Footballspieler, die alles in einem halben Meter Umkreis verschlingen, sich über die kleinen Portio-nen beklagen, die Burritos als Knastrationen bezeichnen und dabei versu-chen würden, die Glasur von den Tellern zu lecken. Er hätte sich natürlich freuen sollen, dass die Studenten ihn wiederentdeckt hatten – aber wie viele Studentengenerationen hatten das schon getan, nur um dann, in den mageren Monaten, wenn er die Einnahmen hätte gebrauchen können, wegzubleiben?

Er teilte die laminierten Speisekarten aus wie der Kartengeber am Blackjacktisch im Caesar's, wo er jeden Februar zwei Wochen verbrachte und im Licht des kleinen Scheinwerfers saß, der den Tisch beleuchtete, neben sich eine Gratiscola mit Rum. Dann beugte er sich über die Theke und verkündete mit einer Stimme, die mit jedem Tag, der ihn dem Alter und der Gebrechlichkeit näher brachte, ein bisschen schwächer wurde: »Heute kein Service. Ihr dahinten – wenn ihr was wollt, müsst ihr an die Theke kommen.« Das war alles. Er brauchte ihnen keine Begründung zu geben – wenn sie Michelinsterne wollten, sollten sie nach Beverly Hills oder Pacific Palisades gehen –, aber dann fügte er doch noch hinzu: »Sepideh ist noch nicht da.«

Und so begann der Tag: Frühstück, dann die hektische Mittagszeit, und er sah bloß sich öffnende und schließende Münder und die großen Mengen Bohnen, Reis und marinierte Schweine-, Hähnchen- und Rindfleischstücke, die durch die Kehlen seiner Kunden rutschten. Erst lange nach Mittag kam er dazu, ein wenig zu verschnaufen – er hatte nicht mal Zeit für eine Zigarette gehabt, und ein absinkender Nikotinspiegel machte ihm schlechte Laune –, und als er auf der Tortilla, aus der er den nächsten Burrito machen würde, das Gesicht sah, ignorierte er es. Es war das Gesicht von niemandem – Augen, Nase, Wangenknochen, Stirn –, und es bedeutete gar nichts, nur dass er jetzt schon müde war, und dabei hatte er noch sechseinhalb Stunden vor sich. Natürlich hatte er auch früher schon Gesichter gesehen: Mohammed, Buddha, einmal auch das eines berühmten Baseballspielers – aber Jesus? Nie. Die Frau am Broadway hatte einen Jesus gehabt, der ganz genau so ausgesehen hatte wie auf dem Turiner Grabtuch, nur dass das Tuch in diesem Fall aus Mehl, Schmalz und Wasser bestanden hatte. Er hätte auch einen Jesus gebrauchen können, denn die Frau war reich geworden, und die Schlange vor ihrem Laden war einen ganzen Block lang. Hätte er einen Jesus gehabt, dann hätte er eine tüchti-

gere – und verlässlichere – Bedienung als Sepideh einstellen, sich zurück-
lehnen und es ein bisschen ruhiger angehen können. Das dachte er, als er
erst die Bohnen und dann Reis, Fleisch, Guacamole, saure Sahne, Käse, in
Streifen geschnittene Salatblätter und *Pico de gallo* auf der Tortilla verteilte – das volle Programm, und warum auch nicht? Die Bestellung kam
von zwei weiteren Footballspielern, die an einem der Tische saßen wie
zum Leben erwachte Statuen. Vielleicht war es eine Laune, vielleicht auch
eine Art Rache, jedenfalls häufte er immer mehr Zutaten auf, bis der Burrito so groß war wie ein dickes Kopfkissen. Mal sehen, ob sie sich jetzt
noch beschwerten.

Und das war der Augenblick der Inspiration, sei sie nun göttlichen
oder anderen Ursprungs: Er beschloss den Burrito zu wiegen. Er würde
ihn tatsächlich wiegen, und das würde seine Reklame, aber auch sein Stolz
sein: der größte Burrito der Stadt. Wenn er schon keinen Jesus hatte, so
hatte er doch wenigstens das.

Wir durchleben unsere Zeit auf Erden in einer Anhäufung von Millise-
kunden, Sekunden, Minuten, Stunden, Tagen und Jahren, und das Leben
ist ein Weg, dem wir alle, ausnahmslos, bis zum Ende folgen müssen. Gibt
es Veränderung – oder auch nur eine Hoffnung darauf? Ja, aber Veränderungen sind strapaziös, schlecht für die Nerven und fast immer eine Wendung zum Schlechteren. So war es auch bei Sal, dem in Amerika gebo-
renen Sohn mexikanischer Einwanderer, der sich in seinen Zwanzigern
Geld von seinem Onkel James geliehen und Salvador's Café aufgemacht
hatte und dessen Umsatz jetzt, beinahe vierzig Jahre später und angetrie-
ben von seinem Fünf-Pfund-Burrito, durch die Decke ging wie eine Rakete. Plötzlich kamen nicht mehr nur Stammkunden und die Ausgehun-
gerten oder Gierigen der Nachbarschaft in seinen unscheinbaren Laden,
sondern auch die gebildete Oberschicht von der West Side, Leute, die in
blitzenden neuen deutschen Wagen vorfuhren und durch die Tür traten,
als erwarteten sie, dass der Boden unter den Sohlen ihrer Turnschuhe nach-
gab und sie in einen tieferen, dunkleren Raum glitten.

Das war eine Veränderung, eine Veränderung zum Guten, zunächst jedenfalls. Er stellte einen Mann zum Spülen und Aufwischen ein und außerdem, damit alle was zu sehen hatten, eine zweite Bedienung, eine junge Frau, Schwesternschülerin. Und auf der Theke, in Augenhöhe und auf einem mit Stoff bezogenen Sockel, stand die große Metzgerwaage, auf der er feierlich jeden tropfenden Burrito mit Schweine-, Hähnchen- oder Rindfleisch abwog, bevor Sepideh – oder Marta, die Neue – den übergroßen Teller unter sichtlichen Mühen dem Gast brachte, der ihn bestellt hatte. Ein Zeitungsreporter kam. Dann ein zweiter. Die Schlange reichte bis um die Ecke, auch ohne Jesus.

Eines frühen Morgens – Sal stand um fünf Uhr auf und war um sechs in der Küche, um alles vorzubereiten, denn mit zunehmendem Erfolg gab es natürlich auch mehr Arbeit – spürte er eine numinose Veränderung der Atmosphäre, als hätten diese schüchternen Entdecker aus der West Side am Ende doch recht gehabt. Natürlich gab der Boden unter ihm nicht nach, aber als er das Fleisch von den Knochen schnitt und Avocados zu Guacamole verarbeitete, merkte er, dass die Atmosphäre von etwas Neuem durchdrungen war, von etwas, bei dem ein in den Schatten schnüffelnder Hund die Nackenhaare aufgestellt hätte. Für einen Augenblick wurde ihm schwindlig, und er fragte sich, ob er vielleicht eine Art Anfall habe, den unvermeidlichen Herzinfarkt oder Schlaganfall, der ihn ein für alle Mal niederstrecken würde, doch das Schwindelgefühl verschwand, und er stand noch immer in der Küche, das Messer in der Hand, und auf dem Schneidbrett lag feucht das gewürfelte Schweinefleisch. Er schüttelte den Kopf, um die Benommenheit loszuwerden. Etwas war anders, aber er konnte nicht sagen, was.

Unter Hacken, Würfeln und dem Vergießen von Tränen über den Aromen von Habaneros und Jalapeños verging der Morgen, Sal tat der Rücken weh, an seinen Hände war der Saft der hundertmillionsten Tomate seines im Aufwind befindlichen Lebens, und er vergaß die Sache, bis es an der Hintertür klopfte. Das war Stanford Wong, der Lebensmittel an die Restaurants der Gegend lieferte und so pünktlich war wie die große Uhr in Greenwich, England, nach der sich alle Welt richtete. Sal wischte sich die Hände an der Schürze ab und eilte zur Tür, denn verständlicherweise wartete Stanford nicht gern. Möglicherweise gab es vor der Tür ein Geräusch, ein verstohlenes Kratzen wie von einem Tier, das einen Weg hinein suchte, doch es fiel Sal nicht weiter auf. Als er die Tür öffnete, stand nicht Stanford vor ihm, sondern ein eins fünfundsiebzig großes, hoch aufgerichtetes Hähnchen, das Stanford Wongs Khakishorts und Khakihemd mit einem schwarzen Namensschild – *Stanford* – auf der Brust trug.

War Sal verblüfft? Hatte er Visionen? Er hatte doch gefrühstückt, oder? Ja, ja, natürlich: Eier. Hühnerembryos. In Butter gebraten und mit etwas Cotijakäse bestreut, dazu Toast. Er stand da und blinzelte, doch der Vogel, der irgendwie nicht nur Flügel, sondern auch Hände zu haben schien, schob sich ungeduldig an ihm vorbei, stellte eine Steige Salat und ein paar durchsichtige Plastiktüten voll Tomatillos, Paprikaschoten und dergleichen auf die Theke und fuhr, das Quittungsbuch in der Hand, abrupt herum. Jetzt kamen auch Worte, der Vogel, dessen Schnabel auf- und zuklappte, so dass man die feuchte, rosige, spitze Zunge sehen konnte, sagte etwas, doch die Worte ergaben keinen Sinn, es sei denn, man interpretierte sie als das übliche: *Morgen dasselbe?* und *Mach's gut.*

Die Tür wurde geschlossen. Die Steige stand auf der Theke, wie sie vor einem, zwei, drei Tagen dort gestanden hatte. Er hielt kurz inne – vielleicht sollte er noch eine Tasse Kaffee trinken –, bevor er den Karton nahm und die Salatköpfe in den Kühlschrank schob. Dabei dachte er die ganze Zeit, dass es hier zwei Möglichkeiten gab. Die erste und nächstliegende war, dass er Halluzinationen hatte. Die zweite, verstörendere war, dass sich Stanford Wong in ein riesiges Hähnchen verwandelt hatte. Wie auch immer es sich verhielt – beide Möglichkeiten ließen sich kaum als gut bezeichnen, und wer konnte es ihm verdenken, wenn er über dem ganzen Wirbel um den Fünf-Pfund-Burrito den Verstand verlor?

Dann kam Sepideh, in schwarzem Rock und weißer Bluse, doch ihr Kopf war mit Federn bedeckt, anstelle der Nase hatte sie einen braunroten Schnabel, und an den Füßen trug sie keine Schuhe, denn ihre gelben, schuppigen Beine endeten nicht in Zehen und lackierten Nägeln, sondern in den nackten, gespreizten Krallen einer Henne. Sie war nie redselig, aber morgens war sie besonders wortkarg, und was sie jetzt zu sagen hatte, klang wie ein missgelauntes Gackern und Glucksen, und er ... er ließ sie einfach stehen. Dann kam Marta und war ebenfalls eine Henne, und als Oscar Martí, der Spüler, erschien, war es schon gar nicht mehr weiter überraschend, dass auch er, wie Stanford Wong, zum Hähnchen geworden war und dass, nachdem Sal den Laden geöffnet hatte, die gesamte männliche Kundschaft sich aufplusterte und krähte, während die weiblichen Gäste gackerten und brütend dasaßen und in Handtaschen voll Eyelinern, Puderdosen und Lippenstiften kramten, für die es keine erkennbare Verwendung gab. Irgendwas stimmte hier nicht, ganz und gar nicht, aber er hatte zu tun, und ob er verstand, was irgendwelche Leute, seien es Angestellte oder Gäste, zu ihm sagten, schien keine Rolle zu spielen, denn mittlerweile war alles nur noch Routine: die Tortilla ausbreiten, Zutaten und einen Löffel *Salsa verde* daraufgeben, zusammenfalten und auf die große, weiße Waage legen.

Das war der Montag. Montage waren immer schwierig, man musste sich zwingen, wieder in Gang zu kommen nach dem Tag der Ruhe, dem Tag des Herrn, an dem man in die Kirche ging, die Finger in Weihwasser tauchte und Gott für seine Segnungen dankte. Am Abend schloss Sal ab, und wenn er feststellte, dass alle Leute, sämtliche Männer, Frauen und Kinder auf den Straßen oder hinter den geschlossenen Fenstern ihrer Wagen, zu einer anderen Spezies – nämlich zu den Hühnern – gehörten, so ließ er sich davon nicht verrückt machen. Dennoch ging er, sobald er die Wohnungstür hinter sich geschlossen hatte, zum Spiegel im Badezimmer und war erleichtert, dass es sein eigenes menschliches Gesicht war, das ihn aus müden Augen ansah. An diesem Abend schenkte er sich einen Drink ein – etwas, das er mit zunehmendem Alter immer seltener tat –, wärmte sich einen Burrito (normale Größe) in der Mikrowelle und sah sich Reality-TV an, bis ihm die Augen zufielen. Es wäre wenig überraschend gewesen, wenn seine Träume von Hähnen, Hennen und hin und her rennenden Küken bevölkert gewesen wären, aber Tatsache war, dass er gar nichts träumte – oder jedenfalls nichts, an das er sich nach dem Aufwachen noch hätte erinnern können. Er war eine leere Leinwand, eine Tabula rasa. Mechanisch rasierte er sich. Mechanisch briet er sich zwei Eier mit drei Streifen Speck. Mechanisch fuhr er zur Arbeit. Im Dunkeln.

Als Stanford Wong um Punkt acht Uhr klopfte, ging Sal mit schnellen Schritten zur Tür. Eine zweite Tasse Kaffee – mit einem Schuss Espresso – und die Aussicht auf einen weiteren rekordverdächtigen Tag hatten seine Stimmung aufgehellt. Wenn es so weiterging, würde er bald nur noch im Sessel sitzen und die Welt kommen und gehen sehen, während der neue Koch, den er einstellen und anlernen würde, die ganze schmutzige Arbeit machte. Und das alles nur wegen der Inspiration, die er vor einem halben Jahr gehabt hatte, als er die Waage aufgestellt, den Burrito daraufgelegt und es der Welt gezeigt hatte. Den Fünf-Pfund-Burrito. Es war ein Konzept, eine Neuerung, die außer ihm keiner in der ganzen Stadt zu bieten hatte, ganz gleich, ob es nun eine Bude oder ein Imbiss mit Sitzplätzen oder gar eins von diesen feinen Restaurants mit weißen Tischdecken war, wo die Ober einen ansahen, als sollte man eigentlich auf dem Teller liegen, anstatt auf einem Stuhl zu sitzen und eine Bestellung aufzugeben. Die Leute begriffen einfach nicht, was es hieß, sich an einen Burrito dieses Kalibers zu machen – kein Mensch, auch nicht der gierigste, aufgeblähteste Footballspieler, konnte so etwas auf einen Sitz verspeisen. Trotzdem gab es welche, die darauf wetteten, und Sal hatte ein Schild aufgehängt, auf dem stand, dass jeder, der es schaffte, seinen Burrito umsonst bekam. Nur sehr wenige schafften es. Eigentlich hatte es nur einen – einen dürren Asiaten, nicht größer als ein Kind – gegeben, dem es unbestreitbar gelungen war, und später hatte sich herausgestellt, dass er ein weltberühmter Kampfesser war, der schon dreimal hintereinander Nathan's Hotdog-Wettessen gewonnen hatte.

Stanford Wong klopfte also, und als Sal die Tür öffnete, wusste er nicht, womit er rechnen sollte – ganz bestimmt aber war er nicht auf das gefasst, was er vor sich auf den Hinterbeinen stehen sah. Es war weder Stanford Wong noch ein Hähnchen. Nein, es war ein Schwein mit zusammengekniffenen Schweinsäuglein und einer borstigen rosaroten Schnauze, aber es trug Stanfords Khakishorts und Khakihemd mit dem Namensschildchen. Es – er – trottete ohne große Umschweife herein, stellte die Steige

Salat und die Plastiktüten voll Gemüse auf die Theke, drehte sich um, zückte sein Quittungsbuch und schnaufte und grunzte etwas, das nach Lage der Dinge nur heißen konnte: *Alles okay?* und *Dann bis morgen – wieder dasselbe, oder?*

Genau. Also hackte er Paprikaschoten, grillte Schweinefleisch und kochte einen Topf Suppe mit Fleischklößchen, er zupfte Salat, wärmte in den Wasserbadbehältern den Reis und die Bohnen von gestern auf und war nicht überrascht, als Sepideh und Marta erschienen, die eine als grunzende alte Sau in schwarzem Rock und weißer Bluse, die andere in roten Shorts und engem Oberteil und als strammes, rosiges halbwüchsiges Ferkel, das allerdings eins fünfundsiebzig groß war, auf gespaltenen Hufen ging und die Tabletts mit den riesigen Burritos servierte, als wäre es dazu geboren. Wie am Tag zuvor nahm die Arbeit ihn vollkommen in Anspruch, und wenn die Gäste sich mit Grunzen und Schnaufen artikulierten, so war ihm das egal. Zu Hause warf er, obgleich er Verschwendung hasste, den mitgebrachten Burrito weg, schob stattdessen eine vegetarische Tiefkühl-Lasagne in den Ofen und schenkte sich nicht einen, sondern zwei Drinks ein, bevor er sich vom Fernseher in einen traumlosen Schlaf lullen ließ.

Am nächsten Morgen war er nervös, trank Tee anstatt Kaffee und aß Toast anstelle der gewohnten Spiegeleier mit Speck, Schinken oder Chorizo. Es war noch dunkel, als er zur Arbeit fuhr, und wenn die Scheinwerfer seines Wagens eine Gestalt auf dem Bürgersteig oder am Steuer eines entgegenkommenden Wagens erfassten, zwang er sich, nicht hinzusehen. Was würde als nächstes kommen?, war alles, was er denken konnte. Bestimmt Rinder. Riesige, stinkende, muhende Stiere, die in ihrer unverständlichen Sprache große Burritos verlangten, die größten der Stadt. Als Stanford Wong klopfte, war Sal auf alles gefasst – das glaubte er jedenfalls –, aber ach, welche Überraschung! Vor der Tür stand weder Stanford Wong noch ein Hahn, ein Schwein oder ein Stier, sondern ein Alien, und zwar keiner der *indocumentados*, zu denen seine verstorbenen Eltern gehört hatten, sondern ein echter Außerirdischer mit Echsenhaut, Rasiermesserzähnen und aschenbechergroßen Augen. Selbstverständlich war das Wesen gekleidet wie Wong und trug eine Steige Salat herein, doch seine Klauen waren lang und spitz und kratzten gefährlich auf dem Linoleumboden, und als es sprach – *Wie laufen die Geschäfte?* und *Du wirst noch reich werden mit diesen Fünf-Pfund-Burritos* –, hörte Sal nur ein Zischen.

Während die Kunden-Aliens sich drängten und seine eigenen Aliens Sepideh und Marta ihnen die großen, mit *Chili verde* gefüllten Burritos servierten, fragte Sal sich die ganze Zeit, wie wohl ihr Raumschiff aussah: War es silbrig glänzend und lautlos wie in den Filmen? Und vor allem: Wo hatten sie es geparkt? Müßige Fragen. Sie schlugen ihre blitzenden Zähne in die Burritos und leckten mit blitzschnellen gespaltenen Zungen die Soße auf. Die Kasse klingelte, und die Schlange reichte bis um die Ecke.

Gegen Feierabend an diesem dritten Tag sah Sal ein neues Gesicht auf der Tortilla, die er auf den Grill legte, um einen Burrito für einen großen, breitschultrigen Football-Alien zu machen. Das Gesicht – die Stirn, die blinden Augen, die Lippen, die sich bewegten, als er den Teigfladen mit der Zange hin und her schob – war ihm so vertraut, dass es ihn geradezu ansprang. Und wer war es? Nicht Jesus, nein, sondern jemand … jemand, der viel bedeutsamer war, jedenfalls für ihn. Es war sein Vater, der Mann, der ihn in den Armen gehalten, ihn auf der Schaukel angestoßen und ihm erklärt hatte, wie man einen Baseball warf und Gleichungen ausrechnete – sein Vater, der seit mittlerweile dreißig Jahren tot war. Die Lippen bewegten sich, und Sal fühlte sich wie in einem Fantasyfilm. Sie bewegten sich und sprachen.

»Du übertreibst es, Salvador. Du führst das Schicksal in Versuchung. Du bist maßlos und denkst, du bist was Besonderes, aber in Wirklichkeit bist du überhaupt nichts Besonderes, sondern bloß ein einfacher Mann wie ich, der arbeiten und ehrlich und bescheiden leben muss. Beschränk dich wieder auf zwei Pfund, Salvador. Höchstens zwei Pfund. Und bitte, um Gottes und der Engel willen, benutz ein bisschen Badesalz …« Und dann hörten die Lippen auf, sich zu bewegen, und verstummten.

Aber da war sie, die Offenbarung auf einer Tortilla, und am nächsten Tag gab es, trotz aller Beschwerden der Kunden, die ebenso menschlich aussahen wie er selbst, nur noch Burritos in Normalgröße. Das Geschäft flaute ab. Sal musste Marta und schließlich auch Oscar entlassen. Die Hühner kehrten in ihren Hühnerstall zurück, die Schweine verschwanden in ihrem Koben, und die Aliens trollten sich dorthin, wo sie ihr Raumschiff geparkt hatten, und surrten unter Lichtblitzen davon, höher und immer höher in den Himmel, bis es Abend wurde und die Sterne erschienen, um sie willkommen zu heißen.

DIE ARGENTINISCHE AMEISE
(HOMMAGE AN ITALO CALVINO)

Das Baby war krank gewesen, und unsere Ersparnisse waren ebenso aufgebraucht wie unsere Geduld mit den Spezialisten, deren einzige Spezialität offenbar Unbestimmtheit war. Wir hatten auch die Nase voll von der Enge und dem ständigen Lärm im Studentenwohnheim, und darum griffen wir sofort zu, als sich die Gelegenheit bot, das Haus in Il Nido zu mieten. So weit südlich waren wir noch nie gewesen, doch mein Onkel Augusto hatte die schönste Zeit seines Lebens in ebendiesem Dorf verbracht und nie aufgehört, davon zu schwärmen, und da die Miete nur einen Bruchteil dessen betrug, was wir für unser Apartment bezahlen mussten, und mein Stipendium uns für das kommende Jahr ein kleines, aber regelmäßiges Einkommen bescherte, sahen wir nichts, was dagegensprach. Vorausgesetzt natürlich, das Baby blieb gesund. Mit sechzehn Monaten war unser Sohn ein schönes, robust wirkendes Kind, dessen Problem – eine gesteigerte Empfindlichkeit gegen Berührungen, deren Ursache vielleicht dermatologischer, möglicherweise aber auch neurologischer Natur war, je nachdem, wen man fragte – sich zu bessern schien, während er heranwuchs und auf stämmigen Beinen zu gehen lernte. Würde es in diesem Fischerdorf an der Südspitze der Halbinsel einen Spezialisten geben? Einen Kinderarzt? Einen Neurologen? Einen Hautarzt? Wohl kaum. Doch in gewisser Weise war das auch eine Erleichterung, denn der Zustand unseres Sohns war alles andere als lebensbedrohlich, und die diversen Diagnosen und Erklärungen erschienen uns besorgniserregender als die Störung selbst. Nein, er musste einfach aus diesem trostlosen nördlichen Klima mit seinem ständigen Regen hinaus in die Sonne des Südens, wo er wachsen und gedeihen würde, und für uns – auch dies war ein wichtiger Gesichtspunkt – galt dasselbe.

Die Vermieterin war eine Signora Mauro, die mein Onkel kannte, weil er zwanzig Jahre zuvor, zwischen zwei Ehen und während der Arbeit an einem letztlich nie veröffentlichten Roman, das Haus von ihr gemietet hatte. Worum es in dem Roman ging, weiß ich nicht mehr, obwohl mein Onkel mir und meiner Schwester damals, als ich ein Junge war und er in dem Gästezimmer über der Garage wohnte, einzelne Kapitel vorgelesen hat, doch ich erinnere mich deutlich an seine Schilderung des Dorfs und der Ruhe, die er dort gefunden hatte. Rückblickend – ich meine im Licht dessen, was wir dort erlebten – war das vermutlich, wie alles andere, erfunden.

Meine Frau und ich machten uns keine Gedanken. Es war schlicht und einfach ein Abenteuer. Nein, mehr als ein Abenteuer: eine Flucht. Wir fuhren mit dem Zug und dann mit einer Reihe von Bussen, bis uns der letzte vor Signora Mauros weitläufigem Haus im Dorf absetzte, und die ganze Zeit war das Baby still und friedlich. Meine Frau Anina und ich starrten aus den rüttelnden Fenstern und träumten von einer langen Ruhepause: Sie würde nicht mehr für Mindestlohn als Aushilfssekretärin arbeiten müssen, und ich würde Zeit haben, das als Hodge-Vermutung bekannte algebraische Problem zu lösen und so den mit einer Million Dollar dotierten Millenium-Preis zu erhalten, der uns für eine ganze Weile ein sorgenfreies Leben ermöglichen würde. Hatte ich unrealistische Erwartungen? Möglich. Aber ich war achtundzwanzig, ausgelaugt von den Anforderungen des Unterrichts und des akademischen Lebens, und es ist eine alte Weisheit, dass Mathematiker – wie Dichter – bereits mit dreißig ihre beste Zeit hinter sich haben. Also packten wir die Sachen, stiegen in den Express und standen bald im von der Sonne geküssten Il Nido vor Signora Mauros Tür.

Das Haus, das wir mieteten, befand sich auf einer Klippe mit Blick aufs Meer, eingezwängt zwischen zwei anderen, die wie das unsere bescheiden und eingeschossig waren und aus zwei oder drei Räumen bestanden. Bei Signora Mauro zeigten sich Spuren einstiger Schönheit, die jedoch inzwischen bis auf die Reststrahlung ihrer Augen so gut wie erloschen war. Sie trieb zwei Männer auf, die uns halfen, unsere Sachen den steilen Hügel hinaufzutragen, und verbrachte die nächste Viertelstunde damit, uns die nötigsten Handgriffe zu zeigen – wie man den Gasherd bediente und die Kühlschranktemperatur einstellte und so weiter –, bevor sie mir verstohlen zu verstehen gab, ich solle den Männern ein paar zerknitterte Scheine geben, und dann, sehr zufrieden wirkend, den Hügel hinunter verschwand.

Es dauerte keine halbe Stunde, unsere Sachen zu verstauen – Kleider, Bücher, Babyzeug, eine Schachtel mit Küchengeräten, auf die Anina bestanden hatte, obwohl das Haus möbliert vermietet wurde und alles enthielt, was man brauchte – und uns einen Überblick zu verschaffen. Es gab drei Räume – Küche, Schlafzimmer, Wohnzimmer – sowie ein Bad mit einer riesigen, alten, auf Klauenfüßen stehenden Badewanne, groß genug für eine Armee, und das Schiebefenster an der Rückseite ging auf einen langen, schmalen Garten (oder vielmehr ehemaligen Garten, denn er war vollkommen verdorrt), der an einer niedrigen Hecke endete. Dahinter kamen noch zehn, fünfzehn Meter Dorngestrüpp und der Steilhang über dem Meer. »Siehst du, Anina«, rief ich, stieß die Hintertür auf und trat hinaus, »da ist sogar ein Garten! Wir können Tomaten, Kürbisse, Gurken anbauen. Und Bohnen natürlich.«

Meine Frau, in der Öffentlichkeit stets zurückhaltend und dezent (»humorlos« lautete das Urteil meiner Mutter), war privat alles andere als das. Sie ging auf kritische Distanz und schien die Dinge stets so zu sehen, wie sie wirklich waren, während ich zur Verklärung neigte und auf das Beste hoffte. Sie folgte mir in den Garten, nachdem sie das Baby in der Trage auf das Fußende des Betts gelegt hatte, wo es prompt eingeschlafen war. Anina war der Inbegriff von Anmut, ihre wallenden Locken schwangen im selbsterzeugten Luftzug, sie wiegte sich auf ihre eigentümliche, schwere Art in den Hüften, und ihre Lippen kündeten von Leidenschaft, doch was sie sagte, war weder anmutig noch leidenschaftlich. »Das nennst du einen Garten? Nichts als Steine und ausgelaugte Erde.«

»Was hast du erwartet – das Haus stand leer. Ein paar Samen, ein bisschen Wasser, Dünger –«

»Wasser? Ich sehe kein Wasser.«

Ich sah mich um. Es gab ein Vogelbad – ein ehemaliges Vogelbad –, und zwar neben dem Weg, der den Garten in zwei Hälften teilte, außerdem die rostigen Überreste eines radlosen Fahrrads, das aussah, als wäre es schon zu Onkel Augustos Zeiten hier gewesen, und eine ebenso rostige, von gelblichen Ranken überwucherte Gießkanne, die belegte, dass dieser Garten einst mit Wasser versorgt gewesen war. »Da.« Ich drehte mich zum weiß gekalkten Haus um und entdeckte den Wasserhahn und den zusammengerollt darunterliegenden uralten Schlauch. Ich zeigte darauf. »Und was ist das?«

Sie sagte nichts, sondern ging auf dem Weg zurück zum Haus und beugte sich über den Hahn, um ihn aufzudrehen und mir zu zeigen, dass ich unrecht hatte, als sie plötzlich zurückfuhr und einen gedämpften Schrei ausstieß. »Mein Gott«, rief sie, und die Stimme blieb ihr in der Kehle stecken. »Was ist *das?*«

Es war – ich rannte hin, um es mir anzusehen – ein schwarzes, gewundenes Band aus Ameisen, die neben dem Wasserrohr aus der Erde kamen und die Hauswand hinaufliefen, bis sie in einem Spalt zwischen Fassade und Dachüberhang verschwanden. Zuerst reagierte ich gar nicht, ich war vollkommen fasziniert angesichts dieses schimmernden Beweises von Zielstrebigkeit und Koordination, dieses lebendigen Bandes aus Tausenden, Hunderttausenden Individuen in ständig wechselnder, unergründlichen Regeln folgender Anordnung (obwohl ich zu diesem Zeitpunkt bereits an Algorithmen dachte). »Ameisen«, hörte ich meine Frau rufen. »Ich hasse Ameisen.«

Ohne jetzt in die Details einer unglücklichen Beziehung zu gehen, die sie als Studentin an der Uni mit einem Biologen gehabt hatte, der zehn Jahre älter, verheiratet und Ameisenforscher gewesen war, will ich nur sagen, dass sie jedenfalls keineswegs fasziniert war, als sie den Schlauch nahm und auf die Marschkolonne der Ameisen richtete – ganz im Gegenteil. Aus dem Schlauch kamen erst ein Gurgeln und dann ein Wasserstrahl, der die Ameisen hinunterspülte, doch am Fuß der Wand ballten sie sich zusammen, formierten sich und krochen aufs neue die Wand hinauf, diesmal in zwei Bändern, die sich oberhalb der Stelle, die Anna abgespritzt hatte, wieder vereinigten.

»Das wird nicht helfen«, sagte ich. »Oder nur eine Zeitlang.«

Meine Frau drehte den Hahn zu. »Dann wirst du ins Dorf gehen und Gift besorgen müssen. Es gibt da irgendein Pulver. Mein Vater hat es immer verwendet. Man streut es an der Hauswand entlang und –«

»Bist du verrückt? Wir können hier doch kein Gift einsetzen«, sagte ich und dachte an unseren Sohn, und im selben Augenblick ertönte aus den Tiefen des Hauses ein schriller, durchdringender Schrei. Wir starrten einander entsetzt an. Meine Frau ließ den Schlauch fallen, und dann rannten wir ins Schlafzimmer und sahen, dass der Boden sich in ein Meer von Ameisen verwandelt hatte – von aufgescheuchten, wütenden Ameisen, die vor dem Wasser ins Trockene geflohen waren – und dass das Baby schwarz davon war.

Ich sah sehr wohl die Ironie, die darin lag. Dieses Kind hatte, wie einer der Spezialisten es einmal ausgedrückt hatte, das Gefühl, als würden Ameisen auf ihm herumkrabbeln, und auf einmal stimmte das: Die Ameisen waren wirklich da. Das Baby warf den Kopf zurück und schrie sich die Lunge aus dem Leib, während ich es hochhob und meine Frau ihm den Strampelanzug auszog und hektisch seinen Rumpf und die Glieder damit abwischte. Sie waren überall, diese Ameisen, sie brachen sich in winzigen Wellen an unseren Sandalen, krochen in die Zehenzwischenräume und krabbelten, sobald wir unseren Sohn berührten, in rasender Geschwindigkeit an unseren Händen und Armen hinauf. Schließlich hatten wir alle abgestreift, und ich nahm den Besen und bekämpfte das wogende schwarze Gewimmel mit gnadenlosem Eifer, bis viele Tausende tot waren und einen eigentümlich säuerlichen Geruch verströmten. Ich fegte sie hinaus in den Hof. Meine Frau wiegte das noch immer wimmernde Baby in den Armen und gab tröstende Laute von sich, und die übrigen Ameisen zogen sich in eine der Ritzen zwischen dem Fliesenboden und der Wand zurück. »Das ist unmöglich«, zischte meine Frau und wiegte sich hin und her, doch ihr Blick fixierte mich wie eine Zange. »Wir können hier nicht leben. *Ich* kann hier nicht leben – nicht so.«

Auch ich kochte vor Wut, sagte aber mit leiser Stimme, uns bleibe wohl gar nichts anderes übrig, denn immerhin hätten wir ja schon die Kaution und die Miete für den laufenden und den kommenden Monat bezahlt, und wenn wir je zu mehr Geld kommen wollten, müsse ich mich an die Arbeit machen und den Preis bekommen.

»Den Preis?«, erwiderte sie. »Dass ich nicht lache. Du willst eine Million gewinnen, indem du ein so gut wie unlösbares Problem löst, an dem wahrscheinlich alle anderen Mathematiker auf der Welt gerade arbeiten – und zwar ohne von Ameisen überfallen zu werden. In richtigen Häusern, in Universitäten mit Klimaanlagen, geputzten Böden und *ohne Insekten!*«

Das tat weh. Natürlich tat es weh. Wir waren noch nicht einmal eine Stunde in unserem neuen Haus – unserem neuen Leben –, und sie stellte bereits das ganze Unterfangen in Frage, nein schlimmer: Sie bezweifelte meine Fähigkeiten, meinen Intellekt, mein Vertrauen in die Einzigartigkeit, die mich von allen anderen unterschied. Ich war der Lösung schon so nah gewesen – sie schwebte seit Monaten knapp außer Reichweite, ich musste sie nur entdecken und die richtige Topologie zur Anwendung bringen –, und ich wusste, wenn ich mich hier, in diesem ruhigen Ort am Meer, ein paar Monate auf die Aufgabe konzentrierte, konnte ich es schaffen. Ich sprach noch leiser. »Ich werde es versuchen.«

Es verging ein langer Moment. Ich stand in der Schlafzimmertür, sie wiegte das Baby. Dann wandte sie sich wieder zu mir und lenkte widerwillig ein, war aber noch immer aufgebracht. Ihre Nerven lagen blank wegen des Umzugs und der Verletzlichkeit des Babys, und das alles fand im übertragenen Sinn seinen Ausdruck in diesen wimmelnden Insekten, die übrigens nicht mal von hier stammten, sondern aus Südamerika eingeschleppt worden waren. »Na gut«, sagte sie, biss sich auf die Unterlippe und wandte sich abrupt ab, als wollte sie das Baby als Geisel nehmen, »aber bevor du dich an deine Arbeit machst, findest du eine Lösung für *dieses* Problem, für dieses *Ungeziefer*.«

Wir hatten noch nicht gegessen, und da es bereits später Nachmittag war, wollte ich hinunter zum Dorf gehen, ein paar Sachen für ein schnelles Abendessen einkaufen – Brot, Käse, Salami, eine Flasche Wein, Milch für das Baby – und die Gelegenheit nutzen, um mich zu erkundigen, ob es vielleicht irgendwelche ungiftigen Pulver oder Sprays gab, womit man die Ameisen in Schach halten konnte – besonders nach Einbruch der Dunkelheit. Ich hatte grausige Visionen, in denen ich mich in einem neuen, fremden Bett wälzte, während Ameisen aus einem Spalt im Boden krochen und sich auf meinem Körper vergnügten. Und dem meiner Frau. Ich sah die Babywiege schon wie eine Topfpflanze von einem Haken an der Decke hängen – Ameisen konnten doch nicht fliegen, oder? Diese Spezies jedenfalls nicht. Ich ging auf dem mit Platten belegten Weg zum Vorgartentor, als ich aus dem Garten nebenan Musik (eine Jazzvioline, sinnlich und herzzerreißend, das rhythmische Streichen des Bogens) und leises, von Gelächter unterbrochenes Gemurmel hörte. Kurz entschlossen – und auch, um mich als guter Nachbar zu zeigen – trat ich an die Hecke zwischen den Grundstücken und sah hinüber.

Es war mir sofort peinlich. Meine Nachbarn, ein Mann und eine Frau in den Vierzigern, die Badekleidung trugen – er eine Badehose, sie einen Bikini, der wenig Raum für Phantasie ließ –, sahen mich erschrocken an. Sie saßen an einem Tisch mit Glasplatte, tranken Campari Soda und hatten die nackten Füße auf die beiden unbesetzten Stühle der Vierergruppe gelegt. Die Frau war dunkelhaarig, der Mann blond, und beide wirkten vollkommen harmlos. Als sie ihre anfängliche Überraschung überwunden hatten, lächelten sie breit, und die Frau, deren Name, wie ich bald erfahren sollte, Sylvana war, rief: »Hallo! Sie müssen unser neuer Nachbar sein.« Und der Mann: »Kommen Sie rüber! Ja, na los, kommen Sie.« Und die Frau: »Keine Förmlichkeiten – steigen Sie einfach über die Hecke. Nur zu.«

Ich trug eine Khakihose und ein Baumwollhemd, dessen Ärmel ich bis zu den Ellbogen hochgekrempelt hatte. Von Förmlichkeit konnte also eigentlich keine Rede sein, doch die beiden waren praktisch nackt, und so schob ich meine Bedenken beiseite und stieg über die Hecke. Dort, wo meine Beine und Hüften die Zweige und Blätter berührten, sprangen ein paar Ameisen über, doch ich konnte sie mit diskreten Handbewegungen abwischen. Weder der Mann noch seine Frau standen auf, Sylvana bewegte nur die (sehr wohlgeformten) Beine und legte die Füße auf den Stuhl, auf dem schon die ihres Mannes waren. Ich setzte mich, und wir stellten einander vor – er war Signor Reginaudo (»Nennen Sie mich Ugo«) –, und wenig später stand auch vor mir ein Campari Soda mit Eis und einer Zitronenscheibe.

Wie lange dauerte es, bis das Jucken einsetzte? Minuten? Vielleicht auch nur Sekunden? Beide Reginaudos lachten auf. »Hier«, sagte Sylvana, und es war beinahe, als wollte sie mit mir flirten, »legen Sie die Füße neben meine.«

Erst da fiel mir auf, dass die Beine der Stühle und des Tisches in alten, vermutlich mit Wasser gefüllten Tomatendosen standen, und jetzt war ich es, der lachen musste. »Die Ameisen«, sagte ich, und mit einem Mal lachten wir alle drei. Es war ein langes, ausgelassenes Gelächter, durchzogen von Erleichterung, Frustration und einem Gefühl der Verbundenheit, ein Gelächter der Freundschaft und vielleicht auch der Verzweiflung. Nickend und kichernd, bis er sich mit einem großen Schluck Campari stärken und energisch mit der Faust an die Brust schlagen musste, wiederholte Ugo das Wort mit dem dazugehörigen Pluralartikel, als wäre es das lächerlichste Wort der Welt.

Auf das Gelächter folgte eine betretene Pause, in der ich wieder die Violinmusik hörte und wir alle zugleich an unseren Gläsern nippten und uns bemühten, die Zweige, Blätter, Wedel und Blüten dieses Miniaturparadieses nicht allzu genau zu betrachten und so die Illusion zu zerstören. Auf jedem Grashalm, jedem Stein, jedem Objekt in diesem Garten wimmelte eine dunkle, wogende Präsenz, als wäre die Erde selbst zum Leben erwacht. Sylvana warf mir einen Blick zu, der irgendwo zwischen Heiterkeit und Entsetzen lag. Ich hörte mich sagen: »Wir haben da drüben auch Ameisen«, und schon lachten wir alle drei wieder schallend.

»Das gehört in Il Nido zum Leben«, sagte Ugo, als er sich wieder gefangen hatte (auch diesmal mit einem Schluck Campari und raschem Klopfen ans Brustbein), »aber wir haben Methoden entwickelt, damit umzugehen.«

Ich zog die Augenbrauen hoch. Sylvana bewegte die Beine, so dass ihre sonnendurchwärmten Zehen träge an meinen Füßen lagen.

»Hydramethylnon«, sagte er und sah mich mit einem verkniffenen Grinsen an. »Das bringt's.«

Seine Frau runzelte verärgert die Stirn. »Quatsch. Das einzige, was hilft, ist Sulfluramid.«

Ugo zuckte die Schultern, als wollte er sich nicht darüber streiten. »Azadirachtin, Pyrethrum, Spinosad, Methopren – such's dir aus. Sie sind alle wirksam –«

»Anfangs«, stellte Sylvana richtig.

Wieder ein Schulterzucken. Er hob in einer Geste der Hilflosigkeit die Hände. »Sie passen sich an«, sagte er.

»Aber wir sind ihnen immer einen Schritt voraus«, sagte Sylvana, »stimmt's, Liebling?« Ihr Ton war vorwurfsvoll, bitter. »Einen Schritt voraus?«

Ungeduldig stand Ugo auf. Seine helle Haut zeigte an Schultern und Oberarmen die ersten rosigen Anzeichen von Sonnenbrand. »Was ist das hier – ein Debattierclub?«, sagte er. »Kommen Sie, mein Freund, kommen Sie mit in den Schuppen – ich gebe Ihnen von jedem Mittel eine ordentliche Dosis, dann können Sie selbst entscheiden, welches am besten wirkt.«

Ich hatte mich ebenfalls erhoben und sah in das Tal zwischen Sylvanas Brüsten und auf ihren langen, nackten Bauch, ein Anblick, der mich, wie ich gestehen muss, unwillkürlich in Wallung brachte.

»Kommen Sie«, wiederholte Ugo. »Ich zeige Ihnen, was ich habe.«

»Aber was ist mit dem Baby?« Ich sah von ihm zu Sylvana und wieder zurück. An meinen Füßen und Knöcheln begann es zu prickeln. »Es krabbelt überall herum. Und schlimmer noch: Es steckt alles in den Mund.«

»Das tun Babys eben«, sagte Ugo. »Aber das Zeug ist harmlos, wirklich. Selbst wenn er … es ist ein Junge?«

»Ja«, sagte ich.

»Selbst wenn er durch Zufall irgendwie damit in Kontakt kommt, wird es ihm nicht schaden, und –«

»Ha!«, rief seine Frau und streckte die Beine, so dass ich das Spiel der Muskeln an der Innenseite ihrer Oberschenkel sehen konnte, bis hinauf zu dem winzigen Stück Stoff über dem kleinen Hügel, wo sie sich trafen. »Und den Ameisen schadet es auch nicht. Denen am allerwenigsten.«

Obwohl ich von dem Alkohol auf nüchternen Magen ein bisschen beschwipst war, schaffte ich es problemlos mit den beiden großen Einkaufstüten voll Insektiziden, die Ugo mir aufgedrängt hatte (darunter eine Dose mit der Aufschrift »Ameisen-Stopp« und eine andere, auf der »Ameisentod« stand), über die Hecke zu steigen. Als ich ins Haus trat, um meiner Frau von meiner Entdeckung zu berichten, sah ich, dass sie und das Baby eingeschlafen waren. Anina lag, den Kleinen in der Armbeuge geborgen, diagonal auf dem Bett, und vielleicht war es keine nüchterne Einschätzung, die mich veranlasste, eine ordentliche Dosis Ameisentod entlang der Außenmauern des Hauses zu streuen und sicherheitshalber auch den Inhalt der Dose Ameisen-Stopp (Wirkstoff: Malathion – was immer das sein mochte) darauf zu verteilen. Im Haus sah ich keine Ameisen. Aus Angst vor dem, was ich entdecken könnte, forschte ich allerdings nicht allzu genau nach ihnen, sondern machte mich auf den Weg hinunter zum Dorf.

Es war ein altmodischer Laden, trüb beleuchtet, gekühlt von dicken, uralten Mauern und erfüllt vom Geruch nach dem Fleisch und dem Käse in den Kühlvitrinen, vor allem aber vom starken Räucheraroma des Provolone. Es war ein angenehmer Geruch, und als ich meinen Korb durch die leeren Gänge trug und meine Einkäufe hineinlegte, begann ich, mich zu Hause zu fühlen – alles würde laufen wie geplant, und die Lösung für unsere Probleme war zum Greifen nahe. Ich suchte einen Wein aus, fand Milch und Butter in der Kühltheke und eine Salami, die an einer Schnur im Schaufenster hing, dazu Brot, Käse, Oliven und Artischockenherzen. Als ich alles zusammenhatte, ging ich mit meinem Korb zur Kasse, an der eine Frau in einer schmutzigen weißen Schürze stand. Wir begrüßten einander, und als sie meine Einkäufe eingab, fragte ich sie, ob sie ein zuverlässiges Mittel gegen Ameisen habe. Zuerst dachte ich, sie habe mich nicht gehört, doch dann sah sie mich an und schlug gleich darauf die Augen nieder. »Signore«, sagte sie, und ihre Stimme war kaum mehr als ein Flüstern, »über so was sprechen wir nicht.«

»Über so was sprechen Sie nicht?«, wiederholte ich ungläubig. »Wie meinen Sie das? Ich habe gesehen, dass Sie verschiedene Mittel gegen Ameisen haben, unter anderem Ameisentod, und wollte nur wisssen, ob es wirkt. Ob es das beste ist. Und ob es ungefährlich ist. Ist es denn ungefährlich?«

Sie schüttelte nur den Kopf, sah nicht auf, während sie meine Einkäufe in Tüten packte, und blickte dann verstohlen links an mir vorbei. Ich bemerkte, dass wir nicht allein waren. Neben mir stand ein Mann, weder jung noch alt, in einer Art Uniform: Die Hose hatte dieselbe Farbe wie das Hemd, an dessen Ärmel ein Abzeichen aufgenäht war. Das Haar war lang und glatt nach hinten gekämmt, und darüber trug er eine zu kleine Mütze in derselben Farbe wie der Rest seiner Kleidung. Er sah mich mit einem fragenden Lächeln an. »Und Sie sind …?«, sagte er. Seine Stimme war eine Art fragend ansteigendes Knurren.

Ich stellte mich vor, wir schüttelten uns die Hand.

»Ach, natürlich«, sagte er. »Ich hätte es mir ja denken können: Sie sind der neue Mieter in dem Mauro-Haus, stimmt's?«

»Ja«, sagte ich, »wir sind gerade eingezogen – heute, um genau zu sein. Und ich wollte, na ja …« Mit einem ergebenen Schulterzucken brachte ich das uralte Verhältnis zwischen den Geschlechtern ins Spiel. »Meine Frau hat mich einkaufen geschickt. Für die erste Mahlzeit im neuen Haus.« Wieder zuckte ich die Schultern, als wollte ich sagen: *Sie wissen ja, wie das ist.*

»Ich werde morgen als erstes zu Ihnen kommen«, sagte er. »Wäre sechs Uhr zu früh?«

Ich sah ihn verdutzt an. »Entschuldigung«, sagte ich, »aber wer sind Sie eigentlich?«

Er richtete sich auf, und vielleicht bildete ich es mir ein, aber es war, als würde er schneidig die Hacken zusammenschlagen. »Verzeihen Sie«, sagte er, zog eine Karte aus der Hemdtasche und reichte sie mir. »Aldo Baudino«, sagte er und deutete eine Verbeugung an. »Von der Gesellschaft für Ameisenbekämpfung.«

Ich hatte weitere Fragen an ihn – *Ameisenbekämpfung? Sechs Uhr morgens?* –, doch die Frau an der Kasse schüttelte den Kopf und sah zur Tür. Sie wollte mich warnen, mir etwas mitteilen, aber was? Ich bedankte mich, bezahlte, verabschiedete mich von beiden und ging wortlos hinaus.

Zu Hause angekommen stieß ich das Tor auf und ging auf die Haustür zu, als drinnen ein Schrei ertönte, bei dem mir fast das Herz stehenblieb. Ich ließ die Tüten fallen und rannte. Im selben Moment flog die Tür auf, und Anina sprang, das Baby an die Brust gedrückt, die Stufen hinunter. Ich sah sofort, was geschehen war: Der Kleine war über und über mit dem Ameisenpulver bestäubt, und rings um seinen Mund war eine grünliche Kruste – er musste auf dem Boden herumgekrochen sein und das Zeug aufgeleckt haben. »Einen Arzt!«, rief Anina. »Wir müssen ihn zu einem Arzt bringen!«

Mein Herz raste, ich spürte nichts als Entsetzen und Schuld. Wie konnte ich nur so dumm gewesen sein? Was waren Ameisen, eine Ameisenplage, alle Ameisen der Welt gegen das hier? Aber wo gab es einen Arzt, wie konnten wir ihn finden? Wir hatten kein Telefon – und wenn es eins gab, war es noch nicht angeschlossen –, und das einzige, was mir einfiel, waren die Reginaudos. Sie würden es wissen. Ohne ein Wort – Anina musste denken, ich sei verrückt geworden – sprang ich über die Hecke in ihren Garten, denn ich dachte, sie säßen noch immer mit hochgelegten Füßen am Tisch und tränken Campari, doch sie waren verschwunden. Ameisen umwimmelten meine Füße, und ich sah, dass sich ein ganzer brodelnder Strom mit großer Geschwindigkeit auf unser Haus zubewegte, als würde das Pulver die Tiere nicht vertreiben, sondern magnetisch anziehen. Anina schrie erneut. Und ich hämmerte mit den Fäusten an die Tür der Reginaudos, spähte durch das Fenster und rief um Hilfe.

Sogleich erschien Ugo und sah verärgert aus – oder verdutzt, vielleicht ist das das bessere Wort. »Ja?«, sagte er und öffnete die obere Hälfte der Tür. »Was ist los? Wo brennt's?«

»Das Baby!« Ich brachte die Worte kaum heraus und bemerkte, dass Ugo Gummistiefel trug und der Betonboden der Küche etwa zwei Zentimeter hoch unter Wasser zu stehen schien, und dann war Anina neben mir, stammelte erregt und zeigte ihm das Baby.

Das war das Tableau: wir vier und die Ameisen. Der Kleine schien allerdings ganz vergnügt und hing breit und grünlich grinsend im Arm seiner Mutter, als wäre alles ganz in Ordnung, als wäre Ameisengift so unschädlich wie Marmelade und ebenso unwiderstehlich. Ugo winkte ab. »Wie ich sehe, hat er die Dose Ameisentod entdeckt«, sagte er. »Aber keine Sorge, das Zeug ist so ungefährlich wie Zucker und Wasser.«

Meine Frau starrte ihn an, ihre Augen – ihre schönen olivförmigen Augen – waren so groß, als würden sie ihr gleich aus dem Kopf fallen. »Wie meinen Sie das: keine Sorge? Sehen Sie nicht, dass er das Gift gegessen hat?«

Sylvana kam hinzu. Sie trug noch immer ihren knappen Bikini und platschte barfuß durch die Küche. »Ich hab Ihnen doch gesagt, das Zeug ist völlig harmlos«, rief sie.

Aber meine Frau wollte sich nicht beruhigen – und ich ebenfalls nicht, auch wenn ich mich bemühte, das alles zu verstehen. Warum sollte jemand ein Mittel gegen Ameisen auf den Markt bringen, das völlig harmlos war, es sei denn, es war nur für Menschen harmlos, für Insekten aber tödlich? Doch wenn es so war, warum gab es dann hier so viele Ameisen?

Während eine Ameisenkolonne an der Hauswand hinunterkroch, um sich dem Strom der anderen anzuschließen, die unserem Haus zustrebten, beugte Sylvana sich über die untere Türhälfte und sagte, wenn wir darauf bestünden, werde sie den Arzt anrufen. »Aber ich sage Ihnen: Er wird nichts tun. Er hat das schon hundertmal erlebt. Wollen Sie meinen Rat? Geben Sie dem Jungen ein, zwei Löffel Olivenöl, damit er das Zeug wieder ausspuckt.«

»Nein«, sagte meine Frau und schüttelte entschieden den Kopf, und mir fiel absurderweise ein, dass ich sie noch gar nicht vorgestellt hatte. »Rufen Sie den Arzt.«

Die Reginaudos wechselten einen Blick und zuckten die Schultern, und Ugo stapfte zum Telefon, das an der Wand hing. Ich wandte mich zu meiner Frau und ignorierte die Gummistiefel, den unter Wasser gesetzten Boden und das, was das alles implizierte. »Anina«, sagte ich, »das ist Sylvana, unsere Nachbarin. Sylvana, das ist meine Frau Anina.«

Das Baby grinste und steckte einen grünen Finger in den Mund.

»Sehr erfreut«, sagte Sylvana und streckte die Hand aus.

Der Arzt kam mit seiner Tasche zu Fuß vom Dorf herauf. Er war ein schwungvoller, O-beiniger Mann unbestimmten Alters, meiner Schätzung nach aber mindestens doppelt so alt wie ich. »Ah, Sie müssen die Neuen sein«, rief er, als er durch das Tor trat und ich auf ihn zueilte, gefolgt von Anina, die unseren Sohn besorgt im Arm hielt. »Und das«, sagte er, setzte seine Lesebrille auf und beugte sich vor, »ist wohl der kleine Patient.« Er streckte die Arme aus, und Anina reichte ihm den Jungen. Der Arzt nahm ihn, machte ein paar leise schnalzende Laute, wie es alle Ärzte, auch Spezialisten, tun, und konstatierte das Offensichtliche: »Er hat das Ameisenpulver erwischt, stimmt's?«

Das war das Signal für Anina, all ihre Sorgen vor ihm auszubreiten: Sie erzählte, sie sei erwacht und habe festgestellt, dass das Baby aus dem Bett gekrochen sei und es irgendwie geschafft habe, die Tür zu öffnen, die jemand leichtsinnigerweise nur angelehnt habe (hier warf sie mir einen scharfen Blick zu), schilderte die medizinischen Probleme, die unser Sohn in den vergangenen sechs Monaten gehabt hatte, und schloss mit einer langen, überflüssigen Beschreibung unserer Reise aus dem Norden hierher, wo wir zu unserer Überraschung – nein, zu unserem Entsetzen – festgestellt hätten, dass es im Haus von Ameisen wimmele.

Der Arzt hörte gar nicht richtig zu. Er schlurfte hin und her, hob unseren Sohn hoch in die Luft, wirbelte ihn herum und gab gurgelnde Babylaute von sich, und der Kleine genoss die Aufmerksamkeit, verzog den Mund zu einem breiten grünen Lächeln und schrie vor Vergnügen. Erst jetzt wurde mir bewusst, dass wir alle drei ständig unwillkürlich kleine Schritte machten; Bewegung war das einzige, was die Ameisen einigermaßen in Schach hielt. Ich wurde ungeduldig. »Aber was ist mit dem Baby?«, sagte ich und versuchte, seine Aufmerksamkeit zu erlangen, während er sich drehte und Koselaute stammelte. »Ist alles in Ordnung?«

»Oh, dem geht's prima«, versicherte er mir und reichte es wieder Anina. »Ein bisschen Malathion hat noch keinem geschadet.« Vögel ließen sich auf den Bäumen nieder, die Sonne stand knapp über dem Horizont. Mein Magen knurrte. Es war ein langer Tag gewesen, und wir hatten noch nicht gegessen. »Und Sie, junge Mutter«, fuhr er fort und sah Anina an, »geben ihm ein, zwei Tage nur Suppennudeln und untersuchen seine Windeln. Wenn der Stuhl grünlich ist, bringen Sie ihn in meine Praxis, wenn nicht, dann vergessen Sie das Ganze und freuen Sie sich, denn dieser kleine Bursche ist kerngesund.« Er beugte sich zu unserem Sohn und stubste ihn mit dem Finger auf die Nase. »Stimmt's, Tiger?«

»Wollen Sie ihn denn gar nicht untersuchen?« Meine Frau, die Fremden gegenüber sonst immer sehr zurückhaltend war, hatte sich noch immer nicht beruhigt. Über die Reginaudos war sie praktisch hergefallen, und jetzt stellte sie Forderungen an den Arzt – und dabei war es unser erster Tag im Dorf.

Der Arzt trat in einer Art nie endender Tarantella von einem Fuß auf den anderen und grinste. »Nicht nötig«, sagte er, »ganz und gar nicht nötig.« Er wandte sich zum Gehen. »Nicht vergessen«, rief er über die Schulter, »Suppennudeln und Stuhluntersuchung.«

Wütend und vor sich hin murmelnd – ich hörte deutlich das Wort »Quacksalber« – drehte Anina sich um und marschierte Ameisen zertretend ins Haus, während ich den Doktor zur Straße begleitete. »Was bin ich Ihnen schuldig?«, fragte ich ihn, als ich ihm das Tor aufhielt.

Er schien sich zu schütteln und rieb energisch ein Hosenbein am anderen. »Machen Sie sich darüber keine Gedanken«, sagte er grinsend und zuckend. Die untergehende Sonne ließ sein tief gefurchtes Gesicht wie eine Laterne aussehen. »Ich schicke Ihnen morgen eine Rechnung.« Er streckte die Hand aus, ich ergriff sie. »*Spezialisten*«, sagte er, und für einen Augenblick dachte ich, er würde ausspucken, doch er drückte mir lediglich die Hand, zog die knochigen Schultern hoch und ging wieder zurück zum Dorf.

Ich hob die Papiertüten mit den Einkäufen auf, streifte fast beiläufig die Ameisen ab, die darauf herumwimmelten, und dachte ans Abendessen und ein Glas Wein – das würde ein guter Ausklang für diesen turbulenten Tag sein –, als ich von der Hecke, die das Grundstück von dem unseres anderen Nachbarn trennte, ein »Psst, psst« hörte und mich umdrehte. Im Schatten stand ein Mann und winkte mir. Er war untersetzt und hatte einen großen Bauch, einen riesigen Kopf und Augen, die das schwindende Licht aufzusaugen schienen, bis sie wie Scheinwerfer leuchteten.

Man kannte ihn nur als den »Captain«. Er war Ausländer, aus Mexiko, wo er Geldeintreiber für eine Drogenschmugglerbande gewesen war, bis er drei Schüsse in den Bauch gekriegt hatte und seine Frau, die an der roten Ampel auf dem Beifahrersitz seines Cabrios gesessen hatte, an einer für ihn bestimmten Kugel gestorben war. Jetzt war er im Ruhestand und ging – laut den Reginaudos, die mir die Einzelheiten erzählt und mich vor ihm gewarnt hatten (nach ihrer Einschätzung war er ein Extremist) – kaum je aus dem Haus. Was, wie ich fand, verständlich war.

Ich trat an die Hecke und sagte: »*Buonasera*«, doch er erwiderte die Begrüßung nicht und stellte sich auch nicht vor. Er sagte nur: »Den Reginaudos sollten Sie lieber nicht trauen. Sie ist eine Schlampe, und er ist, wenn man's recht bedenkt, auch nicht viel besser. Sie verstreuen bloß überall ihr Pulver und vögeln den lieben langen Tag.«

Ich zog die Augenbrauen hoch, auch wenn ich nicht sicher war, ob er im Abendlicht überhaupt mein Gesicht sehen konnte. Ich war nicht gerade begeistert – ich wollte keine Kritik an meinen Nachbarn hören oder in irgendwelche Auseinandersetzungen hineingezogen werden, und die Ameisen hatten natürlich bereits begonnen, mich und die Lebensmitteltüten zu erforschen –, aber ich war höflich, übertrieben höflich. Das behauptete jedenfalls Anina.

»Wollen Sie wissen, wie man mit diesem Ungeziefer fertigwird? Ja? Ich meine, *wirklich* fertigwird? Die Endlösung? Keine halben Sachen wie diese Waschlappen da drüben? Steigen Sie über die Hecke, dann zeig ich's Ihnen.«

Der Captain verwendete weder Pulver noch Spray. Nein, er hatte Fallen konstruiert. Mit Köder versehene Drähte hingen über mit Benzin gefüllten Konservendosen, in die hungrige Ameisen einzeln und manchmal auch dutzendweise fielen, und es gab ein paar elektrische Apparaturen, die einem Fischkopf oder einem Stück Fleischabfall alle dreißig Sekunden einen Stromschlag versetzten. Ich wollte nur nach Hause, mich an den Tisch setzen, etwas essen und einen Plan entwickeln, wie ich die Ameisen von unserem Schlafzimmer fernhalten konnte. Ich war so müde, dass ich kaum verstand, was der Captain mir mit schwerem, verwirrendem Akzent erklärte, doch in der nächsten halben Stunde folgte ich ihm, ließ mir seine Ameisenfallen zeigen und zwang mich, zustimmende Laute von mir zu geben.

»Es handelt sich hier um die Argentinische Ameise«, sagte er irgendwann. »Ich weiß nicht, ob Sie verstehen, was das bedeutet. Es sind Fremde« – hier hielt er kurz inne und sah mich mit einem Haifischgrinsen an – »wie ich. Aber sie stammen aus Südamerika, aus dem Urwald, wo sie Tag für Tag gnadenlos ums Überleben kämpfen müssen. Wenn sie irgendwo auftauchen, verdrängen sie alle anderen Ameisenarten, sie fressen sie auf und zerstören ihre Bauten. Wissen Sie, was diese Ameisen sind?«

Ich schüttelte den Kopf.

»Sie sind wie die Zellen eines Körpers – jede Ameise ist eine Zelle, und alle arbeiten zusammen. Sie sind ein Ganzes, ein lebender Organismus, und ihre Königin ist das Gehirn. Mein Plan ist, sie auszuhungern, indem ich ihr die Arbeiter nehme, Stück für Stück, als würde ich einen Körper zerteilen.« Es trat eine Stille ein, durchbrochen nur vom Knistern der elektrischen Drähte und dem leisen Zischen der Ameisen, die in benzingefüllte Dosen fielen. »Hier«, sagte er und wies auf eine seiner Fallen, »nehmen Sie so viele mit, wie Sie wollen – die Dinger sind Ihre einzige Hoffnung.«

Nach einer beinahe schlaflos im Krieg mit den Ameisen verbrachten Nacht (in der ich, trotz aller Sorge um das Baby, das Bett schließlich mit einem Ring aus grünem Pulver umgeben hatte) wurde ich, als der Morgen graute, von einem Geräusch im Garten geweckt. Ich stand auf, schlüpfte in die Schuhe und ging, Ameisen zertretend, durch die Küche zur Hintertür, um nachzusehen. Draußen stand jemand, zum Fuß der Hauswand gebeugt, und obwohl mein Geist nicht so frisch war, wie ich es mir gewünscht hätte, dauerte es nur einen Augenblick, bis ich den Mann erkannte. Die zu kleine Mütze, das glatt zurückgekämmte Haar, das Ärmelabzeichen: Es war der Ameisenmann, der gekommen war, wie er es versprochen – oder vielmehr angedroht – hatte. »Guten Morgen«, sagte ich, verärgert und erleichtert zugleich. Er war zwar ein Eindringling, doch er verhieß Hoffnung.

Er sah nicht auf. »Sie haben ein Problem«, sagte er. Seine Stimme war ein tiefes Knurren, als würde die Erde beben.

»Ein Problem?«, erwiderte ich. »Ist das nicht offensichtlich? Haben wir nicht alle ein *Problem*, wie Sie es nennen? Die Frage ist doch wohl eher, was Sie dagegen unternehmen wollen.«

Er hatte sich auf ein Knie niedergelassen, kratzte mit einer kleinen Schaufel in der Erde, sah mich über die Schulter an und lächelte sardonisch, als wollte er mir recht geben. »Ich habe die Absicht«, sagte er langsam, und nun klang das Grollen geradezu inbrünstig, »dieses Problem zu eliminieren. Hier. Sehen Sie.«

Ich beugte mich hinunter.

»Sehen Sie das?« Er hatte an der Hauswand eine Vertiefung in die Erde gekratzt und eine flache Tonschale hineingestellt, in der im frühen Morgenlicht eine dickflüssige bernsteinfarbene Substanz glänzte wie eine kostbare Gabe. »Das ist meine Spezialmischung: Honig, aber mit einem Pestizid versetzt, so schnell und tödlich, dass das Haus innerhalb einer Woche ameisenfrei sein wird. Das garantiere ich Ihnen.«

»Aber was ist mit unserem Baby?«, sagte ich. »Wird es nicht –«

Er gab ein leises, kehliges Geräusch von sich. »Das ist für Ameisen, nicht für Babys«, sagte er. »Wenn Sie sich solche Sorgen machen, behalten

Sie Ihr Kind eben im Haus – das wird doch wohl möglich sein, oder? Finden Sie nicht, dass die Sache das wert ist – besonders, wenn man die Alternativen bedenkt? Wachen Sie auf. Wir leben auf dem Planeten Erde, und für dieses Leben gelten, wie für alles andere, bestimmte Voraussetzungen und Bedingungen.«

»Ja, aber –«

»Nichts aber. Tun Sie einfach, was ich sage. Und was diese Fallen betrifft, die der Captain Ihnen gegeben hat« – er wies mit einer wegwerfenden Geste auf die Apparate, die ich am Abend zuvor im Garten aufgestellt hatte – »haben Sie bedacht, dass Benzin für Kleinkinder gefährlich ist, hm? Oder denken Sie nicht?« Er erhob sich und musterte mich abschätzig. »Amateure«, sagte er und wies mit dem Kinn auf das Haus des Captains und der Reginaudos. »Meinen Sie wirklich, es hätte irgendwelche Auswirkungen, wenn man ein paar Tausend Arbeiterinnen tötet? Nein, man muss die Königin erwischen, man muss die Arbeiterinnen dazu bringen, ihr diese erlesene Köstlichkeit zu bringen. Sie sollen ihre Königin damit füttern und mit Sorge sehen, wie sie schrumpft und austrocknet und das ganze verdammte Volk ausgelöscht wird. Sie sind doch Mathematiker, oder? Hab ich jedenfalls gehört.«

Ich nickte.

Er sah mich durchdringend an und nickte ebenfalls, als hätten wir gerade eine Vereinbarung getroffen. »Dann rechnen Sie nach«, sagte er, bückte sich und stellte eine weitere Schale auf den Boden.

Eine Woche verging. Mehrmals erschien Signor Baudino zu den ungewöhnlichsten Zeiten – bei Morgengrauen, um Mitternacht –, um seine Schalen aufzufüllen, eine geheimnistuerische Gestalt, beinahe so störend wie die Ameisen, die, seinem Versprechen zum Trotz, zahlreicher waren denn je. Wir schliefen nur wenig, obwohl ich schließlich die vier Beine des Betts in mit Wasser gefüllte Tomatendosen gestellt hatte, was sich als wirksame Maßnahme erwies. Dennoch wälzten Anina und ich uns hin und her und träumten natürlich von Ameisenschwärmen, die uns überwältigten und bis auf die Knochen auffraßen. Für unseren Sohn wurden auch die wachen Stunden zu einer Art Albtraum, denn die Ameisen fielen, kaum dass wir ihn aus der Wiege genommen hatten, über ihn her, und wenn ich heute an diese Zeit zurückdenke, sehe ich vor meinem geistigen Auge noch immer, wie er sich unaufhörlich kratzt: Es war wieder wie früher, verschärft allerdings durch den Umstand, dass eingebildeter und tatsächlicher Juckreiz nun miteinander verschmolzen, so dass er sich nie sicher sein konnte, was wirklich war und was nicht, und immer nur dieses Kribbeln spürte. Es gelang mir nicht, ihn zu trösten. Und ich sehe Anina, die mit jedem Tag mürrischer und gereizter wurde und mich für all unsere Probleme verantwortlich machte, als wäre ich imstande, der Plage Einhalt zu gebieten. Die Reginaudos kamen vorbei und boten uns Rat und weitere Pulver und Sprays an, und der Captain schlich sich zweimal ungebeten in unseren Garten, um seine Benzinfallen aufzustellen. Was mich betrifft, so machte mir das alles ebenso zu schaffen wie meiner Frau und unserem Sohn. Zwar setzte ich mich tapfer an den in wassergefüllten Konservendosen stehenden Schreibtisch und kritzelte Gleichungen aufs Papier, doch sie verwandelten sich sogleich in Ströme von Ameisen, so ungreifbar wie die in meinen Träumen.

Am siebten Tag, einem Montag, kam Anina, das Baby im Arm, an meinen Schreibtisch. »Das ist Betrug«, stellte sie fest. Ihre Stimme klang mühsam beherrscht und war kurz davor zu brechen.

Ich sah auf, bemerkte eine Ameisenkolonne, die an der Wand vor mir hinauflief. Oder nein, hinunter. Sowohl hinauf als auch hinunter. Ich hatte mich in eine andere Welt versenkt und war jetzt wieder zurück in der Realität. »Was ist Betrug?«

»Der Mietvertrag. Die alte Schachtel.« Sie spuckte Signora Mauros Namen aus, als wäre es ein Batzen Schleim. »Sie hat nie was von Ameisen gesagt, und das macht den Vertrag ungültig. Er ist unter falschen, betrügerischen Umständen zustande gekommen. Das hier ist kein Paradies, sondern die Hölle, und das weißt du auch!«

Sie machte mir Vorwürfe, und das war etwas, das ich weder brauchte noch verdient hatte. Ich wollte ihr widersprechen, wollte sagen: *Siehst du nicht, dass ich arbeite?*, doch in diesem Augenblick erkannte ich die Wahrheit. Sie hatte recht. Die Zeit der Heuchelei war vorbei. »Hol deine Handtasche«, sagte ich.

Sie sah mich wütend an. Das Baby verzog den Mund und begann zu weinen.

»Wir gehen ins Dorf, zu Signora Mauro, und verlangen eine Erklärung.«

Das Haus der Vermieterin, das wir, als wir aus dem Bus gestiegen waren, kaum beachtet hatten, war ein niedriges, ausgedehntes, mäanderndes Anwesen mit reich verziertem schmiedeeisernem Gitterwerk, das vermutlich noch aus der Renaissance stammte. Es lag im besseren Viertel, umgeben von imposanten Villen und üppiger Vegetation, und die Luft war so frisch, als wäre sie eben erst erzeugt worden. Meine Frau öffnete das Tor, marschierte zur Haustür und drückte rachelüstern auf den Klingelknopf. Es verging ein Moment. Wir standen eingerahmt von einem schmiedeeisernen Spalier in Form eines aufsteigenden Engels, und das Baby war endlich einmal still. Anina schnaubte wütend und drückte erneut auf den Knopf, doch diesmal ließ sie ihren Finger dort, so dass die Klingel unaufhörlich ertönte. Schließlich wurde die schwere Eichentür einen Spaltbreit geöffnet, und ein Dienstmädchen, kaum größer als eine Schülerin, sah zu uns auf. »Wir wollen mit der Signora sprechen«, sagte ich.

Das Gesicht des Dienstmädchens sah aus wie ein Stück Fontina, ihre Augen waren die Löcher darin. »Die Signora empfängt heute keinen Besuch«, sagte sie.

»Oh doch, das wird sie«, erwiderte meine Frau, stieß die Tür auf und ging durch die Eingangshalle. Ich folgte ihr.

Wir traten in einen dunklen, widerhallenden Raum. Das einzige Licht fiel durch verschwommene Rechtecke, die hinter den zugezogenen Vorhängen zu erkennen waren. Schwere Möbel ragten in der Düsterkeit auf. Es roch nach Staub und Verwahrlosung. Bislang hatte ich mich von der Empörung meiner Frau mitreißen lassen, doch jetzt, da wir im Dunkel eines fremden Hauses standen – eines Hauses, zu dem wir uns ungebeten Zutritt verschafft hatten –, kamen mir Bedenken. Nicht aber Anina.

Sie erhob die Stimme und rief: »Signora! Signora Mauro! Wir wollen mit Ihnen sprechen – nein, wir *verlangen*, mit Ihnen zu sprechen. Und zwar sofort!«

In der hinteren Ecke des Raums regte sich etwas, als würde ein Schatten sich verfestigen, und dann flammte ein Streichholz auf, eine Kerze wurde entzündet, und Signora Mauro stand in einem farblosen Witwengewand vor uns. »Wer sind Sie?«, wollte sie wissen und kniff, geblendet vom Licht der Kerze, die Augen zusammen.

»Es geht um den Mietvertrag«, sagte ich.

»Das ist Betrug«, rief Anina schrill. »Die Bedingungen –«, begann sie, konnte aber nicht weitersprechen.

»Ungeziefer«, sagte ich. »Das Haus ist mit Ungeziefer verseucht – davon haben Sie uns nichts gesagt.«

Signora Mauros Stimme war die einer Lügnerin und drang nicht lauter an unser Ohr als ein verlogenes Zischen: »Davon weiß ich nichts.«

»Ameisen«, warf meine Frau ein. »Nichts als Ameisen.« Obwohl unser Sohn das Wort eigentlich noch gar nicht kennen konnte, begann er bei der bloßen Erwähnung seiner Quälgeister zu zappeln und zu greinen.

»Sie müssen eben für Sauberkeit sorgen«, sagte Signora Mauro. »Wenn Sie so viel Schmutz herumliegen lassen, ist es ja kein Wunder. Ich hätte gute Lust, die Miete zu verdoppeln, weil Sie mein Eigentum verwahrlosen lassen. Glauben Sie bloß nicht, ich wüsste nicht Bescheid.« Ich bemerkte, dass sie zuckte und sich verstohlen kratzte. Sie rieb ein Bein am anderen und wischte mit der Hand über Bauch und Hüfte.

Ich hielt dagegen. »Und Sie? Wieso lässt Sie das so kalt?«

»Ich? Bei mir gibt es kein Ungeziefer. Ich halte mein Haus sauber. Makellos sauber.« Wieder zuckte sie, versuchte aber, es zu verbergen.

»Aber natürlich haben Sie hier Ungeziefer«, sagte ich. »Das wissen Sie.«

»Nein, hab ich nicht.«

»Wir wollen raus aus diesem Vertrag«, sagte Anina. »Er muss aufgelöst werden.«

Die Signora schwieg einen Moment. Ich hörte sie rasselnd ein- und ausatmen. »Sie können verlangen, was Sie wollen, aber ich werde Sie verklagen – und von Ihrer Kaution werden Sie nichts mehr sehen, das garantiere ich Ihnen.«

»Nein, wir werden *Sie* verklagen«, sagte ich und trat zu meiner eigenen Überraschung einen Schritt auf sie zu: Was hatte ich vor – wollte ich sie angreifen? Aber während ich die Worte aussprach, wusste ich, dass ich bluffte. Sie hielt die Karten in der Hand, sie war im Vorteil. Wir hatten ihr zwei Monatsmieten bezahlt und, abgesehen von dem Haus am Steilufer, kein Dach über dem Kopf.

»Nur zu«, sagte sie. Ihre Stimme stieg um eine Oktave, sie wand sich und stampfte auf den Teppich, der im Dunkeln lag und offenbar mit einem Mal von Ameisen wimmelte. »Das möchte ich sehen, wirklich.«

Im nächsten Augenblick stieß Anina, meine sanftmütige Anina, die vor Wut und Verzweiflung kaum zu erkennen war, mich grob beiseite, stürmte hinaus und warf das Eisentor so heftig ins Schloss, dass das ganze Haus zu erbeben schien. Ich stand in der Düsternis, verbeugte mich linkisch, wünschte der alten Frau einen guten Tag und eilte meiner Frau linkisch nach. Als ich die Straße erreichte, überlegte ich panisch, was sie wohl als nächstes tun würde, und sah nach links und rechts – ich hatte sie noch nie so erlebt, die Wut war aus ihr hervorgebrochen wie Lava, und ich machte mir Sorgen um sie und das Baby. Auf der Straße herrschte reger Betrieb, Fahrräder und Autos waren unterwegs, und in dem allgemeinen Durcheinander sah ich Anina zunächst nirgends, doch schließlich entdeckte ich ihre sich unverkennbar wiegenden Hüften. Sie bog am Ende des Blocks nach links in eine Seitenstraße ab. Ich rannte ihr nach.

Als ich die Ecke erreicht hatte, war sie bereits an der nächsten und wandte sich nach rechts, hinunter zu jenem Teil des Dorfs, wo zwischen einer Tankstelle und einigen verfallenen Konservenfabriken, in denen einst die nun schon seit Jahren immer selteneren Sardinen verarbeitet worden waren, die uralten steinernen Häuser der Fischer standen. »Anina, was hast du vor?«, rief ich, doch sie ignorierte mich. Ihre nach vorn gezogenen Schultern bargen das Baby, und ihre Beine in den verwaschenen Jeans bewegten sich in einem schnellen Rhythmus. Endlich hatte ich sie eingeholt und beschwor sie – »Lass uns nach Hause gehen und alles besprechen, wir werden schon eine Lösung finden, beruhige dich, bitte, wenn schon nicht für mich, dann für das Baby« –, aber sie ging einfach weiter, ihr Mund war ein schmaler Riss, ihre Wangenmuskeln waren wütend angespannt.

Weiter ging es, durch diese und jene Straße, bis ich schließlich erkannte, wohin sie wollte: zu einem Lagerhaus, nur einen Block vom Meer entfernt, einem Gebäude aus Hohlblocksteinen und Wellblech, das bessere Zeiten gesehen hatte. Als ich ihr, noch immer auf sie einredend, zum Eingang folgte, sah ich das handgemalte Schild *Gesellschaft für Ameisenbekämpfung*, und im selben Augenblick nahm ich den Geruch wahr. Und die Ameisen. Es war ein Geruch nach Fäulnis und Verwesung, nach Fischköpfen und Abfällen, die der Captain vielleicht als Köder verwendet hätte, und an der Wand wimmelten Ameisen in solcher Zahl, dass sie eine fünfzehn Zentimeter dicke Schicht bildeten. Anina versuchte, die Tür zu öffnen, doch sie war verschlossen, und so hämmerte sie mit der Faust an das Stahlblech, dass sich Ameisenmassen in breiten Streifen lösten und herabfielen wie abgeschälte Haut. »Komm raus, du Scheißkerl!«, schrie sie. »Ich weiß, dass du da drin bist!«

Ich fiel ihr in den Arm und schüttelte sie, und jetzt mischte sich auch das Baby ein und brüllte wie am Spieß. »Was machst du da?«, fuhr ich sie an.

In ihren Augen standen Tränen. Das Baby brüllte. »Verstehst du nicht? Es stimmt, was sie sagen: Dieser Ameisenmann behauptet, im Dienst der Regierung zu stehen, aber in Wirklichkeit züchtet er sie. Kapierst du das nicht?«

»Nein«, sagte ich, »ehrlich gesagt nicht. Warum sollte er das tun?«

Sie bedachte mich mit dem mitleidigen, verächtlichen Blick, mit dem man einen Narren betrachtet, der blind ist für die Realitäten des Lebens. »Wenn die Ameisen vernichtet sind, ist er seinen Job los. Das ist doch sonnenklar. Er bekämpft sie nicht, er *füttert* sie!«

Das war natürlich unmöglich, das sah ich ganz klar. Ich sah auch, dass wir ohne eigene Schuld von unserem Lebensweg abgekommen waren, dass wir uns verlaufen hatten und uneins waren. Und warum? Wegen *Ameisen?* Ich hielt noch immer ihren Arm, und dann kam mir ein Gedanke: Ich drehte sie, während das Baby noch immer weinte, herum und führte sie die Straße hinunter dorthin, wo das Meer rhythmisch ans Ufer donnerte. Zwischen Felsen hindurch gingen wir zum bleichen Sandstrand, und dort schloss ich sie für einen langen Augenblick in die Arme. Das Baby beruhigte sich, sein kleines Herz schlug langsamer, die warme Sonne liebkoste unsere zum Himmel gekehrten Gesichter.

In diesem Moment fiel mir die Lösung für das Problem der Hodge-Vermutung ein oder vielmehr der Ansatz zu einer Lösung, die ich natürlich noch schriftlich würde ausarbeiten müssen, aber die Idee war da, der unvermittelte Funke der Eingebung, der alles klar hervortreten ließ. Es war eine Abstraktion, natürlich, aber die Mathematik war das Reinste, was ich kannte, eine Frage der Logik, der Progression, der Kontrolle. Im Vergleich dazu waren die Ameisen nichts. Wir konnten lernen, mit ihnen zu leben. Wir *würden* es lernen. Ich atmete tief durch, sah aufs Meer und drückte Anina und das Baby an mich, während die Wellen sich brachen, zurückwichen und sich erneut brachen. Hier war eine Kraft, die älter war als alles, was sich auf unserer Erde bewegte: Die Wellen schlugen ans Ufer, bis auch der härteste Stein zu Sand zermahlen war, jedes Körnchen so groß wie eine Ameise, und alle würden reglos auf dem Meeresboden liegen, der sich schmuck- und makellos ins Unendliche erstreckte.

SURTSEY

Er dachte nur ans Schöpfen, er schöpfte einen Eimer nach dem anderen, als wäre das Haus, in dem er sein Leben lang gelebt hatte, ein Boot auf dem offenen Meer. Die Tür war von drinnen und draußen mit Sandsäcken gesichert, aber die Wellen rollten über den Hof, sie erreichten schon den Sitz der Schaukel, auf der er als Kind gesessen hatte, und ließen sich nicht aufhalten. Die lächerliche Frage war: Wohin mit dem Wasser? Er schüttete es durch das aufgerissene Fenster hinaus, aber da die Lagune inzwischen bis zum Hof reichte, hätte es schon einen Zauberlehrling – oder nein, den Zauberer selbst – gebraucht, um der Sache ein Ende zu machen. Das Wasser, das er hinausschüttete, sickerte durch die Türritzen gleich wieder herein. Sein Vater schwang wie verrückt den Mopp, und seine Schwester Corinne schöpfte ebenfalls, aber sie hatten dasselbe Problem wie er und schütteten das Wasser zum Fenster hinaus, als stünde das Haus auf einem Berggipfel, und die Hälfte blies der Wind wieder herein. Und seine Mutter tat, was sie immer tat, wenn es ein größeres Problem gab, wie zum Beispiel damals, als das Ofenrohr zu heiß geworden war und ein Loch ins Dach gebrannt hatte, so dass es zwei Wochen lang drinnen so kalt gewesen war wie draußen, oder als sein Vater mit dem Quad verunglückt war und sich das Schlüsselbein zweimal gebrochen hatte: Sie legte sich ins Bett und las.

Da war sie dann auch, als die Sturmflut kam. Zwar stand das Haus auf eineinhalb Meter hohen Pfählen, aber das würde nicht viel helfen. Diese Sturmflut war besonders hoch, denn sie kam zur Tagundnachtgleiche, Sonne und Mond standen in einer Linie, und zu allem Überfluss war auch noch ein schwerer Sturm angesagt. A. J. sah es nicht gern, dass sie im Bett lag, wo das Wasser doch schon über die Dielenbretter rann und die Bettpfosten dunkel von Nässe waren, aber so war sie eben: Was geschehen würde, würde geschehen – da war nichts zu machen. Diskussionen waren sinnlos. Es war sinnlos, ihr zu sagen, dass sie mit Eimern und Mopp versuchen mussten, zu retten, was zu retten war, dass sie die besten Sachen auf die nicht so guten Sachen und die nicht so guten Sachen auf die wertlosen Sachen stellen und irgendwie zurechtkommen mussten, bis ihnen vielleicht irgendwann nichts anderes übrigbleiben würde, als zur Schule zu gehen, die auf dem höchsten Punkt der Insel stand – immerhin zweieinhalb Meter über dem Meeresspiegel, und das war ein ganzes Stück höher als hier, wo sie waren. Nein, sie würde einfach sagen: Wir gehen, wenn es so weit ist, und: Sehe ich vielleicht aus wie Noah?

Er hatte es versucht, wirklich. Alle wussten, was ihnen bevorstand, denn es war nicht das erste Mal, und Mr Adams, der Physiklehrer, hatte mit ihnen die Klimaerwärmung durchgenommen, als wäre es die Bibel, nur dass die Klimaerwärmung niemand mehr bezweifelte: Das Meereis, das die Insel früher geschützt hatte, bildete sich später und schmolz früher, überall auf der Welt stieg der Meeresspiegel an, ebenso wie der Kohlendioxidgehalt der Atmosphäre, durch das Abschmelzen der Gletscher verringerte sich der Albedo-Effekt, und so weiter. Die Sonnenfinsternis am Abend zuvor war ein Warnsignal gewesen: Sonne und Mond standen hintereinander und zogen gemeinsam, zerrten an der Erde, und er hatte seine besten Sachen, die Videospiele und seinen Basketballpokal in den Rucksack gepackt und sich bereit gemacht für die Evakuierung zur Schule. Sein Vater – er war ein Genie, wirklich – hatte die Idee gehabt, Haken in die Deckenbalken zu schrauben, so dass sie sein Bett und das von Corinne an Seilen hochziehen konnten, aber das Bett der Eltern war zu schwer, und so hatten sie ein paar Betonplatten unter die Bettpfosten geschoben und hofften auf das Beste. Ja, er hoffte, natürlich hoffte er, er war sechzehn, er war stark, und wenn sie sich anstrengten, würde alles gut werden – ein paar Zentimeter Wasser im Haus waren kein Problem, damit konnten sie leben, der Sturm würde sich legen, und das Wasser würde zurückgehen, wie immer. Und doch: Das hier war anders, dies war die Monsterflut, und da war seine Mutter, im Bett, und ihre Augen huschten über die Seiten des Buchs, während der Rand der Decke, die, von ihr offenbar unbemerkt, vom Fußende des Betts hing, sich dunkel färbte und das Wasser aufsog wie ein Schwamm, und wusste nicht, was er tun sollte, außer einen Eimer nach dem anderen zu schöpfen.

Als sie schließlich aufgaben und sich auf den Weg zur Schule machten, waren die meisten schon dort. Zu diesem Zeitpunkt war sie nur noch mit dem Boot zu erreichen, dessen Motor aber nicht ansprang, so dass sein Vater rudern musste. Seine Mutter saß hinten und war so schwer, dass er und Corinne zum Ausgleich in den Bug mussten. Seine Mutter war die schwerste Frau der Insel, sehr übergewichtig, nein, eigentlich fett, auch wenn er sie nicht so sah und dieses Wort auch in Gedanken nicht gebrauchte. Sie sagte immer, sie habe schwere Knochen, das sei alles, und dabei lachte sie. Aber ganz gleich, wie man sie nennen wollte – und die anderen in der Schule zogen ihn ständig damit auf, als wären sie oder ihre Mütter irgendwie besser –, es war ziemlich schwierig, sie ins Boot zu kriegen. Das Wasser stand inzwischen auf der Höhe der Vorderveranda und quoll durch die Ritzen zwischen den Dielenbrettern, die Wellen schlugen bis zu den Fenstern, und Gischt stob über das Dach, aber Corinne zog ihr Gummistiefel und Regenzeug an, und dann halfen sie ihr durch den Flur zur Veranda, wo sein Vater das Boot so ruhig wie möglich hielt. Er selbst hätte laufen können, bis zur Taille im Wasser, durch das Heulen des Sturms, der an der Kapuze seines Parkas zerrte, kein Problem, und die Schule war ja bloß fünf Blocks entfernt am anderen Ende des Dorfs, aber sein Vater brauchte ihn, um das Boot auszubalancieren. Sie dachten, dass sie nicht länger als eine Nacht in der Schule bleiben würden, und nahmen nicht viel mit, nur ein paar schwarze Müllsäcke mit dem Nötigsten: Taschenlampen, Schlafsäcke, Müsli, Unterwäsche, Strümpfe, ein, zwei Nachthemden seiner Mutter, die aussahen wie die Armeezelte im Film, und natürlich ein paar Bücher für sie. Selbst wenn das Haus nicht zerstört wurde, würde es bis zum Sommer nach Fäulnis riechen, ein Gedanke, der ihn bedrückte. Eigentlich wollte er nirgendwohin gehen, am wenigsten zurück in die Schule, aber als sie es schließlich die überspülte Treppe hinauf und durch die Tür geschafft hatten, waren alle anderen ebenfalls da, und es herrschte Festtagsstimmung.

Die erste und wichtigste Maßnahme, schärfte Mr Adams ihnen jeden Morgen ein, nachdem er die Anwesenheitsliste geprüft hatte, bestand darin, dem Hilfsbedürftigen die nassen Sachen auszuziehen und ihn in Decken zu packen, und hatte jemand vielleicht ein paar Extradecken? Gerade als sie das Ufer erreicht hatten, das gestern noch der Sportplatz gewesen war, und seine Mutter, gestützt von ihm und Corinne, ausgestiegen war, hatte eine große Welle das Boot angeschoben, so dass sie das Gleichgewicht verloren hatte und gestürzt war. Das Wasser war nicht mal besonders kalt – etwa fünf, sechs Grad –, aber Wasser fühlte sich immer eisig an, und selbst wenn man daran gewöhnt war (was man von seiner Mutter nicht behaupten konnte), wollte man nicht bis zum Hals darin stecken. Nicht in einem Sturm, der mit neunzig Stundenkilometern vermutlich direkt aus Sibirien über die Tschuktschensee heranbrauste. Das machte keinem Spaß, und auch er selbst zitterte, denn seine Beine waren klatschnass, und darum musste er, als sie drinnen waren, alle fragen, ob sie vielleicht eine Decke erübrigen könnten, denn ihre eigenen waren nass oder jedenfalls feucht, und in einen Schlafsack passte seine Mutter nicht. Nein, er gehörte nicht zu den Kindern, die sich für ihre Eltern schämten, über so etwas war er erhaben, aber trotzdem musste er sich alle möglichen witzigen Sprüche anhören, und das hätte ihn genervt, wenn die ganze Situation nicht so verrückt gewesen wäre, wie Weihnachten und ein Basketballturnier und der monatliche Filmabend zusammengenommen.

Corinne führte ihre Mutter zur Mädchentoilette, um ihr aus den nassen Sachen zu helfen, und er und sein Vater gingen zur Sporthalle, wo andere schon die besten Stellen besetzt hatten, indem sie Schlafsäcke ausgebreitet und ihr Zeug verstreut hatten, als wären sie durch die Decke gekracht. Radios waren ganz leise gestellt, Chips- und Kekstüten knisterten, und die Männer hockten in kleinen Gruppen zusammen, sprachen mit gedämpften Stimmen und tranken Kaffee aus braun angelaufenen Bechern. Und rauchten. Alle rauchten – es war, als würden sie den Weißlachs drinnen anstatt draußen räuchern, nur dass es ganz anders roch, gar nicht appetitlich.

Er war nicht hungrig, noch nicht jedenfalls, obwohl er beim Schöpfen und der ganzen anderen hektischen Betriebsamkeit bestimmt zehntausend Kalorien verbrannt hatte, und so sah er sich einfach um, nicht nur in der Sporthalle, sondern auch in den Klassenzimmern, suchte seine Freunde und fragte sich, wo Cherry war und ob sie und ihre Familie überhaupt hier waren oder das Ende des Sturms zu Hause abwarteten – sie hatten ein zweistöckiges Haus, was bedeutete, dass sie einfach nach oben gehen konnten. Mr Pollard, ihr Vater, war einer der vier weißen Lehrer – die anderen waren Mrs Cato, Mr Nordstrom, und Miss Rumery, die die unteren Jahrgänge unterrichtete – und hatte bei der Jagd und sogar beim Fischen nicht viel drauf, aber mit Mathe und Physik kannte er sich aus, und er war womöglich der klügste Mann auf der ganzen Insel, was bedeutete, dass er, was Vorsorgemaßnahmen für den Notfall betraf, allen anderen weit voraus war, denn alle anderen waren wie seine Mutter und taten seit Generationen nichts anderes als abwarten und sehen, was passiert. Also war Cherry vielleicht gar nicht hier, dachte er und war gleich wieder niedergeschlagen. Aber dann kam eine Welle und schlug an das Fenster von Mrs Koonooks Klassenzimmer, was eigentlich unmöglich war, und der Sturm erhob die Stimme, bis man nichts anderes mehr hörte, und ihm war klar, dass sie hier irgendwo sein musste.

Als er sie fand – Jimmy Norton hatte gesagt, er habe sie möglicherweise in der Bibliothek gesehen, und da war sie auch, ganz hinten, obwohl er dort schon zweimal nachgesehen hatte –, saß sie da und unterhielt sich mit seiner Cousine Charlotte Swan und dem anderen A. J., den er nicht ausstehen konnte. Erstens hatte dieser andere A. J. keinen Namen, der für irgendwas stand, sondern nur diese Initialen (er selbst hieß nach seinem Vater Arthur James). Zweitens war dieser andere A. J., der erst seit einem halben Jahr an der McQueen war, schwarz, Afroamerikaner oder wie immer man es nennen wollte, und das machte ihn als einzigen Schwarzen im ganzen Northwest Arctic School District nicht nur automatisch zu etwas Besonderem, sondern flößte auch allen hier sofort Vertrauen in seine Basketballfertigkeiten ein, obwohl er ums Verrecken keinen Dreier werfen konnte und sein Vater ein Spinner war, der auf die Insel gekommen war, um wie ein Ureinwohner zu leben, Kahlhechte zu fangen, Belugas und Karibus zu erlegen und sich von dem zu ernähren, was das Land hergab – nur dass er das nicht tat, sondern von seiner Armeepension lebte und den ganzen Tag in seiner Bruchbude saß und soff, obwohl Alkohol im Dorf verboten war. Drittens und schlimmstens aber hatte sich dieser A. J. in Cherry verknallt oder scharwenzelte jedenfalls um sie herum, und dabei war Cherry *seine* Freundin. Punkt. Und keiner konnte ihm was anderes erzählen.

Also ging er hin und tat, als wäre gar nichts Besonderes daran, dass sie hier zusammensaßen, und genau in dem Augenblick, als er hallo sagte, begann das Licht zu flackern. Der andere A. J. verdrehte die Augen, wedelte mit der Hand in Richtung Deckenlampe und sagte: Das hat ja gerade noch gefehlt, und Cherry sagte hallo, rückte ein Stück beiseite und fügte leiser hinzu: Wir haben dir einen Platz freigehalten.

Ziemlich wild, was?, sagte er. Ich meine, letztes Jahr war es ja schon ganz schön schlimm – da warst du noch nicht hier, oder? Er sah den anderen A. J. unverwandt an. Wisst ihr noch? Die dachten, diese HESCOs würden halten, aber die waren schon nach einer Stunde zerlegt.

Diesmal ist es schlimmer, sagte Cherry.

Ja, sagte Charlotte, und hatte sie sich tatsächlich die Augen geschminkt? Das tat sie sonst nie, weil ihre Mutter es nicht erlaubte. Und jetzt, an einem Abend, an dem sie womöglich allesamt die Insel würden verlassen müssen, trug sie Make-up? Die sagen, es ist eine Superflut, sagte sie.

Was ist ein Hesco?, fragte der andere A. J., aber keiner beachtete ihn.

Diese HESCOs waren von Anfang an eine Schnapsidee gewesen: Drahtgestelle, die aussahen wie übergroße Hummerfallen, ausgekleidet mit einem weißen Stoff und mit Erde gefüllt, als könnte das dem Meer widerstehen, wenn es so tobte wie jetzt. Und nun, hatte sein Vater gesagt, baute das Army Corps of Engineers, bei dem der Vater des anderen A. J. mal gewesen war, für über eine Million Dollar eine Ufersicherung aus Felsen.

Dann ging das Licht aus, ein unvermittelter Wechsel von Sehen zu Nichtsehen, von drei Dimensionen zu keiner, und man hörte nur noch den Sturm und das Bellen der Hunde, aller Hunde der Insel, die da draußen nass, frierend und schlecht gelaunt herumliefen und in den schwarzen Schatten unter den Häusern aufeinander losgingen. Er sagte nichts mehr, auch wenn Charlotte einen kleinen Schrei ausstieß, und der andere A. J. Leck mich am Arsch sagte und sich wiederholte: Das hat ja gerade noch gefehlt – so eine Scheiße! Nein, er sagte nichts, sondern nahm im Dunkeln Cherrys Hand, die Hand, die er kannte wie seine eigene – nein, besser sogar –, so oft hatte er sie gehalten in all den endlosen Tagen des Sonnenscheins und später, als sie sich auf den dunklen Tunnel des Winters zubewegten, der mit jedem kürzeren Tag näher rückte, und dann zog er sie an sich, drückte seinen Mund auf ihre Lippen, spürte ihre Zunge in seinem Mund und verharrte, hart wie ein Stein, bis jemand den Generator anwarf und das Licht wieder anging und er sah, dass Charlotte und der andere A. J. dasselbe machten.

Die Lebensmittel würden kein Problem sein, selbst wenn sie länger als nur eine Nacht würden bleiben müssen, und bei einem Sturm wie diesem – Mr Adams bezeichnete ihn inzwischen als Schneesturm, denn der Regen würde sich gegen Mitternacht in Graupeln und dann in Schnee verwandeln – konnte es zwei, drei Tage, vielleicht sogar länger dauern. Als den Leuten klar wurde, dass es für eine Evakuierung zu spät war, weil die Landebahn unter Wasser stand und es bei sieben Meter hohen Wellen vollkommen unmöglich war, die Öffnung der Lagune zu queren, zog von der Cafeteria her ein höchst wundersamer Duft durch das Gebäude. Das Licht brannte wieder, und Cherry hatte ihn gerade weggeschoben – man knutschte nicht, wenn andere zusahen, und schon gar nicht in der Schule –, als ihm dieser Duft in die Nase stieg und er merkte, dass er völlig ausgehungert war.

Riecht ihr das? Er sah Cherry an, und der andere A. J. sah ihn an. Wisst ihr, was das ist?

Eintopf?, sagte Cherry, und sie hatte natürlich recht, denn was sonst sollte es wohl sein?

Mein Onkel Melvin, sagte er.

Was, sagte der andere A. J., dein Onkel riecht wie Eintopf? Er müsste nach Schweiß riechen. Für mich jedenfalls riecht er so.

Charlotte sagte: He, du redest von meinem Vater, aber sie sagte es mit einem Lachen, und unwillkürlich fragte er sich, ob sie tatsächlich mit dem anderen, dem schwarzen A. J. gehen wollte und was seine Tante wohl dazu sagen würde. Oder Melvin. Aber Melvin war einer der besten Jäger des Dorfs und meist auf dem Eis oder auf dem Festland unterwegs, wo er das Wild jagte, das er dann auf die hergebrachte Weise mit den anderen teilte, wofür er im Gegenzug die Dinge bekam, die er brauchte. Mr Adams sprach oft darüber, dass die Menschen hier auf dem rasiermesserdünnen Grat zwischen der traditionellen Lebensweise und der Konsumgesellschaft des riesigen Landes im Süden balancierten, wo es Palmen und Hollywood und New York und Alligatoren gab, lauter Dinge, die sie nur aus dem Satellitenfernsehen und den Büchern und Zeitschriften in der Bücherei kannten.

Mein Onkel hat gestern, vor dem Sturm, ein Karibu erlegt. Ein Rumpeln ging durch das Gebäude, als würde es sich unter ihren Füßen bewegen. Für einen langen Augenblick sagte keiner etwas, alle vier lauschten. Dann streckte er den Arm aus und stieß Charlotte an. Stimmt's, Charlotte?

Charlotte nickte.

Okay, sagte er. Okay. Das heißt, es gibt Karibueintopf, und ich weiß nicht, was ihr noch so vorhabt, aber ich geh jetzt runter und hol mir was davon, und zwar sofort.

Also machten sie sich vom Bibliothekstisch mit den verstreuten Büchern und den Computermonitoren, die wie ausgestochene Augen aussahen, auf den Weg und gingen an der Sporthalle vorbei zur Cafeteria, wo der warme Duft nach Karibueintopf hundertmal stärker war und ihm vor Hunger beinahe schwindlig wurde. Alle anderen waren schon da und standen, eine Schüssel in der Hand, vor der Küche Schlange, und am Herd hantierten ein paar Frauen an großen, schimmernden Töpfen und teilten Portionen aus. Er nahm ein Tablett, eine Schüssel und Besteck und versuchte zu ignorieren, dass der Sturm jaulte und das Gebäude erbebte, wenn die Wellen daran schlugen. Und auch die Hunde versuchte er zu ignorieren, denn die heulten jetzt ebenfalls, sie heulten und heulten, und er fragte sich, ob sie wohl allesamt ertrinken oder hinaus aufs Meer gezogen werden würden, denn in der Schule war kaum genug Platz für die Menschen, und die Hunde mussten sehen, wo sie blieben.

Was ist mit deinen Hunden?, fragte er Cherry. Es waren Schlittenhunde wie alle anderen, aber sie hatte nur drei, und keiner spannte mehr Hunde vor den Schlitten, denn jetzt gab es ja Quads und Schneemobile. Die allesamt kaputt sein würden, wenn das Wasser noch weiter stieg.

Meine Mom hat sie ins Haus geholt, sie sind im Flur im ersten Stock.

Cherrys Mutter war blond wie ihre Tochter und hatte ein Gesicht wie der Dreiviertelmond über dem Eis, aber sie war ziemlich in Ordnung und passte so gut hierher wie alle anderen, auch Leute, die schon ihr Leben lang hier waren (und das waren ungefähr achtundneunzig Prozent der Menschen, die er kannte).

Der Essensgeruch war überwältigend. Ich finde das zum Kotzen, sagte er. Weißt du, was ich machen werde, wenn das hier vorbei ist?

Was findest du zum Kotzen?

Ich weiß nicht, na ja, diesen Sturm. Früher sind wir einfach drinnen geblieben und haben gewartet, bis es vorbei war, aber heute können wir froh sein, wenn die Insel nach so einem Sturm noch da ist. Und unser Haus stinkt. Alle Häuser stinken.

Und was willst du dagegen tun? Du hast doch gehört, was Mr Adams gesagt hat: In zehn Jahren wird das hier unter Wasser stehen. Cherry trug den weißen Pullover, den ihre Mutter ihr gestrickt hatte – er schmiegte sich an ihren Busen, und hinten zeichnete sich der Verschluss ihres BH ab. A. J. hatte noch immer ihren Geschmack auf der Zunge.

Ich geh nach Kalifornien, sagte er, und da werde ich den ganzen Tag, ich weiß nicht, surfen oder Kokosnüsse pflücken.

Genau, sagte sie. Und ich gehe nach Washington und werde Präsidentin – hab ich dir das schon erzählt?

Nein, echt, sagte er. Ich mach's wirklich. Ich werde so was von weg sein. Es war ein Thema, das ihn in letzter Zeit beschäftigte, mit dem er immer wieder spielte, obwohl sie beide wussten, dass er nirgendwohin gehen würde. Cherrys Eltern hatten sich auf dem College kennengelernt und ihre Tochter sollte ebenfalls studieren, und diese Vorstellung – dass Cherry weggehen würde – ließ ihm das Herz gefrieren, als wäre er im neunten Kreis der Hölle, von dem Mr Nordstrom ihnen im Englischunterricht erzählt hatte. Dort spuckte kein Teufel Feuer – es war ein riesiges eiskaltes Land, wie es dieses hier sein würde, wenn der Himmel nicht wieder hell wurde und die Enten nicht zurückkehrten und der Winter nie aufhörte.

Er wollte noch mehr sagen, ihr imponieren, ihr zeigen, wie cool er war, wie sehr er sie liebte, wie geradlinig und verlässlich und gar nicht verzweifelt er war, kein bisschen verzweifelt, als Corinne kam, ihn am Arm zog und zischte: Mom braucht dich. Sofort.

Sein Vater hatte in der Sporthalle einen Platz für sie gefunden, allerdings nicht an der Wand, wo man wenigstens ein bisschen Ruhe hatte – dort war alles schon besetzt –, sondern mitten auf dem Spielfeld, genau auf der Freiwurflinie. Das Spruchband mit der Aufschrift *Go, Qavviks!* vom letzten Wochenende, als sie in einem dreitägigen Turnier gegen Kotzebue untergegangen waren und seine Beine sich angefühlt hatten, als würde er unter Wasser spielen, schälte sich von der Wand hinter der Anzeigetafel, ein langer Streifen Packpapier, der bis auf den Boden hing wie die Zunge eines toten Wals. Hier waren alle, die nicht in der Cafeteria waren – abgesehen von ein paar Kindern, die sich in den Korridoren vergnügten –, und ob sie schon gegessen hatten oder nicht, wusste er nicht, und es spielte auch keine Rolle: Der Eintopf würde noch tagelang reichen, wie die Brote und Fische in der Bibel. Es war genug für alle da, selbst wenn der Sturm eine Woche anhielt.

Was ihn überraschte, war der Anblick seiner Mutter, die nicht wie sonst im Schneidersitz dasaß, sondern hingestreckt auf Decken und schwarzen Müllsäcken voll Kleidern lag. Hatte sie sich schon schlafen gelegt? Es war doch erst Viertel nach acht. Sie war eine begeisterte Leserin und blieb manchmal, wenn ihr ein Buch wirklich gefiel, die ganze Nacht auf und las, und dass sie sich hingelegt hatte, war eigentlich ungewöhnlich. Doch dann sah er ihr Gesicht, aus dem alle Farbe gewichen war, so dass es weiß war wie das von Cherrys Mutter, und sofort war er besorgt. Was ist?, sagte er. Was ist denn, Ma – bist du krank?

Sie hat ihre Medizin vergessen, sagte Corinne. Sie sah nicht ängstlich aus wie beim letzten Mal, als ihre Mutter einen Anfall gehabt hatte und ganz blass geworden war, sondern sauer. Oder entnervt, das war vielleicht das bessere Wort.

Wo ist Dad? Er starrte in das Gesicht von Joe Sages Mutter, die knapp einen Meter entfernt auf ihrem Bärenfell saß, aber Mrs Sage, der nie etwas entging, wandte den Kopf und sah in eine andere Richtung.

Er sagt, er geht nicht zurück. Keiner tut das.

Du meinst, um die Medizin zu holen?

Er sagt, sie muss eben die Zähne zusammenbeißen und durchhalten.

In diesem Moment öffneten sich die Augen seiner Mutter wie zwei Atemlöcher im Eis. Sie flüsterte seinen Namen, und er kniete neben ihr nieder und beugte sich zu ihr hinunter. Alles in Ordnung, Ma?, sagte er.

Nichts. Er hörte nur das Gemurmel der anderen Unterhaltungen ringsum – und den Sturm. Und das Heulen der Hunde unter dem Gebäude, das so wild wie das des Sturms klang, nur wütender.

Ma?

Ihre Stimme war schwach und zittrig und kam von tief in ihrer Kehle. Ich brauche meine Medizin. Die Herztropfen.

Was ist mit dem Insulin? Hast du dein Insulin?

Sie schüttelte den Kopf auf dem Beutel, der ihr als Kissen diente. Das schwarze Plastik bekam Falten und glänzte matt im Licht der Deckenlampen. Du musst sie holen. Du weißt, wo sie sind.

Corinne mit ihrem großen Gesicht, den schiefen Zähnen und dem Atem, der nach Robbentran roch, beugte sich über seine Schulter. Du hast doch gehört, was Dad gesagt hat. Es ist zu gefährlich.

Wahrscheinlich will er, dass ich sterbe. Darauf läuft es ja raus. Und ihr – wollt ihr auch, dass ich sterbe?

Seine Schwester sagte: Nein, nein, Ma, wirklich nicht, aber er war schon aufgestanden und ging zwischen kleinen Kindern und den Habseligkeiten anderer Leute hindurch zum Ausgang. Was sein Vater oder sonst jemand sagte, war ihm egal – er würde rausgehen und ins Boot steigen oder schwimmen, er würde tun, was nötig war, denn er würde keine Minute länger tatenlos zusehen, wie seine Mutter litt.

Die Hunde waren da, direkt vor der Tür, eine ganze Meute. Sie kämpften um Platz auf den beiden Holztreppen, die hinunter ins steigende Wasser führten. Er schob sich durch die Tür, und sogleich nahm der Sturm ihm den Atem. Der Regen war eine Naturgewalt, er hüllte alles ein, und was da fiel, waren eigentlich keine Regentropfen, sondern Eiskörnchen, die wie Vogelschrot an die Fassade des Gebäudes prasselten. Weg! Weg da!, schrie er die Hunde an. Wirbelnd und miteinander kämpfend drängten sie ihm entgegen und kratzten an der Tür, und als er nach ihnen trat, knurrten sie ihn an, und das machte ihn richtig wütend. Er trat umso fester zu, bis er am Fuß der Treppe und im eiskalten Wasser war, das ihm bis zu den Knien reichte und schäumende Wellen trug: Die ganze Insel, so weit das Auge reichte, war von wogendem Wasser bedeckt. Es machte ihm Angst. Wenn es ihm hier bis zu den Knien ging, wie mochte es dann zu Hause aussehen?

Das Schulgebäude ragte über ihm auf, eine große, dunkle Kiste, unter der die Wellen hindurchgingen. Ihm war sofort klar, dass das Boot ihm nichts nützen würde. Es war, wie alle anderen, von den Wellen tief unter das Gebäude geschoben worden und zerrte am Seil – ein Wunder, dass es sich nicht längst losgerissen hatte. Er versuchte, es herauszuziehen, doch es rührte sich nicht, und er sah, dass es sich zwischen den anderen Booten verfangen und womöglich an einem der Pfähle verhakt hatte. Und selbst wenn es ihm gelungen wäre, es herauszuziehen, hätte er nie im Leben gegen diesen Sturm anrudern können. Er war bereits durchnässt und zitterte, aber er sicherte den Knoten durch einen weiteren, bevor er sich gegen den Wind stemmte und watend auf den Weg machte.

Die Gebäude gegenüber waren eine Hilfe, denn sie boten Schutz vor Wind und Strömung, und er stellte fest, dass er am besten vorankam, wenn er sich dicht an der Fassade hielt. Als er am Native Store angekommen war und erst die Hälfte der Strecke geschafft hatte, ging ihm das

Wasser bis zur Brust, die Wellen schlugen ihm ins Gesicht, und im Grunde bewegte er sich jetzt schwimmend voran, aber das war nicht gut, denn sein Parka zog ihn hinab, er schluckte Wasser. Schließlich klammerte er sich nur noch an das Geländer vor dem Laden und hustete, bis er glaubte, ohnmächtig zu werden. Und dann die Kälte – sie betäubte ihn. Fremde wie dieser andere A. J. sagten immer, die Leute hier nähmen die Kälte gar nicht wahr, weil sie von Geburt an damit vertraut und daran gewöhnt seien und es ihnen im Blut liege (*Ihr habt Eis in den Adern, Leute, aber ich, ich bin Afrikaner, und ich sag euch, ich halte diese Scheißkälte nicht aus*), aber das stimmte nur zum Teil. Wenn man nass wurde, starb man – wie Ray Kinik, der im letzten Frühjahr in morschem Eis eingebrochen und nie wieder aufgetaucht war.

Um was also ging es hier? Um Tod durch Erfrieren. Und wenn das Wasser hier solche Wellen schlug und der Sturm es vor sich herpeitschte, dann musste es zu Hause schon bis über die Türstöcke reichen, und all ihre Sachen, alle Kleider und auch die Medikamente seiner Mutter schwammen darin herum. Er war sechzehn. Er stand auf Cherry – er liebte Cherry, er *liebte* sie –, aber Cherry würde aufs College gehen und er nicht, weil er sich nichts vormachte und genau wusste, dass er wie alle anderen in der Red Dog Mine nach Zink graben würde, und wo war da der Sinn? Die Kälte packte ihn. Sie schläferte ihn ein. So starb man, wenn man auf einer Eisscholle aufs Meer hinausgetrieben wurde: Man schlief ein. Er war sechzehn. Er liebte Cherry. Und er liebte seine Mutter und seinen Vater und Corinne, und er würde es nicht zum Haus schaffen, aber ebenso wenig würde er hier, auf den überspülten Stufen vor dem Native Store, sterben – nein, er würde umkehren und zur Schule zurückgehen und sich wärmen und schwarzen Kaffee trinken und Karibueintopf essen, eine Schüssel nach der anderen, heiß und dampfend, so heiß wie die Dusche im Waschhaus, wenn man den Heißwasserhahn ganz aufdrehte und kein kaltes zugab, also worauf wartete er eigentlich?

Er kämpfte sich voran, alles war schwarz und finster, und der Wind schlug ihm ins Gesicht, wie Frauen in alten Filmen Männer schlugen, wenn sie zudringlich wurden und versuchten, sie zu küssen. Er hätte nicht sagen können, warum er an alte Filme dachte, während sein Blut sich aus den Gliedmaßen zurückzog und er Füße und Hände gar nicht mehr spürte. Vielleicht hatte er Halluzinationen wie damals, als Lucy Kiliguk einen Joint gehabt und mit ihm geraucht hatte. Er konzentrierte sich darauf, kein Wasser in den Mund zu bekommen – und auf seine Beine, die einfach weiterlaufen mussten, wie bei dem Basketballturnier, nur dass er jetzt müde war und schrecklich fror und keinen Basketball hätte halten können, nicht mal, wenn er aus purem Gold gewesen wäre. Dann bog er um die Ecke von Leonard Killbears Haus und sah die Lichter der Schule, und das Wasser ließ ihn los. Mit einem Mal war es nur noch knietief, und der Wind schob ihn vorwärts, als würden sich zwei Hände auf seine Schulterblätter legen. Er erreichte die Treppe, und die Hunde knurrten und bellten und kratzten. Er zog sich am Geländer hoch und ging hinein, und als einer der Hunde – die schielende Hündin der Adams' – sich in seine gefühllose rechte Hand verbiss, merkte er es gar nicht.

Es war eine lange, lange, lange Nacht. Alle waren ganz aufgeregt und sagten, nur ein Verrückter würde da rausgehen, aber sie wussten, dass er Mut hatte und dass er es für seine Mutter getan hatte, um ihr zu helfen, um sie zu retten. Sein Vater rieb ihn am ganzen Körper ab und half ihm in trockene Kleider, und dann saß er eine Ewigkeit am Ofen, und Mrs Nashookluk, die Schulkrankenschwester, verband ihm die Hand. Seine Mutter schlief auf dem Boden der Sporthalle und schnarchte, und als er sie sah, musste er lächeln, denn unter anderen Umständen wäre sie ihm peinlich gewesen, aber jetzt nicht. Sie wird schon wieder, sagte sein Vater. Lass sie einfach schlafen. Und dann hielt ihm sein Vater vor allen Leuten eine Standpauke, aber man merkte, dass das nur Show war. Cherry setzte sich für eine Weile zu ihm, aber schließlich war es ein Uhr morgens, und ihre Mutter kam und holte sie ab, denn es war Zeit, schlafen zu gehen und zu hören, wie der Sturm und die Hunde heulten und die Wellen an die Fenster von Mrs Koonooks Klassenzimmer klatschten, bis der neue Tag anbrach und man sehen konnte, ob dort draußen noch irgendwas anderes war als Wasser.

Für eine Weile schloss er die Augen und versuchte, sich in Schlaf sinken zu lassen, aber es war zu seltsam: Ringsum lag das ganze Dorf und schnarchte, jeder in seiner eigenen Tonart. Es klang wie die Zwölftonkompositionen, die sie sich im Musikunterricht bei Mrs Cato hatten anhören müssen. Es war warm, viel zu warm, und wenn darin eine Ironie verborgen war, so bemerkte er sie nicht. Sein Vater lag neben seiner Mutter und schmiegte sich an sie, ihre Gesichter waren schlaff und entspannt. Dahinter lag Corinne, die Wange ans Kissen gedrückt. Ihr Mund sah aus wie der eines Fischs, und sie schnarchte leise in ihrem eigenen Rhythmus. Morgen früh würde er als erstes die Medikamente seiner Mutter holen, komme, was da wolle, denn sie würde sie dringender brauchen denn je. Er dachte an die Male, als sie zu lange geschlafen hatte und ihr Blutzucker abgesackt war: Sie hatte sich benommen wie eine Verrückte und um sich geschlagen, sie hatte riesige Pupillen gehabt, und die Adern an ihrem Hals waren hervorgetreten, bis sie ihr schließlich das Insulin gespritzt hatten und sie sich wieder beruhigt hatte. Der Sturm brauste und hörte einfach nicht auf. Jemand stöhnte im Schlaf.

Die Sporthalle war der größte Raum der Schule, und die meisten Leute hatten sich hier schlafen gelegt, aber viele waren auch in den Klassenzimmern, der Bibliothek und der Cafeteria. Cherrys Familie kampierte in der Bibliothek, zusammen mit sechs oder sieben anderen. Unter ihnen waren auch – und das machte ihn richtig sauer – der andere A. J. und sein Vater. Es war keine Absicht, sondern einfach Losglück, aber es ärgerte ihn trotzdem, und das war ein weiterer Grund, warum er nicht schlafen konnte. Nicht dass er sich gesorgt hätte. Das letzte, was sie zu ihm gesagt hatte, als ihre Mutter gekommen war, um sie zu holen, war: Also um zwei, okay? Wenn du es schaffst, so lange wach zu bleiben. Meinst du, das kriegst du hin? Für mich?

Er gab ihr einen Kuss, einen öffentlichen, nur ein kurzes Streifen der Lippen, war aber sofort wieder steinhart und sah ihr nach, als sie durch die Halle zum Ausgang ging, bevor er den Wecker seiner Armbanduhr stellte, denn das war die Verabredung: Sie würde um Punkt zwei zur Toilette gehen, und er würde dasselbe tun. Nur dass sie eben nicht zur Toilette, sondern schnurstracks an den mit »Mädchen« und »Jungen« beschilderten Türen vorbei zum Ende des Korridors gehen würden, zur Besenkammer des Hausmeisters. Wenn keiner es sah – und wer sollte es um zwei Uhr morgens schon sehen? –, würden sie sich dort hineinschleichen und zusammen sein, so lange es ging. Die Verheißung dessen, was sie ihn würde tun lassen, hielt alles andere auf Distanz: Das Haus war nur noch eine Ruine, das wusste er insgeheim, die Insel war zum Untergang verurteilt, und Cherry würde weggehen, aber nicht jetzt, nicht heute Nacht, nicht solange sie die Besenkammer ganz für sich allein hatten und niemand was wusste.

In seinem Traum wurde die ganze Schule mit allen Leuten darin vom Traktorstrahl eines Alien-Raumschiffs, das über ihm schwebte wie ein die Sonne überstrahlender Vogel, von den Pfählen gelöst und in den Himmel gehoben, aber ob die Aliens sie auf Hawaii oder Tahiti oder gar in Kalifornien absetzen wollten, würde er nie erfahren, denn der Wecker gab ein leises *ping, ping, ping* von sich. Er schlug die Augen auf, und da waren das Halbdunkel der Halle und die buckligen Schatten, die aussahen wie Robben auf dem Eis. Cherry, dachte er und stand leise auf. Das letzte Mal, bei ihr zu Hause, hatten sie eine halbe Stunde gehabt, bevor ihre Mutter von ihrem Kartenspiel heimgekommen war. Sie hatten sich ausgezogen, und er hatte sie überall berühren dürfen.

Das einzige Licht stammte von der rot glimmenden Notbeleuchtung an beiden Enden der Halle, aber er konnte genug erkennen, um nicht auf jemanden zu treten, was allerdings ganz schön schwierig war, denn die Leute schliefen in den aberwitzigsten Stellungen, und manche bewegten sich auch im Schlaf. Er war schon fast am Ausgang, als er das Gleichgewicht verlor und auf einen ausgestreckten Arm trat – er gehörte einem Mann, er konnte nicht erkennen, wer es war. Im Dunkeln ertönte ein halblauter Fluch, und er erstarrte und flüsterte: Entschuldigung, und wollte hinzufügen: Ich will bloß aufs Klo, hörte aber nur ein kurzes Schnarchen, das wie ein Schuss klang, und dann war der Mann, wer immer es war, auch schon wieder eingeschlafen.

In der Nacht war der Korridor seltsam. Ihm war, als würde er noch immer träumen: Die Zeit stand still, es war niemand da, keine Kinder, keine Lehrer, kein Gedrängel und Geschrei, keine kichernden Mädchen und scheppernden Spindtüren, doch dann wurde die Tür des Jungenzimmers geöffnet, und Jimmy Norton trat heraus und rieb sich die Augen. Hallo, murmelte A. J., aber Jimmy antwortete nicht, denn er war zwar auf den Beinen, aber im Tiefschlaf. A. J. wartete, bis Jimmy an ihm vorbeigeschlurft war, bevor er die Tür zur Toilette öffnete, aber das war nur zum Schein, und er stand mit klopfendem Herzen da und wartete, bis Jimmy außer Sicht war. Dann schloss er die Tür wieder und ging auf Zehenspitzen zur Besenkammer am Ende des Korridors.

Sie wartete schon. Er öffnete die Tür, der Lichtschimmer der Notbeleuchtung fiel in den Raum, und da war sie, in einem weißen Flanellnachthemd, das aussah wie eins von seiner Mutter, nur viel, viel kleiner. Psst, sagte sie. Komm, komm rein. Mach die Tür zu.

Er war verwirrt. Er stand unter Strom und war so aufgeregt, dass er zitterte, aber in der Kammer gab es kein Licht, und er hatte vergessen, eine Taschenlampe oder auch nur Streichhölzer mitzubringen. Oder vielmehr: Er hatte es nicht vergessen – es war ihm gar nicht erst eingefallen.

Aber hier ist kein Licht.

Pssst! Mach die Tür zu!

Ihre Augen spiegelten das Glühen der Lampe am Ende des Korridors als rote Pünktchen wider. Er konnte weder ihr Gesicht noch ihr Haar oder sonst etwas sehen, aber ihre Stimme kam von direkt vor ihm, ungeduldig jetzt, genervt, und er merkte, dass sie ebenso aufgeregt war wie er. Was seine Aufregung nur vergrößerte.

Er tat, was sie gesagt hatte. Das Klicken des Schlosses erschien ihm so laut wie ein Donnerschlag, und dann zog er sie an sich, sie küssten sich, und er spürte ihren Busen an seiner Brust. Meist schloss er beim Küssen die Augen – dann war es reines Gefühl, wie wenn er einen Song, den er besonders mochte, mitsang –, aber jetzt waren seine Augen weit offen, und trotzdem sah er nichts. Es fühlte sich seltsam an, als wäre er nirgends.

Ich will dich sehen, sagte er.

Nein.

Komm, lass mich die Tür aufmachen, nur einen Spaltbreit, nur einen Zentimeter. Er streckte die Hand nach dem Knauf aus, aber sie hielt sein Handgelenk fest, mit eisernem Griff, denn sie war stark und schön und wie keine andere auf der Insel, und er liebte sie, er liebte sie wirklich über alles. Er hätte an all die Dinge denken können, die sie miteinander getan hatten, er hätte die ganze DVD ihres gemeinsamen Lebens vor seinem geistigen Auge abspielen können – wie sie sich als kleine Kinder am Ufer gebalgt hatten und von einem Ende der Insel zum anderen gelaufen waren, wie sie Brett- und Videospiele gespielt hatten und mit ihren Quads über die Landebahn gerast waren, wie sie sich zum ersten Mal geküsst hatten und er ihr zum ersten Mal gesagt hatte, dass er sie liebte –, er hätte sie an all das erinnern können, aber alles, was ihm dort, in der Finsternis, einfiel, waren die drei Worte, von denen er geglaubt hatte, er werde sie nie aussprechen: Ich hab Angst.

Angst? Wovor – vor der Dunkelheit?

Nein, sagte er und hörte durch die Bodendielen das leise Klatschen der Wellen. Nicht vor der Dunkelheit. Ich weiß nicht – ich hab einfach Angst.

Vor mir? Sie lachte auf, und jetzt war er es, der warnend zischte. Neulich Abend, bei uns, bist du mir nicht besonders ängstlich vorgekommen.

Er spürte ihren Atem auf dem Gesicht. Keine Angst, sagte sie. Ihr gefielen die beiden Worte und das, was sie bedeuteten, sie drückte sich an ihn, und dann küssten sie sich noch einmal, tief und innig, und er spürte nur noch Cherrys Wärme. Dennoch löste er sich von ihr und sagte: Bitte. Nur einen Spaltbreit.

Als Antwort zog sie das Nachthemd aus – er hörte das leise Flüstern des Stoffs auf ihrer Haut – und drückte sich an ihn. Fühl mal, sagte sie, fühl mal hier.

In der Kammer roch es nach Hausmeisterkram – Putzmittel, Bohnerwachs –, und als sie ihr Nachthemd und sein Hemd ausbreiteten und sich auf den Boden legten, stießen sie gegen alle möglichen Sachen, Besen und so, vermutete er. Mopps und Eimer. Sie war noch nie aufs Ganze gegangen – das würde auch diesmal nicht passieren, das wusste er, außerdem hatte er ohnehin kein Kondom –, aber ihre Haut stand in Flammen und seine ebenfalls, und er küsste sie überall. Er schloss die Augen und öffnete sie wieder: Das Dunkel ringsum war ein ganzes Universum, die Lichtpünktchen, die Mr Adams Glaskörperflocken nannte, umschwebten ihn wie Sternbilder in schwarzer Unendlichkeit. Er kam zweimal, beide Male auf ihren Bauch, und sie drückte so fest zu, dass es war, als wäre er wieder im kalten Wasser und schnappte nach Luft.

Als sie, den Kopf an seine Brust gelegt und mit dem Nachthemd zugedeckt, längst eingeschlafen war, lag er noch wach. Es dauerte lange, bis er den schwachen Lichtschimmer unter der Tür erkennen konnte, der schon die ganze Zeit da gewesen sein musste, denn es konnte doch unmöglich Morgen sein, oder? Bald würde er sie wecken müssen, damit sie beide zurückschleichen konnten, bevor man sie vermisste. Aber jetzt noch nicht. Er lag einfach da, ließ die Nacht vergehen und dachte an seine Mutter und auch an die Hunde, die jetzt still waren. Das Heulen des Sturms und das Zischen des Wassers, das unaufhörlich durch die Dunkelheit unter ihnen strömte, waren die einzigen Geräusche.

Er spürte den ruhigen Rhythmus ihres Atems, ein und aus, und versuchte, seinen eigenen daran anzupassen, und das bewirkte, dass er sich wieder stark fühlte, als hätte er alles im Griff, ganz gleich, wie dunkel es war oder was als nächstes geschehen mochte. Seine Mutter würde sterben, und das Haus und das Dorf und die Schule würden ebenfalls sterben, und Cherry würde weggehen. Das Ganze war einfach deprimierend und hätte ihn bestimmt wieder runtergezogen, aber genau in diesem Augenblick ging ihm das Bild von Surtsey durch den Kopf, das Bild der Insel, die vor fünfzig Jahren vor der isländischen Küste aus dem anderen Ozean, dem Atlantischen Ozean, aufgetaucht war. Bei diesem Gedanken musste er lächeln. Mr Adams hatte eine ganze Unterrichtsstunde darauf verwendet und ihnen erklärt, dass ein unterseeischer Vulkan ausgebrochen sei und diese neue, das Meer weit überragende Insel geschaffen habe und dass alle möglichen Samen, Pollen und Insekten dorthin geweht worden seien, so dass dort neues Leben, eine neue Insel, eine ganz neue Welt entstanden sei. Das war doch was. Surtsey. Vielleicht würde er irgendwann mal hinfahren, dachte er, vielleicht würde er das mal tun.

Er rückte den Arm zurecht, und Cherry schmiegte sich enger an ihn. Er lauschte dem Sturm und den Wellen, und dann war er eingeschlafen.

DIEBSTAHL UND ANDERE SACHEN

DER HUND

Der Hund war alt, fett, hatte Arthrose und gehörte Leah, meiner Freundin, mit der ich zusammenlebte. Sie hatte ihn schon acht Jahre, als wir uns kennenlernten. Er hieß Bidderbells (fragen Sie mich nicht), und man konnte ihn nicht lange allein zu Hause lassen, denn er neigte dazu, die Sofakissen zu zerkauen oder jedenfalls vollzusabbern und anschließend in die Küche zu kacken. Also hatte ich ihn dabei, als ich mit meinem Laptop zur Bibliothek fuhr, um in Ruhe arbeiten zu können (das Haus gegenüber unserer Wohnung wird renoviert, und der Lärm ist multidimensional), und natürlich konnte ich nicht auf der Straße parken, denn die Sonne hätte den Wagen in einen Backofen verwandelt. Aber im Parkhaus hatte ich Glück: Gerade als ich den Parkschein aus dem Automaten zog, sah ich einen SUV aus einer geräumigen Lücke auf der linken Seite zurücksetzen, parkte sofort ein und war zufrieden mit mir selbst und den unerwarteten kleinen Belohnungen, die das Leben bereithält. Ich öffnete die Fenster einen Spaltbreit, gab dem Hund einen Kauknochen und trat hinaus in den Sonnenschein.

Die Bibliothek ist eines meiner Lieblingsgebäude in der Stadt, ein Monument der Bildung und Kultur, aus Sandstein errichtet in einer Zeit, als man derlei noch für bedeutsam hielt. Heutzutage ist sie natürlich ein Hort für Penner, hauptsächlich Männer, die es sich mit ihren verschmierten Plastiktüten in den Sesseln und an den großen Eichentischen gemütlich machen, auf den Computern Pornoseiten aufrufen, Tagebücher vollkritzeln oder weit zurückgelehnt und mit offenem Mund schlafen. Aber ich will mich nicht beschweren. Sie haben auch ein Recht zu leben. In unserer Stadt gibt es ziemlich viele wohlmeinende Menschen (sprich: Pennerversteher), und ich gehöre zwar nicht zu ihnen, würde aber sagen, dass ich wenigstens tolerant bin.

Jedenfalls arbeitete ich etwa eineinhalb Stunden lang, dann packte ich zusammen und schlenderte über die Straße zum Parkhaus. Dachte ich daran, dass ich Opfer eines Verbrechens werden könnte? Nein. Ich dachte gar nichts – außer vielleicht, dass es ein schöner Tag war, dass ich gleich etwas zu Mittag essen würde und dass die Welt ein angenehmer Ort war.

DAS FEHLEN

Der Wagen war nicht da. Ich ging zu der Stelle, wo ich ihn geparkt hatte, doch stattdessen stand dort ein Motorrad. Es war ein hübsches Ding, ein Chopper mit hohem Lenker und einem Drachen auf dem Tank, aber es war nicht mein Wagen, und dabei war ich mir zu mindestens neunundneunzig Prozent sicher, ihn genau hier abgestellt zu haben. Ich reckte den Hals, spähte an den Reihen der geparkten Wagen entlang und fragte mich, ob ich mich vielleicht täuschte, ob mein innerer Kompass diese Fahrt zur Bibliothek mit der letzten verwechselte und ich damals an dieser Stelle, heute aber ganz woanders geparkt hatte. Zum Beispiel weiter oben. Ich ging die Rampe hinauf und hielt dabei nach beiden Seiten Ausschau, und als ich in der ersten Etage angekommen war, ging ich wieder hinunter und suchte dort alles ab. Keine Spur von meinem Wagen. Also ging ich wieder hinauf und suchte nicht nur die erste, sondern auch die anderen Etagen ab, bis ich schließlich das oberste Parkdeck erreichte, das in der prallen Sonne lag. Auf keinen Fall hatte ich den Wagen dort abgestellt, weder heute noch an irgendeinem anderen Tag, schon gar nicht mit dem Hund darin.

Ich weiß nicht genau, wie viel Zeit ich mit dieser sinnlosen Aktivität verschwendete, mit diesem zwanghaften Hin und Her durch das ganze Parkhaus, bei dem ich immer wieder dieselben Wagen überprüfte, als könnte sich einer davon wie durch Zauberhand in meinen verwandeln. Eine halbe Stunde? Mehr? Und war es nicht die Definition wahrer Idiotie, unter gleichen Bedingungen andere Ergebnisse zu erwarten? An diesem Punkt ging mir auf, dass der Wagen vermutlich abgeschleppt worden war –

obgleich ich mir nicht vorstellen konnte, warum, denn schließlich war die Parkzeit nicht begrenzt, und die Schranke hätte sich nicht geöffnet, wenn ich keinen Parkschein gezogen hätte. Plötzlich hatte ich es eilig. Ich dachte daran, was diese Sache mich kosten würde – und an den Hund natürlich, den der Lärm des Abschleppens und die unnatürliche Schräglage des Wagens bestimmt verwirrt, wahrscheinlich aber verstört, wenn nicht verängstigt hatten –, und rannte beinahe hinunter und zur Ausfahrt. Dort waren eine scharfe Kurve und ein schmaler Durchgang, der vom Parkbereich zum Pförtnerhäuschen und der Schranke führte. Ich zwängte mich zwischen Betonpfeilern und geparkten Wagen hindurch und fühlte mich als Fußgänger verletzlich und fehl am Platz in diesem Reich von grobstolligen Reifen und Stahl.

Der Parkscheinkontrolleur war ein High-School-Schüler mit Hoodie, der verschreckt aufsah, als ich den Kopf durch die Tür streckte. Er hatte Zeilen in einer zerlesenen Taschenbuchausgabe von *Schuld und Sühne* unterstrichen, die vor ihm auf dem verkratzten Aluminiumtresen lag. Tief in meiner Brust, wo sich Aufregung und Panik erhoben, zeichnete sich ein Thema ab. »Habt ihr heute irgendwelche Wagen abschleppen lassen?«, fragte ich ihn hoffnungsvoll und sah wahrscheinlich ziemlich verwirrt oder desorientiert aus, wie einer der Penner, mit denen er zweifellos regelmäßig zu tun hatte.

Irgendwo hinter und über uns quietschten Reifen. Ein süßlicher Abgasgeruch hing in der Luft. Er sah mich misstrauisch an. »Wir lassen niemanden abschleppen«, sagte er. »Außer es stellt einer seinen Wagen länger als eine Woche oder so hier ab.«

»Nein, nein«, sagte ich, »ich hab meinen Wagen vor zwei Stunden erst hier geparkt« – ich blickte auf meine Armbanduhr – »um ungefähr zehn nach zehn.«

Er schüttelte den Kopf, so dass die Kapuze seines Hoodies eine eigene kleine Brise erzeugte. »Ich bin seit acht hier und hab definitiv keinen Abschleppwagen gesehen.«

Das gab mir zu denken. Ich sah über die Straße zum Gerichtsgebäude, sah das Muster der Fugen zwischen den von der Sonne beschienenen

Sandsteinblöcken, die von vergangenen Generationen aufgetürmt worden waren, um Erdbeben, dem Zahn der Zeit und den Unbillen des Wetters zu trotzen. Dann richtete ich den Blick wieder auf das Pförtnerhäuschen, wo gerade ein schimmernder weißer Lexus vorfuhr. Die Fahrerin, eine gefärbte Blondine mit generalüberholtem Gesicht, musterte mich und reichte ihren Parkschein dem Jungen im Hoodie, und ich stand da, sah die Schranke hochgehen, hörte die beiden »Schönen Tag noch« und »Ebenfalls« sagen und fühlte mich hilflos und verwirrt.

»Das ist doch eine Kamera, oder?«, sagte ich, nachdem der Lexus verschwunden war.

Der Junge sah auf die Stelle rechts über ihm, auf die ich zeigte. »Ja«, sagte er.

»Wenn also jemand meinen Wagen« – hier stockte meine Stimme – »*gestohlen* hat, dann müsste man es sich ansehen können, oder?«

DES RÄTSELS LÖSUNG

Der Junge rief seinen Chef an, einen schlanken, Kaugummi kauenden, athletisch gebauten Mittvierziger mit bleistiftschmalem Schnurrbärtchen und einem Namensschild am Sportjackett, auf dem GREG stand. Greg schüttelte mir die Hand und fragte: »Um was geht's?«

»Ich glaube, jemand hat meinen Wagen gestohlen.«

»Und Sie haben ihn hier geparkt?«

Ich sagte ja.

»Sind Sie sicher? Absolut sicher?« Greg hatte schon so einiges erlebt, das sah man. Und in neunzig Prozent der Fälle, auch das sah man, hatte sich herausgestellt, dass der Besitzer seinen Wagen in einer anderen Straße oder einem anderen Parkhaus geparkt hatte oder an seinem eigenen Fahrzeug vorbeigegangen war, ohne es zu erkennen, denn viele Leute waren verwirrt, besonders wenn sie sich in der Bibliothek stundenlang auf Papier oder einen Bildschirm konzentriert hatten anstatt auf die Wirklichkeit.

Ich nickte. Ein langsames Pochen begann in meiner Brust und wanderte rasch in meinen Kopf, wo es sich anhörte wie eine Pauke. »Mein Hund war in dem Wagen«, sagte ich. »Ich meine, der Hund meiner Freundin.« Hier sah ich mit einem Mal Leah vor mir, wie sie der Kaffeespur von der Küchentheke zum Abfalleimer folgte oder wie sie sich über irgendwas erregte, das sie im Radio gehört hatte, mit gerunzelter Stirn und düster funkelnden Augen, kurz vor dem Ausbruch. Wie sollte ich es ihr beibringen?

»Fabrikat und Baujahr?« Greg musterte mich. Er versuchte, aus mir schlau zu werden, und das konnte ich ihm nicht verdenken. Ich konnte mir lebhaft vorstellen, mit was für Verrückten er sich Tag für Tag herumschlagen musste.

»Ein Crown Victoria, Baujahr 2003. Blau. Dunkelblau. Fast schwarz, je nachdem, wie das Licht einfällt.« Der Wagen hatte meiner Mutter gehört, ich hatte ihn geerbt, als sie letztes Jahr gestorben war. Er war ein Spritsäufer, aber in erstklassigem Zustand, weil sie kaum damit gefahren war – er hatte kaum fünfzigtausend auf dem Tacho. Wenn wir verreisten – nach Oregon, um Leahs Schwester zu besuchen, oder nach Vegas, um uns zu erholen –, nahmen wir Leahs genügsameren Honda.

Greg bedachte mich mit einem Lächeln, das seinen Schnurrbart bis an die Grenze der Belastbarkeit dehnte. »Dann wollen wir mal nachsehen«, sagte er.

Also verbrachte ich die nächste halbe Stunde damit, noch einmal durch das Parkhaus zu laufen, diesmal mit Greg an meiner Seite. »Ich mache den Vorreiter«, sagte er, und dann gingen wir die Rampe hinauf zum ersten Parkdeck, wobei Greg unaufhörlich quatschte und die Paukenschläge in meinem Kopf immer lauter wurden. Ich hörte ihn wie aus großer Entfernung, und die stählerne Rampe bebte, wenn Fahrzeuge an uns vorbeifuhren. Er klärte mich über die Probleme auf, vor die ein Betreiber öffentlicher Parkplätze gestellt war: Faustkämpfe um Parkplätze bei großen Veranstaltungen, Graffiti, Kotze in den Ecken, Sex auf der Treppe, Penner, die es sich in Wagen gemütlich machten, deren Besitzer törichterweise nicht abgeschlossen hatten. Jedes Mal, wenn wir an einem blauen Wagen, ganz gleich, welchen Fabrikats, vorbeikamen, blieb er stehen und sagte: »Ist es der?«

Aber natürlich war er's nie.

»Na gut«, sagte er schließlich, »dann wollen wir uns mal das Videoband ansehen – vielleicht finden wir da raus, was mit Ihrem Wagen passiert ist.«

DER ARM DES TÄTERS

Ich habe kein Tattoo. Leah hat einen blau-goldenen Schmetterling knapp unter ihrer rechten Pobacke, der zu flattern scheint, wenn sie am Strand im Bikini vor einem hergeht. Ich erwähne das nur, weil der Täter – der Dieb – eine Menge Tattoos hatte und sie es waren, die ihn schließlich verrieten.

Greg und ich gingen ins Büro, das sich als Kämmerchen erwies, kaum größer als das Pförtnerhäuschen im Erdgeschoss. Dort warteten wir auf seinen »Techniker«, der quer durch die Stadt von einem anderen Parkhaus kommen und uns den Film der Überwachungskamera vorspielen würde. »Fünfzehn Minuten«, sagte Greg. »Höchstens zwanzig.« Dann sah er in seinen Computer, und ich klappte meinen Laptop auf, konnte mich aber nicht konzentrieren, und starrte über seinen Kopf hinweg an die Wand, während wir eineinviertel Stunden warteten, bis der Techniker, ebenfalls ein High-School-Schüler, endlich kam (und das war ärgerlich, denn der Dieb hatte den Wagen offenbar innerhalb eines kleinen Zeitfensters gestohlen, und je früher wir es der Polizei meldeten, desto früher würde diese ganze Situation geklärt, der Wagen sichergestellt und Bidderbells zu mir zurückgebracht werden. Und zu Leah. Die in der Arbeit war und von der Sache noch nichts wusste).

Der Schüler, der, wie sich herausstellte, in Wirklichkeit Student war, spielte die Aufnahmen der Kamera auf Gregs Bildschirm ab. Zu dritt beugten wir uns zum Monitor und sahen zu, wie der Junge mit dem Hoodie aufsprang und tanzte, sich wieder setzte und erneut aufsprang, während wir im Zeitraffertempo durch die Transaktionen des Vormittags jagten, bis ich schließlich rief: »Da! Da ist er!«

Mein Wagen war im Bild erschienen, körnig, schlank und massig, das Seitenfenster wurde hinuntergekurbelt, auf dem Rücksitz war schemenhaft der Hund zu erkennen, der die Nase an die Scheibe drückte. Der Junge mit dem Hoodie streckte die Hand aus, und der Dieb gab ihm den Parkschein. Sein Arm lag lässig im offenen Fenster, und auf dem Display erschien der zu zahlende Betrag: 1 Dollar 50. Die ersten fünfundsiebzig Minuten waren umsonst, danach kostete jede angefangene Stunde eins fünfzig. Was bedeutete, dass er den Wagen nur Minuten, bevor ich aus der Bibliothek zurückgekommen war, aufgebrochen, kurzgeschlossen und aus dem Parkhaus gefahren hatte. *Minuten!* Meine Gefühle? Reue und Wut zu gleichen Teilen. Wenn ich früher da gewesen wäre, hätte ich ihn verscheucht, noch bevor er hätte anfangen können, der Scheißkerl. Aber das Problem war, dass er ein Scheißkerl ohne Gesicht war – jedenfalls konnten wir sein Gesicht nicht erkennen, das lag am Kamerawinkel und den Schatten im Wageninneren. Wir sahen nur das Tattoo auf seinem linken Arm: dunkle Farbflächen, die wie ein Schienenstrang vom Handgelenk bis zum Ellbogen reichten. Geld wechselte den Besitzer, die Schranke ging hoch, und mein Wagen war weg.

OFFICER MORTENSON

Zwei Stunden später fuhr Officer Mortenson vor, in einem Crown Victoria, der meinem sehr ähnlich war, nur dass ihrer – ein neueres Modell – mit einem Dachbügel voll Signallichter und Scheinwerfer ausgerüstet war und auf den beiden vorderen Türen das Gemeindewappen von San Roque und darunter den Schriftzug POLICE trug. Ich saß in Gesellschaft von einem halben Dutzend Pennern auf dem Betonmäuerchen vor der Bibliothek, und als ich sah, dass sie gegenüber dem Pförtnerhäuschen, im absoluten Halteverbot, parkte, sprang ich auf und eilte auf sie zu. Sie stieg gerade aus dem Wagen. »Hallo«, sagte ich und war angespannt, spürte aber auch, dass der Druck, der sich während der vergangenen zwei Stunden in mir aufgebaut hatte, ein wenig nachließ. Da war sie, die Hüterin des Gesetzes – nun würde alles gut werden.

Leider schien ich sie erschreckt zu haben – ich hatte mich ihrem Wagen wohl zu rasch genähert –, denn als ich sie ansprach, straffte sie die Schultern, rückte den Gürtel zurecht, strich mit den Fingern über Revolver, Gummiknüppel, Pfefferspray und Handschellen und fuhr so ruckartig herum, dass man hätte meinen können, ich wäre der Täter. Oder *ein* Täter. Ein potenzieller Täter.

Da standen wir also. Die Sonne brannte mir auf den Hinterkopf. Ich versuchte ein Lächeln, war aber so verkrampft, dass es mir nicht gelang. Dass ich mit meinen eins vierundneunzig so viel größer war als sie mit ihren eins siebzig, war wahrscheinlich ebenfalls nicht hilfreich. Ich sollte noch hinzufügen, dass sie für eine Polizistin zu jung wirkte und vielleicht ein bisschen zu schwer war, um dem gängigen Ideal zu entsprechen, und das ließ mich an den Schnellfraß denken, den sie im Dienst hinunterschlingen musste, wenn sie nicht gerade damit beschäftigt war, Anzeigen von erregten Bürgern aufzunehmen, deren heile kleine Welt unvermittelt aufgebrochen worden war wie eine Nuss.

Sie überraschte mich mit dem Lächeln, das ich nicht zustande gebracht hatte, und einem sanften, mitfühlenden Blick aus Augen, so braun wie die Karamellbonbons, die Leah sich manchmal anstelle eines Desserts genehmigt. »Sie sind derjenige, der seinen Wagen vermisst?«, sagte sie.

»Ja«, sagte ich, und im nächsten Augenblick brach es in einem Schwall von Worten aus mir heraus, jedes Detail, das mir einfiel: Ich beschrieb meinen Wagen, nannte das Kennzeichen, erklärte, wo ich geparkt und wie ich den Vormittag verbracht hatte, und wies auf die besondere – und die Situation verschärfende – Tatsache hin, dass Bidderbells auf dem Rücksitz saß und es sich womöglich um eine Geiselnahme handelte.

Sie hörte sich alles an, notierte sich aber nur Fabrikat, Modell und Kennzeichen. Als mir die Luft ausgegangen war, sagte sie: »Noch mal zum Anfang. Ich brauche Ihren Namen, Ihre Adresse und eine Nummer, unter der wir Sie erreichen können.«

Sobald sie diese Informationen notiert hatte, richtete sie sich auf, sah sich um, musterte die Gesichter der Penner, für die das Ganze ein unterhaltsames Vormittagsprogramm war, und wandte sich wieder zu mir. »Tja«, sagte sie, »dann wollen wir uns mal die Videoaufnahmen ansehen.«

Wir steuerten auf das schattige Innere des Parkhauses zu, als mir ein weiterer Gedanke kam. »Es geht ja nicht nur um den Wagen. Und den Hund. Mir fällt gerade ein, dass im Kofferraum noch meine Golfschläger liegen. Und mein Angelzeug. Unter anderem eine Fliegenrute, die mir mein Großvater geschenkt hat. Ich meine, die ist aus feinstem Bambus und praktisch unersetzlich.«

Sie sah mich von der Seite an, und ich ging langsamer, damit sie mit mir Schritt halten konnte. »Er hat ein Tattoo, sagen Sie?«

In meiner Aufregung dachte ich, sie spreche von meinem Großvater, doch dann erkannte ich meinen Irrtum und nickte.

»Keine Sorge«, sagte sie, »wir finden Ihren Wagen. Und Ihren Hund und die Golfschläger auch. Ich nehme an, er ist vorbestraft, und das heißt, dass seine Tattoos ihn verraten werden.«

Ich wollte ihr danken, überschwänglich danken und ihr sagen, dass ich mich schon viel besser fühlte und ihren entschlossenen Einsatz für eine möglichst rasche Lösung dieses Problems sehr zu schätzen wusste, aber eigentlich konnte ich nur an Leah und den Hund denken und daran, was geschehen würde, wenn Officer Mortenson sich irrte. Oder zu zuversichtlich war. Das war vielleicht das bessere Wort.

DAS SCHULDSPIEL

Am späten Nachmittag, nach der Arbeit (ich berate ein paar große Winzer an der Central Coast), schenke ich mir gern ein Glas Wein ein, höre Musik und warte darauf, dass Leah nach Hause kommt und wir besprechen können, was und wo wir zu Abend essen wollen. Oft gehen wir dann aus. Wir sind keine Gastrofanatiker im eigentlichen Sinn, aber in diesem kleinen Touristenort am Meer gibt es jede Menge gute Restaurants, und unsere Auswahl ist praktisch grenzenlos. Außerdem können wir unsere beiden Lieblingslokale zu Fuß erreichen. Am Nachmittag des Tages, an dem mein Wagen gestohlen und unser Hund (absichtlich oder zufällig) entführt worden war, kam ich erst spät heim, denn ich hatte Officer Mortensons Angebot, mich zu fahren, abgelehnt und war zwanzig Blocks weit gelaufen. Und bei jedem Schritt hatte ich an Leah gedacht – an den fassungslosen Ausdruck auf ihrem Gesicht, wenn sie es erfuhr, an die tragische Finsterkeit ihrer erstarrten Lippen und verhärteten Augen, an ihre unheimliche Fähigkeit, in Windeseile von Entsetzen zu Kummer und schließlich zu Vorwürfen zu springen und das Schuldspiel zu spielen –, und wer konnte es mir verdenken, dass ich schon eine halbe Flasche eines köstlichen Pinots aus den Santa Rita Hills intus hatte, als sie zur Tür hereinkam? Es war ein harter Tag gewesen. Und er war noch längst nicht vorbei.

Ein Wort zu Leah: Sie ist siebenunddreißig, ein Jahr älter als ich, und arbeitet für eine manchmal unbeherrschte ältere Frau namens Marjorie Biletnikoff, die hier in der Stadt ein Einrichtungsstudio hat. Meist geht es ruhig zu, man spricht mit Kunden und sucht Stoffe, Teppiche, Antiquitäten aus und so weiter, aber manchmal – etwa einmal pro Woche, wie es scheint – kann es ungeheuer stressig werden, denn dann greift Marjorie Biletnikoff zur Flasche (der sie ohnehin nie ernsthaft entsagt) und lässt ihren Frust an Leah aus. Vielleicht bildete ich es mir ein, aber als Leah den Schlüssel ins Schloss schob, glaubte ich, im Knirschen des Metalls eine Heftigkeit wahrzunehmen, die darauf hindeutete, dass heute einer dieser Tage gewesen war.

Die Tür schwang auf und fiel ins Schloss, und Leah kam durch den Flur direkt in die Küche, wo ich, das Weinglas in der Hand, in der Theke lehnte. Sie sagte nicht hallo und ich ebenfalls nicht, und es gab auch keinen Kuss, keine Umarmung wie sonst, denn sobald sie durch die Tür trat, sagte ich: »Es ist was passiert«, und sie sagte: »Du bist betrunken«, und schon war ich in der Defensive. Als ich ihr erzählte, der Wagen sei aus dem Parkhaus bei der Bibliothek geklaut worden, wurden ihre Züge weicher und sie murmelte: »Oh, James, wie schrecklich«, während sie ein Glas aus dem Küchenschrank nahm. »Das muss furchtbar gewesen sein.«

»Ja«, sagte ich und sah zu Boden, »aber das ist noch nicht alles.«

Sie drehte sich um, in der einen Hand das Glas, in der anderen die Flasche, aus der sie gerade einschenken wollte, hielt aber inne und sah mich mit einem bohrenden Blick an.

»Bidderbells ist auch geklaut«, sagte ich. »Ich meine, er war im Wagen. Der Dieb hat ihn wahrscheinlich nicht mal bemerkt. Und die Polizei … ich hab natürlich die Polizei gerufen, und die sagen –«

»Was sagst du da? Du hast meinen Hund mitgenommen? Zur Bibliothek? Und ihn im Wagen gelassen? Und dann, dann hast du ihn dir klauen lassen?« Hinter diesen Worten, vorgetragen in einem anklagenden Ton, der mir nicht gefiel und den ich nicht brauchte, stand Leahs Lebensgeschichte, in der Bidderbells der Rettungshund war, den sie nach ihrer Scheidung bekommen hatte und der ihr *buchstäblich das Leben gerettet* hatte, als sie so depressiv gewesen war, dass sie ununterbrochen daran gedacht hatte, sich umzubringen, und nichts auf dieser Erde es wert gewesen war, dafür am Leben zu bleiben. Bis sie zum Tierheim gegangen war und diesen süßen kleinen Hund mit den großen Augen gesehen hatte, der mit seinen pelzigen Pfoten am Maschendraht gekratzt und ihr schier das Herz gebrochen hatte usw.

»Das ist doch nicht meine Schuld. Wie hätte ich das ahnen können? Und mich regt das Ganze genauso auf wie dich.«

Ganz langsam stellte sie die Flasche und das leere Glas auf die Theke. Auf ihrem Gesicht zeichnete sich ein Wechselspiel von Gefühlen ab – als wäre unter der Haut etwas gefangen, das hinauswollte.

Ich sah sie flehend an. »Du weißt doch, dass wir ihn nicht allein in der Wohnung lassen können.«

»Aber warum denn auch? Warum bist du überhaupt rausgegangen? Angeblich musstest du doch *arbeiten* …«

Ich kniff die Lippen zusammen und zeigte aus dem Fenster auf die Baustelle gegenüber. »Der Lärm«, sagte ich. »Ich konnte mich nicht konzentrieren.«

Ich dachte, sie würde noch mehr sagen, irgendwas, das Widerhaken hatte und mir die ganze Schuld zuschob, als wäre ich der Verbrecher und nicht dieser Versager mit dem Tattoo, der für das alles verantwortlich war, doch sie sah einfach an mir vorbei und murmelte etwas. »Ich fasse es nicht«, sagte sie, und dann schenkte sie sich ein.

DER NÄCHTLICHE ANRUF

Das Abendessen bestand aus Sandwiches, die wir mit Wein und Leitungswasser hinunterspülten. Leah war viel zu nervös, um einen Restaurantbesuch auch nur in Erwägung zu ziehen. Wir versuchten, im Fernsehen einen alten Film zu sehen, eine dieser Komödien, in denen Leute rein- und rausrennen, einander verwechseln und Jean Arthur in diesem oder jenem Schrank verstecken, konnten uns aber nicht konzentrieren. Zum einen ging Leah besorgt auf und ab und hielt das Weinglas vor sich wie einen Stimmungssensor. Zum anderen tranken wir, ohne es zu merken, mehr, als uns guttat: alles in allem drei Flaschen. Sie sagte immer wieder: »Dieser Polizist hat doch gesagt, er ruft an, wenn er irgendwas erfährt, oder?«, und ich berichtigte sie jedes Mal: »*Sie*. Ich hab dir doch gesagt, es war eine Frau. Officer Mortenson.«

»Doch nicht etwa *Julie* Mortenson?«

Ich saß auf dem Sofa. Jean Arthur flackerte über den Bildschirm. »Ich weiß nicht. Ihren Vornamen hat sie mir nicht gesagt. Officer Mortenson, das war alles.«

»Herrgott«, sagte sie und trank ihr Glas aus. »Das hat mir gerade noch gefehlt. Ausgerechnet *Julie Mortenson* –«

»Was, du kennst sie?«

Jetzt war sie stinkwütend. Was sie dachte, stand in ihren Augen, und die waren auf mich gerichtet. »Ob ich sie kenne? Sie ist eine hinterhältige Schlampe. In der Volleyballmannschaft auf der High School hat sie mich gemobbt, bis ich nicht mehr mitspielen wollte, und dann hat sie mir im letzten Schuljahr meinen Freund ausgespannt, mit dem ich schon zwei

Jahre zusammen war. Richie, Richie Lopes. Wenn es dieselbe Julie Mortenson ist – aber wie viele Julie Mortensons kann es in einer Stadt wie dieser schon geben?«

In diesem Augenblick läutete das Telefon.

Ich will nicht sagen, dass es war, als wäre eine Bombe explodiert, denn das ist ein Klischee, aber unser Gespräch kam sofort zum Stillstand. Ich stand auf und nahm den Hörer ab.

»Mr Mackey?«

»Ja.«

»Hier ist Officer Mortenson. Wir haben Ihren Wagen noch nicht finden können, dafür aber Ihren Hund.«

Ich sagte so was wie »Toll, großartig« und gab die Information pantomimisch an Leah weiter, deren Gesicht erwartungsvoll erstarrte.

»Der Tatverdächtige hat den Hund offenbar an der Freeway-Ausfahrt Glen Annie Road ausgesetzt. Ein Zeuge hat es gesehen und den Hund mitgenommen, sonst hätte es schlimm ausgehen können.«

Ich war noch dabei, das zu verarbeiten, und stellte mir vor, wie der Hund auf der Schnellstraße überfahren worden wäre, wenn nicht ein tierliebender guter Samariter eingegriffen hätte, als Officer Mortenson sagte: »Der Hund – er heißt Bidderbells und ist ein Bassetmischling, stimmt's? – ist im Tierheim am Turnpike. Sie brauchen nur einen Ausweis vorzulegen, dann können Sie ihn mitnehmen.«

»Aber ich kann nicht … ich meine, ich habe zum Abendessen schon ein Glas Wein getrunken und will mich lieber nicht ans Steuer –«

Officer Mortenson – sie hatte eine Stimme wie in der Mikrowelle erwärmter Honig – lachte nur. »Ich habe gemeint: morgen früh. Werktags ist das Tierheim ab fünf geschlossen. Um acht machen sie auf, glaube ich – Sie können es im Internet nachsehen.«

Ich wäre erleichtert gewesen, hätte Leah mich nicht so wütend fixiert, mit einem Gesicht, in dem sich die Anspannung und die Schuldzuweisungen der letzten Stunden spiegelten. Ich sah zu Boden. Schirmte den Hörer mit der Hand ab.

»Okay«, sagte ich. »Haben Sie vielen Dank. Das ist wirklich großartig.« Hier hätte das Gespräch enden sollen, aber der Wein hatte meine Zunge schwer und meine Gedanken noch viel schwerer gemacht. »Darf ich Sie was fragen?«, sagte ich, ermutigt durch den ruhigen Rhythmus ihres Atems am anderen Ende der Leitung. »Ist Ihr Vorname zufällig Julie?«

Es trat eine Pause ein, die mir Gelegenheit gab zu spüren, dass ich in dem Versuch, aus dieser rein formalen, bürokratischen Mitteilung ein persönliches Gespräch zu machen, eindeutig eine Grenze überschritten hatte, doch dann hörte ich ihre Stimme, sanft und mit einem Hauch von Zuckerguss. »Ich heiße Sarah«, sagte sie und legte auf.

DER GESCHNAPPTE DIEB

Auch am nächsten Morgen war Leah noch wütend auf mich. Sie behauptete, sie habe kaum geschlafen, sondern die ganze Zeit an Bidderbells gedacht, der die Nacht in einer Zelle mit Streunern und Pitbulls und Gott weiß was für Kötern habe verbringen müssen. Ob ich eigentlich wisse, dass sie und Bidderbells, seit er in ihr Leben getreten sei, nicht eine einzige Nacht getrennt verbracht hätten? Keine einzige?

Das hatte ich nicht gewusst, und es jetzt zu erfahren, stimmte mich traurig. Doch das behielt ich für mich und hütete mich, sie zu provozieren. Mein eigener Kummer war etwas Neues, Schwärendes, unendlich viel größer als der Ärger über den Verlust eines Wagens an einen Dieb. Wir schlangen ein kaltes Frühstück hinunter. Um halb acht verließen wir die Wohnung, denn ich musste Leah zur Arbeit fahren, damit ich mit ihrem Wagen den Hund abholen konnte. Was ich auch tat. Um Punkt acht. Seine Pfoten kratzten auf dem Linoleumboden, die Leine wurde gehalten von einer humorlosen Frau, die mich ein Formular unterschreiben ließ und ein Bußgeld kassierte, denn Bidderbells Steuer war noch nicht bezahlt worden, und dann fuhren er und ich im Honda nach Hause, wo ich mich an den Schreibtisch setzte und arbeitete, so gut es bei dem Baustellenlärm von gegenüber eben ging. Der Hund fraß mit Genuss und schien alles gut überstanden zu haben, auch wenn der Zeuge ausgesagt hatte, der Dieb habe ihn aus dem noch fahrenden Wagen gestoßen.

Der nächste Anruf von Officer Mortenson kam um halb drei. Ich war tief in meine Arbeit versunken – es ging um eine Erweiterung der Escalera Vineyards um die Südhänge eines Geländes, das die Firma von einem benachbarten Rancher erwerben wollte – und hörte zunächst nur irgendein entferntes Geräusch, und als ich schließlich aus meinen Gedanken auftauchte, läutete das Telefon wahrscheinlich schon zum fünften oder sechsten Mal. Aber das machte nichts. Sarah Mortensons samtweiche Stimme am anderen Ende ließ nicht den Hauch von Ungeduld erkennen.

»Mr Mackey, ich habe gute Nachrichten. Wir haben Ihre Golfschläger, jedenfalls glauben wir, dass sie es sind – Sie müssen also aufs Revier kommen und sie identifizieren. Und wir haben einen Verdächtigen festgenommen.«

Ich war in Gedanken noch immer im Weinberg und murmelte etwas Unverbindliches.

»Genau genommen haben meine Kollegen ihn heute Morgen festgenommen, wegen öffentlicher Trunkenheit und Belästigung, aber er hat die Tattoos, die wir gestern aufgenommen haben.«

Meine Stimmung hob sich. »Dann haben Sie auch meinen Wagen?«

Eine Pause. »Leider nein. Der Verdächtige – ein alter Bekannter, ein Kleinkrimineller mit einem langen Register – gibt zwar zu, dass er den Wagen gestohlen hat, sagt aber, dass er nicht mehr weiß, was er damit gemacht hat. Die Golfschläger hat er an zwei andere Männer verkauft, die dann versucht haben, sie im Golfclub zu verhökern.«

Zugegeben, ich neige dazu, mich in Dinge zu verbohren. Ein anderer hätte diese Verletzung, diesen Diebstahl des mütterlichen und großväterlichen Erbes vielleicht einfach weggesteckt, doch ich konnte in diesem Moment nicht loslassen. Ich wollte meinen Wagen zurück. Und meine Fliegenrute. Und dass der Täter bestraft wurde. »Wie heißt er?«, fragte ich.

»Der Dieb? Mit dem Tattoo?«

»Wir können diese Informationen nicht weitergeben. Nicht in diesem Stadium der Ermittlungen.«

»Kommen Sie schon, Sarah«, sagte ich. »Ich bin schließlich das Opfer.«

Eine weitere Pause, länger diesmal. Ich hörte sie atmen und stellte mir ihre karamellbraunen Augen und den Lidstrich vor, den sie auch im Dienst trug, um die Tiefe dieser Augen zu betonen. »Reginald Peter Skloot«, sagte sie dann. »Alias Reg-Dog.«

COUNTY

»County« war die Kurzform, derer sich alle bedienten, die mit dem San Roque County Jail, dem Bezirksgefängnis, innig vertraut waren, seien sie nun Insassen, Gangmitglieder, Aufseher oder Anwälte, und County war auch der gegenwärtige Aufenthaltsort des Mannes, der meinen Wagen und den Hund meiner Freundin gestohlen hatte und als einziger wusste, wo sich der besagte Wagen und die Dinge, die im Kofferraum gewesen waren, befanden. Ich war einmal dort gewesen, in meinen schlimmen alten Säuferzeiten, bevor ich Leah kennengelernt hatte, und zwar hatte ich Kaution für einen Kumpel gestellt, der wegen Trunkenheit am Steuer die Nacht dort hatte verbringen müssen und mich, bevor sie ihn geschnappt hatten, nach Hause gefahren hatte, weil ich selbst schon mal betrunken am Steuer erwischt worden war und nicht mehr selbst fuhr, wenn ich mehr als drei, vier Gläser getrunken hatte. Was an jenem Abend der Fall gewesen war.

Jedenfalls hatte Officer Mortenson – Sarah – mir geraten, mich von dem Verdächtigen Reg-Dog fernzuhalten, denn ein Gespräch mit ihm werde zu nichts führen, die Dinge nur komplizieren und mich möglicherweise später einem Risiko aussetzen. Also dachte ich nicht lange nach und fuhr zwei Tage später, nachdem ich Leah zur Arbeit gebracht hatte, weiter zum County Jail. Es war Besuchstag. Ich dachte, Reg-Dog würde vielleicht Mitleid mit mir haben und mir verraten, was er mit dem Wagen gemacht hatte, zumal ich mit Hilfe eines befreundeten Anwalts herausgefunden hatte, dass er nach einem Unfall (Motorrad, Splitt) eine Versicherungssumme kassiert und Geld auf dem Konto hatte und ich im Fall einer Verurteilung – und die stand ja wohl außer Frage – Schadenersatz geltend machen und ihm dieses Geld wegnehmen konnte. Auge um Auge. Ein zweiter Grund für meinen Besuch war, dass ich ihn sehen wollte, diesen Scheißkerl, der ohne nachzudenken einem anderen geschadet hatte, und zwar mir, einem vollkommen fremden Menschen, der deswegen durch die Mangel gedreht worden war und dessen Freundin nicht mehr mit ihm sprach. Weil sie ihm nicht mehr vertrauen konnte. Und warum konnte sie ihm nicht mehr vertrauen? Weil sein Urteilsvermögen mangelhaft war. Eigentlich nicht existent. Sie überdachte die ganze Beziehung unter dem Gesichtspunkt von Investition und Rendite, und er – ich – konnte von Glück sagen, dass Bidderbells keine sichtbaren Verletzungen davongetragen hatte, auch wenn sie Anzeichen dafür sah, dass die seelische Belastung schmerzhafte Spuren hinterlassen hatte. Der Hund, sagte sie, schlinge sein Fressen zwanghaft in sich hinein, er habe in den Wandschrank gepinkelt und Leahs beste Liz-Claiborne-Schuhe so zerkaut, dass sie sie habe wegwerfen müssen.

Das also hatte Red-Dog mir angetan, und einen Teil davon wollte ich zurück. Und wenn es mir nicht gelang, wollte ich ihn wenigstens sehen, seine Schmierigkeit, die Scham in seinen Augen.

Ich war nicht nervös, nicht sehr jedenfalls, aber als ich am Eingang meinen Führerschein vorzeigte und durch den Metalldetektor trat, befürchtete ich, jemand könnte Kaution gestellt haben oder er könnte sich weigern, mich zu sehen – was sollte ihm das schon bringen? –, aber meine Befürchtungen waren unbegründet. Ein Wächter führte mich zu einem Stuhl vor einem Fenster in einer langen Reihe von Fenstern, und da war er, Reg-Dog, der Dieb, genau mir gegenüber. Er war etwa so alt wie ich, vielleicht ein paar Jahre jünger, und hatte diese strahlend blauen Augen, die bei dunkelhaarigen Menschen so attraktiv wirken können. Er trug einen orangeroten Gefängnisoverall, der seine Tattoos verdeckte und an ihm sogar irgendwie elegant aussah. Sein Haar war kurz geschnitten, und er hatte lange, dolchspitze Koteletten.

Er ließ sich Zeit und musterte mich mit diesen auffallend blauen Augen, bevor er sich zu dem Drahtgitter im Fenster beugte. »Sagen Sie bloß, *Sie* sind mein Anwalt.«

»Nein«, sagte ich und versuchte, seinem Blick standzuhalten, musste aber schließlich die Augen niederschlagen. »Ich bin das Opfer.«

»Opfer? Wovon reden Sie? Was für ein Opfer?«

Ich sah auf, sah ihm in die faszinierend blauen Augen, die ihm vermutlich sein Leben lang geholfen hatten, mit kleinen und nicht so kleinen Gaunereien davonzukommen, und sagte: »Ihr Opfer.« Ich hielt kurz inne, damit er das verarbeiten konnte. »Der Wagen, den Sie geklaut haben, war meiner. Und der Hund, der auf dem Rücksitz saß, gehört meiner Freundin.«

Er sah mich blinzelnd an – keine Entschuldigung, keine Scham, ja nicht einmal so etwas wie Verständnis. Ich war geladen, ich musste ihm einfach einen kleinen Vortrag darüber halten, was er mich gekostet hatte, sowohl emotional als auch finanziell, und wenn ich, was Leah und Bidderbells und die Fliegenrute meines Großvaters betrifft, vielleicht ein bisschen sehr ins Detail ging, dann tut's mir leid, aber in einer Gesellschaft wie der unseren, wo jedes Verlangen sofort befriedigt werden muss und keiner mehr seinen Nachbarn kennt, muss man für seine Handlungen die Verantwortung übernehmen. Mir gefiel nicht, was er mir angetan hatte, und das sollte er wissen.

Und da überraschte er mich. Er hörte mir zu, an irgendeinem Punkt nickte er sogar. Ich hatte damit gerechnet, dass er mir widersprechen, mir vielleicht sogar drohen würde, aber das tat er nicht. Er beugte den Kopf und murmelte: »Tut mir leid, Mann. Ich hab einfach nicht nachgedacht.«

DIE BEICHTE

»Wissen Sie, seit meinem Unfall bin ich manchmal nicht ganz richtig im Kopf. Und sagen Sie mir nicht, wie lahm das klingt, denn ich weiß, wie lahm das klingt, aber es ist die Wahrheit. Soll ich Ihnen mal was sagen? Ich war noch nicht mal stoned oder besoffen, als ich Ihren Wagen da stehen sah – und ich schwöre, den Hund auf dem Rücksitz hab ich gar nicht bemerkt, erst später. Bevor mein Vater sich umgebracht hat, hatte er so einen Wagen – also nicht ganz genau so, aber Sie wissen schon, was ich meine. In meinem Kopf macht es bumm – Zeit für eine Spritztour. Und Sie haben recht, Mann, ich hab keine Sekunde an Sie gedacht oder daran, was ich da anrichte. Es ist einfach mit mir *durchgegangen*.«

»Und wo ist der Wagen?«

»Ganz ehrlich? Ich weiß es nicht mehr.«

»Was, wenn ich Ihnen sagen würde, dass ein Freund von mir, ein Anwalt, Ihr Bankguthaben als Schadensersatz pfänden lassen könnte – würde Ihnen das helfen, sich zu erinnern?«

»Oh, Mann, tun Sie mir das nicht an. Ich hab weiß Gott schon genug an der Backe. Können Sie sich ja vorstellen. Aber ich sag's Ihnen, wie's ist: Ich kann mich einfach nicht erinnern, weil … tut mir wirklich leid, aber das Kleingeld im Handschuhfach? Das hab ich versoffen. Und dann hab ich einen getroffen, der ein paar Oxy hatte, und –«

»Sie werden es mir also nicht sagen?«

»Mh-mh. Aber ich sag Ihnen was anderes: Diese Polizistin steht auf Sie.«

OHNE LEAH

Leah fehlt mir. Das erste, was ich jeden Morgen spüre, noch bevor ich die Augen aufschlage, ist eine bodenlose Leere. Und Bidderbells fehlt mir auch, denn man müsste schon ein sehr kaltherziger Mensch sein, um ein ganzes Jahr mit einem Hund zu leben, ohne Gefühle für ihn zu entwickeln, selbst wenn es sich um einen Hund handelt, der Kissen zerkaut und

in die Küche scheißt, so dass man praktisch gezwungen ist, ihn mitzuneh-
men, wenn man zur Bibliothek fährt. Im Wagen. Der im Schatten steht
und auf einen wie Reginald Peter Skloot wartet, damit seine leuchtend
blauen Augen begehrliche Blicke darauf werfen können. Aber wenn diese
besondere Kette von Ereignissen – und ihren Folgen – nicht gewesen
wäre, hätte ich vielleicht nie herausgefunden, wie intolerant, ungerecht
und nachtragend meine Freundin war. So was nennt man Erfahrung.

Habe ich den Wagen je wiedergesehen? Nein. Werde ich je eine Art
Schadensersatz von Reg-Dog bekommen? Das ist eine Frage der Zeit. Die
in solchen Fällen in geologischen Zeitaltern gemessen wird. Ich stelle mir
Gletscher vor, die sich zu Tal schieben, und dass mein Freund, der Anwalt
(er heißt Len Humphries), einen Scheck aus der Innentasche seines bis
zum Kinn geschlossenen Parkas zieht und wir – Len, Reg-Dog und ich –
die nächste Bar ansteuern, um zur Feier des Tages einen zu trinken.

Der Wagen, den ich jetzt habe, ist neuer, schwieriger zu klauen und
ziemlich unscheinbar, die Art von Wagen, die niemand wahrnimmt, auch
wenn die Fenster einen Spaltbreit geöffnet sind und auf dem Rücksitz ein
Hund liegt. Neulich Abend parkte ich nach einem Besuch bei den Esca-
lera-Leuten im Santa Ynez Valley vor meinem Haus, als hinter mir ein
Streifenwagen hielt und Officer Mortenson ausstieg und ihren Gürtel
zurechtrückte, als wäre er ein Straps. Ich stellte fest, dass sie Make-up trug
und eine andere Frisur hatte. Vielleicht hatte sie auch ein paar Pfund abgenommen – es war schwer zu sagen. Sie sagte hallo und dass es ihr leid-
tue, mir nichts Neues über meinen Wagen sagen zu können. »Wollen Sie
wissen, was ich glaube?«, sagte sie. »Ich glaube, die haben ihn direkt nach
Tijuana gebracht. Oder zerlegt.«

»Zerlegt?«

»Um die Teile zu verkaufen. Es ist eine Masche. Schade, wirklich
schade.«

»Wie ich sehe, haben Sie Ihren Wagen noch«, sagte ich und wies mit
dem Kinn auf den schnittigen Streifenwagen am Bordstein. »Auch ein
Crown Victoria, oder?«

Sie lachte. »Ja. Das ist meiner. Den ich mir mit sechs Kollegen teile.«

Es trat ein kurzes Schweigen ein. Kleine Straßengeräusche waren zu hören: Ein fernes Radio schnarrte, ein Fenster wurde geschlossen, Gesprächsfetzen trieben vorbei wie akustischer Rauch.

»Habe ich Ihnen eigentlich je gesagt, wovon ich lebe?«, fragte ich sie und folgte ihrem Blick zum Ende des Blocks, wo sich ein kleiner Trupp Penner im Eingang des Geschäfts für Autoersatzteile für die Nacht einrichtete. Ich wartete, bis sie mich wieder ansah und den Kopf schüttelte.

Es war ein schöner Abend. Die Sonne stand tief über den Dächern der Häuser und beschien die Fenster auf der anderen Straßenseite. Vom Meer wehte eine leise Brise. Die Vögel in den Palmen leuchteten wie Kupferbarren. »Hier«, sagte ich, zog eine Visitenkarte aus der Brieftasche und reichte sie ihr. »Ich bin im Weingeschäft. Und nicht unbedingt ein Weinkenner – oder vielleicht doch –, aber ich habe mich gefragt …«

Sie betrachtete die Karte, als wäre sie ein Beweisstück, und lächelte mich an.

»Ich meine: Mögen Sie Wein?«

EIN TOD WENIGER

Riley mochte Hunde nicht, nicht besonders jedenfalls. Hunde waren wie Kinder (die er glücklicherweise nicht hatte) und brachten Dreck, Chaos und ungeplante Ausgaben ins Haus. Aber hier war ein Hund, ein lebhafter Hund, dreißig bis fünfunddreißig Kilo schwer, mit großem Schnauzbart, einem schielenden Auge und einem Hängeohr, der seine Kette spannte und fordernd bellte. Hinter Riley, in der Einfahrt, streckte Caroline den Kopf aus dem Wagenfenster. Sie war bleich. »Sag bloß, *das* ist es.«

»Warte, bis du es von innen gesehen hast«, rief er über die Schulter. Das monotone Gebell des Hundes unterstrich die Trostlosigkeit des Tages, der für Mitte Mai zu grau und zu kühl war.

Er hatte das Haus für eine Woche gemietet, weil die wenigen örtlichen Hotels wegen der Abschlussfeiern in West Point auf der anderen Seite des Flusses ausgebucht waren und er ganz eindeutig nicht in die Stadt wollte, was genau das war, was Caroline ganz eindeutig wollte, aber nicht kriegen würde. Er hasste Städte. Er hasste das Gewimmel der Menschen, den Lärm, das Gedränge, das entstand, weil alle gleichzeitig dasselbe wollten. Was ihm gefiel, war so was wie das hier: Einfachheit, Natur, vor ihm der Fluss, und der Blick konnte bis zu den bewaldeten Bergen auf der anderen Seite schweifen. Es war eine Landschaft, die, abgesehen von der Bahnlinie – und was war das, ein Öltank? –, wohl nicht viel anders aussah als damals, als Henry Hudson sie zum ersten Mal erblickt hatte. Er spürte, dass seine Stimmung sich hob. Die Welt war in Ordnung. Bis auf den Hund. Und Caroline.

Aber Caroline mochte Hunde, und sie war jetzt ausgestiegen, ging in ihren hochhackigen Schuhen über den nassen Rasen und sprach mit hoher, lockender Kinderstimme. »Ach, ist das ein guter Hund, ja, so ein guter Hund! Das bist du doch, oder? Ja, was für ein *guter* Hund«, quatschte sie auf den Köter ein, bis sie schließlich vor ihm stand und er mit dem

Schwanz wedelte und sich auf den Rücken legte, damit sie ihm mit ihren Zweihundert-Dollar-Fingernägeln den Bauch kraulen konnte. Riley stand daneben und sah ihr zu, nicht mit dem Besitzerstolz, den er nach ihrer Hochzeit vor vier Jahren empfunden hatte, sondern mit einem vagen, oberflächlichen Interesse, dem stumpfen, abgenutzten Interesse, das gerade mal reichte, um ihn morgens aufstehen zu lassen. Nach einer Minute drehte sie sich zu ihm um und sagte mit süßer, mädchenhafter Stimme: »Das muss Megs und Brians neuer Hund sein. Warum haben sie nichts davon erzählt? Ich meine, ich erinnere mich an den alten – damals, als sie uns besucht haben. Der dann gestorben ist – ich glaube, es war ein Deutscher Schäferhund. War es nicht ein Deutscher Schäferhund?«

Er zuckte bloß die Schultern. Für ihn war ein Hund wie der andere. Meg hatte gesagt, sie werde um vier von der Arbeit zurück sein und ihnen die Schlüssel für das gemietete Haus geben. Es gehörte ihren Nachbarn, einem älteren Ehepaar, das gerade für einen Monat auf einer Art kulinarischer Rundreise durch die Toskana war. Aber jetzt war es schon halb fünf, in Megs Einfahrt stand kein Wagen, und das Haus – ein bescheidener, mit grauen Schindeln verkleideter Bungalow, dessen Keller in den vergangenen Jahren nach Regengüssen am Oberlauf des Flusses zweimal überschwemmt gewesen war – sah verlassen aus. Bis auf den Hund natürlich, der eindeutig Meg gehörte, denn der Pflock, an dem die Kette befestigt war, steckte in ihrem Teil der weiten Rasenfläche zwischen den beiden Gebäuden. Wenn Meg oder Brian zu Hause gewesen wären, hätten sie den Hund wohl mit hineingenommen.

»Ruf sie doch mal an«, sagte er. Caroline richtete sich auf und kramte in der Handtasche nach ihrem Handy. Er hatte keins – erstens verabscheute er die Technologie, die Amerika im Würgegriff hielt, und zweitens wollte er nicht, dass staatliche Schnüffler jede seiner Bewegungen nachvollziehen konnten. Da konnte man ja gleich eine elektronische Fußfessel tragen. Oder besser noch: sich seine Sozialversicherungsnummer auf die Stirn tätowieren lassen.

Caroline war noch immer schlank, ihre gut trainierten Beine verjüngten sich zu den Fesseln hin, und ihre Füße steckten in glänzenden hochhackigen Lacklederschuhen. Sie wandte sich ab, als hätte sie so mehr Privatsphäre, und drückte das Handy ans Ohr. Es war ein schönes Motiv: Caroline telefonierend, im Hintergrund der Fluss, und er hätte bestimmt ein Foto gemacht – wenn er ein Handy gehabt hätte. Andererseits: wozu überhaupt Fotos? Die sah sich ja niemand mehr an. Es war nicht wie früher, als er ein Junge gewesen war. Damals waren Polaroids der letzte Schrei gewesen, damals hatte man ein Foto machen und es dann in die Hand nehmen und in ein Album kleben können. Und heute? Alle Fotos waren in irgendeiner Cloud, damit die NSA sie nach Herzenslust sortieren und bewerten konnte.

Nach Herzenslust. Ihm gefiel der Klang dieser Worte, und er machte einen kleinen Singsang daraus, während er darauf wartete, dass Caroline sich umdrehte und ihm sagte, dass Meg sich nicht meldete und Brian ebenfalls nicht.

Es begann zu nieseln. Der Regen verstärkte das ohnehin schon geradezu überirdische Grün der Umgebung, und das gefiel ihm – das Wetter, die ganze *Szene* –, aber die Schulterpolster seines neuen Sportjacketts schienen das Wasser regelrecht aufzusaugen, und das Haar – die modifizierte Schmalztolle, die er noch immer trug – drohte ihm in die Stirn zu fallen. Er fluchte. »Und jetzt?«, sagte er. »Herrgott. Sie hat doch vier gesagt, oder?«

In seinem Ton war etwas, das den Hund wieder losbellen ließ, und schon verschlechterte sich seine Laune wieder. Er war drauf und dran, sich in den Wagen zu setzen und eine Bar zu suchen, als nebenan Megs kleines silbergraues Allerweltsauto in die Einfahrt fuhr. Er ging auf sie zu, und das war dumm, denn es brachte ihn in Reichweite des Hundes, der begeistert an ihm hochsprang, seine weiße Leinenhose mit Matsch beschmierte und versuchte, ihn zu Fall zu bringen. »Scheiße«, rief er, stieß den Hund weg und versuchte vergeblich, den Dreck abzuwischen, wobei eine gute Portion an seinen Händen kleben blieb. War das wirklich nur Matsch – oder die Substanz, die er gerade benannt hatte?

Aber egal. Was machte es schon, dass sein Jackett nass, die Hose vorerst ruiniert und der Dreck bis unter die Fingernägel vorgedrungen war? Er war ja nicht hier, um sein Modebewusstsein zu demonstrieren oder mit

Prominenten zu Abend zu essen oder Interviews zu geben. Nein, Lester war tot. Und er war hier, um ihn zu beerdigen.

Eines von vielen Dingen, die Caroline nicht wusste, war, dass er vor vielen Jahren, lange bevor er sie kennengelernt hatte – und übrigens auch vor seinen ersten beiden Frauen –, was mit Meg gehabt hatte, und wenn sie es gewusst hätte, wäre es ihr vermutlich ziemlich egal gewesen. Sie hätte ihr Wissen nur benutzt, um es als Sprengsatz in einen ihrer zunehmend erbitterten Streite einzubringen, bei denen es im Grunde um nichts ging. Zum Beispiel darum, wer an der Reihe war, das Katzenklo zu leeren, und warum sie überhaupt ein Katzenklo brauchten, wo die Katzen doch genauso gut draußen scheißen konnten? Aber nein, sagte sie dann, das sei genau die Einstellung, die dazu führe, dass es immer weniger Vögel gebe, und wie könne er nur so kurzsichtig sein, und er in seiner Kurzsichtigkeit konterte dann mit: *Was für Vögel? Da draußen gibt's nichts als Krähen. Krähen und noch mehr Krähen.* Und sie: *Sag ich ja.* Oder wer aus lauter Faulheit vergessen hatte zu tanken oder Käse zu kaufen, und zwar nicht diesen Blauschimmelkäse, der wie Seife schmeckte, sondern ein schönes Stück Gruyère oder Emmentaler. Oder wie er den Namen ihres Bruders Cary aussprach: Er sagte »Carry«, sie mit ihrem Buffalo-Dialekt dagegen sagte »Kierie«.

Und was steckte dahinter? Langeweile vermutlich, dachte er. Sie saßen in ihrem restaurierten Farmhaus aus dem achtzehnten Jahrhundert inmitten eines derart unerschütterlichen ländlichen Friedens, dass man sich vorkam wie in einer Gruft. Wogegen er nichts hatte – er war Schriftsteller, »im oberen mittleren Auflagenbereich«, wie er gern und mit bitterem Unterton sagte, und hatte beschlossen, sich zurückzuziehen, um besser schreiben zu können –, aber was sollte Caroline tun, als die Restaurierungsarbeiten abgeschlossen waren und sie die antiken Möbel und die Teppiche und das Kaminbesteck ausgesucht, Blumenbeete angelegt und den vorderen Teil ihrer sechseinhalb Morgen Land gestaltet hatte? Ländlich hieß zurückgezogen. Und Caroline war nicht gerade der Typ für ein zurückgezogenes Leben.

Aber das spielte jetzt keine Rolle, denn Lester war gestorben, und Meg kam auf ihn zu und hatte bereits Tränen in den Augen. Ohne lange nachzudenken umarmte er sie, wiegte sie hin und her und drückte sie viel zu lange an sich, während Caroline danebenstand und zusah und der Dreck an seiner Hose Megs Jeans verschmierte. Er spürte einen Kummer, der über ihm zusammenschlug, Lester war tot, und Meg drückte sich an ihn, und erst jetzt drang es richtig zu ihm durch, denn jetzt war er hier, jetzt war es wirklich. Er hatte seine Gefühle immer unterdrückt, um cool und distanziert und ungerührt zu erscheinen, doch nun hatte er Tränen in den Augen. Er hätte für immer so stehen bleiben können, Meg im Arm und von Gefühlen derart überwältigt, dass er nur an die drei Fragen denken konnte, die er und Lester einander gestellt hatten, wenn sie stoned gewesen waren (*Wer sind wir? Wo sind wir? Warum sind wir?*), wenn nicht mit einem Mal auch Brians Wagen in der Einfahrt gestanden hätte, gleich hinter dem von Meg. Im Gegensatz zu Caroline wusste Brian ganz genau, was Riley mal für Meg empfunden hatte, und diese Tatsache – und die klaren Worte, die Brian vor einigen Jahren auf einer Party zu ihm gesagt hatte – ließ ihn wieder zu sich kommen.

Er wurde sich des Regens bewusst, der jetzt stärker geworden war. Lesters Gesicht tauchte plötzlich vor seinem inneren Auge auf und verschwand wie ein Foto, an das man ein Streichholz gehalten hatte. Er löste sich aus der Umarmung, ließ die Arme sinken und trat einen Schritt zurück. »Hallo, Brian«, rief er, hob die Hand und winkte lahm und nur mit den Fingern, obwohl Brian ihn gar nicht hören konnte, denn die Fenster waren geschlossen, und der Motor lief. Trotzdem fügte er hinzu: »Schön, dich zu sehen!«

Das Haus war eines von zwölf, die auf dem schmalen Streifen zwischen Fluss und Eisenbahngleisen standen, ein eher kleiner Bungalow aus den Vierzigern, der später um ein zweites Stockwerk erweitert und modernisiert worden war. Es gab einen offenen Kamin, einen Bootssteg und einen schönen Blick auf den Fluss. Mit dem Farmhaus war es natürlich nicht zu vergleichen, aber der erste Eindruck war gut: rustikales Mobiliar, gerahmte Fotos des Hudson an den Wänden, ein Messingteleskop, um die Sterne zu betrachten oder das Weiße in den Augen der Schubbootkapitäne zu sehen, die von morgens bis abends Lastkähne den Fluss hinauf- oder hinunterschoben. Der zweite Eindruck war vielleicht ein kleines bisschen weniger günstig (enge Küche, ein Geruch nach ... Bilgewasser?), aber er war froh – und erleichtert –, dass Caroline damit einverstanden war. »Mir gefällt der Ausblick«, sagte sie, ging über den Parkettboden zum Fenster und zog die Vorhänge weit auf. »Er ist ...« Sie suchte nach dem richtigen Wort, wandte sich zu ihm und streckte die Hände aus. Wenn er gedacht hatte, sie würde »großartig« oder »grandios« oder gar »traumhaft« sagen, wurde er enttäuscht. »Er ist schön«, sagte sie und präzisierte dann: »Ich meine, geht doch, oder?«

Sie mixten sich zur Feier der Ankunft einen Cocktail – Wodka Gimlet, Lesters Lieblingsdrink –, als der erste Zug vorbeifuhr. Theoretisch hatte Riley natürlich verstanden, dass das Vorhandensein von Bahngleisen auf eine hin und wieder erhöhte Geräuschentwicklung schließen ließ, aber das hier war etwas anderes. Es gab ein unvermitteltes markerschütterndes Getöse, als hätte ein Düsenjäger die Schallmauer durchbrochen, gefolgt vom Dröhnen der Räder, dem beleidigenden Schrei der Sirene und dem Klappern sämtlicher Gläser, Tassen, Untertassen und Teller im Schrank. Das Ganze dauerte kaum länger als zehn Sekunden, doch es jagte seinen Blutdruck in die Höhe und bewirkte, dass er Rose's Lime Juice auf der Granitplatte der Theke verschüttete, die das ältere Ehepaar hatte installieren lassen, um die ziemlich unterdurchschnittliche Küche aufzuwerten. »Herrgott«, rief er. »Was war das?«

»Ein Zug«, sagte Caroline, ohne die Miene zu verziehen.

»Wir sollen wir da schlafen? Ich meine, wie ist der Fahrplan? Gibt es etwa auch Nachtzüge – nein, wohl eher nicht, oder?«

»Frag Meg und Brian.«

»Man gewöhnt sich daran? Willst du das damit sagen?«

Sie zuckte die Schultern. Dieses Schulterzucken und das schmale Lächeln, das es begleitete, dienten zur Erinnerung daran, dass sie diese Diskussion nicht würden führen müssen, wenn sie ein Zimmer im elften

Stock des Algonquin oder wenigstens des Royalton oder Sofitel hätten und der einzige Zug, dem sie begegnen würden, ein bloßes Verkehrsmittel wäre, etwas, das sie aus der Stadt in dieses Nirgendwo und wieder zurück beförderte.

»Herrgott«, wiederholte er und sah sich nach Papiertüchern um. Er war gerade dabei, die Pfütze aufzuwischen – klebrig und duftend, wahrscheinlich zu neunzig Prozent Zucker –, als es an der Schiebetür klopfte und Meg dastand, eingerahmt wie ein Renaissancegemälde: *Unsere liebe Frau vom Fluss.* Statt der Jeans trug sie einen Rock, und sie hatte irgendwas mit ihren Haaren gemacht. Er winkte und freute sich, bis Brians Kopf und Schultern im Rahmen erschienen und schließlich, auf Hüfthöhe, auch der Hund. Meg klopfte noch einmal, grinste und hielt eine Flasche Wodka hoch.

Zum Andenken an Lester tranken sie eine Runde Gimlets und dann noch eine. Danach gingen sie zu Wein über, einem Bordeaux aus dem Karton, den Riley aus Buffalo mitgebracht hatte, um Lester den Übergang ins Jenseits oder wenigstens sich selbst die Teilnahme an diesem Vorgang zu erleichtern. Er hatte beinahe obsessiv über den Tod geschrieben, aber abgesehen vom Tod seiner Eltern, die vor so langer Zeit gestorben waren, dass er schon gar nicht mehr wusste, wie sie ausgesehen hatten, war ihm die Begegnung damit erspart geblieben, und er fand die Tatsache, dass er in einem fremden Wohnzimmer um seinen Freund trauerte, zunehmend verwirrend. Er versuchte es mit Geplauder, aber das funktionierte nicht, solange Lester wie ein großer Vogel über ihnen hing. Die Schatten wurden länger. Der Fluss nahm die Farbe von Stahl an. Jeder Satz, den er sagte, schien mit »Weißt du noch?« zu beginnen. Und da waren Megs Augen, sie luden ihn ein, die geduldigsten, erlösendsten Augen, die er je gesehen hatte. Er war betrunken, natürlich, das war es, und wenn Caroline und Brian bei dieser Unterhaltung ein bisschen außen vor blieben, dann würden sie sich wohl daran gewöhnen müssen, denn sie hatten Lester ja nicht schon ewig gekannt. Er schon. Und Meg ebenfalls.

»Du nuschelst«, sagte Caroline irgendwann, und er sah auf und wunderte sich, dass es so schnell dunkel geworden war und er es gar nicht bemerkt hatte.

»Vielleicht sollten wir was essen«, hörte er sich sagen, während die Lichter eines Lastkahns auf dem schwarzen Rücken des Flusses vorbeizogen und der Hund, erregt von etwas, das menschliche Sinne nicht wahrnehmen konnten, zu winseln begann.

Brian erhob sich, das leere Weinglas in der Hand, aus dem Sessel in der Ecke. Er hatte einen großen Kopf und weißes Haar und bekam, wie Riley mit einer gewissen Befriedigung feststellte, einen Schmerbauch. Er wirkte alt, müde und gelangweilt. »Ich geh ins Bett.«

»Wie wär's mit Pizza?«, sagte Meg. »Es gibt einen Lieferservice.«

»Ohne mich«, sagte Brian mit einem kleinen Lachen, das wohl selbstironisch sein sollte, in Rileys Ohren aber beinahe verletzend klang. Brian war ein Spielverderber. Ein Nichts. Und Meg war an ihn verschwendet. »Aber wenn ihr drei« – Brian machte eine ausladende Geste – »was bestellen wollt, nur zu.«

»Ich esse keine Pizza«, warf Caroline mit heller, schneidender Stimme ein. Bei ihr gab es kein Genuschel, obwohl sie ebenso viel getrunken hatte wie alle anderen. Sie lachte auf. »Das ist nicht paläo.«

»Du meinst, in der Steinzeit gab's keinen Pizzaservice?« Riley hatte diesen Witz schon mal gemacht, irgendwann und irgendwo, und keiner der Anwesenden reagierte. Er saß weit zurückgelehnt in dem Sessel neben dem von Brian und hatte das Gefühl, als würde er nie mehr genug Willenskraft aufbringen, um auf die Beine zu kommen. Er stellte fest, dass der Kopf des Hundes auf seinem Schoß lag, und kraulte ihn hinter dem Hängeohr.

»Oder wir könnten irgendwohin fahren«, schlug Meg vor, aber Caroline schüttelte nur den Kopf, und er ließ sich noch tiefer in den Sessel sinken und fragte sich, wie er es die Treppe hinauf und ins Bett schaffen sollte, von Komplikationen wie Autofahren, Lichter, Menschen, Kellner, Speisekarten ganz zu schweigen.

In diesem Augenblick wurde an die Schiebetür geklopft, was den Hund in helle Aufregung versetzte. Sein Kopf schoss hoch, die Krallen kratzten auf dem Parkett, das Gebell steigerte sich, bis es fast ein Schreien war, und

Riley sah ein gespenstisches, beleuchtetes Gesicht, irgendeine Frau, die er nicht kannte, aber dennoch machte sein Herz einen Sprung.

Wie sich herausstellte, war sie Megs andere Nachbarin, und sie hatte schlechte, sehr schlechte Nachrichten. Meg öffnete die Schiebetür, und der überwältigende Gestank des Flusses strömte herein. »Macht den Fernseher an!«, rief die Frau, stapfte herein, ging zum Gerät – einem an der Wand montierten Bildschirm, den Riley bis dahin gar nicht bemerkt hatte – und schaltete es ein. »Ich kann's noch gar nicht fassen«, sagte sie, als Trümmer, Flammen, Rettungswagen und benommene Menschen erschienen – allabendliche Realität und ebenso glaubhaft wie alles andere da draußen in der Welt. Auf dem Band unterhalb der Bilder stand *Florenz, Italien – 5:30 Uhr*. »Sie haben Ted erschossen«, sagte die Frau.

Meg sah sie ungläubig an. »Wovon redest du? Wer hat ihn erschossen?«

»Die *Terroristen*. Nadine hat mich gerade angerufen.« Ihre Stimme brach. »Er war … ich weiß nicht, zur falschen Zeit am falschen Ort.« Sie war um die fünfzig und eher füllig, ihr Haar war kurz geschnitten bis auf ein paar rosarot gefärbte Strähnen, die wie Federn über ihren Nacken hingen. »Sie wird wieder auf die Beine kommen, aber Ted … hat's nicht geschafft.«

Meg stieß einen anschwellenden Klagelaut aus und wollte es nicht wahrhaben.

»Wer ist Ted?«, fragte er verwirrt, und zugleich begann die Spannung ihre Klauen in seinen Bauch zu schlagen, ganz tief unten, wo er am verwundbarsten war.

»Ted Marchant«, sagte Meg, ohne den Kopf zu wenden. »Ich kann es nicht fassen«, sagte auch sie, und ihr Blick ging vom Bildschirm zu der Frau, die ihren Abend zerstört hatte. Oder vielmehr ihre Nacht. Es war jetzt Nacht. Eindeutig. »Wann?«, fragte sie. »Bist du sicher?«

»Wer ist Ted Marchant?«

Brian stand über ihm mit seinem großen weißen Kopf und dem leeren Weinglas in der Hand. »Der Mann«, sagte er knapp, »in dessen Sessel du sitzt.«

Jetzt gab es also zwei Tote. Erst Lester und jetzt den hier. Ted Marchant. Dessen Namen Riley auf einen Scheck geschrieben haben musste, auch wenn er sich nicht daran erinnern konnte, der eben noch in diesem Sessel gesessen und das Teleskop auf die Sterne oder vielleicht auch auf eine junge Frau gerichtet hatte, die oben ohne in einem Motorboot auf der anderen Seite des Flusses unterwegs gewesen war, und der, wie sich jetzt herausstellte, das Pech gehabt hatte, an einem Ecktisch in einem Florentiner Café zu sitzen und Espresso zu trinken, als die schwarz vermummten Gestalten auf den gestohlenen Ducatis das Feuer eröffnet hatten. Er hatte weder diesen Ted Marchant noch seine Frau Nadine, mit der dieser Mann fünfundvierzig Jahre verheiratet gewesen war, je kennengelernt, doch er saß im Haus eines Toten, inmitten der Dinge eines Toten und trank Wein aus dem Glas eines Toten. Bei dem Gedanken daran wurde ihm ganz anders.

Der Fernseher sprach zu ihnen, und sie beugten sich vor, sahen das Filmmaterial auf dem Bildschirm des Toten und hörten die Stimmen der Reporter, die immer dasselbe sagten, immer dasselbe abgedroschene Zeug, nur dass diesmal eines der siebzehn Todesopfer auf diesem Parkettboden gestanden und diese feuchte Luft geatmet hatte, die nach einem ganzen Potpourri von Toden roch, angefangen bei den Fischen und dann über Würmer und Schnecken bis hin zu den Algen, die in diesem Überangebot von Phosphat erblühten und schließlich starben. Es war schwindelerregend. Er wollte protestieren – hier ging es nicht um einen Ted Marchant, den er nicht mal kannte, sondern um Lester –, doch stattdessen hörte er sich sagen: »Vielleicht sollten wir lieber gehen.«

Meg wandte sich vom Bildschirm ab, das Gesicht beleuchtet vom grellen Widerschein der Farben, und sah ihn an, »Nein«, sagte sie, so bestimmt, als stünden die Mörder hier im Raum, »auf keinen Fall. Ihr bleibt.«

Er sah hilfesuchend zu Caroline, doch deren Blick war auf den Fernseher geheftet. »Aber wird seine Frau nicht …? Sie wird doch zurückkommen, sie wird ja nicht dort bleiben können, die Witwe, ich meine –«

»Soll das ein Witz sein? Bei so was … Das kann Wochen dauern, Monate.« Meg stockte. »Arme Nadine – stellt euch das bloß mal vor.«

»Und das Seltsame ist« – die Frau, die ihnen die Nachricht überbracht hatte, sah ihn bedeutungsvoll an – »dass Sie wegen einer … Beerdigung hier sind, oder?« Ein kurzer Blick zu Meg. »Das hat Meg jedenfalls gesagt. Und das macht das Ganze so, ich weiß nicht, *unheimlich* irgendwie …«

Er wies das nicht zurück. Tatsächlich war er bis in seine atheistischen, abergläubischen Grundfesten erschüttert. Es war wie damals in Alaska: Dort hatte ihm ein Pilot erzählt, sein Partner sei bei einem Absturz ums Leben gekommen, als er eine Inuitfamilie zur Beerdigung einer anderen Inuitfamilie geflogen habe, die bei einem Flugzeugabsturz ums Leben gekommen sei. Waren Schicksale so miteinander verknüpft? Kam der Tod paarweise, wie Zwillinge? Lester war an einem Melanom gestorben, einem grausamen, grotesken Ding, das als Blase am kleinen Zeh des rechten Fußes begonnen und sich so rasend schnell bis zu seinem Gehirn ausgebreitet hatte, dass Riley nicht mal gewusst hatte, dass er krank war, geschweige denn, dass es mit ihm zu Ende ging. Sterben war für Lester nicht cool, nicht hip – er hatte schließlich einen Ruf, dem er gerecht werden musste –, und so hatte er es allein getan. Das war es, was weh tat. Er hatte nicht angerufen, keine E-Mail, keinen Brief geschrieben, er hatte kein Sterbenswörtchen gesagt. Er hatte sich einfach in irgendein Hospiz in Kalifornien geschleppt, um ihnen das Mitleiden zu ersparen.

Später, als Caroline im Bett lag und Brian mit dem Hund quer über den Rasen nach Hause gegangen war und die Lichter eins nach dem anderen gelöscht hatte, bis die undeutlichen Umrisse des Bungalows mit der Nacht verschmolzen, saßen sie zu dritt im Wohnzimmer des Toten. Es war still, das Licht war gedämpft, der Fernseher stumm. Riley war schließlich aufgestanden und hatte ihn ausgeschaltet, Meg hatte »Danke« geflüstert, und die andere Frau (sie hieß Anna oder Anne oder vielleicht auch Joanne, das hatte er nicht so genau mitgekriegt, und es spielte auch keine Rolle – sie war der Todesbote, und mehr brauchte er nicht zu wissen) hatte ihr zugestimmt. »Diese Medienhyänen«, hatte sie mit einer wegwerfenden Bewegung gesagt, »richtig ekelhaft.« Sie schwiegen lange, und die einzigen Geräusche waren das Klirren der Flasche auf der Tischplatte und das tröstliche Plätschern des Weins, doch dann begann das Haus zu beben, und im nächsten Augenblick kam das Getöse, das gewaltsame Zerreißen der Luft, und mit einem lange nachhallenden Kreischen raste ein Zug vorbei.

»Ach Gott, ich hab gar nicht gemerkt, wie spät es ist«, sagte die Frau, stand auf und stellte ihr Glas auf der nächstbesten horizontalen Fläche ab, einem Beistelltischchen mit Einlegearbeit, auf dem bereits ein Dutzend verblassender Ringe waren, aber das würde Ted Marchant wohl egal sein. Sie schloss Meg in die Arme, die beiden weinten, überwältigt von Schmerz, und dann war sie weg, und er war allein mit Meg. Sie sah ihn an und schüttelte den Kopf. »Schrecklich, nicht?«

Er wusste nicht, was er sagen sollte. Es war schrecklich. Natürlich war es schrecklich. Alles war schrecklich – und es wurde immer schlimmer.

Er sah ihr zu, als sie sich zu ihrem Glas beugte, sich aufrichtete und es, die Hand in die Hüfte gestemmt, in einem Zug austrank. Sie wirkte benommen, unsicher auf den Beinen, und nachdem sie das Glas neben dem ihrer Nachbarin auf dem Tischchen abgestellt hatte, ließ sie sich schwer auf das Sofa sinken. »Komm«, sagte sie mit einem erschöpften Lächeln, »setz dich her. Entspann dich. Es war ein schwerer Tag.«

Also setzte er sich zu ihr und spürte ihre Wärme in diesem Haus, in dem es zu dieser späten Stunde kühl geworden war, und dann legte er den Arm um sie und zog sie an sich. Sie küssten sich, und er spürte den von ihr ausgehenden Sog wie eine Elementarkraft des Trostes und der Beschwichtigung, gab ihm aber nicht nach. Mit einer kleinen Drehung streckte er die Beine aus und legte den Kopf in ihren Schoß, so dass aus der Wärme eine Hitze wurde und ihm die Augen zufielen und der Tod, die beiden Tode, im Nichts verschwanden.

Am nächsten Morgen erklärte Caroline, die Situation sei »einfach zu schräg«, und fuhr mit dem Zug in die Stadt, um sich mit einer Zimmergenossin aus College-Tagen zu treffen und eine belebende Shoppingtour zu unternehmen, und als es ihm schließlich gelang, sich aus dem Bett zu wälzen, in das er irgendwann irgendwie gefunden hatte, kam er gerade noch rechtzeitig, um Meg zur Arbeit fahren zu sehen. Auch Brians Wagen war verschwunden, ebenso wie sein eigener: Caroline war damit zum Bahnhof in Garrison gefahren und hatte ihn dort abgestellt, weil er von den Ereignissen der Nacht zu geschwächt gewesen war, um aufzustehen und sie dort abzusetzen. Also war er allein im Haus des toten Mannes (im Haus des *ermordeten* Mannes) und suchte im Küchenschrank nach Kaffee – oder vielleicht nach etwas, um seinen Magen zu beruhigen, Toast zum Beispiel. Oder … den Zwieback, den er plötzlich in der Hand hatte. Auf der Pappschachtel war das in Pastellfarben gehaltene Bild eines Babys, das ihn angrinste. Warum hatte ein altes Ehepaar Babyzwieback? Enkelkinder? Zahnprobleme? Er biss ein Stück ab, kaute ein paarmal und spuckte es auf die Handfläche. Milch. Vielleicht würde Milch seinem Magen guttun. Er schenkte sich ein Glas ein, stellte es auf die Theke und starrte es an, bevor er, mit durchwachsenem Erfolg, versuchte, die Milch wieder in den Karton zu gießen. Er war so beschäftigt, dass es etwa fünf Minuten dauerte, bis ihm einfiel, dass Lester tot war. Und dass die Beerdigung, bei der von ihm erwartet wurde, sich lange genug zusammenzureißen, um eine Grabrede zu halten, am folgenden Tag stattfinden würde.

Ein unvermitteltes Geräusch, ein leises Rumpeln, ließ ihn aufblicken. Der Hund stand vor der Schiebetür, an seinem Hals hing die abgerissene Kette wie ein unverzichtbarer Schmuck. Es war ein schöner Tag, stellte er jetzt fest, die Wolken und der gestrige Nieselregen waren über die Berge davongezogen, die Sonne teilte den Rasen wie ein Schachbrett in Licht- und Schattenflecken auf, und der Ärger, den er normalerweise über dieses Eindringen empfunden hätte, verwandelte sich in etwas Leichteres, Erträglicheres, beinahe etwas wie Einverständnis. Er war froh, dass Caroline in die Stadt und Meg zur Arbeit gefahren waren, froh, allein zu sein, so dass er es langsam angehen, einen Spaziergang machen, am Fluss sitzen und in Gedanken mit Lester sprechen konnte, und Ted Marchant ging ihn nichts an – Ted Marchant war ein ganz anderes Thema, und er hatte nicht vor, sich damit zu befassen.

Wieder dieses Rumpeln. Der Hund stieß mit der Pfote an das Glas, als

wollte er etwas, als würde er eine Botschaft überbringen, als hätte er einen
übersinnlichen Einblick in das gehabt, was Lester und Ted Marchant er-
eilt hatte und eines Tages auch die jetzt noch Lebenden ereilen würde.
Aber vielleicht war er auch bloß hungrig. Oder – wahrscheinlicher – er
wollte nur rein, um auf den Teppich zu scheißen. War das nicht das, was
Hunde gern machten? Doch dann fiel ihm ein, dass der Hund gar nicht
dort, an der Schiebetür, sein sollte, dass er sich losgerissen hatte und in
Gefahr oder jedenfalls in potenzieller Gefahr war: Hatte Meg nicht gesagt, wie sehr man aufpassen musste, dass er nicht zur Tür hinaus und
schnurstracks zum Gleis rannte? Er stand vom Küchentisch auf, um den
Hund reinzulassen – ihn im Haus einzusperren – und etwas zu suchen,
mit dem er die Kette flicken könnte.

Aber wie hieß der Köter überhaupt? Irgendwas mit T … Tippy? Terry?
Nein, Taffy, das hatte Meg gesagt, kurz nachdem das Vieh seine Hose ruiniert hatte. Er stand jedenfalls vom Küchentisch auf, ging zur Tür und
schob sie auf, was aber nicht die erwünschte Wirkung hatte, denn der
Hund fuhr so panisch zurück, dass er in einem unbeholfenen Wirbel aus
Kopf, Schwanz und Beinen von der Veranda fiel. Für einen kurzen Augenblick blieb er auf dem Rücken liegen und ruderte mit den Beinen in
der Luft, doch dann sprang er auf und rannte in Richtung Bahndamm davon. »Taffy!«, rief Riley und kam sich lächerlich vor, sprang aber trotzdem
von der Veranda und eilte dem Hund (oder der Hündin – er wusste nicht
mal, welches Geschlecht das Tier hatte) hinterher. »Taffy! Nein!«

In diesem Moment kam der Zug, der 9:50 oder 10:10 oder was auch
immer, Luft zischte, Räder donnerten, es war eine gewaltige heranrasende
Kraft, die das Tier auslöschte, als wäre es nie da gewesen. Riley rannte
jetzt, sein Herz klopfte wie wild, und er erreichte den Bahndamm genau
in dem Augenblick, in dem der letzte Waggon – der *Bremserwagen*, ein
Wort, das aus einer längst begrabenen Vergangenheit emporschwebte:
Kindheit, Spielzeugeisenbahn, auf die Ohren gedrückte Handschuhe,
Nimm Daddys Hand – vorüberrauschte und das Gleis leer war und im
harten Sonnenlicht böse schimmerte. Er war auf einen Tod gefasst, auf
einen weiteren Tod – die blutigen Überreste des Hundes wie Hackfleisch

auf dem Schotter verstreut, und wie würde er es Meg beibringen? –, aber das war es nicht, was er sah. Der Hund saß unversehrt, die zerrissene Kette um den Hals, auf der anderen Seite des Gleises und sah ihn belämmert an.

»Taffy«, rief er und mühte sich, seine Stimme zu beherrschen, in der eine Spur von Hysterie und Wut war. »Komm her!«

Aber Taffy kam nicht. Taffy rührte sich nicht von der Stelle, sondern verdrehte den Körper (es war ein Rüde, Riley erkannte den umhüllten Penis und die beiden Hoden, dunkel und prall wie Zwetschgen), damit er sich mit einer Hinterpfote am Kinn kratzen konnte. Riley sah am Gleis entlang auf und ab, das langgezogene V, das sich in beiden Richtungen zum Fluchtpunkt zuspitzte, und rief noch einmal, wieder vergeblich. *Vielleicht wenn ich ihm den Rücken kehre*, dachte er. Oder vielleicht – das Ganze war ihm ein bisschen peinlich, denn was war er denn: ein Hundeflüsterer, oder was? –, vielleicht sollte er einfach sagen: Scheiß drauf. Sollte der Köter doch machen, was er wollte. Ja. Genau. Er drehte sich abrupt um und ging über den feuchten Rasen zum Haus des toten Mannes, um zu sehen, ob er sich einen Kaffee machen könnte.

Er achtete nicht sonderlich auf die Zeit, aber es musste wohl schon gegen Mittag sein, die Sonne stand hoch, und der Hund trabte, die Kette im Schlepp, auf dem Rasen herum, als Riley von seinem Kaffee und Toast aufsah und sein Blick auf das Kanu fiel, das umgedreht auf dem Bootssteg lag. Er hatte in einem sehr langweiligen Buch gelesen, versucht, nicht über den nächsten langweiligen Absatz hinauszudenken, und sich gefragt, wie er den Rest des Tages hinter sich bringen sollte, und da war es, wie eine Vision: das Kanu. Das war genau, was er jetzt brauchte: raus auf den Fluss, einen klaren Kopf bekommen, sich von der Natur leiten lassen. Was könnte besser sein? Die kleinen Wellen, die sich ausnahmen wie von der Sonne gehämmertes Metall, die frische Brise aus dem Norden, ein bisschen Bewegung – Bewegung konnte er immer gebrauchen, und wie oft hatte er schon Gelegenheit, auf den Hudson hinauszufahren, den Fluss, der untrennbar verknüpft war mit seiner Kindheit, mit Menschen, die ihm wichtig gewesen waren, mit der Vergangenheit, mit *Lester*. Also gut. Ein Plan. Definitiv ein Plan.

Es dauerte eine Weile, bis er die Paddel gefunden hatte, und zwar ganz hinten in der Garage, hinter einem zwei Meter hohen Metallschrank, in dem auch das restliche Bootszeug war: ein blaues aufblasbares Kissen, eine orangerote Schwimmweste, diverse Angeln, Krebsfallen, Fischspeere und Kescher. Er nahm das Kissen, eine Angelrute und die Box mit Ted Marchants Ködern – warum nicht? –, schulterte das Paddel und ging zum Bootssteg. Die Schwimmweste zog er nicht an, weil er nie eine Schwimmweste anzog – er wusste, was er tat, und trotz seines Alters (im Dezember würde er sechsundfünfzig werden, auch wenn er immer sagte, er sei erst fünfzig) war er ein guter Schwimmer, immer schon gewesen, und für einen Moment sah er sich in den Zwanzigern, als er und Lester um die Wette zu dem Floß auf dem Lake Kitchawank geschwommen waren, immer und immer wieder; der Verlierer hatte das Glas Tequila trinken müssen, das ihm von ihren Freundinnen, die auf dem Rand des Floßes gesessen und sie angefeuert und gelacht und mit ihren hübschen sonnengebräunten Füßen das Wasser zum Schäumen gebracht hatten, gereicht worden war.

Das Kanu – aus Aluminium, unzerstörbar – war erstaunlich schwer, aber es gelang ihm, es umzudrehen. Er lud das Zeug ein, schob das Boot ins Wasser, stieg hinein und balancierte es aus. Im nächsten Augenblick fuhr er mit kräftigen Paddelschlägen gegen die Strömung an, die ersten Züge waren immer die besten, mit einem Aufwallen von Freude schoss alle Kraft in die Schultern und Oberarme. Es war sensationell. Wie eine Verwandlung. Eintauchen, durchziehen, wieder eintauchen. Er war schon etwa dreißig Meter vom Ufer entfernt, als ihm einfiel, dass er einen Hut vergessen hatte, der jetzt praktisch gewesen wäre, damit ihm die Sonne nicht so ins Gesicht schien, und auch eine Wasserflasche hatte er nicht dabei, aber das machte nichts, denn er würde ohnehin nicht lange fort sein. Ein Stück den Fluss hinauf und wieder zurück, eine Dreiviertelstunde, vielleicht eine Stunde. Höchstens. Obwohl er sich zugegebenermaßen etwas ausgetrocknet fühlte, vielleicht sogar ein bisschen verkatert, und unvermittelt schoss ihm der Gedanke durch den Kopf, er könnte bis nach Garrison fahren, wo es eine Bar gab, und sich dann mit der Ebbe wieder den Fluss hinuntertreiben lassen. Aber das war zu ehrgeizig … nein, lieber keine allzu großen Sprünge.

Rechts vor ihm, gleich hinter der Landzunge, auf der das letzte der zwölf Häuser stand, führte eine niedrige Brücke über die Durchfahrt zu einem Altwasser. Dorthin paddelte er nun, denn er wollte diese Gegend ein wenig erforschen. Bei seinem letzten Besuch hatte Meg ihn dorthin geführt, und in seiner Erinnerung war es wie ein verwunschener Ort gewesen, mit allen möglichen Vögeln und Sumpfschildkröten, die wie gestapelte Teller auf halb versunkenen Baumstämmen gesessen hatten, und was noch besser war: Man hatte dort das Gefühl, umschlossen und geborgen zu sein, als wäre man meilenweit von allem entfernt. Als er das Paddel eintauchte und über den grauen Schaum des Flusses flog, wurde ihm bewusst: Das Entscheidende war, dass Lester tot war und er nicht. Er war lebendig, so lebendig wie noch nie. Die Last des Kummers blieb keinem erspart – Lester! Lester! –, aber es gab eben auch dies, das Leben im Augenblick, die in der Sonne blitzenden Wellen, die Brise, den Duft der Wildblumen, die an der Durchfahrt wuchsen, so dass diese aussah wie eine Laube in einem Gedicht von Rosetti. Er hielt in schneller Fahrt darauf zu, doch dann, als er näher kam, sah er, dass die Flut höher stand, als er gedacht hatte: Die Durchfahrt schien zu niedrig für das Kanu, sie war gerade mal einen Meter hoch, wenn überhaupt.

Zum Guten wie zum Schlechten – in diesem Fall, wie sich herausstellte, zum Schlechten – wich Riley keiner Herausforderung aus, und da er sich entschlossen hatte, unter der Brücke hindurchzufahren, behielt er sein Tempo bei. Im letzten Augenblick streckte er sich rücklings auf dem Boden des Kanus aus und ließ sich von der einströmenden Flut tragen, und fünfzehn Minuten früher hätte das auch problemlos funktioniert, denn da war der Abstand zwischen der Wasseroberfläche und dem Beton des Brückengewölbes noch ein paar Zentimeter größer gewesen. Auch mit einem Kajak oder einem Surfboard hätte er ohne weiteres hindurchfahren können, doch die beiden gebogenen Spitzen an Bug und Heck des Kanus schrammten mit einem Geräusch wie Zähneknirschen an der Decke entlang, und die Strömung schob es immer tiefer unter die Brücke, bis es schließlich drei, vier Meter vom anderen Ende entfernt festsaß.

Er erkannte seine missliche Lage und bereute seinen Entschluss, aber Reue würde hier nicht viel helfen, oder? Das Wasser stieg und würde bald bis zur Decke reichen – jedenfalls war das eine Möglichkeit, die man in Betracht ziehen musste. Na gut. Kein Grund zur Panik. Er hob die Arme und drückte gegen den Beton über ihm. Widerwillig scharrend bewegte sich das Boot ein paar Zentimeter voran. Womit er nicht gerechnet hatte – aber er hatte ja mit gar nichts gerechnet, sondern sich idiotisch, ja geradezu selbstmörderisch in dieses Unternehmen gestürzt –, war die Unebenheit des Gewölbes, das sich obendrein zum anderen Ende hin etwas gesenkt hatte, und es ging ihn ja nichts an, aber sollten die von der New York Central Line sich nicht um so was kümmern? Wurden diese Brücken nicht inspiziert?

Aber das alles änderte nichts an der Tatsache, dass er festsaß. Und auf dem Rücken lag. In einem Gewölbe, das ebenso gut eine Gruft hätte sein können, bei aufkommender Flut und mit nur ein paar Zentimetern Platz zwischen ihm und dem kalten grauen Deckel über ihm, der womöglich der Lebensraum von allerlei Spinnen, stechenden Insekten und Wasserschlangen wie der war, die gerade kraftvoll und zielstrebig an ihm vorbeigeschwommen war. Was sonst noch? Kälte. Der Geruch nach dem Schlamm, Schlick und Moder, den der Fluss erzeugte und mit sich trug, und mit einem Mal fiel ihm die Geschichte ein, die sein Vater ihm erzählt hatte, die Geschichte von der ertrunkenen Frau aus Annsville Creek, deren Leichnam an der Oberfläche getrieben hatte, bedeckt von einem Gewimmel aus Blaukrabben. Die Situation war ernst. Er war in Schwierigkeiten. Er würde ertrinken, ja, das würde geschehen, und er sah schon die Überschrift – *Schriftsteller bei Bootsunfall ertrunken* – und die aus den Schubladen gezogenen Nachrufe: seine Bücher, seine Frauen, das vielversprechende Frühwerk, die satten späteren Jahre, die Preise und Preisgelder, hinterlässt eine Ehefrau. Es würde nur noch Minuten dauern, bis das Wasser über den Bootsrand floss, doch in diesem Augenblick sah er den Zeitungsartikel so deutlich vor sich, als säße er, die Lesebrille auf der Nase, im hellen Licht der Deckenlampe zu Hause am Küchentisch.

Er hatte sich oft gefragt, wie er in einer Krise reagieren würde, und zugleich gebetet, dass er nie gezwungen sein würde, es herauszufinden (und wie war das bei Ted Marchant gewesen, als er Nadine in der Millisekunde, bevor die Sturmgewehre begonnen hatten zu feuern, mit seinem Körper gedeckt hatte?). Bisher hatte er nur einmal eine heikle Situation erlebt, vor ungefähr dreißig Jahren, als er mit Lester, betrunken von billigem Scotch und im Vollgefühl ihrer selbst und der Abgeklärtheit und Hipness, die sie umhüllte und beschützte, an einem Steilufer gesessen hatte, das plötzlich abgebrochen war, so dass sie Hals über Kopf ins eisige Wasser der San Francisco Bay gefallen waren, was ihnen aber – und das war das Großartige – nicht weiter geschadet hatte. Na gut. Das Wasser stieg, aber er geriet nicht in Panik. Er war zu ernüchtert, um in Panik zu geraten. Im Grunde war er … besorgt, das war alles. Und amüsiert. Wie vor den Kopf geschlagen von seiner eigenen Dummheit. Wie viele der Millionen Tode, die Tag für Tag gestorben wurden, betrafen alternde Schriftsteller, die in einem Kanu unter einer Eisenbahnbrücke gefangen waren?

Wir fürchten den Tod, weil wir nichts anderes als das Leben kennen, und sobald man einmal unter den Lebenden ist, erscheint es einem am besten, dort zu bleiben. Das wusste er, es war ein Prinzip, das auch er vertrat und das ihn jetzt motivierte. Was, wenn er – versuchsweise – das Kanu kippte, so dass Wasser hineinfloss und er die nötigen zehn, fünfzehn Zentimeter gewann, die er brauchte, um freizukommen und sich schwimmend zu retten, bevor der Durchlass ganz unter Wasser stand? Das war eine Möglichkeit, allerdings würden seine Brieftasche und alle Kleider dann vollkommen durchnässt sein. Aber was für eine Rolle spielten schon Brieftaschen und Kleider, wenn er so nahe dran war, sich zu Lester und Ted Marchant zu gesellen? Keine, absolut keine. Trotzdem wand er sich aus Jacke, Hemd, Stiefeln und Jeans, machte ein Bündel daraus, das er in der Hand hielt, während er mit der anderen fest gegen die Decke drückte, bis das Boot Schlagseite bekam und er sich ins Wasser gleiten lassen konnte … ja, und Herrgott, war das kalt!

Ein schlechterer Schriftsteller als Riley hätte geschrieben: »Die Zeit stand still«, aber so war es nicht, nicht mal annähernd. Die Zeit beschleunigte. Eben noch hatte er im Kanu gelegen und tatenlos auf den Tod gewartet, und im nächsten Augenblick kämpfte er sich durch Schlamm und Wasserpflanzen und hatte Hemd, Schuhe und Jacke verloren, umklammerte aber noch immer die Jeans – mit der Brieftasche –, während er den hohen, steinigen Bahndamm erstieg, den eine frühere Generation hier aufgeschüttet hatte. Es war nicht leicht, seine Füße waren verschrammt, die Steine waren glitschig, Brombeerranken und Giftefeu behinderten ihn, doch schließlich – er war so nass, durchgefroren und erschüttert, dass er nicht mal fluchen konnte – gelang es ihm, zu den Gleisen hinaufzuklettern, und was machte es schon, dass er in der Unterhose dastand und keine Schuhe mehr hatte? Er lebte, er war auferstanden.

Er sagte nichts, weder zu dem alten Mann in seinem Boot noch zu den beiden Frauen, die auf Gartenstühlen vor dem Haus auf der anderen Straßenseite saßen. Er humpelte barfuß und in nasser Unterhose an den Gleisen entlang, freudig begrüßt von dem Hund, dessen Kette scheppernd gegen die Schienen schlug, und natürlich musste genau jetzt wieder einmal ein Zug vorbeirasen und ihn mit seinem Fahrtwind durchschütteln. Gesichter wurden an die Fenster gedrückt, ein junges Mädchen winkte – Herrgott, wirklich, sie winkte –, und ihm blieb nichts anderes übrig, als zurückzuwinken.

Nach der Beerdigung, als das allgemeine Lob der emotionalen Wucht seiner Grabrede verklungen, die Tränen getrocknet und die Kehlen befeuchtet waren, schützte er Kopfschmerzen vor und verabschiedete sich früh. Er und Caroline fuhren zu dem gemieteten Haus am Fluss, wo der Hund an einer dickeren Kette den Stahlpflock umkreiste, den Brian am Morgen wütend in die Erde getrieben hatte, und brauchten nur zehn Minuten, um ihre Sachen zu packen und die Koffer in den Wagen zu laden. Dann schloss Riley ab, machte einen weiten Bogen um den Hund und legte den Schlüssel unter die Fußmatte von Megs und Brians Haus, bevor die beiden zurückkamen von dem Leichenschmaus oder der Totenwache oder wie immer man das nannte. Dem allgemeinen Geheule. Dem Fellversaufen. Das Kanu war mit der nächsten Ebbe freigekommen, aber Riley war nicht hingegangen, um es zu bergen. Er hinterließ auch keine Nachricht. Wenn Nadine das Fehlen des Boots bemerkte, würde er ihr einen Scheck schicken, kein Problem. Mit Vergnügen sogar, er würde sich freuen, in irgendeiner Weise behilflich zu sein, aber es war sinnlos, sich jetzt darüber Gedanken zu machen.

Es herrschte nicht viel Verkehr, und sie kamen gut voran. Caroline schwieg die meiste Zeit, aber ihr Gesicht war ruhig, und in dem schwarzen Samtkleid und der einreihigen Perlenkette, die sie bei der Beerdigung getragen hatte, sah sie gut aus – besser als gut. Sie checkten im Algonquin ein, dem einzigen Hotel, in dem er sich wirklich willkommen fühlte – es war ein gemütlicher Ort, ein Ort für *Schriftsteller* –, und während Caroline sich um Theaterkarten kümmerte, setzte er sich in einen Sessel am Fenster, hoch über dem Gedränge und Gewimmel der West 44th Street. Lange sah er hinaus auf die Schattierungen von Grau, dann griff er zu dem langweiligen Buch, durch das er sich kämpfte, fand die Stelle, wo er aufgehört hatte zu lesen, und las weiter.

WAS WASSER WERT IST, WEISST DU
(ERST, WENN DU KEINS MEHR HAST)

Gegen Ende des zweiten Dürrejahrs fiel ein leichter Regen, ein weiblicher Regen, sanft und unentschlossen, eine Art Flüstern in den Bäumen. Er schaffte es nicht mal, den Staub zwischen den vertrockneten Grasbüscheln zu binden. Wir nahmen ihn hin, und wenn wir enttäuscht waren, wenn wir uns nach einem heftigen, alles durchtränkenden Macho-Regen sehnten, der sich mit kanalisationssprengender Gewalt über uns ergoss, so zuckten wir einfach die Schultern und machten weiter. Was sollten wir auch tun – einen Regenmacher holen? Ziegen opfern? Das Wetter hatte seine Tücken, es gab jahreszeitlich bedingte Abweichungen infolge der El Niño Southern Oscillation, der Pazifischen Dekaden-Oszillation und der nördlichen Hadley-Zelle, und auf die trockenen Jahre würden in einem seit Jahrhunderten, seit Äonen bestehenden Zyklus bestimmt wieder feuchte folgen. Das tägliche Leben war anstrengend genug: Man musste zum Zahnarzt, im Stau stehen, Steuern zahlen, Essen kochen, arbeiten, essen und schlafen. Es regnete eben, wenn es regnete. Kein Grund zur Sorge. Niemand außer den Panikmachern in den Zeitungen und den Quatschköpfen im Fernsehen dachte groß darüber nach, bis auch das dritte Jahr in einer Abfolge wolkenloser Tage verging und kein Regen kam, weder männlich noch weiblich oder androgyn.

Dieses dritte Jahr machte uns fertig. Wir begannen uns intensiv mit Wasser zu befassen: Woher kam es, wohin ging es und warum gab es nicht genug davon? Es kam so weit, dass alles, was nicht mit Wasser zu tun hatte, seien es die Präsidentschaftswahlen, der neueste Bombenanschlag oder das Aussterben der Eisbären, bedeutungslos wurde. Im dritten Jahr wurde es persönlich.

Was uns – meine Frau Micki und mich – betraf, so hatten wir unseren Verbrauch schon längst heruntergeschraubt, und darum waren wir, als die Beschränkungen in Kraft traten, bereits am absoluten Minimum: Der Rasen war verdorrt, aus den einst so üppigen Blumenbeeten ragten nur noch dürre gelbe Stiele, die Bäume wirkten ausgezehrt, die Hecken waren am Ende. Wenn wir die Verschwender mit ihren smaragdgrünen Rasenflächen und den mit englischem Efeu überwachsenen Häusern auch zuvor schon verachtet hatten, so verachteten wir sie jetzt umso intensiver. Als man sie zwang, ihren Wasserverbrauch um dreißig Prozent zu senken, kamen sie auf das Niveau, auf dem wir längst waren, und unsere eigene Zwangsreduzierung um dreißig Prozent war praktisch eine doppelte Strafe für uns, die wir dumm genug gewesen waren, unseren Verbrauch nach der Aufforderung des Gouverneurs freiwillig zurückzuschrauben. Das war nicht nur unerträglich, sondern auch zutiefst ungerecht, es verhöhnte das Konzept des solidarischen Verzichts. Ich rasierte mich wasserlos und benutzte nur noch etwas Schaum aus der Dose, um die Barthaare anzufeuchten, und Micki legte kein Make-up mehr auf, damit sie kein Wasser verschwenden musste, um es abzuwaschen. Als unser Sohn in den Frühjahrsferien nach Hause kam (aus Princeton, wo es jeden zweiten Tag regnete), klebte Micki einen handbeschrifteten Zettel an die Badezimmertür: *Wenn es gelb ist, lass es stehen, wenn es braun ist, darf es gehen.* Als er am nächsten Morgen das Duschwasser aufdrehte, stand ich – noch im selben Augenblick – vor der Tür, klopfte energisch und rief: »Maximal zwei Minuten.«

Everett war ein guter Junge, offen und ehrlich, und wenn er eine Schwäche hatte, so offenbarte sie sich hier: *Er hatte tatsächlich geduscht.* Ich konnte es nicht fassen. Micki ebenso wenig. Sie und ich badeten einmal pro Woche – in der Wanne, gemeinsam –, danach wuschen wir in dem Wasser unsere Kleider und Bettlaken, bevor wir es in Eimern hinaustrugen, um die Zitrusbäume zu gießen, die mein ganzer Stolz waren, das letzte, was dieser Dürre zum Opfer fallen sollte, die uns erst den Rasen, dann die Beetgewächse und schließlich sogar die Zimmerpflanzen gekostet hatte. Beim Abendessen (das kurz ausfiel, denn Everett brannte darauf, mit seinen Freunden, die ebenfalls Ferien hatten, die örtlichen Wasserlöcher – sprich: Bars – zu erkunden) versuchte ich, meine heftige Reaktion zu erklären und zugleich einen kleinen Vortrag zum Thema Wasserknappheit zu halten. »Tut mir leid, dass ich heute Morgen so heftig reagiert habe«, sagte ich, »aber du darfst nicht vergessen, dass der ganze Südwesten betroffen ist. Ich meine, es gibt einfach kein Wasser. Nirgends. Ganz gleich, zu welchem Preis.«

Die Sonne schien durch das Küchenfenster und hing am Himmel wie ein Nachgedanke. Es war warm, aber nicht unangenehm heiß. Noch nicht – das würde noch kommen.

Everett sah auf, die Gabel über einer großen Portion Klebreis mit grünem Krabbencurry vom Lieferservice erhoben. Er zuckte die Schultern zum Zeichen, das sei schon in Ordnung. »Ich hätte es wissen sollen«, sagte er und beugte sich wieder über sein Essen.

»Ich hab gehört, dass sie die Entsalzungsanlage wieder in Betrieb nehmen wollen«, sagte Micki hoffnungsvoll. Sie war immer hoffnungsvoll. Ihr Haar war mit einem Tuch zusammengebunden, und sie trug eine weiße Bluse, die weißer hätte sein können.

»Das dauert zwei Jahre, *mindestens*«, sagte ich, und ich wollte gar nicht, dass es zurechtweisend klang, aber ich fürchte, genau das tat es. Ich war aufgebracht – all die kleinen Dinge des Lebens, die Dinge, die man in guten Zeiten selbstverständlich fand, bekamen eine ganz andere Dimension. So angespannt war die Situation inzwischen. »Und es kostet so was wie neun Millionen Dollar – aber Geld spielt ja keine Rolle, wir kommen an den Punkt, wo die Leute bereit sind, das Doppelte oder Dreifache zu zahlen, ganz egal –«

»Aber Wasser kann man nicht herbeizaubern«, sagte mein Sohn und grinste schief.

»Oder aus einem Stein pressen«, fügte ich hinzu, und jetzt – Notlage oder nicht – grinsten wir alle drei.

Wir bewahrten uns also wenigstens unseren Sinn für Humor. Anfangs jedenfalls. Sosehr ich meine Frau liebte und es mir gefiel, sie nackt zu sehen – zu zweit in einer Wanne wird es verdammt eng, und ich bin sicher, dass sie es ebenso empfand, auch wenn sie nie etwas sagte. Micki hielt sich gut, und obwohl meine Knie im Weg waren oder das Wasser sich irgendwie schmutzig anfühlte, genoss sie das Bad, so gut sie konnte, doch für mich wurde es immer mehr zu einer Bürde. »Weißt du noch?«, sagte ich und seifte ihr den Rücken ein oder massierte das Shampoo in ihr langes dunkles Haar. »Als man morgens aufstehen und einfach duschen konnte, bevor man zur Arbeit gegangen ist?« Dann nickte sie wehmütig und spülte die Achselhöhlen und Kniekehlen aus, bevor sie aus der Wanne stieg und zu ihrem dreimal benutzten Handtuch griff. Ich wartete mit abgewendetem Blick, erhob mich ebenfalls, ließ das Wasser am Körper trocknen und griff zum Eimer. Tat das unserem Liebesleben gut? Oder wurde diese Intimität zu alltäglich, verlor der nackte Körper sein Mysterium, so dass ich, wenn wir abends zwischen die ergrauenden Laken krochen, nur an die Wanne voll seifigem Wasser denken konnte? Ich weiß nicht. Mag sein. Vielleicht war das ein Teil des Problems – jedenfalls stellte ich fest, dass ich mich immer seltener an sie schmiegte.

Natürlich waren wir nicht die einzigen, denen es so ging. Man sah nicht mehr viele Paare, die sich umarmten oder an den Händen hielten, und in Restaurants saßen sie einander gegenüber und möglichst nah an einem Fenster. Die Leute begannen, muffig zu riechen. Das merkte man besonders in öffentlichen Verkehrsmitteln, die wir darum nach Möglichkeit vermieden, ganz gleich, welche Konsequenzen das hatte, denn hier ging es schließlich nicht um Benzin, sondern um Wasser, und wenn wir zum Ausstoß von Treibhausgasen beitrugen und somit die globale Erwärmung vorantrieben, die zum größten Teil für diese Dürreperiode verantwortlich war, dann war es eben so. Für eine Weile gab es einen Ansturm auf Deodorants und bestimmte Hautreinigungsmittel, aber schließlich gaben die Leute es auf und lebten mit ihren Körperausdünstungen. Schweißgeruch wurde sogar zu einer Art Auszeichnung, ebenso wie ein Rasen, so braun wie die Wüste Gobi.

Wir alle lernten uns anzupassen, die ganze Gemeinde, auch die Verschwender, denen man, für den Fall, dass sie mehr verbrauchten, als ihnen zustand, mit einem Begrenzer an der Zuleitung drohte, und ich muss zugeben, dass ich beim Anblick ihrer verdorrenden Rasenflächen und Efeuranken eine gewisse Befriedigung verspürte. Dies war die neue Normalität, und im Lauf der Zeit fand ich das ganz in Ordnung, ebenso wie Micki. Doch eines Morgens, als ich durch unseren bescheidenen Zitrushain ging, um Orangen für den Frühstückssaft auszusuchen, machte ich eine eigenartige Entdeckung. Hier war der schwarze Plastikschlauch der Tröpfchenbewässerungsanlage, der sich um die Wurzeln unserer acht Orangenbäume wand, und dort waren die Abzweigungen, die unsere drei Zitronenbäume, zwei Grapefruitbäume und ein halbes Dutzend Avocadosprossen versorgten, doch da war noch ein weiterer Schlauch, der an die Hauptleitung angeschlossen war und in der harten Erde des Gartens verschwand. Die, wie ich jetzt feststellte, gar nicht so hart war, sondern aussah, als wäre sie kürzlich aufgegraben worden. Wir beschäftigten keinen Gärtner mehr – wozu auch? –, und wenn Micki sich nicht im Garten betätigt hatte, was ich stark bezweifelte, da ihr – mit Ausnahme des Parkplatzes vor dem Einkaufszentrum – für alles, was sich unter freiem Himmel befand, jegliches Interesse fehlte, war mir diese Sache ein Rätsel.

Ich zog an dem Schlauch, doch er wurde von einer Reihe Metallklammern gehalten, was das Ganze nur noch rätselhafter machte. Schließlich holte ich eine Hacke aus dem Schuppen und legte den Schlauch sorgfältig frei. Er war eindeutig neuer als die alte Zuleitung, der schwarze Kunststoff glänzte in der Sonne. Ich folgte dem Schlauch durch den ganzen Garten bis zu dem Zaun, der unsere anderthalb Morgen von den anderthalb Morgen unserer Nachbarn, den Veniers, trennte. Wie es aussah, führte der Schlauch unter dem Zaun hindurch.

In unserem Viertel standen teure Häuser auf großen Grundstücken, hier hielt man auf Abstand. Die Gärten waren mit zwei Meter hohen Mauern oder Redwoodzäunen eingefasst, und wir kannten unsere Nachbarn nicht besser als die Vögel, die sich früher auf unserem früheren Rasen eingefunden hatten, um nach Würmern oder Insekten zu suchen. So verhielt es sich auch mit den Veniers. Er hieß Bill – oder vielleicht auch Will –, und seine Frau, eine schulterlose Blondine in den Vierzigern, hatte sicher ebenfalls einen Namen, doch bei unseren seltenen Begegnungen auf dem Bürgersteig hatte sie nicht von ihrem Handy aufgesehen, und so hatte ich ihn nie erfahren. Vielleicht wusste Micki, wie sie hieß, dachte ich, als ich das oberste Zaunbrett packte und mich hochzog.

Zunächst begriff ich nicht ganz, was ich da sah: Der Garten der Veniers war eine regelrechte Oase aus Büschen, Blumenbeeten und Bäumen, die sich, schwer von Früchten, über einem sattgrünen Rasen wölbten. Dieser erstreckte sich bis zur gegenüberliegenden Mauer, an der das Nachbargrundstück begann, wo ein chinesisches Paar wohnte (oder vielleicht waren es auch Koreaner – ich konnte es mir nie merken). Lange stand ich auf Zehenspitzen da und versuchte, die Situation zu verstehen. Wie es aussah, waren die Veniers – die ich bis dahin für anständige Leute gehalten hatte, reich genug, um das ganze Viertel zu kaufen – dabei, unser Wasser zu klauen. Mein nächster Gedanke war, dass das nicht sein konnte. Unmöglich. Nicht in diesem Viertel. Vielleicht besaßen sie einen eigenen Brunnen oder so und hatten den Schlauch in einem Akt der Nächstenliebe auf mein Grundstück verlegt, um uns an ihrem Reichtum teilhaben zu lassen. *Ja, genau*, sagte ich zu mir selbst und war mit einem Mal wütend wie noch nie. Ich kletterte über den Zaun. Meine Hausschuhe hinterließen verräterische Spuren auf dem saftigen grünen Rasen.

Hatten sie einen Hund? Ich konnte mich nicht erinnern, Winseln oder Bellen gehört oder einen von ihnen mit einem angeleinten Hund auf der Straße gesehen zu haben. Dennoch war ich für einen Moment angespannt und auf die schwarze Gestalt eines Rottweilers oder Dobermanns gefasst, der aus den Schatten stürzte, um sich in mein Bein zu verbeißen. Alles war still. Es war halb acht an einem Samstagmorgen. Waren die Veniers schon wach? Saßen sie am Frühstückstisch, lasen sie auf ihren Tablets die *Times*, schweifte ihr Blick durch diesen geheimen Garten, an dessen Ende ein Eindringling in Shorts und Hausschuhen stand? Oder schliefen sie noch, mit schlaffen Gesichtern, umfangen von Träumen? Egal. Der Schlauch – ich konnte die kleine Wulst im Rasen erkennen – führte zu einem Beet voller durstiger Nelken und Azaleen an der Hauswand, und ich wollte ihn gerade herausreißen und Bill oder Will Venier zur Rede stellen, als das leise Zischen ertönte, das ich seit Jahren nicht mehr gehört hatte, und eine ganze Batterie von Beregnern aus dem Rasen fuhr. Innerhalb von Sekunden waren meine Hausschuhe durchnässt.

Fünfzehn Minuten später, nachdem ich den Schlauch durchtrennt und Micki informiert hatte, deren Miene sich angesichts dieses unerfreulichen Beweises nachbarschaftlicher Niedertracht verhärtet hatte, stand ich vor der Tür der Veniers und drückte auf den Klingelknopf. Offenbar hatten sie (im Gegensatz zu uns) keinen Dreiklanggong, denn ich hörte nur ein mechanisches Summen durch das Haus hallen. Es klang wie ein riesiger Elektrorasierer. Ich musste eine Weile warten – währenddessen ging ich verschiedene Versionen meiner Rede durch und entschied mich für einen Ton fassungsloser Empörung –, und dann stand die Frau vor mir und blinzelte ins Sonnenlicht. Sie trug Shorts und ein Oberteil mit Nackenträger. Dass sie keine Schultern hatte, wusste ich schon, doch jetzt sah ich, dass sie auch flachbrüstig war. Ihre Haut war so blass, so ausgebleicht, dass es war, als wäre sie von den Zehen bis zu den durchsichtigen Wimpern und dem hellblonden Haarschopf in Milch getaucht worden. »Oh«, sagte sie, »hallo. Sie sind unser Nachbar, nicht? Jim? Oder war es Joe?«

»Ich heiße Scooter«, sagte ich. »Aber was ich gern wissen würde, ich meine, der Grund, warum ich eigentlich gekommen bin, ist das hier.« Ich schwenkte ein Stück des Schlauchs, den ich mit der Gartenschere durchtrennt hatte. Die gezackte Schnittkante glänzte.

Sie war eine Lügnerin von hohen Gnaden, diese Frau (deren Name, wie ich später erfuhr, Alta war, und ihr Mann hieß Will, nicht Bill). Sie zuckte nicht mit der Wimper, sondern kniff die Augen zu einem Blick zusammen, aus dem Verwirrung sprach, die langsam in Irritation und vielleicht sogar Verärgerung überging. »Was ist das?«, fragte sie unschuldig. »Ein Schlauch? Sie wollen sich einen Schlauch ausleihen?«

»Der war an die Bewässerungsanlage in meinem Garten angeschlossen.«

Sie zog die Augenbrauen hoch.

»*Angeschlossen*«, sagte ich betont. »Und er führt unter dem Zaun hindurch in Ihre ... Ihre Oase hier. Wie erklären Sie sich das? Das würde ich wirklich zu gern wissen.«

Ein Schulterzucken. In den Tiefen des Hauses erklang Debussys *Images*. Auf einem Tisch neben der Haustür standen Schnittblumen. Ich spürte die Anwesenheit von jemand anderem, die Anwesenheit ihres Mannes, der im Verborgenen blieb und sein Gesicht nicht zeigen wollte. »Das muss ein Irrtum sein«, sagte sie, und ihre schlanke, beringte, jugendlich wirkende Hand begann bereits, die Tür zu schließen.

»Allerdings«, rief ich und wollte noch mit meinem Anwalt drohen – mit meinem Anwalt und dem Wasserwerk, doch da war die Tür schon wieder geschlossen, und ich stand da, ohne meine Beschwerde losgeworden zu sein.

Der Sommer kam früh in jenem Jahr, und er dauerte bis spät in den Herbst, die Nachmittage waren wolkenlos, und täglich gab es neue Temperaturrekorde. Everett hatte in den Sommerferien kommen und in seinem früheren Ferienjob als Bademeister im Freibad arbeiten wollen, aber man hatte das Wasser aus dem Becken gelassen, und Micki und ich hatten ihn ermuntert, an der Ostküste zu bleiben. »Beleg Ferienkurse«, hatten wir gesagt. »Mach ein Praktikum. Verdien dir Geld bei McDonald's.« Vergeben Sie uns, dass wir an seine morgendliche Dusche und die zusätzliche Belastung durch die Wäsche, das Geschirr und das Glas Wasser dachten, das immer auf seinem Nachttisch stehen musste. Wir vermissten ihn. Natürlich vermissten wir ihn. Doch wir sagten uns, dass wir ihn ja am Ende des Jahres sehen würden, an Weihnachten. Bis dahin würde es bestimmt geregnet haben, und all diese Entbehrungen würden nur noch eine Erinnerung sein. Was die Veniers betraf, so hatte ich von ihnen kein Wort gehört – sie hatten sich weder entschuldigt noch alles abgestritten. Ich hatte sie allerdings dem Wasserwerk gemeldet (und wenn mich das zu einem Denunzianten machte, dann war ich eben einer – überall denunzierten die Leute einander, und wehe dem, der mit einem Gartenschlauch in der Hand erwischt wurde), und hin und wieder spähte ich über den Zaun, um zu sehen, wie ihr Rasen sich bräunlich färbte und die Azaleen verdorrten. Ich seifte Mickis Rücken ein. Sie seifte mir meinen ein. Unsere Knie waren im Weg. Unser Liebesleben war praktisch nicht mehr existent.

Das nächste – unausweichlich, wie mir scheint – waren die Wasserwagen. Sie sahen aus wie Tankwagen, nur dass die Firmennamen, sofern es überhaupt welche gab, mit Bildern von Wasserfällen oder riesigen blauen Wassertropfen unterlegt waren. Zweimal täglich, am späten Vormittag und nach dem Abendessen, machten sie ihre langsame, lockende Tour durch das Viertel und verkauften Wasser, bei einer Mindestabnahmemenge von fünftausend Litern, zu Preisen, die den Begriff »Wucher« neu definierten. Wir waren nicht arm, aber wir mussten für Everetts Studiengebühren aufkommen, Micki hatte kürzlich ihren Job verloren, und meine Arbeitszeit war reduziert worden, und so konnten wir uns das nicht leisten. Das Problem war, dass wir beide in der Tourismusbranche arbeiteten und die Touristen einfach nicht mehr kamen: Sie wollten Duschen, Swimmingpools und Eis in ihren Gläsern und entdeckten, dass die Strände von Washington und British Columbia gar nicht so übel waren, wenn man bedachte, dass die Meerestemperaturen stiegen und aus den Hähnen und Duschköpfen der Motelzimmer mit Blick auf den Puget Sound und die Juan-de-Fuca-Straße reichlich Wasser floss.

Mittlerweile – traurig, aber wahr – begannen Micki und ich einander auf die Nerven zu gehen. Sie war jetzt rund um die Uhr zu Hause, während ich nur noch sporadisch zur Arbeit ging, und so verbrachten wir zu viel Zeit miteinander. Wir stritten endlos über die banalsten Kleinigkeiten – wer das letzte saubere Handtuch genommen hatte oder wer das Spülwasser nutzlos in den Abfluss hatte laufen lassen –, und als Micki sich den Schädel rasierte, wusste ich, dass sie das nur tat, um mich zu ärgern, auch wenn sie behauptete, sie wolle sich bloß die Haarwäsche ersparen. Sie sah lächerlich aus. Ihre freigelegten Ohren standen ab, als wären sie die eines anderen. Sie sahen aus wie willkürlich angeklebte Knorpellappen, und ich fragte mich, warum ich bisher nie bemerkt hatte, wie ausgefallen – und unattraktiv – sie waren. Ich beging den Fehler, eine Bemerkung darüber zu machen, was damit endete, dass wir eine Woche nicht miteinander sprachen. Eines Morgens kam sie in das provisorische Büro, das ich mir im Gästezimmer eingerichtet hatte, und brach das Schweigen. »Siehst du, was nebenan los ist?« Ihre Stimme war ein verschwörerisches Flüstern.

Das Gästezimmer lag im ersten Stock, und von meinem Platz am Schreibtisch konnte ich, wenn auch in einem schiefen Winkel, in den Vorgarten
der Veniers sehen. Alta Venier stand in der Einfahrt, die auf beiden Seiten von blühendem Lavendel eingefasst war, und wies mit ausladenden
Armbewegungen einen rückwärtsfahrenden Tanklaster ein. Sie trug einen
zweiteiligen Badeanzug im europäischen Stil, so dass sie fast nackt war,
und ich sah selbst aus dieser Entfernung, dass ihr Gesicht eine Maske der
Gier und Verlockung war. Und richtig, sie stieg auf die Sprossen unter
der Fahrertür, beugte sich durch das Fenster, gab dem Fahrer, einem Typ
in den Dreißigern, der den Schirm seiner Baseballmütze nach hinten gedreht hatte, einen langen Kuss, nahm ihn, als er ausstieg, am Arm und
führte ihn ins Haus. Meine Frau und ich sahen einander an, und in diesem Augenblick löste sich unser Streit in nichts auf: Wir waren wieder
Verbündete. Wie lange blieb der Fahrer im Haus? Ich sah auf die Uhr:
eine Dreiviertelstunde. Als er schließlich erschien, rückte er nicht den
Hosenbund zurecht oder so, doch was da vorgefallen und zu welcher Art
von Geschäft es gekommen war, lag auf der Hand. Er sah sich um, und
vielleicht grinste er schief, das konnte ich nicht genau erkennen. Jedenfalls entrollte er den Schlauch des Tankwagens, schloss ihn an den Tank
an, den die Veniers auf der anderen Seite ihres Hauses hatten installieren
lassen, und begann zu pumpen.

Everett kam tatsächlich an Weihnachten nach Hause, doch zu seiner Begrüßung gab es kein Wasser. Es hatte nicht geregnet. Die Temperaturen
lagen über dem Durchschnitt, und die Sonne brannte herab. In den Bergen war kein Schnee gefallen, und der Colorado, aus dem wir früher dank
Pumpstationen und anderen Wunderwerken der Technik dreißig Prozent
unseres Trinkwassers bezogen hatten, war laut neuesten Berichten nur
noch ein schlammiges Rinnsal. Noch schlimmer war, dass unser Sohn,
der so lange fort gewesen war, uns wie ein Fremder erschien. Als er am
Flughafen durch das Gate trat, erkannte ich ihn zunächst nicht: Er war
größer und schwerer geworden und hatte sich einen Bart wachsen lassen,
der sein Gesicht breiter erscheinen und ihn eher wie einen Professor als

einen Studenten aussehen ließ. Als Micki auf ihn zustürzte, um ihn zu umarmen, fuhr er zurück. »Mom?«, sagte er.

Ich sah die Bestürzung in seinen Augen, als Micki die Arme um ihn schlang und ihr glatter, glänzender Schädel im grellen Kunstlicht wie ein SOS-Zeichen leuchtete. Leute blieben stehen und starrten. Eine Frau, offenbar soeben aus einem feuchteren Klima eingetroffen, stand stocksteif auf den schimmernden Fliesen und strich sich über das Haar, als wollte sie sich vergewissern, dass es noch da war. »Es ist kein Krebs«, sagte ich. »Nur diese Dürre.«

Everett hielt Micki auf Armeslänge von sich ab, als wäre sie die Mutter eines anderen, als hätte diese Umarmung ihn täuschen sollen. Wer konnte ihm seine Verwirrung verdenken?

Micki lächelte breit, löste sich von ihm und drehte eine Pirouette. »Mein neuer Look. Gefällt's dir?«

Der erste Weihnachtstag war heiß und trocken, die Sonne brannte von einem wolkenlosen Himmel und ließ keinerlei weihnachtliche Gefühle aufkommen, an der Tür hing kein Kranz, und der Baum war gelb und vertrocknet. Ich versuchte, ihn mit Rasenfarbe zu besprühen, aber die Hälfte der Nadeln fiel ab, und die Mühe stand in keinem Verhältnis zum Ergebnis. Und Weihnachten mochte zwar das Fest der Nächstenliebe sein, aber Wasser war natürlich weiterhin knapp, und Everetts Verschwendung belastete die Stimmung. Ich war Mitglied in einem Fitnesscenter geworden, damit ich dort duschen konnte, aber der Geschäftsführer war nicht auf den Kopf gefallen: Er hatte Sechzig-Sekunden-Begrenzer an den Duschköpfen montieren lassen und einen Teenager in Boardshorts angeheuert, der wichtigtuerisch auf einem Hocker im Duschraum saß und aufpasste, dass niemand schummelte. Ich nahm Everett als Gast mit, aber er wechselte von einer Duschkabine zur nächsten, und der wichtigtuerische Teenager meldete es dem Geschäftsführer, worauf dieser meine Mitgliedschaft widerrief und ich mir wieder die Badewanne mit Micki teilen musste, während Everett nur ein kaltes Bad im Pazifik blieb. Und dann kehrte Everett zur Uni zurück, der Januar verging ohne einen Tropfen Regen, gefolgt von einem trockenen Februar und einem noch trockeneren März. Die vierte regenlose Regenzeit endete nicht mit einem Knall, sondern mit einem Wimmern, und wir machten uns auf ein langes trockenes Jahr gefasst.

Ungefähr zu dieser Zeit – zu Beginn des fünften Dürrejahrs – standen eines späten Nachmittags die Veniers vor unserer Tür. Der Wind war an jenem Tag besonders schlimm gewesen und der Vorgarten fast begraben unter Flugsand, Steppenhexen und zerfetzten, flatternden Plastikbeuteln. Ich weiß nicht, wo Micki war – einkaufen wahrscheinlich, oder vielleicht saß sie auch im Keller und brütete vor sich hin. Das tat sie oft in letzter Zeit, und ich wusste nicht, ob das gesund war, fragte mich aber langsam, ob sie nicht in Erwägung ziehen sollte, sich professionelle Hilfe zu suchen. Nur für eine Weile. Bis sich die Lage ein bisschen entspannte, meine ich.

Jedenfalls ertönte der Dreiklanggong, und als ich die Tür öffnete, waren da die beiden Veniers und duckten sich vor dem Wind, und neben ihnen stand eine dritte Person, die ich zunächst für ein Kind hielt. Alta hatte einen Schador übergeworfen, besaß aber noch ihr Haar, dessen blonde Strähnen ihr der Wind ins Gesicht peitschte. Will (ich nahm jedenfalls an, dass es Will war, kannte ihn aber nicht gut genug, um es mit Sicherheit sagen zu können) trug ein Hoodie, sein Gesicht wirkte gehetzt, und seine Augen glänzten fiebrig wie die eines Sehers. Er war kleiner als ich, und angesichts dessen, was er und seine Frau getan hatten – nichts davon hatte ich vergessen –, war es eine Genugtuung, auf ihn hinabzusehen. Die dritte Person – ich stellte fest, dass es sich um eine Frau handelte, gerade mal halb so groß wie die Veniers, und die Haut in ihrem Gesicht war so trocken und runzlig, dass sie aussah wie Leder – stand mit gebeugtem Kopf und gefalteten Händen da, als würde sie beten. Alta ergriff das Wort.

»Können wir reinkommen?«, fragte sie.

Zu überrascht für eine Antwort trat ich beiseite. Das Wort »Unverschämtheit« schoss mir durch den Kopf, als die drei eintraten und ich die Tür vor dem windverwehten Abfall verschloss, der ihnen folgen wollte. Wir standen unbehaglich in der Eingangshalle. Die Veniers fixierten mich, während ihre Begleiterin – sie trug Glasperlenketten, ein verwaschenes Jeanshemd und etwas, das wie ein Hauskleid aus Polyester aussah, einst rosarot, jetzt aber so ausgebleicht, dass es fast weiß war – zu Boden starrte. Schließlich sagte ich: »Wollen wir nicht ins Wohnzimmer gehen? Da ist es bequemer.«

Gepflogenheiten, Umgangsformen, die Art, wie wir einander begegnen – das sind Dinge, die in Zeiten der Krise als erstes über Bord gehen, und ich muss gestehen, dass ich nicht sehr gastfreundlich war. Ich bot ihnen nichts zu trinken an. Ich plauderte nicht. Ich wies nur auf das Sofa und setzte mich wortlos in den Sessel.

Alta streifte den Schador ab und schüttelte das Haar aus. »Es klingt vielleicht seltsam«, begann sie, »aber Will und ich veranstalten eine Sammlung, ich meine …« Sie hielt inne und warf einen kurzen Blick auf die Frau, die zwischen ihr und Will saß. »Für Yoki. Für ihr Honorar.«

Jetzt schaltete Will sich ein. Sein Gesicht war ausdruckslos, seine Lippen bewegten sich kaum. »Es ist eine Gemeinschaftssache. Es geht uns alle an, die ganze Nachbarschaft.«

»Honorar?«, sagte ich. »Für was?«

Eine Pause. »Sie ist eine … wie nennt man das, Will? Eine Regenmacherin. Eine Schamanin.«

Die Frau hob zum ersten Mal den Blick und sagte etwas. Ihre Stimme war ein raues Krächzen.

»Wie bitte?«, sagte ich.

»Sie sagt, sie kann uns helfen.« Alta zuckte die Schultern. »Sie besitzt eine Gabe.«

Ich lachte nur. »Viel Glück dabei«, sagte ich, stand auf und ging wieder in die Eingangshalle, wo ich, die Hand auf dem Türgriff, wartete, während sie Blicke wechselten, sich schließlich zögernd erhoben und mir folgten. Ich hielt ihnen die Tür auf. Die Sonne brannte auf die Schwelle. Der Wind wehte. »Nur aus Neugier«, sagte ich, »was verlangt sie denn?«

Sie waren bereits draußen. Will zog die Schultern hoch und sah sich zu mir um. »Sie will kein Geld.«

»Was dann?«

Auch Alta drehte sich jetzt um, ebenso wie die zwergenhafte Frau. »Sie will einen Mercedes«, sagte Alta.

»450 SEL«, präzisierte die Frau. Ihre Stimme war so trocken wie der Wind. »Tiefseeblau mit amarettoroter Innenausstattung. Und 20-Zoll-Räder – nicht die serienmäßigen 19-Zoller.«

Absurd, oder? Eine Unverfrorenheit hoch drei. Als ich Micki davon erzählte, sah sie mich angewidert an. »Was haben solche Leute überhaupt hier zu suchen?«, sagte sie, als wäre ich dafür verantwortlich.

Ich zuckte die Schultern und bemerkte so taktvoll wie möglich, das sei eine Frage des Einkommens. »Die Leute in den Eigentumswohnungen drüben im Westen sind bestimmt noch schlechter dran.«

Wir waren in der Küche. Es war heiß. Auf Mickis Schädel glänzte Schweiß. »Erzähl mir mehr«, sagte sie und ging zur Spüle, um ein Glas Wasser zu trinken, besann sich aber eines anderen, als sie das gelbe Klebeband sah, das ich zur Erinnerung am Hahn befestigt hatte. »Und ich wette, sie benutzen auch die Klospülung.«

Ja, das taten sie. Sie duschten, sie ließen beim Zähneputzen das Wasser laufen, und der Himmel wusste, was sie sonst noch alles taten. So weit war es gekommen: Wir waren wütend auf jeden, der zu irgendeinem Zweck Wasser verbrauchte, denn es war doch für uns bestimmt – nur für uns. Wie ein Dorfanger sollte es der Allgemeinheit zur Verfügung stehen, aber ohne Regen gab es eben auch keinen Dorfanger, oder?

Ein paar Tage später war ich im Garten und untersuchte die Orangenbäume (sie hatten in den vergangenen zwei Jahren weder geblüht noch Früchte getragen), als ich eine dünne, klagende Stimme hörte, die gegen den Wind ankämpfte, und feststellte, dass sie aus dem Garten der Veniers kam. Verwundert ging ich zum Zaun, stellte mich auf die Zehenspitzen und spähte hinüber. Die zwergwüchsige Frau, die Schamanin, trug jetzt Indianersachen – Federn, Hirschleder, eine Brustplatte aus Knochen – und tanzte langsam auf den ausgebleichten Überresten des Rasens herum, den die Veniers so lange mit illegalen Mitteln am Leben erhalten hatten. Sie sang, ihre Stimme hob und senkte sich mit dem Wind, in der einen

Hand hielt sie eine rostige Kaffeedose, in die sie von Zeit zu Zeit die andere tauchte, um Tropfen der Flüssigkeit, die die Dose enthielt, über die Schulter zu schleudern. Das leuchtend rote Nass färbte ihre Finger und glänzte im grellen Sonnenlicht. Ich begriff, dass das, was sie da verspritzte, nicht Farbe war, und im selben Moment brach in mir etwas auf – eine Art Ehrfurcht, wie ich sie seit meiner Kindheit nicht mehr gespürt hatte. Absurd, ja, aber so war es. »Hi, hi, hi-hi«, sang sie. »Heya-heya-heya.« Der Himmel war wolkenlos. Nichts regte sich, nicht einmal ein Vogel. Ich stand da und sah ihr zu, bis meine Wadenmuskeln sich anfühlten, als wären sie miteinander verlötet.

Ich würde gern berichten, dass es am nächsten Tag regnete, doch das geschah nicht. Es wurde nur noch schlimmer. Ein Mann, dem man das Wasser gesperrt hatte, nachdem er drei Monate hintereinander mehr als seine Zuteilung verbraucht hatte, griff den Direktor der Wasserwerke tätlich an, als dieser sich in einem Drei-Sterne-Restaurant in der Stadt über einen Teller *Pasta e fagioli* beugte. Auf den Straßen patrouillierten Bürgerwehren. Autowaschanlagen wurden geschlossen. Man brachte ein Gesetz ein, das Golfspielen unter Strafe stellte. Auch auf der familiären Ebene geschah etwas: Everett rief an, um uns zu sagen, er werde heiraten, und Micki schluchzte eine halbe Stunde lang ins Telefon, denn da unsere Kreditkarten bis an die äußerste Grenze belastet und unsere Vielfliegermeilen längst aufgebraucht waren, bestand nicht die leiseste Hoffnung, zur Hochzeit an die Ostküste zu fliegen. Währenddessen hörte die Zwergin nicht auf zu singen. Eine Woche verging, dann zwei, dann ein Monat, doch sie ließ nicht locker, ihre dünne, klagende Stimme verschmolz mit dem Zwitschern und Trillern der Vögel, bis sie nicht mehr auszumachen war. Der Rasen der Veniers wurde brauner und verschmierter, an den Grashalmen klebte dick das geronnene Blut. »Hi, hi, hi-hi«, sang sie. Abende senkten sich herab. Tage brachen an. Alles blieb, wie es war.

Und dann erwachte ich eines Morgens und spürte etwas, das ich nicht hätte benennen können. Es lag eine Leichtigkeit in der Luft, eine Erlösung – als wäre ein übermäßig gedehntes Gummiband endlich gerissen. Micki lag neben mir im Bett und schnarchte leise. Die Luft war wie geschwängert und umhüllte uns wie etwas Lebendiges, und vor den Fenstern wurde es gerade hell. In diesem Augenblick erklang das Geräusch, und es war so fremd, dass ich es zunächst nicht erkannte. Es begann als ein Klopfen auf dem Dach, das sich rasch beschleunigte, und binnen kurzem rauschte es in den Dachrinnen: ein Macho-Regen, so macho wie nur was. Ich nahm meine Frau an der Hand und zog sie aus dem Bett, und im nächsten Augenblick waren wir im Garten und wendeten das Gesicht zum Himmel, während der Regen strömte und nicht aufhörte zu strömen, bis wir schließlich völlig durchnässt waren und im Schlamm auf die Knie fielen, in dem herrlichen Schlamm, der an uns klebte und alles verhieß.

Die Wissenschaft und besonders die Meteorologie spricht von Wettermustern, von hemisphärischen Veränderungen, von zyklischen Regenzeiten und Dürren, aber die Wissenschaft ist nüchtern und neutral. Sie entwirft Modelle, beschreibt, trifft Vorhersagen. Für eine Gemeinschaft in Nöten, für einen Zitrushain kurz vor dem Verdorren ist das nur ein schwacher Trost. Ich will nicht sagen, dass die Frau im Garten der Veniers etwas wusste, das die Wissenschaft nicht weiß, oder dass an Aberglauben etwas dran ist, aber sie kriegte ihren Mercedes (und ja, auch wir trugen dazu bei, so viel wir konnten – leider nicht so viel, wie wir uns gewünscht hätten), und als es nach einem Monat noch immer regnete und die Leute anfingen, sich Sorgen wegen Überschwemmungen und Erdrutschen und so weiter zu machen, gab es Bestrebungen, sie noch einmal zu holen, damit sie machte, dass es wieder aufhörte. Das Wasserwerk erstellte sogar eine Kosten-Nutzen-Analyse – was hätte sie wohl verlangt, fragten wir uns? Einen Jaguar? Zwei Mercedes? Eine Mercedes-Niederlassung? –, aber wie es so geht: Schließlich hörte der Regen von allein auf.

Die Stauseen sind gefüllt, und Micki lässt ihr Haar wieder wachsen. Wir duschen getrennt, aber alte Gewohnheiten sind nicht totzukriegen, und so beschränken wir uns noch immer auf zwei Minuten, und wenn ich Micki im Bademantel dastehen und ihre Haare trocknen sehe, will ich sie umarmen und an mich drücken, und dann denke ich, was für ein großes, großes Glück wir haben, in diesem Augenblick auf diesem Planeten zu leben, der uns mit solchem Überfluss und unendlicher Gnade beschenkt.

DER BEAUFTRAGTE

DIE LANGEWEILE

Was er sich nicht einmal in den trostlosesten Ausblicken auf die Zukunft hatte vorstellen können, war die Langeweile. Er hatte im Krankenhaus gesessen, als Jan im Sterben lag, er hatte jedes Mal, wenn sie, kahl, ausgezehrt und kaum wiederzuerkennen, eine der zunehmend aussichtslosen Prozeduren hinter sich gebracht hatte, ihre Hand gehalten und nur an den Bagel mit Frischkäse gedacht, der sein Abendessen sein würde, den gleichen, den er am nächsten Tag zum Frühstück essen würde. Wenn er seinen Gedanken gestattet hatte, darüber hinauszugehen, hatte er nur an die leere Betthälfte und die Dinge gedacht, die erledigt werden mussten und alles andere auf Abstand hielten: den Nachlass, die Beerdigung, den Friedhof, die erste Schaufelvoll Erde, die auf den Sargdeckel fiel, an das Grab. Da war noch seine Tochter, aber die hatte mit dieser Art von freiem Fall ebenso wenig Erfahrung wie er und außerdem ihr eigenes Leben und ihre eigenen Probleme, und zwar in New York, am anderen Ende des Landes, wohin sie nach der Beerdigung auch wieder zurückkehrte. Ein Trauerbegleiter kam und murmelte ein, zwei Stunden lang in seine Richtung, man schickte Beileidskarten, Bücher und Zeitungsausschnitte, es war eine große Welle, die über ihm zusammenschlug und rasch verebbte, doch niemand sprach das Thema Langeweile an.

Er stand wie immer frühmorgens auf. Das Haus war still. Er zog sich an, aß etwas, spülte ab. Dann setzte er sich mit einem Buch oder der Zeitung in einen Sessel, konnte sich aber nicht mehr so gut konzentrieren wie früher und starrte bald nur noch die Wände an. Die Wände standen einfach da. Kein Hund bellte, kein Wagen fuhr auf der Straße vorbei, sogar der tropfende Wasserhahn im Badezimmer im Erdgeschoss schien sich selbst repariert zu haben. Er hätte anfangen können, Golf zu spielen, aber er hasste Golf. Er hätte Karten spielen oder zum Seniorencenter gehen können, aber er hasste Karten und Senioren und ganz besonders die Seniorinnen, die in schnatternden Rudeln auftraten und Jan nicht mal annähernd ersetzen konnten, und wenn sie zehntausend gewesen wären. Nur wenn er schlief, war er wirklich glücklich, aber selbst Schlaf war ihm oft verwehrt.

Die Wände standen einfach da. Kein Hund bellte. Nicht mal der Wasserhahn tropfte.

DER BRIEF

Der Brief kam aus dem Nichts, ein Blatt Papier in einem Standardumschlag mit einer ausländischen Briefmarke (England: Queen Elizabeths in Braun gehaltene Silhouette). Er war unter der üblichen Lawine aus Flyern, Prospekten und Coupons begraben, und um ein Haar hätte er ihn mit dem ganzen Rest in die Papiertonne geworfen, aber zum Glück rutschte der Umschlag im letzten Augenblick aus dem Stapel und flatterte ihm in elegantem Bogen vor die Füße. Er bückte sich, um ihn aufzuheben, und sah, dass er mit seinem vollen Namen – Mason Kenneth Alimonti – adressiert und der Absender eine Bank in London war. Neugierig klemmte er die Wurfsendungen unter den Arm und riss den Umschlag gleich dort, in der Einfahrt, auf, während ihm die Sonne auf den Kopf brannte und auf der Straße Leute vorbeigingen wie Geister.

Lieber Mr Alimonti, begann der Brief, *ich bitte Sie herzlich um Entschuldigung dafür, dass wir uns ohne vorherige Kontaktaufnahme mit Ihnen in Verbindung setzen, aber uns ist eine Angelegenheit von größter Bedeutung zur Kenntnis gelangt, und daher ersuchen wir Sie im Interesse aller Beteiligten um Ihr Einverständnis.*

Sein erster Gedanke war, dass es irgendetwas mit dem Nachlass zu tun hatte, mit Jans Tod, und dass es um weiteren Papierkram, weitere *Umstände* ging, als könnten sie ihn nicht einfach mal in Ruhe lassen. Zerstreut blickte er auf. Plötzlich – und das war eigenartig, vielleicht so was wie ein Omen – schien der Morgen zum Leben zu erwachen, jedes Geräusch stand für sich, ergab aber zusammen mit allen anderen ein großes Ganzes: das Keckern eines Eichhörnchens in den Zweigen über ihm, ein Kinderlachen, der Dopplereffekt eines Radios, das durch das offene Fenster eines vorbeifahrenden Wagens zu hören war. Und mehr noch: Jeder Grashalm, jedes Blatt leuchtete, als wäre die Farbe Grün gerade erst erschaffen worden.

Der Brief war in seiner Hand, die Wurfsendungen klemmten unter seinem Arm. Als Jan noch gelebt hatte, war er mit der Post hineingegangen, wo sie mit ihrem Kaffee und dem Kreuzworträtselheft am Küchentisch gesessen hatte, doch jetzt stand er reglos in seiner Einfahrt und hörte und sah – und roch: das Gras, den Jasmin, die Abgase des Rasenmähers, der im Nachbargarten angeworfen worden war. *Mein Name ist Graham Shovelin*, fuhr der Brief fort, *Direktor für Operations & IT bei der Yorkshire Bank PLC und persönlicher Fondsmanager von Mr Jing J. Kim, einem amerikanischen Staatsbürger, der kürzlich zusammen mit seiner Frau und seinem Sohn während eines Urlaubs in Kuala Lumpur verstorben ist und dessen Leichnam nach England überführt wurde. Bei einer kürzlichen Überprüfung entdeckten wir ein inaktives Konto auf seinen Namen. Der Kontostand beträgt £ 38 886 000.*

Das ist eine Geschichte, dachte er, eine erfundene Geschichte, und was hatte das Ganze mit ihm zu tun? Dennoch, und obwohl er seine Brille nicht dabeihatte und die Buchstaben verschwammen und miteinander verschmolzen, las er weiter, als könnte er nicht anders: *Unsere Nachforschungen haben ergeben, dass Mr Kim seinen Sohn als Alleinerben eingesetzt hatte. Alle Bemühungen, andere Verwandte ausfindig zu machen, blieben erfolglos. Das Konto ist seit Mr Kims Ableben inaktiv. Daher haben wir beschlossen, Sie als amerikanischen Staatsbürger zu kontaktieren und Ihr Einverständnis zu erbitten, Sie zum nächsten Verwandten des Verstorbenen zu erklären, so dass wir Ihnen als dem Alleinerben das genannte Vermögen aushändigen können.*

Es kam noch mehr, nämlich der Vorschlag, die Summe zu teilen: sechzig Prozent für ihn, achtunddreißig Prozent für die Bank, zwei Prozent sollten reserviert bleiben *für (etwaige) Aufwendungen der Parteien im Zuge der Transaktion.* Am Fuß der Seite standen eine Telefonnummer und die Bitte, er möge sich mit der Bank in Verbindung setzen, wenn er an der erwähnten Transaktion interessiert sei, sowie die Ermahnung: *Bitte kontaktieren Sie mich auch, wenn Sie mit unserem Vorschlag nicht einverstanden sein sollten.* Nicht einverstanden? Wer würde damit nicht einverstanden sein? Er stellte eine Überschlagsrechnung an. Ja, Kopfrechnen konnte er noch ganz gut, obwohl er seit fünfzehn Jahren nicht mehr am College unterrichtete. Sechzig Prozent von 38 886 000 waren etwa dreiundzwanzig Millionen. Britische Pfund natürlich. Und der Wechselkurs lag bei 1,2 oder 1,3 Dollar.

Das war eine Menge Geld. Das er nicht brauchte, nicht so dringend jedenfalls wie die meisten anderen. Es war zwar eine traurige Tatsache, dass der größere Teil des Geldes, das er für den Ruhestand beiseitegelegt hatte, in Behandlungen geflossen war, die die Versicherung als »experimentell« bezeichnet und daher nicht erstattet hatte, aber zusammen mit der staatlichen und der privaten Rente würde es bis an sein Lebensende reichen. Dieses Angebot, dieser Brief, der ihn wie angenagelt in seiner Einfahrt stehen ließ, als hätte er wie die Hälfte der anderen alten Männer auf der Welt die Orientierung verloren, klang zu schön, um wahr zu sein, das wusste er. Oder spürte es jedenfalls.

Und doch. Dreißig Millionen Dollar, über den Daumen gepeilt. Es gab Orte, die er gern noch gesehen hätte – Island zum Beispiel oder die Galapagos-Inseln –, und es wäre schön, seiner Tochter und seinem Enkel ein bisschen mehr zu hinterlassen als ein mit einer Hypothek belastetes Haus, Beerdigungskosten und einen Stapel Rechnungen. Es waren schon seltsamere Dinge passiert – irgendwelche Leute gewannen in der Lotterie oder bekamen Preise oder Stipendien, und ständig gab es irgendeinen Nachlass, auf den kein Anspruch erhoben wurde –, und es war ja nicht so, als wäre er darauf angewiesen. Eine innere Stimme warnte ihn, aber was hatte er schon zu verlieren? Die Kosten für ein Telefongespräch?

Nach dem dritten Läuten wurde abgenommen. Zunächst hörte er nur Musik, leise plätschernde Musik, weder Klassik noch Pop, sondern irgendwas dazwischen, und für einen Augenblick dachte er, man habe ihn in die Warteschleife geleitet, doch dann verstummte die Musik abrupt, und eine klare, überraschend tiefe Stimme drang aus dem Hörer: »Yorkshire Bank PLC, Graham Shovelin, was kann ich für Sie tun?«

Er hatte sich ein paar Sätze zurechtgelegt, die klarstellen sollten, dass nicht er es war, der ein Anliegen hatte, sondern vielmehr die Bank, doch jetzt fielen sie ihm nicht mehr ein. »Ich, äh …«, stammelte er, »ich habe einen Brief von Ihnen bekommen.«

Ein ganz kurzes Zögern, doch dann hörte er wieder diese Stimme, so tief, dass er an Paul Robeson dachte, der auf einer der 78er-Platten, die seine Großmutter ihm vorgespielt hatte, als er ein kleiner Junge gewesen war, »Ol' Man River« gesungen hatte. »Oh ja, natürlich, wie schön, dass Sie sich melden. Wir haben Ihre Nummer hier auf dem Computerbildschirm, und sie stimmt mit der in unseren Unterlagen überein, aber man kann ja nie vorsichtig genug sein. Würden Sie mir bitte Ihren Namen sagen?«

»Mason Alimonti.«

»Mason *Kenneth* Alimonti?«

»Ja.«

»Aha, sehr gut. Bevor wir mit dem eigentlichen Prozedere beginnen, werden wir noch eine Bestätigung Ihrer Identität brauchen, aber da es sich um unseren ersten Kontakt handelt, reicht das für den Augenblick aus. Nun, was halten Sie von unserem Vorschlag?«

Er war im Wohnzimmer, im Sessel unter der Leselampe, und telefonierte mit dem alten Festnetzapparat, den er laut seiner Tochter lieber kündigen sollte, weil man heutzutage nur noch ein Handy brauchte und sie niemanden, keine Menschenseele, kannte, der noch Geld für einen Festnetzanschluss ausgab. Aber bei einem Gespräch wie diesem – einem internationalen Ferngespräch – fühlte er sich irgendwie besser, wenn er den Hörer des Apparats in der Hand hielt, den er seit mehr als dreißig Jahren benutzte. »Ich weiß nicht«, sagte er. »Es klingt zu schön, um wahr zu sein.«

Der Mann am anderen Ende lachte dröhnend. Es war ein Lachen, das tief hinabtauchte und sich dann in die höheren Register aufschwang, ein gutmütiges, gutgelauntes Lachen voll Freude und Gewissheit, das verkündete, mit der Welt sei alles in Ordnung. »Da haben Sie recht«, rief der Mann und lachte noch einmal. »Aber manchmal müssen wir uns damit abfinden, dass das Glück uns lächelt – und dann sollten wir dankbar sein, Mr Alimonti, dann sollten wir uns freuen und nehmen, was das Leben uns bringt, meinen Sie nicht?«

Für einen Augenblick war er verwirrt. Er fühlte sich, als hätte er den Körper verlassen, und alles, was er sah – das Sofa, die Zimmerpflanzen, der Fernseher –, schien sich leicht zu bewegen und in der Luft zu schweben. Er hielt den Telefonhörer in der Hand. Er führte ein Gespräch. Jemand – der Mann am anderen Ende der Leitung – wollte etwas von ihm.

»Mr Alimonti, sind Sie noch da?«

»Ja«, hörte er sich sagen. Der Mann hatte einen eigenartigen Akzent – britisch, das war Britisch, lupenreines Bühnen-Britisch, aber irgendwas war mit der Syntax. Oder mit dem Rhythmus. »Warum ich?«, fragte er unvermittelt.

Wieder ein Lachen, nicht ganz so tief und aufgeräumt wie das letzte. »Weil Sie sich zeit Ihres Lebens an Recht und Gesetz gehalten haben, Ihre Schulden bezahlen und ein so verlässlicher amerikanischer Staatsbürger sind, wie man ihn sich nur wünschen kann. Sie können sich darauf verlassen, dass wir Sie gründlich überprüft haben – ebenso wie die anderen neun Endkandidaten.«

Neun andere Kandidaten? Der Hörer fühlte sich so schwer an, als wäre er nicht aus Plastik, sondern aus Gusseisen.

»Überrascht Sie das, Mr Alimonti? Sie werden verstehen, dass wir Vorkehrungen treffen müssen für den Fall, dass der erste Kandidat unser Angebot aus irgendwelchen Gründen ablehnt – obwohl ich mir das kaum vorstellen kann. Sie vielleicht? Aber da Sie tatsächlich ganz oben auf unserer Liste stehen und die am besten qualifizierte Person sind, die wir je ausgewählt haben, wollen wir, nein, will *ich* Ihnen nicht verhehlen, wie sehr wir uns freuen, dass Sie uns als erster kontaktiert haben.«

Er spürte eine Welle der Erleichterung. Der Hörer war wieder ein Stück Plastik. »Und was passiert als nächstes?«, fragte er.

»Als nächstes? Nun, selbstverständlich müssen wir uns vergewissern, dass Sie unser Mann sind – und Sie, dass wir Ihre Männer sind. Haben Sie irgendwelche Fragen zu den Zahlen, die ich in meinem Brief genannt habe? Erscheint Ihnen die Aufteilung – sechzig Prozent für Sie, achtunddreißig für uns – angemessen? Sind Sie damit einverstanden?«

Er sagte nichts. Er war wieder in seinem Körper, in der Gegenwart, wusste aber nicht, was er sagen sollte. Erwartete der Mann, dass er verhandelte und um Prozentpunkte feilschte?

»Ich glaube, ich weiß, was Sie denken, Mr Alimonti. Bestimmt fragen Sie sich, was unser Interesse an der Sache ist?« Wieder dieses Lachen, aber kürzer jetzt, ganz geschäftsmäßig. »Eigennutz, schlicht und ergreifend. Wenn innerhalb eines Zeitraums von fünf Jahren kein Anspruch auf dieses Konto erhoben wird, fällt es an den Staat, und wir erhalten nichts, obwohl wir Mr Kims Vermögen fünfundzwanzig Jahre lang betreut haben. Wir *brauchen* Sie, Mr Alimonti, darauf läuft es hinaus. Wir brauchen einen amerikanischen Staatsbürger mit makellosem Leumund und absoluter Integrität als Bevollmächtigten für Ihren amerikanischen Mitbürger Mr Kim.« Eine Pause. »Anderenfalls erhält keiner von uns auch nur einen Shilling.«

»Was muss ich tun?«

»Im Augenblick eigentlich gar nichts. Wir brauchen natürlich Ihre Bankverbindung, um die Gelder transferieren zu können, und unsere Anwälte müssen einen Vertrag aufsetzen, damit es keine Missverständnisse gibt, aber alles zu seiner Zeit. Die Frage ist jetzt: Sind Sie dabei? Können wir auf Sie zählen? Kann ich auflegen und die anderen neun Namen von der Liste streichen?«

Sein Herz klopfte wie manchmal, wenn er sich überanstrengt hatte.

Sein Mund war trocken. Die Welt geriet in Schräglage und schien unter ihm davonzugleiten. *Dreißig Millionen Dollar.* »Ich brauche ein bisschen Bedenkzeit.«

»Leider bleiben uns nur zwei Wochen, dann werden die staatlichen Prüfer das Konto konfiszieren – und Sie wissen ja, wie die sind, das ist bei Ihnen vermutlich nicht anders als bei uns: Der Staat kriegt den Hals nie voll. Selbstverständlich haben Sie Bedenkzeit, aber zu Ihrem – und meinem – Besten: Bedenken Sie schnell, Mr Alimonti, bedenken Sie schnell.«

EINMAL ÜBERSCHLAFEN

Den Rest des Tages konnte er nicht viel mehr tun als herumsitzen – erst im Sessel und dann in einem der beiden Liegestühle auf der Veranda –, doch seine Gedanken liefen auf Hochtouren. Er musste unentwegt an England denken, wo er erst einmal gewesen war, in seinen Zwanzigern, zusammen mit Jan, in dem Jahr zwischen Graduate School und seinem ersten Job, und seine Tochter war damals noch nicht mal ein Punkt am Horizont gewesen. Sie waren auch in Schottland gewesen, in Edinburgh und … wie hieß es noch? Glasgow. Er hatte angefangen, Jan »Lassie« zu nennen, nur so, zum Spaß, und einmal, als sie einen Fish-and-Chips-Laden verlassen hatten, war sie zu weit vorausgelaufen, und er hatte gerufen: »Lassie – warte!«, und alle Frauen auf der Straße hatten sich umgedreht. Das war England. Oder Schottland. Dasselbe, nur anders. Und dort gab es Banken, natürlich gab es die, London war ja die Bankenmetropole Europas, auch wenn er sich nicht erinnern konnte, je eine betreten zu haben. Er schloss die Augen und sah ein stolz aufragendes Gebäude, alt, sehr alt, mit Säulen, Marmorböden, viel Messing und einem verzierten schmiedeeisernen Gitter zwischen Kunden und Kassierern, doch dann wurde ihm bewusst, dass es ein Bild aus irgendeinem BBC-Drama war, und wie hieß noch diese Serie, wo man nicht nur das Leben der Lords und Ladys, sondern auch das der Dienstboten sah? Das war Jans Lieblingsserie gewesen. Sie hatte sich die Episoden immer wieder angesehen und beim

Frühstück manchmal mit aufgesetztem englischen Akzent gesprochen und ihn mit »My Lord« angeredet. Nur so, zum Spaß.

Ja. Und wo war er jetzt, der Spaß?

Irgendwann, als sich die Schatten in den Bäumen verdichteten, ging er hinein und schaltete den Fernseher ein – Sport, wimmelnde Spieler, ein Ball, der hoch in den vom Einbruch der Nacht gezeichneten Himmel flog –, doch er konnte sich nicht konzentrieren, und wen interessierte schon, wer gewann? Auch früher schon waren Spiele gewonnen oder verloren worden, und daran würde sich nichts ändern. Außer bei einem Unentschieden – aber gab es beim Baseball überhaupt ein Unentschieden? Er wusste es nicht genau. Aber wahrscheinlich schon … Tatsächlich erinnerte er sich deutlich an ein Spiel, das unentschieden geendet hatte, aber vielleicht war es bloß ein Freundschaftsspiel gewesen. Oder ein Abschiedsspiel für einen berühmten Spieler, vielleicht das.

Es war bereits nach acht, als ihm einfiel, dass er eigentlich etwas essen sollte, und so ging er zum Kühlschrank, nahm den schmutzigen Topf heraus und füllte eine Schale mit dem Fleisch-Gemüse-Schmortopf, den er vorige Woche gekocht hatte – oder vielleicht auch vorvorige Woche. Egal: Er hatte ihn gut gekühlt, und die Mikrowellen würden zuverlässig sämtliche bakteriellen oder sonstigen Lebensformen abtöten, die sich in den Tiefen des Topfs niedergelassen haben mochten. Das Wichtigste in dieser Welt voller Verschwendung war, nichts zu verschwenden. Er schenkte sich ein Glas Milch ein, kratzte zwei verdächtig wirkende Flecken von einer Scheibe Sauerteigbrot, schob es in den Toaster und setzte sich an den Tisch.

Die Wände standen einfach da. Doch durch die Stille drang mit einem Mal ein Geräusch aus dem anderen Raum, wo der Fernseher stand – ein langgezogener Jubelschrei und die Stimme des Reporters, der seiner Begeisterung über die dramatische Wendung freien Lauf ließ –, und das war immerhin etwas. Wie groß war die Zeitdifferenz zwischen hier und England? Acht Stunden? Neun? Jedenfalls war es noch zu früh für einen Anruf. Er dachte, dass er das College gern in Jans Namen mit einer Stiftung ausstatten würde – vielleicht das Institut für Kunstgeschichte; sie hatte für Kunst immer viel übriggehabt –, und wenn die Summe groß genug war,

338

würden sie an prominenter Stelle eine Tafel anbringen, ja vielleicht sogar ein Gebäude nach ihr benennen. Oder einen Gebäudeflügel. Wenigstens einen Flügel. Vielleicht war das realistischer. Er sah ihr Gesicht vor sich, nicht so, wie es in den letzten Monaten gewesen war, sondern ihr wirkliches, wahres Gesicht, auch mit über siebzig noch voll und schön, und er stand auf, kratzte die Schüssel über dem Abfalleimer aus, stellte sie in die Spülmaschine und fasste jetzt, da sein Kopf zum ersten Mal an diesem Tag ganz klar war, einen Entschluss.

Morgen früh, nach dem Frühstück (keine Eile, er wollte ja nicht übereifrig erscheinen), würde er sich in den Sessel setzen, zum Hörer greifen und in England anrufen.

DER ZWEITE ANRUF

Ausgerechnet an diesem Tag verschlief er, so dass es bereits nach acht war, als er sich mit seinem Morgenkaffee in den Sessel setzte und mit einem Finger, der nicht aufhören wollte zu zittern, als wäre es der eines Fremden, der über Nacht an seiner Hand festgewachsen war, die Nummer der Bank wählte. Diesmal hörte er keine Musik, denn gleich nach dem ersten Läuten wurde abgenommen. Er war entschlossen, Mr Shovelin – *Graham, darf ich Sie Graham nennen?* – zu sagen, er sei sein Mann, und sie würden gemeinsam reich werden, auch wenn er sich nicht vorstellen konnte, dass Mr Shovelin als bloßer Angestellter der Bank einen Anteil bekommen würde. Aber vielleicht einen Bonus, das war doch möglich, oder? Er war daher sehr überrascht, als sich nicht Shovelin mit seinem tiefen, volltönenden Bass meldete, sondern eine Frau. »Yorkshire Bank PLC, Sie sprechen mit Chevette Afunu-Jones«, sagte sie mit dünner, müder Stimme. »Wie kann ich Ihnen helfen?«

Wieder war sein Kopf mit einem Mal leer. Die ganze Sache machte ihn nervös. Das Telefon machte ihn nervös. *London* machte ihn nervös. »Ich wollte …«, begann er, »ich meine, ich wollte … Ist Mr Shovelin zu sprechen?«

Eine Pause, das Klappern einer Tastatur. »Oh, Mr Alimonti, entschuldigen Sie«, sagte die Frau, und ihre Stimme wurde so warm, dass man sie auf Toast hätte streichen können. »Mr Shovelin ist im Augenblick leider nicht an seinem Platz, hat mir aber gesagt, dass Sie vielleicht anrufen würden. Er hat so viel Gutes über Sie erzählt – es freut mich wirklich sehr, von Ihnen zu hören.«

Er wusste nicht, was er darauf sagen sollte, murmelte nur: »Danke«, und beließ es dabei. Es gab eine weitere Pause, als wartete sie darauf, dass er fortfuhr. »Wann wird er wieder da sein?«, fragte er. »Es ist nämlich, na ja … ziemlich dringend. Ich habe eine Nachricht für ihn.«

»Ich kann nur hoffen, dass es die gute Nachricht ist, auf die wir alle in seiner Abteilung sehnsüchtig warten«, sagte sie, und ihre Stimme wurde tiefer und einladender. »Ich kann Ihnen versichern, dass Mr Shovelin mich mit allen Einzelheiten des Vorgangs vertraut gemacht und mich als seine Chefsekretärin bevollmächtigt hat, in seinem Namen zu handeln, solange er … Also, er ist im Augenblick nicht da, es geht ihm nicht gut … Ach, Sie können sich nicht vorstellen, was er durchmacht.« Sie senkte die Stimme zu einem Flüstern: »Krebs.«

Das traf ihn wie ein Schlag aus dem Nichts. Wieder sah er Jans Gesicht vor sich. »Das tut mir leid«, murmelte er.

»Glauben Sie mir, der Mann ist ein Löwe, und er wird gegen diese Krankheit kämpfen, wie er sein Leben lang gekämpft hat, und wenn er heute Nachmittag von seiner Behandlung kommt und die frohe Botschaft hört, wird ihm das guttun, da bin ich sicher. Es wird ihn aufrichten, ganz bestimmt …« Sie klang, als sei sie den Tränen nahe. »Ich kann Ihnen gar nicht sagen, wie sehr er Sie respektiert«, flüsterte sie.

Obgleich er gar nicht besonders darauf achtete, hörte er eine eigenartige Ähnlichkeit mit dem Akzent oder der Betonung oder was immer ihm an Shovelins Sprechweise aufgefallen war, und er fragte sich, ob die beiden vielleicht verwandt waren – nicht dass das irgendeine Rolle gespielt hätte, solange sie nur Wort hielten und die anderen neun Namen von der Liste strichen. Er sagte: »Dann richten Sie ihm bitte aus, dass ich ihm gute Besserung wünsche und beschlossen habe, sein Angebot anzunehmen –«

Sie klatschte in die Hände – es klang wie der Tusch, mit dem eine Marschkapelle einsetzt –, bevor er wieder ihre Stimme hörte: »Oh, ich kann Ihnen gar nicht sagen, wie viel ihm das bedeuten wird, wie viel es allen hier bei der Yorkshire Bank PLC bedeutet … Mr Alimonti, Sie sind ein Engel, ein echter Engel.«

Er versuchte, sie sich vorzustellen, diese Engländerin, so weit entfernt, im Ausland, jenseits des Ozeans: Nach dem Klang ihrer Stimme zu urteilen, war sie jung oder jedenfalls eher jung, und er sah sie in einem Kostüm, mit Strümpfen und hochhackigen Schuhen und Beinen, so wohlgeformt wie die einer Sportlerin. Sie war eine Läuferin, nicht bloß eine Joggerin, sondern eine Läuferin, und er sah sie mit pumpenden Armen durch den … wie hieß er noch? … durch den taufeuchten Hyde Park rennen, bevor sie, die Pumps in der Handtasche, zur Arbeit ging. Er fühlte sich warm. Er fühlte sich gut. Es sah so aus, als würde sich alles zum Besseren wenden.

»Also, Mr Alimonti«, sagte sie so leise, dass es fast wie ein Schnurren klang, »was wir jetzt von Ihnen brauchen, damit wir die Dinge in Gang setzen können, offiziell, Sie verstehen …«

»Ja?«

»Wir brauchen Ihre Kontoverbindung, damit wir die Gelder – oder zumindest eine Tranche – überweisen können, bevor das Königliche Treuhandbüro für nachrichtenlose Konten sich der Sache annimmt.«

»Aber … aber«, stammelte er, »was ist mit dem Vertrag, den wir –«

»Seien Sie unbesorgt, Darling – darf ich Sie so nennen? Denn das sind Sie ja, Sir, Sie sind wirklich ein Schatz.«

Er zuckte zustimmend die Schultern, sagte aber nichts.

»Seien Sie unbesorgt«, wiederholte sie, »Mr Shovelin wird sich darum kümmern.«

Sobald die Kontodaten übermittelt waren, erhielt er eine erste Auszahlung von dem nachrichtenlosen Konto (es dauerte keine drei Werktage, und das musste man Shovelin lassen: Er wusste, wie man Dinge beschleunigte). Der Scheck lautete auf zwanzigtausend Dollar und kam als Eilzustellung, zusammen mit einer Notiz von Shovelin, der den Betrag als »Handgeld« bezeichnete und ihn bat, mit der Einlösung noch zwei Wochen zu warten, »wegen der bürokratischen Vorgänge, denen wir in dieser Sache unterworfen sind, was zwar bedauerlich, aber bei derart komplexen Bankgeschäften schlicht unvermeidlich ist«. Der Scheck war von der Yorkshire Bank PLC ausgestellt, trug die Unterschrift von Graham Shovelin, Direktor für Operations & IT, und war auf feinem, hochwertigem Papier gedruckt, wie man es für Aktien und Wertpapiere verwendete. Als er kam, als es an der Tür läutete und der Eilbote ihm den Umschlag übergab, nahm Mason ihn mit zitternden Händen entgegen. Dann saß er lange im Sessel und bewunderte ihn. Er saß im Sessel, ja, aber innerlich schlug er Purzelbäume. Es war wahr. Er war reich. Als Allererstes – der Gedanke kam ihm, noch während er dort saß – würde er seiner Tochter helfen. Angelica war seit zwei Jahren geschieden, hatte einen Sohn, der auf die High School ging, und kam als Pâtissière in einem schicken Restaurant in Rye, New York, so gerade eben über die Runden; ihr Traum war es, ein eigenes Restaurant zu eröffnen, und diesen Traum würde er ihr jetzt erfüllen können. Vielleicht würde sie es sogar nach ihm benennen: Mason's. Der Name hatte doch was, oder?

Am Abend, als er gerade seine tägliche Portion Schmortopf in die Schüssel gab, läutete das Telefon. Es war Shovelin, der keineswegs abgekämpft klang. »Mason?«, donnerte er. »Ich darf Sie doch Mason nennen, jetzt, da wir Geschäftspartner sind?«

»Ja, ja, natürlich.« Mason stellte fest, dass er lächelte. Er war allein in seinem leeren Haus, wo Stille herrschte, und er lächelte.

»Gut, sehr gut. Nennen Sie mich Graham … Ich rufe Sie an, um Sie zu fragen, ob Sie die erste Tranche erhalten haben.«

»Ja, das habe ich, vielen Dank. Aber wie geht es Ihnen? Ihrer Gesundheit, meine ich. Ich weiß ja, wie schwer das sein kann … Ich habe das mit Jan, meiner Frau, durchgemacht …«

Die Stimme am anderen Ende schien in sich zusammenzusacken. »Meine Gesundheit?«

»Es tut mir leid, ich will wirklich nicht indiskret sein, aber Ihre Sekretärin sagte mir, dass Sie in Behandlung sind.«

»Oh, das, ja. Sehr misslich. Ich wollte, sie hätte Ihnen nichts davon gesagt – und ich versichere Ihnen, dass es unsere Geschäftsbeziehung nicht im Mindesten beeinträchtigen wird, also seien Sie unbesorgt.« Es gab eine lange Pause. »Nieren«, sagte Shovelin dann leise. »Metastasiert. Sie geben mir noch sechs Monate.«

»Sechs Monate?«

»Es sei denn … es sei denn, ich bekomme eine experimentelle Behandlung, die meine Versicherung aber nicht bezahlt, obwohl sie, wie mein Arzt sagt, geradezu Wunder wirkt und einen Remissionsgrad von etwa neunzig Prozent hat … Aber ich muss mich entschuldigen, Mason – ich rufe Sie ja nicht aus England an, um mit Ihnen meine Gesundheit zu erörtern. Schließlich bin ich Banker, und wir haben eine Transaktion zu besprechen.«

Er gab keine Antwort, sondern dachte an Jan, natürlich, denn wie konnte irgendjemand – Versicherungsgesellschaften, Ärzte, Krankenhäuser – den Preis eines menschlichen Lebens beziffern?

»Was Sie jetzt tun müssen, Mason … sind Sie noch da?«

»Ja, ich höre.«

»Gut. Sie müssen jetzt zwanzigtausend Dollar auf das Konto einzahlen, das wir bei Ihrer Bank eröffnet haben, um die Summe, die Sie erhalten haben, so lange auszugleichen, bis die Auszahlung freigegeben ist. Ich werde Zugang zu diesem Geld brauchen, um gewisse Leute im Königlichen Treuhandbüro zu schmieren – das sagt man bei Ihnen auch, oder? Dass man Leute *schmiert*?«

»Ich habe … ich meine, ich werde Geld von meinem Festgeldkonto nehmen müssen, und das könnte ein paar Tage dauern –«

»Ein paar Tage?«, wiederholte Shovelin ungläubig. »Ist Ihnen nicht klar, dass der Zeitfaktor von entscheidender Bedeutung ist? Nicht jeder ist so rechtschaffen wie Sie und ich, das ist traurig, aber wahr. Ich spreche von Bestechung, Mason, Bestechung auf höchster Ebene der Bürokratie. Wir müssen Leute schmieren – oder Rädchen, sagt man bei Ihnen nicht so? –, um sicherzustellen, dass es beim Transfer des vollen Betrags keine Schwierigkeiten gibt.«

Schweigen. Er hörte das schwache Rauschen der Verbindung, es klang wie das Meer, das ans Ufer schlug. England war weit entfernt. »Okay«, hörte er sich in die Leere hinein sagen.

Doch es war keine Leere: Shovelin war noch da. »Es gibt zu wenige Ehrenmänner auf dieser Welt«, sagte er betrübt. »Wissen Sie, was man in der Bankbranche über mich sagt? ›Shovelins Wort ist seine Ehre, und seine Ehre ist sein Wort.‹« Er seufzte. »Ich wollte, ich könnte dasselbe über die skrupellosen Bürokraten sagen, mit denen wir es zu tun haben. Die Schmiergeld verlangen.« Er lachte mit tiefer Stimme, leise und amüsiert. »Genauer gesagt: die *Geschmierten.*«

EIN PROBLEM MIT DEM SCHECK

Zwei Wochen später rief Mason ein zweites Mal in England an. Er war aufgeregt, er konnte nicht anders.

»Ja, ja«, sagte Shovelin geringschätzig, »ich verstehe Ihre Sorge, Mason, aber ich kann Ihnen versichern, dass wir die Sache gut im Griff haben.«

»Aber meine Bank? Die Bank of America? Die sagen, es gibt ein Problem mit dem Scheck, und –«

»Eine Lappalie. Ich muss sagen, es war gut, dass wir diesen Test gemacht haben. Stellen Sie sich vor, was passiert wäre, wenn wir die volle Summe von 30 558 780 Dollar überwiesen hätten – das ist, nebenbei gesagt, der Betrag, den unsere Buchhaltung als Ihren Anteil ausgerechnet hat, abzüglich gewisser Gebühren, sofern diese anfallen.«

Er sah die Szene in der Bank wieder vor sich, den kalten Blick des

Kassierers, der ihn offenbar für eine Art Schwindler oder, schlimmer noch, für senil, nutzlos, *alt* gehalten hatte. Man hatte ihn ins Büro der Filialleiterin gebeten, einer jungen Frau mit üppiger Figur, vollen Lippen und schwarzen Augen, deren Blick einen zu durchbohren schien, und die hatte ihm erklärt, der Scheck sei nicht gedeckt und daher wertlos. Verwirrt – nein, schlimmer: gedemütigt – war er hinaus ins Sonnenlicht getreten, blinzelnd, als hätte er die ganze Zeit in einer Höhle verbracht.

»Aber was soll ich jetzt tun?«

»Nichts anderes als das, was Sie – und ich und Miss Afunu-Jones – bisher getan haben: einen kühlen Kopf bewahren und etwas *Geduld* haben, Mason. Tatsächlich muss ich Sie bitten, eine weitere Einzahlung vorzunehmen. Beim KT gibt es einen Mann, der uns Schwierigkeiten macht, einen Halunken, der … ach, was soll's, ich kann Ihnen seinen Namen ruhig sagen: Er heißt Richard Hyde-Jeffers. Einer von denen, die mit einem goldenen Löffel im Mund zur Welt gekommen sind und immer nur mehr wollen, als wäre das alles, was man ihnen in Oxford beigebracht hat: Gier.«

»Er will geschmiert werden?«

»Genau.«

»Wie viel?«

»Noch einmal zwanzigtausend. Empörend, ich weiß. Aber Sie – *wir* – haben bereits zwanzigtausend in ihn investiert, in dieses gierige Schwein, und wir wollen doch nicht, dass das den Bach hinuntergeht – sagt man das bei Ihnen auch: ›den Bach hinuntergehen‹? – und das Geschäft Ihres Lebens vor unseren Augen platzt.«

Mason schwieg einen Augenblick. Er musste diese neue Information verarbeiten, was, wie er zugeben musste, nicht leicht war und immer schwerer wurde. Nichts war, wie es schien. Wieder wollte das Haus ihm entgleiten, alles war in Bewegung, als wäre ein Erdbeben im Gang. Vor seinen Augen tanzten Punkte. Der Telefonhörer war aus Gusseisen.

»Ich verspreche Ihnen«, sagte Shovelin, und seine Stimme klang jetzt noch tiefer und beinahe schmeichelnd, »so wahr ich hier sitze: Das ist die letzte Zahlung.«

In der Luft hatte er sich noch nie wohl gefühlt – dieses Gefühl der Hilflosigkeit angesichts tödlicher Gefahr, wenn der große Metallkäfig abhob und durch die Atmosphäre raste –, und im Lauf der Jahre hatte er immer mehr Wert darauf gelegt, so wenig wie möglich zu fliegen. In den schönsten und entspanntesten Urlauben, die er mit Jan verbracht hatte, waren sie mit dem Wagen gefahren, entweder in einen Nationalpark oder auf eine Erkundungstour durch abgelegene Kleinstädte in Washington, Oregon und British Columbia. Sein letzter Flug – nach Hawaii, mit Jan, zur Feier ihrer goldenen Hochzeit, oder war es die silberne gewesen? – war ein Albtraum gewesen, nichts als Turbulenzen, und irgendwann hatte er geglaubt, dass sie abstürzen würden, und sich peinlicherweise in einen Beutel übergeben müssen. Daran musste er denken, als er sich durch das Gedränge im Mittelgang zu seinem Platz in der Economy-Klasse schob. Seine Knie schmerzten vom abschüssigen Weg durch die Fluggastbrücke, und das Kreuz tat ihm weh, weil er den viel zu großen Koffer hinter sich hergezerrt hatte, in den er wahllos viel zu viele Sachen gepackt hatte, sogar ein zweites Paar Schuhe, obwohl er nur zwei Tage in London bleiben würde. Auf Kosten – und nachdrücklichen Wunsch – der Yorkshire Bank PLC.

In den vier Monaten seit er den Brief erhalten hatte, waren seine Ausgaben derart gestiegen, dass ihm Zweifel an der Sache kamen. Da war sie wieder, die leise Stimme. Sie setzte ihm zu, sie sagte ihm, er sei ein Dummkopf, der sich übers Ohr hauen ließ, doch jedes Mal, wenn er sich beschwerte, riefen Graham und manchmal auch Chevette an, um ihn zu beruhigen. Ja, es mussten Schmiergelder gezahlt werden, und ja, ein Teil des Problems war Grahams Krankheit, die ihn in entscheidenden Phasen gehindert hatte, die Verhandlungen mit Mr Hyde-Jeffers vom Königlichen Treuhandbüro persönlich zu führen, doch Mason müsse Vertrauen haben, nicht nur zur Yorkshire Bank PLC, sondern auch zu Graham Shovelins Wort, das seine Ehre war, so wie seine Ehre sein Wort war. Und darum hatte Mason Geld für Gebühren und Bestechungssummen überwiesen, die Chevette als »heftig« bezeichnete, außerdem gewisse Beträge, die Graham helfen sollten, seine Behandlung zu bezahlen, und einmal hatte er sich sogar bereiterklärt, die Kosten der Abschlussfeier von Chevettes Nichte Evangeline zu übernehmen, deren Vater tragischerweise ein paar Tage vor der feierlichen Zeremonie, bei der seine Tochter ihren akademischen Grad empfangen hatte, von einem Bus überfahren worden und ums Leben gekommen war (Mason hatte eine detaillierte Rechnung für Abendkleid, Ansteckbukett, Limousine und Essen in einem marokkanischen Restaurant erhalten, die sich über unglaubliche 1500 Dollar belief). All diese Auslagen würden ihm selbstverständlich erstattet werden, sobald das Geld freigegeben war.

Es war Graham, der ihm vorschlug, nach London zu kommen und selbst zu sehen, »wo der Hase im Pfeffer liegt«, wie er sich ausdrückte. »Dass Sie, mein Freund – mein Freund und Partner –, mir nach so langer Zusammenarbeit sagen, Sie hätten kein absolutes Vertrauen zu mir, kränkt mich zutiefst«, hatte Graham ihm eines späten Abends im Verlauf eines Gesprächs gesagt, das eine Stunde oder länger gedauert hatte. »Sie schaden meiner Reputation«, hatte er vorwurfsvoll gesagt, »aber schlimmer, Mason, schlimmer als das ist: Sie verletzen meinen *Stolz*. Und was bleibt einem Mann in meiner Lage, der einer ungewissen Zukunft entgegengeht und sich im Himmel wird verantworten müssen, wenn nicht sein Stolz? Abgesehen von Liebe. Liebe und Freundschaft, Mason.« Er hatte einen tiefen Seufzer ausgestoßen. »Ich werde Ihnen per Eilboten ein Flugticket schicken«, hatte er gesagt. »Sie wollen Klarheit? Die sollen Sie bekommen.«

ZWEI TAGE IN LONDON

Wenn die Wände zu Hause einfach dastanden, so wusste er nichts davon. Sein Leben, das Leben eines Witwers, eines trauernden Hinterbliebenen, eines zu Tode Gelangweilten, hatte eine radikale Wendung genommen. Obwohl er durch seine Arbeit und die Chemotherapie beansprucht war, hatte Graham Shovelin es sich nicht nehmen lassen, Mason mit einem glänzenden rotbraunen Mercedes am Flughafen abzuholen und zu seinem Hotel zu fahren, das bereits bezahlt war. Am Flughafen hatte es einen Augenblick der Verwirrung gegeben, denn nach einer überaus unbequemen und schlaflosen Nacht und mit achtzig nicht besser auf den Beinen, als er es mit neunundsiebzig gewesen war oder mit einundachtzig sein würde, hatte Mason den vierschrötigen Mann in den Vierzigern mit kahlrasiertem Kopf und Händen, so groß wie Baseballhandschuhe, nicht für den Direktor für Operations & IT der Yorkshire Bank PLC, sondern für einen Gepäckträger gehalten. Ebenso wenig hatte er damit gerechnet, dass Graham schwarz war. Nicht dass Mason irgendwelche Vorurteile gehabt hätte – im Lauf der Jahre am College hatte er mit allen möglichen Studenten zu tun gehabt und sehr darauf geachtet, sich jedem einzelnen zu widmen, ganz gleich, wie sie aussahen und aus welchem Milieu sie stammten –, aber er hatte sich Graham Shovelin einfach anders vorgestellt. Das war natürlich sein eigener Fehler. Und vielleicht hatte es etwas mit dieser englischen Serie zu tun, in der es um Lords und Ladys und formvollendete englische Butler und Unterbutler und so weiter ging. Graham war also ein Schwarzer, das war alles. Daran war nichts auszusetzen.

Das Hotel, zu dem Graham ihn brachte, lag nur zwanzig Minuten vom Flughafen entfernt, und es war, soweit Mason das beurteilen konnte, auch kein Hotel, sondern eher eine Art Bed-and-Breakfast. Das Personal dort war ebenfalls schwarz, wie auch die meisten Leute auf der Straße. Aber er war müde. Erschöpft. Am Ende, noch bevor es überhaupt angefangen hatte. Er fand sein Bett in einem Zimmer, dessen Fenster auf den Hof ging, und schlief volle zwölf Stunden, länger, als er je geschlafen hatte, seit er kein kleiner Junge mehr war. Tatsächlich konnte er, als er schließlich erwachte, nicht glauben, dass es noch dunkel war, und klopfte auf seine Uhr, um sich zu vergewissern, dass sie noch ging.

Nach dem Erwachen blieb er in diesem großen Bett in dem kleinen Zimmer am anderen Ende der Welt noch eine Weile liegen. Er war zufrieden, ja stolz, er erlebte ein *Abenteuer*. Er stand auf und kramte im Koffer nach frischer Unterwäsche und Strümpfen. In diesem Augenblick kroch ein ambrosischer, exotischer, würziger Duft unter der Tür hindurch und erfüllte den Raum, und ihm wurde bewusst, dass er hungrig war, regelrecht ausgehungert. Er fragte sich, ob es für ein Frühstück schon zu spät – oder vielleicht noch zu früh – war, öffnete leise die Tür und trat in einen halbdunklen Flur, der zu einem hell beleuchteten Raum führte, dem Ursprung des köstlichen Geruchs. Vermutlich war das die Küche.

Er hörte Stimmengemurmel. Seine Knie schmerzten, es fiel ihm schwer, die Füße zu heben, doch er ging durch den Flur zur Tür. Da er nicht wusste, welche Regeln in einem Bed-and-Breakfast galten (er und Jan waren immer in Hotels oder Motels abgestiegen), klopfte er leise an den Türrahmen, und im selben Augenblick konnte er in den Raum sehen: Da waren ein blitzsauberer Gasherd, auf dem ein großer Aluminiumtopf stand, ein Tisch und Stühle, eine Wachstuchdecke, ein halbes Dutzend Bierflaschen und jemand, der am Tisch saß, ein stämmiger Schwarzer in einem ärmellosen weißen T-Shirt. Graham. Graham Shovelin persönlich, der eine Zeitung vor sich ausgebreitet hatte und in seiner großen Hand eine Bierflasche hielt.

DIE ERKLÄRUNG

»Wirklich, Mason, Sie müssen entschuldigen, wenn es im Zusammenhang mit der Unterbringung irgendwelche Missverständnisse oder Unannehmlichkeiten gegeben hat, aber ich habe mich bemüht, in Ihrem – und *unserem* – Interesse zu handeln, indem ich Sie in diesem preiswerten Bed-and-Breakfast untergebracht habe und nicht in einem dieser zugigen, unpersönlichen Fünf-Sterne-Hotels in der City, wie Mr Olifant, der Präsident der Yorkshire Bank PLC, es wollte. Und warum? Um Ihnen und uns weitere Auslagen – *unnötige* Auslagen – zu ersparen, bis die Freigabe der Gelder erfolgt ist. Sagen Sie mir: War das falsch?«

Mason saß gegenüber von Shovelin am Tisch, vor sich eine Schüssel mit Eintopf, der nicht so sehr anders aussah als der, den er zu Hause im Kühlschrank hatte, während eine Frau, die aus dem Nichts erschienen war, ihm Brot und Butter hinstellte und ihm ein Glas Bier einschenkte.

Auch sie war schwarz, schlank wie eine Langstreckenläuferin und trug ein farbenfrohes, gewickeltes Gewand. Das Haar war zu einem großen Bausch zusammengebunden. Sie war barfuß und sehr schön, und für einen Augenblick war Mason so abgelenkt, dass er nicht antworten konnte.

»Sagen Sie mir, dass es falsch war«, wiederholte Shovelin, »und ich hole den Wagen und fahre Sie zum Savoy – oder vielleicht möchten Sie lieber ins Hilton?«

Er war nicht müde, ganz und gar nicht – im Gegenteil, er war aufgeregt. Ein neuer Ort, neue Menschen, neue Wände! Und doch konnte er sich nicht ganz auf das konzentrieren, was Shovelin sagte, und so zuckte er bloß die Schultern.

»Ich deute das als Zeichen der Zustimmung«, dröhnte Shovelin. »Sehr gut, sehr gut!«, rief er. »Darauf wollen wir trinken!« Er hob das Glas, stieß an das von Mason, und trank es in einem Zug aus. Das Weiß seiner Augen wurde rot, und er schlug sich mit der riesigen Faust ans Brustbein, wie um ein Aufstoßen zu unterdrücken, bevor er sich wieder an Mason wandte. »Also«, sagte er so abrupt, dass es fast wie das Bellen eines großen Hundes klang, »dann zum Geschäftlichen. Diese charmante Dame hier ist, sofern Sie es nicht schon erraten haben, niemand anderes als meine persönliche Assistentin Miss Afunu-Jones, die sich trotz ihres vollen Terminkalenders die Zeit nimmt, Ihnen Ihren kurzen Aufenthalt bei uns so angenehm wie möglich zu machen. Sie hat mein vollstes Vertrauen – alles, was Sie mir zu sagen haben, können Sie auch ihr sagen, und sie ist auch bevollmächtigt, alle Angelegenheiten zu regeln …« – er stockte – »für den Fall, dass ich – wie soll ich sagen? – *indisponiert* bin.«

Masons Herz krampfte sich zusammen. Er sah den Schmerz im Gesicht des Jüngeren, und er spürte die Trauer, den dunklen Schatten des Todes, der Jan geholt hatte und eines Tages jeden holen würde, der lebte: seine Tochter, seinen Enkel, diesen Mann, der über den Ozean hinweg Verbindung mit ihm aufgenommen hatte und nicht nur sein Freund, sondern auch sein Vertrauter geworden war.

Shovelin zog ein Taschentuch hervor, wischte sich über die Augen und schnäuzte sich. »Verzeihen Sie, dass ich ein Element des, wie sagt man,

Pathos in diese kleine Willkommensfeier gebracht habe. Ich weiß, das ist nicht professionell« – wieder kam das Taschentuch zum Einsatz – »aber ich bin auch nur ein Mensch.« Er sah zu der Frau auf, die hinter ihm stand. »Chevette, vielleicht könnten Sie übernehmen und Mr Alimonti – Mason – die Erklärung geben, derentwegen er gekommen ist ...«

Auch Chevettes Augen waren feucht. Sie zog einen Stuhl heran und setzte sich so dicht neben Mason, dass ihre Ellbogen einander berührten. Sie ließ sich Zeit, bestrich eine Scheibe Brot mit Butter und reichte es ihm, bevor sie ebenfalls einen Schluck Bier trank und ihm tief in die Augen sah. »Glauben Sie mir, Mason: Wir werden diese Sache bis zum Ende durchziehen«, sagte sie mit leiser, stockender Stimme. »Wir werden Sie nicht verlassen. Darauf haben Sie mein Wort.«

»Morgen ...«, soufflierte Shovelin.

Ihr Blick ging zu ihm und wieder zu Mason. »Ja«, sagte sie, »morgen. Morgen bringen wir Sie zur Zentrale unserer Bank, damit Sie mit Mr Olifant, unserem Präsidenten, sprechen und die letzten Einzelheiten zu Ihrer Zufriedenheit geklärt werden können.« Sie hielt inne und legte nachdenklich einen Finger an die Lippen. »Ich weiß zwar nicht, ob das wirklich nötig ist, aber da Sie anscheinend das Vertrauen zu uns verloren haben –«

»Oh, nein, nein«, sagte er und sah ihr in die Augen, die wirklich wunderschönen Augen. Sie hatten die Farbe des Birkenweins, den er als Junge auf Familienausflügen nach Vermont so gern getrunken hatte.

»Aber die Erklärung ist wirklich ganz einfach. Ich meine, sehen Sie uns an. Wir sind nicht reich, und viele in der weißen Gesellschaft blicken sogar auf uns herab, aber, Mr Alimonti – und es tut mir leid, das wie ein Mantra wiederholen zu müssen –, wir sind redlich und gewissenhaft. Tatsache ist, dass wir es, wie mein ... wie Mr Shovelin Ihnen schon gesagt hat, mit korrupten Menschen zu tun haben, mit Dieben, und die, nicht wir, sind für die unzumutbaren Verzögerungen in dieser Angelegenheit verantwortlich, Mason.« Und hier legte sie, absichtlich oder unbewusst, aber mit leichtem, beruhigendem Druck, die Hand auf sein Bein.

UNGLÜCKLICHE UMSTÄNDE

Am nächsten Tag, dem letzten seines Aufenthalts in London, und es war nicht mal ein voller Tag, da sein Rückflug um 18:45 ging, wurde er von Chevette, die am Fußende seines Bettes stand und leise seinen Namen rief, aus einem traumlosen Schlaf geweckt. Sie trug die Art von Kostüm, die er sich vorgestellt hatte, als er am Telefon zum ersten Mal ihre Stimme gehört hatte, dazu Lippenstift und Lidschatten, und ihr Haar hing ausgekämmt über die Schultern. »Mr Alimonti«, sagte sie, »Mason, wachen Sie auf. Ich habe schlechte Nachrichten.«

Er stützte sich auf die Ellbogen und blinzelte. In seinem Knie pochte es. Er hatte Kopfschmerzen. Für einen Augenblick wusste er nicht, wo er war.

»Es sind unglückliche Umstände eingetreten«, sagte sie. »Graham hatte einen Anfall und ist im Krankenhaus, und ...«

Er suchte nach Worten. »Krankenhaus? Ist er ... wird er wieder ...?«

Sie machte eine ausladende Gebärde. »Das weiß ich nicht. Das« – ihr Blick verhärtete sich – »liegt in der Hand der Krankenversicherung, und die weigert sich, die Behandlung zu bezahlen, die er so dringend braucht. Und wir, wir sind bloß kleine Bankangestellte, Mason, und keineswegs reich. Ja, *wir*, denn ich muss Ihnen gestehen, was Sie wahrscheinlich schon vermutet haben: Graham ist mein Mann. Wir wollten es Ihnen nicht sagen, weil wir dachten, Sie würden es unprofessionell finden, aber jetzt ist die Katze aus dem Sack.« Sie hielt inne. Ihre Augen füllten sich mit Tränen. »Und ich liebe ihn, ich liebe ihn mehr, als ich mit Worten sagen kann ...«

Er war in einer fremden Stadt, er lag im Schlafanzug in einem fremden Bett, an dem eine fremde Frau stand, und ihm brach das Herz.

»Bitte helfen Sie uns«, flüsterte sie. »Bitte.«

DER RÜCKFLUG

Er hatte ihr sein ganzes Bargeld gegeben – etwa achthundert Dollar, die er für Notfälle mitgenommen hatte – und einen Scheck ausgestellt, den er bei seiner Rückkehr schleunigst würde decken müssen. Da seine Ausgaben stark gestiegen waren, hatte er eine zweite Hypothek aufgenommen und seine Rücklagen aufgelöst, und wenn das Geld nicht bald kam, würde es finanziell sehr eng werden. Aber es würde kommen, dessen war er sich ganz sicher – jeder Tag, jede Minute brachte ihn seinem Ziel näher. Tränenüberströmt hatte Chevette ihm versichert, Mr Olifant werde sich der Sache persönlich annehmen, auch für den Fall, dass ihr Mann die Notoperation nicht überlebte. »Er hängt jetzt zwischen Leben und Tod«, hatte sie gesagt.

Erst als er angeschnallt auf seinem Platz saß und das Flugzeug abgehoben hatte, wurde ihm bewusst, dass er weder Mr Olifant kennengelernt noch eine englische Bank von innen gesehen oder den Vertrag unterschrieben hatte, den Graham immer wieder vergessen hatte und jetzt – wieder krampfte sich sein Herz zusammen – vielleicht nie mehr würde aufsetzen können. Er trank zwei Whiskey, sah Teile von drei oder vier ruckelnden, viel zu bunten Filmen und fiel in einen Schlaf, der wie eine Art Wachen war, bis das Flugzeug aufsetzte und er endlich wieder zu Hause war.

ANGELICA GREIFT EIN

Drei Monate später, nachdem er vier Rückzahlungsraten hintereinander ausgelassen und immer unverblümtere Briefe von der Bank erhalten hatte, Briefe, deren Inhalt so deprimierend war, dass er es kaum über sich brachte, sie zu öffnen, rief er seine Tochter an, um sie zu fragen, ob sie ihm mit einem kleinen Darlehen aushelfen könne. Er erwähnte weder Graham Shovelin noch die Yorkshire Bank PLC oder die Summe, die er erwartete, denn er wollte sie nicht aufregen, und noch weniger wollte er, dass sie sich einmischte. Tatsächlich hatte er inzwischen gewisse Zweifel, und in seinem Kopf meldete sich wieder die kleine Stimme, die ihm sagte, er sei ein Dummkopf, er habe sich übers Ohr hauen lassen, und Graham Shovelin, von dem er die ganze Zeit nichts gehört hatte, sei nicht, was er vorgebe zu sein. Er hatte noch immer Hoffnung – natürlich, man durfte die Hoffnung nie aufgeben – und fand Erklärungen für das Schweigen: Womöglich lag Graham in einem Koma. Oder schlimmer. Womöglich war er tot. Aber warum ging in der Yorkshire Bank PLC niemand ans Telefon? Chevette mochte am Boden zerstört sein, aber sie musste doch an ihrem Schreibtisch sein, sie musste arbeiten, und dann gab es ja auch noch Mr Olifant und die Sekretärinnen und Assistentinnen, die er sicher hatte.

Irgendwann, nachdem er es zwanzigmal erfolglos versucht hatte, rief er im Internet die Homepage der Yorkshire Bank PLC auf, doch dort waren die Namen der Angestellten in den Filialen nicht aufgeführt. Er wählte die Nummer der Hotline, und nach zehn Minuten in der Warteschleife meldete sich eine Frau, die behauptete, noch nie von einem Mr Olifant gehört zu haben, und natürlich konnte er keine näheren Angaben machen und wusste weder, in welcher Filiale Mr Olifant tätig war, noch kannte er seinen Vornamen. Er war ratlos, frustriert, verzweifelt und rief seine Tochter an.

»Dad? Bist du das? Wie geht es dir? Wir haben uns Sorgen um dich gemacht, aber –«

»Sorgen? Warum?«

»Ich hab dich immer wieder angerufen, aber du bist anscheinend nie zu Hause. Was machst du – verbringst du deine Zeit in Tanzclubs oder auf der Rennbahn?« Sie lachte. »Robbie fängt in einem Monat auf dem College an, wusstest du das? Er studiert Musik an der State University of New York in Potsdam, das war seine erste Wahl. An der Crane School of Music.«

Er reagierte nicht. Als sie innehielt, um Luft zu holen, sagte er ausdruckslos: »Ich brauche einen Kredit.«

»Einen Kredit? Wofür denn? Hast du nicht alles, was du brauchst?«

»Für die Hypothek. Ich … ich bin mit den Zahlungen ein bisschen im Rückstand.«

Es dauerte eine Weile, aber nach etwa fünf Minuten Verhör hatte sie es schließlich aus ihm heraus. Als er ihr alles erzählt hatte – von den dreißig Millionen Dollar, der ersten Auszahlung, dem Schmiergeld, Grahams teurer Behandlung, sogar von dem Debakel in London –, war sie sprachlos. Für einen langen Augenblick hörte er nur ihren Atem. Ihren Gesichtsausdruck konnte er sich vorstellen: verkniffen, die Lippen ungläubig und wütend zusammengepresst, genau wie Jan, wenn sie ihm wegen irgendetwas Vorwürfe gemacht hatte.

»Ich kann es nicht fassen«, sagte sie schließlich. »Wie konntest du nur so dumm sein? Ausgerechnet du, Dad, ein ehemaliger Professor, ein Mathe-Genie mit einem Kopf für Zahlen?«

Er sagte nichts. Er hatte das Gefühl, als hätte sie ihm ein Messer in die Brust gestoßen und würde es in der Wunde drehen.

»Das ist eine Betrugsmasche, Dad – das steht in allen Zeitungen, im Internet, überall. In dem Senioren-Newsletter, den Mom immer bekommen hat. Liest du so was nicht? Hörst du keine Nachrichten? Diese Gauner haben sogar einen Namen dafür: Trick 419, nach dem Betrugsparagrafen im nigerianischen Gesetzbuch. Als wäre das alles ein großer Witz.«

»Aber so ist es nicht«, sagte er.

»Wie viel hast du verloren?«

»Ich weiß nicht«, sagte er.

»Herrgott! Du weißt nicht mal, wie viel du verloren hast?« Er hörte Töpfe oder Besteck klappern und stellte sich vor, wie sie mit hartem Gesicht in der Küche auf und ab ging. »Na gut«, sagte sie. »Du lieber Himmel! Wie viel brauchst du?«

»Ich weiß nicht. Zehn?«

»Zehn was – tausend? Sag mir nicht, du brauchst zehntausend.«

Er sah aus dem Fenster in den Garten, auf die dunkelroten Blätter des blühenden Pflaumenbaums, den er und Jan gepflanzt hatten, als ihre Tochter geboren worden war. Er schien weit entfernt. Kilometerweit. Er stand da, im Garten, doch er schien zu schrumpfen.

»Ich komme rüber«, sagte sie.

»Nein«, sagte er, »nein, tu das nicht.«

»Du bist achtzig, Dad! Achtzig!«

»Nein«, sagte er und wusste nicht mehr, wogegen er protestierte: sein Alter, das Geld oder die Tatsache, dass seine Tochter kommen wollte, um ihn auszuschimpfen, ihn zu demütigen und sein Leben neu zu ordnen.

NOCH EIN ANRUF

Das Haus gehörte jetzt der Bank, mit allem Drum und Dran, und seine Tochter und Robbie halfen ihm beim Packen. Er würde Kalifornien verlassen, ob es ihm nun gefiel oder nicht, und zumindest vorübergehend in Robbies demnächst freiem Zimmer in Rye, New York, wohnen. Alles war ein einziges Chaos. Alles war schwarz. Er saß in seinem Sessel und wartete darauf, dass der Möbelwagen alles, was bei einer Reihe von Verkaufsaktionen, die Angelica als »Haushaltsauflösung« bezeichnete, übrig geblieben war, quer durch das Land in ihre Garage brachte, damit es dort verrottete. In Rye, New York. Für einen Augenblick war es still, die Wände standen einfach da, kein Hund bellte, kein Wagen fuhr auf der Straße vorbei. Er dachte an gar nichts. Er konnte sich nicht mal mehr erinnern, wie Jan ausgesehen hatte. Er erhob sich, weil er den dringenden Wunsch verspürte, ein bestimmtes Ding zu holen, bevor die Umzugsleute es einluden, doch als er aufgestanden war, hatte er bereits vergessen, was es war.

Er stand also in den Trümmern seines bisherigen Lebens, und die Strahlen einer hoch am Himmel stehenden, unbarmherzigen Sonne stocherten durch die Lamellen der Jalousie und prallten auf die nackten Dielen, als das Telefon läutete. Einmal, zweimal. Er nahm den Hörer ab.

»Mason?«

»Ja?«

»Hier ist Graham Shovelin. Wie geht's?«

Bevor er antworten konnte, rollte die tiefe Stimme auch schon dahin, unaufhaltsam wie der Mississippi: »Ich habe gute Nachrichten, sehr gute, phänomenale Nachrichten! Die Auszahlung wird morgen freigegeben.«

»Geht es« – er fand nicht die richtigen Worte – »geht es Ihnen gut? Hat die Behandlung …?«

»Ja, ja, dank Ihnen, mein Freund, und glauben Sie nicht, dass ich Ihnen das jemals vergessen werde. Ich bin natürlich noch geschwächt, darum haben Sie eine Weile nichts von mir gehört, und ich hoffe, Sie verstehen das. Aber hören Sie: Wir brauchen noch eine kleine *Infusion*, um sicherzustellen, dass morgen alles glattgeht, wenn wir uns in Mr Olifants Büro einfinden und das Freigabeformular unterzeichnen, und darum –«

»Wie viel?«

»Ach, nicht viel, Mason, gar nicht viel.«

JESUS DER KRIEGER

Im ersten Panel der ersten Geschichte sieht man Ihn durch die Wüste laufen, mit so ziemlich nichts als Sand rings umher, im Hintergrund die Ruinen eines zerstörten Dorfs. Er trägt kein loses Gewand und Sandalen, sondern Bikeshorts, ein enges schwarzes T-Shirt und geschnürte schwarze Kampfstiefel, und Er ist auch kein magerer Hippie wie auf all den Gemälden, sondern durchtrainiert, als hätte Er Hanteln gestemmt, aber wie Wolverine oder Hulk brauchte Er sich natürlich nicht anzustrengen, um solche Muskeln zu haben. Und Sein Haar ist gar nicht besonders lang, eigentlich bloß lang genug für einen Samuraiknoten, und Sein Bart ist nicht zottig wie der eines Bikers, sondern kurz gestutzt und betont Seine stahlharte Kinnlinie. Seine Augen blicken – anfangs jedenfalls – ruhig, und sie sind nicht blau, sondern grün wie die von Asia (meiner Freundin). Man sieht sofort, dass Er nicht zu den Helden gehört, die auch die andere Wange darbieten oder aus irgendeiner irregeleiteten Vorstellung von Fairness oder Liebe oder was auch immer nicht ihre volle Kraft einsetzen. Nein, ganz im Gegenteil. Jesus der Krieger ist die Geißel, die Knute, der Reiniger, und Er ist gekommen, den Abschaum der Welt zu beseitigen. Al Qaida, Boko Haram, IS, die mexikanische Mafia und alle Vergewaltiger und Sklavenhändler und Drogendealer, alle Tierquäler und Frauenprügler, alle, die den Schwachen Leid zufügen, werden in Staub verwandelt. Alle. In die Substanz, über die Er auf dem ersten Bild hinwegschreitet: Die Sandkörner symbolisieren das, was Er aus ihnen machen wird. Keine Hölle, kein Jüngstes Gericht, keine Strafe – nur Staub. Oder Sand. Oder was auch immer.

Samstagabend, der Laden ist brechend voll, und ich komme während der ganzen Schicht kaum dazu, auch nur aufzusehen, denn ich kriege eine Bestellung nach der anderen. Gestresst ist nicht das richtige Wort, aber ich bin ziemlich beschäftigt, so beschäftigt, dass ich zusammenzucke, als einer der Gäste – eine ältere Frau, die regelmäßig hier ist – mich fragt, wie es mit dem Zeichnen vorangeht. Ich kann mich nur kurz vom Grill zu ihr umdrehen, ihr die Zähne zeigen und sagen: »Prima, ganz prima.« Es liegen bestimmt zwanzig Steaks auf dem Rost, und ich schwinge die Grillzange wie ein Dirigent seinen Taktstock, nur dass meine Bühne der drei Mal einen Meter große Raum zwischen dem Grill und der Salatbar ist und das Publikum aus einer gewundenen Schlange halbbetrunkener Leute mit großen, ovalen Tellern besteht, aber ich bin die Hauptattraktion, so viel ist sicher. Und das Fleisch natürlich, das über den winzigen gelben Flammenfingern zischt und dieses authentische Mesquiteraucharoma verströmt, so dass allen das Wasser im Mund zusammenläuft, wenn sie sich über die Schutzscheibe beugen und mit den Salatzangen nach Kirschtomaten und Avocadoscheiben greifen. Bis zu dem Augenblick, in dem die Frau mich aus meinen Gedanken reißt, ist mir an diesem Abend der Öffentlichkeitsaspekt meiner Arbeit gar nicht bewusst, und das ist schlecht, denn Mike Twombley, mein Chef, legt immer allergrößten Wert darauf. *In jeder Sekunde, die du am Grill stehst, repräsentierst du Brennan's, vergiss das nie. Die Leute sehen gern zu, wenn ihr Steak gegrillt wird, und es gefällt ihnen, wenn am Grill ein cooler, freundlicher Typ steht, verstehst du?* Ja, klar verstehe ich das. Aber es gefällt ihnen auch, wenn ihr *rare* Steak *rare* und ihr *medium* Steak *medium* ist, und wenn der Mann am Grill auch noch freundlich mit der Kundschaft plaudert, kann man – besonders an Abenden wie diesem – sicher sein, dass irgendwas schiefgeht, und was ist Ihnen lieber: Steaks, die zurückgeschickt werden, oder ein Grillkoch, der sich auf seine Arbeit konzentriert?

Gegen Ende der Schicht, als ich schon das Fett entsorgt habe und mich mit der Drahtbürste über den Grill hermache, kommt Mercy, die schärfste unserer Bedienungen, die die alten Knacker an der Theke schier um den Verstand bringt, weil sie ein bisschen älter ist (zweiunddreißig, geschieden, ein Kind), und hat eine späte Bestellung von einem Pärchen: eine Lende *well done* für ihn und einen Meeresfrüchtespieß für sie. Normalerweise wird der Grill um halb zehn geschlossen, danach gibt's nur noch Burger aus der Pfanne, serviert an der Theke, und jetzt ist es Viertel vor zehn, aber ich bin gut drauf, Jesus der Krieger spult sich in meinem Kopf ab, ich sehe die Panels vor mir, als hätte ich sie schon gezeichnet, und so macht es mir nichts aus, noch zwei Portionen auf den Grill zu legen, den ich nachher natürlich wieder putzen muss, aber so was passiert ja nicht zum ersten Mal. Das Restaurant ist zum Geldverdienen da, und ich bin ein guter Mitarbeiter, ein vorbildlicher Mitarbeiter, darauf versuche ich Mike bei jeder Gelegenheit hinzuweisen, und was macht es schon, wenn es mich zwanzig Minuten kostet? Ich würde ja sowieso nur an der Theke herumsitzen. Asia ist mit ihren Freundinnen unterwegs – erst ins Kino, hat sie gesagt, und danach wollen sie noch durch ein paar Kneipen ziehen –, und zu Hause gibt's für mich nichts weiter zu tun, als an die Wand zu starren, es sei denn, ich will Videospiele spielen (will ich nicht) oder fernsehen (will ich erst recht nicht).

»Ich sehe sie nicht«, sage ich, »wo sitzen sie?« Meine Augen sind nicht die besten, und am Grill trage ich keine Brille, weil der Dunst die Gläser so schlierig macht, dass der Speisesaal verschwimmt.

»Um die Ecke. Tisch dreizehn.«

»Okay«, sage ich, »okay, gut.« Warum fühle ich mich bei Mercy immer so dumm – oder, besser gesagt, unbeholfen –, wo ich doch eine Freundin habe und Mercy sowieso zu alt für mich ist? Es muss an dem ewigen Drang zur Paarung liegen, den wir alle verspüren, alle außer Jesus der Krieger. Ihn kratzt das nicht – Er hat für so was auch gar keine Zeit. Hier geht's nicht um griechische Mythen, wo irgendwelche Götter irgendwelche Intrigen schmieden, sich miteinander streiten oder auf die Erde herabsteigen, um mit Sterblichen zu vögeln – nein, hier geht's um den Einen, den einzigen Gott, und Er ist gekommen, um Rache zu üben. »Sag ihnen, dass die Salatbar gleich geschlossen wird und sie sich beeilen sollen, okay?«

»Ich will nur noch raus hier«, sagt sie mit einem müden Grinsen, und ich sehe ihr nach, als sie zum Tisch zurückgeht, in Minirock und tief ausgeschnittenem Oberteil, einer Aufmachung, die ihr fünf Dollar extra einbringt, wenn es, wie in neunzig Prozent der Fälle, ein Mann ist, der die Rechnung bezahlt.

Und da kommen sie schon, die späten Gäste, für die ich mich ins Zeug lege, ein Typ und eine Frau, und der Typ trägt eine Kopfbedeckung, die derart weiß durch den ganzen Speisesaal leuchtet, dass selbst ich Halbblinder sie sehe. Was ist das? Ein Turban? Das Wort *Kameltreiber* schießt mir durch den Kopf, ein Wort, das ich sonst nie benutze, weil man so was nicht sagt und Asia immer auf mir herumhackt, wenn ich die Rassenzugehörigkeit von irgendjemand auch nur erwähne, sei es in meinen Comics oder im wirklichen Leben, und dann ist er auch schon an der Salatbar, und die Frau steht neben ihm (sie ist Mitte zwanzig und sieht scharf aus: rot gefärbtes, an den Wurzel schwarz nachgewachsenes Haar, und der linke Arm ist dicht tätowiert). Man merkt, dass die beiden schon eine Weile zusammen sind, denn er geht voraus, schnappt sich einen Teller vom Stapel, als wollte er damit jonglieren, und beugt sich vor, um die knackigsten Stücke Romanasalat aus der Schüssel zu fischen. Er muss sich sehr tief bücken, denn er ist hochgewachsen, mindestens so groß wie ich, und das erscheint mir irgendwie falsch – als müssten Leute wie er, woher er auch stammt, kleiner sein. Er hat natürlich einen Bart, einen Vollbart, der jetzt beinahe die Eiswürfel berührt, in denen die Salatschüsseln aus Edelstahl stehen, und seine Haut ist nicht viel dunkler als meine in den Sommern, in denen ich als Bademeister am See gearbeitet habe. Was ist er eigentlich – ein Paki oder Hindu oder so? Über die weiß ich nicht besonders viel, obwohl der Typ, der morgens das Gemüse liefert, irgendeine Art von Araber ist. Und in der Conoco-Tankstelle arbeitet einer, der ein Hindu ist, definitiv ein Hindu. Aber was geht's mich an? Er ist bloß irgendein Gast, und wenn er gekommen wäre, als der große Andrang herrschte, hätte ich ihn wahrscheinlich nicht mal bemerkt.

In diesem Augenblick sieht er auf und wirkt überrascht, als hätte er nicht damit gerechnet, dass da jemand steht. Dabei kapieren auch die Gäste, die zum ersten Mal kommen, wie es hier läuft: Man trinkt seinen Cocktail, bestellt etwas, geht zur Salatbar, sieht dem Grillkoch bei seiner Show zu und kehrt mit dem beladenen Teller zu seinem Tisch zurück. Eben noch stand er, wie gesagt, tief über den Salat gebeugt da, aber jetzt richtet er sich auf und mustert mich. »Oh, hallo«, sagt er, »dann sind Sie wohl für unser Essen zuständig.«

»Genau«, sage ich, sehe auch die Frau an und frage mich, ob ich sie von irgendwoher kenne – High School? Pratt Institute? – und was sie mit ihm zu tun hat. »Sie sind die Lende *well done*.«

Er lacht auf, damit man merkt, wie souverän und urban er ist, und sagt: »Na, ich hoffe doch, ich bin noch ein bisschen mehr als das« – mit einem bedeutungsvollen Seitenblick zu der Frau – »aber für unsere Zwecke wird es als Beschreibung wohl reichen.« Er hat einen ganz leichten Akzent, höre ich jetzt – englisch oder so. Oder vielleicht auch indisch. Aus Indien also.

»Ein regelrechtes Verbrechen«, sage ich und sehe, dass sein Grinsen für einen Augenblick ins Taumeln gerät, was mir eine ganz kleine Befriedigung verschafft. Er ist sehr von sich eingenommen, dieser Typ, dieser *Scheich*, ich dagegen vielleicht nicht so. Ich entwickle vielleicht gerade eine spontane Abneigung gegen ihn.

»Wie meinen Sie das? Was ist ein Verbrechen?«

Ich sehe die Frau und dann ihn an, drehe mich um und werfe sein Steak auf den Grill. Es zischt, und ein Rauchwölkchen steigt auf. »Na, das Steak«, sage ich, wende mich wieder zu den beiden und streife die Frau mit einem Blick. »Ich meine, *well done*, das ist fast ein Sakrileg. Bei Bobby Reyes, dem anderen Grillkoch, hab ich's schon erlebt, dass er sich geweigert hat, ein *well done* zu machen.« (Und einmal, als er einen Kleinen sitzen hatte, ist er tatsächlich an den Tisch gegangen, wo vier Gäste saßen, und hat die Frau angefleht, wenigstens ihr Steak *medium* grillen zu dürfen.)

Der Turbantyp beugt sich über die Artischockenherzen, und als er sich aufrichtet, grinst er schon wieder. »Weiß ich doch«, sagt er und legt den freien Arm um die Frau. »Das sagt Jenny auch immer, stimmt's, Babe?«

Und das ist der Moment, in dem ich mich verplappere, und ich schätze, das lag daran, dass ich so müde war, müde und völlig ausgetrocknet, denn die Hitze des Grills saugt einem allen Schweiß aus dem Körper, gerade so, als würde man den ganzen Tag in der Sauna sitzen. »Ich denke, Hindus essen kein Fleisch.«

Sein Lächeln verschwindet, kehrt aber umso stärker zurück. Er lässt sich Zeit mit seiner Antwort, taucht die Kelle in das Roquefort-Dressing und gießt das Zeug tonnenweise über das Gemüse auf seinem Teller. »Ich bin aber kein Hindu«, sagt er dann. Er und die Frau drehen sich um und gehen wieder zu ihrem Tisch.

Das ist alles. Mehr passiert nicht. Bloß dieser kleine Wortwechsel. Ich habe keine Vorurteile, oder jedenfalls nicht mehr als alle anderen, und wenn Sie's genau wissen wollen, hab ich meinen Cousin Bruce – Bruce Tuttle, klingelt da was? – kaum gekannt, weil seine Familie nach Kalifornien gezogen ist, als wir noch Kinder waren, und ich ihn in den Jahren danach nur zwei-, dreimal gesehen habe. Ich wusste zwar, dass er irgendein kleiner Journalist bei CBS News war – das hat mir meine Mutter bei jeder Gelegenheit unter die Nase gerieben – und dass er aus dem Nahen Osten berichtet hat, aber ich kann mich nicht erinnern, dass es mir persönlich besonders nahegegangen wäre, als die ihn gefangen genommen und sechs Tage später ohne jegliche Verhandlung geköpft haben. Ich hab dann das Video gesehen, nur einmal, auf YouTube, aber da hatte ich jede Menge Gefühle, das kann ich Ihnen sagen. Mir war übel, ich war traurig, schockiert, verstört, wütend – natürlich, wer wäre das nicht gewesen? Es spielt gar keine Rolle, wem sie das angetan haben: Dieses Video zeigt das Böse in seiner reinsten Form. Aber das ist keine Entschuldigung für das, was dann passiert, als der Turbantyp und seine Freundin um die Ecke verschwunden sind, und ich bin wirklich nicht stolz darauf, aber Sie müssen bedenken, wie es mir an diesem Abend ging, nicht nur wegen Asia, die mir vielleicht nicht die ganze Wahrheit darüber gesagt hatte, mit wem sie eigentlich unterwegs war, sondern auch, weil ich müde war und die Schnauze voll hatte und mir im vergangenen halben Jahr immer wieder hatte anhören müssen, was meine Mutter über Bruce zu sagen hatte, bis ich ihm entweder einen Schrein im Garten hätte errichten oder aber hingehen und mich erschießen müssen.

Ich wende das Steak und drücke mit der Zange darauf, bis es zischt und die Flammen auflodern. Dann lege ich den Spieß für seine Freundin auf den Grill, und die ganze Zeit ziehe ich in der Kehle einen Schleimbatzen zusammen – ich habe eine Mordserkältung, und die Wirkung des Nasensprays, das ich mir um vier verpasst habe, lässt nach. Und so kriegt er sein Steak, das so hart ist, als käme es direkt aus der Gerberei, und es hat eine hübsche durchsichtige Glasur, denn ich finde, das ist das Mindeste, was ich für diesen Turbantypen tun kann.

Im zweiten Panel sieht man, wie Er sich dem verbrannten Dorf nähert. Es ist noch ungefähr hundert Meter entfernt, und man kann jetzt schemenhafte, in Rauch gehüllte Gestalten erkennen, und auf dem nächsten Bild ist Er dort angekommen, und die Leute – Zivilisten, Opfer, kleine Kinder, alte Frauen mit Kopftüchern – sehen entgeistert zu Ihm auf, fragen sich, was als nächstes geschehen wird, und rechnen mit dem Schlimmsten, nur mit dem Schlimmsten. Dann fällt der Blick auf das vierte Panel, und man sieht die Bösen, ganz in Schwarz, mit schwarzen Skimasken und Kalaschnikows und Granatwerfern über den Schultern. Einer von ihnen hat ein Messer, aber es ist kein zwanzig Zentimeter langes Kampfmesser wie in dem Video, sondern hat eine riesige, gebogene Klinge wie ein Krummsäbel – sind die eigentlich noch in Gebrauch? –, und sie hebt sich schimmernd von seiner schwarzen Kleidung ab, oder vielleicht trägt er auch einen Kaftan, einen schwarzen Kaftan. In Panel fünf ist die Klinge im Vordergrund, und dahinter sind die Opfer: Ein magerer Junge und sein Vater knien, Kapuzen über dem Kopf, im Sand. Man fragt sich: Was haben sie verbrochen, um eine solche Strafe zu verdienen? Die Antwort ist: Nichts. Sie haben nur das Pech, in einer Gegend zu leben, in der die Bösen das Sagen haben und den Menschen ihre Autos, ihre Häuser, ihre Nahrungsmittel, ihre Frauen, Töchter und Mütter wegnehmen. Der Vater ist vielleicht der Dorfmechaniker, vielleicht gehört ihm die ausgebrannte Tankstelle im Hintergrund, vielleicht hat er sich ihnen in den Weg gestellt, als sie seine zwölfjährige Tochter in ein Zimmer gezerrt und die Tür geschlossen haben. Es spielt keine Rolle. Die Klinge blitzt, sie wird geschwungen, und wir sehen den Kopf, den Kopf des Vaters, im Sand liegen.

Jetzt tritt Jesus der Krieger auf den Plan. Er schlendert, lässt sich Zeit. Die Wachen sehen Ihn kommen und mustern Ihn mit einem neugierigfeindseligen Blick, aber Er hat nichts in den Händen, und Seine Shorts und das T-Shirt sind so eng, dass Er keine Sprengstoffweste oder Waffe, ja nicht mal ein Teppichmesser darunter verbergen könnte, und so richten sie zwar ihre Kalaschnikows auf Ihn, schöpfen aber keinen Verdacht. Schlimmstenfalls – oder bestenfalls, je nachdem, wie man es betrachtet – wird Er das nächste Opfer sein, sobald sie den Jungen erledigt haben. Jesus der Krieger sagt nichts, kein Wort. Das ist etwas, das Ihn von den anderen Superhelden unterscheidet: Er braucht nicht zu sprechen – Er handelt. Und noch etwas: Seine Macht ist absolut. Er hat keinen Erzfeind, den Er fürchten muss, keinen Lex Luthor oder Professor Zoom oder Johann Schmidt, und Er zischt auch nicht in der Weltgeschichte herum wie Neo oder Superman oder der Flash. Er hat das alles nicht nötig – Er *ist*. Er hat Immanenz. Und niemand kann Ihm drohen.

Der Mann mit dem Säbel holt aus, um den Jungen zu köpfen, und Jesus der Krieger hebt einen Finger, Seinen Zeigefinger. Im selben Augenblick fällt der Krummsäbel klirrend zu Boden, denn es ist keiner mehr da, der ihn hält: Der Mann ist weg, er ist, wie man in einer Naheinstellung sieht, in einen kniehohen Haufen Staub verwandelt worden. Die anderen eröffnen das Feuer, man sieht die Kugeln in der Luft hängen (denken Sie an *Matrix*), doch sie erreichen ihr Ziel nicht, denn sie lösen sich unterwegs auf, und auch die Waffen verschwinden, ebenso wie die Männer, die sie halten. Die sind jetzt nur noch Staubhäufchen, während Jesus der Krieger den Jungen befreit und dem Vater den Kopf wieder aufsetzt, so dass alles wieder ist wie zuvor (was natürlich knifflig ist, aber wenn der alte Jesus Tote lebendig machen konnte, kann dieser das auch). Keine Nähte, keine Narben, kein Operationssaal, nur ein kleiner Ausflug in die unmittelbare Vergangenheit, eine kleine Zeitschleife, und alles ist wieder gut. Außer für den Halsabschneider und seine Helfer natürlich. Die sind für immer Staub.

Und es geht noch ein bisschen weiter, denn es ist ja die erste Episode, und der Leser weiß noch nicht, was ihn erwartet, ich meine, wie die Regeln sind. Rings um die verblüfften Menschen ersteht das Dorf wieder auf, als wäre es Teil eines Bühnenbilds: sämtliche Häuser und Läden sind wieder da, sogar die ausgebrannte Tankstelle ist wiederhergestellt, nur ist alles jetzt besser und schöner als zuvor, mit Bäumen und Rasenflächen und einem glitzernden Bach, der dort entspringt, wo das Blut des Vaters den Sand getränkt hat, und vielleicht gibt es auch eine KFC-Filiale – oder nein, lieber Subway, das ist viel gesünder. Die Leute sehen sich um – sie tragen allesamt neue Sachen, ihre Wunden sind verheilt, und sogar ihre Hunde sind wieder zurück –, und sie fragen sich, wer dieser Erlöser ist. Oder wo Er ist. Denn das nächste Panel zeigt das Dorf aus der Ferne, hinter den gestrafften Schultern von Jesus dem Krieger, der, wie wir sehen, bereits unterwegs ist zu Seinem nächsten Abenteuer. Nein, nicht Abenteuer, das ist das falsche Wort, auch wenn noch viel Abenteuerliches geschehen wird. Nennen wir es lieber »Züchtigung« – Er ist unterwegs zur nächsten Züchtigung. Was hat sich verändert? Man weiß jetzt Bescheid, und alle Psychopathen und Mörder und Diktatoren werden sich noch wundern.

Und alle, die fremdgehen, ja, die auch.

Am nächsten Tag habe ich frei und schlafe aus, was bedeutet, dass ich meine Verabredung mit Asia zu einem späten Frühstück verpasse. Wir wollten uns in dem Brioche-Laden treffen, bevor sie um zwölf zur Arbeit antreten muss (ironischerweise ist sie Empfangsdame bei Cedric's, unserem Steakhaus-Rivalen auf der anderen Seite der Stadt, einem Restaurant, wo das Essen viel teurer ist und man viel weniger Spaß hat: Die Ober – weibliche Bedienungen gibt's nicht – müssen Krawatte und ein schwarzes Jackett tragen, in der Bar ist zu allen Tages- oder Nachtzeiten praktisch nichts los, und wenn man einen Salat bestellt, geht ein Ober in die Küche und holt ihn). Kaum habe ich die Augen aufgeschlagen, greife ich zu meinem Handy und schicke ihr eine SMS, aber sie antwortet nicht, und so beschließe ich, es später noch mal zu versuchen, wenn sie in der Arbeit ist und sich so langweilt, dass sie alle zehn Sekunden aufs Handy sieht. Ihr Job besteht darin, toll auszusehen, ihr Megawattlächeln einzuschalten und die Gäste zu ihrem Tisch zu führen. Das lässt nicht viel Raum für Kreativität oder Zufriedenheit, aber wie ich hat sie vor zwei Jahren das College abgeschlossen (Kunstgeschichte) und muss sehen, wie sie über die Runden kommt.

Im Kühlschrank sind bloß ein paar alte Bagels, so hart wie Hufeisen, und eine Styroporbox mit Essen, das die Gäste am Vorabend haben zurückgehen lassen (anfangs findet man es cool, dass man Filets, Lendensteaks und Lammkoteletts essen kann, so viel man will, aber das verliert schnell seinen Reiz), und so schenke ich mir nur ein Glas Orangensaft ein, setze mich ans Fenster und sehe hinaus in den tristen Februartag. Auf dem Rasen liegt eine Kruste aus schmutzigem Schnee, und Nieselregen trübt die Sicht. Meine Wohnung besteht bloß aus einem Zimmer mit Bad und eigenem Eingang in einem Reihenhaus, das nicht viel anders aussieht als das, in dem ich aufgewachsen bin, aber hier kann ich tun, was ich will, und durch das große Südfenster fällt das Nachmittagslicht, bei dem ich am liebsten arbeite. Habe ich Hunger? Eigentlich nicht. Ich schlage mich noch immer mit der Erkältung herum. Als ich aufgestanden bin, war meine Nase verstopft, aber jetzt läuft sie derart, dass ich demnächst neues Klopapier besorgen muss, und vielleicht ist dieser Schnupfen auch der Grund, warum ich verschlafen habe und nicht hungrig bin oder jedenfalls nicht hungrig genug, um in den Wagen zu steigen und mir irgendwas zu holen. Ohne lange nachzudenken setze ich mich an den Tisch (ein Martin-Reißbrett, das mir meine Mutter vor zwei Jahren zum Geburtstag geschenkt hat), und dann versenke ich mich in Jesus der Krieger, zeichne die ersten Panels und lasse die Story kommen, vorerst noch ohne Sprechblasen. Ich denke mir ein paar Überschriften aus, damit die Leute nicht verwirrt sind (Ist das in Syrien oder was? Er kann einen abgeschnittenen Kopf wieder ansetzen? Wirklich? Kann er sie auch austauschen? Und was ist mit all den anderen Köpfen in anderen Dörfern?). Es braucht nicht viel. Wenn die Geschichte nicht zu neunundneunzig Prozent von den Bildern erzählt wird, kann man einpacken.

Als sie anruft, ist es Punkt halb drei. Sie hat jetzt Pause, bis das Restaurant um fünf wieder öffnet, und endlich ist ihr eingefallen, dass sie ja einen Freund hat – mich –, den sie gestern Nacht ausgesperrt hat, der sie ein Dutzend Mal angerufen und es um ein Uhr morgens auch bei ihren Eltern versucht, allerdings nach dem dritten Klingelton wieder aufgelegt hat, weil er unbedingt vermeiden wollte, dass ihre Mutter seine Nummer auf dem Display sah und sich mit dieser grauenhaft vorwurfsvollen Stimme meldete.

»Hallo«, sage ich.

»Hallo.«

»Tut mir leid, dass wir uns heute Morgen verpasst haben. Ich hab verschlafen. Irgendwie werde ich diese Erkältung nicht los.«

Sie sagt nichts, oder wenn doch – meine Ohren sind anscheinend ebenfalls zugeschwollen –, dann ist es bloß ein »Ja«, nicht mehr als ein Füllwort (Ja, ich weiß? oder Ja, das ist schlimm? oder Ja, ich sitze gerade beim Zahnarzt und lasse mir einen Zahn aufbohren?).

»Wie war der Film?«

»Was?«

»Der Film, den ihr euch angesehen habt – du und Stephanie und so. Wie hieß er noch mal?«

»Ach, der«, sagt sie. Ihre Stimme ist tief und leise, als wäre sie diejenige, die eine Erkältung hat. »Wir sind dann doch nicht ins Kino gegangen. Es war Stephs Geburtstag, hab ich dir das erzählt?«

»Nein, hast du nicht erwähnt. Und du bist auch nicht ans Telefon gegangen und hast auf meine SMS nicht reagiert. Ich hab's um eins sogar bei deinen Eltern –«

»Was soll ich sagen, Devon – Mädelsabend, du weißt schon. Ich hab eben einfach nicht aufs Handy gesehen. Und wir sind ja schließlich keine siamesischen Zwillinge.«

Ich lasse das kurz auf mich wirken, und dann werde ich wütend. Tut mir leid, aber das war nicht das erste Mal, und ich weiß, dass da irgendwas im Busch ist, ich *weiß* es einfach. »Scheiße, du brauchst gar nicht solche Töne zu spucken – schließlich bin nicht ich derjenige, der nicht ans Telefon gegangen ist. Ich bin derjenige, der an der Bar sitzen und sich betrinken musste, bis Tonio das Licht ausgemacht und die Tür abgeschlossen hat, und die ganze Zeit hab ich nichts von dir gehört.«

»Ich will mich nicht streiten«, sagt sie.

»Nein«, sage ich, »ich auch nicht. Wenn du's genau wissen willst: Ich arbeite, zum ersten Mal seit Monaten läuft es richtig gut, und jetzt rufst du an und unterbrichst mich, du lenkst mich ab, okay?«

Wieder eine Pause. Und dann sagt sie, so leise, dass ich es kaum verstehen kann: »An was denn – Jesus der Krieger?«

Aus irgendeinem Grund macht mich das noch wütender. Ja, ich habe ihr von dem Konzept erzählt, seit Wochen habe ich ihr davon erzählt, aber in der Stimmung, in der ich jetzt bin, kann ich es nicht ertragen, dass sie sich dafür interessiert, dass sie sich zwischen mich und meine Figur schiebt – das ist eine Art von Intimität, um die ich sie nie gebeten habe. Ich weiß nicht, was über mich kommt, aber ich schreie ins Telefon, als stünde sie auf der anderen Straßenseite. »Genau!«, schreie ich. Und dann noch mal, noch lauter: »Genau!«

Die nächste Szene ist im Grunde ähnlich wie die erste, die Unterschiede sind graduell. Wir sind jetzt nicht mehr in einem Dorf, sondern in einer Stadt, einer großen Stadt wie Ramadi, wo Bruce vermutlich ermordet wurde, obwohl der Hintergrund auf den Videoaufnahmen so nichtssagend war – Sand, Steine, Geröll –, dass man es nicht genau weiß. Ich habe tonnenweise Fotos runtergeladen, um eine Vorstellung davon zu haben, wie die Gegend aussehen muss: eigentlich nicht anders als auf Bildern aus dem Zweiten Weltkrieg oder Vietnam oder in Endzeit-Comics natürlich. *Zerbombte Städte* – als wäre das ein eigenes Genre. Ich versuche, eine persönliche Note hineinzubringen, ein bisschen Originalität, ohne allzu großen Aufwand zu treiben – es ist eine zerstörte Stadt, mehr braucht man nicht zu wissen. Jedenfalls gibt es sehr viel mehr Trümmer als in dem Dorf, und so sieht man Jesus den Krieger im Profil und ringsum nichts als Ruinen und zerstörte Fassaden von Geschäftshäusern, deren Schutt sich auf die Straße ergießt. Wo ist Er? Das zeigt das nächste Panel, in dem Er zu einem hoch aufragenden, wie eine Moschee wirkenden Gebäude geht. Die Einfassung des großen, verstärkten Tors ist verziert wie ein Hochzeitskuchen, und das kann nur bedeuten, dass die Treppe, die Er ersteigt, zu dem Palast führt, in dem der Anführer, der sogenannte Kalif al-Baghdadi, Hof hält. Oder sich versteckt. Oder was auch immer.

Es gibt natürlich Wachtposten, Hunderte davon, in den Straßen und auf den Dächern der noch unzerstörten Häuser, aber Jesus der Krieger würdigt sie nicht mal eines Blicks: Er hat es auf fettere Beute abgesehen. Er geht die Stufen hinauf und ignoriert die Kugeln, Granaten und Raketen, die Ihn umschwirren und, selbst wenn sie Ihn treffen, harmlos zu Boden fallen. Er braucht das Tor gar nicht zu berühren, es schwingt von selbst auf, und Er tritt ein. Und jetzt kommt ein Schnitt, und wir sind in einem Bunker in den tiefsten Tiefen des Gebäudes, absolut unerreichbar für alle Drohnenangriffe, und da ist der Anführer und macht ein ängstliches Gesicht – er hat die Gerüchte gehört –, und seine Schergen legen zwei kleinen Mongomädchen (okay, Asia: geistig zurückgebliebenen Mädchen) Sprengstoffwesten an. Das ist sein letztes Aufgebot. Dann wieder zurück zu Jesus dem Krieger in dem großen, prächtigen, palastartigen Gebäude, wo hier und da vielleicht ein paar Einschusslöcher in den Wänden oder der Decke sind, und da sind auch schon die Mädchen und rennen die Treppe hinauf auf Ihn zu, um Ihn in die Luft zu sprengen, auch wenn sie gar nicht wissen, was sie da tun.

Aber das geschieht nicht. Das ist ja das Entscheidende: Es *kann* gar nicht geschehen. In diesem Universum gibt es kein Kryptonit, keinen Magneto, keinen Joker: Jesus der Krieger ist allmächtig. Und, wie wir jetzt sehen, auch barmherzig. Er hebt nicht den Finger, um die Mädchen auszulöschen, sondern zwinkert nur mit einem Auge, und sogleich sind die Westen verschwunden, und was noch besser ist: Die Mädchen sind geheilt, das erkennt man an ihrem Lächeln und den intelligent blitzenden Augen. Dann ist al-Baghdadi dran. Er kauert im hintersten Winkel seines Bunkers mit der einen Meter dicken Tür aus Wolframstahl, aber das nützt ihm gar nichts. Jesus der Krieger schreitet einfach durch die Tür hindurch, als wäre sie aus Papier wie in den Mangas oder alten Samuraifilmen. Und dann hebt Er Seinen Finger, und al-Baghdadi ist Staub.

Ich arbeite den ganzen Tag wie ein Besessener, und das Komische ist, dass ich die ganze Zeit Bilder von Bruce vor mir sehe, als wäre das hier irgendwie für ihn, als würde ich es für ihn tun, und dabei hat er mir, wie gesagt, eigentlich gar nicht viel bedeutet. Meiner Mutter schon eher – er war das einzige Kind ihrer Schwester, das ihr auf diese sinnlose, barbarische Weise genommen worden ist, und wie können Menschen so was bloß tun, und so weiter –, aber ich wüsste nicht mal, wie er aussah, wenn meine Mutter nicht jeden seiner Berichte aus irgendeinem staubigen Außenposten aufgenommen hätte. Für mich war er wie jeder andere Reporter oder Fernsehmensch – vollkommen körperlos, so irreal wie das Bild, das in einem Flirren von Pixeln erscheint –, und wenn ich überhaupt irgendwas verspürte, dann eine tiefe Abneigung, besonders gegen die fade Selbstgefälligkeit seines Gesichts, wenn er irgendwas zu berichten hatte, was niemand hörte und niemanden interessierte, während im Hintergrund Palmwedel wedelten und er das ganze Spektrum des Mienenspiels durchging, das sie ihm auf der Journalistenschule beigebracht hatten. Aber trotzdem: Der Tag vergeht, das Licht schwindet, ich muss die Lampen einschalten, und immer wieder sehe ich ihn vor mir. In meinem Kopf laufen wie in einer Endlosschleife Szenen aus uralten Zeiten ab. Zum Beispiel eine, an die ich seit Jahren nicht gedacht habe: Meine Tante Marie, seine Mutter, war mit ihm und mir in den Zoo im Central Park gegangen, da muss ich ungefähr fünf oder sechs gewesen sein, und wir rissen uns von ihr los und rannten zum Leopardenkäfig. Es war Sommer. Oder nein, Frühling. Ich hatte eine Jacke an, und ich erinnere mich auch an die Farben: Alles war betongrau, und die schwarzen Gitterstäbe unterteilten den Hintergrund in säuberliche Rechtecke, und diese Katze, diese riesige, muskulöse Katze stach hervor, als wäre sie mit Leuchtfarben bemalt. Bruce war älter als ich, größer und schneller, er erreichte den Käfig vor mir, und ich kam in dem Moment hinzu, in dem der Leopard plötzlich ein markerschütterndes Brüllen ausstieß und uns einen Heidenschreck einjagte, denn diese Katze war kein Plüschtier, und wir wussten, dass sie uns nicht nur in Stücke reißen konnte, sondern es auch *wollte*. Einer von uns beiden hat geweint, das weiß ich noch.

Obwohl ich von Asia nichts mehr gehört habe (was mich wirklich irritiert – war unser Gespräch vorhin in ihren Augen ein Streit?), setze ich mich gegen neun in den Wagen, um sie abzuholen, wie ich es an meinen freien Tagen meistens tue. Sie hat einen eigenen Wagen, aber im Lauf der Monate ist es so was wie ein Ritual geworden, dass wir uns, wenn sie Feierabend hat, bei Cedric's an der Bar treffen. Zwar kommt man sich dort vor wie in einem Bestattungsinstitut, aber es ist bequem, und die Drinks sind spitze. Wir trinken jeder zwei, denn Asia kriegt ja einen Mitarbeiterrabatt, und dann gehen wir was essen oder in eine Spätvorstellung oder einfach zu mir, wo das Wichtigste steht – das Bett –, denn da sie bei ihren Eltern wohnt, hat es keinen Sinn, dorthin zu gehen. Es sei denn, ihre Eltern sind auf einer Kreuzfahrt wie zum Beispiel im vergangenen Monat, als wir das ganze Haus für uns hatten, mit einem Bett, so groß wie ein Rettungsfloß, mit einem Jacuzzi, einem 40-Zoll-Fernseher und einem Gefrierschrank, vollgestopft mit leckeren Sachen wie Lasagne oder Lachsterrine mit Sesam und Ingwer aus dem Feinkostgeschäft.

Im Cedric's sind Bar und Speisesaal getrennt, im Gegensatz zu Brennan's, wo man an der Theke sitzen und den Leuten beim Essen zusehen kann, was theoretisch dazu führt, dass man mehr trinkt. Bei Cedric's tritt man in ein Vestibül, wo man den Schnee von den Schuhen streifen und seinen Mantel an der Garderobe abgeben kann. Die Schwingtür geradeaus führt in den Speisesaal, die zur Rechten in die Bar. An diesem Abend – draußen ist es wieder kälter geworden, und der Nieselregen leuchtet im Scheinwerferlicht und hängt in der Luft wie auf einem japanischen Farbholzschnitt – lege ich den Mantel nicht ab, sondern stoße die Tür auf und gehe in die Bar, wo es nicht so tot ist wie sonst: Drei, vier ältere Paare stehen an der Theke und unterhalten sich laut, und auch an den Tischen sitzen Leute. Asia ist nirgends zu sehen, was aber nicht ungewöhnlich ist, denn manchmal hat sie noch in der Küche oder im Speisesaal zu tun, je nachdem, wie viele Gäste da sind. Aber dann – und das ist seltsam, wie in einer dieser Unglaublich-aber-wahr-Geschichten – sehe ich den weißen Turban wie eine Möwe im schummrigen Kerzenlicht schweben. Es ist der Nichthindu von gestern Abend, und seine Freundin hat er auch dabei, und ich denke, er ist entweder Restaurantkritiker oder er hat eine echte Vorliebe für Steaks. Ich höre Asia, bevor ich sie sehe, dieses markante Maschinengewehrlachen – ack, ack, ack –, und jetzt bin ich wirklich verwirrt, denn sie sitzt direkt neben dem Turbantypen und lacht über etwas, das er anscheinend gerade gesagt hat.

An der Theke ist kein Platz mehr – irgendein Typ, den ich noch nie gesehen habe, hat seinen Hocker neben ihren geschoben und lacht ebenfalls. Alle sind einbezogen in diesen Witz, in dieses Geflachse, und alle, merke ich jetzt, sind betrunken. Was ist hier eigentlich los? Ich habe keine Ahnung. Aber ich schiebe mich zwischen den Leuten hindurch, lege den Arm um Asias Taille, worauf der Typ neben ihr (Wieselvisage, langes schwarzes Haar) fast vom Hocker fällt, und sage: »Na, was läuft?«, und Asia dreht sich um und sieht mich an, als würde sie mich nicht kennen.

»Oh, hallo«, sagt sie schließlich, und auch der Turbantyp dreht sich zu mir um, als würde ihn das irgendwas angehen. Sie hält inne, alle halten inne, als hätte jemand die Pause-Taste gedrückt, und dann sagt sie: »Ich dachte, du kommst nicht mehr. Ich meine, nachdem du …«

»Nachdem ich was?«

»Nachdem du mich so angeschrien hast.«

Der Neue – er ist mir so nahe, dass mir der altmodisch zitronige Geruch seines Aftershaves in die Nase steigt – sieht sie an und mustert sie, als gehörte sie zu einer Art Experiment, das er veranstaltet, und der Turbantyp sagt mit seiner säuselnden Stimme: »Kenne ich Sie nicht?« Und dann schlägt er sich mit der Hand an die Stirn und grinst breit wie ein Zitronenschnitz. »Genau! Gestern Abend – Sie waren der Grillkoch.« Das Grinsen wird noch breiter. »Dann ist heute wohl Ihr grillfreier Tag?«

Ich bin in Gedanken noch immer bei Jesus dem Krieger, der Gegensatz zwischen meiner Versunkenheit in die Arbeit und diesem Augenblick ist so verwirrend, als wäre ich gerade aus einem Traum erwacht, und ich weiß nicht, was ich sagen soll – eigentlich will ich auch gar nichts sagen. Diese Leute bedeuten mir nichts. Außerdem sind sie betrunken und haben einen großen Vorsprung, ich könnte sie nicht mal einholen, wenn ich jetzt ein Glas nach dem anderen bechern würde. Was ich dann sage – und dabei sehe ich nur Asia an –, ist: »Komm, wir gehen.« Und weil das vielleicht ein bisschen barsch oder abrupt klingt, füge ich lahm hinzu: »Ich bin erkältet und fix und fertig – hab den ganzen Tag gearbeitet.«

Asia sieht mich ausdruckslos an. »Ich bin noch nicht so weit«, sagt sie. Vor ihr steht ein halbvolles Glas, daneben ein zweites, das ihr offenbar jemand ausgegeben hat, ein Mai Tai. So was trinkt sie nur auf interplanetarischen Flügen, und genau da ist sie jetzt auch unterwegs.

»Ja«, sage ich, und jetzt sehen beide Typen mich an, einer von links, der andere von rechts, und die tätowierte Freundin ebenfalls, »aber vielleicht hast du mich nicht verstanden. Ich hab gesagt: *Komm, wir gehen.*«

Asia lässt sich nicht gern herumkommandieren. Das mag eigentlich niemand, aber ich habe hier gewisse Rechte – sie ist meine Freundin, nicht die dieser Leute –, und als sie ein zweites Mal sagt: »Ich bin noch nicht so weit«, brennt mir eine Sicherung durch und ich sage: »Einen Scheiß bist du«, und der Turbantyp mischt sich ein und sagt: »Moment mal – kein Grund, ausfallend zu werden«, aber es ist ein Grund, der beste Grund der Welt, *mein* Grund, und ohne lange nachzudenken, marschiere ich raus in die kalte, kalte Nacht.

Und sehe den Mercedes zwei Wagenlängen vom Ausgang entfernt am Straßenrand stehen. Es ist ein älteres Modell, ein Oldtimer, schätze ich, der Wagen, den man von den Eltern geschenkt kriegt, wenn man den Führerschein gemacht hat und sie sich für ein neueres Modell entscheiden. Er ist senfgelb, im Licht der Straßenbeleuchtung schimmert er golden, und da alles andere im Dunkel der Nacht liegt, tritt er hervor, als wäre er der einzige Wagen auf der Straße. Habe ich ihn nicht gestern Nacht auf dem Parkplatz von Brennan's gesehen? War er nicht einer der letzten, die dort standen, während der Turbantyp und seine Freundin nach dem Essen noch etwas getrunken haben? Kann sein. Aber an diesem Punkt spielt das eigentlich gar keine Rolle mehr, und es dauert nur ein paar Augenblicke, das, was ich brauche, aus dem Kofferraum meines Wagens zu holen. Ja, ich spraye ab und zu, meist sehr markante, augenlose Gesichter, darunter meine Signatur (DD), und ich werde mich dafür nicht entschuldigen, denn so was ist Kunst im öffentlichen Raum, jedenfalls wenn es von mir ist. Aber heute wird keine Kunst gemacht. Heute gibt's bloß ein einziges Wort, in Schwarz, quer über die Fahrertür. Wollen Sie wissen, welches? Ich gebe Ihnen einen Tipp: Es hat zwölf Buchstaben und fängt mit »Kamel« an.

Bei Jesus dem Krieger wechselt die Szene. Keine Wüste, kein al-Qaida oder IS. Er ist jetzt in den Tropen, Palmwedel wiegen sich in einer sanften Brise, Schmetterlinge schweben wie Mobiles, und das Haus, auf das Er zuschreitet, steht zwischen Geschäftshäusern: glänzende Fensterscheiben, weißer Stuck, rote Dachziegel in nächtlichem Dunkel. Über dem Eingang steht *Cantina*. Und drinnen? Drinnen sind die Drogenschmuggler und ihre Handlanger, darunter auch etliche Polizisten, allesamt bestechlich, allesamt gekauft, und jeder Ladeninhaber in dieser Straße – in der ganzen Stadt – zahlt Schutzgeld. In einer Sequenz auf der rechten Seite sehen wir sie feiern: Tequilaflaschen, Kokain, Videospiele und überall ihre Huren, Frauen, die sie zur Prostitution gezwungen haben, denn wer sich nicht fügt, muss sterben, und manche davon sind dreizehnjährige Mädchen, aber das kann ich natürlich nicht zeigen, ohne alle möglichen Vorgeschichten auszubreiten. Die Zeichnungen vermitteln einem ein Gesamtbild, den Rest kann man sich zusammenreimen. Das Entscheidende ist: Dies sind böse Menschen, sehr böse Menschen, und im Mittelpunkt steht, wie in Ramadi, ihr Anführer, eine Art El Chapo, nur größer, so, wie El Chapo aussehen würde, wenn er jünger wäre und trainieren würde. Sie sehen bedrohlich aus und sind bis an die Zähne bewaffnet, und trotzdem haben sie keine Chance – wir haben Jesus den Krieger in Action gesehen und wissen, dass sie gleich in Staub verwandelt werden. Das denkt man jedenfalls.

Aber jetzt – und hier musste ich ein bisschen nachforschen und in meiner Erinnerung an die Jahre kramen, als ich ein kleiner Junge war und mit meiner Mutter zur Kirche gegangen bin – kommt ein neues Element ins Bild. Es liegt so auf der Hand, dass ich mich ohrfeigen könnte, nicht früher daran gedacht zu haben. Wo war ich bloß mit meinen Gedanken? Selbstverständlich gibt es einen Gegenspieler: Es ist Luzifer, der Teufel persönlich, Satan, der altböse Feind, der Adam und Eva ins Verderben und den alten Jesus in Versuchung geführt hat. All das Widerwärtige, all das, was sie Bruce angetan haben, all die Massenmorde, alles Übel muss doch einen Ursprung haben – und hier ist er: das verkörperte Böse. Er lungert im Hintergrund, gleich hinter dem Anführer, und er hat weder

Hörner noch einen spitzen Schwanz oder so was in der Art, aber an seiner Haltung und seinen Augen – gelben Augen mit schlitzförmigen Pupillen wie die eines Ziegenbocks – erkennt man, wer er ist und für wie stark er sich hält.

Und jetzt tritt Jesus der Krieger durch die Tür, und alles im Raum erstarrt. Wir sehen, wie Sein Blick von den Drogenschmugglern und korrupten Polizisten zu den Huren und dem Anführer geht und sich schließlich auf Satan richtet, der, wie man in der Großeinstellung im nächsten Panel sieht, ein Tattoo hat: EL ÁNGEL CAÍDO. Er ist der gefallene Engel – für alle, die es noch immer nicht kapiert haben. Dieser Teil ist noch nicht richtig ausgearbeitet, aber Jesus der Krieger richtet Seinen Finger auf Satan, und es geschieht … nichts. Alle lachen dreckig. Dann geht es los: Die beiden Widersacher halten sich in einem manichäischen Ringen umschlungen, als würden die Mächte des Guten und des Bösen einander neutralisieren. Man sieht Feuer, Strahlen, explodierende Sonnen, die beiden sind ineinander verkrallt, sie schießen über Kontinente und Ozeane hinweg hinaus ins Weltall, vorbei an Satelliten und Alien-Raumschiffen, von denen wir bisher nicht mal geträumt haben, und das letzte Panel ist schwarz, als wären wir in ein Schwarzes Loch gestürzt, das alle Energie des Universums aufsaugt.

Am nächsten Tag muss ich arbeiten, und an diesem Mittag sind mehr Gäste da als sonst, und anspruchsvoller sind sie auch – einer dieser Clowns verlangt, dass ich ein Steak mit Fett bestreiche (und es an einem Spieß ein paar Zentimeter über die Glut halte, so dass das Fleisch außen verbrennt, innen aber praktisch roh bleibt). Das Fleisch liegt auf dem Grill, die Abzugshaube saugt den Rauch ab. Ich schwitze und bin noch immer erkältet. Und wütend wegen gestern Nacht, der zweiten Nacht hintereinander, die ich allein zu Hause und mit Arbeit verbracht habe. Asia hat weder angerufen noch eine SMS geschickt, so dass ich keine Ahnung habe, wie sich das gesellige Beisammensein in der Bar entwickelt hat, ob sie mit einem oder allen beiden gevögelt hat und ob sie demnächst einen Turban tragen wird. Also konzentriere ich mich auf die Arbeit, und als ich aufsehe, ist es halb drei, Zeit für meine Pause. Ich mache mir einen Burger mit Salat, setze mich an einen der hinteren Tische und wähle ihre Nummer.

Ich zähle vier, fünf Klingeltöne, und gerade als ich denke, dass sie nicht drangehen wird, höre ich ihre Stimme: »Was willst *du* denn?«

»Was soll das heißen: ›Was willst du denn?‹ Ich will mit dir reden.«

»Aber ich nicht mit dir.«

»Erzähl keinen Scheiß. *Ich* will mit *dir* reden.«

Sie gibt keine Antwort.

»Na gut – dann will ich auch nicht mit dir reden«, sage ich, aber sie antwortet noch immer nicht, und es dauert einen Moment, bis ich kapiere, dass sie aufgelegt hat.

Jetzt eine Doppelseite. Man sieht Ihn in der Ferne, die kosmischen Tumulte und Quasare und der ganze Rest bleiben hinter Ihm zurück, und schließlich steht Er wieder vor der Cantina und tritt wieder durch die Tür, und für einen Augenblick denkt man, dass sich gar nichts geändert hat, denn das Panel ist fast identisch mit dem zwei Seiten zuvor, aber dann merkt man, dass Satan mit seinem Tattoo und den Bocksaugen verschwunden ist. Und dann wird einem klar, dass die anderen, alle in diesem Raum, so verloren sind wie alle bösen Menschen überall, auch wenn sie die Waffen ziehen und drauflosballern. Jesus der Krieger zeigt mit dem Finger auf sie, und im selben Augenblick verschwinden sie, und ihre Waffen fallen klappernd zu Boden. Es bleibt keiner übrig außer dem Barmann, ein paar Kellnerinnen und den fünfzehn bis zwanzig Huren. Sie sind unschuldig, diese Huren, das denken wir jedenfalls – man hat sie zu diesem Leben gezwungen, man hat sie verkauft –, und nun wird Er ihre Fesseln lösen und sie wieder zu dem machen, was sie früher waren, zu Schwestern, Töchtern, Müttern, so wie Er die Bürde der geistigen Behinderung von den beiden syrischen Mädchen genommen hat.

Aber wir haben uns geirrt. Die Huren verdienen keine Gnade, das sehen wir in ihren Gesichtern, sie sind sündig, sie täuschen und betrügen, sie haben alle möglichen Geschlechtskrankheiten, wir sehen sie auf einem Panel, das die ganze Szene zeigt. Die in der Mitte ist die hübscheste. Ich gebe ihr Asias Gesicht und brauche kein Foto als Vorlage, sondern zeichne sie nach dem Implantat in meinem Gedächtnis, und ich gebe ihr auch Asias grüne Augen, allerdings ein bisschen dunkler, um die Wirkung Seiner Augen nicht zu schmälern. Eine Spannung liegt in der Luft. Dann hebt Er den Finger, doch die Huren zerfallen nicht zu Staub – nein, das wäre zu mild. Stattdessen beginnen sie zu schmelzen wie Wachs, und die in der Mitte schreit vor Schmerzen, während ihr Fleisch zischend auf den Boden tropft. Dann eine ganze Doppelseite: ein Porträt von Jesus dem Krieger, so groß, dass es das Bild sprengt, und zum ersten Mal lächelt Er. Es ist kein fröhliches Lächeln, denn das würde nicht funktionieren, überhaupt nicht – Er hat noch so viel zu erledigen –, nein, es ist eher betrübt, als würde Er nachdenklich den Kopf schütteln und sagen: *Stell dir vor.* Und dann das letzte Bild, bei dem ich mir noch nicht ganz sicher bin, obwohl … es könnte so was wie ein Markenzeichen werden und würde sich gut auf einem T-Shirt machen, glaube ich: Sein Finger, nur Sein Finger, der genau auf den Betrachter zeigt.

Na, was meinen Sie? Stark, oder?

DER FLÜCHTLING

Sie sagten, er müsse in der Öffentlichkeit eine Maske tragen. Lachhaft. Mit dem Ding hatte er das Gefühl, als würde er mit einer Zielscheibe auf dem Rücken herumlaufen – oder vielmehr im Gesicht, mitten im Gesicht. Aber wenn er diese Klinik verließ, musste er eine Maske tragen, sonst steckte man ihn ins Gefängnis. Draußen regnete es, was alles nur umso schlimmer machte, denn was sollte man mit einer nassen Maske? Wie sollte man damit atmen? Hier, in diesem Zimmer mit dem Arzt und der Sachbearbeiterin, merkte man nichts vom Regen – er jedenfalls hörte nichts, nur das mühsame Rasseln und Pfeifen seines Atems, wenn er durch die Fasern der Maske Luft in die Lungen saugte.

Der Arzt sagte jetzt etwas zu ihm, und Marciano sah ihn die Worte mit Gesten begleiten, bevor sie sich beide der Sachbearbeiterin zuwandten, einer kleinen, schlanken Frau mit großen Brüsten und feuchten Augen, die er gern flachgelegt hätte, wenn er nicht so krank gewesen wäre. Sie hieß Rosa Hinojosa, und er wiederholte den Namen in Gedanken immer wieder, weil sich die Worte so schön reimten und irgendwie bewirkten, dass er sich besser fühlte.

»Haben Sie verstanden, was Dr. Rosen gesagt hat?«, fragte sie ihn in ihrem abgehackten Nördlich-der-Grenze-Spanisch, dem er unter anderen Umständen stundenlang hätte zuhören können. Aber die Umstände waren, wie sie waren, und solange es ihm nicht besser ging, würde er Dr. Rosens und Rosa Hinojosas Spiel mitspielen müssen.

Er nickte.

»Keine Unterbrechungen mehr, haben Sie verstanden? Sie werden sich jeden Morgen um acht, wenn die Klinik öffnet, zur intravenösen Medikation melden, und« – sie hielt zwei Tablettendöschen aus Plastik hoch – »Sie werden *unbedingt* jeden Abend beim Abendessen Ihre Tabletten nehmen. Und Sie werden immer eine Maske tragen.«

»Auch wenn ich allein bin?«

Sie sah den Arzt an, sagte etwas auf Englisch, nickte und wandte sich wieder zu Marciano. Ihre Brüste spannten den Stoff der Bluse, einer rosaroten Bluse, die sie noch jünger wirken ließ, als die vier-, fünfundzwanzig, auf die er sie schätzte. »Sie haben in diesem Haus in der« – sie sah auf das Klemmbrett auf ihrem Schoß – »West Healey Street 519 ein eigenes Zimmer? Ist das richtig?«

»Ja.«

»Wohnen dort noch andere Leute?«

»Ja.«

»Gut. Wenn Sie allein in Ihrem Zimmer sind, können Sie die Maske abnehmen, aber nur dort, nie in irgendeinem Gemeinschaftsbereich, also nicht in der Küche, im Wohnzimmer oder im Badezimmer, es sei denn, Sie putzen sich die Zähne oder waschen sich das Gesicht. Sie sind hochgradig ansteckend, und wenn Sie ohne Maske husten, können Bakterien in die Luft gelangen und Ihre Mitbewohner anstecken, und das wollen Sie doch nicht, oder?«

Nein, sagte er, das wolle er nicht, aber der Arzt fuhr fort, mit barscher, herrischer Stimme, und obwohl Marciano nicht verstand, was er sagte, erfasste er das Wesentliche: Dies war die letzte Warnung, von jetzt an würde es keine Gnade geben. Er sah die Augen des Arztes, die ihn musterten, als wäre er kein Mensch, sondern etwas, das man zertreten wollte – wütende, hasserfüllte Augen, und womit hatte er das verdient? Er war krank geworden, das war alles. War denn nicht jeder mal krank?

Rosa Hinojosa (ihre Lippen waren faszinierend – voll und weich –, und in diesem Moment wünschte er sich verzweifelt, wieder gesund zu werden, und sei es nur, um diese Lippen zu küssen, um sie möglicherweise küssen zu dürfen) sagte ihm noch einmal, was er ohnehin wusste: dass er vor einem Jahr aufgehört hatte, die verschriebenen Tabletten zu nehmen, und seine Tuberkulose daher zu einer resistenten Form mutiert war, was wiederum bedeutete, dass er in Lebensgefahr schwebte, denn andere Mittel gab es nicht. Das hier war seine letzte Chance. Eine weitere Behandlungsmöglichkeit existierte einfach nicht. Doch außerdem und schlimmer: Sollte er nicht voll kooperieren – ausnahmslos –, würde Dr. Rosen eine gerichtliche Anordnung erwirken und ihn einsperren lassen, damit die Behandlung abgeschlossen werden konnte. Und warum? Nicht aus Nächstenliebe, da sollte er sich lieber keine Illusionen machen, sondern um die Gesellschaft zu schützen, und das zu einem Preis – hatte er eigentlich eine Vorstellung von den Kosten? – von zweihunderttausend Dollar allein für ihn. Sie hielt inne. Presste die Lippen zusammen. Sah den Arzt an. Und dann, als verfolgte sie den Weg der unsichtbar in der Luft hängenden Mikroben, richtete sie den Blick wieder auf ihn. »Sind Sie einverstanden?«, wollte sie wissen.

Er wollte sagen, ja, natürlich sei er einverstanden – er wollte geheilt werden, und er fühlte sich bereits besser, viel besser, aber das Ganze war so kalt, so hart, dass er wirklich nicht wusste, ob er es durchstehen würde, und war das nicht schon beim letzten Mal das Problem gewesen? Er hatte die Medizin genommen, und das war nicht leicht gewesen, denn ihm war davon übel geworden, und es hatte ihn überall gejuckt, als wäre unter seiner Haut etwas, das herauswollte. Sie hatten gesagt, er müsse die Behandlung zwischen sechs und dreißig Monate lang fortsetzen, aber nach drei Monaten hatte er sich gesund gefühlt, sein Husten war fast weg gewesen, er hatte wieder Kraft in Brust und Armen gehabt, und so hatte er die Tabletten verkauft, denn er hatte sie ja nicht mehr gebraucht, und dann war er auch nicht mehr in die Klinik gegangen, und alles hätte gut sein können, wenn die Krankheit nicht zurückgekommen wäre, um ihn zu schütteln wie eine Ratte in einem Käfig. Er hatte Blut gespuckt und war schließlich wieder hergekommen, zu ihrer Verachtung und ihren Desinfektionsmitteln, ihren Masken und Anweisungen und Drohungen. Er wollte »Ja« sagen, er versuchte es, aber in diesem Augenblick kam wieder der Husten, ein langer, rasselnder Husten, der wie eine über einen Kiesstrand ablaufende Welle klang, und plötzlich war die Maske hellrot, und er konnte gar nicht mehr aufhören zu husten.

Als er schließlich aufblickte, trugen der Arzt und Rosa Hinojosa ebenfalls Masken, und Rosa Hinojosa schob eine Schachtel mit Gesichtsmasken über den Tisch. Er konnte ihren Mund nicht mehr sehen, nur ihre

Augen – so glänzend, so braun wie zwei Schokoladentaler, eingefasst von schwarzen Wimpern –, und in ihren Augen war keine Spur mehr von Sympathie.

Bevor er zum zweiten Mal krank geworden war, hatte er in einer Kolonne gearbeitet, die die Gartenarbeiten auf den großen Anwesen entlang der Küste oder in den Hügeln erledigte. Es war gute, regelmäßige Arbeit, und der *patrón* versuchte nicht, einen zu bescheißen. Zu seinen Aufgaben gehörte es, Tiere zu fangen, die sich dort herumtrieben: Ratten, Erdhörnchen, Opossums, Waschbären und was sonst noch Löcher in den Rasen grub und Obstbäume heimsuchte. Den Einsatz von Gift hatte der *patrón* verboten – die Besitzer wollten das nicht, und außerdem arbeitete sich das Zeug durch die Nahrungskette nach oben und tötete auch alles andere –, was Marciano eigentlich für keine schlechte Idee hielt. Aber fürs Denken wurde er nicht bezahlt, sondern dafür, dass er tat, was man ihm sagte. Die Erdhörnchen waren kein Problem: Sie starben unterirdisch, durchbohrt von den Dornen der Fallen, die er in die dunkle, kühle Erde ihrer Gänge schob. Aber die Ratten, Opossums und Waschbären mussten lebend gefangen werden, in Kastenfallen unterschiedlicher Größe, und das warf, wenn man sie gefangen hatte, die Frage auf, was man mit ihnen machen sollte.

Das erste Mal, dass er tatsächlich etwas fing – einen Waschbären –, war auf einem dreißig Morgen großen Anwesen mit eigenem Avocadohain und einem Teich voll japanischer Koikarpfen für tausend Dollar das Stück. Es war früh, noch dunstig, als er nach der Falle sah, die er mit einem Köder aus Erdnussbutter und einer halben Sardine bestückt hatte, durchfuhr ihn ein kleiner Schreck, denn in dem Käfig kauerte ein dunkler Schatten: ein kleiner Räuber mit schwarzer Maske und Fingern, die sich in das Drahtgeflecht krallten, als wäre er kein *mapache*, sondern ein Äffchen. Im nächsten Augenblick rannte Marciano zum *patrón*, der gerade die Berieselungsanlage an einem neuen Blumenbeet installierte, und rief: »Ich hab einen! Ich hab einen!«

Der *patrón*, trotz seiner Wampe ein zäher Brocken, ein Mann, der bestimmt so alt wie Marcianos Vater war und dennoch auch an glutheißen

Tagen wie alle anderen arbeitete, ohne auch nur ins Schnaufen zu kommen, sah auf. »Einen was?«

»Einen Waschbären.«

»Gut. Dann entsorg ihn und stell die Falle wieder auf. Ist es ein Weibchen?«

Ein Weibchen? Was meinte er? Es war ein Waschbär, das war alles, und was sollte er jetzt tun? Ihn auf den Rücken drehen und begutachten?

»Wenn's ein Weibchen ist, wird's hier wohl noch mehr Waschbären geben.«

Marciano war aufgeregt und außer Atem, die Mikroben waren bereits am Werk, auch wenn er es noch nicht wusste. Verwirrt fragte er: »Wie soll ich ihn entsorgen?«

»Ich denke, du bist hier der Fallensteller.«

»Bin ich auch. Ich will bloß sicher sein, dass ich es so mache, wie du willst.«

Ein forschender Blick. Ein Seufzer. »Okay, pass auf, denn ich sag's dir nur einmal: Du füllst eine der Mülltonnen hinter der Garage mit Wasser – ganz voll, kapiert? Dann schmeißt du die Falle rein, und nach drei Minuten ist alles vorbei.«

»Du meinst, ich soll ihn einfach ersäufen?«

»Was denn sonst? Willst du ihn mit nach Hause nehmen und an der Leine herumführen?« Der *patrón* grinste über seinen Witz, doch er wendete sich schon wieder ab, denn es gab schließlich Arbeit zu erledigen. »Und tu mir einen Gefallen«, sagte er und sah über die Schulter. »Vergrab ihn irgendwo im Gebüsch, wo Mrs Lewis es nicht sieht.«

Warum er jetzt daran dachte, hätte er nicht sagen können, nur dass der Job – und das Geld – ihm fehlten, und als er, die Schachtel mit den Masken unter den Arm geklemmt, im Regen zur Bushaltestelle ging, wollte er wieder dort sein, im Sonnenschein, und arbeiten, einfach bloß arbeiten. In der Klinik hatten sie ihm Angst gemacht, das taten sie immer, und außerdem fühlte er sich schwummrig. Das mit dem Blut war schlecht gewesen, das wusste er, und er hatte es in ihren Augen gesehen. Dreißig

Monate. Er war dreiundzwanzig. Dreißig Monate kamen ihm vor wie lebenslänglich, und dabei gab es nicht mal eine Garantie – das hatte Rosa Hinojosa deutlich gemacht. Ihm war übel von der Infusion. Sein Arm tat weh. Im Rachen brannte es. Nicht mal seine Beine wollten ihm gehorchen – er ging in Schlangenlinien wie ein Betrunkener. Was war los mit ihm?

Der Bürgersteig vor ihm war mit Würmern übersät, die aus der Erde krochen, weil sie sonst ertrinken würden, während sie hier oben, im Regen, wenigstens eine Chance hatten, sofern sie nicht zertreten wurden oder Vögel sie erwischten. Er mochte Würmer, sie waren die Recyclingtruppe der Natur, und er spielte ein kleines Spiel mit sich selbst, indem er versuchte, nicht auf sie zu treten, und zugleich den Husten unterdrückte. Er sah seine Füße und die Würmer auf den Steinplatten, Kreise und Dreiecke aus bleichem Fleisch, und als er aufblickte, stand er genau vor der Bar – Herlihy –, die er von der Bushaltestelle aus gesehen hatte, in der er aber noch nie gewesen war. Es war kurz nach zehn, er hatte heute frei – seit neuestem machte er nur noch leichte Gartenarbeiten für einen weißhaarigen *campesino*, der die Aufträge an Land zog, im Übrigen aber nur in seiner Klapperkiste saß und Spionageromane las, während Marciano die ganze Arbeit erledigte –, und der Englischunterricht im Community College begann erst um fünf, also hatte er nichts weiter zu tun, als zu Hause vor der Glotze zu sitzen. Das war mit ein Grund. Und die Tatsache, dass sein neuer Boss – Rudy – ihm am Tag zuvor seinen Lohn ausgezahlt hatte.

Er ging nicht gleich hinein, sondern erst ein Stück weiter, als wollte er ganz woanders hin, dann streifte er die Maske ab, steckte sie in die Tasche, kehrte um und stieß die Tür auf. Drinnen bot sich der übliche Anblick: Neonreklamen für Budweiser und Coors, eine Jukebox, die vermutlich mal funktioniert hatte, honigfarbene Flaschen hinter der Theke und an der Wand der Kopf eines Hirschs – nein, eines Wapitis –, als wäre man hier in Alaska und als hätte jemand das Tier kürzlich erlegt. Es waren drei Gäste da, allesamt Weiße, die nebeneinander auf Barhockern saßen, und der Barmann, ebenfalls weiß, aber fett, mit dicken, butterweichen Armen und einem kurzärmligen Hemd. Alle drehten sich zu ihm um, als er eintrat, und das machte ihn nervös. Er setzte sich ans andere Ende der Theke und wiederholte im Kopf den Satz, den er gleich zum Barmann sagen würde – »Ein Bier bitte« – und in dem sein englisches Lieblingswort vorkam. »Bitte« war es nicht.

Der Barmann glitt von seinem Hocker, kam zu ihm, legte die dicken weißen Hände auf die Theke und fragte ihn etwas, das vermutlich »Was darf's sein?« hieß. Marciano sagte seinen Satz. Es folgte ein Moment des Abwägens – anstatt sich zum Kühlschrank zu bücken, rührte der Mann sich nicht und stellte dann eine weitere Frage, die Marciano erst verstand, als der Barmann Namen herunterrasselte und dabei auf die zehn oder zwölf Flaschen auf dem obersten Regalbrett zeigte. »Corona«, sagte Marciano und legte einen Fünf-Dollar-Schein auf die Theke, und mit einem Mal musste er husten, hielt sich die Hand vor den Mund und konnte erst aufhören, als er die Flasche ansetzte und mit drei großen Schlucken austrank, als wäre er ein Nomade geradewegs aus der Wüste.

Einer der Männer am anderen Ende der Theke sagte was, und die beiden anderen sahen zu Marciano und lachten, und obwohl es vielleicht bloß ein harmloser kleiner Witz auf seine Kosten gewesen war, wurde es ihm eng um die Brust, und er musste wieder husten, so schlimm diesmal, dass er glaubte ohnmächtig zu werden. Und da war auch schon wieder der Barmann und sagte etwas, aber Marciano konnte sich nicht vorstellen, was es war, denn husten war schließlich nicht verboten, oder? Aber nein, darum ging es gar nicht. Der Mann zeigte auf die leere Flasche, und so wiederholte Marciano seinen Satz – »Ein Bier bitte« –, und der dicke Mann bückte sich, nahm eine Flasche Corona aus dem Kühlschrank, öffnete sie und stellte sie auf die Theke.

Er trank das zweite Bier und sah zu, wie Regentropfen an die schmutzigen Fenster schlugen und hinunterrannen. Irgendwann stand der Bus an der Haltestelle auf der anderen Straßenseite, eine große, knallbunte Fläche, bei deren Anblick er daran dachte, was ihn zu Hause erwartete, nämlich nichts, absolut nichts. Er sah zu, wie der Bus weiterfuhr, und kämpfte gegen das Kratzen in der Kehle an. Er hatte Angst. Er war wütend. Er saß da, starrte hinaus in den trüben Tag und trank ein Bier nach dem anderen, und als er einen Hustenanfall bekam, der gar nicht mehr enden wollte, sahen sie zu ihm und der nassen Pappschachtel und wandten sich wieder ab. Niemand sprach ihn an, und das war ihm auch ganz recht – er konzentrierte sich einfach auf den Fernseher hinter der Theke, der auf irgendeinen Nachrichtenkanal eingestellt war, und versuchte zu verstehen, was die Sprecher sagten, und dann ging es nicht mehr um Kampfflugzeuge und Explosionen, sondern um irgendeine Modenschau, bei der Models auf einem Laufsteg gingen, mager, mit Waschbärenaugen und nicht annähernd so schön wie Rosa Hinojosa. Die blutige Maske blieb in seiner Tasche, und die Pappschachtel mit den unbenutzten Masken blieb auf dem Barhocker neben ihm.

Die ganze Woche erschien er um acht in der Klinik, wie man es ihm eingeschärft hatte, und danach war ihm immer so übel, dass er das Frühstück ausfallen ließ. Trotzdem arbeitete er für Rudy, und das einzig Gute war, dass Rudy nicht gern früh anfing – und nicht viele Fragen stellte. Aber Marciano wusste, dass er zu langsam war und dass es nur eine Frage der Zeit war, bis Rudy was dazu sagen würde. Was er dann auch tat, am Freitag, dem schönsten Tag der Woche, der ersten Woche seines neuen Lebens, der ersten Woche, in der ein neuer Antibiotika-Cocktail durch seine Adern kreiste und ihm Übelkeit verursachte. Eine Woche, und wie viele würden noch kommen? Er stellte eine schnelle Berechnung an: Ein Jahr hatte zweiundfünfzig Wochen – also das Doppelte davon und noch sechsundzwanzig dazu. Es war, als würde man rückwärts auf einen Berg steigen: Ganz gleich, wie viele Schritte man machte – man bekam den Gipfel nie zu sehen.

Sie waren bei dem dritten oder vierten Haus des Tages, der Nebel, der vom Meer heraufzog, machte alles grau und nass, und die Sonne ließ sich nicht blicken. Er hatte Schmerzen in der Brust und war hungrig, aber beim Gedanken an Essen – einen Taco oder Burger oder so – drehte sich ihm der Magen um. »Herrgott«, sagte Rudy und schreckte ihn aus einem Tagtraum, »du siehst aus wie ein wandelnder Toter. Ich meine, beim letzten Haus wusste ich nicht, ob du den Rasenmäher schiebst oder ob er dich zieht.« Das Beste, was Marciano zustande bekam, war ein schiefes Grinsen. »Was ist los?«, fragte Rudy und starrte ihn an. »Spät geworden gestern Nacht?«

Rudy half ihm, den Rasenmäher von der Ladefläche des Pickups zu laden, und so konnte er dem Blick nicht ausweichen und nickte nur.

»Diese Jugend«, sagte Rudy kopfschüttelnd, als sie das Ding in der Einfahrt abstellten. Vor und hinter dem senfgelben Haus war jeweils eine Rasenfläche, und eingefasst war das Ganze von einer hohen Hecke, die jede zweite Woche gestutzt wurde, weswegen sie auch die Leiter abladen mussten. »Ich war auch mal so, hab meinem Affen Zucker gegeben und gesoffen, bis sie den Zapfhahn hochgedreht haben. Und drei Stunden später bin ich aufgestanden und zur Arbeit gegangen.« Rudy seufzte und sah ihn von der Seite an. »Aber das war einmal. Jetzt bin ich vor den 10-Uhr-Nachrichten im Bett – und da liegt Norma schon und schnarcht.«

Er hatte das alles schon zwanzigmal gehört, sagte nichts und wollte den Rasenmäher die Einfahrt hinaufschieben, aber der rührte sich nicht von der Stelle, denn er fühlte sich plötzlich schwach, schwach und elend, und da, wie auf ein Stichwort, war auch schon wieder der Husten. Er hustete bellend, bis er sich zusammenkrümmte und ihm Tränen in die Augen traten. Als er sich aufrichtete, sah Rudy ihn an und lächelte nicht mehr.

»Das klingt nicht gut«, sagte er. »Warst du mal beim Arzt, wie ich's dir gesagt hab?«

»Ja«, sagte Marciano. »Oder vielmehr nein, eigentlich nicht.«

»Was soll das heißen, *eigentlich nicht*? Es hört sich an, als wäre deine Lunge ziemlich kaputt.«

Er antwortete nicht, sondern schnappte nach Luft, und er konnte ja nicht gleichzeitig husten und sprechen, oder? Nicht mal Rudy konnte das von ihm verlangen. Er hob eine Hand und ließ sie fallen. »Bloß eine Erkältung«, sagte er, drehte sich um und schob den Rasenmäher die Einfahrt hinauf.

Sie warteten auf ihn, als er nach Hause kam: ein uniformierter Polizist und Rosa Hinojosa, die so grimmig und wütend aussah, als hätte sie das Gesicht einer anderen aufgesetzt. Er war ihr am Tag zuvor in der Klinik über den Weg gelaufen, und sie hatte ihn gefragt, ob er sich an die Abmachung halte, und als er geantwortet hatte, ja, das tue er, hatte sie ihn so strahlend angelächelt, dass ihm ganz anders geworden war. *Gut*, hatte sie gesagt, *sehr gut. Tun Sie's für mich, ja?* Aber da war sie jetzt, und zuerst begriff er nicht, was los war. Er sah sie – den Saum ihres Rocks, der knapp über den Knien endete, ihre schönen Beine, die hochhackigen Schuhe, die sie zur Arbeit trug –, und für einen Sekundenbruchteil fragte er sich, was sie hier wollte, doch dann bemerkte er den Polizisten und wusste Bescheid. Rudy hatte ihn abgesetzt und war schon wieder unterwegs, und Marciano wäre für sein Leben gern wieder in den Pickup gestiegen, um mit Rudy irgendwohin zu fahren, doch alles war jetzt in Zeitlupe wie in diesen Weltraumfilmen, wo die Astronauten an ihren Leinen herumschwebten und das Raumschiff sich in einem langen Streifen aus Licht und Schatten von ihnen entfernte.

Bevor er sich umdrehte und losrannte, zog er eine Maske aus der Tasche – eine schmutzige, der man ansah, dass sie benutzt worden war –, legte die Gummischlaufen um die Ohrmuscheln und stülpte das Ding über Mund und Nase, als würde er damit in Rosa Hinojosas Augen besser aussehen, doch ihr Gesicht verriet Enttäuschung und noch etwas anderes: Wut. Er hatte sie enttäuscht. Man hatte ihn gewarnt, ein letztes Mal, und nun war er erwischt worden, aber woher hatte sie es gewusst? Hatte ihn jemand verpfiffen? Irgendein Spitzel? Ein Feind, von dem er gar nichts geahnt hatte?

Der Polizist, das sah er auf den ersten Blick, war gar kein richtiger Polizist, sondern bloß irgendein Kerl vom Gesundheitsamt, und er war alt und langsam, und sein Kopf saß auf den Schultern wie eine große *calabaza*, ein Kürbis, und Rosa Hinojosa war zwar jung, aber keine Sprinterin, jedenfalls nicht in diesen Schuhen. Und so rannte er los. Nicht wie bei den Wettkämpfen damals in der Schule, denn er war schwach, und seine Lunge war wie aus Lehm, aber immerhin setzte er einen Fuß vor den anderen und trabte durch die Gasse zwischen seinem Haus und dem Nachbarhaus bis zu dem Zaun am ausgetrockneten Bachbett und dem Pfad durch das Gestrüpp, den er manchmal als Abkürzung zum Eckladen benutzte. Erst am Zaun gab er auf, und Rosa Hinojosa und der *calabaza*-Kopf waren, wie er zugeben musste, schneller, als er gedacht hatte. Erbärmlich und gedemütigt lag er da, unter den Augen der Frau, vor der er sich hatte beweisen wollen, und er sah, wie sie stehen blieben und ihre Masken aufsetzten, bevor der Typ vom Gesundheitsamt sich zu ihm hinunterbeugte und ihm Handschellen anlegte.

Das nächste, was er sah, war das Krankenhaus, ein großes, weißes, schachtelförmiges Gebäude, an dem kleinere Schachteln klebten – wie Bauklötze säumten sie die Zufahrt zum Parkplatz hinter dem Komplex. Er war schon einmal hier gewesen, in der Notaufnahme, als er sich mit der Heckenschere beinahe den kleinen Finger der linken Hand abgeschnitten hatte. Man hatte Spanisch mit ihm gesprochen, die Wunde genäht und verbunden und ihn wieder entlassen. Aber diesmal war es anders. Diesmal trug er eine Maske, ebenso wie Rosa Hinojosa und der Fuzzi vom Gesundheitsamt, der ihn mit ausgestrecktem Zeigefinger durch die Korridore dirigierte, bis sie durch eine Tür hinaus ins Sonnenlicht und dann durch eine andere in ein Gebäude traten, das wie eins dieser provisorischen Klassenzimmer wirkte, die man manchmal sah, wenn man an einer High School vorbeifuhr. Das Komische – oder vielleicht auch gar nicht so Komische – war, wie die Leute in den Korridoren beiseitewichen und sich an die Wand drückten, wenn sie mit ihren Masken vorbeigingen.

Als sie schließlich da waren und er die vergitterten Fenster und die schwere Stahltür sah, die sich zischend schloss, erklärte ihm Rosa Hinojosa, er sei gemäß den Gesetzen des Staates Kalifornien als Gefahr für die öffentliche Sicherheit in Gewahrsam genommen und werde bis zu seiner Verlegung ins Männergefängnis des benachbarten Countys, wo es ein Krankenquartier gebe, fürs erste hier festgehalten. Ihm war so übel wie noch nie zuvor, und was es noch schlimmer machte, war, dass es in diesem Raum, der ebenso gut auf dem Mond hätte sein können, nach gar nichts roch. Er sah einen keimfreien weißen Tresen und dahinter einen Mann mit einer klobigen Brille und einer Art Arztkittel. Rosa Hinojosa redete die ganze Zeit auf Marciano ein. Sie hielt ein paar Papiere in der Hand, wandte sich von ihm ab und legte sie auf den Tresen. In der Ecke stand eine amerikanische Flagge. Es gab einen Trinkbrunnen. Der Boden war schwarzweiß gefliest. »Ich hab nichts gemacht«, sagte er.

Rosa Hinojosa, die mit dem Mann hinter dem Tresen sprach, sah ihn scharf an. »Ich habe Sie gewarnt.«

»Wie meinen Sie das? Ich hab meine Medizin genommen, das haben Sie doch gesehen, und –«

»Ach, hören Sie doch auf. Die Überwachungskamera im 7-Eleven hat aufgezeichnet, dass Sie dort eingekauft haben, ohne Ihre Maske zu tragen, und der Barmann im Herlihy hat ausgesagt, dass Sie dort waren – ohne Maske – und *getrunken* haben, am selben Tag, an dem Sie mir Ihr Versprechen gegeben haben – also erzählen Sie mir nichts. Und sagen Sie nicht, Sie wären nicht gewarnt worden.«

»Ich bin amerikanischer Staatsbürger.«

Sie zuckte die Schultern.

»Das können Sie überprüfen.« Es stimmte. Er war in San Diego geboren. Als seine Eltern deportiert worden waren, war er zwei gewesen, und darum war er nie auf eine amerikanische Schule gegangen und hatte keine Gelegenheit gehabt, Englisch zu lernen und so weiter, aber er hatte Rechte, das wusste er – sie konnten ihn nicht einfach einsperren. Das verstieß gegen die Verfassung.

Rosa Hinojosa hatte sich wieder zum Tresen gewendet und in ihren Papieren geblättert, doch jetzt fuhr sie herum, und zwischen ihren Augenbrauen stand eine wütende Falte. Sie war nicht mehr hübsch, nicht mal annähernd, und er empfand nur noch Hass auf sie, denn ganz gleich, was sie sagte – letztlich war sie ein Teil des Systems, und das System war gegen ihn. »Von mir aus könnten Sie der Präsident sein«, zischte sie. »Sie handeln vollkommen verantwortungslos, obwohl wir Ihnen so weit wie nur irgend möglich entgegengekommen sind. Sie lassen uns keine andere Wahl. Verstehen Sie nicht? Die Anordnung ist unterschrieben.«

»Ich will einen Anwalt.«

Er sah, dass die Haut unter ihrem Kinn schlaff war – Fett, sie setzte bereits Fett an –, und ihm wurde bewusst, dass sie ihm nichts bedeutete und – schlimmer noch – dass er für sie bloß irgendein Sozialfall war, und was er als nächstes tat, war aus der Traurigkeit geboren, die dieser Erkenntnis folgte. Er war kein gewalttätiger Mensch, ganz im Gegenteil: Er war eher schüchtern und versuchte, jeder Konfrontation aus dem Weg zu gehen. Aber sie zwangen ihn ja – Rosa Hinojosa und das Gesundheitsamt, dieser dämlich wirkende Kerl, der ihm die Handschellen angelegt und jetzt den Fehler begangen hatte, sie ihm wieder abzunehmen, und der Mann hinter dem Tresen ebenfalls. Marciano holte so tief Luft, wie er konnte, und spürte den üblen Schleim in der Kehle, den er den ganzen Tag heraufhustete und in ein Taschentuch spuckte, bis es steif war. Was er vorhatte, war falsch, das wusste er, und er bereute es in dem Augenblick, in dem er es tat, aber er würde nicht ins Gefängnis gehen, auf keinen Fall. Das kam nicht in Frage.

Und so rannte er erneut, nur dass sie ihn diesmal nicht verfolgten, noch nicht, denn alle drei waren, trotz der Masken, hektisch dabei, seine todbringenden Mikroben von ihren Gesichtern zu wischen – gut, gut, sollten sie nur sehen, wie es war, ausgestoßen, verurteilt und eingesperrt zu werden, ohne Gericht, ohne Anwalt oder sonst irgendwas –, und er hatte nicht aufgehört zu spucken, bis er zur Tür hinaus und wieder im Sonnenlicht war und zwischen den Wagen auf dem Parkplatz hindurch zur Straße rannte, wo Bäume Deckung versprachen. Sein Herz raste, und seine Lunge fühlte sich an, als wäre sie umgestülpt, aber er rannte weiter und verfiel schließlich in einen raschen, steifbeinigen Gang, bog in eine Seitenstraße und dann in eine zweite ab. Die Windschutzscheiben der geparkten Wagen gleißten im Sonnenlicht wie Pfützen nach einem Gewitter, die Vögel zwitscherten in den Bäumen, und der Geruch von Erde und Gras war geradezu berauschend intensiv. Er klopfte seine Taschen ab: Brieftasche, Schlüssel, Tablettenfläschchen. Wohin sollte er gehen? Was sollte er tun? Er hatte kein Geld – bloß die zehn, fünfzehn Dollar in seiner Brieftasche –, und es gab niemanden, an den er sich hätte wenden können. Da war Sergio, der einzige andere in seinem Haus, mit dem er so was wie Freundschaft geschlossen hatte, und Sergio würde ihm Geld leihen, dessen war er sich sicher, aber Sergio hatte wahrscheinlich auch nicht mehr als er selbst. Nur eines war klar: Hier konnte er nicht bleiben.

Er hatte seine Mutter zwei Jahre lang nicht gesehen und eigentlich auch nicht oft an sie gedacht, doch jetzt dachte er an sie und sah sie so deutlich vor sich wie die Frau da, die sich gerade ans Steuer ihres Wagens setzte – seine Mutter hatte ihn gepflegt, als er Masern und Keuchhusten und Grippe und all die anderen Krankheiten gehabt hatte, die Kinder eben hatten, und warum konnte sie ihn nicht auch jetzt pflegen? Das konnte sie doch, wenn er vorsichtig war und seine Tabletten nahm und immer die Maske trug, denn er wollte sie ja nicht anstecken, das wäre das Schlimmste, was ein Sohn tun könnte. Ganz gleich, was die Ärzte sagten – seine Mutter würde ihn retten, ihn beschützen, alles für ihn tun. Aber wie sollte er zu ihr kommen? Man würde am Busbahnhof, am Bahnhof und auch am Flughafen nach ihm Ausschau halten, obwohl er gar nicht genug Geld für ein Ticket hatte … Aber was war mit Rudy? Vielleicht konnte er Rudy überreden, ihn nach Tijuana zu fahren – oder nein, er würde Rudy sagen, er brauche den Wagen, um für einen seiner Mitbewohner einen Kühlschrank oder sonst irgendwas Großes, ein Sofa vielleicht, zu transportieren, und dann würde er selbst fahren und den Pickup von jemand anderem zurückbringen lassen. Er würde jemanden bezahlen oder ihm Geld versprechen oder was auch immer. Das war doch kein schlechter Plan, oder? Er brauchte einen Plan. Ohne Plan war er verloren.

Er ging weiter, keuchend jetzt, und der Bürgersteig war wie ein Laufband, das unter ihm vorbeizog, aber er musste es schaffen, er musste schnell sein, denn sie würden ihm Streifenwagen hinterherschicken, man würde nach ihm fahnden und, wenn man ihn fasste, nicht sanft mit ihm umgehen. Da vorn, am Ende der Straße, war ein Park, in dem er ein-, zweimal mit Sergio gewesen war, um Bier zu trinken und Hufeisen zu werfen, und waren da nicht auch Büsche gewesen? An dem ausgetrockneten Bachbett?

Er stieß das Tor auf – Kinder, Mütter, Schaukeln, ein paar Penner, die auf dem Rasen herumlagen, als wären sie zusammen mit den grünen Holzbänken dort installiert worden – und versuchte, einen ungezwungenen Eindruck zu machen. In der Ferne ertönten Sirenen, doch er sagte sich, das seien Rettungswagen, die Patienten zur Notaufnahme brachten. Er schlenderte quer über die Rasenfläche, ohne irgendjemanden anzusehen, und wenn er zweimal stehen bleiben musste, um sich vom Husten durchschütteln zu lassen, dann war das nicht zu ändern, doch dann hatte er das Gebüsch erreicht, war außer Sicht und legte sich auf die Erde. Dort blieb er liegen, bis sein Herz sich beruhigt hatte und das Brennen in der Lunge nachließ. Bald würde es dunkel sein, und dann würde er nach Hause gehen, sich von jemandem ein Handy leihen, Rudy anrufen, ein paar Sachen zusammenpacken und verschwinden, bevor ihn jemand daran hindern konnte.

Paranoia war, wenn man das Gefühl hatte, von allen verfolgt zu werden, auch wenn es gar nicht so war, aber wie sollte man das nennen, was jetzt sein Handeln bestimmte? Gesunder Menschenverstand? Wachsamkeit? Vorsicht? Sie waren zu ihm nach Hause gekommen und hatten ihm Handschellen angelegt und ihn in diesen weißen Raum geführt, und dabei hatte er gar nichts getan. Jetzt würden sie ihn wegen Flucht oder Widerstand gegen Vollstreckungsbeamte oder wie sie das nannten anklagen – und wegen Körperverletzung mit einer tödlichen Waffe, seiner eigenen Spucke. Es spielte keine Rolle, denn das Ergebnis würde in jedem Fall dasselbe sein: dreißig Monate in einem keimfreien, durch eine Klimaanlage belüfteten Raum, wo Wärter mit Masken und Handschuhen das, was sie als Essen bezeichneten, durch einen Schlitz in der Tür schoben und zweimal täglich kamen, um ihm eine Infusion zu geben. Lieber wäre er tot. Oder in Mexiko. Lieber würde er es darauf ankommen lassen und zu seiner Mutter und der Klinik in Ensenada gehen, wo die Leute wenigstens seine Sprache sprachen und ihn nicht ansahen, als wäre er eine Kakerlake.

Er hatte Durst, schrecklichen Durst, doch er blieb, wo er war, bis es dunkel war und er in den Park schleichen konnte, um vom Wasserhahn in der öffentlichen Toilette zu trinken. Das Problem war nur: Die Tür war verschlossen. Verwirrt blieb er lange dort stehen und rüttelte am Türgriff. Er hörte das beständige Rauschen der Wagen, die auf der Schnellstraße irgendwo hinter ihm vorbeifuhren. Die Bäume sahen aus wie schwarze Leichentücher. Der Himmel war dunkel und mit Sternen gesprenkelt und ihm noch nie so nah erschienen. Oder so schwer. Er konnte fast sein Gewicht spüren, das ganze Gewicht des Himmels, der sich immer weiter und weiter erstreckte, bis in die Unendlichkeit des Weltraums mit seinen Planeten und Sternen, und das alles lastete auf ihm, bis er kaum noch Luft bekam. Verzweifelt kniete er nieder und tastete umher, bis er eine Rasensprengerdüse fand. Anfangs ließ sie sich nicht lösen, doch dann schaffte er es, sie abzuschrauben, und hielt den Mund an das warme, gurgelnde Rinnsal. Gleich ging es ihm besser, und das schwummrige Gefühl verzog sich in einen anderen Teil seines Kopfs. Nach einer Weile stand er auf, stieg hinunter ins ausgetrocknete Bachbett und machte sich auf den Weg zum Wohnheim.

Es war nicht leicht. An der Straße entlang hätte es bloß zehn Minuten gedauert, doch hier brauchte er mindestens eine Stunde. Er stolperte durch Matsch und Abfall, dürres, hartes Schilf stach ihn, Hunde bellten, der Klang von Stimmen ließ ihn erstarren – und was, wenn Leute, die auf ihrer Hinterveranda Bier tranken, mit einer Taschenlampe ins Bachbett leuchteten? Für was würden die ihn halten? Für einen Flüchtling, einen Dieb, einen Betrunkenen, und bevor er auch nur ein Wort sagen könnte, würden sie die Polizei rufen. Er keuchte. Er schwitzte. Sein Hemd war am Ellbogen zerrissen, weil er sich damit im seltsamen Zwielicht des Bachbetts an irgendetwas verfangen hatte, und er zitterte, er schwitzte und zitterte zugleich.

Er wusste nicht genau, wie weit er gekommen war, als er die steile Uferböschung hinaufkletterte und im Garten eines glücklicherweise dunklen Hauses landete. Nein, dort war kein Licht zu sehen. Die beiden Nachbarhäuser aber waren beleuchtet, und in der Einfahrt stand der dunkle, bucklige Schatten eines Wagens. Er ging darauf zu und daran vorbei, und obwohl er zusammenzuckte, als hinter ihm jemand etwas rief, ein Wort nur, das er in jeder Sprache verstanden hätte – *Hey!* –, blieb er nicht stehen und sah sich nicht mal um, sondern ging einfach weiter, die Einfahrt hinunter und zum Bürgersteig auf der anderen Straßenseite, wo er nur irgendein Spaziergänger war, der in einer stillen Gegend die Kühle des Abends genoss.

Als er die Straße erreicht hatte, in der er wohnte, ging er langsamer, musterte die Wagen, die rechts und links geparkt waren, und achtete auf Verdächtiges: Polizei, Gesundheitsamt, Rosa Hinojosa. Obwohl das wirklich paranoid war, denn Rosa Hinojosa war um diese Uhrzeit bestimmt zu Hause bei ihren Eltern oder vielleicht bei ihrem Mann, sofern sie einen hatte. Jedenfalls war sie mit ihrem eigenen Leben beschäftigt, nicht mit seinem. Er ließ sich Zeit, auch wenn er sich immer schlechter fühlte und so sehr zitterte, dass er die Arme um sich schlingen musste. Das Hemd war durchgeschwitzt und zu dünn, und die Temperatur lag irgendwo zwischen zehn und fünfzehn Grad. Dann raffte er sich auf und huschte über die Straße und in den dunklen Garten des Wohnheims, vor dessen Eingang sie ihm schon einmal aufgelauert hatten und wieder auflauern würden.

Er schlüpfte durch die Hintertür und verharrte. Alles Blut war jetzt in seinem Kopf und schrie ihn an, aber es war niemand im Flur, und im nächsten Augenblick war er in seinem Zimmer, und der vertraute Geruch seiner Sachen – schmutzige Wäsche, Seife, Shampoo, der in Alufolie gewickelte Burrito, den er zum Abendessen in der Mikrowelle hatte aufwärmen wollen – stieg ihm in die Nase, als wäre alles ganz normal, als wäre nichts geschehen. Der Husten wollte wieder heraus, doch er kämpfte ihn nieder, denn er wollte nicht das kleinste Geräusch machen, und obgleich er in Versuchung kam, das Licht anzuschalten, tat er das lieber nicht – wenn irgendwelche Leute da draußen auf ihn warteten, war das etwas, worauf sie achteten. Er fand die Jacke auf der Stuhllehne, über die er sie am Morgen gelegt hatte, zog sie an, ging zum Fenster und stellte die Jalousie so, dass das Licht der Straßenbeleuchtung in schmalen Streifen auf das Bett fiel. Dann dachte er an die Tabletten – er musste seine Tabletten nehmen, ganz gleich, wo er war oder was passierte, das war eine unumstößliche Tatsache seines Lebens, ob er Rosa Hinojosa nun je wiedersah oder nicht.

Er füllte am Waschbecken ein Glas mit Wasser, schüttelte zwei Tabletten aus dem Fläschchen und schluckte sie. Und dann – er konnte nicht anders – legte er sich auf das Bett und schloss die Augen, nur für eine Minute.

Das Klopfen schreckte ihn aus einem traumlosen Schlaf, das Klopfen an der Vordertür, das durch das ganze Haus hallte, als wollte sie jemand mit einer Abrissbirne zertrümmern. Aber wer sollte schon klopfen? Jeder, der hier wohnte, hatte einen Schlüssel, niemand brauchte zu klopfen, es sei denn, er war von der Polizei oder der Einwanderungsbehörde. Oder vom Gesundheitsamt. Für einen flüchtigen Augenblick stellte er sich Rosa Hinojosa in einer blauen Polizeiuniform vor, den Mützenschirm schief in die Stirn gezogen, in der einen Hand den Gummiknüppel, in der anderen das Pfefferspray. Leise schob er den Riegel vor, als würde das etwas nützen – und was sollte er tun? Sich unter dem Bett verstecken? Er hustete und hustete, er konnte nicht anders, und die Schwäche packte ihn wie eine Faust, ließ los und packte ihn erneut, er hustete und rannte panisch im dunklen Zimmer herum. Sein einziger Gedanke war, dass er fortmusste, weit, weit fort, wo sie ihn nicht finden würden, wo die Sonne schien und er sich im warmen Sand ausstrecken konnte, damit die Mikroben in ihm vor Hitze starben. Er wusste nicht viel, doch ihm war klar, dass sie auch an der Hintertür sein würden, genau wie im Film, wenn sie die Gangster und Zuhälter und Drogenhändler von vorn und hinten in die Zange nahmen und das Publikum johlte...

Keine Zeit für den Rucksack, für Kleider, für die Zahnbürste und das Kleingeld, das er in dem Gurkenglas in der obersten Schublade aufbewahrte, keine Zeit für irgendwas anderes, als das Fenster mit dem quietschenden Rahmen aufzureißen, während sich das Klopfen an der Vordertür in ein forderndes Wummern verwandelte und Stimmen ertönten, Sergios und die von jemand anderem. Ein Hund bellte, und dann war er draußen, im Gras, und rannte gebückt zum Nachbargarten und dann weiter zum nächsten. Es kostete ihn alle Kraft. Zweimal stolperte er und schlug hart auf, und all die kleinen Geräusche waren jetzt verstärkt, alle Fernseher waren auf volle Lautstärke gestellt, Motorräder auf der Straße dröhnten wie Maschinengewehrfeuer, selbst die Grillen schrien ihn an, und über allem lag das heisere Bellen des Hundes im Wohnheim, der ein Polizeihund sein musste, und diese Hunde gaben nie auf, die konnten einen selbst dann noch riechen, wenn einem Flügel gewachsen waren und man hinauf in den Himmel flog.

Wo war er? An einem dunklen Ort. Im Garten irgendeines Bürgers, wo es jadegrüne Pflanzen und ein Blumenbeet und eine Rasenfläche gab. Eine kalte Hand packte seine Lunge, presste sie zusammen und zerrte sie hinauf in die Kehle, so dass er keine Luft mehr bekam. Er sank, wieder schwitzend und zitternd, auf Hände und Knie, und jetzt hatte er keinen Plan mehr, sondern wollte nur noch den dunkelsten Winkel des Gartens finden, wo niemand den Rasen geschnitten und die Büsche zurückgestutzt hatte, wo die Erde wirklich und spürbar war und er Blut spucken und die Tabletten und Rosa Hinojosa und seine Mutter und Rudy und alle anderen vergessen konnte.

Die Zeit machte einen Sprung. Er lag ausgestreckt auf der Erde. Das Zeug auf seinem Hemd war warm und verräterisch und nass. Er schloss die Augen. Als er sie wieder aufschlug, sah er nur das Glänzen des Gitters, die in dem klaren, kalten Wasser aufsteigenden Luftblasen und die Hände des verzweifelt kämpfenden Tieres.